suhrkamp taschenbuch 3776

AF142236

Aus kleinen Verhältnissen stammend und mit einem abgebrochenen Studium im Gepäck, gerät Wolfgang Welt als Musikjournalist Anfang der achtziger Jahre in die Pop-Maschinerie. New Wave, Neue Deutsche Welle, Marabo, Sounds, Musik Express, Rockpalast, Herbert Grönemeyer, Dallas, Frauengeschichten, DJ-Dasein und immer wieder Buddy Holly sind Begleiterscheinungen einer kurzen, steilen Szenekarriere. Sie endet im Wahnsinn. Welt wird verhaftet und in die Psychiatrie gesteckt. Wieder halbwegs normal, schreibt er in großen Abständen drei autobiographische Romane, die hier vereint vorgelegt werden. 2002 erhält er ein Stipendium der Hermann-Lenz-Stiftung. Seit vielen Jahren arbeitet er als Nachtportier im Schauspielhaus seiner Heimatstadt Bochum und hört regelmäßig WDR 4.

Etwa zwei Jahre nach unserer ersten Begegnung machte mir Sabine am Telefon Aussicht auf einen Fick, allerdings nicht mit ihr selber, sondern mit ihrer jüngeren Schwester.

»Die Ute fängt jetzt hier an zu studieren und interessiert sich für Journalismus. Du hast doch da Verbindungen. Kannst du was für sie tun?«

»Klar doch. Sie soll mich mal anrufen.«

Sowenig Anlaß ich hatte, sicher zu sein – ich würde mit dieser Ute ficken, von der ich bis dahin immer nur gehört hatte und von der ich nicht wußte, wie sie aussah. Ich vermutete wie Sabine, nur zehn Jahre jünger. Mit der hatte ich auch mal vögeln wollen, ohne daß was draus wurde. Das war vor zwei Jahren gewesen, als ich sie kennengelernt hatte.

Ich hatte damals nach 14 Semestern mein Studium abgebrochen, sehr zum Leidwesen meiner Eltern, die immer so gerne einen Akademiker in der Familie gehabt hätten, und arbeitete als Hilfskraft in einem Schallplattenladen. Wenn ich jetzt vom Werkkreis Literatur der Arbeitswelt wäre, würde ich diese Maloche näher beschreiben. Mir kommt's nur drauf an zu sagen, daß ich am Ende war, im Arsch, wie es schien, ohne Zukunft, mit sechs Mark Stundenlohn.

Eine Freundin hatte ich auch nicht. Meine Tage verliefen ohne große Abwechslung. Acht Uhr aufstehen, halb zehn Schichtbeginn, Mittagspause, Tchibo, buttern, halb sieben Feierabend. Meine Arbeit verlangte wenig Können, die hätte auch jemand von McDonald's machen können, Platten alphabetisch einräumen, verkaufte Scheiben aus der Reserve rausziehen und kassieren. Wie bei McDonald's sind die Preise kodiert. Ich brauchte also nicht mehr z. B. 16,95 einzutippen, sondern gab den Code 12 ein, so wie die Verkäufer in den Hamburger-Läden nur auf ein Symbol zu drücken brauchen. Mit der Kundschaft gab's kaum Gespräche, außer vielleicht »Der Bowie hat sein eigenes Fach«, »Die neue Müller-Westernhagen steht in der Wand«, »Michael Franks steht unter Diverse F«, »Nein, wir spielen nichts vor«, »Aus der Fernsehwerbung führen wir nichts«. Aber ich will ja kein Buch über langweilige Arbeit schreiben, sondern wie ich alles daransetzte, diese Ute zu ficken und wie das vorher mit ihrer Schwester gewesen war.

Claudia war schuld, daß ich sie kennenlernte. Ich war seit unserer Schulzeit mit ihr befreundet. Ab und zu gingen wir zusammen aus. Einmal war ich nahe dran, aber auch nur einmal, sie ins Bett zu kriegen, doch hatte ich mich dösig angestellt, und es blieb dabei, daß wir gute Freunde blieben. Sie weihte mich in einen Plan ein, telefonisch: »Ich hab' da 'ne Kollegin, die einen vermögenden Mann sucht. Die hat'n Kind. Ich will sie mal einladen und mit meinem Bruder verkuppeln.« Und da wollte sie zur Auflockerung, daß auch ich käme.

Werner war Apotheker. Schon an der Tür begegnete ich der jungen Dame und sagte: »Du mußt Sabine sein.« Sie schien mich für Werner zu halten und begrüßte mich mit einem Hallo. »Hat dir die Claudia gesagt, daß ich komme?« Ich klärte den Irrtum auf und klingelte.

Jetzt betrachtete ich sie im Hellen. Ich dachte sofort ans Ficken. Sie war etwas kleiner als ich, schlank, hatte lange braune Haare und eine etwas zu lange Nase. Auch wenn ich alles andere als der reiche Kerl war, den sie suchte, ich würde mein Glück versuchen. Claudia brachte uns ins Wohnzimmer. Werner tauchte geraume Zeit nicht auf. Mir war auch nicht ganz klar, ob er von Claudias Plänen wußte.

Nach so langer Zeit weiß ich nicht mehr genau, worüber ich mit Sabine sprach. Jedenfalls kamen wir auf ihr kleines Kind, und ich erriet, daß sie ihre Tochter Hannah nach der Hannah Arendt benannt hatte. Eins zu null für mich. Darauf wäre der Apotheker bestimmt nicht gekommen. Ich erzählte ihr von meinem Job, und sie fragte mich, ob ich ihr eine LP von Leo Sayer besorgen könnte. »Soll ich dir die vorbeibringen?« »Kannst du gerne machen. Ich wohn' aber in Herbede. Du kannst sie auch der Claudia mitgeben. Die kann sie dann in die Schule mitbringen.«

Nein, das wollte ich mir nicht nehmen lassen.

»Ich hab' noch keinen Führerschein. Mein Vater kann mich zu dir hinfahren.« Zum erstenmal war ich froh, in einem Schallplattenladen zu arbeiten. Ich dachte natürlich sofort daran, mit ihr zu pennen bei der Gelegenheit.

Werner war noch nie einer der Freundlichsten gewesen. Er stürzte ab und zu rein, war unruhig, blieb kaum länger sitzen und tat so, als hätte er woanders im Haus noch was zu tun. Irgendwie kam die Rede auf den Haushalt, während er mal wieder kurz dasaß, und Sabine weigerte sich schon jetzt, später mal Hemden zu bügeln. Werner war in dieser Beziehung von seiner verstorbenen Mutter verwöhnt worden, und es gab den ersten Knall. Ich hätte für Sabine das Bügeln gelernt.

Gegen zehn ließ ich die drei alleine und war mir sicher, aus den beiden würde nie was, zumal er gerne Leitartikel aus der FAZ las und glaubte, während Sabine sich an diesem Abend als frühe Grüne entpuppte.

Zu Hause wichste ich und stellte mir dabei vor, wie Sabine auf mir saß. Das wiederholte sich in den nächsten Tagen.

Am Sonntag ließ ich mich von meinem Vater zu ihr hinfahren, mit der gewünschten Platte. Sie saß gerade mit einigen Freunden beim Kaffee und stillte anschließend die Kleine. Wenn sie tatsächlich nur auf einen vermögenden Mann scharf war, hatte ich schlechte Karten. Und in der Tat, sie erzählte mir, daß sie abends mit Werner ins Kino gehen würde. Ich war baff. Wie konnte die nur was mit diesem Miesepriem anfangen? Mit mir konnte die sich doch viel besser unterhalten. Um's kurz zu machen: Sie müssen schnell zusammen ins Bett gegangen sein, denn kurz drauf hieß es, sie würden heiraten, weil was unterwegs war.

Bei der trostlosen Hochzeit hörte ich das erstemal, daß Sabine eine jüngere Schwester hatte, und irgendwie hoffte ich damals schon, ihr irgendwann zu begegnen. Zur Feier des Tages war sie aus dem Harz nicht angereist.

In die Zeit, als ich Sabine kennenlernte, fällt auch mein Einstieg in den Journalismus, die zweite Voraussetzung, warum ich Ute ficken würde, außer der Tatsache, daß ich ihre Schwester kannte.

Ich hatte da noch 'ne Bekannte, mit der ich so einmal im Monat ausging, Susanne. Ich wußte, sie hatte einen Freund, den sie mir aber nie vorstellte, und wir redeten auch nie über ihn. Sie war in die Parallelklasse gegangen. Nach dem Abitur verloren wir uns aus den Augen. Unter anderem ging sie für ein Jahr nach England. Dann trafen wir uns zufällig im U-Bo und gingen von da an öfters einen zusammen trinken, wobei mir unklar blieb, ob ich eine Chance bei ihr hatte. Zu gerne hätte ich was mit ihr gehabt, aber ich traute mich nicht, Annäherungsversuche zu machen, so 'n bißchen Händchenhalten oder mal 'n Abschiedskuß. Man konnte sich mit ihr über alles unterhalten, doch in der Beziehung schien sie unnahbar. Dabei war sie sehr hübsch. Allerdings hatte sie 'ne breite Taille.

Wir waren also mal wieder im Spektrum, und ich schilderte ihr, was das für'n Scheiß im Laden sei, aber was wollte ich machen. Nach dem Studium war ich ja im Grunde froh, überhaupt einen Job gefunden zu haben. Susanne kannte die Besitzer meines Ladens, der Ladenkette, ein bißchen, noch junge Leute, neureich. Sie ließ kein gutes Haar an denen. Ich hatte bis jetzt wenig mit denen zu tun gehabt. Der Chef hatte schon mal mit seiner ständigen Begleiterin, die auch bei ihm arbeitete und das ELPI mitführte, samstags im Geschäft reingeguckt und ein bißchen über Kleinigkeiten gemosert. Ganz unsympathisch war er mir nicht vorgekommen.

Das Spektrum ist eine sogenannte Szene-Kneipe. Es hat einen viereckigen Tresen, und an den Wänden hängen Vergrößerungen von Guy Pellaerts berühmten ›Rock Dreams‹. Ich kannte vom Ansehen fast alle Leute, die hier rumliefen. Bochum ist ein Dorf. Zu einer bestimmten Uhrzeit scheint sich hier alles zu versammeln, bis es dann zwei Stunden später zu einer anderen Kneipe geht, die zu der Uhrzeit angesagt ist.

Unter anderem waren auch zwei Leute da, die immer zusammen auftauchten, eigentlich nichts Besonderes. Susanne zeigte auf sie: »Das sind die Verleger vom Marabo.« Der eine war etwas bullig, während der andere, längere für sein Alter schon ziemlich schütteres Haar hatte. Ich mußte an Pat und Patachon denken.

Das Marabo ist ein Stadtmagazin, das zu der Zeit, wie ähnliche Zeitschriften in anderen Ballungsräumen, zu florieren anfing. Vorbild war das Time Out in London. Das Marabo war jetzt ein halbes Jahr auf dem Markt, doch trotz der hohen Auflage von 20 000 Stück steckte es immer noch irgendwie in den Kinderschuhen mit seinem DIN-A5-Format. Der Veranstaltungskalender wies noch viele Lücken auf, und der redaktionelle Teil war geprägt von Dilettantismus.

Von Anfang an hatte ich mir für fünfzig Pfennig die Hefte gekauft und hätte auch gerne mitgemacht, aber ich war einfach zu schüchtern, da mal anzurufen und mich anzudienen. Schon länger hatte ich auch ein Thema, meinen Lieblingssänger Buddy Holly, dessen Todestag sich im folgenden Februar zum zwanzigsten Mal jähren würde. Ich war schon leicht schicker. Ich sagte Susanne, daß ich mal unbedingt mit den beiden reden müßte. Ich wühlte mich zu ihnen durch. »Ich hab' gehört, ihr seid ...« usw. Ich war aufgeregt. Ich schlug ihnen vor, sie sollten was über Holly machen. Den kannten sie nur dem Namen nach. Sie schlugen vor, ich sollte was über ihn schreiben. Ich war perplex. So einfach ging das also. Nur mal kurz ansprechen. Vielleicht sollte ich es auch mal so bei Susanne versuchen, aber das machte ich nicht, auch wenn ich ganz blau war. Es beeindruckte sie auch nicht, als ich ihr von meinem Auftrag berichtete. Überhaupt konnte ich sie nie mit irgend etwas beeindrucken. Wenn jemand cool war, dann sie.

Ich hatte bis dahin kaum geschrieben, d. h., es war kaum etwas veröffentlicht worden, nur in SuS Aktuell, unserer Vereinszeitschrift. Ich hatte den alten Kämpen Bernd Manske und Hubert Sperling, den Jugendleiter, porträtiert. Außerdem hatte ich einen Bericht verfaßt über den MGV Eintracht Wilhelmshöhe in der Serie über Nachbarvereine. Wie fast jeder Mensch habe ich im ersten Schuljahr mit dem Schreiben angefangen. Mein erstes Wort war ›Moni‹, neben Udo die Titelfigur meines ersten Lesebuches. Rechnen hatte mir schon vor der Einschulung mein Vater beigebracht, der damals Lohnbuchhalter auf der Zeche Bruchstraße war. Auf dem Gymnasium war ich nicht besonders in Mathe, während ich in den anderen Fächern im Schnitt auf 'ner guten Drei stand. Ich kann nicht behaupten, daß ich mit meiner Schreiberei auffiel. Nur einmal, in der Obersekunda, wurde ein Aufsatz von mir vorgelesen zu dem Thema ›Der kluge Mann schweigt in finsteren Zeiten‹, aber nicht, weil er besonders gut war, sondern weil ich ein paar unorthodoxe Thesen vertreten hatte. Der Pauker, ein CDU-Mann, wollte mich vorführen. Am Ende gab die Klasse mir recht, und der Lehrer war so fair, mir eine bessere Zensur zu geben.

Nach dem Abitur traf ich meine erste leibhaftige Moni. Das heißt, ich kannte sie schon länger. Sie wohnte in der Nachbarschaft und war vier Jahre jünger. Sie war die

Schwester von zwei Jungs, die ich aus der Jugend unseres Vereins kannte. Ich weiß noch genau, wie einer der beiden, ihr Zwillingsbruder, nachmittags zu uns kam und fragte, ob ich der Monika nicht Nachhilfe in Englisch geben könnte. Auch an jenem Tag dachte ich sofort, die werde ich ficken. Sie war schlank und hübsch, hatte ein makelloses Gesicht mit einer Stupsnase.

Ich ging am nächsten Tag hin. Es stellte sich raus, daß sie von Englisch keine Ahnung hatte. Ich versuchte, mit ihr versäumte Vokabeln nachzupauken. Aber neben meinem Ehrgeiz, sie auf eine Vier zu bringen, dachte ich hauptsächlich daran, sie rumzukriegen. Ich war noch ziemlich unerfahren. Da waren nur die Christa und die Corinna gewesen. Mit beiden war es nicht sehr lange gutgegangen, wahrscheinlich weil ich mich zu doof angestellt hatte. Ich kriegte raus, daß Moni im Moment keinen Freund hatte, und sie sagte nach ein paar Stunden sehr schnell zu, als ich sie fragte, ob sie mit mir nicht mal in eine Kneipe gehen wollte.

Wir fuhren in die Innenstadt, und sie trank im Treffpunkt Pernod. Dann, auf dem Rückweg zum Hauptbahnhof, vor der Buchhandlung Janssen, umarmte sie mich plötzlich, und wir küßten uns. Einen Tag später kam sie bei mir vorbei, und ich fickte erstmals auf meiner Mansarde. Wenn ich mich recht erinnere, erzählte ich ihr auf meiner Liege, daß ich eines Tages Schriftsteller werden wollte. Es war zu meiner Hermann-Hesse-Zeit. Es schien sie nicht besonders zu beeindrucken. Kurz drauf machte sie eine Klassenfahrt, fing da auf Norderney was mit einem andern an, und ich durfte ihr nur noch Nachhilfe geben. Bis zu ihrem Abitur hoffte ich, sie würde mich noch einmal ranlassen, aber sie wehrte den kleinsten Kuß ab.

Später heiratete sie einen Ingenieur und ging mit ihm für ein paar Jahre nach Südamerika. Das letzte, was ich von ihr gehört habe, ist, daß sie eine Art Kursleiterin bei den Scientologen ist. Sie schickte mir einen Prospekt mit Einstein drauf. Ich solle es auch mal mit Dianetik probieren.

Meine bisher größte Leistung auf dem Gebiet des Schreibens war wohl mein Briefwechsel mit meiner englischen Brieffreundin Sue in Sheffield, der erst einschlief, als sie sich verlobte. Ich schickte danach nur noch Weihnachtskarten an ihre Eltern. Ich war in Sue verliebt. Wir sind uns auch mal begegnet. Im September '70 fuhren wir mit der Abiturklasse nach London, und ich wollte sie unbedingt sehen. Ich rief bei ihr an. Ja, sie wolle kommen mit ihrem Vater. Und ob ich was dagegen hätte, wenn ihr Freund mitkommt. Sie hatte in ihren Briefen nie was von ihm geschrieben. Schließlich sah ich sie als meine Freundin an, und sie ging da fremd, während ich zu Hause keine hatte.

Wir verabredeten uns für den Piccadilly Circus, sonntags ein Uhr. Ich holte mir die Erlaubnis vom Klassenlehrer, der mit den andern Schülern zur Speaker's Corner wollte. Ich wartete eine Stunde vergeblich auf dem belebten Platz und hatte die Schnauze voll. Ich hatte sie sowieso voll. Sue mit dem andern. Ich war nicht besonders scharf drauf, das zu erleben.

Ich ging zu den Telefonzellen im Underground und suchte in einem der dicken Bücher nach der Nummer meiner Wirtin, von der ich nur die Adresse kannte. Ich wollte ihr sagen, ich sei auch zum Hyde Park gefahren, falls die aus Sheffield mal anriefen. Ich wollte mir gerade 6 77 84 95 notieren, als ich merkte, daß ich keinen Kuli dabei hatte. Ich fragte im Sonntagsgewirr einen jungen Mann, ob er mir aushelfen könnte.

»Oh, are you German?«

»Ja.« Sprach ich so schlecht Englisch?

»Are you Wolfgang?« Er war Sues Freund. Er wollte gerade meine Wirtin anrufen. Wir gingen nach oben. Ich kam nicht auf den Gedanken, Sue einen Begrüßungskuß zu geben.

Wir gingen durch Soho spazieren. Der Vater, Bob, ein Taxifahrer, war seit dem Krieg nicht mehr in London gewesen. Er fragte mich, was mein Vater im Krieg gemacht hatte, und ich sagte Marine. Er selbst war Fallschirmspringer gewesen. Mit Sue unterhielt ich mich kaum. Sie hielt Händchen mit ihrem Lol. Ich wußte, an diesem Nachmittag hatte ich meine einzige Freundin verloren. Später fuhr ich noch mal hoch nach Sheffield, vier Jahre später. Unsere Brieffreundschaft war inzwischen auf ein Minimum beschränkt.

Ich wußte auch nicht, warum ich hinfuhr. Ich hatte ein paar Freundinnen gehabt, aber keine länger, und vielleicht hatte ich die Hoffnung, daß es doch noch was mit Sue gäbe, wenigstens ein kleines Nümmerchen, aber mittlerweile war sie mit diesem Typen verlobt. Ihre Mutter holte mich vom Bahnhof ab, und wir fuhren mit dem Bus raus nach Hackenthorpe. Abends gingen wir alle zusammen raus. Es war freitags, und die Kneipe war voll. Sues Bruder kam mit seiner Frau auch mit. Wieder gelang es mir nicht, mit Sue ins Gespräch zu kommen. (Die Mutter hieß übrigens Peggy. Das ergab »Peggy Sue«, mein Lieblingslied von Buddy Holly. Fand ich lustig.) Meist unterhielt ich mich mit Bob, der ein guter Erzähler war. Ich verstand allerdings nicht alles, weil er einen starken Akzent hatte. Sue sagte mir nur was, als die Platte ›It Don't Come Easy‹ von Ringo Starr aus der Musik-Box kam. Ein Diskjockey im Radio hatte mal angesagt ›I Don't Come Easy‹. Das war das einzige Mal, daß wir zusammen lachten.

Wir waren schon alle recht besoffen, als die Polizeistunde eingeläutet wurde. Sue kaufte noch ein paar Getränke für zu Hause. Wir tranken weiter. Ihre jüngere Schwester kam heim. Sie griff sich, ohne zu fragen, eine der Bierpullen. Sue regte sich furchtbar auf. Sie hätte bezahlt und hätte ihr keine Erlaubnis gegeben. Ein Wort gab das andere, die Eltern mischten sich ein, und plötzlich stand Bob mit einem Brotmesser im Wohnzimmer. Er drohte Sue. Die Mutter hielt ihn heulend zurück. Ich konnte dem Wortwechsel nicht mehr folgen. Am Ende warf er sie raus. Mit ihrem Freund, der die Sache schweigend verfolgt hatte, übernachtete sie draußen in seinem alten Wagen.

Am nächsten Morgen fragte sie mich, als sie wieder reindurfte, ob ich sauer sei. Ich sagte ihr, daß ich nicht böse sei, mir hätte sie ja nichts getan. Ich wollte nachmittags abreisen. Bob stellte seinen Kassettenrekorder an. Für einen Sechzigjährigen hatte er einen eigentümlichen Geschmack.

»Hier, hör dir mal die double lead guitar von Wishbone Ash an.« Danach hatte er dreimal hintereinander ›Rebel Rebel‹ von David Bowie auf Band. Mein Vater stand mehr auf ›Alte Kameraden‹ und Seemannslieder. Sue zeigte mir dazu Fotos aus dem Urlaub. Ich fragte sie, ob ich vielleicht eins haben könnte. Sicher. Ich wählte mir drei aus, eins von ihr im Minirock am Strand von Torquay. Ich wußte, ich würde sie nie wiedersehen. Sie würde bald ihren Verlobten heiraten.

Wichtiger an meinem damaligen Aufenthalt in England war eine andere Begegnung, zumal sie was mit meiner späteren Schreiberei zu tun hat. Seit August 72 hatte ich einen neuen Lieblingssänger. Ich las in der Zeit, geschrieben von Franz Schöler, daß da einer Songs im Stile von Buddy Holly schrieb, wenn auch anders sang. Ich kaufte mir diese LP von dem mir bis dahin unbekannten Phillip Goodhand-Tait und war sofort begeistert. Ich besorgte mir noch zwei andere Platten von ihm, die hier auf dem Markt waren. Als ich aus Sheffield zurück war, blieb ich noch 'ne Woche in London. Und da suchte ich die record shops nach einer Neuerscheinung von Phillip Goodhand-Tait ab. In der Dean Street fand ich eine unter ›male vocalists‹. Sie trug einfach nur seinen Namen als Titel und hatte ein Klappcover, das ihn am Piano zeigte.

Ich las die Credits im Innern. Darunter stand die Adresse seiner Plattenfirma: New Oxford Street. Das war nur fünf Minuten weg. Ich entschloß mich hinzugehen und um ein Autogramm zu bitten. Im Sekretariat war man erstaunt, daß ihn überhaupt jemand aus Deutschland kannte. Ob ich das Autogramm auf die Platte haben wollte? Wie? Ich verstand nicht richtig. Sollte ich sie dalassen? »No. Phillip is upstairs.« Jemand wurde nach ihm geschickt.

Als er runterkam, brachte ich kaum was raus. Ich hielt ihm die Platte hin. Er wunderte sich. Wie? Die wird immer noch vertrieben? Sie war schon ein Jahr alt. Ich sprach ihn auf Buddy Holly an. Auf ›Songfall‹ hatte er dessen ›Everyday‹ gesungen. »Ich singe auch ›Oh Boy‹ und ›Peggy Sue‹ auf der Bühne.« Er schien scheu zu sein. Wahrscheinlich war ich einer von höchstens zwanzig Leuten, die ihn je um ein Autogramm gebeten hatten. Er verabschiedete sich, hatte noch was im Studio zu tun. Ich war glücklich. Ich hatte nur diesen einen Lieblingssänger (außer dem toten Buddy Holly), und ich bekam nicht nur ein Autogramm von ihm, ich lernte ihn auch kennen. Ich beschloß, ihn irgendwann wiederzutreffen, wenn ich weniger nervös sein würde, um mich richtig mit ihm zu unterhalten.

Im Jahr drauf wollte ich weg von zu Hause. Für immer. Ich hatte keine neue Freundin gefunden, hatte die Schnauze gestrichen voll und außerdem, wie ich meinte, einen Traumjob in London in Aussicht, bei Foyle's, der angeblich größten Buchhandlung der Welt. Meine Mutter heulte beim Abschied. Ich hatte zwar nur von ein paar Monaten gesprochen, doch schien sie zu ahnen, daß ich ohne Rückkehr plante. Ich nahm fünftausend Mark mit, die ich im Sommer in den Semesterferien als Beifahrer auf einem Bierwagen verdient hatte.

Ich wohnte in Thornton Heath bei einem jungen Ehepaar für neun Pfund die Woche. Sie waren Bekannte von Mrs. Jepsen, bei der ich sonst immer in London logiert hatte. Mark und Judy waren Bankangestellte. Bei Judy mußte ich nicht sofort an Ficken denken, eigentlich die ganze Zeit über nicht. Sie hatte so strähniges blondes Haar, das mir nicht gefiel. Die beiden machten mittwochs immer ihr Nümmerchen. Ich kann mich noch genau dran erinnern, wie sie einmal zu ihm sagte, gegen 23.00 Uhr: »Komm endlich, sonst verpaßt du noch den Mitternachtsfilm.« Ich sah mir solange das Programm an. Mark war rechtzeitig wieder da.

Judy hatte eine siebzehnjährige Schwester, die noch bei ihren Eltern in einem etwas feineren Vorort hinter Croydon wohnte. Sie lernte Deutsch in der Schule. Ab und zu nahmen mich Mark und Judy zu ihr mit, und ich half ihr bei den Hausaufgaben. Ich verliebte mich in sie. Wir knutschten dann später auch, aber wenn ich Anstalten zum Vögeln machte, wehrte sie jedesmal ab. Einmal, als ich sie zum Babysitten begleitete, ging mir einer ab, als wir machten und taten.

Den Job bei Foyle's hatte ich nur eine Woche. Es war was für 'n Arsch. Ich kriegte nur zweiundzwanzig Pfund die Woche und mußte dafür morgens Pakete öffnen in einem Keller, der mich an Charles Dickens erinnerte. Nachmittags stand ich in der medizinischen Abteilung wie der Ochs vorm Berge, wenn mich einer nach einem bestimmten Buch fragte. Ich konnte nur Kassenzettel ausfüllen. Ich quittierte also den Job und lebte vom Geld der Brauerei.

Vor meinem London-Aufenthalt hatte ich Phillip geschrieben, ob er sich noch an mich erinnerte und ob er mich wiedersehen wollte. Mich interessierte auch, was er nun machte. Er hatte geantwortet, daß ein Sampler von ihm raus sei, ›Jingle Jangle Man‹, daß ihm seine Firma gekündigt hatte und – am wichtigsten – daß Roger Daltrey von The Who eines seiner Lieder ›Oceans Away‹ für seine Solo-LP ›Ride A Rock Horse‹ aufgenommen hatte. Aber diese ganze Geschichte brauche ich nicht mehr aufzuschreiben. Sie stand schon in Literatur Konkret 1984: ›Einmal Tchibo und zurück‹.

Zurück ins Spektrum, zurück zu Buddy Holly, zurück zum Schreiben. Ich hatte keine Ahnung, wie ich tippen sollte, mangels vorheriger Übung, jeden Tag ein paar Zeilen oder alles auf einmal. Ich mußte erst mal wissen, was ich veröffentlichen sollte, was ich beim Leser voraussetzen durfte. Das ist ja immer die Frage: Für wie doof muß man den Leser halten?

Zunächst ging die Arbeit im Laden weiter, die ich jetzt mit dem Auftrag in der Tasche etwas fröhlicher absolvierte. Sie war immer die gleiche. Ich brauch' mich da nicht mehr auszulassen. Im Hinblick auf meinen Artikel las ich John Goldrosens Biografie über Holly, zu Hause, auf dem Bahnsteig und in der Mittagspause. Je mehr ich las, um so schwieriger erschien es mir, die zweihundert Zeilen über ihn zu schreiben. Fünfzehnter Januar war Redaktionsschluß. Das Weihnachtsgeschäft war hart, besonders an den Samstagen. Einen Tag vor Heiligabend durften wir auf Kosten der Zentrale was bei Wimpy essen. Wundert mich im nachhinein, daß man uns nicht zu McDonald's geschickt hat.

Silvester war ein denkwürdiger Tag für mich in jenem strengen Winter. Ich hatte Geburtstag. Tags zuvor hatte ich schon reingefeiert, und nun kam der familiäre Teil. Wir tranken ganz gemütlich Kaffee. Der Besuch ging, und ich zog mich um, weil ich abends noch in eine Kneipe gehen wollte. Plötzlich bekam ich Angstzustände. Ich glaubte, ich kriegte keine Luft mehr und würde kaputtgehen. Die Lage verschlimmerte sich, ich konnte kaum noch sprechen, eine Gesichtslähmung trat ein. Meine Eltern riefen Robert zurück, einen befreundeten angehenden Arzt, der noch beim Kaffee dabeigewesen war. Als er mit dem Blutdruckmesser ankam, waren meine Hände schon verkrampft zu einer Krähenstellung. Robert und mein Bruder steckten mich ins Auto und fuhren mich zum Knappschaftskrankenhaus. Ich war mir sicher, ich würde sterben oder zumindest gelähmt bleiben. Ich weiß nur noch, daß ich dachte: Mit den Händen kannst du nie mehr wichsen.

Ich bekam eine Spritze, die Angst und die Verkrampfungen lösten sich. Am nächsten Tag schien alles vergessen. Ich wurde entlassen. Doch 'ne Woche später kriegte ich im Laden einen ähnlichen Anfall. Wieder diese Todesangst, wieder dieses Keuchen, weil ich dachte, keine Luft mehr zu kriegen. Es war ein Freitag, und ich ließ mich mit einem Krankenwagen zum Knappschaftskrankenhaus fahren. Der zuständige Arzt regte sich auf: »Erst der Hausarzt, dann der Notarzt, dann wir.« »Aber ich hatte so 'ne Angst. Und meine Papiere sind doch auch hier. Ich war doch hier erst über Neujahr.« Er gab mir Valium.

Montags sprach mein Hausarzt von Hyperventilation und verschrieb mir Depot-Spritzen. Die machten mich müde. Ich ging früh ins Bett und versäumte so auch damals die Holocaust-Serie. Buddy Holly hatte Pause. Erst in der Nacht zum fünfzehnten Januar mußte ich endlich dran glauben. Heute nacht oder nie. Ich stand gegen halb drei auf, ging von der Mansarde runter und holte mir aus dem Kühlschrank 'ne Pulle Cola und 'n Liter Milch. Dann schrieb ich. Um sechs war das Ding fertig.

Bis ich zur Arbeit fuhr, hörte ich mir immer wieder ›I Can't Stand The Rain‹ von Ann Peebles an, und ich wußte nicht, warum. Per Eilpost gab ich den Text auf. Ich hörte nichts vom Marabo. Ob die den angenommen hatten oder nicht. Es folgten die vielleicht spannendsten vierzehn Tage meines Lebens, bis zum Erscheinungstermin. Dann endlich war es soweit. Auch bei uns im Laden wurden die Hefte vertrieben. Ich riß sie dem Lieferanten aus der Hand. Ich war drin!

Ich nahm gleich ein Dutzend Exemplare und verschickte sie an Bekannte, auch an Phillip. Für einen Moment war ich schon größenwahnsinnig und dachte, ich könnte mit dem Artikel was reißen. Auf eine Annonce hin, die gerade in dem Monat erschien, bewarb ich mich bei Sounds. Aber natürlich bekam ich nach ein paar Wochen eine Absage.

Da war ich schon in die Dortmunder Filiale verlegt worden. Es folgte ein Jahr fast ohne besondere Ereignisse. Nichts schien mich weiterzubringen. Würde ich ewig Plattenverkäufer bleiben? Vom Marabo hörte ich in Dortmund nichts, vorläufig jedenfalls.

Ich war Geschäftsführer geworden mit 1300 Mark brutto. Mein einziger Mitarbeiter war ein Ex-Junkie, der mir nach ein paar Wochen aus der Vorverkaufskasse 700 Mark klaute. Sein Nachfolger kam vom Bau und war ganz in Ordnung. Wir kriegten uns nie in die Wolle, zumal wir in etwa denselben Musikgeschmack hatten. Ich kam nur nicht ganz mit, als er nach ein paar Monaten rankam und sagte, er würde 'ne Frau mit drei Kindern heiraten, von zwei verschiedenen Männern, von denen keiner er war.

Ich begann mich abzufinden. Es gab keine Alternative zum Laden. Sonntags spielte ich Fußball und bekam Sondertraining, weil ich zu den normalen Zeiten noch arbeiten mußte. So ließ der Trainer mich mittwochs an meinem freien Vormittag antanzen. Auch im Fußball war meine große Zeit vorbei. (D.h., in was anderm hatte ich nie eine große Zeit gehabt.) Sieben Jahre Bezirksklasse waren alles. Nun wurde nach dem Abstieg in der Kreisliga gekloppt. In der B-Jugend war ich Auswahlspieler gewesen. Aber nach dem Abi fing die Raucherei und die Sauferei an, und zu mehr als Bezirksklasse reichte es nicht mehr. Unter den Mitspielern, die meist verheiratet waren, hatte ich keine

Freunde, nur, mir fällt kein anderes Wort ein, Kameraden, mit denen ich schon mal nach'm Spiel knobelte oder klammerte. Im Grunde gehörte ich nicht richtig dazu. Es gab da ein paar Klübchen mit Frauen, in die ich nicht reinpaßte.

Es war eine Zeit, in der ich mich nicht ausstehen konnte. Die Tranquilizer waren appetitanregend, und ich nahm zu. Die Jeans wurden mir zu eng. Im Spiegel sah ich ein aufgedunsenes Gesicht. In der Kabine mußte ich eine größere Turnhose anziehen. Trotzdem, meine Leistung reichte noch für die erste Mannschaft.

Im August kam Günther vom Marabo in den Laden, der auch der Anzeigenleiter war.

»Wir planen da was über Elvis. Zum zweiten Todestag. Einer macht was über seine Filme, und der Christian und ich meinten, über die Musik könntest du was machen.« Ich dachte schon, die hätten mich vergessen. Es war keine Frage, daß ich den Auftrag annahm. »Es gibt jetzt auch Geld. Pro Seite dreißig Mark.« Ich war zwar nie Elvis-Experte, doch einen kleinen Artikel traute ich mir zu. Zu Hause spielte ich mir die einzige LP vor, die ich von ihm hatte, und schrieb auf, was mir dabei einfiel. Das Ganze nannte ich ›The King and I‹.

Im Monat drauf flog ich nach England. Ich traf meinen Freund Phillip und seine Frau wieder. Er war erneut ohne Vertrag. Wir aßen zusammen in Soho eine Pizza und gingen ein wenig spazieren. In einem Plattenladen blieb er vor einem Fach stehen, an dem ein Schild hing ›under a pound‹. »Hier wirst du meine Platten finden«, meinte er ironisch resigniert. Ein paar Tage später gab er in einem Club im West End ein Konzert, vielleicht dreißig Leute waren da, zwanzig davon waren von ihm persönlich eingeladen worden. Es blieb mir auch an diesem Abend schleierhaft, wieso jemand mit so viel Talent sein Lebtag so erfolglos sein kann.

Ich besuchte auch die alljährliche ›Buddy Holly Week‹ im Clarendon Hotel in Hammersmith. Am ersten Tag wurden Memorabilien ausgestellt, und die Crickets mit Hollys Witwe wurden dem Publikum in einer lockeren Feierstunde vorgestellt. Anschließend gab's Autogramme. Ich holte mir auch welche. Als ich zu dem Drummer Jerry Allison, der mit jener Peggy Sue verheiratet gewesen war, meinte, ich käme eigens aus Deutschland, sagte er: »I appreciate that«, und mir fiel ein, daß meine Brieffreundin Sue mal geschrieben hatte: »I appreciate your taste of music.« Später traf ich Allison noch mal. Ich sagte ihm, wie gut mir die Single ›Cruise In It‹ von den Crickets gefiel, und er meinte wieder: »I appreciate that.« Mittlerweile ist appreciate eines meiner englischen Lieblingswörter. Deuce fällt mir noch ein. Wenn mir auch die gleichnamige LP von Rory Gallagher nicht gefällt. Jeopardy. Es gibt da noch ein paar.

Am nächsten Tag sah ich das schönste Konzert meines Lebens. Die Crickets, die älteste noch bestehende Rock 'n' Roll-Band, spielten im Hammersmith Odeon, und viel Prominenz, vor allem englische, wirkte mit. Schließlich waren 20 Leute auf der Bühne, u. a. ein Everly Brother, ich weiß nicht mehr welcher, Don oder Phil, Albert Lee, Mike Berry and the Outlaws und last not least Paul McCartney mit Frau. Alles sang eine halbe Stunde ›Hey Bo Diddley‹, eine Nummer, die Holly nie gesungen hatte. Beim Rausgehen lief dann vom Band ›True Love Ways‹. Jahre später kam ich ins Hammersmith Odeon zurück, ausgestattet mit einem Backstage-Paß. Ich war da ein anderer Mensch. Ich werde vielleicht drauf zurückkommen. Jener Urlaub hatte sich jedenfalls gelohnt, auch wenn ich Mary nicht wiedertraf, die gerade in Deutschland studierte. Der Gedanke, Sue mal wieder zu besuchen, kam mir nicht. Zurück in Dortmund dieselbe Routine. Der Fahrplan änderte sich nicht, und abends im Zug sah ich meist die bekannten Gesichter. Ich hatte ihnen gelauscht. Es waren Verkäuferinnen von Karstadt oder Horten. Zu denen gehörte ich eigentlich und nicht zum Showgeschäft, mit jedem Abend wuchsen meine Minderwertigkeitskomplexe. Meine Lage war aussichtslos. Wie sollte ich aus dem Plattendreck rauskommen? Nicht selten dachte ich abends im Bett an Selbstmord, aber ernsthaft kam er nicht in Betracht, zumindest nicht, solange meine Eltern lebten. Manchmal wünschte ich mir, ich hätte damals bei Foyle's mehr Durchhaltevermögen gehabt. Dann wieder träumte ich, eines Tages käme kein einziger Kunde, was ja theoretisch möglich war. Das steigerte sich dazu, daß ich mir vorstellte, die gesamte Innenstadt sei leer, alle seien krank, beim Arzt oder bräuchten ganz einfach nichts.

Nach Sabines Hochzeit sah ich sie nur selten, bei Geburtstagsfeiern und so. Ich ging weiterhin ab und an mit Susanne raus, doch brachte ich es nach wie vor nicht fertig, ihr zu erkennen zu geben, daß ich sie liebte, und ich fand auch nicht raus, ob sie es ahnte. Außer mit ihr ging ich nie raus und guckte abends fernsehen, nur sonntags nicht, wenn nach dem Spiel bis in die Puppen gesoffen wurde. Öfters bekam ich in der Zeit montags diese Angstzustände. Dann warf ich Lexotanil ein, die ich inzwischen statt der Spritzen verschrieben bekam. In der Regel ging's mir dann besser, bis zum nächsten Montag. Nur einmal noch war es so schlimm, daß ich mir 'ne Taxe zu meinem Hausarzt nahm, der in der Mittagszeit nicht da war. Die Sprechstundenhilfe telefonierte mit ihm, und fernmündlich ordnete er an, daß mir eine Spritze zu geben sei.

Im Herbst sah ich in der Buchhandlung Schwalvernberg, wo ich öfters in der Mittagspause stöberte und, wenn ich einen Anfall hatte, auch schon mal die gesamte SWF-Bestenliste kaufte, ein neues Buch des Bochumer Autors Frank Göhre, ›Schnelles Geld‹. Ich nahm es mit und telefonierte mit dem Marabo. Ja, ich sollte es rezensieren, schließlich war das Heft auch eine Regionalzeitung. Dann kam der neue von der Grün, den ich zum größten Teil am Buß- und Bettag las. Es folgte Handke. Alle Kritiken erschienen. Ich war anscheinend drin beim Marabo. Im Februar wurde das zweijährige Bestehen gefeiert, für mich die erste Gelegenheit, die andern Mitarbeiter kennenzulernen. Ich wurde einigen Leuten von den Verlegern vorgestellt. Nur eine Frau war dabei. Ins Gespräch kam ich nur mit Christoph Biermann, dem Musikredakteur, einem jungen Spund, der gerade achtzehn war. Er lud mich ein, auch Plattenkritiken zu schreiben. Spätabends fuhren wir noch in einen neuen Laden zu uns nach Langendreer, in den Rockpalast, den ein Bundesligaspieler vom VfL Bochum angeblich aufgemacht hatte. Es war voll. Christoph traf ein paar Bekannte, ich keine. So ging ich dann nach kurzer Zeit nach Hause. Ich hatte erwartet, daß ich irgendwie in die Marabo-Szene richtig reingekommen wär. Doch ich fühlte mich weiter als Außenseiter, zumal ich nicht an den Redaktionssitzungen teilnehmen konnte.

Beim Schreiben der Rezensionen war in mir der alte Traum erwacht, einen Roman zu verfassen. Aber ich tat nichts, um ihn zu verwirklichen. Ich hatte nach Feierabend genug mit den Artikeln zu tun. Außerdem sah ich keine Chance, daß sich ernsthaft jemand mit einem Manuskript von mir beschäftigen würde. Lektoren sind überfordert. Wahrscheinlich müßte man Beziehungen haben.

Ich kannte nur einen Autor, der mir hätte helfen können, Hermann Lenz. Aber ich wollte nicht aufdringlich sein, und erstmal hätte ich ja auch einen Roman fertig haben müssen. So sprachen Hermann Lenz und ich über andere Dinge, als er nach Bochum kam.

Ich war mittlerweile in meine Heimatstadt zurückverlegt worden. Mein Mitarbeiter war stets unpünktlich und hatte meist einen Band von Arno Schmidt dabei. Ich mußte zurückdenken an Susannes ehemaligen Freund. Was der jetzt wohl machte. Die Arbeit mit Klaus war die gleiche wie vorher auch, nur waren die Umsätze leicht rückläufig. Allmählich machte sich der Video-Boom breit, und die Schallplattenverkäufe gingen zurück, vielleicht auch aufgrund der steigenden Arbeitslosenzahlen. Die große Zeit von 77/78 war jedenfalls vorbei. Ich merkte es an meiner Lohntüte. Selten erreichte ich von nun an das Limit, von dem an man mich am Umsatz beteiligte, mit einem Prozent.

›Von nun an‹ hieß auch eine Anthologie, die ich mir im Mai während eines Urlaubs mit meinen Eltern in Cuxhaven kaufte. Nur eine Geschichte gefiel mir, die von einem mir unbekannten Strätz. Überhaupt waren nur unbekannte Autoren in dem Band der edition suhrkamp, neue Folge. Erstaunlich fand ich, daß eine Bochumer Autorin abgedruckt war, deren Text ich nicht ganz verstand, Bettina Blumenberg. Immerhin war sie aus dem Ruhrgebiet, und da gibt's nicht allzu viele Leute, die in ersten Häusern veröffentlichen. Ohnehin fragte ich mich dauernd, wieso überhaupt so wenige Ruhrgebietsautoren Aufsehen erregen. Nur Baroth konnte sich mal für einen Monat mit seinem ›Streuselkuchen‹ in der Bestenliste plazieren. Wieso schrieb hier keiner eine ›Blechtrommel‹, gar einen ›Ulysses‹, ein ›Gruppenbild mit Dame‹, eine ›Stunde der wahren Empfindung‹, ›Jahrestage‹ oder wenigstens ›Tadellöser und Wolff‹. Dasselbe auf dem Theater. Da ist eine der führenden deutschen Bühnen, aber die Aufträge gehen nach Bayern zu Achternbusch und noch ein Stückchen weiter zu Thomas Bernhard.

An irgendwas muß es ja liegen, daß im Ruhrgebiet so wenig gute Literatur entsteht, obwohl hier die Stoffe genauso auf den Straßen liegen wie in Frankfurt, Berlin oder München. Aber zu mehr als zu einem Max von der Grün hat es nicht gereicht, der festgelegt war auf seinen Pütt. Es gab da noch den Körner, aber der schien nur noch Sachbücher zu schreiben. Als ich in Dortmund arbeitete, sah ich ihn einmal durch die Stadt gehen. Ich kannte sein Gesicht von einem Buch-Cover her. Ich fragte mich, wovon er wohl lebte, denn wenn ich's richtig mitverfolgt hatte, veröffentlichte er alle zwei Jahre mal ein Taschenbuch. Außerdem kannte ich noch einen Wolfgang Komm, von dem ich mir antiquarisch sein Debüt gekauft, doch nie gelesen hatte. Das war auch schon alles, was ich an Schriftstellern aus dem Ruhrgebiet kannte. Im Sommer schrieb ich neben den Kritiken kleinere Artikel über Cliff Richard und Bruce Springsteen. Mittlerweile hatte man mich zum Literatur-Redakteur gemacht mit hundert Mark Pauschale im Monat.

Ich war stolz auf die Anerkennung und freute mich über die Möglichkeit, nun etliche Rezensionsexemplare bestellen zu können. Ich las nun auch noch mehr, vielleicht auch, um zu lernen, wie man einen Roman schreibt. Am besten gefiel mir der Engländer Ian McEwan mit seinem inzestuösen ›Zementgarten‹. Ich schrieb über ihn meine Rezension ›Warum nicht die Schwester?‹. Später bei Ute mußte ich wieder an diesen Titel denken.

In dieser Zeit hörte ich auch wieder etwas von ihr. Meine Mutter hatte bei Sabine als Kinderfrau angefangen, und eines Abends sagte sie: »Die Schwester von der Sabine war da. Die ist rassig. Wär was für dich. War aber nur einen Tag da. Die ist schon wieder in den Harz gefahren.« Wäre was für mich! Welche Frau wäre in dieser Zeit nicht was für mich gewesen! Im September bekam ich mein erstes Interview, mit Cliff Richard. Ich hatte ein paar Tage Urlaub, und es ging also. Am Samstag davor besuchte ich die ›Weltverbesserer‹-Uraufführung. Es war auch eine Premiere für mich. Ich ging erstmals als Kritiker ins Theater.

Eine Weltpremiere hatte ich schon mal erlebt, vor Jahren mit meiner Mutter, als ich noch aufs Gymnasium ging.

Schalla gab Hochhuths ›Guerillas‹. Nach der Vorstellung befragte Hellmuth Karasek Besucher, und ich drängelte mich zur Kamera. Tatsächlich hielt er mir Siebzehnjährigem, dem wahrscheinlich jüngsten Besucher, das Mikrofon vors Gesicht. Ich konnte nur stammeln: »Nicht so gut wie Soldaten und Stellvertreter«, obwohl ich diese Stücke gar nicht gesehen hatte. Ein halbes Jahr später, als Karaseks Hochhuth-Porträt im Dritten Programm lief, war ich rausgeschnitten. Seitdem kann ich Karasek nicht mehr leiden.

Beim ›Weltverbesserer‹ konnte ich ihn im Foyer nicht entdecken. Ich erkannte von den Kritikern nur den dicken Rischbieter, Heinrich Vormweg, bei dem ich mich wunderte, warum er einen Schwung Bücher mit in die Vorstellung nahm, und Benjamin Henrichs, der in das dicke Programmheft vertieft war, während Bernhards Verleger, neben den ich mich neugierig setzte, sich mit einer jungen Dame unterhielt. Ich konnte aber nichts verstehen. Als er aufstand, folgte ich ihm unauffällig. Ich bekam am Getränkestand mit, wie er sie Herrn Rühle von der FAZ als Bernhards englische Übersetzerin vorstellte.

Dann sah ich ein anderes Gesicht und bekam gemischte Gefühle. Herr Dürr von der AEG, einst Schleyer-Nachfolger. Wie kam der hierhin? Es waren höchstens zweihundert Karten in den freien Verkauf gelangt, und ausgerechnet er hatte ein Ticket gekriegt, zwei sogar, während sich bestimmt einige tausend Bochumer vergeblich bemüht hatten. Wahrscheinlich verfügte er noch über gute Beziehungen aus Peymanns Stuttgarter Tagen. Er schien ohne Leibwächter gekommen zu sein.

Und ich dachte, ob Christian Klar, der damals noch frei rumlief, an dieser Stelle ein Attentat auf diesen ehemaligen Arbeitgeber-Präsidenten gewagt hätte. Das Risiko war gering. Aber vermutlich hätte Klar nicht damit gerechnet, Dürr in einer Peymann-Inszenierung in Bochum zu sehen.

Ich dachte auch an Peymanns Gebiß-Sammlung und an Edith Heerdegen, die mitspielte und die bei Pontos Beerdigung einen Text zum besten gegeben hatte. Vielleicht hätte sie auch bei Dürrs Tod gesprochen. Dürr. Eventuell hatte er von Peymann eine Freikarte bekommen. Ich fühlte mich fehl am Platze. Ohnehin war ich kein Theater-Fan, nur einer von Thomas Bernhard, dessen autobiografische Bücher mich begeistert hatten. Ich ließ den Abend über mich ergehen und beschloß, Bernhards Stücke fortan nur noch zu lesen.

Montags drauf traf ich mich mit Andreas Böttcher im Redaktionsbüro. Er sollte Fotos machen. Ich schnappte mir den Kassettenrekorder, und ab ging's nach Leverkusen. Wir mußten uns da zum Ramada Inn durchfragen. Axel Benewitz, der Pressefritze von der Plattenfirma, erwartete uns. Zunächst hatten wir in der Bar frei Saufen. Ich beruhigte mich mit ein paar Bierchen. Dann fuhren wir rauf zur Suite. Cliff Richard empfing uns an der Tür, der erste Superstar, dem ich begegnete, obwohl seine Glanzzeit schon hinter ihm lag. Er war freundlich, wie vermutet. Ich kriegte das Mikro nicht ins Gestell, und er half mir. Sonst aber war ich wenig aufgeregt. Ich spulte meine Fragen ab, die ich alle im Kopf hatte, und er antwortete, ohne viel überlegen zu müssen. Es mußte sein fünftausendstes Interview sein. Fragen nach seinem Privatleben wich er aus. Eigentlich hatte ich wissen wollen, ob er schwul ist. Aber er blockte sofort ab, als ich sagte, man lese so wenig von ihm und Frauen. Er fühle sich da wie jedermann, und über normale Leute stehe auch nichts Privates in der Zeitung.

Nach einer halben Stunde war Bravo dran, und ich mußte gehen. Die eigentliche Arbeit folgte noch. Das Übersetzen und Transkribieren des Interviews. Cliff Richard hatte sich als ergiebiger Gesprächspartner entpuppt. Immerhin hatte er bald fünfundzwanzig Jahre Popgeschichte erlebt. Entsprechend umfangreich wurde mein Artikel, und ich hatte mal wieder was in der Hand, womit ich mich eventuell bei einer größeren Zeitschrift bewerben konnte.

Das Heft war gerade auf dem Markt, als Sabine mich wegen Ute anrief. Ich würde sie also ficken, da war ich mir sicher, ohne auch nur einmal mit ihr telefoniert zu haben und ohne zu wissen, wie sie aussah. Aber ich hatte mein Bild von ihr: Sabine zehn Jahre jünger, oder vielleicht sah sie auch aus wie Monika. Es war eine Mischung von allen möglichen Frauen, die mir durch den Kopf ging. Beim Wichsen dachte ich noch nicht an sie. Da machte ich es nur mit Bekannten oder auch schon mal mit einem Playmate des Monats. Wahrscheinlich würde sie so lochtig sein wie Sabine, die bei der ersten Gelegenheit mit dem Apotheker gevögelt hatte.

Sie rief dann selber an. Ihre Stimme klang so, als stamme sie aus der DDR.

»Hallo, ich bin Sabines Schwester. Weißt du Bescheid?«

»Ja. Ich hab' hier ein Buch zur Besprechung, von Irmtraud Morgner, wenn dir das was sagt.«

»Kenn' ich dem Namen nach.«

Meine Strategie stand längst fest.

»Dann komm doch mal vorbei.«

»Ist gut. Wann denn?«

»Samstagabend.«

Dann würden meine Eltern im Urlaub sein. Aber die hätten sowieso nichts dagegen gehabt, wenn ich mit der Ute gefickt hätte. Die fragten sich ohnehin wahrscheinlich, ob ich nicht einen Samenkoller kriegen würde. Aber über unseren eigenen Sex sprachen wir nicht, höchstens über die Affären in der Nachbarschaft und in den Zeitungen.

Mittwochs besuchte ich in Dortmund nach Feierabend eine alte Dame, Frau Raphael, die Witwe eines weitgehend vergessenen jüdischen Kunstwissenschaftlers (sein Werk wird derzeit von Qumram rausgebracht). Ich kannte sie ein paar Jahre und ging gelegentlich hin. Meist erzählte sie von den Schwierigkeiten bei der Edition der Werke ihres Mannes oder über ihre Zeit im Exil. Mit der Zeit kannte ich fast ihre ganze Geschichte, von der Knappschaftssekretärin über die Sozialistin, die Emigrantin, die Internierung, die Befreiung, die Auswanderung in die USA, den Selbstmord des Mannes, die Rückkehr. Aber ich will hier nicht ihre Story erzählen. Wahrscheinlich hätte sie das nicht gern. Man hat sie vergeblich aufgefordert, ihre Autobiografie zu schreiben. Sie hat sich denn auch anonym begraben lassen.

Für mich repräsentierte sie immer ein anderes Deutschland: das Leiden. Auch meine Großeltern haben manches mitgemacht, aber eben auf der anderen Seite. Frau Raphael erzählte, und ich hörte zu. Was hätte ich sagen sollen? Von mir gab's ja wenig zu berichten. An diesem Mittwoch meinte ich zwischendurch eher scherzhaft: »Was ich brauche, ist ein Lotto-Gewinn!« und trank den Asbach im Kaffee, den sie mir immer servierte. Sie faßte das als Ernst auf und gab mir zwanzig Mark im Rausgehen. »Versuchen Sie ihr Glück!«

Ich hatte das Moos nicht nötig. Außerdem spielte ich sowieso schon Lotto, dieselben Zahlen seit fünfzehn Jahren, und ich dachte daran, samstags das Geld mit Ute zu versaufen, aber am nächsten Tag ging ich doch in der Innenstadt in eine Annahmestelle und vertippte die ganzen zwanzig Mark für Lotto, 6 aus 45 und die Glücksspirale. Ich hatte noch nie mehr als vier Richtige gehabt, und ich hätte meinen eigenen Tip längst aufgegeben, wenn ich meine zweimal sechs Zahlen nicht auswendig gewußt hätte, und wehe, ich hätte dann mal mitgekriegt, wenn sie gezogen worden wären. Ich schrieb die zwanzig Mark ab. Hatte ja doch keinen Zweck.

Ich dachte eher an mein Glück in der Liebe. Mir fiel keine Taktik ein, wie ich Ute rumkriegen sollte. Mein Aussehen war eher abschreckend mit meiner Wampe, meiner deformierten Nase und den schlechten Zähnen. Ich würde schon mal die Oberlippe mit dem Schnäuzer nicht hochheben. Vielleicht sollte ich ihn abrasieren. All so 'n Zeug ging mir durch den Kopf. Ich kaufte Getränke. Bier, Wein, Cola. Wir hatten nichts im Haus. Bei uns wird nie getrunken, höchstens mal 'ne Flasche Wasser ohne Geschmack. Auch ich trank zu Hause nur, wenn Besuch kam, und mußte jedesmal vorher einkaufen. Kurz nach acht klingelte es. Durch die Haustür sah ich schemenhaft zwei Figuren. Dann wird sie die Sabine mitgebracht haben, dachte ich. Dachte ich. Sie stand mit einem Macker da.

»Ich bin die Ute, und das ist Bernd.«

Ich war platt. Mit allem hatte ich gerechnet, auch mit einer Hasenscharte, aber nicht mit einem Freier. Ohne zu zeigen, daß ich mich ärgerte.

»Einen Moment. Wir nehmen die Getränke mit hoch. Was wollt ihr haben?«

Bier. Ich holte ein paar Granaten aus dem Kühlschrank. Oben sah ich sie mir erst mal richtig an. Sie hatte gar nichts von Sabine. Sie war nicht besonders schlank. Unter ihrem dicken Pullover waren größere Titten abgemalt. In der Jeans steckten stramme Oberschenkel. Ihre Haare waren so schulterlang wie Sabines, die einzige Gemeinsamkeit. Kein Zweifel, sie gefiel mir. Aber an jenem Abend, wie schon seit längerem, wäre jede mein Typ gewesen. Er sah unscheinbar aus. Ich beschloß, ihn zu ignorieren.

»Was studierst du denn eigentlich?«

»Germanistik und Sowi.«

Ich wußte nicht mehr weiter. Sollte ich ihr von meinen vergeblichen Studierversuchen erzählen? Ich holte ein Marabo raus und zeigte ihr mein Cliff-Richard-Interview.

»Ist nich' gerade meine Musik.«

»Meine auch nich', aber im Moment ist er mal wieder aktuell.«

Ihr Macker musterte meine reichhaltige Bibliothek. Ich dachte, Bukowski sei das Richtige für ihn, und zeigte ihm ›Die Ochsentour‹. Kannte er noch nicht. Ich wollt's ihm ausleihen, aber er lehnte ab.

»Wir wollen gleich wieder gehen«, sagte Ute. »Kannst du mir das Buch geben?«

Ich hatte es bereitgelegt.

»So fünfzig Zeilen à dreißig Anschläge.«

Ich mußte noch ein bißchen mehr rauskriegen.

»Studiert dein Freund auch hier?«

»Nee, der arbeitet als Taxifahrer in Harzburg.«

Dann war ja noch was zu machen. Sie würde hier oft alleine sein. Und irgendwann würde es dann schon klappen. Wie, wußte ich nicht. Vielleicht war sie ihm ja treu ergeben, abhängig, hörig. Er sah allerdings nicht so aus. Er hatte sogar Ähnlichkeit mit mir. Zumindest in der Figur. Sie war also weiter nicht anspruchsvoll.

»Soll ich dich anrufen, wenn ich fertig bin?«

»Ja, tu das.«

Danach gingen sie essen, und kurz dachte ich daran, mich uneingeladen anzuschließen, doch ich wollte nicht aufdringlich erscheinen.

Ich sah fern, einen Spielfilm im Zweiten, den ich schon im Kino gesehen hatte. Als er zu Ende war, schaltete ich um zur Ziehung der Lottozahlen. Ich sah sie mir sonst nur mit meinem Vater an. Aber ich hatte ja da diesen Sondertip gemacht, und das Aktuelle Sportstudio hatte noch nicht angefangen. Ich holte meine Scheine aus dem Portemonnaie. Die Fee zog. Ich schrieb die sechs Nummern und die Zusatzzahl auf. Auf meinem Normaltip, den ich ja auswendig kannte, hatte ich keinen richtig. Dann machte ich Kreise um die neuen Zahlen. In einer Spalte wurde ich unruhig. Erst einen Kringel, dann zwei, drei, vier, schließlich fünf! Ich wollte es nicht glauben. Hatte ich falsch abgelesen, hatte ich mich verschrieben? Ich schaltete um.

Harry Valérien würde auch die Zahlen bekanntgeben. Allerdings ohne Gewähr. Ich lief zum Telefon, suchte die Nummer der Lottoansage. Besetzt. Nach der Bundesliga-Berichterstattung gab Valérien die Nummern durch. Sie stimmten! Das Telefon war noch immer besetzt. Wieviel würde ich gewinnen? Ich hatte nur eine Ahnung, ich schätzte so zwei- bis viertausend. Was würde ich damit machen? Im Moment konnte mir niemand Gewähr geben. Ich wollte mißtrauisch bleiben und plante dennoch schon. Ich würde Ute was schenken. Wir könnten zusammen nach London fahren. Lieber nich'. Ich mußte erst mal sehen, ob überhaupt was mit ihr zu machen war. Ich dachte auch daran, was gewesen wäre, wenn ich einen mehr gehabt hätte. Ich sah mir die Zahlen noch mal an. Die sechste war nicht in der Nähe. Kein Grund also, sich zu ärgern.

Am Dienstag kam die Quote raus. Dreitausend und ein paar Kaputte. Ich hatte noch immer Zweifel, als ich am Mittwoch zur Annahmestelle ging, bis mir die Olle hinterm Tresen den Schotter hinblätterte. Ich brachte die drei Mille gleich nebenan hin zur BfG. Ich hatte immer noch keinen festen Plan, was ich mit der Asche machen würde. Nur die Gesamtausgabe von Hanns Henny Jahnn bestellte ich mir für gutes Geld bei Janssen.

Ich gab Ute zehn bis vierzehn Tage, dann müßte sie mit der Kritik fertig sein. Ich war ernüchtert durch ihren Freund, aber auf der Arbeit, bei dieser monotonen Maloche, die ewig von Musik untermalt wird, die ich lange leid war, malte ich mir ab und zu aus, wie ich mit ihr im Bett liegen würde, mit der ersten seit längerer Zeit. Die Frage war nur, wie kriegte ich sie soweit. Mir fiel kein Weg ein. Ich war ja auf dem Gebiet immer Amateur gewesen. Selbst wenn ich mal eine hatte, ging's nicht lange gut. Wahrscheinlich würde Ute ein Traum bleiben, und ich würde weiterzupfen.

Am Samstag ging ich mit Rolf, einem alten Schulkollegen, der Jura studierte, ins Rotthaus, wo alle möglichen Leute verkehrten, hauptsächlich Alternative, Studenten, Grüne, diese Szenerie. In der Küche gab's Exotisches, das ich nie probierte. Ich war vollauf zufrieden mit Mutters Kost, für die ich im Monat 150 Mark abdrückte. Es hingen ein paar politische Plakate an der Wand, und über den Scheißhäusern prangten die Konterfeis von Ulrike Meinhof bzw. Andreas Baader. Damals war der Laden noch proppenvoll, auch die Woche über, hauptsächlich wegen der Preise, die niedriger waren als die in der Stadt.

Rolf und ich blieben nicht lange, wir hatten da keine Bekannten, und es würde wahrscheinlich auch keiner auftauchen. Wir fuhren das Stück rüber zum Rockpalast, der auch nicht gerade mein Stammlokal geworden war. Die Heavy-Metal-Szene hatte sich hier breitgemacht. Dafür waren die Mädchen hier hübscher als im Rotthaus.

Ich legte für Rolf und mich einen Zehner für Eintritt und Verzehr hin. Ich hatte es ja jetzt. Wir mußten erst durch ein Café, um in den eigentlichen Tanzpalast zu kommen und zum Bierausschank. Zum Tresen ging's eine Treppe runter. Da haute mich auf einmal eine an. »Kennst du mich noch?«

Was für eine dumme Frage. Es war Ute. Offensichtlich hatte sie wieder jemanden dabei, einen andern. Mein Gott, dachte ich, die treibt's ja ganz schön. Da müßte, verdammt noch mal, auch was für mich drin sein. Sie stellte mir den Kerl nicht vor, so 'n Kleinen. »Trinkst du einen mit? Ich hab' im Lotto gewonnen.«

»Nee, laß mal. Wir sind im Gehen. Wir wollen noch ins Rotthaus.« Wären wir mal da geblieben. Aber das hatte ich nicht ahnen können. Und wie sollte ich an sie rankommen, wenn sie dauernd mit irgendwelchen Mackern durch die Gegend zog.

»Wann ist dein Text fertig?«

Ich mußte gegen Judas Priest anschreien.

»Ich hab' doch gesagt, ich ruf' dich an. Nächste Woche.«

Zu Hause zog ich mir aus einem Stapel Playboys das amerikanische Heft vom September 77. Meine Freundin darin hieß Debra Jo, ›the one they sing about deep in the heart of Texas‹. Ich liebte sie zum erstenmal nach langer Zeit, diese Belle of Beaumont.

Ein paar Tage später rief Ute an.

»Am besten ist, du kommst hier vorbei. Ich hab' noch was zu trinken da.« Ich fragte mich, ob sie wieder jemanden mitbringen würde, vielleicht den vom letzten Samstag. Ich war deprimiert. Ich hatte mich dermaßen auf sie gefreut, und sie lieferte mir eine Enttäuschung nach der andern. Endlich hatte ich mich wieder in eine verliebt, zu der ich auch Kontakt hatte, und die läuft dauernd mit andern rum.

Am Mittwoch kam sie allein. Sie gab mir den Artikel.

»Was macht deine Schwester?«

Ich wußte, in der Ehe kriselte es.

»Och, der geht's gut.«

»Und den Kindern?«

»Denen auch.«

Sehr gesprächig war sie nicht.

»Wo wohnst du denn? Im Heim?«

»Nee, Auf dem Jäger.«

Da wohnte Susanne auch. Ich sagte es ihr, um ihr zu zeigen, daß ich nicht ganz allein war. Ich wollte Musik machen.

»Irgendwas Besonderes für dich?«

»Iss egal.«

Sollte ich's mit Buddy Holly probieren? Der war ihr bestimmt zu antiquiert. Ich legte den sanften Gerry Rafferty auf. Was sollte ich sie jetzt noch fragen?

»Bist du in Bad Harzburg geboren?«

»In Kierspe, im Sauerland. Meine Eltern hatten da damals 'ne Gaststätte.«

»Und was machen die jetzt?«

»Die führen ein Hotel in Harzburg.«

»Und da hilfst du schon mal mit?«

»Selten. Ich hab' nach dem Abitur in einem Hotel mit Fahrschule gearbeitet und bin dann nach Amsterdam gefahren.«

Ich dachte sofort an Hasch. Weswegen fährt man sonst dahin? Ich konnte ihr nichts anbieten. Ich nahm absolut nichts, auch wenn mir das manche Leute nie geglaubt haben. Ich sah sie mir noch mal näher an. Ihr Gesicht war irgendwie niedlich, teeniemäßig, irgendwie jungfräulich und doch frühreif. Hatte sie etwa noch nie? Kaum anzunehmen, bei den Mackern.

»Wer war das denn am Samstag mit dir im Rockpalast?«

»Das war der Carsten. Ein Bekannter aus Harzburg, ein lieber Freund. Iss schwul.«

Dann war sie also doch keine Nymphomanin. Ich wußte nicht, ob ich mich freuen sollte.

»Das mit dem Lotto-Gewinn war ja vielleicht ein Ding. Du warst gerade weg. Du hast mir Glück gebracht.«

Sie reagierte nicht drauf. Ich sprach etwas gestelzt. Ich mußte lockerer werden.

»Hast du Lust, mit mir essen zu gehen?« sagte ich.

»Nee. Lieber nich. Ich ess' nicht viel.«

Aber mit dem andern war sie gegangen. Wahrscheinlich wollten sie an dem Abend nur vögeln.

»Und wie wär's mit Kino? Da läuft gerade im Cinema ein neuer Ruhrgebietsfilm, Fünf Flaschen für Angelika. Ich versprech' mir viel davon. Kannst du bei der Gelegenheit wahrscheinlich auch was über die Gegend hier erfahren.«

»Na gut. Wann denn?«

Ich mußte überlegen.

»Wie wär's mit Montag?«

Am Wochenende käm wahrscheinlich wieder der Freund aus dem Harz.

»Ist gut. Da kann ich.«

»Holst du mich ab? Ich hab' keinen Führerschein.«

»Haben sie ihn dir abgenommen?«

»Nee, ich hab' noch nie einen besessen.«

Auch so 'n leidiges Thema. Warum hatte ich nie einen Führerschein gemacht? Was hätte ich schon alles erleben können! Ich hatte nur eine Nummer im Auto gemacht, damals mit der Christa.

Und überhaupt. Die ganze Mobilität fehlte mir. Nachts mußte ich um halb eins die letzte Bahn aus der Stadt mitkriegen oder von jemandem mitgenommen werden. Aber erst mal einen finden. Und Weiber nach Hause bringen ging auch schlecht zu Fuß. Wahrscheinlich hatte ich nie einen gemacht, aus Angst davor, geprüft zu werden.

Beim Aufstehen fiel mir auf, daß Ute ein paar Zentimeter größer war als ich.

›Wo ich nicht hinkomm', da spuck' ich hin‹, dachte ich.

»Bis Montag also um halb acht.«

Donnerstags beim Marabo traf ich Peter Temminghoff bei der Redaktionssitzung. Er war ganz in Ordnung, arbeitete irgendwo auf dem Amt und schrieb, wie wir alle, nebenbei, hauptsächlich Musik-Artikel. Er hatte durch einen Bekannten einen guten Draht zur CBS.

»Hör mal, Wolfgang. Die CBS sucht da einen für die Promotion-Abteilung. Der Joe hat mich schon angerufen, aber für mich ist dat nix. Wie ist dat denn mit dir?«

Promotion? Ich hatte keine Ahnung, was man da machen mußte. Peter wußte das auch nicht.

»Ruf doch da mal an.«

»Werd' ich machen.«

Er gab mir die Nummer. Eine vage Hoffnung. Endlich raus aus dem Plattenladen. Es würde mehr Geld geben und keine Langeweile.

Ich rief tags drauf in Frankfurt an.

»Schicken Sie uns erst mal Arbeitsproben.«

Zu Hause schnippelte ich rum. Ein paar Sachen packte ich nicht ein. CBS-Künstler Springsteen war bei mir nicht allzugut weggekommen. Lebenslauf und Zeugnisse waren Gott sei Dank nicht gefragt. Außer dem Abi-Zeugnis hatte ich auch keine. Und wie hätte sich das gelesen: »Vierzehn Semester ohne Abschluß studiert?« Übers Wochenende malte ich mir den Job aus. Ich würde wahrscheinlich schreiben müssen, auch Sachen, die mir selbst nicht gefielen. Dafür würd's auch jede Menge Kohlen geben. Hauptsache raus aus der Muffbude.

Der Film am Montag war was für'n Arsch. Da waren mal wieder Fördermittel verplempert worden. Er sah so aus, als hätten ihn ein paar Abiturienten kurz vor Verlassen der Schule gedreht. Vom Ruhrgebiet war bei dieser Entführungsklamotte wenig zu sehen. Kein neuer ›Abfahrer‹.

Während der Vorstellung fragte ich mich, ob ich ihre Hand nehmen sollte oder ich ihr gar einen auf die Wange drücken sollte, aber natürlich traute ich mich nicht. Wie hätte sie reagiert? Wir kannten uns doch kaum. Wahrscheinlich hätte sie mir eine gelangt. So hatte ich noch Hoffnung. Vielleicht würde ja sie einen Annäherungsversuch starten. Ich war ein bißchen am Spinnen. Als sie mich vor der Haustür absetzen wollte, wurde ich mutig.

»Willst du noch mit raufkommen?« sagte ich, ohne daß ich wußte, was ich da mit ihr tun sollte. Sie wollte früh schlafen gehen. Ich zog noch einen Trumpf.

»Am Samstag sind die Shadows in Essen. Ich hab' Karten, wenn du willst, kann ich dich mitnehmen.«

»Kenn' ich gar nich', die Shadows.«

»Ältere Semester. Haben früher mit Cliff Richard gespielt. Ich bin mir nicht sicher, ob sie dir gefallen werden.«

»Ist egal. Ich komm' mit.«

Schien sie sich doch für mich zu interessieren, oder ging sie nur aus lauter Langeweile mit. Oben holte ich mir kräftig einen runter.

Am nächsten Morgen weckte mich meine Mutter früher als gewohnt.

»Weißt du, wer tot ist? John Lennon! Gleich kommen die Nachrichten.«

Ich mußte erst richtig wach werden, um festzustellen, daß das kein böser Traum war. Aber die Nachrichten bestätigten es. Ich war traurig, ohne daß mir die Tränen kamen. Sofort dachte ich daran, daß ich einen Nachruf schreiben müßte. Lennon käm aufs Titelblatt. Sofort fiel mir ein Titel ein: ›Hello Goodbye‹. ›Imagine‹ wurde gespielt und einige Beatles-Titel. Ich mochte sie alle. Mit Lennons Tod gab's die Beatles endgültig nicht mehr. Ich dachte in dem Moment vielleicht auch daran, daß meine Jugend vorbei wär, auch endgültig. Wahrscheinlich ging's vielen an diesem Tag so. Es war kein Denken. Es war ein Fühlen.

Im Laden legte ich die letzte Lennon-LP auf, bis dahin ein Ladenhüter. Sie würde jetzt wahrscheinlich immens laufen. Im Verlauf des Tages hörte ich nur Beatles und Lennon. In der Mittagspause fuhr ich zum Marabo. Die Verleger waren weniger traurig. Lennon aufs Titelbild?

»Heute ist der Achte. Bis das Heft raus ist, sind noch vierzehn Tage. Dann spricht kein Mensch mehr drüber. Außerdem haben wir schon die Schygulla vorne drauf.«

Ich nahm an, daß das Titelbild mal wieder von irgendeinem Filmverleih gekauft worden war.

»Aber Lennon hat es verdient. Er war vielleicht das einzige Genie der Pop-Geschichte!« Sie ließen nicht mit sich reden. Der Nachruf ging natürlich klar.

Bei Janssen bestellte ich mir zwei Bücher über die Beatles. Ich hätte den Nekrolog auch so schreiben können, aber ich brauchte noch einige Fakten. Am nächsten Tag holte ich mir im Hauptbahnhof die gesamte englische Presse. Die FAZ kaufte ich mir sowieso. Karl Heinz Bohrer hatte sich geäußert. Ich las die gesamten Artikel während meiner Arbeitszeit. Sie machten mich auch nicht schlauer.

Ich schrieb unzulänglich über meinen John Lennon. Am folgenden Montag erschien im Spiegel ein Nachruf von Wolf Wondratschek. Er hatte denselben Titel gewählt wie ich. Für ihn würde es der letzte Spiegel-Artikel sein. Später würde ihn die Feuilleton-Redaktion zerfleischen lassen. Auch seine Jugend war vorbei.

Tatsächlich konnte ich wegen Lieferschwierigkeiten nicht so viele Lennon-LPs verkaufen, wie verlangt wurden. Durch seinen Tod erst war er wieder in Mode gekommen, ähnlich wie einst Elvis. Ich gab diese Platte ungern über den Ladentisch, weil sie nicht seine beste war. Die Nachfrage hielt auch länger als vierzehn Tage an. Und als die Marabo-Konkurrenz Guckloch mit einem Lennon-Titel erschien, war das Heft im Nu ausverkauft.

Am Samstag war ich nicht besonders gut drauf, als Ute mich abholte. Lennon steckte mir noch in den Knochen. Das Konzert schien ihr nicht zu gefallen, was mich überhaupt nicht überraschte. Sie war auch die Jüngste im Publikum, das lauthals nach ›Apache‹ und ›F. B. I.‹ rief. In der Pause gingen wir einen trinken. Ich überlegte mal wieder vergebens, wie ich ihr meine Liebe gestehen sollte.

Nach dem Gig schlug ich vor, noch ins Appel zu fahren.

»Die haben da jetzt neu aufgemacht. Soll allerhand los sein.«

Wir fuhren hin. Nichts war los. Unten die Kneipe war wie immer. Wir gingen die Treppe hoch zur Disco. Auch tote Hose. Nur ein paar Teenies tanzten. Mir war nicht danach zumute. Ich kann auch überhaupt nicht tanzen. Die Tanzschule hab' ich abgebrochen, und für die neuen Rhythmen fehlt mir das Taktgefühl. Ute wollte mich überreden, mit ihr zu ›Johnny and Mary‹ von Robert Palmer zu scherbeln. Ich lehnte ab. Dabei hätten wir uns doch näherkommen können, aber ich wollte nicht einfach ungelenk rumhopsen. Noch nie hatte ich beim Tanzen eine aufgerissen. Mit Ute müßte es anders gehen, aber an dem Abend nicht mehr. Ich mußte eine Lexotanil einnehmen.

Montag abends kriegte ich ein Telegramm, das erste in meinem Leben. Beim Aufmachen konnte ich mir nicht vorstellen, von wem es war. CBS. Wir bitten Sie, nach Frankfurt zu kommen. Bitte setzen Sie sich wegen eines Termins mit Frau Herrmann in Verbindung. Wie sollte ich nach Frankfurt hinfahren? Meine Chefs durften nichts erfahren. Mitten im Weihnachtsgeschäft schien mir das unmöglich, aber ich mußte hin, meine Chance nutzen. Ich sprach mit Andreas Tölle, der mittlerweile Klaus abgelöst hatte als mein zweiter Mann, ob er wohl den Laden einen Tag lang alleine schmeißen könnte. Ich versprach ihm einen Hunderter.

»Wenn du pissen mußt, legst du den Hörer daneben und machst einfach den Laden solange zu.«

Es ging klar. Mit der Frau in Frankfurt einigte ich mich auf Freitag. Da würde ich dann abends auch wieder die Ute treffen. Ich nahm einen frühen Zug und kam pünktlich mit einem Taxi vor dem Hochhaus in der Bleichstraße an. Frau Herrmann war freundlich.

»Was wollen Sie verdienen?«

Ich druckste rum. Ich hatte keine Ahnung, wieviel ich verlangen konnte.

»Sie würden bei uns anfangen mit 3200 Mark brutto. Nach einem halben Jahr dreifünf.«

Das waren für mich astronomische Summen. Jeden Monat fünf Richtige!

»Haben Sie einen Führerschein?«

»Ich bin gerade dran«, log ich.

Sie klärte mich dann auf, wie mein zukünftiger Bereich aussehen würde, wenn ich den Job bekäme. Es war so, wie ich vermutet hatte: Pressetexte schreiben und Künstler betreuen. Ja, da bräuchte ich tatsächlich 'ne Fleppe, um Chris de Burgh vom Flughafen zum Hotel zu bringen. Sie ging mit mir durch die Etage, wo alle Türen auf waren, aber kaum einer saß im Büro.

»Wir hatten gestern eine kleine Weihnachtsfeier. Mir ist heute auch nicht so ganz wohl.« Einer war doch da, Herr Schmidt.

»Der wird Ihnen alles Weitere sagen. Sie bekommen dann von uns Bescheid.«

Schmidt war locker angezogen. Mitte Dreißig, schätzte ich. Er war sofort sachlich.

»Bevor wir Sie einstellen, gebe ich Ihnen was mit. Hier, diese Texte über Joan Armatrading und Joe Jackson übersetzen Sie, und über diese beiden LPs lassen Sie sich was einfallen.«

Er drückte mir die neuesten Scheiben von Chaz Jankel und Gilbert O'Sullivan in die Hand.

»Das machen Sie am besten noch vor Weihnachten. Oder sagen wir mal vor Neujahr. So daß die Sachen am 28. hier sind.«

Ich war zuversichtlich und war auch froh, daß die mich nicht nach meiner Vergangenheit gefragt hatten. Die Texte würde ich schon hinkriegen. Aber mit dem Führerschein, das war so 'ne Sache. Wenn sie mich nun zum ersten Februar einstellen, wie das die Frau Herrmann gesagt hatte ... bis dahin hatte ich das Ding bestimmt noch nicht, besonders wenn ich einmal durchfiel.

Im Zug dachte ich auch an die Trennung von Ute, aber in Frankfurt würde ich genug neue Frauen kennenlernen, besonders aus der Plattenbranche. Da liefen sicher allerhand bei der CBS rum.

Um fünf war ich wieder im Laden. Es war nichts Außergewöhnliches vorgefallen. Der Chef, der auch schon mal unter der Woche kam, hatte nicht reingeguckt. Andreas beschwerte sich nicht, obwohl viel los gewesen war. Ich tippte Code 51 ein und konnte ablesen, was bis jetzt an dem Tag umgesetzt worden war. Nicht schlecht. Wenigstens für Dezember würde ich Umsatzbeteiligung kriegen. Zu Hause erzählte ich alles über meinen Frankfurter Trip. »Papa, du mußt heute noch den Thomas anrufen, daß mir der schnell einen Führerschein verschafft.«

Heinz Thomas hatte in der Nachbarschaft eine Fahrschule. Ursprünglich war er Steiger gewesen. Seit dieser Zeit, also noch vom Pütt, kannte ihn mein Vater. Er, mein Bruder und meine Schwester hatten bei Thomas die Prüfung gemacht. Ich hatte jetzt plötzlich keinen Schiß mehr. Es mußte sein. »Stellt euch mal vor. Über dreitausend im Monat. Da kann mich der Saueracker sofort im Arsch lecken. Auch wenn ich Miete und so bezahlen muß. Den Führerschein mach' ich vom Lotto-Moos.«

Ich sprach nicht drüber, aber es bedeutete auch die Trennung von meinen Eltern, aber die war ja längst überfällig.

»Die Ute hat angerufen«, sagte meine Mutter. »Sie kann heute nicht kommen. Ihr Freund ist da.«

Es machte mir wenig aus. Ich hatte jetzt einen neuen Traum, den Job bei der CBS, in einer neuen Welt.

Bis Weihnachten sah ich Ute nicht mehr. Sie fuhr zurück in den Harz zu ihren Eltern und wahrscheinlich um sich mal wieder richtig auszuvögeln, während ich mit meinem Langenscheidt über den CBS-Texten hing und zwanzig Seiten übersetzte. Ich schrieb um mein Leben. Mein neues Leben. Größere Schwierigkeiten hatte ich nicht. Englisch konnte ich immer schon gut. Nur den Heiligen Abend saß ich mit meiner Familie zusammen, sonst tippte ich. Am zweiten Feiertag fuhr ich mit dem Zeug zur Post und gab es per Eilboten auf. Mein Vater hatte den Fahrlehrer schon informiert. Ja, es könnte schnell gehen, jeden Tag eine Stunde.

Zum Geburtstag schickte mir Ute eine Karte. Die Feier war mal wieder langweilig. Die üblichen Bekannten kamen. Der Apotheker kam diesmal nicht, nur Sabine schneite mal kurz rein und schenkte mir Borns ›Fälschung‹. Rolf war auch da, der mir zu ruhig erschien als angehender Anwalt. Susanne war nicht erschienen. Sie kam nur alle Jubeljahre mal vorbei. Dann war da noch Robert, der Arzt, mit seinen beiden Kindern und der Frau. Im Grunde verband mich mit ihm und Rolf nur noch die gemeinsame Schulzeit. Mit Rolf ging ich auch schon mal einen trinken. Aber er hatte abends was vor, als ich ins Rotthaus wollte. So ging ich allein hin. Die andern, die am Tresen rumstanden, kannte ich nur vom Ansehen. Es würde sich kein Gespräch ergeben, und ich ging nach drei Bier nach Hause. Sabine hatte also Streit mit ihrem Mann. Sonst wären beide gekommen.

Ute. Ich dachte jetzt wieder unentwegt an sie, nachdem ich die CBS-Sache erledigt hatte. Ich dachte auch während der ersten Theoriestunden an sie. Ich hörte nicht richtig hin. Die erste Fahrstunde war einfach. Ich brauchte den Automatik-Wagen, einen BMW, nur zu lenken. Es machte mir Spaß, und ich ärgerte mich, daß ich nicht schon früher angefangen hatte. Ich konzentrierte mich. Dennoch kamen mir immer wieder Gedanken an Ute, die noch im Harz war. Würde ich mit ihr ficken, bevor ich nach Frankfurt ging? Würde sie eventuell mit mir mitgehen und da studieren? Was bildete ich mir eigentlich ein? Sie war doch offensichtlich in festen Händen. Was wollte ich dickbäuchiger abgebrochener Student, der quasi als Hilfsarbeiter schuftete, mir für Illusionen machen, ausgerechnet bei Ute, die bis jetzt noch nicht angedeutet hatte, daß ich bei ihr eine Chance besaß?

Als sie wieder da war, gingen wir ab und zu aus, aber es blieb dabei. Sie hatte ihren Macker und erzählte auch viel von ihm. Ich ließ sie offensichtlich kalt. Warum aber ging sie dann mit mir aus, ins U-Bo, ins Rotthaus, ins Appel? Wahrscheinlich aus Langeweile und weil sie an der Uni noch keinen gefunden hatte. Allerdings war da doch noch einer, ein Professor; ein Bekannter Sabines. Bei ihm arbeitete Ute als Putzfrau, und ich hatte sofort den Verdacht, daß zwischen ihnen was ablief. Er kam auch zu ihrem Geburtstag. Ich war nicht besonders gut drauf, weil ich nach vier Wochen immer noch nichts von der CBS gehört hatte.

Der Professor war ein alter Knacker, ein Ungar, aber nicht, wie ich zugeben mußte, ohne Charme. Konnte mir gut vorstellen, daß Ute auf ihn reingefallen war. Er führte das große Wort. Ich wollte nicht mitreden, konnte ich auch nicht. Ich achtete nur auf Ute. Claudia war auch da. Sie hatte ihren Untermieter mitgebracht, einen hübschen Geiger. Er holte Bier, und ich wurde eifersüchtig, als Ute sagte: »Du bist ein Schatz«, als er wiederkam. Er scharwenzelte aber nicht um sie rum. Der hatte wahrscheinlich schon genug zu vögeln. Es war mal wieder ein frustrierender Abend. Ich war keinen Schritt weitergekommen.

Am nächsten Tag kaufte ich mir an Vaters Tankstelle von dem Inhaber einen Gebrauchtwagen. Außerdem nahm ich einen Kredit auf. Der Lotto-Gewinn reichte gerade für die Karre. Blieben noch laufend die Fahrstunden zu bezahlen, und ich brauchte viele.

Abends lag ein Brief von Rowohlt auf dem Schuhschrank an der Haustür. Was wollten die denn von mir? Woher hatten die meine Adresse? Erst als ich den Brief las, fiel es mir wieder ein. Ein paar Monate vorher hatte ich einen Text fürs Außenseiter-Lexikon in der Buchreihe ›Rock Session‹ eingereicht, über meinen Freund Phillip. Ich hatte mir keine großen Hoffnungen gemacht und die Sache schnell vergessen. Jetzt hieß es, sie würden den Text nehmen. Sie bräuchten noch zwei Zeilen biografische Angaben. Und wenn ich was Neues hätte, sollte ich mich melden. Ich war selig. Zum erstenmal würde ich in einem Buch erscheinen. Am nächsten Tag schickte ich eine Kopie des Briefes an die CBS. Vielleicht würde das noch wirken. An Rowohlt schrieb ich: »Wolfgang Welt lebt als kleiner

Angestellter in Bochum. Sonntags Außenverteidiger beim SuS Wilhelmshöhe.« In der kurzen Zeit waren mir noch keine neuen Außenseiter eingefallen, über die ich hätte schreiben können.

In der Zeit kam mal der Christoph Biermann mit ein paar Jungs in den Laden rein. Die waren von der Vorgruppe, die er im Marabo mit ihrer ersten Single gehypt hatte. Sie kamen aus Wanne-Eickel. Nun waren sie gerade mit ihrer ersten LP zugange. Sie war schon im Preßwerk. Er stellte mir Waldi, Volker und Omo vor, von denen ich noch keinen Ton gehört hatte. Ich kannte sie nur aus der Zeitung. Sie alberten rum. Ich wußte gar nicht, was die eigentlich wollten. Omo meinte, er würde auch gerne hier arbeiten, das Studium sei sowieso was für'n Arsch.

»Da muß aber erst mal der Andreas abhauen«, sagte ich. »Dauert nicht mehr lange«, meinte der.

»Wirklich?«

»Ich hab' keine Lust mehr.«

Ich auch nicht. Ich sehnte mich nach was anderem. Und das hieß CBS.

Doch ein paar Tage später erhielt ich eine Absage mit den üblichen Floskeln. ›Konnten wir uns nicht entscheiden.‹ Das bedeutete lebenslänglich Plattenladen. Was hätte ich anderes tun können, mit 28 und ohne abgeschlossene Ausbildung? Es blieben nur Hilfsarbeiterjobs, und selbst an die kam man so leicht nicht mehr ran. Beim Marabo war auch nichts zu machen, etwa als stellvertretender Chefredakteur. Die hatten kein Geld dafür.

Es kam noch schlimmer. So Anfang Februar. Bei Appel kam Ute damit raus, daß sie Bochum verlassen würde, am Ende des Semesters. Wahrscheinlich lief ich blau oder rot an. Jedenfalls schlug mein Herz heftiger als sonst. Blieben mir also nur noch vierzehn Tage, sie rumzukriegen. Aber wie? Wir vertagten uns auf den nächsten Freitag.

Als sie kam, lief Derrick. Wir sahen uns im Wohnzimmer den immer wieder langweiligen Krimi mit meinen Eltern an. Schon die ganze Woche über hatte ich an nichts anderes als an Ute gedacht und wie ich ihr meine Liebe eingestehen sollte. Schließlich drehte es sich nicht nur ums Vögeln. Nur Omo hatte mich einen Moment auf andere Gedanken gebracht. Er schenkte mir eine Vorab-Kassette von der Vorgruppe-LP.

Nachdem wir Horst Tappert zu Ende gesehen hatten, gingen Ute und ich auf meine Bude hoch. Sie erzählte, daß ihre Schwester vermehrt Theater hätte mit ihrem Mann. Das ginge nicht mehr lange gut. Ich legte meine neue Kassette ein. Waldi sang drei Minuten nur ›Veba‹.

»Und du willst also jetzt nach Göttingen gehen?«

»Ja, hier macht das Studieren keinen Spaß, und da bin ich auch näher an zu Hause.«

Ich wußte, an dem Abend müßte es passieren, oder es wär für immer vorbei. Ich trank 'n Schluck, atmete tief durch und wollte ihr sagen, was ich eine Woche geübt hatte, aber ich ging erst mal runter pissen. Als ich wiederkam, lief gerade ›Warum kannst du mich nicht verstehen‹. Sie saß auf meiner Liege. Im Stehen quälte ich's mir dann endlich raus.

»Warum haben wir eigentlich noch nicht zusammen geschlafen?« Sie kippte nach hinten um, drehte sich mit dem Gesicht nach unten und schwieg. Vielleicht hätte ich doch was von Liebe erzählen sollen. Ich wollte es nachholen. Ich streichelte sie.

»Guck mal. Ich liebe dich schon die ganze Zeit, und da wär's doch nur natürlich.«

Sie drehte leicht ihren Kopf. Ich legte mich neben sie.

»Ich hab' unser Verhältnis auch nicht ganz unerotisch gesehen.«

Sie kam mit der Hand hervor, die sie unter ihre Stirn gepreßt hatte. Sie berührte mein Gesicht. Ich drehte sie um und küßte sie. Sie wehrte sich nicht. Leidenschaft schien auch dazusein. Ich fuhr ihr unter den Pullover. Sie hatte nichts dagegen. Ich stand auf und machte das Licht aus, während die Vorgruppe weiterlief. Wir fummelten aneinander rum.

»Ich muß dich erst kennenlernen«, sagte sie. Ich zog mich aus. Es war also soweit. Ich wollte ihr an die Fotze.

»Nee. Laß das mal. Wir haben Zeit. Den letzten Bus verpass' ich. Okay?«

Ich war doof.

»Wieso?«

»Na, verstehst du denn nicht?«

Mein Gott. Sie würde die ganze Nacht bleiben.

»Ich muß noch mal pissen.« Ich zog mich wieder an und ging mit einem Steifen auf die Toilette. Ich hatte Schiß. Als ich wieder hochkam, hatte sie den Pullover aus. Wir knutschten, und mir ging schon fast einer ab. Nach und nach zogen wir uns aus. Sie behielt den Slip an.

»Der letzte Rest an Scham bleibt.«

Ich nestelte dran rum. Sie ließ ihn mich aber nicht abstreifen, während sie an meinem Schwanz zog, ihn streichelte. Dann, nach Stunden der Fummelei – ich hatte inzwischen mehrmals die Musik gewechselt, und es lag gerade Justin Haywards ›Night Flight‹ auf – war es endlich soweit. Sie zog den Slip runter. Behutsam legte ich mich über sie – und kam, bevor ich richtig drin war. Sie war sofort ernüchtert.

»Das hätte ich mir denken können. Ich hätte nicht so lange warten sollen.« Ich war fertig. Da hatte ich so lange gebibbert und gebebt und dann das. War wahrscheinlich die mangelnde Übung. Sollte ich ihr gestehen, daß ich es lange nicht mehr gemacht hatte?

»Ich nehme den ersten Bus.«

»Warum denn?«

»Deine Mutter braucht nicht zu wissen, daß ich die Nacht über hier war.«

»Die hätte aber bestimmt nichts dagegen. Die mag dich auch gut leiden.«

»Nee, ich würde mich ein bißchen schämen.«

Ich stellte den Wecker auf sechs, und sie pennte sofort ein.

Ich blieb wach und fragte mich, ob ich je noch mal vernünftig würde ficken können. Ich weckte sie pünktlich und sah sie noch mal nackt an, wahrscheinlich zum letzten Mal. An der Bushaltestelle küßten wir uns oberflächlich.

»Was machen wir denn heute abend?« fragte ich und erwartete, daß sie mir einen Korb gab.

»Laß uns nach Appel gehen. Hol mich um neun Uhr ab.«

Es war also doch noch nicht endgültig Schluß. Aber ob sie mich noch mal ranlassen würde. Ich hatte Angst davor. Wahrscheinlich würde ich wieder versagen.

Im Laden war ich, kein Wunder, groggy. Als ich nach Hause kam, fand ich in der Post eine LP aus England. Phillip hatte sie mit Aj Webber, einer Sängerin, produziert. Ich hatte sie mal in Croydon im Vorprogramm von Kraftwerk gesehen. Die Platte gefiel mir gut, besonders ihre Version von Dylans ›Just Like Tom Thumb's Blues‹. Diese Frau wäre was fürs nächste Außenseiter-Lexikon. Inzwischen war mir noch ein Kandidat eingefallen, Sonny Curtis, der in den fünfziger Jahren den vielleicht ersten Punk-Song geschrieben hatte, ›I Fought The Law‹, und nun Country-Sänger war. Ich teilte das Rowohlt mit und setzte hinzu, daß ich einen Artikel übers Ruhrgebiet machen könnte, mit besonderem Hinblick auf die Vorgruppe.

Ich fuhr mit dem Bus zu Auf dem Jäger. Ich klingelte bei Ute, die im dritten Stock wohnte. Sie drückte. Als ich oben reinkam, hörte ich Pink Floyd, ›Wish You Were Here‹, und sie lag apathisch auf ihrem Bett. Offensichtlich hatte sie ein Rauschgift zu sich genommen und war nicht ansprechbar. Nach einer Viertelstunde war sie wieder klar. Ich war erschrocken, weil ich das noch nie bei einer Freundin erlebt hatte. Auch sonst noch nie. Sie tat, als ob nichts gewesen sei. Bei Appel trafen wir Omo.

»Du mußt was für mich tun, damit ich bei ELPI anfangen kann.«

»Was denn?«

»Irgendwas.«

Ich konnte ihm auch nicht helfen.

»Überleg dir genau, was du tust.«

Wir blieben nicht lange. Ich brachte sie nach Hause.

»Kommst du noch mit hoch? Du kannst auch bei mir pennen.«

Ich hoffte wieder. Wir gingen sofort ins Bett und zogen uns aus. Es war eng. Wir fummelten wieder, aber diesmal nicht so lange. Wieder kam ich sofort.

»Du wirst mir nie ein Kind machen!«

Nicht nur dir nicht! Ich war verzweifelt. Was konnte ich dazu? Es kam einfach so. Sie drehte sich um und schlief ein. Ich fror und konnte schlecht pennen. Sie machte Frühstück. Ich trank nur Kaffee, wie gewöhnlich morgens. Das war's dann wohl zwischen uns beiden.

»Sehn wir uns noch mal, bevor du abhaust?«

»Klar.« So klar erschien mir das nach meinem Versagen auch wieder nicht.

»Wann denn?«

»Montag hab' ich Inventur. Wie wär's mit Dienstag. Vielleicht bin ich dann besser drauf.«

Und ich war besser drauf. Ich weiß nicht mehr, wie ich sie dazu brachte, wieder mit mir ins Bett zu gehen, jedenfalls ging sie, und diesmal klappte es, gleich mehrmals. Keine Frage, ich war glücklich. Sie auch. Sie blieb wieder die ganze Nacht und stand mit mir um acht auf. Meine Eltern sagten nichts. Jedenfalls nichts Unhöfliches.

»Kann ich morgen mal dein Auto haben?«

»Sicher. Aber du kommst doch auch heute abend vorbei, oder?«

»Kann ich machen.«

Abends vögelten wir wieder auf Deubel komm raus, und ich fragte mich, wie der Umschwung gekommen war. Vielleicht hatte ich mich erst warmlaufen müssen.

Donnerstag morgen fuhr sie mit meinem Wagen nach Hause.

»Bis heute abend nach der Fahrschule!« rief ich ihr nach. Um halb neun, nach meiner Theorie-Stunde, war sie noch nicht da. Es wurde neun, Viertel nach. Dann ging die Klingel. Heulend stand sie in der Tür. Ich guckte um die Ecke. War was mit dem Wagen? Nein. »Was ist denn?«

»Die Sabine. Der Werner hat sie geschlagen. Die ist jetzt bei mir.«

Im ersten Moment dachte ich, gut, daß nichts mit dem Wagen ist. Das hatte Sabine nicht verdient. Das hatte keine Frau verdient. Aber das hätte sie voraussehen können. Sie hatte ja diesen Mann gewollt, obwohl sie seine Macken gekannt hatte. Und das am letzten Abend, den Ute und ich zusammen hatten. Am nächsten Tag würde ihr Freund aus Harzburg sie abholen.

Wir fuhren in ihre Wohnung, wo Sabine mit den beiden Kindern war. Unverkennbar hatte sie einen auf die Maske gekriegt. Ich konnte sie nicht trösten, meinte nur, daß ihr Mann ein Schwein sei. Was machte ich mit Ute? Die hatte jetzt bestimmt keine Lust mehr. Doch sie hatte. Sie fragte Sabine, ob sie was dagegen hätte, wenn sie bei mir schlief. Nein, hatte sie nicht. Ohnehin würde sie Utes Bett belegen.

Ich hatte mir morgens einen Krankenschein genommen, und wir vögelten die Nacht durch, ohne daß ich ans Aufstehen denken mußte. Gegen neun am nächsten Morgen fuhr sie zu Sabine und kam mittags wieder. Wir wollten noch mal ins Bett, bevor der Macker kam.

Mein Neffe rief an. Ob ihn jemand von der Schule abholen könnte. Ute bot sich an. Ich fuhr mit. Im Dorf erschrak sie. Sie sah den Wagen von ihrem Freund.

»Ich muß sofort nach Hause.« Ich konnte sie nicht verstehen. Er hatte sie doch gar nicht gesehen. Wir holten Marcus ab. Zu Hause verabschiedete sie sich heulend von meiner Mutter. Knutschend gingen wir zur Bushaltestelle.

»Ich schreib' dir«, sagte ich, »heute noch.«

Ich fuhr in die Innenstadt. Bei ELPI arbeitete jetzt tatsächlich der Omo. Ab dem Ersten offiziell. Nun war er schon mal für mich eingesprungen. Andreas würde bald aufhören. Ich ging um die Ecke. An einem Schuhgeschäft blieb ich stehen. Hier hatte ich meine Roots aus blauem Wildleder gekauft, die Ute so mochte. Ich guckte in mein Portemonnaie. Ich zählte meine Asche. Ich ging rein und wollte ein Paar für Ute kaufen. Blaues Wildleder war aber in ihrer Größe nicht da. Ich nahm weiße. Nebenan kaufte ich Packpapier und ging zurück zu ELPI. Die Jungs halfen mir beim Eindrehen.

»Eigentlich wollte ich noch reinwichsen, aber ich krieg' heute keinen mehr hoch.«

Ich schrieb ein paar Zeilen dazu und gab das Päckchen an der Post auf. Anschließend ging ich ins Kino, ›Mord im Spiegel‹, eine Agatha-Christie-Verfilmung. Zu Hause legte ich mich auf meine Liege und weinte. Es war alles so hopplahopp gegangen. Jetzt erst, auf meiner Bude, kam ich zur Besinnung. So eine wie die Ute kriegte ich so schnell nicht wieder. Endlich hatte ich eine, und dann kam so 'n Arsch aus 'm Harz und nahm sie mir wieder weg. Ich hätte ihn umlegen können. Nach unsern ersten geglückten Nummern hatte sie noch gesagt, wär's doch eher passiert. Ich wäre hiergeblieben. Später sagte sie, sie käme vielleicht zurück und würde doch hier weiterstudieren. Aber zu dem andern hatte sie doch wohl eine stärkere Beziehung, vielleicht war sie ihm hörig, kam nicht von los, und ich war nur eine kleine Abwechslung gewesen. Ich konnte nichts Klares denken, außer daß es aus war. Ich holte mir einen runter und stellte mir vor, wie sie ihn in den Mund nahm.

Montags, nach der dreizehnten oder vierzehnten Fahrstunde, fing ich wieder an zu arbeiten. Andreas hatte also die Schnauze voll. Er wußte noch nicht, was er danach machen sollte. Rumjobben, eventuell in einer Kneipe. Mir tat's leid, daß er ging. Wir hatten uns immer gut verstanden, außer wenn's um Musik ging. Er legte immer die harten Sachen auf. Für mich hatten die den einen Vorteil, daß sie meinen Horizont erweiterten. Ich lernte, die Stranglers von den Sex Pistols zu unterscheiden, die Lurkers von den Germs, die Residents von Tuxedomoon. Wir wechselten immer ab. So war jede zweite Platte nach meinem Geschmack, und die hielt er dann meist für unerträglich, Dire Straits, Police oder Singer/Songwriter wie Jackson Browne. Bei manchen konnten wir uns einigen, z. B. bei den Pretenders und den Talking Heads.

Während meiner Krankfeierzeit war eine Scheibe von Eno mit David Byrne erschienen, ›My Life In The Bush Of Ghosts‹. Ich hörte sie mir an, aber sie gefiel mir nicht besonders. Eno alleine mit seiner ›ambient music‹ sagte mir mehr zu, und Byrne gehörte einfach in die Talking Heads und nicht in Enos Experimentierstudio. Auf dem Cover las ich: ›Title taken from a novel by Amos Tutuola.‹ Das wiederum fand ich interessant. Ich kannte den Autor nicht, geschweige denn das Buch. Es hatte nie viele Berührungspunkte zwischen Rock-Musik und Literatur gegeben. Einige Bands hatten sich nach Büchern oder Formulierungen von William S. Burroughs benannt, Soft Machine und Steely Dan, aber sonst gab's nicht viel. Ich ging zu Janssen und fragte, ob's vielleicht eine deutsche Ausgabe von ›My Life‹ gäbe. Nein. Überhaupt nichts von dem Autor war in Deutschland auf dem Markt. Ich ließ den Verkäufer im englischen Katalog nachsehen. Da war's drin, für ein Pfund. Das würde ungefähr zehn Mark kosten. Ich bestellte es. Abends ging ich zur Redaktionssitzung beim Marabo. Wie immer sagte ich nicht viel. Plötzlich sagte, zur Überraschung aller, der Christoph, daß er die Musik-redaktion abgeben würde. Er hätte keinen Bock mehr. Die-sen ganzen Middle-of-the-road-Scheiß sei er leid, er wollte nur noch über die Sachen schreiben, die ihn interessier-ten. Die Verleger waren zwar überrascht, fingen sich aber schnell wieder.

»Wen nehmen wir denn dann?«

Alle, die über Musik schrieben, wurden gefragt. Schließ-lich war ich der einzige, der bereit war, obwohl ich wie die anderen kaum Zeit hatte. Ich sollte an meinem freien Nach-mittag in die Redaktion kommen und Platten bestellen. Mehr Arbeit fiel praktisch nicht an. Dann noch die Platten verteilen und Artikel gegenlesen. Ich würde dreihundert Mark bekommen plus Zeilengeld. Davon hatte ich immer geträumt, nur schade, daß ich nicht davon leben konnte.

Dienstags kam ein Eilbrief von Ute. Sie würde am Sonn-tag wiederkommen, um noch was in ihrer alten Wohnung zu erledigen. Sie bedankte sich für die Schuhe. Ihr Vater hätte dumm geguckt. Ihren Macker erwähnte sie nicht. Natürlich freute ich mich. Wir würden wieder vögeln, und vielleicht konnte ich sie breitschlagen, für immer wieder-zukommen.

Die Woche ging schnell rum. Sonntag mittag kam sie mit ihrem eitergelben R 4 vorgefahren. Ich saß hinter der Gardine. Lange küßten wir uns vor der Haustür. Essen wollte sie nichts. Wir gingen auf meine Bude und zogen uns sofort aus. Aber ich versagte mal wieder. »Die Auf-regung«, tröstete sie mich. Anschließend fuhr sie zu ihrer Schwester und erzählte uns nachher – meine Mutter war auch sehr neugierig –, daß Sabine ausziehen würde, erst mal zu Bekannten.

Abends machten wir einen Spaziergang über die Wilhelmshöhe. Wir gingen ins Haus König und tranken wie früher bei Appel Bacardi Cola. In zwei, drei Stunden soffen wir uns einen an. Zu Hause guckten wir noch ein bißchen ›Drei nach neun‹. Eine Sexualwissenschaftlerin – oder war's eine Emanze – stellte fest, wie kurz der Mann nur wartet, bis er kommt. Der statistische Wert lag bei zwei Minuten und noch was. Da war ich ja nun unterm Durchschnitt. Wir gingen hoch und wälzten uns erst mal angezogen. Dann kamen wir zur Sache, und ich war dick da. Ich konnte halten wie noch nie. Ich schob das auf den Alkohol. Es wurde unsere schönste Nacht bis dahin. Montagabends gingen wir noch mal zusammen essen. Dienstag wollte sie wieder fahren.

»Und was wird nun?«

»Ich werd' öfter mal runterkommen. Und du kannst mich ja auch öfter besuchen, wenn du den Führerschein hast.«

Es ist aus, dachte ich. Die hat da hinten ihren Macker. Es war alles vorbei, das wußte ich. Wir vögelten die Nacht noch mal durch. Morgens brachte sie mich zur Arbeit. Heulend verabschiedeten wir uns.

»Bis bald.«

Nicht viel später traf ich abends, als ich zur BfG ging, um die Geldbombe einzuwerfen, Barbara. Ich hatte sie auf dem Sportplatz heranwachsen sehn. Sie kam lange Zeit sonntags mit ihrem Vater. Jetzt war sie ein schnuckeliger Teenie, siebzehn, achtzehn.

»Hallo, man sieht dich ja gar nicht mehr. Was machst du denn so?«

»Das Abi.«

Ich hätte sie gerne mal näher kennengelernt, aber ich konnte sie ja nicht einfach auf der Straße einladen. Warum eigentlich nicht? Mehr als nein sagen konnte sie ja nicht. Aber wie so oft traute ich mich nicht. Statt dessen wollte sie was von mir.

»Du arbeitest doch in einem Plattenladen?«

»Ja.«

»Habt ihr die neue BAP schon da?«

»Nee, ich kann dich aber anrufen, wenn sie reingekommen ist.« Scheiße, daß ich noch nicht fahren kann, sonst würde ich sie ihr vorbeibringen.

»Gut, tu das. Ich hol' sie mir dann ab.«

Vielleicht würde sich ja so was entwickeln. Es kam jedoch anders.

Mittlerweile arbeitete Omo fest bei mir. Er war stolz, denn die Vorgruppe-LP war raus, und ihm ging jedesmal einer ab, wenn die Scheibe gekauft wurde, so zweimal die Woche. Er guckte auch bei der Konkurrenz nach, im Alro, wieviel die losgeworden waren. An einem Dienstag wurde die BAP-Platte geliefert. Ich rief Barbara sofort an, und keine halbe Stunde später stand sie im Laden.

»Kannst du die mal auflegen?«

Normalerweise hörten wir uns freiwillig nichts von BAP an, und sowieso spielten wir Kunden nichts vor, aber natürlich machten wir eine Ausnahme.

»Weil du's bist.«

Die Nadel sprang beim dritten Stück. Ich probierte ein anderes Exemplar. Derselbe Fehler. Wir hörten alle fünf von BAP durch. Immer der Sprung an der gleichen Stelle.

»Da können wir nichts machen. Ich kann nur einen neuen Schwung bestellen.«

Barbara war sauer. Omo, der bis dahin still gewesen war, holte eine Vorgruppe-LP.

»Hier, schenk' ich dir. Da spiel' ich mit.«

»Toll.« Barbara war begeistert.

»Schreibst du mir auch 'ne Widmung drauf?« Omo kritzelte was. Von da an hatte ich keine Chance mehr bei Barbara (ich hatte ja nie eine gehabt). Sie kam nun öfter in den Laden, auch als sie längst eine intakte Scheibe von BAP hatte, und turtelte mit Omo rum. Ich nahm's ihr nicht übel. Ich konnte mir auch schlecht einen BAP-Fan als meine Freundin vorstellen.

Ute schrieb mir ab und zu. Sie hatte sich in einem Kaff in der Nähe von Göttingen eingerichtet, in Nörten-Hardenberg. Ich dachte sofort an den Schnaps, für den bei Fernsehübertragungen an der Bande neben Jägermeister oder Bauhaus Reklame gemacht wird. Es waren nicht unbedingt Liebesbriefe, und ich fühlte mich degradiert zum Brieffreund. Sie beteuerte mir kaum ihre Zuneigung. Statt dessen schickte sie mir eine Urlaubskarte aus Südfrankreich. Darin hieß es ›wir‹. Sie war also mit ihrem Macker da, und ich guckte in die Röhre. Sie machte mir auch keine Aussichten auf einen Besuch oder forderte mich auf zu kommen.

Ich bekam Post von einem Walter Hartmann. Er war Herausgeber des nächsten ›Rock Session‹. Aj Webber und Sonny Curtis gingen klar. Er fand die Vorgruppe gut und fragte, ob ich über die nicht noch zehn bis fünfzehn Seiten machen wollte. Ich schrieb zurück – wie denn? So 'n bißchen Geschichte und 'n Interview. Omo fand das natürlich toll. Ich aber war noch immer in der Fahrschule. Ich mußte noch Theorie pauken. Fahren konnte ich einigermaßen, aber einen Prüfungstermin bekam ich vorläufig nicht.

Von meinem Freund Phillip ließ ich mir die Telefonnummer von Aj Webber geben. Ich rief sie in England an. Meine Eltern hielten mich für bekloppt, aber ich war wie besessen. Sie erzählte mir viel über sich, und ich schrieb mit. Ihre Karriere war am Rande des Rock-Geschäfts verlaufen. Den großen Hit hatte sie nicht landen können. Sie war die typische Einheizerin. So hatte ich sie ja auch erlebt. Ich würde einen Artikel zusammenbekommen. An Informationen über Sonny Curtis war schwerer dranzukommen. Seine Platten wurden von einer Import-Firma vertrieben, die keine Infos hatte. Ich schrieb an seine Company in den Staaten. Die schickten mir ein paar Blatt. Außerdem ließ ich mir was von Manfred Vogel kommen, dem Chefredakteur von Country Corner. Über Curtis' Start las ich in der Biografie über Buddy Holly. Curtis hatte ihm die ersten Griffe beigebracht. Dann kriegte ich es im Kopf. Ich wollte ihn sprechen. Ich ließ mir von der Auslandsauskunft die Nummer von Elektra in Nashville geben. Abends, als meine Eltern Fernsehen guckten, wählte ich dann die lange Nummer. Von da an wurde es teuer, sieben Mark die Minute. Ich kam durch und sagte leise, was ich wollte.

»Hang on.«

Für zwanzig Mark mußte ich warten, bis es hieß: »We can't give out that number.«

Ich sprach mit Omo über den Vorgruppe-Artikel.

»Da müssen wir uns langsam zusammensetzen. Am 20. Mai ist dead-line.« Und am 19. hatte ich endlich Prüfung.

Vorher machten wir eine Überlandfahrt ins Sauerland, mit 150 über die Autobahn. An Kierspe kamen wir auch vorbei. Irgendwie kam mir diese Tour als Durchbruch vor, denn die nächsten Tage fuhr ich lockerer durch die Stadt und machte auch kaum Fehler beim Parken. Noch zwei Wochen.

Die Vorgruppe kam zu mir ins Haus. Wir quatschten fünf Stunden. Ich zeichnete alles mit dem Kassettenrekorder auf. Ich ließ es erst mal liegen. Ich hatte noch Theorie nötig und mußte noch die Sachen über Aj Webber und Sonny Curtis tippen. Am Sonntag vor der Prüfung haute ich rein. Ich ging alle Fragebögen durch. Mein Vater korrigierte. Ich hatte nur wenige Fehler gemacht. Anschließend versuchte ich, auszugsweise das Gespräch mit den Jungs aus Wanne-Eickel zu transkribieren. Ich wußte auch nicht genau, was wichtig war und was nicht. Vor allem hatte ich keine Ahnung, was der Herausgeber erwartete. Die endgültige Fassung wollte ich nach der Prüfung schreiben und dann abends per Eilpost nach Darmstadt schikken. Montags schrieb ich noch ein paar Kritiken fürs Marabo und guckte mir noch mal die Bögen an. Morgens hatte ich meine letzte Stunde, und es klappte alles. (Ich hatte in den Tagen übrigens Urlaub.)

Am nächsten Morgen war es soweit. Als der Prüfer erschien, hielt mein Fahrlehrer die Daumen nach oben, der war also halb so schlimm. Wir bekamen die Fragen vorgelegt. Halbe Stunde Zeit. Ich war ruhig. Ich hatte eine viertel Lexotanil eingenommen und hatte zur Sicherheit noch eine ganze in der Tasche. Ich war schnell fertig. Riskant fand ich nur die neu eingeführten Energiefragen. Eine Viertelstunde Spannung. Ich dachte an die Vorgruppe. Wenn ich jetzt durchfiel, konnte ich den Artikel in Ruhe schreiben. Aber ich hatte null Fehler und atmete auf. Wir fuhren in die Stadt, zum Springerplatz, gingen in die Kneipe, wo sich alle zur Prüfung trafen. Es war Markt, und die Sonne schien. Ich hatte Hunger auf Apfelsinen, bestellte mir aber ein Mineralwasser. Ohne daß es jemand sah, schluckte ich ein Lexotanil-Brötchen, prophylaktisch, denn ich war nicht besonders aufgeregt.

Ich hatte nicht gezählt, wieviel Kandidaten wir waren. Zwei wurden immer aufgerufen, fuhren weg und kamen nach einer halben Stunde wieder. Die Ausfallquote lag bei genau fünfzig Prozent. Von jeder Partie kam einer freudestrahlend zurück und der andere sauer, traurig oder gar heulend. Ich sah auf die Kneipen-Uhr. Es war zwei. Wenn es noch lange dauerte, würde ich den Vorgruppe-Artikel nicht mehr fertigkriegen bis zur letzten Post. Diese zwanzig Seiten.

Der lange Preuß war zum drittenmal durchgefallen. Jetzt war ich dran mit noch einem. Draußen setzte ich mich als erster in den BMW. Mein Fahrlehrer zeigte mir doof. Ich sollte anscheinend als letzter. Ich wollte es hinter mir haben. An der Rottstraße machte ich schon den ersten

Fehler. Ich sah spielende Kinder am Straßenrand, hielt an und machte eine Handbewegung. »Das kann aber gefährlich werden«, meinte der Prüfer. »Das haben wir in keiner Stunde gemacht«, schimpfte der Lehrer. Wir fuhren an der Peep-Show vorbei, rauf auf die größte Kreuzung der Innenstadt. Ich mußte links ab. Amerikanisch. Ich stand und stand. Nur kein Risiko. Allerdings dürfen die auch nicht schon von der Seite kommen. Ich erwischte einen günstigen Moment. Ab in die Viktoriastraße. Ich kannte sie, aber nur zu Fuß, hergefahren waren wir da noch nie. Ich blieb auf der zweiten Spur, weil rechts geparkt wurde. Linkskurve, Westmöbel rechts liegenlassen.

»Sie sehen wenigstens ab und zu in den Spiegel.«

Ich hatte also leichte Vorteile. Rein in die Herner Straße. Baustelle. Vor mir ein Radfahrer. Soll ich ihn überholen? Ich fahr defensiv.

»Die nächstmögliche rechts.«

In Richtung Bergbaumuseum. »Stop.« Ich habe keinen Einblick in die übergeordnete Straße. Die Busse stehen bis in die Kurve. Wird wohl doch das meistbesuchte Museum Deutschlands sein. Hatte ich unsern Stadtvätern nie geglaubt. Ich muß mich vortasten, Zentimeter um Zentimeter. Mein Fahrlehrer gibt mir Geheimzeichen mit Fuß und Hand, die ich nicht verstehe. Die Schnauze steht schon halb auf der Fahrbahn, und ich kann immer noch nicht sehen. Schließlich gebe ich mir einen Ruck. Alles glattgegangen. Wir fahren auf den Stadtpark zu. Rechts vor links. Keine Schwierigkeit.

»Da vorne setzen Sie rückwärts um die Ecke.«

Ich komme ins Schwitzen. In welchem Abstand war das noch mal? Ich nehm etwa einen halben Meter und setze fast fehlerfrei zurück.

»Du brauchst nicht bis an den Bordstein!«

»So. Bitte wechseln.« Ich setz' mich nach hinten zu dem Prüfer. Er füllt meine Fleppe aus.

»Da an der Herner Straße war dreißig. Haben Sie das nicht gesehen?«

Ich sagte nichts. Lieber jetzt keinen Fehler mehr machen. Er überreichte mir den Schein.

Zu Hause freute sich die Mutter mit mir. Zur Feier des Tages aß ich Jägerschnitzel. Ich war groggy und legte mich in die Wanne. Was mach' ich mit der Vorgruppe? Ich ging zum Arthur Wagner, kaufte eine Ansichtskarte und schrieb Hartmann, daß ich ihm den Text am nächsten Tag persönlich vorbeibringen würde. Ich ging in den Plus und kaufte zehn Dosen Bier. Ich würde die Nacht durchtippen und dann morgens nach Darmstadt fahren. Ich rief die Auskunft an, 9 Uhr 50. Abends um sieben setzte ich mich auf meine Mansarde und tippte das Zeug. Ich machte alle zehn Granaten leer. Bier hält mich wach. Morgens um sechs war ich fertig.

Im Zug ging ich mit flüssigem Tipp-Ex über das Manuskript. Zwei ältere Herren in meinem Abteil unterhielten sich über das Fußballspiel vom Vorabend, Deutschland-Brasilien. Immel war nicht besonders gewesen. Ich hatte anscheinend nicht viel verpaßt. Mir war auch dieser Text viel wichtiger, mein Einstieg in die überregionale Liga. In Darmstadt guckte ich im Bahnhof auf den Stadtplan, wo die Liebfrauenstraße lag. War zu Fuß nicht zu erreichen. Ich nahm 'ne Taxe. Das Haus war eine Bruchbude, die Eingangstür offen. Hartmann hatte ein kleines Türschild, an einem Draht hing der Klingelknopf. Er öffnete nicht. Ich versuchte es mehrmals. Dann sah ich einen kleinen Streifen, den er irgendwo ausgeschnitten und jetzt aufgeklebt hatte: ›Absolutely no callers.‹ Was für ein Arsch! Ich hatte ihm doch extra geschrieben, daß ich kommen würde. Ich hängte meine Manuskripte in einer Plastiktüte über die Klinke. Hauptsache, ich war pünktlich gewesen. In dem Augenblick war es mir egal, ob er die Texte nehmen würde. Doch dann dachte ich wieder, daß sie der

Einstieg zu einer größeren Karriere sein könnten. Einen Tag danach wollte ich Sounds anrufen.

Erst aber drehte ich zu Hause eine Runde mit meinem Wagen. Schon nach zweihundert Metern würgte ich das erstemal ab. Schiß hatte ich nicht. Es war mehr ein Glücksgefühl. Das erstemal alleine. Ich schrieb Ute davon. Dann rief ich bei Sounds an. »Buttler.«

»Guten Tag. Ich bin im nächsten ›Rock Session‹ drin und wollte mal hören, ob ich auch was für euch tun kann.«

»Was denn?«

»Ich hab das Buch ›My Life In The Bush Of Ghosts‹. Die Platte wirst du kennen. Und da wollt' ich mal fragen, wie das mit 'ner Besprechung wär.«

»Warte, ich geb' dir mal den Diederichsen. Der ist für so was zuständig.«

Dem schwärmte ich erst mal was von den Lounge Lizards vor, die ich so toll fand wie er. Dann erklärte ich ihm noch mal, was ich wollte. Er war einverstanden. Siebzig Zeilen.

Ich war in Sounds, der bedeutendsten Musikzeitschrift! Ich schrieb Ute gleich noch einen Brief. »Stell dir mal vor!« Vielleicht bin ich da jetzt öfter drin. Diederichsen hatte auch gesagt, er brauchte einen, der mal über Elton John und ähnliche Leute schreibt.

Ich hatte noch zwei Tage Urlaub und las das Buch. Die Kritik kriegte ich schnell zusammen. Das Buch kannte ja doch keiner. Da konnte ich nicht viel verkehrt machen. Freitags rief Omo an.

»Ich soll ab Montag nach Herne. Den Laden übernehmen. Was soll ich machen?«

Ich war sauer. Gerade hatte ich mich an Omo gewöhnt. Wir waren ohne Probleme miteinander ausgekommen.

»Das mußt du wissen. Geschäftsführer in Herne ist Scheiße. Da kannst du auch nichts verdienen.«

»Da brauch' ich aber nicht mehr so weit zu fahren.«

»Omo, ich kann dir dazu nichts sagen. Du mußt das wissen. Ich werd's ja am Montag sehen. Wer bringt mir denn den Schlüssel?«

»Der Andreas. Der ist hier noch mal eingesprungen.«

Montags war ich allein, Omo hatte sich für Herne entschieden. Ich bekam auch keinen zweiten Mann. Andreas hatte was anderes vor. Die Arbeit zu zweit war schon beschissen gewesen. Jetzt kam das Alleinsein dazu. Vorher konnte ich wenigstens nachmittags mit Omo reden, jetzt konnte ich nicht mal in Ruhe pissen gehen. Ich mußte dann den Laden für fünf Minuten schließen.

Ute hatte schon lange nicht mehr geantwortet. Wenigstens bekam ich Post von Hartmann. Er fand die Sachen gut und würde sie nehmen. Er entschuldigte sich, daß er nicht aufgemacht hatte, aber es wären vorher so viele vorbeigekommen, die ihn von ›Rock Session‹ abgehalten hätten.

Meine Eltern fuhren in Urlaub, ausgerechnet in den Harz, wo Ute herkam. Für die Zeit ihrer Abwesenheit zog der Freund meiner Schwester ein, den ich nicht leiden konnte, ein ungehobelter Gast, der noch nicht mal abwusch, während meine Schwester und ich auf der Arbeit waren.

Von Ute hatte ich wochenlang schon nichts mehr gehört, und ich dachte, sie hätte wenigstens auf meine bestandene Führerscheinprüfung reagiert, zumal ich ihr eine Fotokopie meiner Fleppe geschickt hatte. Im Laden kramte ich ein unbenutztes Preisschild für 5,95 vor. Ich schrieb auf die Rückseite: ›So viel bist du mir wert‹ und schickte es ihr. Ich wußte, das könnte das Ende sein, aber ich hatte so einen Braß auf sie und ihre Schreibfaulheit, daß ich nicht anders konnte, einen Braß auch auf meinen Arbeitgeber, den sogenannten, der mich alleine im Geschäft malochen ließ. Ich rief in der Zentrale an. Ersatz war nicht abzusehen. Warum wurde keine Anzeige aufgegeben? Von allein kam ja doch keiner.

Am nächsten Tag dasselbe wie schon zwei Wochen. Platten wurden angeliefert, die ich nach dem Auspacken zählen und dann, tack tack, mit Preisen versehen mußte. Der Verkauf an dem Donnerstag war schleppend. Trotzdem, so konnte es nicht weitergehen. Da kriegt man's ja im Kopf, wenn man so alleine rumsteht.

Auf einmal, am späten Nachmittag, hielt mir von hinten jemand die Hände über die Augen. Ich stand hinter der Ladenkasse und kam absolut nicht drauf, wer es sein konnte. Ich faßte die Hände, zog sie ab, drehte mich um und sah Ute. Wir umarmten und küßten uns.

»Du mußt entschuldigen, aber ich hatte so einen Streß mit Bernd. Wir haben uns getrennt.«

Gut so, jetzt war ich wieder die Nummer eins.

»Ich hab' dich verdammt vermißt«, sagte ich und wartete vergeblich auf ein »ich dich auch«.

»Was machst du denn heute abend? Pennst du bei deiner Schwester oder bei mir?« (Ihre Schwester hatte mittlerweile ein Haus in Witten.)

»Ich komm' mit zu dir.«

Nach Feierabend aßen wir erst mal einen Hamburger mit Pommes. Zu Hause sprachen wir nicht viel miteinander. Ich erzählte ihr noch mal von meinen letzten Erfolgen. Sie aber sagte nichts über das Ende mit Bernd. War vielleicht zu schmerzhaft nach drei Jahren. Ich dachte natürlich die ganze Zeit ans Ficken und hoffte, daß ich nicht wieder versagen würde.

»Komm, wir gehen hoch.«

Wir ließen Wim Thoelke Wim Thoelke sein und gingen auf meine Bude. Getränke nahm ich mit.

»Ich hab' leider keinen Bacardi, nur Bier und Vitaminsaft.«

Vielleicht brachte uns der auf Touren. Wir legten uns hin. Ich fing sofort an, bei ihr rumzunesteln. Sie ließ sich auch ausziehen, aber dann sagte sie plötzlich: »Nich'! Ich will das heute nich'!« Sie hatte den Slip noch an, und ich versuchte ihn abzustreifen, aber sie wehrte sich.

»Es hat keinen Zweck. Ich kann einfach nich'!«

Ich ließ es sein. Und was machte ich mit meinem Steifen? »So, dann geh' ich jetzt runter und pell mir einen.«

»Ja, tu das.« Ich hätte ja auch vor ihren Augen, aber das wollte ich dann doch nicht. Auf dem Scheißhaus kloppte ich mir dann einen. Wieder oben, legte ich die Lounge Lizards auf.

»Oh, die sind toll«, meinte sie, und ich drehte lauter auf. Ich versuchte es noch mal, strich ihr übern Oberschenkel, aber sie sagte nur: »Nein.«

»Warum denn nich'? Warum bist du denn eigentlich gekommen?«

»Mußt du denn immer nur ans Ficken denken? Ich dachte, ich könnte mich mit dir unterhalten. Über mich und Bernd.«

Was ging mich dieser scheiß Bernd an. Ich wollte vögeln und nicht über ihn reden. Wir schliefen dann bald unverrichteter Dinge ein. Am nächsten Morgen stand sie mit mir auf. Ich holte Brötchen von Wohlhaupt und eine Zahnbürste für sie. Sie hatte nichts bei, auch kein Gepäck.

»Was hast du heute vor?«

»Ich fahr' gleich zu meiner Schwester.«

»Und heute abend?«

»Nichts.«

»Da spielen Fehlfarben in der Werkstatt. Kennst du doch, ›Es geht voran‹. Da wollte ich eigentlich hin. Kommst du mit?«

»Ja klar.«

»Ich hol' dich dann bei deiner Schwester ab, so um halb acht.«

Im Laden rief mich Barbara an.

»Fährst du heute abend in die Werkstatt zu Fehlfarben?«

»Ja. Warum?«

»Ich wollte da hin. Omo kommt auch. Kannst du mich vielleicht mitnehmen?«

»Ja sicher. Komm um halb sieben hierhin.«

Ich fragte mich, ob die beiden schon zusammen vögelten. Ich telefonierte fast jeden Tag mit Omo in Herne, er verriet aber nichts. Ich hätte gerne mal gewußt, wie die kleine Barbara so im Bett war, doch Omo ließ mich dumm sterben. Als sie kam, gingen wir erst noch zur BfG und warfen die Geldbombe ein. Dann fuhren wir in Richtung Witten.

»Ich muß erst noch 'ne Bekannte abholen.«

Schade, daß du den Omo hast, dachte ich im stillen. Wir unterhielten uns nicht über ihn, sondern über ihr Abi, ihren Führerschein und ihre Familie. Wie stand sie zu Omo? Es war nicht rauszukriegen. An einer Ampel überkam es mich. Ich legte den Arm über ihre Schulter und küßte sie auf die Wange. Ich konnte nichts dagegen machen und sagte nur: »Ach Barbara.« Sie war keineswegs abweisend. Vielleicht verstand sie den Kuß als Zeichen für ihre Attraktivität. Sie sagte nichts.

Wir holten Ute ab und fuhren zur Werkstatt. Sie war voll. Es dauerte eine Zeit, bis wir Omo fanden. Sofort ging die Schnäbelei mit Barbara los. Wer so küßt, der vögelt auch. Aber was ging's mich eigentlich an, ich hatte ja meine Ute. Wir knutschten auch und achteten nicht aufs Konzert. »Keine Atempause. Geschichte wird gemacht.«

Ich wollte Barbara nach Hause fahren, und Ute würde wieder bei mir pennen. Aber der Wagen sprang nicht an. Ich hatte keine Ahnung von Autos. Der Kadett machte keinen Muck.

»Guck mal vorne nach.«

Ich kriegte noch nicht mal die Haube auf. Ute mußte mir helfen. »Das ist der Anlasser. Fahr mal im zweiten Gang an.«

Hatte ich natürlich noch nie gemacht, und so was lernt

man auch nicht in der Fahrschule. Es gelang mir auf Anhieb, der Wagen rührte sich. Ich fuhr den weiten Umweg, um Barbara abzusetzen, und dann zu mir nach Hause.

Oben ließ Ute mich wieder nicht ran. Ich konnte mich nicht in sie reindenken. Warum übernachtete sie dann nicht bei ihrer Schwester? Aber ich wußte im Grunde nicht viel über die weibliche Psyche. Männer denken immer irgendwie ans Vögeln. Ich auch. Welchen Stellenwert es für Frauen hatte, davon hatte ich keine Ahnung. Ich war verzweifelt, lag neben meiner großen Liebe, meiner bis dahin größten, und sie wollte nicht. Sie sagte aber auch nichts, nur immer »ich kann nicht«, »ich will nicht«.

Samstag. Ich ließ sie liegen. War mir egal, wie sie sich verhielt, ob sie abhaute oder nicht. Als ich von der Schicht kam, war sie noch da, und wir fuhren zu ihrer Schwester.

»Sag mal, Wolfgang«, fragte Sabine, »willst du hier nicht einziehen? Ich hab' noch ein Apartment frei.«

Ich sah's mir an, etwa dreißig Quadratmeter mit Toilette und Küchennische.

»Und wieviel willst du dafür haben?«

»Dreihundert Mark.«

»Ich werd's mir überlegen.«

Ich tat's sofort. Tausend Mark netto minus zweihundertfünfzig Mark für Zigaretten, zweihundertzwanzig für den Kredit, Versicherung, Sprit an die hundertfuffzig Mark, da blieben keine hundert Mark zum Leben. Und auf das Geld vom Marabo konnte ich mich auch nicht verlassen. Die zahlten sehr unregelmäßig

»Geht nicht, oder ich muß mit dem Rauchen aufhören.«

»Dann tu das doch.«

Ich lachte.

»Dann hab' ich ja gar kein Vergnügen mehr.«

Gegen vier kam ein Bekannter von Sabine mit einem Sportwagen vorgefahren, während wir auf der Terrasse

saßen, die zur Straße hin lag. Er war ein öliger Typ. Ich
konnte ihn nicht ab. Er war so scheißfreundlich und lud
Ute zu einer Spazierfahrt ein. Sie war auch sofort dazu bereit. Ich ärgerte mich. Die schiere Eifersucht. Die bringt
das fertig und fängt mit dem was an. Sie kamen und kamen nicht wieder. Ich wurde ösig. Zeit, um mich mit Sabine zu unterhalten. Sie hatte nun die Scheidung eingereicht. Aber ihr Mann wollte, daß sie zurückkommt. Er
war großzügig bei den Unterhaltszahlungen. Warum nicht
die Schwester? Wie wär's, wenn ich doch hierhin zöge?
Hätte ich, mit einiger Verspätung, doch eine Chance bei
Sabine? Ich glaubte nicht dran. Ute kam wieder. Sie war
gesprächiger geworden. Natürlich war die Fahrerei »toll«
gewesen. Ja, mit dem Schlitten kam ich nicht mit.

Abends tranken wir zusammen Bier und grillten was.
Sabine schlug vor, daß ich mit Ute in dem leeren Apartment schlief. Sie legte zwei Matratzen hin. Ich startete
einen letzten Angriff. Am nächsten Tag würde sie fahren.
Doch wieder wehrte sie mich ab. Ich schlief die ganze
Nacht nicht. Morgens kamen die Blagen ins Zimmer gelaufen. Schweigend frühstückte ich. Mittags fuhr ich sie
zum Bochumer Hauptbahnhof. Wir küßten uns. »Und was
jetzt?« wollte ich wissen. »Isses aus?« »Ach was. Laß mir
nur Zeit. Schreib erst mal wieder. Ich hoffe, ich werd' bald
über Bernd hinweg sein.« Irgendwie ahnte ich, als sie einstieg, daß ich sie nicht mehr wiedersehen würde.

Ich war noch immer alleine im Laden, konnte auch keinen freien Nachmittag nehmen, um meine Aufgaben als
Musikredakteur wahrzunehmen. So telefonierte ich von
der Arbeit aus mit Hamburg, Köln und München. Ich
sprach auch mit der WEA. Am kommenden Wochenende
würde Helen Schneider in Essen auftreten, ich fragte, ob
ich ein Interview kriegen könnte. Nein, ging nicht. Da
hatten sich zu viele gemeldet. Es würde eine Pressekonferenz geben. Ich sollte mich nach dem Konzert an einer

bestimmten Stelle einfinden. Seit ihrem Auftritt bei Biolek hatte ich ein Faible für Helen Schneider, keineswegs wegen ihrer Musik, sondern wegen ihres Aussehens. Ich hatte sogar ein Plakat von ihr über meiner Liege auf der Mansarde hängen. Allerdings habe ich es nie als Wichsvorlage benutzt.

Das Konzert war von vorne bis hinten beschissen. Sie sah zwar wieder klasse aus, aber sie machte nur Krach. Der Applaus im Publikum war größtenteils zurückhaltend, während ein harter Kern von Fans sich vor der Bühne breitgemacht hatte und stürmisch nach jeder Nummer jubelte. Ich wollte was trinken gehen, es gab aber keinen Ausschank in dem Saalbau. Ich ging wieder rein. Besonders schrecklich fand ich ihre Cover-Versionen. Am schlimmsten war ›You Really Got Me‹, das von den Kinks stammt und in dem schönen Pop-Sommer von '64 eine meiner Lieblingsnummern gewesen war. Ich war damals elf und fing an, mich intensiv für Musik zu interessieren. Niemand hatte mich großartig beeinflußt. Ich hatte nur immer mitgehört, wenn mein Bruder was vom Radio mitschnitt. Wir schliefen da noch in einem Bett im Parterre, während die Mansarde für fuffzig Mark an einen Kostgänger vermietet war. Jürgen und ich hörten samstags immer die Top Twenty, nachts von elf bis zwölf, das Kofferradio unterm Kopfkissen. Obwohl unsere Eltern nichts gegen Pop-Musik hatten, jedenfalls nicht, wenn sie ungestört blieben, hatte das Ganze doch was Subversives. Pop war eine neue Welt für mich. Ich schnippelte Bilder aus der Bravo und der Musikparade und klebte sie in ein dikkes Buch, das mir mein Vater vom Lohnbüro mitgebracht hatte, von der Zeche Germania, auf die er nach der Schließung der Zeche Bruchstraße verlegt worden war. Ich frage mich, wie er damals nach Dortmund-Marten hinkam, denn er hatte seinen 17 M noch nicht. Fuhr er mit dem Zechen-Bus, oder nahm ihn ein Kollege mit? Mein Bruder hatte auch auf dem Pütt angefangen, als Praktikant nach der Mittleren Reife. Er wollte Steiger werden.

Ich schnitt auch Hitparaden aus, natürlich nur die angelsächsischen, und trug in mein Englischbuch die Spitzenreiter an der Lektion ein, die wir gerade durchnahmen. Natürlich waren die Beatles meine Favoriten, sie waren einfach die besten. Die Stones gut und schön, aber die Beatles waren nun mal die ersten gewesen, die Aufruhr gemacht hatten. Außerdem gefielen mir ihre Nummern besser, die immer innerhalb einer Woche Nummer eins wurden. Keine Frage, daß ich in jenem Sommer in ›A Hard Day's Night‹ reinging, in die Lichtburg, wo jetzt Plus ist.

Ich war nie ein leidenschaftlicher Kinogänger. Ich war vielmehr fernsehsüchtig. Ich durfte seit frühester Kindheit gucken, nicht nur nachmittags, also nicht nur Lassie und Fury, Wyatt Earp mit Hugh O'Brian, der später mal ein Techtelmechtel mit der Soraya hatte, und ›Sport, Spiel, Spannung‹, auch die Vorabendserien wie Mike Nelson, dargestellt von Lloyd Bridges. Ich war noch keine zehn, als ich schon aufbleiben durfte, um ›Das Halstuch‹ zu sehen. Geschadet hat's mir nicht. In der Schule war ich immer unter den ersten fünf. Ins Kino ging ich also so gut wie nie. Ich hatte auch kein Moos dafür. Meine Eltern gaben mir kein Taschengeld. Ich verlangte auch keins. Ich ging so alle vierzehn Tage zu den Murskis, unsern ehemaligen Nachbarn, die im Oberdorf gebaut hatten, ältere Leute, und die Frau gab mir immer fünf Mark, später mehr. Damit kam ich hin. Ich brauchte ja nichts, höchstens mal was für die mickrige Kirmes.

Comics kaufte ich mir nie. Haben mich nie interessiert. Ich las aber schon mit elf den Spiegel, den sich der Heinz Murski hielt. Seit '67 kaufte ich ihn mir dann jeden Montag, bei Arthur Wagner, der ihn mir noch heute immer zurücklegt. Arthur Wagner war auch mein erster Arbeitgeber. Ich weiß es noch ganz genau: Es war am Buß- und

Bettag '68, als ich dem Harald Wagner, der zwei Jahre jünger war als ich, Nachhilfe in Englisch gab. Ich kriegte fünf Mark die Stunde. Dazu gab es Sahneteilchen und Hohes C. Von da an war das ein Dauerjob. Nach Harald kam sein Bruder Bernd, der Alfons Czech, der Sohn von Fitzek Rostek und viele andere. Die sind mittlerweile fast alle was geworden. Uwe Neemann, kann ich nicht sagen. Er war mein Lieblingsschüler. Sein Vater, der Gerd, war damals Vereinswirt, und ich bekam fuffzig Mark Pauschale im Monat plus frei Saufen in der Kneipe. Da war jeder Tag, an dem ich nicht bei ihm reinging, rausgeschmissenes Geld. Da war ich schon älter.

'64 wußte ich noch nicht, wie ein Glas Bier schmeckt. Ich wußte nur, Bier und Schnaps machen blau. Mein Vater trank sich schon mal ab und zu einen. Heute ist er solide, geht ja auch schon lange nicht mehr zum Pütt. Und mit dem Vereinsleben hat er auch nichts mehr am Hut. '64 war er Hauptkassierer, und der Boß war Erwin Hüllen, der über uns wohnte. Im Sommer fuhr er immer mit einigen Dutzend Jugendlichen weg. Erst '62 ins nahegelegene Ennepetal. Da war ich auch mit, aber nicht lange, weil ich ins Bett machte. Das Jahr drauf war ich kein Bettpisser mehr, als wir nach Bennekom in Holland fuhren. '64 ging's nach Südtirol. Meine Eltern fragten mich, ob ich auch wollte. Sonst würden sie mir ein Fahrrad schenken. Beides war nicht drin. Ich entschied mich für das Rad.

Ich fuhr öfters mit Dirk Heine raus. Sein Vater war ein hohes Tier, Bergwerksdirektor. Ich verkehrte da auch in der Villa. Die Familie ließ mich nie spüren, daß mein Vater nur ein kleiner Kacker war. Dirk war in der Schule nicht gerade eine Leuchte. Ich möchte sagen, er war so doof wie Schifferscheiße. Heute ist er Zahnarzt. Im Herbst '64 kam eine Engländerin als Au-pair-Girl zu den Heines. Sie sollte auch Dirk helfen. Ich kann mich noch genau an ihre Netzstrümpfe erinnern. Ich glaub', sie war die erste, in die ich mich verliebt habe. Kann man sich mit elf schon verlieben? Besonders beeindruckte mich, daß sie immer neue Scheiben aus England geschickt kriegte. Fantastisch fand ich ›Go Now‹ von den Moody Blues und ›Tired Of Waiting For You‹ von den Kinks.

Helen Schneider vergriff sich an ›You Really Got Me‹. Sie kreischte auch Little Richards ›Rip It Up‹ und Wanda Jacksons ›Let's Have A Party‹. Ich fand's zum Kotzen. Nach dem Gig hatten wir Journalisten uns vor dem Kellereingang einzufinden. Wir wurden in einen großen Raum gebeten. Nichts war vorbereitet. Tische wurden zu einem großen Viereck zusammengestellt. Zu essen und zu trinken gab's auch nichts. Die etwa zwanzig Leute setzten sich. Ich wartete, bis nur noch zwei Plätze nebeneinander frei waren, einer für mich, daneben der für Helen Schneider.

Es dauerte etwas, bis sie reinkam. Sie hatte das T-Shirt gewechselt und ihre schwarze Lederhose angelassen. Die andern klatschten alle. Ich sah keinen Grund dafür. Ich wollte auch nichts fragen. Ich wollte erst mal sehen, wie das ablief. Schließlich hatte ich noch keine Erfahrungen mit Pressekonferenzen. Sie setzte sich also vor Kopf neben mich. Ich konnte erkennen, daß sie sich nach dem Konzert noch mal geschminkt hatte. Zwischen ihr und mir an der Tischecke saß ein alter Opa. Einer, der hinter der Schneider stand, machte die Honneurs, bla bla, und forderte auf, Fragen zu stellen. Keiner rührte sich.

Die Schneider ging erst mal um die Tische rum und gab jedem die Hand. Danach meldete sich immer noch keiner. Der eine zeigte dann auf mich. Na gut, dachte ich mir, wenn schon, denn schon. Ich entschuldigte mich für mein schlechtes Englisch, das gar nicht so übel war, und legte dann los: »You killed six of my favourite songs.«

Sie tobte.

»What a fucking stupid question!«

Ich machte weiter: »You killed . . .« und nannte die Titel.
Der Opa schaltete sich ein. Er wollte wissen, wie ich hieß
und für wen ich schrieb. (Erst später fand ich raus, daß
er der ständige Begleiter der Sängerin war.) Ein Wort gab
das andere. Wir sprangen auf, und schließlich polterte er:
»Get outta here!«

»Dann leck mich doch am Arsch!«

Ich ging. Das erste, was ich zu Hause machte, war, das
Schneider-Poster abzureißen.

Ich hatte immer noch keinen Ersatzmann. Ich beschwerte mich in der Zentrale. Es würde schon einer kommen,
irgendwann. Ich schrieb Ute. Es hat ja doch keinen Zweck
mehr, wenn du nicht mit mir ficken willst.

Ein paar Tage später wachte ich morgens mit einer Idee
auf. Auch wenn mich das meinen Job kosten würde, ich
würde ein Rundschreiben an alle ELPI-Filialen loslassen.
Ich schrieb tatsächlich sofort nach dem Aufstehen und
fotokopierte den Schrieb in der Mittagspause. Die Zentrale kriegte den offenen Brief auch. Ich dachte, am nächsten Tag würde der Chef anrufen. Er rührte sich aber nicht.
Nur Omo rief an.

»Du bist am Ende.«

War ich auch. Ich konnte in diesem Scheißladen nicht
mehr arbeiten. Ich hatte noch nicht mal zum Arzt gehen
können, um mir Lexotanil verschreiben zu lassen. Den
ganzen Tag wartete ich auf eine Reaktion aus der Zentrale
in Witten. Ich sah schon, wie der Saueracker mich acht-
kantig rauswarf. War ja auch ein starkes Stück, das ich
da geschrieben hatte. Ich sah mich auf dem Arbeitsamt.
Im stillen dachte ich, ich würde jetzt jeden Monat was
in Sounds drin haben. Vor allen Dingen wollte ich aber erst
mal raus. Oder doch nicht, falls ich erheblich mehr Geld
kriegen würde.

Gegen fünf erschien der Boß im Laden. Er war ein Jung-
unternehmer. Er hatte mit einem Tapeziertisch an der Uni

angefangen, mit Import-Platten. Als Mitte der siebziger Jahre die Preisbindung für Tonträger aufgehoben wurde, machte er seine Kette auf, wie etliche andere. Der Boom begann. Saueracker war nur zwei, drei Jahre älter als ich.

»Ich glaub', wir müssen miteinander reden.«

Was? Kein Rausschmiß?

»Ich hab' schon mit Möppi gesprochen.« Das war der Prokurist. »Wieviel willst du denn mehr haben?«

Ich fühlte mich wie ein Wallraff, dem Springer mehr Geld anbietet. »Ich dachte an zweifünf im Monat.«

Das war natürlich zuviel, fast das Doppelte.

»Laß uns nach dem Wochenende drüber reden.«

Wir hatten den Laden dichtgemacht. Draußen warteten Kunden. »Ist gut, Richard.« Erstmals duzte ich ihn. Er war ja auch nur ein Schnösel.

»Wir telefonieren am Montag zusammen.«

Als er weg war, beschloß ich, doch weiter im Laden zu bleiben, so mit vielleicht dreihundert Mark mehr. Ich schlief unruhig, mußte mehrmals aufstehen und pissen. Am nächsten Morgen, es war Freitag, fuhr ich nicht in den Laden, sondern zum Arzt, um mir Pillen verschreiben zu lassen. Ich stöhnte ein bißchen und kriegte einen Krankenschein für 'ne Woche. Ich fuhr weiter in die Zentrale.

»Hier Richard, hast du den Schlüssel. Ich kann nicht mehr.«

Ich war wirklich oppe.

»Gib mal ein Glas Wasser.«

Seine Lebensgefährtin saß auch da. Ich wußte nicht genau, was sie eigentlich in dem Betrieb machte. Hauptsächlich kontrollierte sie wohl Rechnungen und war für die Inventuren zuständig. Sie rief immer an, wenn zuviel fehlte, und tat so, als wär unsereins schuld an dem Schwund. Sie sagte nichts.

»Ja, dann geh mal nach Hause.«

»Ich hab' mit meinem Arzt gesprochen. Ich fahr' lieber ein paar Tage in den Harz, zu meinen Eltern. Wenn du willst, komme ich am Mittwoch wieder hierhin.«

Der Postbote hatte einen Brief von Ute gebracht. Sie schrieb, daß sie ohne mich nicht mehr leben wollte. So verstand ich es jedenfalls. Würde sie sich tatsächlich was antun? Ich frühstückte ausgiebig und überlegte mir, was zu tun war. Ich würde nach Nörten-Hardenberg düsen und von da aus meine Eltern in Walkenried besuchen. Bei Arthur Wagner kaufte ich mir eine Stange Benson.

»Kannze mir meinen Spiegel bis Mittwoch verwahren?«
Kein Problem. Fast vergaß ich, Lotto abzugeben.

Zum erstenmal fuhr ich allein auf einer Autobahn, auf der B 1. In Dortmund kam ich an einer Baustelle in einen Stau. Die Karre ging mir aus. Ach du Scheiße! Ich dachte an den noch immer defekten Anlasser. Wenn die Kiste jetzt nicht anspringt! Sie tat's aber doch. Nicht auszudenken, wenn ich in dem Chaos steckengeblieben wäre.

Ich wußte ungefähr, wie ich fahren mußte. In Kassel auf die Autobahn Hannover. Irgendwas knatterte. Ich hatte ja keine Ahnung von Autos. Vermutlich war's der Auspuff. Ich konnte nicht mehr hören, was aus dem Radio kam. Ich hielt aber nicht an. Ich hätte ja doch nichts reparieren können. Der Autoatlas lag geöffnet auf dem Beifahrersitz. Es war nicht mehr weit, noch drei Abfahrten, als Bullen mich überholten und die Kelle raushielten.

»Haben Sie nicht gemerkt, daß Ihr Auspuff kaputt ist?«
»Das schon, aber ich muß unbedingt nach Nörten-Hardenberg. Meine Freundin tut sich sonst was an. Sie können den Brief lesen.«

»Schon gut. Ist ja nicht mehr weit. Da lassen Sie dann aber den Wagen fertigmachen.«

Den Deibel werd' ich tun, aber ich versprach's den freundlichen Schackos. Die hätten mich ja auch stillegen können. Ich kam in dem Kaff an. Zur Göttinger Straße mußte ich hin. Ich hatte die Skizze, die Ute mir mal geschickt hatte, ungefähr im Kopf.

Auf einmal war ich schon auf der Göttinger, war da wohl die Hauptstraße. Ich hielt vorm Plus an, ging rein und kaufte eine Flasche Metaxa, weil Ute ihn gerne trank. Als ich weiterfahren wollte, zur Nummer 75, sprang der Kadett mal wieder nicht an. Ich ging zu Fuß zu dem ehemaligen Kloster, in dem Ute ihr Zimmer hatte.

Sie sah mich vom Fenster aus und kam mir entgegen gestratzt. Auf der Treppe umarmten und küßten wir uns. Wir gingen rein und wälzten uns auf dem Strohteppich.

»Ich hatte Schiß um dich.«

Viel mehr sagte ich nicht. Wir knutschten mindestens eine Viertelstunde so auf der Erde.

»Mir geht gleich einer ab«, stöhnte ich. »Komm, wir ziehen uns aus.«

»Jetzt nicht. Hol dir lieber einen runter.«

»Na gut.«

Ich ließ sie los.

»Dann geh' ich in die Wanne. Guckst du mir zu? Oder willst du Hand anlegen?«

»Nee laß mal. Ich guck zu.« Nachdem ich fertig war, fuhren wir nach Göttingen rein, was einkaufen, weil Ute am Samstag eine Fete geben würde. Ihre Bekannten aus Bad Harzburg würden kommen. So deprimiert war sie also doch nicht, als daß sie keine Feiern veranstalten konnte. Abends gingen wir spazieren. Wir kamen auch an der Schnapsfabrik vom Fürst Hardenberg vorbei. Sah gar nicht so groß aus, dafür, daß der soviel Reklame machte. War eher 'ne Klitsche.

Im Bett zierte sie sich nicht, wir legten sofort mit der Vögelei los. Gegen zwei pennten wir ein. Morgens machten wir weiter. Der irre Trip hatte sich also gelohnt.

Utes Freunde waren langweilig, zum Teil noch Schüler. Sie ließ mich an dem Abend links liegen und unterhielt sich nur mit ihren Bekannten. Auf einmal fing sie zu heulen an, als sie vom Ende ihrer Beziehung mit Bernd redete. Alle blieben über Nacht da, ein gutes Dutzend, und schliefen auf dem Fußboden, ich auch.

Am nächsten Tag wollte ich zu meinen Eltern fahren, aber die Karre stand da ja nun mit dem defekten Anlasser und dem kaputten Auspuff. Einer von Utes ehemaligen Mitschülern behauptete, er sei Experte. Tatsächlich. Er klopfte mit einer Zange gegen was, und der Wagen sprang an. Dafür fuhr ich mit dem Burschen erst mal nach Braunlage und setzte ihn da ab, bevor ich weiter nach Walkenried fuhr.

Meine Eltern erschraken, als ich sie mit der donnernden Kiste aus dem Mittagsschlaf holte. Ich erzählte ihnen von meinem Theater mit ELPI.

»Das ist deine Sache.«

Nachmittags fuhren wir nach Bad Sachsa. Nichts für mich. Lauter alte Leute.

»Ich fahr' morgen zur Ute zurück und anschließend nach Hamburg. Ich will mal bei Sounds vorbeigucken.«

»Ist das nicht 'n bißchen viel auf einmal? Ruh dich doch lieber aus.«

»Ach nee, laß mal. Ich bin okay.«

Ich ging früh schlafen. Morgens fuhr ich zurück nach Nörten-Hardenberg. Es war Pfingstmontag. Die Karre ließ ich in Walkenried zurück. Mein Vater würde sie reparieren lassen.

Bei Ute waren noch zwei ihrer Freundinnen da. Wir gingen spanisch essen. Die drei Mädchen besoffen sich. Ich war wütend. Es würde vorläufig mein letzter Tag mit Ute sein, und sie beschlauchte sich. Wieder in ihrer Bude machte ich Krach.

»Du versoffene Sau!«

Ich nahm mir eins von ihren Büchern, von Jayne Anne Phillips, und verpißte mich. Hinter der Fuselfabrik stand auf einer Wiese ein großer Baum, an dessen Fuß ich mich setzte und las. Nach zwei Stunden ging ich zurück. Die beiden andern waren verschwunden. Ute schlief. Ich las weiter. Als sie aufwachte, schrie sie mich an.

»Du Schwein! Ihr Männer seid doch alle gleich! Du und der Bernd!« Ich wurde sanft.

»Aber Ute, guck ma. Heute ist doch unser letzter Tag zusammen. Und du haust dir die Klotschen voll. Ich wollte doch wenigstens noch mal mit dir schlafen.«

Sie beruhigte sich, und wir streichelten uns. Es war noch hell, als wir mit dem Ficken anfingen. Nach dem Aufstehen machten wir noch 'ne Nummer. Dann mußte ich zum Zug. Sie fuhr mich mit ihrem R 4 zum Göttinger Bahnhof. Wir hatten noch ein bißchen Zeit und knutschten. Als ich eingestiegen war, fing sie an zu heulen. Dem abfahrenden Zug lief sie ein Stück hinterher und winkte mir nach.

In Hamburg kaufte ich mir eine Ansichtskarte und schrieb dem Saueracker, daß ich am nächsten Tag nicht kommen würde. Ich käme am Freitag. Ich holte mir einen Stadtplan und guckte nach, wo der Steindamm war. Konnte ich zu Fuß hingehen. Beim Pförtner und Telefonisten von Sounds mußte ich mich anmelden. Diederichsen ließ mich hochkommen. Er saß an der Schreibmaschine in einem Zimmer voll Müll, das schiere Chaos. In Ordnung waren nur die beiden Poster von Désirée Nosbusch und Doris Day. Der Schreibtisch war übersät mit alten Zeitschriften, darauf das Telefon und 'ne Schachtel Gauloise ohne Filter. Auf einem Regal lagen ein paar Bücher. Mir fiel sofort Sepp Maiers ›Ich bin doch kein Tor‹ ins Auge, das ich mal besprochen hatte.

Für einen Chefredakteur, besonders für den der bedeutendsten deutschen Musik-Zeitschrift, war Diederichsen noch erstaunlich jung, 23. Ich sagte, wer ich war.

»Wer ist denn da auf deinem T-Shirt?« wollte er wissen.

»Rimbaud, gemalt von Picasso. Hab' ich mir mal für zehn Dollar aus den Staaten kommen lassen.«

»Paß mal auf. Ich hab' jetzt keine Zeit. Ich sitz' hier gerade an einer Iggy-Pop-Kritik. Komm doch heute abend in die Marktstube. Ich bin da ab halb eins. Das ist in der Marktstraße.«

»Ich hab' 'n Stadtplan bei.«

Ich breitete ihn aus. Diederichsen kreiste die Stelle ein, wo die Kneipe lag.

»Und wo kann ich hier wohnen?«

Ich hoffte, er würde sagen: bei mir.

»Da vorne in der Bremer Reihe sind 'n paar Hotels, nicht zu teuer.«

»Bis diese Nacht dann. Noch was, kommt mein Text in der nächsten Nummer?«

»Ist schon gesetzt. Ich zeig' 'n dir eben.«

Ich bekam Herzklopfen, als ich ihn im Layout-Room sah. Er war schon geklebt.

Ich hatte kaum noch Asche bei und tauschte erst mal einen Euro-Scheck ein, bevor ich in die Bremer Reihe ging. Ich nahm das erste Hotel, das ich sah, Piroschka. Der Portier sah aus wie ein Schläger. Er hatte Ähnlichkeit mit Norbert Grupe (Prinz von Homburg). 54 Mark, das ging. »Eine Nacht.« Das Zimmer war klein, aber sauber, die Toilette auf dem Flur. Ich hatte kein Gepäck. Ist so was nicht verdächtig? Aber der Portier sah nicht so aus, als würde er Fragen stellen.

»Kann ich mal 'ne Flasche Bier haben?«

»Zwei Mark.«

Ich setzte mich mit dem Patz-Pils von Schultheiß in den Frühstücksraum. An einer Wand hingen Bilder von u. a. Harald Juhnke und Hans Rosenthal, mit Autogrammen.

»Haben die hier schon mal gewohnt?«

Konnte ich mir nicht vorstellen.

»Hier nich', aber in einem andern Hotel des Besitzers.«

»Lohnt es sich, 'ne Hafenrundfahrt zu machen?«

»Immer.«

Ich fuhr nach St. Pauli und machte die Tour. Gefielen mir, diese riesigen Pötte. Anschließend ging ich zur Reeperbahn hoch. Am hellichten Tag war nichts los. Ich ging einmal hin und her, trank auch einen in einer schmierigen Kaschemme, bevor ich ins Piroschka mit der U-Bahn zurückfuhr. Ich legte mich aufs Ohr. Um zehn fragte ich den Portier, ob es weit wäre bis zur Marktstraße, man konnte die Distanzen auf dem Stadtplan schlecht schätzen.

»Da müssen Sie mit der U-Bahn hin, bis Messehallen.«

Die Marktstube hatte anscheinend gerade erst aufgemacht. Jedenfalls war ich der einzige Gast. Eigentlich eine normale Kneipe. Ich ging ein bißchen rum. Hinten waren punkige Krakeleien an der Wand. Auch der Pott war voller Graffiti. Ein paar Tische, ein paar Stühle und der Tresen, das war alles. Ich hatte gedacht, Diederichsen würde in was Mondänem verkehren. Mir war's recht, weil die Getränke erschwinglich waren. Allmählich kamen mehr Gäste rein, von jedem etwas, Punks und Zivilisierte. Offensichtlich gab's hier keine einheitliche Szene in dem Lokal.

Ich war schon ziemlich dick, als Diederichsen endlich gegen eins reinkam. Ich ging auf ihn zu. Er machte einen leicht überdrehten Eindruck. Er quasselte in einer Tour, mal mit dem, mal mit dem. Er war anscheinend eine bekannte Größe hier. Ich kann mich nur noch erinnern, daß wir uns über Thomas Bernhard unterhielten und daß er meinte, ich sollte ein Interview mit ihm machen. (Ich hab' dann später versucht, eins zu kriegen, war aber nichts zu machen.) Sonst aber wurde ich mit Diederichsen nicht richtig warm. Ich blieb nicht mehr lange, ließ mir 'ne Taxe kommen und fuhr zurück ins Piroschka. Ich nahm 'ne Flasche Bier mit ins Bett und trank sie halb aus. Den Rest kippte ich am Morgen runter, statt Zähneputzen. Nach dem Frühstück nahm ich einen Zug nach Walkenried.

Mein Wagen war noch in Reparatur. Ich ruhte mich in der Ferienwohnung meiner Eltern aus. Die meiste Zeit dachte ich an ELPI. Ich war sicher, die würden mich behalten, mit dreihundert Mark mehr. Ich ging früh ins Bett. Am nächsten Morgen brachte mich mein Vater zu einer Tankstelle. Der Kadett war fertig. Ich drückte hundertfuffzig Mark ab, tankte und fuhr Richtung Ruhrgebiet.

Auf der B1 kam ich auf die Idee, bei Sabine vorbeizufahren. Ich würde das Apartment nehmen. Ich würde ja die Gehaltserhöhung kriegen. Sabine freute sich. Sie wollte unbedingt jemanden haben, den sie kannte und der vielleicht mal auf die beiden Kinder aufpassen würde. Ich sagte, daß ich nichts dagegen hätte. Einen Vertrag machten wir nicht.

Freitags. In der ELPI-Zentrale ist der Chef nicht da. Möppi gibt mir ein Schreiben. Fristlose Kündigung. Ersatzweise. Usw.

»Dann geh' ich vor Gericht.«

Möppi hatte sowieso nichts zu sagen, und ich haute ab. Ich ließ mich weiter krankschreiben. Vom Arzt aus fuhr ich zur Gewerkschaft. Ich hatte die Papiere bei. Der Funktionär von der HBV schmunzelte. Er las auch die Kündigung. Ein paar Tage später reichte ich Klage ein. Ich war noch zu einem letzten Gespräch beim Saueracker gewesen, aber er war zu keinem Kompromiß bereit und meinte: »Erich Eisel hat auch gesagt ...« Erich Eisel, der Anwalt. Aber der konnte doch nicht Vertreter eines Erzkapitalisten sein! Der war doch linksradikal und gab mit andern das Stattblatt raus! Vielleicht meinte Saueracker auch den gleichnamigen Vater. Aber das konnte ich mir nicht denken. Der war doch schon scheintot.

Ich ging jetzt öfters zur Gewerkschaft, zur Rechtsabteilung. Ich blieb dabei umzuziehen, auch wenn ich nicht

wußte, wie ich das Apartment finanzieren sollte. Ich mußte zum Arbeitsamt, mich erwerbslos melden. Ich würde
etwas über sechshundert Mark kriegen. Dazu kamen vierhundert Mark ungefähr vom Marabo. Das müßte reichen.
Vielleicht würde ich auch öfters noch was in Sounds unterbringen.

Am Ersten kam Willi Schmalz mit seinem Mercedes und
Anhänger, auf dem wir meine paar Sachen nach Witten
transportierten, fünf Regale und meine Liege. Die Bücher
würde ich nachliefern. Der Schreibtisch, Gelsenkirchner
Barock, vom Otto-Versand gekauft, war zu schwer und
zu sperrig.

»In sechs Wochen bist du wieder zu Hause«, meinte der
Willi. Sabine bot mir einen alten Tisch als Schreibunter-
lage an.

»An die kannze drangehen«, sagte Willi. »Nee, lieber
nich'. Ich kenn' ihren Mann zu gut. Außerdem hab' ich
was mit ihrer Schwester.«

Mit Ute schrieb ich mich jetzt wieder. Abends wollte
ich lesen, stellte aber fest, daß in der Bude noch gar kein
Strom war. Ich nahm eine Verlängerungsschnur und holte
durch die Verbindungstür aus Sabines Wohnung Saft.

Ich beantragte ein rotes Tastentelefon. Auf dem For-
mular hatte ich drei Zeilen frei für einen kostenlosen Eintrag. Seit längerem schwirrte mir der Begriff ›Universaldilettant‹ im Kopf rum. Ich schrieb ihn hin und bekam
drei Tage später Bescheid, daß er genehmigt war. Ich bewarb mich dann als Universaldilettant bei Robert Lemb-
ke, aber die ›Was bin ich?‹-Redaktion lehnte ab.

Es war Freitag. Ich rief Karl-Heinz an, der auch mal bei
ELPI gearbeitet hatte, als Springer. Er war auch öfters in
Dortmund mein Kollege gewesen, wenn einer einen Krankenschein genommen hatte. Er war schon gut ein Jahr raus
aus dem Geschäft und kriegte keine Stütze, weil er auf
dem Papier noch Student war. Ich wußte nicht, wovon er

lebte. Angeblich hatte er während seiner ELPI-Zeit genug gespart, aber das nahm ich ihm nicht ab. Er wohnte noch bei seinen Eltern. Ich fragte ihn, ob er abends mit in die Stadt kommen wollte. Er hatte Lust.

Gegen neun holte ich ihn in Harpen ab. Er war immer ein ängstlicher Typ gewesen und schnallte sich im Gegensatz zu mir an. Während der Fahrt bremste er gelegentlich mit, wenn ich zu nah auffuhr. Ich hatte vor, zunächst mit ihm ins Spektrum zu gehen, wo ich lange nicht mehr gewesen war. Wir kurvten 'ne gute Viertelstunde durch die City auf der Suche nach einem Parkplatz. In Rathausnähe bog ich in die Brückstraße ein, wo der VfL-Vorsitzende Ottokar Wüst seinen Herrenausstattungsladen hat.

Auf einmal hörte ich hinter mir eine Scheibe klirren. Ich drehte mich um und sah aus Richtung Polizeipräsidium eine Meute junger Leute wetzen, schwer zu schätzen wieviel, ein paar hundert. Weitere Schaufenster zerbarsten. Mir lief was über den Rücken. In natura hatte ich so ein Geräusch noch nie gehört. Dann rannten knüppelschwingende Bullen hinterher. War auch neu für mich. Ich hatte mich noch nie an einer Demo beteiligt. Ich ließ den Wagen in der zweiten Reihe stehen und stieg aus.

Ich ging zu einem Krankenwagen, wo ein junger Bursche mit blutendem Gesicht verarztet wurde.

»Was ist denn los?« fragte ich.

Ich wußte, da war irgendwo eine Fabrik besetzt gewesen und von der Polizei geräumt worden. Wahrscheinlich hatte es was damit zu tun. Der Verletzte antwortete nicht. Ich ging zurück zum Auto. Karl-Heinz hatte sich nicht rausgetraut.

»Das ist 'ne Story fürs nächste Marabo. Ma sehen, ob morgen früh was in der Zeitung steht. Laß uns rumfahrn. Mal gucken, ob wir den Trupp noch irgendwo erwischen.«

Es hatte sich aber alles verlaufen. Karl-Heinz wollte nach Hause.

Wie üblich am Freitag fuhr ich zum Appel, das mittlerweile die meistbesuchte Bochumer Discothek geworden war, wahrscheinlich weil sich rumgesprochen hatte, daß hier die beste Musik lief. An den Nummernschildern draußen konnte man erkennen, daß auch etliche Auswärtige hierher kamen. Ich blieb erst unten in der Kneipe. Norbert, mit dem ich mich im Laufe der vergangenen Wochen angefreundet hatte, stellte mir ein Alt hin.

»Die Bullen haben mal wieder zugeschlagen«, sagte ich.

»Hab schon gehört.«

»Weißt du, was da los war?« Er mußte erst weiterzapfen.

»Die Fabrikbesetzer wollten welche aus dem Präsidium holen, aber friedlich. Die haben nur dagesessen. Und dann muß ohne Warnung das Kommando ›Haut drauf‹ gekommen sein. Mehr weiß ich auch nich'.«

Ich ging rauf in die Disco. Bramma, der Kartenverkäufer, kannte mich gut. Er war mal in unserm Verein gewesen. Er ließ mich umsonst rein. Ich ließ mir trotzdem den Stempel draufdrücken.

»Damit ich morgen weiß, wo ich gewesen bin.«

Zonte saß auf seinem Dee-Jay-Thron, schon leicht schikker. Es waren noch jede Menge Teenies im Laden. Zonte spielte die Hits der Stunde: ›In The Air Tonight‹. Omo hing auch rum, mit einem Bier in der Hand und stierte auf die Tanzfläche.

»Was machst du jetzt?« fragte er.

»Nix. Ich leb' von sechshundert Pfeifen im Monat. Ich schätze, wenn der Arbeitsgerichtsprozeß kommt, krieg' ich 'ne Abfindung. Vom Marabo krieg' ich auch noch tausend Mark.«

Ja, die Herren Verleger waren mal wieder seit einigen Monaten im Rückstand, nicht das erstemal. »Ich geh' mal zu der Blonden hin.« Ich kannte sie aus dem Plattengeschäft. Hin und wieder war sie nachmittags, wahrscheinlich nach Feierabend, reingekommen und hatte in dem Fach für Italiener gestöbert, ohne je was zu kaufen, aber jedesmal beim Rausgehen hatte sie mich angelächelt. Sie sah geil aus in ihrer schwarzen Lederhose und dem verschwitzten weißen T-Shirt mit einer Mickymaus drauf. Ich stieß sie von der Seite an.

»Hallo, kennst du mich noch?«

Es war so laut, ich mußte ihr ins Ohr schreien.

»Ja sicher.«

»Ich arbeite nicht mehr bei ELPI.«

»Hab' ich schon gemerkt.«

Ideal lief. Blaue Augen.

»Tanzt du mit?«

»Nee, laß mal«, antwortete ich, »ich guck dir lieber zu.« Mit ihren Titten kam sie für das Faltblatt im Playboy in Frage, nur hatte sie eine riesige Hakennase. Am Ende des Songs kam sie wieder zurück und sagte, sie müsse gehen.

»Ich wollte mich eigentlich noch 'n bißchen mit dir unterhalten.« Aber sie hatte keine Zeit mehr.

»Du kannst mich ja mal anrufen. Ich heiße Christiane Völz. Wenn du das bis morgen vergessen hast, guck mal im Impressum der WAZ nach. Mein Vater steht da an letzter Stelle.« Ich holte mir noch ein Alt und ging wieder zu Omo.

»Na, hast du dich an die de Gaulle rangemacht?« Ich mußte lachen. Irgendwie paßte das: die de Gaulle.

»Die ist ganz in Ordnung. Ich werd' morgen mit ihr telefonieren. Was macht denn eigentlich die Barbara?«

»Es ist aus.«

Ich wollte nicht weiterfragen und haute ab. Ich ging noch am Wittener Bahnhof ins Monopol rein, eine Kneipe, die ich nur von außen kannte. Für'n Freitagabend war nichts los. Um den viereckigen Tresen saß ein knappes Dutzend Durchschnittsmenschen, Typen um die vierzig.

Von den beiden Damen, die bedienten, war der Lack ab. Ich bestellte einen Kaffee. Das Monopol würde nicht meine Stammkneipe werden, aber ich würde öfters reingehen, nahm ich mir vor, weil der Schuppen bis vier Uhr morgens auf hatte. In meinem Apartment nahm ich zum Einschlafen eine ganze Lexotanil ein und war sofort weg.

Morgens wachte ich früh auf und fuhr zu meinen Eltern. »Ich will nur mal in die Zeitung sehen.«

Ich schlug den Bochumer Lokalteil auf. Es war nur eine kurze Meldung über die Schlägerei drin. Wer angefangen hatte, stand nicht fest. Ich blätterte zurück zum Impressum. Tatsächlich, da stand ein Völz (Bericht und Hintergrund). Ich suchte im Telefonbuch die Nummer raus und wählte sie. Der Alte war selbst am Apparat. »Hier ist Wolfgang Welt. Guten Morgen, Herr Kollege. Kann ich mal Ihre Tochter sprechen?«

»Welche denn?«

»Die Christiane.«

»Mal sehen, ob die schon vernehmungsfähig ist.«

Sie schlief noch. Ich sagte, ich würde am Nachmittag noch mal anrufen. In der Post war ein Brief für mich. Von einer Zewa Moll. Neugierig machte ich mit einem Schälmesser das Kuvert auf. Sie schrieb, sie wohnte mit einem ELPI-Mitarbeiter aus Wuppertal zusammen und hätte mein Rundschreiben gelesen. Ich hätte wahrscheinlich in vielem recht. Sie wollte mich mal kennenlernen. Ich sollte ihr meine Telefonnummer geben. Sie hatte auch ein Bild von mir im Marabo gesehen. Ich sei sowieso nicht ihr Typ, aber die Rotzbremse müsse ab. Zewa Moll hieß sie erst neuerdings, seit sie in meinem Schreiben was von Omo gelesen hatte. Ich schickte ihr meine Nummer in Witten und rasierte meinen Schnäuzer zehn Jahre nach seiner Gründung ab. Ich gefiel mir danach nicht schlechter.

Ich verabredete mich für abends mit Christiane ins U-Bo. Bevor ich losfuhr, sah ich ›Hier und heute‹. Ein Reporter hatte am Vortag Aufnahmen am Bochumer Präsidium gemacht. Er berichtete, daß ganz klar die Polizei angefangen hatte. Christiane war eher in der Pinte unterm Schauspielhaus als ich. Sie erzählte mir, daß sie in einem großen Hotel arbeitete und da sogenannte Residenzen vermietete. Sie hatte noch zwei Schwestern. Ihr Vater hatte sich beschwert, daß ich ihn Kollege genannt hatte. Ich sollte erst mal ein Staatsexamen oder ein dreijähriges Volontariat machen. Sie war wieder so scharf angezogen wie am Vortag. Bei der Figur hatte sie bestimmt allerhand hinter sich.

»Komm, laß uns nach Appel fahren«, schlug ich vor.

»Ja gut, wer zuerst da ist.«

Dann fuhren wir ein Rennen. Auf der Uni-Straße, wo siebzig erlaubt sind, fuhren wir hundertzwanzig, mehr war bei uns nicht drin. (Sie hatte einen Käfer). An der letzten Ampel hängte sie mich ab. Ich gab ihr ein Bier aus.

Oben in der Disco versuchte ich Händchen zu halten. Sie hatte nichts dagegen, aber küssen wollte sie nicht. Um zwölf sagte sie tschüß. Ich glaubte nicht, daß sie, wie sie sagte, nach Hause wollte. Wahrscheinlich war sie noch irgendwo zum Ficken verabredet. Ich sollte sie in der kommenden Woche anrufen. Ich blieb bei Appel, bis die Disco um vier zumachte. Nebenan gab's bei der Bäckerei Scharnowski schon Baguettes zu kaufen. Ich holte mir eins und ein halbes Pfund Butter. Für viele Appel-Besucher war das freitags so üblich. Ich weiß nicht, wie ich auf den Gedanken kam, jedenfalls wollte ich noch zum Puff hinfahren, wo ich zehn Jahre nicht mehr gewesen war. Ich wollte nur mal gucken, nichts anlegen. Aber auf halber Strecke überlegte ich es mir anders. Ich wendete auf der Uni-Straße und nahm dann die Autobahn Richtung Wuppertal. Ich würde Zewa Moll besuchen. Ihren richtigen Namen wußte ich, auch die Straße, in der sie wohnte, nur die Nummer nicht. Natürlich hatte ich keinen Stadtplan von Wuppertal, aber der war zu kriegen. Ich fuhr erst mal an Wuppertal vorbei zur Raststätte Remscheid. Da gab's einen. Nächste Ausfahrt runter, zurück in Richtung Wuppertal. Die Osterfelder Straße war offensichtlich klein. Mit der Karte auf dem Beifahrersitz kurvte ich durch die Bergische Hauptstadt. Ich überlegte, ob ich schon mal dagewesen war. Nicht daß ich wußte. Es war längst hell, als ich mich durch das Gewirr von Einbahnstraßen zurechtgefunden hatte und in die Osterfelder einbog. An der Ecke war ein Nightclub. Die letzten Bardamen machten Feierabend, kamen aus einem Seitenausgang. Ich stieg aus. Haustür für Haustür nahm ich mir vor. Auf der Suche nach Saul. Etwa hundert Meter. Wie würde sie reagieren, wenn ich sie aus dem Bett schmeißen und zum Frühstück einladen würde? Es war irrwitzig, aber ich hatte es mir in den Kopf gesetzt. Doch als ich alle Türen durch hatte, hatte ich sie nicht gefunden. War's vielleicht doch 'ne andere Straße gewesen? Oder lief die Wohnung nur unter dem Namen ihres Freundes? Ich bretterte nach Hause und legte mich mit dem Arsch ins Bett. Sonntags ging ich zum Sportplatz. Turnier auf SG Werne. Ich sagte meinem Bruder, der Trainer war, daß ich in der nächsten Saison nicht mehr in der Ersten spielen wollte, so ganz ohne Training. Höchstens in der Zweiten. Er hatte Verständnis. Ich war sowieso keine Eiche in seiner Mannschaft.

Montags beim Marabo war keiner da außer Günther. Christian war in Urlaub, Peter der Chefredakteur lag mit einer Grippe im Bett. Ich erzählte Günther, daß ich was von dem Aufruhr am Freitag mitgekriegt hatte. Er hielt sich sonst als Anzeigenleiter weitgehend aus dem redaktionellen Teil raus. Jetzt aber war er auch dafür verantwortlich, solange die beiden andern fehlten. Er sagte, ich sollte 'ne Story drüber schreiben.

»Ich hab' so was noch nich' gemacht. Ich kenn' mich auch gar nich' aus in dieser Szene. Ich hab' doch noch nie 'n besetztes Haus betreten. Außerdem will ich morgen nach Hamburg.«

»Warum das denn?«

»Nur so eigentlich. Und außerdem wolltet ihr doch, daß der Musikredakteur engen Kontakt zu den Plattenfirmen hält. Jetzt hab' ich Zeit und kann mich da vorstellen. Heute steht in der Zeitung, daß die Chaoten oder watt auch immer die sind am Mittwoch 'ne Pressekonferenz machen. Da bin ich wieder da.«

Ich fuhr in eine andere Fabrik in der Innenstadt, wo jetzt die Besetzer ihr Hauptquartier hatten. Aber es war nichts los. Nur ein paar Leute lungerten auf Sperrmüll rum, 'ne Flasche Bier in der Hand.

Zu Hause lag 'ne Platte aus England. Phillip Goodhand-Tait hatte sie mir geschickt. Sie war von Waterfall. Ich legte sie auf, Folkmusik, nicht gerade mein Fall. Sie war auf Phillips eigenem Gundog Label erschienen, und er hatte dabeigeschrieben, daß das Trio in Kürze auf Deutschland-Tournee kommen würde. Falls ich sie sprechen wollte, sollte ich mich mit ihrer Managerin Ann Dex in London in Verbindung setzen. Sofort rief ich da an. Ann war sehr nett. Waterfall würden eine Tour durch englische Garnisonsstädte machen. Die nächstliegende war Hamm. Ich sagte ihr, ich würde hinfahren.

Ich war gegen elf in Hamburg, Diederichsen war noch nicht im Büro. Ich fuhr zur Phonogram, in die Presse-Abteilung. Karin freute sich. Sie war etwas jünger als ich, schätzte ich.

»Lernt man euch wenigstens mal kennen.«

Sie gab mir die neusten Scheiben. Dann fragte sie mich, ob ich nicht ein Interview mit Carolyne Mas machen wollte.

»Wann denn?«

»Sie ist am Freitag bei ›Rockpop‹ in München.«

»Wie soll ich denn nach München hinkommen? Das ist 700 Kilometer von Bochum weg.«

»Was ist denn der nächste Flugplatz?«

»Düsseldorf.«

»Gut. Dann fliegst du von da. Ich ruf' dich Donnerstag noch mal an.«

München. Ich war seit meiner Kindheit nicht mehr dagewesen. '66 hatten meine Mutter, mein Bruder und ich vom Schliersee aus, wo wir den Urlaub verbracht hatten, einen Ausflug dahin gemacht. Jetzt bin ich also anerkannter Journalist, dachte ich. Ich dachte auch, das würde so weitergehen. Wir werden sehen.

Ich fuhr an dem Nachmittag auch noch zur Metronome. Auch die gaben mir jede Menge Platten mit. Für Sounds hatte ich nun keine Zeit mehr, tankte voll und fuhr Richtung Heimat. Bleifuß. Hinter Münster sah ich erstmals auf die Spritanzeige. Offensichtlich wurde er alle. Hin war ich noch mit einer Tankfüllung ausgekommen. Wo sollte ich jetzt Benzin herkriegen? Ich wußte, bis zum Ruhrgebiet würde keine Raststätte mehr kommen. Ich drosselte das Tempo. Ersatzkanister hatte ich nicht. Sollte ich auf einen Parkplatz fahren und jemand anhauen? Vielleicht schaffte ich es doch bis zu Hause. Ich bog auf die Autobahn Oberhausen-Hannover. Noch gut fünfzig, sechzig Kilometer. Ich überlegte mir, runterzufahren und 'ne Tankstelle zu suchen. Aber die waren wahrscheinlich schon alle zu. Ich kriegte das kalte Grausen, als ich auf einmal auf eine Strecke kam, die keinen Seitenstreifen hatte, nur die vier Spuren und dann sofort die Leitplanken. Wenn ich jetzt hier stehenbleib, gibt's 'n Unglück, dachte ich. Aber es ging noch mal gut.

Dann war nichts mehr zu machen. Ich rollte aus. Es war die Ecke Brambauer. Hier war ich vor Jahren mit meinem Vater abgefahren, als ich in den Ferien mal bei ihm im Archiv gearbeitet hatte. Ich schaltete die Warnblinkanlage ein. Ich sah in einiger Entfernung ein alleinstehendes Haus. Wenn ich keine Telefonzelle finde, von wo aus ich meine Eltern anrufen kann, geh' ich da hin. Ich kletterte über die Leitplanke. Ich kam an die Straße, wo das Haus lag. Telefonzelle nicht zu sehen. Ich klingelte und erklärte, was ich wollte. Mein Vater regte sich auf, aber er würde mit Sprit kommen. Ich bot der Frau in dem Haus zwei Mark an, und sie nahm sie auch. Ich ging zur Abfahrt, wo mich nach 'ner halben Stunde mein Vater aufgabelte. Am nächsten Tag kaufte ich mir einen Kanister und füllte ihn sofort.

Die Fabrik Seiffert war gerammelt voll zur Pressekonferenz. Claudia, die auch im Rotthaus bediente, führte das Wort. Die Pressefritzen mußten sich vorstellen. Ich auch. War das erstemal, daß ich vor so 'ner großen Menge was sagte. Es wurde eine Bilanz des vergangenen Freitags aus der Sicht der Besetzer gezogen. Man wollte jetzt in diesem Bau bleiben und ein autonomes Kulturzentrum draus machen mit Kindergarten, Sportstätten usw. Wahrscheinlich würde aber wieder geräumt werden, weil an dieser Stelle das neue Arbeitsamt hochgezogen werden sollte. Arbeitsamt. Am nächsten Tag müßte ich da hin. Die Besetzer hatten eine Frist von vierzehn Tagen zur Räumung bekommen. (Wer mehr über diese Angelegenheit lesen will, bestelle sich den Krimi ›Zora Zobel‹ von Corinna Kawaters, erschienen bei zweitausendeins.) Ich hatte mit diesen Besetzern im Grunde nichts am Hut, aber es freute mich, daß endlich mal was los war in Bochum.

Morgens im Arbeitsamt mußte ich mich bei einer Frau Meier vorstellen. Alte Jungfer. Jedenfalls trug sie mit ihren schätzungsweise sechzig Jahren keinen Ring. Sie hatte schwarze Klamotten an.

Wird wohl die Mutti tot sein, vermutete ich. Sie ging meine Karteikarte durch. Sie war so gefaltet wie die Dinger bei meinem Hausarzt auch.

»Sie sind schwer vermittelbar als ungelernter Verkäufer. Wahrscheinlich werden wir Sie umschulen müssen.«

»Als was denn?«

»In einen technischen Beruf.«

»Hab' ich keine Ahnung von. Ich kann noch nicht mal tapezieren.«

»Hier steht, Sie haben Ihr Studium nach 14 Semestern abgebrochen. Warum haben Sie denn nicht zu Ende studiert?«

Warum hast du nich' geheiratet?

»Ist 'ne lange Geschichte.«

»Sie bekommen dann Bescheid.«

Ist schon lächerlich, dachte ich, da bin ich vielleicht der führende Musikjournalist im Ruhrgebiet, und diese Oma will 'n Dreher aus mir machen. Aber ihr konnte ich ja schlecht sagen, daß ich quasi als Schwarzarbeiter schrieb.

Karin hatte schon ein paarmal versucht, mich zu erreichen. Es ging klar, ich würde am nächsten Tag nach München fliegen.

Um zehn Uhr würde ich die Amerikanerin im Bayerischen Hof treffen. Um fünf würde eine Maschine zurückfliegen. Scheiße, dachte ich. Ich hatte gehofft, die Phonogram würde mir auch noch 'ne Übernachtung spendieren.

Ich schlief bei meinen Eltern. Von Bochum aus konnte ich schneller nach D'dorf kommen. Ich stand um halb sechs auf. Ich ließ mir ein paar Butters von meiner Mutter für unterwegs machen, weil ich nicht wußte, ob's auf dem kurzen Flug ein Frühstück gab. Am Flughafen holte ich mir die reservierte Karte ab und landete keine Stunde später in München. Mit 'ner Taxe fuhr ich in die Innenstadt. Im Hotel sollte ich einen Jörn Reinshagen kontaktieren. Das tat ich auch um punkt zehn. Von der Halle aus rief ich ihn im Zimmer an. Offensichtlich weckte ich ihn. Er erzählte mir, sie seien bis sechs im Hilton gewesen. Carolyne hätte da Queen untern Tisch gesoffen. Die würde jetzt noch pennen. Außerdem hätten die noch einen Termin beim AFN. Ich sollte um zwölf noch mal wiederkommen.

Auch nicht schlimm, dachte ich, kann ich mir die Stadt 'n bißchen angucken. Oder Hermann Lenz besuchen. Ich rief bei ihm an. Die Frau war am Apparat. Es tat ihr leid, aber ihr Mann würde den ganzen Tag im Bayerischen Rundfunk sein. Ich ging nach draußen. Bald war ich an der Frauenkirche. Ich schlenderte durch die Gegend. Wie immer, wenn ich nicht weiß, was ich in einer fremden Stadt tun soll, geh' ich in Buchläden. In einem Geschäft fand ich im Antiquariat zwei Bücher von Alfred Paul Schmidt. Ich kannte nichts von ihm. Ich hatte nur mal einen Artikel von Jörg Drews über ihn gelesen. Ich kaufte mir die beiden Originalausgaben. Anschließend fraß ich bei McDonald's ein Big Mac.

Wie verabredet, war ich um zwölf wieder im Hotel und meldete mich. Jörn sagte, sie wollten jetzt erst mal essen gehen. Eine Viertelstunde später kam er mit ihr runter. Sie war zierlich. Ich hatte sie noch nie im Fernsehen gesehen.

Sie wollte unbedingt Erbsensuppe probieren. Brinsley Schwartz, der sie mal begleitet hatte auf 'ner Platte, hatte ihr davon vorgeschwärmt. Und anscheinend gab's keine in New York. Wir liefen also durch die Gegend und studierten die Speisekarten neben den Restaurant-Eingängen. Aber niemand bot Erbsensuppe an. Wir liefen rum wie'n paar Doofe. Auf die Idee, es mal in einem Kaufhaus zu versuchen, kamen wir nicht. Nachdem wir so zwanzig Lokale abgegrast hatten, war Miß Mas der Appetit vergangen. Wir setzten uns irgendwo rein, um was zu trinken. Ich bestellte ein großes Bier. Sie wollte einen Eiskaffee haben. Die Kellnerin brachte einen Kaffee mit einem Stück Eis drin. Carolyne ärgerte sich. »Das ist doch kein Eiskaffee!« Sie ließ ihn zurückgehen. Sie wollte normalen Kaffee haben. Brachte die Bedienung auch. Carolyne trank. »Das ist kein Kaffee. Das ist Coke.« Sie ließ uns probieren. Sie hatte recht. Jörn holte wieder die Kellnerin. Sie entschuldigte sich.

Zurück im Hotel, ging ich mit Carolyne auf ihr Zimmer. Ich wußte nicht, was ich sie fragen sollte. Als ich noch im Plattenladen gearbeitet hatte, waren ihre beiden LPs nicht gerade meine Lieblingsscheiben gewesen. Sie machte durchschnittliche Rockmusik, nicht viel anders als Helen Schneider. Ich gab ihr ein paar Stichworte, und zum Glück antwortete sie ausführlich, als ich was von ihrer Familie, ihrer Jugend, ihrem Freund wissen wollte. Sie packte dabei schon ihren Koffer. Als meine Kassette nach 'ner halben Stunde voll war, sagte ich, ich müsse gehen. Ich ließ mir noch ihre Adresse in den Staaten geben. Ich wollte ihr meinen Artikel schicken.

Ich hatte noch Zeit. Ich nahm mir 'ne Taxe zur Ariola. Auch da in der Presse-Abteilung wurde ich freundlich empfangen und durfte mich bei den Neuerscheinungen, die in einem Regal standen, bedienen. Ich schnappte mir, was ich eben tragen konnte, auch noch ein paar ältere Sachen. Platten sind ja auf dem Flohmarkt Bargeld. Irgendwann vielleicht würde ich Moos aus dem Vinyl machen müssen.

»Bochum ist doch nicht weit von Köln«, sagte Renée.

»Eine Stunde mit dem Auto«, antwortete ich. »Dann kannst du nächste Woche Hazel O'Connor interviewen. Die tritt in ›Bananas‹ auf.«

Hazel O'Connor. War zwar auch nichts besonderes, aber warum nicht. War 'ne Gelegenheit, mal ein Fernsehstudio von innen zu sehen. Renée gab mir den Termin.

Gegen zehn war ich wieder in Witten. Ute hatte mir einen Brief geschickt. Es stand drin, daß sie jetzt wieder mit Bernd zusammen war. Sie konnte es sich und mir nicht genau erklären, warum. Vermutlich, meinte sie, sei es eine Art Hörigkeit. Ich schrieb ihr sofort zurück. Sie könne mich nun endgültig am Arsch lecken.

Ihre Schwester Sabine sah ich selten. Morgens, wenn ich aufstand, arbeitete sie in der Schule, und eine bezahlte Frau aus der Nachbarschaft paßte auf die Blagen auf. Sie hatte noch keinen neuen Macker. Der Gedanke, den ich lange gehegt hatte, mal mit ihr zu pennen, kam mir nun kaum noch. Ich hätte auch gar nicht gewußt, wie ich mich ihr nähern sollte.

Ich guckte jeden Tag mal in der Fabrik rein, um zu hören, ob's was Neues gab. Konzerte wurden organisiert. Einstürzende Neubauten sollten auftreten. Ich hatte noch nie einen Ton von denen gehört. Aber der Name war mir ein Begriff. Ich wußte nicht, wie ich meine Story über die Besetzer zusammenkriegen sollte. Recherchieren hatte ich nicht gelernt. Beim Marabo sagte ich Günther das. Dann hatte ich eine gute Idee. »Lassen wir die Chaoten doch selber schreiben.«

Ich fuhr zurück in die Fabrik. Von der Pressekonferenz her wußte ich, daß die Besetzer eine Gruppe gewählt hatten, die das Heft in der Hand hielt. Einer von denen war da, und ich sagte ihm, was ich vorhatte. Er hielt die Idee für gut. Wir einigten uns auf drei Seiten bzw. 800 Zeilen, in denen die sich unzensiert äußern konnten, solange sie nicht gegen irgendwelche Gesetze verstießen. Wir verabredeten uns für den Sonntag vor Redaktionsschluß. Wir wollten uns bei mir treffen und den Text durchgehen.

Ich rief Christiane an. Am Wochenende hatte sie schon was vor. Ich fragte sie, ob sie nicht mit nach Hamm kommen wollte, um Waterfall zu sehen.

»Na gut, wenn du meinst, das lohnt sich.«

»Ist mal was anderes als die ewige Rock- und Punk-Musik. Aber zieh dich gesittet an. Da kommen hauptsächlich englische Soldaten hin. Man weiß ja, wie geil die sind.«

Und abends wieder Appel.

»Oben sind die Bullen«, sagte Norbert.

»Dann bleib' ich lieber unten.«

Ich trank Kaffee. Moritz war da. Ein Stammgast. Er wohnte hier um die Ecke, am alten Bahnhof, so hieß die Gegend. Auch er hatte mal bei uns im Verein gespielt. Ich merkte, daß er blau war, und stellte mich woanders hin. Die uniformierten Bullen kamen die Treppe runter. Sie hatten einen Köter bei. Anscheinend hatten sie niemanden verhaftet.

»Wie isset«, sagte Norbert. »Willst du hier nich' als Diskjockey einspringen? Im August geht der Klaus in Urlaub, danach der Zonte und dann der Ulf.«

Ich brauchte nicht lange zu überlegen. Diskjockey hatte ich immer werden wollen.

»Klar«, antwortete ich. »Und was kommt dabei rum?«

»Dreizehn Mark die Stunde und frei Saufen, versteht sich.«

Ich konnte die Asche verdammt gut gebrauchen. Ich hatte nur noch zwei Euro-Schecks und ca. 2000 Miese. Von der BfG kriegte ich also nichts mehr. Die Stütze behielten sie ein.

Montags der erste Termin beim Arbeitsgericht. Die Parteien sollten sich in Güte einigen. Saueracker erschien ohne seinen Anwalt. Mein Rechtsvertreter verspätete sich, und der Vorsitzende, ein Dr. Kill, fing an, mein Rundschreiben laut vorzulesen.

»Wir sind die Türken von morgen. Was soll das heißen?« fragte er mich.

»Das ist eine Zeile aus einem Song, mit dem auch Herr Saueracker viel Geld verdient hat.«

Jochen vom DGB tauchte endlich auf. Der Richter überflog mein Ding weiter und zitierte ein paar Stellen. Dann ging's um die Wurst. Er fragte Saueracker, ob er mich weiterbeschäftigen wollte. Der sagte, nuschelnd wie immer, nein. Ich wollte. Also mußte man sich auf eine Abfindung einigen. Jochen hatte ausgerechnet, daß zwei Mille angemessen seien. Saueracker wollte nur tausend zahlen. Also Feierabend. Ein richtiger Prozeß würde folgen.

Tags darauf fuhr ich zu den WDR-Studios nach Köln. Ich traf die Frau von der Ariola in der Kantine. Sie stellte mir Hazel O'Connor vor. Ich hatte nur ein paar Basisinformationen. Sie war mal durch den Nahen Osten getingelt, hatte auch mal als Stripteuse gearbeitet. Jetzt hatte sie mit Erfolg ihren ersten Film gedreht, ›Breaking Glass‹, den ich nicht gesehen hatte. Außerdem war sie in den Charts plaziert. Auch ihr brauchte ich nur ein paar Stichworte zu geben, und sie laberte los. Als ich für uns einen Tee holen wollte, sagte ich, sie sollte ruhig weiter ins Mikrofon sprechen. Das tat sie auch.

Schon kamen die nächsten Frager, ich glaub' vom Fachblatt. Ein Fotograf war auch dabei. Ich bat ihn, mich mit Hazel zu knipsen, und gab ihm meine Adresse. Bevor die andern drankamen, mußte sie ins Studio und ›D-Day‹ singen. Sie stand vor einer dieser typischen ›Bananas‹-Dekorationen mit viel Nebel. Der Clou diesmal war, daß fünf junge Mädchen mit Bikinis in mit Wasser gefüllten Röhren standen. Ich hatte keinen Schimmer, was das mit dem Song zu tun haben sollte. Hazel mußte die Nummer ein halbes dutzendmal singen. Als sie fertig war, verabschiedete ich mich.

Wenn ich schon einmal hier bin, dachte ich, kann ich auch zum Rüchel gehen, dem Redakteur vom Rockpalast. Den wollte ich immer schon mal kennenlernen. In der Vergangenheit hatte ich wiederholt seine Arbeit kritisiert, besonders die Auswahl der Gruppen, die er in seinen Sendungen auftreten ließ. Ich wollte mal sehen, wie man sich mit dem unterhalten konnte. Am Empfang in dem WDR-Hochhaus am Appellhofplatz erklärte ich, was ich wollte. Man verwies mich auf einen Hausapparat und gab mir die Nummer von Rüchels Büro. Die Sekretärin verband mich. Ich sagte ihm, ich sei vom Marabo und ob ich ihn kurz sprechen könnte. »Zehn Minuten.«

Allgemein, jedenfalls unter meinen Bekannten, galt er als Arsch, als viel zu alt für seinen Job. Er kümmerte sich einen Scheiß um den Geschmack von jungen Leuten, und man hatte das Gefühl, er benutzte seine Sendungen, besonders die Rockpalastnächte, zur Selbstbefriedigung. Schlimm war immer die Zusammenfassung der Nacht am darauffolgenden Abend im Dritten, wenn er mit salbungsvollen Worten erzählte, wie schön doch alles gewesen sei, mit den Opas von Grateful Dead oder Paul Butterfield. »Diese magischen Momente.«

Auf seinem Tisch lag ein hoher Stapel Platten, obendrauf eine von S.Y.P.H. »Die hat dir bestimmt die Karola Radau geschickt.« Sie vertrieb die LP. Er lachte und konnte sich kaum einkriegen über ihren Namen. ».. . Und das bei der Musik«, die natürlich nichts für ihn war. Er stand am meisten auf Springsteen und erzählte mir, daß er ihn schon ein dutzendmal gesehen hatte in den Staaten. Ich nahm an, auf WDR-Kosten. Vergeblich hatte er in den vergangenen Jahren versucht, ihn zu engagieren. Mir ging's wie wahrscheinlich vielen mit Springsteen, der ja ein überdurchschnittlicher Rocker ist. Wenn sein Name fiel, wenn ich im Radio einen Song von ihm hörte, mußte ich sofort an Rüchel denken, und prompt war's vorbei mit der Begeisterung.

Ich sagte ihm, daß ich im Melody Maker gelesen hatte, daß er in London zusammen mit Link Wray Buddy Hollys ›Rave On‹ gespielt hatte. »Besorg mir ein Video davon. Zeig' ich sofort.« Ich nannte ihm ein paar Namen von Leuten, die ich gerne im Rockpalast sehen würde, Cure, Alan Vega, Bruce Cockburn, T-Bone Burnett. Ich hatte den Eindruck, daß er damals mit den Namen nicht viel anfangen konnte. Die zehn Minuten waren rum.

»Ich muß noch was tun. Wir machen ja diese Woche noch Aufzeichnungen im Sartory.«

»Kannst du mir Freikarten geben?«

Kein Problem. Er holte mir für jeden der vier Tage zwei Tickets.

Abends fuhr ich wieder in die Fabrik. Es war aber wieder nichts los. Bei Appel trank ich zwei Alt, anschließend einen Kaffee im Monopol. Es war ungefähr elf, als ich meine Bude aufschloß. Schon von draußen hörte ich das Telefon klingeln. Ich nahm noch rechtzeitig ab. Zewa Moll war dran.

»Das ist ja 'ne Überraschung.«

»Ich wollte mal hören, wann wir uns treffen.«

»Gute Idee. Ich war heute beim Rüchel.«

»Ieeeh.«

»Egal. Ich kann den auch nich' ab. Auf jeden Fall hat er mir Karten für den nächsten Rockpalast in Köln gegeben. Willst du mit?«

»Ich kann nur am Wochenende. Wer kommt denn da?«

»Samstag ist Ulla Meinecke. Da willst du bestimmt nicht hin. Am Sonntag kommen Siouxsie and the Banshees.«

»Au ja, die wollte ich immer schon mal sehen.«

»Was machst du denn so?« wollte ich wissen und dachte, sie würde mir was über ihren Beruf erzählen.

»Ich sitz' auf dem Pott.« Ich war platt.

»Das glaub' ich dir nich'.«

»Doch.« In Zeit von nichts hörte ich die Klospülung.

»Dann kann ich mich ja auch freimachen.«

Ich zog die Hose runter und spielte mir am Schwanz rum.

»Hast du was dagegen?«

»Ach wo.«

Ich mußte ihr erzählen, was ich die letzten Tage gemacht hatte. Ich sagte ihr auch, daß ich bei Appel anfangen würde.

»Dann werd' ich öfter kommen. Ich kenn' den Laden.«

»Arbeitest du?« Sie hatte bei einem Rechtsanwalt gelernt und war jetzt in einer Musikalienhandlung beschäftigt, im Büro.

»Weisse was, ich geh' jetzt unter die Dusche. Ich war noch nie drunter. Ich weih' sie ein, indem ich mir einen runterhol.«

»Dann viel Spaß. Wir sehn uns am Sonntag.«

Sie drückte noch mal auf die Spülung und legte auf.

Christiane kam am nächsten Tag wie abgemacht gegen fünf zu meinen Eltern. Sie trug 'ne Levis und eine blaue Bluse. Natürlich konnte sie auch damit nicht ihre atemberaubende Brust verstecken. Andreas Böttcher kam auch mit seiner Freundin. Er sollte Aufnahmen machen. Christiane und ich fuhren in ihrem VW. Andreas fuhr vor.

Bis Hamm kamen wir ohne Schwierigkeiten. Dann mußten wir uns an einer Tankstelle nach der Kaserne durchfragen. 'ne Viertelstunde später kamen wir an.

Ich erklärte der Frau an der Kasse auf englisch, daß wir Journalisten sind. Für zwei mußte ich zahlen. Im Saal mit der kleinen Bühne hatten ungefähr hundert Leute an Tischen Platz. Ich fragte, ob Waterfall schon da seien. Die Kassiererin zeigte auf zwei Männer und eine Frau, die in einer Ecke was aßen. Ich ging hin und stellte mich vor. »We've been warned by Phillip.« Wir einigten uns darauf, daß ich sie in der Pause interviewen würde, die sie nach der Hälfte ihres Sets einlegen würden.

Wir setzten uns. Ich deutete auf eine Art Kiosk, wo sich die Besucher Getränke kauften. »Was wollt ihr denn trinken. Ich geb' einen aus«, sagte ich leichtfertig. Andreas und seine Freundin wollten Gin Tonic, Christiane Bier. Ich ging hin bestellen und ärgerte mich. Auch noch das teure Beck's. Ich rechnete mit zehn Mark für die Runde. Die Verkäuferin sagte dann was von zwei Mark. »Each?« Das ging. Aber nein. Alles zusammen kostete zwei Mark. Jedes Getränk fünfzig Pfennig. »Das wird ein heiterer Abend«, meinte ich zu den andern, als ich wieder an den Tisch kam. Ich soff dann auch, was eben in mich reinging. Nach 'ner knappen Stunde war ich blau.

Die Musiker hatten den ersten Teil ihres Auftritts absolviert. Mit dem Recorder ging ich zu ihnen hin. Schon leicht lallend stellte ich einige Standardfragen, wo sie jetzt herkamen, seit wann sie zusammen waren, wie es allgemein mit der Folkmusik in England aussähe. Jim, der Geiger, zeigte auf meinen Apparat. Die Kassette lief nicht. Ich drückte auf sämtliche Knöpfe. Er ging nicht. Ich machte ihn auf. Bandsalat. Ich riß die Kassette raus und legte 'ne neue rein. Aber es lohnte sich nicht. Die Band mußte weitermachen. Es war vergnüglich. Sie sangen nicht nur. Sie rissen auch Späßchen, von denen ich nicht alle verstand. Eigentlich kam ich nur bei einem mit. Als Maurice Chevalier gestorben war, spielte ein schottischer Radio-Sender zu seinen Ehren ›I'm In Heaven‹. Am Ende des Konzerts war ich sturztrunken. Christiane war auch angeheitert. Trotzdem würde sie fahren.

Wir hatten einige Schwierigkeiten, aus Hamm rauszukommen. Sie nahm dann nach einiger Zeit einfach die nächste Autobahn. Obwohl ich so dick war, merkte ich, daß wir offensichtlich in die verkehrte Richtung fuhren. »Ich glaub', wir müssen auf die andere Seite«, sagte ich, als wir nicht weit vor Hannover waren.

Es muß so halb drei gewesen sein, als mich die de Gaulle vor meiner Bude absetzte.

»Kommst du noch mit rein?«

Sie zögerte. »Na gut. Aber nur 'ne Viertelstunde.«

»Ich will dir nur mal zeigen, wie ich wohn'.« Weil ich keinen Schrank hatte, lagen meine Klamotten auf der Erde verstreut. An Sitzmöbeln hatte ich nur einen Sperrmüll-Stuhl, den ich ihr aber nicht anbot. »Setz dich auf die Liege.«

Ich legte Bruce Cockburn auf, den ich damals sehr mochte.

»Willst du nicht hier schlafen?« fragte ich, durch den Alkohol mutig geworden.

»Mit dir schlaf' ich nich'«, sagte sie.

»Aha«, ich setzte mich neben sie und umarmte sie.

»Mit wem machst du's denn? Du lebst doch bestimmt nich' wie 'ne Nonne.«

»Mit dem Herbie Noll. Kennst du den?«

Klar, kannte ich schon jahrelang, war Stammkunde in unserm Plattenladen und war auch sonst ein bekanntes Gesicht in der Szene. »Und wie ist der so?«

»Der kommt immer viel zu schnell.«

Ich kippte sie um und legte mich auf sie. Ich hatte einen Steifen und fing an auf ihr rumzurutschen. Ich versuchte, sie zu küssen, aber sie wehrte sich.

»Ich muß abhauen.«

Ich bewegte mich stärker, und sie ließ es über sich ergehen, bis mein Schuß kam.

»So was hab' ich ja noch nie erlebt«, meinte sie.

»Du hättest ja mitmachen können.« »Wann sehen wir uns?«

»Ich flieg' Freitag in Urlaub nach Spanien. Ich melde mich vielleicht, wenn ich zurück bin.«

Ich ging nicht mehr mit raus zu ihrem Wagen. Sie schrieb mir dann noch nicht mal 'ne Karte und rief mich nicht an, als sie zurück war. Nach Appel kam sie auch nicht mehr.

Wenn ich gesoffen habe, schlafe ich schlecht ein und wache früh auf. So war ich schon wieder um neun wach. Das einzige, was ich im Haus hatte, war Nescafé. Nach drei Pötten war ich wieder auf dem Damm. Ich nahm 'ne Straßenbahn bis zum Marienhospital und stieg um in den 78er, mit dem ich bis vor die Haustür meiner Eltern fuhr.

»Du siehst schlecht aus«, sagte meine Mutter, nicht zum erstenmal. Tatsächlich hatte ich in den vergangenen Wochen lausig abgenommen. Außerdem hatte ich einen ein paar Tage alten Bart.

»Bleibst du zum Mittag?«

»Nee, ich wollte nur meinen Wagen abholen. Ich ess' in Witten 'ne Currywurst. Im Moment hab' ich noch keinen Appetit.«

Ich gab dann bei Wagner den Lotto-Schein ab, kaufte

drei Benson und fuhr zurück nach Witten. Wahrscheinlich hatte ich immer noch zuviel Alkohol im Blut.

Ich wollte die Carolyne-Mas-Story schreiben. Wenigstens einmal müßte ich mir ihre drei Platten anhören, aber von der neuesten ihrer LPs war ein Stück abgebrochen. Ich rief sofort in Hamburg an. Karin war am Apparat. Sie würde sie per Eilpost schicken. Ich fragte sie, ob irgend jemand von ihrer Firma beim Rockpalast in Köln auftreten würde, den ich interviewen könnte.

»Fährst du heute dahin?«

»Warum?«

»Dann kannst du dem Alan Bangs Bescheid sagen, daß er am Samstag um drei den Peter Hammill im Interconti treffen kann. Er will mit ihm 'ne Sendung machen. Ich hab' heute morgen schon ein paarmal versucht, ihn zu erreichen, aber anscheinend ist er nich' zu Hause.«

»Ich kenn' den nich' persönlich, aber ich werd' versuchen, an ihn ranzukommen.«

Ich weiß nicht, was Alan Bangs für mich war, Vorbild, Star oder jemand, mit dem ich gerne befreundet sein würde. Jahrelang hatte ich nachts auf dem BFBS seinen ›Night Flight‹ gehört. Dabei konnte ich meinen musikalischen Horizont erweitern. Er spielte Sachen, die man woanders, schon gar nicht im WDR, nicht zu hören bekam. Und in seinen Sendungen gelang es ihm immer wieder, seine Stimmungen rüberzubringen. Er ist nicht einfach nur, wie die WDR-Fritzen, Plattenaufleger, Ansager. Er macht die Alan-Bangs-Shows, ohne aufdringlich zu sein, sehr laid back. Ich hatte ihm mal ein paar Artikel von mir geschickt mit der Bitte, er möge sie beurteilen. Hatte er aber nicht getan. Die Woche vorher noch, in Karolas Laden, hatte sie mir stolz – wie jedem – einen Brief gezeigt, den er ihr nach einer Begegnung bei einem Konzert geschickt hatte.

Ich war frühzeitig im Sartory-Saal. Die deutsche Pee Wee Blues Gang und die Stray Cats würden spielen. Ich haute an der Bühne jemanden mit einem WDR-Ausweis an. Ich erklärte ihm, was ich wollte.

»Ich werd' mal sehen, ob ich ihn kriegen kann«, sagte der freundlich. Und dann kam er. Er konnte sich noch an meinen Brief erinnern.

»Ich hab' nicht geantwortet, weil ich andere Leute nicht gerne kritisiere.« Ich bestellte ihm, was mir die Frau von der Phonogram gesagt hatte. Er entschuldigte sich, er hatte noch was zu tun. »Vielleicht bis gleich mal.«

Die Pee Wees spielten für deutsche Verhältnisse einen annehmbaren Blues. Aber die meisten Leuten waren natürlich wegen der drei Stray Cats gekommen, die ein Rockabilly-Revival eingeläutet hatten. Sie bewiesen, daß man noch immer nur Baß, Schlagzeug, Gitarre und Gesang braucht, um fetzige Musik zu machen. Bevor sie anfingen, kam Alan zurück. Wir sprachen von Karola. Ich sagte ihm, daß ich über deren Vorgruppe einen Artikel im ›Rock Session‹ drin hatte. Und ich fragte ihn, ob er vielleicht den Walter Hartmann kennen würde. »Ich hab' ihn nur einmal gesehen. Ist ein harter Typ. Seine Freundin kenn ich besser, die Pociao.« Die war mir auch ein Begriff mit ihrer Buchhandlung und ihrer Expanded Media Edition.

Die Stray Cats hatten ihre eigene Dekoration aufbauen lassen, Pappwände mit Graffiti drauf. Einen verstand ich nicht. Ich fragte Alan, was ›Have a wank‹ heißt. Er druckste ein bißchen rum. ›Befriedige dich selbst.‹ Also: ›Hol dir einen runter.‹ Wahrscheinlich kannte sich Alan im deutschen Sex-Welsch nicht aus.

Mir als altem Rock 'n' Roll-Fan gefiel natürlich, was die Stray Cats da spielten. Es hatte nicht unbedingt was mit Buddy Holly zu tun und erinnerte mehr an den jungen Elvis oder an Johnny Burnette. Es handelte sich also um rauhen, harten Rock 'n' Roll mit ein wenig Punkeinschlag. Aber Elvis hatte ja auch was von einem Punk an sich gehabt in seinen frühen Jahren, in seinen Sun-Years.

Zufrieden fuhr ich nach Haus, nicht nach Haus, dafür war's noch zu früh. Ich landete im Rotthaus, wo's voll war.

Nach meinem dritten Kaffee sprach mich einer an, der älter war als ich, vielleicht ein Jahrgang mit meinem Bruder.

»Ich hab' gehört, du bist beim Marabo.« Solche Anreden hatte ich mir immer gewünscht. Ich war wer geworden.

»Ja. Und?«

»Ich hätte da 'ne Story für euch. Bei Time Out wird gestreikt. Das ist doch sicher auch 'n Thema für euch.«

»Von mir aus können wir das gerne machen. Aber ich bin nur für die Musik zuständig. Am besten ist, du fährst mal bei der Redaktion vorbei.«

Dann erzählte er mir (er hieß Claus), daß er seinen Job als Lehrer aufgegeben hatte und in der folgenden Woche für mindestens ein Jahr nach England ziehen würde.

»Ich hoffe, da komm' ich auch bald wieder hin.«

Ich fragte ihn, ob er am nächsten Tag schon was vorhatte. Er war mir sympathisch. Eigentlich nicht. Er wollte nur nachmittags in Düsseldorf eine Bekannte besuchen.

»Ich hab' da noch 'ne Karte. Morgen spielen in Köln Ideal und die Pretenders. Willst du da hin?«

»Gerne. Ideal interessieren mich.«

»Dann sehen wir uns in dem Saal. Du fährst ja bestimmt von Düsseldorf aus dahin.«

»Klar.«

Ab nach Appel, vorbei an dem Polizeirevier, das ich nie mit weniger als 70 passierte. Risiko. Am Alten Bahnhof gurkte ich mal wieder rum, bis ich 'ne bequeme Parklücke fand. Ehe ich mir einen abbrach beim Rangieren, stellte ich die Karre lieber ein bißchen weiter weg. Ich ging sofort hoch. Mittlerweile war ›Bette Davis Eyes‹ der große Sommerhit geworden. Er lief gerade, als ich zu Zonte

stieg, der hinter seinem Pult die nächsten Scheiben zurecht-
legte.

»Weisse schon, daß ich hier anfang?« schrie ich.

»Hat mir der Norbert erzählt.«

»Ich will ma gucken, was ihr alles hierhabt.«

Die meisten LPs waren Neuerscheinungen, geordnet
nach New Wave (mittwochs war immer New-Wave-Abend)
und Rock. Dann gab's auf dem Regal noch eine Abteilung Jazz-Rock. Da würde ich nicht drangehen. Ich haßte
diese Musik. Es war nun so um ein Uhr rum. Um diese Zeit
war's immer am vollsten (wenn man das steigern kann).
Der Diskjockey hatte den besten Überblick. Die Tanzfläche breitete sich links von ihm aus, Spiegelboden, circa
fünf mal fünf Meter groß. Rechts standen ein paar Tische mit Bänken, die aber kaum besetzt waren. Die meisten Leute versammelten sich auf oder an der Tanzfläche.
Gegenüber von dem DJ-Kabuff, am andern Ende, lag der
Tresen. Drei Mann bedienten. Außerdem liefen noch zwei
Mädchen mit Tabletts durch die Gegend, mit Alt und Pils
drauf. Mir gefiel's hier, und ich freute mich auf die Arbeit. Schwierigkeiten sah ich nicht. Die beiden Plattenspieler waren einfach zu handhaben, und Ahnung von Musik
hatte ich ja genug.

Morgens um sieben bullerte jemand an meiner Tür. Ich
kriegte die Klüsen kaum auf. Ein Paketbote brachte per
Eilpost die Carolyne-Mas-LP. Der Nescafé ging zur Nei-
ge. Für zwei Tassen würde es reichen, aber ich brauchte
mehr, wenn ich die Story schreiben wollte. Ich ging hoch
zu Sabine. Sie regte sich auf. Ich solle doch außen rumkom-
men und schellen.

»Ja, ja, ich werd's mir merken. Ich wollte nur fragen,
ob ich mir bei dir 'ne Kanne Kaffee machen kann.«

»Von mir aus.«

Sie mußte gleich gehen, und die Kinderfrau kam. Ich
fragte sie, ob sie vielleicht Kleingeld hätte. Ich brauchte

Zigaretten. Wenn ich schreibe, sagte ich ihr, geht sie nicht aus, und ich hab' nur noch 'ne halbe Packung. Sie guckte in ihrem Portemonnaie nach. Vier Mark konnte sie mir geben.

»Mit einer Schachtel komm' ich hin, bis die Geschäfte aufmachen.« Was mich damals wie heute ärgert, ist, daß es Benson & Hedges kaum in Automaten zu ziehen gibt, auf keinen Fall in denen, die draußen hängen. Ich zog mir Marlboro, die mir erträglicher erschienen als die andern.

Ich hörte die Kassette ab von dem Marabo-Rekorder und ließ gleichzeitig die Platten von der Mas laufen. Dann setzte ich mich an die Maschine und tippte. Ich hätte schreiben können, daß Carolyne Mas nicht besonders ist und daß eigentlich der Platz im Heft verschenkt sei. Aber ich wollte natürlich weitere Reisen von der Phonogram geschenkt kriegen und schrieb irgendeinen Schmu. Mit dem Manuskript fuhr ich am frühen Nachmittag in die Redaktion.

»Wie iss mit Asche?« fragte ich Günther.

»Da mußt du den Christian fragen, der kommt Montag wieder.«

»Wenn ich dann nix kriege, könnt ihr euch selber die Besetzer-Story schreiben.«

Sie brauchten die Geschichte, weil Günther sie mangels anderer Themen als Titelstory vorgesehen hatte. Diesmal hatte auch keine Platten- oder Filmfirma, wie sonst schon mal üblich, das Cover gekauft. Lohnte sich nicht im verkaufsarmen Sommer.

Ideal waren schon dran im ausverkauften Sartory-Saal, als ich reinkam. Ich mochte sie nicht besonders, aber das Publikum jubelte. Es war die Zeit, in der die Neue Deutsche Welle größere Kreise zog. Ideal waren von einer kleinen Firma zur WEA gewechselt. In jenem Sommer waren sie zweifelsohne die beliebteste deutsche Gruppe neben Fehlfarben, die mir persönlich mehr zusagten. Ich fand

Claus, aber bei dem Krach konnten wir uns nicht verständigen. Ich stellte mich woanders hin. Schräg neben der Bühne stand ich dann, auf einer Höhe mit der Gruppe.

Nach einer Pause traten die Pretenders auf. Die erste Seite ihrer ersten LP fand ich gut. Die hatte ich auch öfters im Laden aufgelegt. Aber live jetzt war ich bitter enttäuscht. Da schallte ein viel zu lauter Geräuschebrei herüber. Die Sängerin Chrissie Hynde war kaum zu hören. Ihre Begleitmusiker sahen kaputt aus. Zwei sind wenig später draufgegangen, dem Vernehmen nach an zuviel Heroin. Es schien, daß alles nur auf ›Stop Your Sobbing‹ gewartet hatte. Als die Pretenders auch diesen Hit gemeuchelt hatten, drehte ich mich um und sah, daß der Saal halbleer war. Ich hielt bis zum Schluß durch. Wenn ich schon einmal da war.

Und anschließend wieder Rotthaus, Appel, Monopol. Keine besonderen Vorkommnisse.

Samstagmittag ließ ich mir die Erbsensuppe meiner Mutter, meine Leibspeise, nicht entgehen. Ich aß drei Teller. »Ich glaub', ich muß mal an die frische Luft«, sagte ich. Natürlich gibt's im Ruhrgebiet keine ›frische Luft‹. Die hatte ich zuletzt an der Nordsee eingeatmet. Im Ruhrgebiet kann man nur Gestank inhalieren. Wegen meiner defekten Nasenscheidewand spürte ich ihn nicht so. »Ich werde mir die Alten Herren angucken.« Ich ging die zweihundert Meter bis zu Arthur Wagners Eckgeschäft und kaufte mir meine Wochenendration Benson, fünf von den goldenen Schachteln. Auf dem Aushang in seinem Schaufenster stand, daß die Alten Herren ein Heimspiel gegen 07 hatten.

Um fünf fuhr ich zum Platz, auf dem ich seit meinem 18. Lebensjahr jeden zweiten Sonntagnachmittag gepöhlt hatte.

»Lange nich' gesehn«, meinte Berni Manske, als er in Kluft aus der Kabine kam.

»Ich wohn' jetzt in Witten, und saufen tu' ich auch nich' mehr. Was soll ich also bei dem Dellmann in der Kneipe? Bald sehn wir uns wieder öfters, wenn ich das Alter für euch hab'.«

Noch zweieinhalb Jahre. Dann wär die Jugend, meine Jugend endgültig vorbei. Ich würde auch graue Haare kriegen, so wie die andern, die jetzt aufliefen und mit denen ich als junger Spund so manche Schlacht geschlagen hatte. Einmal hatte ich mir das Bein gebrochen, gegen Huckarde, genaugenommen den Außenknöchel. Mir wurde eine kleine Scheibe eingesetzt. Ich durfte danach ein Jahr nicht spielen. Als sie wieder rausoperiert wurde, durfte ich sie behalten. Sie hängt noch heute als Talisman an meinem Schlüsselbund. In jenem Jahr Zwangspause bin ich dick und fett geworden und kriegte das Gewicht nicht mehr runter. Erst jetzt, ein halbes Jahrzehnt später, bewegte ich mich wieder auf mein Normalgewicht zu, mit FDH und SED.

In der Halbzeit haute ich ab, um Sportschau zu gukken.

Sonntag morgens, pünktlich um zehn, warf mich die Abordnung der Besetzer aus dem Schlaf. Sie brachten ihren eigenen Kaffee in einer Thermoskanne mit. Es waren drei Mann. Ich machte mir Nescafé und schluckte 'ne Pille. Ich wußte nicht, wie die drei hießen. Sie stellten sich nicht vor, und ich fragte sie auch nicht nach ihren Namen. Sie holten ihren Text raus. Viel zu lang, sah ich auf den ersten Blick. Ich war noch zu keiner Konzentration fähig. Ich überflog ihn. Und sagte: »Geht in Ordnung.«

»Kriegen wir auch Honorar?«

»Von mir aus gerne. Das muß ich aber erst mit den Verlegern klären. Pro Zeile 25 Pfennig. Das würde dann 200 Mark machen.«

Die Jungs waren mir nicht ganz geheuer. Ich hatte ja nie was mit derlei Chaoten zu tun gehabt. Aber es gefiel mir, daß sie Zutrauen zu mir hatten. Doch vielleicht war ich auch nur ihr nützlicher Idiot. Sie hielten sich nicht lange auf, und ich legte mich wieder hin.

Ich war für fünf Uhr mit Zewa Moll verabredet. Diesmal wußte ich die Hausnummer 14. Kein Wunder, daß ich sie letztens im Morgengrauen nicht gefunden hatte. Der Eingang war durch ein Tor versperrt, an dem ich damals nicht gerüttelt hatte. Sie wohnte unterm Dach und kam mir auf der Treppe entgegen. Als ich sie sah, konnte ich mich nicht mehr daran erinnern, wie ich sie mir vorgestellt hatte. Zuerst fiel mir ihre relativ flache Nase auf. Bis auf eine lange Strähne, die auf ihren Schultern lag, trug sie kurze Haare. Sie war nicht mein Typ, jedenfalls nicht so auf den ersten Blick wie damals Ute oder die de Gaulle mit ihren dicken Titten.

Ihr Freund Thomas war auch da. Er erzählte mir, daß der Saueracker nach meinem Rundschreiben alle ELPI-Filialen abgefahren war und Schönwetter gemacht hatte. Fast alle kriegten jetzt mehr Geld. Für die hatte ich also was erreicht, während ich vorm Ruin stand. Bedankt hatte sich keiner bei mir. Thomas wollte bald im Plattenladen aufhören und studieren.

Zewa und ich unterhielten uns kaum auf der Fahrt nach Köln. Sie erzählte was von Fehlfarben. In Wuppertal wohnten ein paar von denen. Ich forderte sie auf, was über die fürs Marabo zu schreiben. So was hatte sie noch nie gemacht. »Ach, das schaffst du schon. Du bist doch nich' doof.«

Der Sartory-Saal war gerammelt voll. Siouxsie war ein weiblicher Pionier des Punk gewesen und eine Kultfigur geworden. Dementsprechend war der Aufmarsch der Punks und Post-Punks. Ich kam mir mit meinem Buddy-Holly-T-Shirt verdammt alt vor. Ich war auch sicher einer der Ältesten im Publikum. Eigentlich konnte man mich mit der Musik von Siouxsie jagen, aber als Musikredakteur, dachte ich, mußte ich einen Überblick über die wichtigsten Strömungen haben. Ich hatte ein Bedürfnis nach Ruhe, und ein Konzert mit den Everly Brothers wär mir lieber gewesen.

Zewa und ich trennten uns. Ich sah, wie sie sich zu der Musik bewegte und dabei nach unten sah.

Sie machte Schlittschuh-Schritte oder so was ähnliches, während ich nicht mal mit dem Fuß wippte.

Nach dem Gig gingen wir noch 'ne Pizza in Köln essen. Jeder zahlte für sich. Zewa fing an, mir zu gefallen. Ich erzählte ihr einige Stories, wie ich in Hamburg war und in München, und sie fand das ›toll‹, was ich da schlabberte. Dabei bekam ich eine Erektion. Kurz vor Wuppertal fuhr ich auf einen Parkplatz. Ich zog die Levis ein Stück runter, und als Zewa meine Latte sah, meinte sie: »Das ist Punk!« Aber sie half mir nicht, während ich sie umarmte. Da machte ich's mir selber, wischte mir den Schleim mit meiner Rotzfahne ab und schmiß ihn aus dem Fenster. Zewa war eher amüsiert als geschockt. Sie erzählte mir, daß sie in Italien mal einem Carabiniere einen runterholen mußte, damit ein Freund aus dem Knast kam, der wegen Dope verhaftet worden war. Wir verabschiedeten uns vor ihrer Haustür mit einem leidenschaftslosen Kuß und vertagten uns.

Ich gab Christian die Besetzer-Geschichte.

»Ist eigentlich ganz locker geschrieben. Das nehmen wir. Nur müßten wir auch von uns aus was reinbringen. Du hast die Sache doch verfolgt.«

»Kann man sagen.«

»Dann mach 'ne Seite.«

»Gib mir erst mal Kohle. Wenn's geht, tausend Mark.«

»So viel geht nich'. Fünfhundert. Okay?«

Ich war sauer. Morgens hatte ich einen Schrieb von der BfG gekriegt. Ich sollte bis dann und dann mein Konto ausgleichen, andernfalls sollte ich vorsprechen. Ich nahm

Christians Barscheck. Damit würde ich gut vierzehn Tage hinkommen, aber ich wußte noch nicht, wovon ich die nächste Miete bezahlen sollte.

Abends tippte ich meinen Kommentar zur Besetzung. Es war das erstemal, daß ich mich politisch zu äußern hatte. Ich bekundete meine Sympathie mit den Chaoten und wetterte gegen die halsstarrigen Stadtväter. In der Nacht hörte ich mir dann noch ungefähr dreißig Singles an, die im Laufe des Monats in der Redaktion eingegangen waren, und schrieb zu jeder ein, zwei Sätze. Doch am nächsten Tag lehnten Christian und Günther die Rezensionen ab. Sie hatten keinen Platz mehr. Der andere Artikel war gebongt. »Du solltest dich jetzt mal ausruhen«, sagten sie. Ja, das würde ich machen. Erst mal ging ich einkaufen, Obst und Würstchen, die ich kalt aus dem Glas runterschlang.

Es gelang mir aber nicht, mich auszuspannen. Zu sehr quälten mich die Geldsorgen. Ich rief Frau Raphael an und erklärte ihr, in welcher Bredouille ich war. Sie sagte mir tausend Mark zu. Am nächsten Tag fuhr ich nach Dortmund und holte sie mir ab. Sie waren ein Geschenk. Ich küßte sie auf die Wange.

Ich erinnerte mich, daß ein Siebzehnjähriger aus Oer-Erkenschwick einen Artikel über Peter Hammill im ›Rock Session‹ drin hatte. Ludger Frank. Oer-Erkenschwick war nicht weit. Er könnte was fürs Marabo schreiben. Ich hätte Rowohlt um seine Adresse bitten können, aber das würde zu lange dauern.

Ich rief die Auskunft an und ließ mir die Nummern von allen Franks in Oer geben. Der Dritte, den ich an der Strippe hatte, kannte Ludger, war verwandt mit ihm und gab mir die Nummer. Er konnte mit meinem Namen nichts anfangen. Ich sagte ihm, was ich wollte. Er war baff. Wir verabredeten uns für den nächsten Tag im U-Bo. Er brachte Frank mit, einen dicken Freund. Ich brachte ihnen zur

Probe ein paar LPs mit, die sie besprechen sollten. Zwei Tage später hatte ich die Rezensionen im Briefkasten. Sie waren in Ordnung.

Das August-Heft kam raus, und ich fuhr mit einem Pakken Exemplare zur Fabrik. Die Besetzer sollten sie verkaufen, aber niemand fühlte sich zuständig. Ein paar Tage später wurde der Bau von unbekannter Seite in Brand gesteckt. Damit war für mich dieses Kapitel beendet.

Nachdem ich die Miete bezahlt hatte, blieben mir noch einige hundert Mark. Bald käm mehr, von Appel. Ich lud Karl-Heinz ein, mit mir nach Hamburg zu fahren. Wir mieteten uns wieder im Piroschka ein. Norbert Grupe erkannte mich wieder. Es gab keinen Grund, in Hamburg zu sein, außer meine Kontakte zu Diederichsen aufzufrischen. Vielleicht hatte er mal wieder was für mich, was Middle-of-the-road-Mäßiges wie Elton John. Für die neuen Wellen hatte er andere Experten. Es war Samstag. Ich wollte mit Karl-Heinz nach St. Pauli fahren. In der U-Bahn-Station am Hauptbahnhof sah ich ein Plakat vom ›Onkel Pö‹. An den nächsten beiden Abenden würden die Conditors da spielen. Ich war platt. Die waren außerhalb des Ruhrgebiets kaum bekannt und jetzt schon in dem renommierten Club. Ich hatte sie zu Hause ein paarmal gesehen. Sie gefielen mir. Während überall die NDW zu schwappen anfing, sangen sie weiter beharrlich englisch, Cover-Versionen. Mit dem Bassisten von ihnen hatte ich mich mal unterhalten. Ein netter Kerl, in meinem Alter.

Wir fuhren hin. Das Pö war noch leer, eine größere Kneipe mit flacher Bühne. Die Kapelle stand am Tresen. Peter, der Bassist, begrüßte mich erstaunt.

»Was suchst du denn hier?«

»Bin extra wegen euch hier. Iss natürlich Quatsch. Ich wollt nur ma' wieder in Hamburg gucken. Aber wie kommt ihr denn hier hoch?«

»Wir haben einen guten Booker. Der hat so überall seine Connections. Viel verdienen können wir nich'. Wir spielen auf Eintritt.«

Langsam füllte sich der Saal, aber mehr als achtzig, hundert Leute würden nicht kommen. Die Conditors waren schon eher mein Fall als so Leute wie Siouxsie. Sie waren handwerklich versiert, das sah und hörte man. Sie spielten sich durch einen Haufen Stile, vom Beat bis zum Reggae über Soul. Sie kamen denn auch gut an bei den paar Zuschauern und mußten drei Zugaben geben.

Karl-Heinz hatte keine Lust, mit in die Marktstube zu kommen, und ich fuhr ihn zum Piroschka. Ich wartete lange in der Kneipe auf Diederichsen, aber er kam nicht. Um vier streifte ich über die Reeperbahn, ohne daß ich das Bedürfnis hatte, irgendwo reinzugehen. Anschließend ging ich runter zum Fischmarkt. Es war am Pissen, und ich ging in die Gaststätte, die wirklich ›Fick‹ heißt, wo einer mit Schifferklavier einen auf Hans Albers machte. Ich trank einen Kaffee und kehrte ins Hotel zurück.

Nachmittags machte ich Karl-Heinz den Vorschlag, nach Lübeck zu fahren. Es goß immer noch, und auf der Autobahn dachte ich, er würde sich vor Angst in die Hose scheißen, als ich hundertdreißig fuhr. Am Rande von Lübeck gingen wir in eine Pizzeria. Ich kam auf die Idee, Travemünde heimzusuchen. Von weitem sah ich das Maritim und dachte natürlich sofort an die Christiane. Ich steuerte den Wagen da hin. Wir gingen rein ins Hotel. »Wir fahren hoch«, schlug ich vor. »Von oben hat man bestimmt 'ne gute Aussicht.« Im Lift hing die Speisekarte. Ich nahm sie ab. Wieder unten schrieb ich auf der Rückseite der de Gaulle was Wirres. Ich würde da wohnen.

Abends gingen wir wieder ins Pö. Die Conditors spielten dasselbe wie am Vorabend. Ich für meinen Teil konnte mir sie öfter anhören, auch mit denselben Nummern. Diesmal kam Karl-Heinz mit in die Marktstube, hielt es aber nicht lange aus und bestellte sich ein Taxi. Es würde meine letzte Tour mit ihm sein, beschloß ich.

Diederichsen erschien. Es dauerte eine Zeit, bis ich mich bemerkbar machte.

»Ich hab' was für dich«, sagte er. »Ein Buch. Ich bin da befangen. Kannst du dir morgen in der Redaktion abholen.«

»Von wem denn?«

»Kennst du nicht. Ist von einer, die schon mal hier verkehrt. Die steht auch auf ältere Musik.«

Ich war froh. Endlich wieder einen Auftrag von Sounds. War mir mehr wert als fünf Titelstories fürs Marabo. Damit war der Abend für mich gelaufen. Ich trank noch zwei Bier, verabschiedete mich von Diederichsen und fuhr ins Hotel.

Karl-Heinz würde am nächsten Tag mit dem Zug zurückfahren, sagte er mir vom Bett aus. Er gestand nicht offen ein, daß er Schiß vor meiner Fahrerei hatte.

Morgens besuchte ich ein paar Plattenfirmen und heimste jede Menge Scheiben ein. Als ich bei Diederichsen reinkam, zeigte er auf ein Buch, das auf der Erde lag.

»Das isses. Ich find's ein bißchen pathetisch.« Es hieß ›... und ein verlorenes Land‹, geschrieben von der mir tatsächlich unbekannten Kerstin Eitner. Gedichte. »Hat Zeit«, meinte Diederichsen. Ich haute ab.

Mein erster Auftritt als Diskjockey am Wochenende drauf begann katastrophal. Ich fing um acht damit an, ein paar der Singles zu spielen, die ich aus Hamburg mitgebracht hatte, wie ein Dee-Jay im Radio, der Neuerscheinungen vorstellt. Schon nach der dritten Nummer kamen die Kids angelaufen. »Du bist wohl bescheuert! Was spielst du für einen Scheiß! Wir holen dich gleich da runter! Spiel mal Ideal! Spiel mal D. A. F.! Spiel mal Kim Wilde!« Ich hatte ja keine Ahnung, wie der Job ablief. Ich würde gehorchen müssen, wenn ich meine Ruhe haben wollte. Und ich hatte gedacht, ich könnte eine Show abziehen, so wie Alan Bangs mit seinem Night Flight. Dauernd kamen also die Blagen und verlangten dies, verlangten das. Ich versuchte zu folgen. Da gab's dann welche, die kamen gerade rein und wollten einen bestimmten Titel hören, der kurz vorher gelaufen war. Denen mußte ich, lauthals bei dem Krach, erst mal klarmachen, daß sie ihr Lieblingslied gerade verpaßt hatten. Das half aber nichts, die Nummer mußte noch mal kommen, im Laufe des Abends. Ich war mit dem Wagen gekommen und hatte gut fünfhundert Platten mitgebracht. Aber die brauchte ich nicht. Verlangt wurden die Hits. Ich trank Kaffee. Um zwölf beschloß ich, mit dem Saufen anzufangen und den Karren stehen zu lassen. Anja brachte mir Bratkartoffeln mit Spiegelei. Eine von der Bedienung, Lotte, wollte George Benson hören, die Maxi-Single ›On Broadway‹. Da sie lange dauerte, konnte ich erstmals pissen gehn.

Ab halb drei wurde der Saal leerer, und ich konnte ein paar Sachen auflegen ohne Rücksicht auf Publikumsgeschmack. Einige Bekiffte turnten ungelenk auf der Tanzfläche rum. Kurz vor vier gab mir Lotte meinen Lohn für die vergangenen acht Stunden.

Ich hielt mich noch ein bißchen unten in der Kneipe auf und trank noch bis zur Polizeistunde um fünf zwei, drei Alt. Ich war mit mir zufrieden und freute mich schon auf meinen nächsten Arbeitstag. Nur kurz kam mir der Gedanke, doch mit dem Auto zu fahren. Ich hatte mir geschworen, nie blau in die Karre zu steigen, dafür hatte mich der Führerschein zuviel Geld gekostet. Ich ging zu Fuß eine halbe Stunde bis zur elterlichen Wohnung und schlief da sofort ein, auch ohne Tablette. Die nächsten Gigs verliefen ähnlich. Einmal kam Zewa mit zwei Freundinnen. Wir konnten uns aber wegen der Lautstärke nicht unterhalten. Wenigstens konnte ich ihr einen Plattenwunsch erfüllen, ›The Forest‹ von Cure. Ein paar der gewünschten Scheiben hörte ich auch gerne, ›Jukebox Baby‹ von Alan Vega, ›Tainted Love / Where Did Our Love Go‹ und ›Bette Davis' Eyes‹. Im Laufe eines solchen Abends mußte ich auch in der Regel sämtliche Stücke der Fehlfarben-LP spielen. Hatte ich auch nichts gegen.

Ludger und Frank kamen nun auch öfter nach Appel. Wir trafen uns auch, wenn ich nicht zu arbeiten hatte. Kerstin Eitners Gedichte gefielen mir nicht. Sie hatte Songtitel oder Zeilen aus Liedern genommen und dazu assoziiert. Der Titel des Buches ›… und ein verlorenes Land‹ bezog sich z. B. auf Minas Hit aus '62 ›Heißer Sand‹. Die übrigen Gedichte bezogen sich unter anderem auf D. A. F. und den mir unbekannten Bernard Lavilliers. Ich machte weiter in meinem finanziellen Harakiri und kaufte mir Platten von diesen Leuten. Um Minas Ballade zu kriegen, mußte ich an die sechzig Mark anlegen, weil sie nur in einer Kassette mit 10 LPs zu kriegen war. Aber all die Songs brachten mir die Gedichte auch nicht näher. Ich schob die Rezension vor mir her.

Antreten bei der BfG. Natürlich hatte ich mein Konto nicht ausgleichen können. Ich weiß nicht mehr genau, wieviel Miese ich hatte, aber nehmen wir mal an 2000. Ich zeigte am Tresen das Schreiben, das sie mir geschickt hatten. Die Angestellte fühlte sich nicht zuständig und holte eine andere. Die nahm mich mit an einen separat stehenden Tisch. Sie fragte mich, was ich vorhatte, um aus den roten Zahlen rauszukommen. 250 Mark wurden pro Monat für meinen Kredit abgebucht, blieben ungefähr vierhundert von meiner Arbeitslosenunterstützung.

»Ich heb' nichts mehr ab«, sagte ich.

»Und wovon wollen Sie leben?«

»Das lassen Sie mal meine Sorge sein. In fünf Monaten ist dann das Konto ausgeglichen. Geht das?«

»Das dauert zu lange.«

Scheiße, was mach' ich denn jetzt, dachte ich.

Ich ging auch nach Appel, wenn ich keinen Dienst hatte. Ich stand spät mit Ludger und Frank zusammen. Karl-Heinz kam rein. Ich stellte Ludger als Peter-Hammill-Experten vor. In Hörweite stand der wieder mal besoffene Herbert mit seiner Freundin, die ich vom Ansehen kannte und die mir immer schon gefallen hatte seit der Zeit, als Herbert bei uns gespielt hatte und sie an der Bande saß. »Peter Hammill?« sagte sie. »Ich bin sein größter Fan.« Das fand ich erstaunlich. Ich konnte mir nicht vorstellen, daß eine offensichtlich ganz normale Frau auf diese sperrige Musik stand.

»Hast du schon die neue LP von dem?« fragte ich sie, Hatte sie noch nich'.

»Ich hab' sie bestellt«, sagte ich. »Wenn du willst, kannst du sie bei mir anhören, wenn die kommt.« Und bei der Gelegenheit werd' ich sehn, ob was mit der zu machen ist, dachte ich.

»Du bist ja öfter hier«, sagte ich. »Oder kann ich dich anrufen?«

»Nee. Telefon haben wir abgemeldet.«

Ich fuhr nach Witten und dachte eigentlich die Woche nur darüber nach, wie ich diese junge Dame, von der ich nicht wußte, wie sie hieß, ficken würde, courtesy of Peter Hammill. Wurde auch mal wieder Zeit, daß ich zum Vögeln kam. Die letzte Nummer mit Ute, die lag ja schon ein Vierteljahr zurück.

Beppo rief an, der Betreuer unserer 1 b-Mannschaft. Ob ich nich' am Sonntag einspringen könnte. Es waren noch Leute in Urlaub. Ich sagte, okay, Beppo, für dich immer. Er hatte mich schon als Schüler trainiert.

Ich quälte mir fünfzig Zeilen Gedicht-Rezension ab. Im Buch stand kein Preis drin. Wo kriegte ich den her? Diederichsen würde ihn nicht wissen. Das Billigste wäre gewesen, ich hätte mich in einer Buchhandlung erkundigt. Aber auf den Gedanken kam ich erst gar nicht. Ich hatte noch einen alten Katalog von der Buchmesse '76, wo die Adressen von vielen Verlagen drinstanden. Ich fand die Nummer von diesem Kübler-Verlag. Der Mann am andern Ende sagte, er hätte sich aus den Geschäften zurückgezogen, wüßte aber noch Bescheid. Ich fragte ihn, ob er Sounds und Diederichsen kenne. Selbstverständlich, sagte er, Diederichsen würde ein Buch in dem Verlag rausbringen.

»Wenn Sie wollen, können Sie ja auch was beisteuern. Da müßten Sie sich mal mit Diederichsen unterhalten.« »Und wie teuer ist das Buch von der Eitner?« Zwölf Mark.

Ich setzte mich sofort mit Diederichsen in Verbindung. Ja, ich könnte was machen. »Du schreibst ja schnell. Mach zwanzig oder dreißig Seiten in vierzehn Tagen. Es muß über Musik sein und subjektiv.« Heraus kam ›Buddy Holly auf der Wilhelmshöhe‹.

Buddy Holly auf der Wilhelmshöhe

12. September, 14.00 Uhr

Ende der Buddy-Holly-Woche 1981. Hätte ich Geld gehabt, wäre ich in London gewesen. Hab keine Ahnung, was dieses Jahr im Clarendon Hotel in Hammersmith los war. Am siebten wäre Buddy 45 geworden. Sah er nicht schon zu seinen Lebzeiten so alt aus? Heute ist Samstag, sein Geburtstag war am Montag, Kicker-Tag. Ich entnehme einer Rubrik, daß am selben Tag Erich Juskowiak 55 wird. 1958 Schweden: Er fliegt vom Platz. Da war's aus mit seiner Karriere, obwohl jeder wußte, daß es ein Allerweltsfoul gewesen war. Da kannte hier noch keiner Buddy Holly, der damals auf dem Höhepunkt seiner Karriere war, if you knew ›Peggy Sue‹. Ich komme von Hölzken auf Stöcksken, nennt man das assoziieren? Ich habe Abitur, bin nicht gebildet: kein Widerspruch. Aber ich weiß viel über Rock 'n' Roll und Fußball. Ich weiß nicht, wie man ein Musikinstrument bedient, aber mit dem Leder kann ich seit zwanzig Jahren gut umgehn. Gestern bekam ich einen Brief von Willy Hagara. Nein, er ging bei der Redaktion des Marabo-Magazins ein. Der Chefredakteur weckte mich um halb zwölf: »Da ist ein Brief von Willy Hagara für dich gekommen.« »Mach auf, lies vor.«

Willi Hagara, Am Hendlberg 4,
6227 Hallgarten/Rheingau, 9. September 1981

Lieber Herr Welt!
Ihr Artikel, betreffend meinen Auftritt in Dortmund am 2. 8. hat mir sehr große Freude gemacht.
Ihre Kritik ist objektiv ohne jede Abwertung und somit eine der besten, die ich je gehabt habe.
Damit will ich nicht sagen, daß ich an schlechte Kri-

tiken gewöhnt bin, aber immer auch in die besten schleicht sich für gewöhnlich etwas Mißgunst ein.

Meine Freude war, als ich das Blatt erhielt, um so größer, da es sich um eine Jugendzeitschrift handelt und die Kritik von einem jungen Menschen stammt. Ich gehöre zu denen, die Generationsprobleme wälzen. Als ich jung war, bekrittelte man ›Die heutige Jugend‹, und da ich mit 19 Jahren zu singen anfing, hatte ich es schwer, weil mir mein ›zu jung sein‹ im Wege war. Es ist eine Tatsache, daß man eine geraume Zeit scheel angesehen wird, weil man jung ist und andere Vorstellungen hat als die Älteren; und mit einem Male wird man zu alt befunden, um vertrauenswürdig zu sein, obwohl man selbst die eigene Jugend noch empfindet, als lägen nicht 25 oder 30 Jahre dazwischen. Ihr Artikel hat mir bewiesen, daß es nicht daran gelegen ist, ob ein Mensch 20 oder 80 Jahre zählt, sondern ob er Anstand, Mut und Herz hat. Ich bedanke mich.

Herzlichst Willy Hagara

7. September 1981, 0 Uhr 01

Ich sitze mit einem Freund und drei Bekannten in einer Kneipe nahe der Ruhr-Uni. Das Clochard ist nicht voll, trotzdem hapert es wie immer an der Bedienung. Besaufen kann man sich hier nicht. »Wißt ihr, wen ich gerade im U-Bo stinkbesoffen getroffen habe? Ferdinand Perwersi. Kennt ihr nich'? Schiri in der zweiten Bundesliga. Wir hatten uns lange nicht gesehn, zuletzt wohl, als er uns gegen TuS Harpen pfiff. Wir gewannen 1:0 am Buß- und Bettag. Wir waren damals Tabellenletzter und Harpen Spitzenreiter. Ich war Spielführer, da der Dödel verletzt war. Mit uns ging's danach bergauf, Harpen wurde kein Meister. Ferdinand Perwersi ist der beste Schiri, den ich kenne. Er hatte letztes Jahr Schlagzeilen in Berlin gemacht. War im Fernsehen zu beobachten. Er drückte zwei Streithähne handgreiflich auseinander. Es stellte sich raus, daß er nachts zuvor, laut Bild-Zeitung, mit den Jacobs-Sisters rumgemacht hatte. Die erste Liga hatte er verpaßt. Die anonymen Gutachter hatten ihm 66 Punkte gegeben, drei mehr hätte er zum Aufstieg gebraucht. Aber wißt ihr, wer heute vor 45 Jahren geboren wurde?« »Ein Filmstar?« »Nee.« »Sänger?« »Ja.« Ich verberge meinen Buddy-Holly-Button. Ich trage einen Kordel-Schlips, wie ihn T-Bone Burnett auf dem Cover von ›Truth Decay‹ umhat, die Platte, auf die ich jahrelang gewartet hatte. Noch mal vierundzwanzig Stunden zurück: Buddy Hollys Geburtstag ist keine 24 Stunden mehr weg. Ich höre jetzt ›Brown-Eyed Handsome Man‹, die Platte, die ja alles ausgelöst hat, damals auf der Wilhelmshöhe. Endlich bin ich bei meinem Thema. 1963. Ich unterbreche hier:

Ich will einigen Leuten ein Denkmal setzen, die sonst nicht mal einen Grabstein kriegen würden. Ich stell' mich hinten an. Von jetzt an Fußball, Rock 'n' Roll und vor allem der Buddy Holly Club auf der Wilhelmshöhe. Ohne ihn gäb's mich so nich'.

Durch die sechs Leute kam ich als Zehnjähriger auf Buddy Holly, auf Rock-Musik, ich habe ihnen alles zu verdanken, gleichzeitig waren sie meine Vorbilder als Fußballer. Ich war in den Knaben, spielte samstags. Sonntags morgens bewunderte ich die A-Jugend. Die Aufstellung in der Saison 1963/64:

Goggo

Schobbi   Erich Schmidt

Nobsche Weber   Klöhse Gießler   Mummu

Hippi Rosenkranz   Örle Welt

Walla Jordan

Wolfgang Oberlies

Wolfgang Schulz

Reservisten: Bodo Baginski, Günna Kruska (auch Emil genannt)

Siggi Geisler, der jüngste und begabteste von allen. Er starb am Morgen vor der Weihnachtsfeier '63. Er war Nichtschwimmer, mußte aber von der Berufsschule aus mit ins Hallenbad und sich eine Badehose anziehen. Er ging nie ins Wasser, er scheute es. Er stand am Beckenrand. Jemand stieß ihn rein. Er war auf der Stelle tot, fünfzehn wurde er. Sein Mörder wurde nie verurteilt. Wir hätten heute einen Nachfolger von Helmut Rahn und Stan Libuda. Begleiter und Mäzen der Mannschaft war der olle Hippi Rosenkranz. Hippi war eine Abkürzung für Hippenstert, hochdeutsch wohl: Ziegenschwanz.

Der Buddy Holly Club (harter Kern):
Schobbi (Rainer Schoob)   Mummu (Günther Musall)
Walla (Walter Jordan)   Örle (Heinz-Jürgen Welt)
Erich Schmidt   Der lange Brinkmann

Örle, Mummu und Schobbi haben mir allerhand erzählt. Mein Bruder Jürgen (Örle) kannte sich am besten in Musik aus, war auch im übrigen der beste Fußballer von den dreien, Mummu, da hab' ich den Fehler gemacht und eine befreundete Schriftstellerin mit in den Gröppersweg geschleift, sie lenkte unfreiwillig ab. Mummu sorgte sich darum, wie er gut ein halbes Jahr nach seinem Führerscheinentzug (1,74 Promille) nach angeblicher Unfallflucht die Fleppe wiederbekam. Er hatte auch nicht ein so gutes Gedächtnis wie sein Schwipp-Schwager Schobbi. Mein Bruder über Schobbi: »Frag den mal, der weiß alles ganz genau, der sagt mir heute noch: Und an dem Tag hattest du nämlich keine Zigaretten bei, als wir gegen Eisenbahn am 4. Oktober '63 nach einem Null-zu-zwei-Rückstand noch gewonnen haben.« Tatsächlich, ich war gestern abend noch beim Rainer, der in der Unterstraße wohnt, also im Gegensatz zu meinem Bruder und dem Mummu nicht mehr auf der Wilhelmshöhe. Ich war nicht gut gelaunt, last night.

Erst um halb elf hatte Schobbi Zeit. Er ist Obmann der Alt-
herren-Abteilung des SuS Wilhelmshöhe und mußte das
heutige Kinderfest vorbereiten. Zuerst sahen wir uns die
Niederlage des VfL in Bremen an. Er ist Fan von Bochum,
wurde aber getröstet, weil er bei Spielbeginn in unserer
Vereinskneipe ›Haus Schulte‹ (Inhaber: Dieter Dellmann,
apropos, du bist ein guter Wirt, nur deine Alte schräpt so,
Skat spielen kannst du auch, Dieter, aber die Ilse, mein
Gott) zwei Mark gesetzt, das exakte Ergebnis vorausgesagt
und somit zwanzig Mark gewonnen hatte. Er hatte das
Geld nicht nötig, lieber als die Piepen wär ihm ein Punkt
für die Bochumer gewesen. »Also, Schobbi. Ich hab' ja
schon mit meinem Bruder gekürt und mit Mummu. '63,
da wart ihr so fuffzehn, sechzehn, aber alle schon in der
A-Jugend, B-Jugend war nicht gemeldet. Aber wieso kamt
ihr da gerade auf Buddy Holly?«

»Och, wir war'n auf der Raupe, und da hörten wir auf
einmal ›Brown-Eyed Handsome Man‹. D. h. also: nicht
unsere ganze Mannschaft, einige interessierten sich nicht
für Musik, da waren eben wir sechs, dann gab's so Leute
wie den Hippi, der kam ab und zu mit, und der Wolfgang
Oberlies; auch welche, die nicht im Verein waren, aber
wir sechs, wir waren immer zusammen. Der Örle war ja
noch auf der Oberschule, wir andern gingen in die Lehre.
Wir wohnten ja zusammen auf der Wilhelmshöhe, und
ich möchte sagen, als wir ›Brown-Eyed Handsome Man‹
hörten, in dem Moment, auf der Raupe, auf der Kirmes
an der Dördelstraße, durch dieses Lied wurden wir musik-
bewußt. Wir wollten wissen, wer der Sänger ist. Ich mein',
wir kannten den ja gar nicht. Buddy Holly, wir wußten weder, wie der aussah, noch, daß er tot war. Wir waren einfach hingerissen von der Musik. Wir gingen dann in den
Plattenladen von der Mausi, wo heute die Pommesbude
drin ist, und bestellten die Platte. Und irgendwie muß damals überall die Nachfrage nach Buddy Holly gestiegen

sein, denn nach und nach kamen immer mehr Singles in den Katalog. Wir hatten überhaupt keine Ahnung, wer das war, daß der schon '59 abgestürzt war. Für uns zählte die Musik. Und ich mein', vom Elvis kam ja damals nix mehr. Den Rock 'n' Roll hatten wir ja nicht mehr so mitgekriegt. Klar, wir kannten ›Tutti Frutti‹. Sicher, wir hörten auch so andere Sachen wie ›Sheila‹ von Tommy Roe, viel Cliff Richard und die Shadows. Aber wir hätten da nie 'n Club gegründet. Aber irgendwann kam uns die Idee: So jetzt gründen wir 'n Buddy Holly Club, ohne Ausweise und so.

Nach und nach besorgten wir uns die Singles von Buddy Holly. Entweder über die Mausi oder vom Mäckie. Der lief ja damals mit Mummus Schwester, war schon älter, arbeitete oft auf der Kirmes, hinterließ große Zechen in Kneipen und hatte überall seine Finger drin. Ja, dann hörten wir so Sachen wie ›Peggy Sue‹, ›Rave On‹, ›Oh Boy‹, ›Wishing‹ und so weiter. Schließlich hatte der Mummu 32 Singles von Buddy Holly zusammen. Ja, und der Örle, der hatte ja damals dieses Tonbandgerät von Phillips. Ich mein, so 'n Ding hab' ich seitdem nicht mehr gesehen. Ich muß das mal aufzeichnen. Das war ja irgendwie in Form eines Kofferradios und oben drauf war'n dann die Bänder, viel kleiner als heute, und noch die Tastatur. Später hat der Örle dann so rumgebastelt, daß er auch noch UKW und den Polizeifunk abhör'n konnte.«

Mein Bruder war schon immer begabt auf technischem Gebiet, der konnte aus 'ner Waschmaschine 'n Staubsauger machen.

»Jedenfalls trafen wir uns jeden Tag, meistens beim Mummu, weil der mit fuffzehn schon zu Hause rauchen durfte. Und wir pafften dann auch, aber wir haben doch vorher immer anstandshalber seinen Vater, den Artur, um Erlaubnis gebeten. Später wurde dann bei euch die Mansarde frei unterm Dach. Wir waren dann öfter bei euch oben, um zu pärzen. Aber nicht offen. Wir standen am Fenster und rauchten immer ganz schnell, denn das Blöde war ja: Ihr wohntet zwar parterre, und eure Eltern störten uns auch nicht, aber zwischen eurer Wohnung und der Mansarde wohnte ausgerechnet der Erwin Hüllen. Der war ja der Vorsitzende vom Sportverein und hatte den Polizeiposten, er war der Sheriff von der Wilhelmshöhe, und der war meistens auch zu Hause, eben wie im Wilden Westen, das gab's ja damals noch, und der kam schon mal öfters rangeschissen, und dann war natürlich der Deubel im Busch, wenn der uns beim Paffen erwischt hat. Ab und zu luden uns eure Eltern ins Wohnzimmer ein. Das machten wir auch mit. Da stand auch die Musik-Truhe von Loewe-Opta, und da konnten wir auch unsere Scheiben hören.« Ich lass' jetzt mal meinen Bruder ein wenig erzählen. »Also, so siebenfuffzig, achtundfuffzig, da wohnten wir ja noch nich' auf der Wilhelmshöhe, sondern am Eschweg, und der Heinz Murski, der ja über uns wohnte und schon so siebzehn war, hatte schon einige Rock 'n' Roll-Singles. ›Diana‹ von Paul Anka und vor allem ›All Shook Up‹, ich nannte das damals ›Emohrschuckab‹, ich mein', ich war ja erst zehn. Und die Mutti hörte gerne ›Yes Tonight Josephine‹ von Johnnie Ray. ›Tutti Frutti‹ hat er, glaube ich, auch gehabt. Aber am meisten beeindruckte mich ›All Shook Up‹. Das war'n noch Zeiten. '58. Wir hatten ja den einzigen Fernseher in der Straße, und wenn dann irgendwas Tolles kam, war das Wohnzimmer voll von Nachbarn, dreißig Leute. Der Papa kam vom Pütt bei ›Mainz, wie es singt und lacht‹, angeheitert, weil ja Karneval war, mit Onkel Helmut, der ja auch mit ihm auf dem Lohnbüro von der Zeche Bruchstraße war und bei uns wohnte, zu Fuß natürlich, Auto hatte man damals kaum, da konnten wir ja auch noch auf der Gerichtsstraße Fußball spielen. Und einmal die Stunde fuhr dann irgendwie 'n Pkw her. Der Gerdi Lange pfiff dann, einer schnappte sich den Ball, wir gingen auf den Bürgersteig. Nach zehn Sekunden war alles wieder vorbei, und wir konnten 'ne Stunde weiter unbehelligt spielen. Eigentlich interessierte ich mich da noch nich' für Musik. Klar, Elvis Presley, den kannte jeder. Aber aus dem Radio kam nur deutsche Musik. Watt fällt mir gerade ein? Conny Froboess: ›Auch du hast dein Schicksal in der Hand‹. Heute würde man das wohl irgendwie für unterschwellig obszön halten, aber damals machte man sich keine Gedanken, was wohl mit ›dein Schicksal‹ gemeint sein könnte. Dann natürlich Fred Bertelmann: ›Der lachende Vagabund‹, Peter Kraus, ach, da war'n ja so viele, Freddy, der frühe Peter Alexander, Bully Buhlan, Lolita, Ivo Robic, Melitta Berg: ›Nur du, du allein‹. Natürlich hatten wir keinen Schimmer, daß zum Beispiel dieses Lied ursprünglich von den Teddybears, Phil Spectors erster Gruppe, im Original war, ›To Know Him Is To Love Him‹. Wir war'n ja vom Ausland irgendwie abgeschnitten. Im Fernsehen trat vielleicht mal Bill Ramsey auf oder Gus Backus, die irgendwie nach ihrer Armeezeit hiergeblieben waren.« Übrigens war der Gus Backus ja vor seiner Einberufung Mitglied einer der wenigen, oder sogar der ersten gemischt-rassigen Vocal-Gruppen, der Del-Vikings, fällt mir gerade heiß ein. Einen Moment, ich schlag' mal eben in Norm N. Nites ›Rock On‹ nach ... Members: Norman Wright lead, Philadelphia, Corinthian ›Kripp‹ Johnson first tenor, Cambridge; Donald ›Gus‹ Backus second tenor, Southampton, Long Island; David Lerchey baritone, New Albany; Clarence E. Quick bass, Brooklyn. »Die einzige Möglichkeit, ausländische Musik zu hören, war ja damals der BFN auf UKW. Als ich anfing, mich für Musik zu interessieren, war das aber so, daß die Mutter nur deutsche Sachen hören wollte. Wie alt war sie damals? So Mitte Dreißig, die Gabi war gerade unterwegs.« Ich erinnere mich genau. Meine Schwester wurde am 29. Oktober 1960 geboren. Ich war im 2. Schuljahr. Ich war furchtbar enttäuscht, daß meine Mutter Elfi eine Tochter zur Welt gebracht hatte, mit Jungs konnte man Fußball spielen, mit weiblichen Wesen nicht. Ich bestehe heute noch darauf: Fußball ist reine Männersache. Jedenfalls wollte ich meiner Mutter zur Entbindung etwas schenken, und zwar eine Schallplatte, die damals wie alle Tonträger noch preisgebunden war und für die Zeit horrende vier Mark kostete. Eigentlich wollte ich ihr Elvis, seine Version von ›O Sole Mio‹ schenken, ›It's Now Or Never‹. Ich ging dann zu Vieting & Laux und kaufte doch lieber ›Seemann‹ von Lolita. Heulend überreichte ich sie meiner Mutter im Knappschaftskrankenhaus und sah meine Schwester zum erstenmal. Sie hatte einen ungewöhnlich schwarzen Hahnenkamm – hat nichts mit Toni Sailer zu tun. Jedenfalls beeindruckte mich das. Heute ist Gabi zwanzig, blond, geht wie ich jeden Tag ins ›Rotthaus‹. Leider hört sie am liebsten Peter Maffay und meinen Erzfeind Marius Müller-Westernhagen. Verpiß dich, du Arschloch! Anerkennen muß ich ihre Klasse beim Doppelkopf und ihre Fähigkeit, die Familientradition des Saufens nicht untergehen zu lassen. Ich mein', wenn sie schon keinen Fußball spielt, soll sie wenigstens so saufen wie wir alle vom SuS Wilhelmshöhe. (Heute ist sie solide.)

Das ist natürlich ein Thema für sich: Fußball und Bier, jedenfalls im Ruhrgebiet. Wer in der dritten Halbzeit versagt, wird genauso aufgezogen wie einer, der ein Selbsttor schießt, das war zumindest in kleinen Vereinen immer so und wird hoffentlich auch so bleiben: Nach dem Spiel, noch im Trikot 'ne halbe Schachtel Zigaretten rauchen und zwei, drei Kästen Bier leermachen, ja und anschließend beim Dieter Dellmann das Gezapfte saufen, bis man umkippt. Das ist Scheiße, wenn man Morgenschicht hat und um fünf aufsteh'n muß, um bei OPEL, was weiß ich, Radkappen dranzumachen. Besser haben's die, die Spätschicht machen und sich ausspannen können.

Aber die saufen dann zum Hellwerden, ob gewonnen oder verloren, und haben dann mittags auch noch 'n Kopp wie'n Rathaus. Jetzt würde ich eigentlich gerne was über den Niedergang der Vorortkneipe im Ruhrgebiet schreiben, und mir fällt gerade mein Lieblingsaufsatz ein: George Orwells ›The Decline Of The English Murder‹. Nein, lassen wir's im Moment. Ich möchte aber eben doch noch erwähnen, daß – wie fast alle Fußballer – auch jeder Bergmann zu saufen pflegt(e). Bevor die großen Zechenschließungen begannen, lagen die Pütts ja vor der Tür, und man brauchte kein Auto, um zur Arbeit zu kommen, man konnte sich sowieso keins leisten, höchstens vom Steiger an aufwärts. Man wohnte auch in nahegelegenen Zechensiedlungen, wie z. B. der Wilhelmshöhe, und ging nach der Arbeit natürlich nicht sofort nach Hause, sondern – Alkohol und Rauchen waren unter Tage strikt verboten – nach acht Stunden harter Maloche hatte man Durst und ging von der Bruchstraße erst mal runter zum Bannoff, wo fünf, sechs Kneipen war'n, die man alle mitnahm, nicht immer, aber bestimmt dann, wenn es einen Abschlag gegeben hatte. Die Bahnhofsgaststätte war noch eingeteilt in Erste und Zweite Klasse. Ja, und wer besaß die in Bochum-Langendreer? Kennt noch einer Franz Buthe-Pieper? Er war bis zu seinem Tod, vor ein paar Jahren, Deutschlands renommiertester Starter. Das ging ja damals alles noch nicht automatisch, sondern da mußte man noch mit einem Ballermann umgehen können. Also, der Buthe-Pieper war damals genauso bekannt in der Leichtathletik wie Armin Hary, Manfred Germar, Martin Lauer und Heinz Fütterer, der allerdings so um 1960 rum seine große Zeit schon hinter sich hatte. Aber ich mein', '58 wär er noch Europameister über 200 Meter geworden. Ach, da fällt mir jetzt auch noch der Schade ein und Emil Zatopek, Hans Günther Winkler auf Halla und Fritz Thiedemann auf Meteor. Stockholm '56. Die Reiterspiele mußten wegen einer Seuche in Schweden statt in Australien stattfinden. Aber nee, das hab' ich nicht mitbekommen. Sechsundfuffzig war ich drei. Live aus Schweden? Ging das schon, beim NWDR? Saß ich im Wohnzimmer auf der Fußbank, als Halla den Winkler zur Goldmedaille trug? Bubi Scholz, Erich Schöppner, Mann, was fällt mir da alles wieder ein, echt keine Mache, mein Gedächtnis ist beängstigend. Soll lieber der Jürgen weiterreden.

»Wo war'n wir denn stehengeblieben? Egal. Also, ich hatte damals ›Tutti Frutti‹, noch am Eschweg, von Little Richard. Aber die Mutti war sie leid, weil sie auf Englisch war und sie kein Wort verstand. Ich tauschte sie dann mit dem Ötz Müller aus der Allmende gegen die deutsche Version von Peter Kraus. Den BFN, den hatte man irgendwie mal zufällig beim Kurbeln am Radio entdeckt, aber die Mutti wollte lieber WDR eins, oder wie das damals hieß, hören und ließ mich gar nicht an den Apparat dran. Wohl gab's damals schon im Radio Chris Howland. Die Sendung hieß ›Studio 8‹, nicht ›Studio B‹, das war später im Fernsehen. Ich weiß noch: Er kam jeden Donnerstag abend, nannte sich damals schon Mr. Pumpernickel. Ja, da hörte ich dann schon regelmäßig englische und amerikanische Sachen. Aber da waren wir ja schon auf der Wilhelmshöhe.« Das stimmt, ich hörte da auch schon in der Kochküche mit. Nach der Geburt meiner Schwester zogen wir dann aus räumlichen Gründen innerhalb der Wilhelmshöhe noch mal um, von der Sombornerstraße auf die Hauptstraße, die B 235, wo meine Eltern jetzt noch wohnen und auch noch Erwin Hüllen mit der Otti, er ist mittlerweile wie mein Vater Frührentner, beide noch keine sechzig. (Aber Herr Hüllen, ich verstehe das echt nicht: Bundesliga zwei – Schalke ist dabei und Sie und die Otti auch, wollen Sie wirklich jetzt statt ins Volksparkstadion den Schalkern nach Fürth oder Bayreuth nachfahren?) Zurück zu Buddy Holly? Noch nicht. »Also, wir hörten damals schon Musik, aber noch ging Fußball vor. Ich spielte ja zunächst noch bei Langendreer 04, wo ja der Papa zweiter Kassierer war neben dem Schwapptich, frag mich nich', wie der wirklich hieß. Ja, und da war ja im April '60 der SuS Wilhelmshöhe gegründet worden. Der Schobbi, ich und noch ein paar andere wechselten dann den Verein. Aber bevor es soweit war, müssen wir noch unbedingt auf den Oppa Jung zu sprechen kommen.«

Lassen wir das mal den Schobbi erzählen: »Der war damals schon an die siebzig, ein Feldwebel. Wie du weißt, war ich ja nie ein guter Fußballer, aber der Oppa Jung, der zwar bei 04 Jugendleiter war, doch auf der Wilhelmshöhe wohnte, in der Dreerhöh, war mit meinem Oppa befreundet, und obwohl ich viel schlechter war als viele andere, die damals spielen wollten, kam ich aufgrund dieser Machenschaften in die Mannschaft.

Der Oppa Jung leitete seine unantastbare Autorität daher ab, daß er bei dem einzigen Länderspiel, das bis jetzt in Bochum stattgefunden hat, 1921, Deutschland gegen Ungarn, Linienrichter gewesen war. Von da an, über vierzig Jahre, wagte es keiner, auch nur einen Muck gegen ihn zu sagen, geschweige denn ein Widerwort zu geben. Aber jedenfalls: Wir hauten mit 'n paar Mann von 04 ab und gingen zum SuS Wilhelmshöhe. Weil unser Sportplatz damals noch auf dem Gelände der Zeche Bruchstraße lag, nannten uns die Nachbarvereine abschätzig ›Pannschüppe‹. Übrigens war ja 04 der einzige Verein, der sich gegen die Gründung des SuS wehrte, da gab's damals noch so Umfragen. Das haben auch heute auf der Wilhelmshöhe viele noch nicht vergessen.« Zu 04 möchte ich auch noch was erzählen. Ich war zwar nie Mitglied, aber viele meiner Schulkameraden; denn obwohl ich auf die Wilhelmshöhe gezogen war, ging ich weiter in die Kirchschule im Dorf, weil ich den Lehrer Strumpf behalten wollte, d. h., später spielte ich gegen Harald Kolbe, Wolfgang Höft und

Horst Lange, meinen damals besten Freund, da waren wir aber schon nach dem 4. Schuljahr keine Klassenkameraden mehr, denn ich ging ja mittlerweile auf die Oberschule und die anderen weiter auf die Volksschule, nicht zu vergessen Manni Kulinna, heute, glaub' ich, Mixer für die ätzende Wittener Gruppe Faithful Breath, ich treff' ihn ab und zu bei Appel oder im Klimbim, aber wir reden nicht miteinander. Er war von uns allen der begabteste und stach mich später in der Bochumer Kreisauswahl aus. Heute pöhlt er überhaupt nicht mehr. Schobbi: »Also, wir gründeten den Buddy Holly Club, trafen uns regelmäßig. Dem Mummu schenkten wir am 14. Dezember 1963 die LP ›My Greatest Songs‹ von Buddy Holly. Tja, und dann kam Silvester. Wir feierten im Sputnik.« Wieso heißt die Pinte denn eigentlich Sputnik? »Wegen der räumlichen Beengtheit. Als die aufgemacht wurde, kreiste gerade oben dieser erste Satellit, und die Kneipe war so eng, wie man sich das Dingen da oben vorstellt. Von da an hieß der Bürgerkrug Sputnik (im Ausschank Ritter-Pils, ›trink Ritter-Bier, dann steht er dir, trink Dab, dann wird er wieder schlapp‹). Sämtliche Söppströtten der Wilhelmshöhe waren ab sechs im Sputnik versammelt. Wir von der A-Jugend und eben dem Buddy Holly Club saßen an einem bestellten Tisch, da, wo heute der Flipper steht.«

Ich hatte da Geburtstag, wurde elf, am selben Tag feierte seinen ersten Schrei der Schriftsteller Nicolas Born, ein Idol von mir. Sein Tod – ich darf gar nicht daran denken. Auch John Denver und Siw Malmkwist haben mit mir Geburtstag. »Wir sangen lauthals und bekamen einen Stiefel nach dem anderen spendiert. Zwischendurch kamen Buddy-Holly-Songs aus der Musikbox. Der Aufsteller hatte keine reingetan. Wir haben das dann so gemacht. Wir nahmen meinetwegen ›Ich will 'nen Cowboy als Mann‹ von Gitte raus und taten ›Rave On‹ von Buddy Holly rein, aber oben das Schildchen blieb. Der Walter

Laudien, der damalige Wirt, machte das mit. Und natürlich wußten wir genau, daß wir ›Speedy Gonzales‹ von Rex Gildo wählen mußten, um ›Peggy Sue Got Married‹ zu hören. Um zwölf hatten wir den Arsch voll. In einer Reihe marschierten wir über die Wilhelmshöhe und kehrten bei unseren Eltern ein, tranken überall 'n Schnaps und kehrten drietendick zum Sputnik zurück, wo inzwischen auch die andern vollsteif waren. Und da gab's das erstemal so was wie 'ne Schlägerei bei uns, weil der Walla den Frauen Bier oder Schnaps ins Rückendekolleté kippte, bis es einem zuviel wurde. Der Pflaumi war ja auch da, der spielte damals noch in der ersten, mit Einmachgummiring um den Kopf, so ähnlich wie heute der Borg. Wenn's eben ging, köppte er. Der ging in die Knie als Abwehrspieler, und irgendwie schaffte der das immer im Sitzen, den Ball zehn Zentimeter über der Platzoberfläche nicht zu stoppen oder wegzuhau'n, nee, der ging mit der Birne dran. Einige andere im Sputnik in jener Neujahrsnacht sollten nicht unerwähnt bleiben, Zakka, der Liliputaner, und Goffy, der so hinkte, dem sie dreimal die Fleppe abgenommen hatten und der trotzdem weiterfuhr. Einmal wurde sein Bulli angehalten, die Schackos machten die Tür auf, und er fiel ihnen fast bewußtlos vom Lenkrad in die Arme. ›Wo ham Se denn Ihren Führerschein?‹ ›Das müssen Sie doch wissen, den ham Sie mir doch heute morgen abgenommen!‹ Nee. Wo der heute ist, weiß keiner, in Süddeutschland oder im Knast.« »Die Rückrunde war Klasse. Wir schlugen damals 04. Da war'n so Asse bei wie der Lehde und Buderus.« »War das der, der als Vertragsspieler nach Trier ging?« »Nee, der jüngere Bruder.« »Ach so, ich weiß schon. Der Alte war Architekt und setzte der Mittelschule 'ne Turnhalle hin, damit der Sohn das Einjährige bekam.« »Das war jetzt, im nachhinein betrachtet, auch ein Klassenkampf. Bei 04 spielten immer die besseren Völker, und wir war'n alles Söhne von Püttleuten.

Und nach ihrer Niederlage sagte der Trainer von denen noch auf dem Weg zur Kabine: ›Ihr Graupen, wenn ihr gegen die Pannschüppe schon verliert, gegen wen wollt ihr denn dann noch gewinnen?‹ Bei Vorwärts spielte damals der Erwin Galeski mit. Ich mein', die war'n ja alle im Schnitt mindestens 'n Jahr älter. Aber daß der Erwin mal später in die Bundesliga kommen würde, daran dachte damals keiner. Da war der Hermann Bindbeutel viel stärker, der ja kurz darauf zu uns hinkam. Wenn der vierzig Meter vorm Tor den Ball und freien Raum hatte, dann gingen die Torhüter lieber gleich neben die Bude: Sonn Hammer hatte der. Die hätten sich nur was gebrochen, wenn sie von dem Schuß getroffen worden wären. Wir wurden dann Dritter. Da gab's ja noch keine unterschiedlichen Klassen in der Jugend wie heute. Da mußte man eben gegen die Vereine aus Langendreer und Werne antreten.« Jürgen: »Als wir dann nach Holland fuhren, erfuhren wir das erstemal, daß Buddy Holly schon fünf Jahre tot war. Das wollten wir nicht wahrhaben. Das konnten wir gar nicht begreifen, da kam doch jede Woche 'ne neue Platte auf den Markt. Und der sollte schon so lange den Arsch zugemacht haben? Und dann sagte man uns aber, der sei ja doch nicht tot. In Wirklichkeit sei der nur verstümmelt und lebte irgendwie weitab in den Bergen.« Schobbi: »Dann kam auch eine Anfrage aus Bochum, ausgerechnet aus Bochum, an die Bravo: ›Ist Buddy Holly wirklich tot?‹ Leider komm' ich nicht mehr auf den Namen des Mädchens, aber sie war aus Bochum. Und die Bravo brachte dann einen großen Bericht, in dem alle Einzelheiten standen, daß da auch noch der Big Bopper und Ritchie Valens mit umgekommen waren. Wir kannten ja inzwischen ›Donna‹, Rückseite ›La Bamba‹ von Ritchie Valens. Damals, schon in Holland, fing das mit den Mädchen an. Der Jürgen knutschte mit der Anja rum, die ja dann ja auch mal rüberkam, und der Mummu hatte auch eine, und wir andern guckten dumm aus der Wäsche und frozzelten rum, weil wir neidisch war'n. Zu Hause ging's dann weiter.« »Laß mich mal unterbrechen, Schobbi. Wie war das mit der Bravo? Da war'n doch immer Starschnitte drin, habte euch die aufgehängt?« »Klar, aber wir kriegten nie einen ganz zusammen, mal fehlte der Hals oder 'n Oberschenkel, eine Nummer haben wir immer verpaßt.« »Also, ihr wußtet jetzt: Buddy Holly ist tot.« »Ja, das war amtlich. Viel mehr neues Material war nicht mehr zu erwarten. Aber irgendwie wurden wir getröstet dadurch, daß ja jetzt aus England eine Musik kam, die so ähnlich war.

Wir hatten angefangen, jeden Samstag von 11 bis 12 Uhr nachts die Top Twenty anzuhör'n. Der Örle hat die aufgenommen, und sonntags hörten wir uns dann die Beatles, die Stones, die Animals, die Searchers und die Swinging Blue Jeans an.« »Die Beatles waren bei uns eigentlich nur populär wegen ihrer Haare. Viel härter waren ja etwa die Dave Clark Five mit ›Glad All Over‹.« Die letzten beiden Sätze stammen von meinem Bruder. Ich selbst war damals auch schon sehr interessiert und hörte regelmäßig BFN, wenn ich aus der Schule kam. Genau erinnere ich mich noch, wie Ringo Starr im ›Saturday Club‹ live ›I Wanna Be Your Man‹ sang, das aber ironischerweise der erste größere Erfolg für die Stones wurde. Mick Jagger sang ein Lied von Lennon und McCartney, danach sangen die Stones ›Not Fade Away‹, mit der amerikanischsten Liebeserklärung, die ich kenne, ›my love is bigger than a Cadillac‹. Klar: Das war eine Nummer, die von keinem anderen als Buddy Holly siebenundfuffzig geschrieben worden war. »Tja, und dann klaute der Mäcki dem Mummu die gesamten 32 Singles. Das war das Ende unseres Buddy Holly Clubs. Wir stiegen jetzt um auf die Beat-Gruppen und lernten auch die Formationen auswendig. Dann gab's eine Sensation: Tony Jackson verließ die Searchers. So was war damals eine Sensation. Die hatten einen Hit nach dem andern, und da haute der in 'n Sack. Wir sollten auch die Hollies erwähnen. Dann kam ›Have I The Right‹ an die Spitze, gleichzeitig mit Dusty Springfields ›I Just Don't Know What To Do With Myself‹ und ›It's All Over Now‹ von den Stones. ›Have I The Right‹ war schon allein deshalb eine Granate, weil am Schlagzeug eine Frau saß, das kannte man vorher nicht.« '64 war ein gutes Jahr. Der erste Beatles-Film ›Yeah Yeah Yeah‹, ›House Of The Rising Sun‹. »Im Dezember wurde der Wolfgang Oberlies 18, machte 'n Führerschein und kaufte sich 'n Opel Rekord. Irgendwie war der ja immer 'n Außenseiter, sonderte sich ab und hatte schon viel mehr Erfahrungen mit Mädchen. Sicher: Da war ja die Karin Höttges. Die hatte an der Zechenmauer den Erich und den langen Brinkmann drangelassen.« »So richtig?« »Klar.« »Die arbeitete damals in 'ner Drogerie in Werne und sagte: ›Ich bring' schon alles Nötige mit, damit nichts passieren kann.‹ Tja, und dann war da die älteste Tochter von dem Heitkamp aus der Stefanstraße. Die ging reihum. Wenne mit der aus'm Kino kamst, hattesse stinkige Finger. Tja, und dann sind wir jeden Samstag mit dem Oberlies nach Kuhloff oben in Heven gepeest, zwei Mann neben dem Fahrer, fünf Mann hinten. Bei Kuhlhoff spielte 'ne Kapelle.« Jürgen: »Die war ganz toll, die konnten jede Nummer nachspielen, das dauerte zwar immer ein, zwei Monate, weil die ja die Woche über arbeiten mußten, aber den Top-Hit, meinetwegen ›I Feel Fine‹, hatten die dann doch innerhalb von einer Woche drauf. Die hätten sich irgendeinen tollen Namen geben können, aber nein, die nannten sich die ›Crazy Combo‹. Die war'n so gut, wir konnten überhaupt nicht versteh'n, wieso die keine Platte rausbrachten. Ja, da lernte ich auch die Hannelore kennen. Wir guckten uns so gegenseitig an, und dann tanzten wir zusammen. Die Kapelle spielte einen für den Oberschenkel. Und dann liefen wir lange zusammen.«

Schobbi: »Wir tanzten damals ›Shake‹ oder noch ›Twist‹, und dann sah ich auf einmal, wie der Örle sich auf der Tanzfläche völlig anders bewegte und praktisch auf der Stelle trat. Ich stand sofort auf, rannte zu ihm hin und meinte: ›Watt machst du denn da?‹ ›Das nennt man Beat!‹ Woher der das hatte, weiß ich auch nich'. In die Tanzschule war ja keiner gegangen. Die Tänze, die man zusammen tanzt, hatte mir meine Mutter zu Hause am Radio beigebracht. Aber seit dem Twist tanzte man ja die schnellen Sachen auseinander.« Jürgen: »Die Musik fing an, kompliziert zu werden. Sie war für uns zu der Zeit in erster Linie Tanzmusik. Aber dann kamen die ersten Protestlieder von Bob Dylan und Donovan. Den Text verstanden wir natürlich nicht, weder ›It's Good News Week‹ von Hedgehoppers Anonymous noch ›Eve Of Destruction‹ von Barry McGuire. Nur Donovans ›Universal Soldier‹ war eindeutig. Das Black and White, wo wir auch oft hingingen, machte zu, die Kapellen packten ein, plötzlich machten die ersten Diskotheken auf, die Palette, die Kulisse und so weiter.« Im Fußball gab's einen Umbruch. Ein Teil der A-Jugend wurde Senioren, die vor dem 31. 7. 47 geboren worden waren.

Schobbi, Mummi und Nobsche Weber mußten noch ein Jahr länger morgens in der Früh gegen andere Jugendmannschaften kloppen. So lief man allmählich auseinander, fast alle hatten mittlerweile eine feste Freundin. Ab '69 wurde geheiratet, manche ›mußten‹ es tun, wie mein Bruder, der einen angesetzt hatte. Ein gutes Werk. Sein Sohn Marcus, mein Patenkind, heute 11, und früher hätte man gesagt: Quintaner, wird der erste Bundesligaspieler von der Wilhelmshöhe sein, wenn er sich am Riemen reißt und endlich mit dem Rauchen aufhört. Zu seinem letzten Geburtstag, kein Scherz, mußte ich ihm Zappas ›Sheik Yerbouti‹ schenken. Neulich kam er von der Lütgendortmunder Kirmes mit einem Badge auf dem Pullover: ›Ich bin gegen alles‹, ein elfjähriger Punk. Ich griff an mein Revers, nahm meinen Button ab und schenkte ihn meinem Neffen. Es war letzten Montag. Von der Anstecknadel lächelt ein bebrillter junger Mann mit falschem Gebiß. Es war Buddy Holly. Er wäre an diesem Tag 45 geworden. 12. 9. 81, 23 Uhr 21.

ENDE

Ich wartete nicht, bis ich die Hammill-LP von der Phonogram bekam, und kaufte sie im ALRO. Freitags stand Herberts Freundin ohne ihn bei Appel an der Theke.

»Ich hab' die Platte!« sagte ich.

»Oh toll. Kannst du sie mir leihen?« Mich wunderte, daß sie sich als Fan die Scheibe nicht selber kaufen wollte.

»Ich nehm' sie mir auf.«

»Ich hab' sie aber nich' bei.« Schließlich wollte ich sie auf meine Bude locken.

»Du kannst mit mir nach Witten fahren. Ich bring' dich dann wieder zurück.«

»In Ordnung.«

»Wie heißt du überhaupt?«

»Vera.« Es war noch früh, und ich wollte sie noch erst ein bißchen näher kennenlernen, bevor ich an ihren Speck ranging. So gingen wir noch ins Monopol und in eine stinknormale Disko, wo wir sofort wieder abhauten. Zuletzt landeten wir im Klimbim, wo an einem Tisch gezockt wurde.

Sie arbeitete bei Graetz, in der Fernsehfabrik, erzählte sie mir. Ich hatte noch nie was mit 'ner Arbeiterin. Aber das sagte ich nur zu mir. Ich hatte schon wieder einen Steifen. Ich legte meine Hand auf ihr Knie. Sie hatte nichts dagegen. Ich wagte mehr, küßte sie, erst auf die Wange, dann auf den Mund. Mir war jetzt klar: sie wollte auch ficken.

'ne Viertelstunde später waren wir ausgezogen. Sie hielt sich noch ein paar Minuten auf der Toilette auf. Jetzt wird sie sich irgendwas einwerfen, vermutete ich. »Ich nehm die Pille nich'«, sagte sie. »Paß also auf.« Aber ich konnte nich' lange halten und zog ihn für sie viel zu früh wieder raus. Kannst du denn nich' länger? Ich wollte erst schreien, ich bin froh, überhaupt mal wieder zu ficken. »Laß es uns nachher noch mal versuchen.« Sie war aber zu müde, und ich war auch groggy. Zu der Musik Peter Hammills pennten wir ein. Mittags um zwölf weckte ich sie. »Ich muß zum Fußball. Ich bin um halb vier wieder hier. Du kannst ja solange liegenbleiben.«

Bei meinen Eltern packte ich meine Tasche und fuhr weiter zum Sportplatz. Nach meinem ersten Zwanzigmeterspurt war ich k. o. und keuchte, kein Wunder, bei dem mangelnden Training und den vielen Zigaretten. Ich dachte dran, ob Vera wohl noch da wär', wenn ich zurückkäm'. Wir würden weitervögeln, wenn ich nicht zu kaputt von der Pöhlerei war. Ich schoß ein Tor: langer Einwurf, der Ball tickte an der Sechzehnmeterlinie vor mir auf, und ich zieh' ab, in den Winkel.

Nach dem Spiel nahm ich zu Hause ein paar Stück Pflaumenkuchen mit, den meine Mutter gebacken hatte. »Ich hab' da so 'ne junge Dame bei mir.« Sie sagte: »Dann viel Spaß.« Meine Mutter ist schon okay.

Sie pennte, als ich aufschloß. Ich zog mich aus und weckte sie. Sofort wurden wir wieder zärtlich. Ohne sie zu fragen, fing ich an, in ihrer Fotze zu lecken, und sie nahm meinen Schwanz in den Mund. Ich fand das Lecken langweilig, aber ich kam gut.

Ich brachte sie danach nach Hause und schenkte ihr die Peter-Hammill-LP. »Ich ruf' dich an«, sagte sie. »Gib mal deine Nummer.« Mit einem langen Kuß verabschiedeten wir uns.

Beim Marabo machten wir eine Serie über die paar Ruhrgebietsautoren. Der Kollege Reinhard Jahn hatte sie geschrieben, und ich als Literatur-Redakteur wollte endlich auch einen Artikel beisteuern. Ich dachte an Wolfgang Komm, den einzigen, der bei Suhrkamp veröffentlichte. Ich rief deren Presseabteilung an. Ja, man könne mir die Adresse geben. Und während die Frau am andern Ende sie raussuchte, fiel mir diese Bettina Blumenberg wieder ein, die was in einer Anthologie von denen drin hatte.

Ich bekam Komms Anschrift. Die von der Blumenberg hatten sie nicht. »Aber ich kann Sie mit dem Lektor verbinden, der das Buch rausgebracht hat.«

Er sagte seinen Doppelnamen so schnell, daß ich ihn nicht verstand. Ich sagte ihm, daß ich was über Komm und die Blumenberg schreiben wollte, und fragte, ob von ihr was Größeres zu erwarten sei.

Er wußte noch nicht. »Können Sie mir denn wenigstens die Adresse geben?« Wie aus der Pistole geschossen kam »Wittener Straße 96«. Dann wollte er wissen, was ich so machte. Ich erzählte ihm sehr schnell, daß ich arbeitslos sei, mich als Diskjockey über Wasser hielt und fürs Marabo und Sounds schrieb. Ich erwähnte auch den neuen Auftrag von Diederichsen für die Anthologie, die übrigens *Staccato* heißen sollte. Da sagte der Lektor auf einmal: »Wollen Sie nicht auch für uns schreiben?« Ich war geschockt. Einer von Suhrkamp wollte, daß ich für die schrieb?! So was kam bestimmt nicht häufig vor. Ich wollte nicht wissen, wieviel Manuskripte dieser Mann unaufgefordert geschickt kriegt, und da sagte der doch tatsächlich: »Wollen Sie nicht auch für uns schreiben?«

Ich faßte mich schnell, und fast cool sagte ich: »Warum nicht?«

Mir fiel ein, daß genau 'ne Woche später die Vorgruppe in Frankfurt in der Batschkapp auftreten würde. Da hatte ich eigentlich hinfahren wollen, die Idee aber mangels Asche verworfen. Jetzt, am Telefon, entschloß ich mich doch, den Trip zu machen. Ich sagte ihm: »Herr, wie heißen Sie noch mal?«

»Müller-Schwefe.«

»Ich bin nächsten Freitag sowieso in Frankfurt, und dann könnten wir uns ja treffen.«

Er war einverstanden und nannte eine Uhrzeit.

Danach mußte ich erst mal durchpusten. Ich bei Suhrkamp. Das war eigentlich immer mein Traum gewesen, seit ich als Siebzehnjähriger ›Die Angst des Tormanns beim Elfmeter‹ gelesen hatte. Aber ich hatte ja nie was für die Erfüllung dieses Traums getan und höchstens ab und zu gedacht, eines Tages werde ich endlich meinen Roman schreiben. Doch war's eben nicht mehr als ein Traum gewesen, und ich war mir auch nicht sicher, ob ich ihn überhaupt zustande kriegen würde, ganz zu schweigen davon, daß er veröffentlicht oder wenigstens von einem Lektor gelesen würde. Und jetzt also forderte mich jemand von zumindest Deutschlands bestem Verlag auf, was für ihn zu schreiben. Es war nicht zu fassen.

Ich schnippelte für Müller-Schwefe ein paar meiner Artikel aus, damit er vor meinem Besuch lesen konnte, wie ich bisher geschrieben hatte, und schickte sie ihm.

Abends fuhr ich in eine Alternativ-Kneipe nach Hordel, die ich noch nicht kannte, weil da die Vorgruppe spielen würde. Omo saß an einem Tisch, vor sich hatte er ein Paket Platten. Seine Solo-Single, handnumeriert. Sie hieß ›Mitten im Leben stehn‹. Keiner kaufte sie.

»Krieg ich eine?« fragte ich.

»Sicher.« Er schrieb aufs Cover ›Meinem besten Freund‹.

Ich unterhielt mich vor dem Gig auch kurz mit den drei Vorgruppe-Mitgliedern und sagte ihnen, daß ich am kommenden Freitag auch in der Batschkapp wär. Christoph Biermann fragte ich, ob er auch runterkäm, aber er sagte, er hätte keine Zeit.

Am nächsten Tag sandte ich Walter Hartmann eine Postkarte nach Darmstadt und teilte ihm mit, daß ich ihn backstage bei dem Vorgruppe-Konzert in Frankfurt erwarten würde. Sonntags rief mich Vera an. Sie sei fertig gewesen, sagte sie, nach unserer Nacht und dem Tag danach. Sie sei 'ne Woche weggefahren. Ob ich sie abholen könnte. Ich setzte mich sofort in meine Karre. Sie wartete vor Appel. Ich nahm sie mit zu mir. Diesmal setzte sie sich auf mich drauf, wieder drohte ich zu schnell zu kommen und hievte sie runter.

Bevor ich sie zu Hause ablud, fuhr ich den leeren Parkplatz am Volkspark an. Sie hatte nichts dagegen, als ich anfing, sie auszuziehen. Ich wollte meine erste Nummer in meinem Auto machen. Es muß komisch ausgesehen haben, wir beide mit runtergezogenen Jeans, ich auf dem Rücken und sie mit dem Rücken auf mir drauf, wobei mir immer wieder der Schwanz rausrutschte, aber wir waren nachher beide zufrieden. Danach sah ich sie lange Zeit nicht mehr.

Ich würde also nach Frankfurt fahren, obwohl ich knapp bei Kasse war. Wenn schon, dann wollte ich zwei Tage dableiben. Das Marabo, d. h. die Verleger, betrieben da unten auch ein Stadtmagazin, den Spot. Ich dachte mir, daß ich da vielleicht bei jemandem kostenlos übernachten könnte. Christian meinte, ich sollte Bodo mal anrufen, der da im selben Haus über der Redaktion wohnte. Ich rief ihn an, und er hatte nichts dagegen. Allerdings würde es eng werden. Macht mir nichts aus, antwortete ich.

Nachmittags fuhr ich zur Wittener Straße. Frau Blumenberg, die einige Jahre älter zu sein schien als ich, war verwundert über meinen Besuch. Ich sagte ihr, daß ich wahrscheinlich eine Story über sie schreiben würde. In Wirklichkeit wollte ich sie nur über diesen Lektor aushorchen. Sie war nicht gut auf ihn zu sprechen. Er war vor kurzem noch dagewesen, und wenn ich sie richtig verstand, hatte sie ihn aus Ärger rausgeschmissen. Ich wollte nicht länger stören, weil sie noch Besuch von einer Bekannten hatte. Irgendwas an ihr gefiel mir, und ich wußte nicht, was. Ich würde es aber rausfinden und fragte sie, wann ich mal wieder vorbeikommen dürfe. Sie würde am nächsten Tag für 'ne Woche nach Köln fahren, um dort jemandem Nachhilfe in Französisch zu geben. »Da kann ich dich kurz besuchen, wenn ich nach Frankfurt fahr.« (Sie hatte mir das Du angeboten.) Sie gab mir ihre Telefonnummer in Köln. Ich hatte keine Ruhe in der Furt. Mittwochs schon fuhr ich los und nahm für den Frankfurter einen Kasten Fiege-Pils mit. Ich fand ohne große Schwierigkeiten das Viertel, in dem Bettina Blumenberg arbeitete. Von einer Zelle rief ich sie an. Sie würde da an der Ecke in die Kneipe kommen. Sie war gutbürgerlich. Bettina erzählte, daß sie da mit einem Schüler einen Intensivkurs machte. Die meiste Zeit laberte ich. Über Suhrkamp redeten wir kaum. Vielmehr gab ich ihr the Story of my Life zum besten. Sie trank wie ich Pils. Ich mochte immer schon Frauen, die Pils trinken. Ich fragte sie, da sie doch Französischexpertin war, ob sie einen Le Clézio kannte, über den ich mal einen Aufsatz in der Neuen Rundschau gelesen hatte. Sie konnte nichts mit dem Namen anfangen. Wir rutschten näher auf der Eckbank zusammen, bis wir schließlich Händchen hielten und uns küßten.

Gegen zehn brachen wir auf. Ich erwartete nicht, daß sie mich auffordern würde mitzukommen. Wir verabredeten uns für die darauffolgende Woche zu Hause in Bochum. Es hatte keinen Zweck mehr, noch in der Nacht nach Frankfurt zu fahren. Ich stellte den Wagen auf einem Feldweg ab, holte mir 'ne Flasche Fiege aus dem Kofferraum und schlief auf dem Rücksitz ein.

Durch ein Klopfen wurde ich wach. Es war hell. Wie spät es war, wußte ich nicht. Draußen stand ein Bulle. Ich stieg aus. »Dürfen wir mal Ihre Papiere sehen? Jemand hat uns angerufen.« Vermutlich eine alte Frau, die dachte, ich sei ein Rauschgifttoter. Was ich da machte, wollte der Polizist wissen, während der Kollege im Wagen meine Personalien checkte. Ich sagte ihm, daß ich fürs Marabo unterwegs sei. Zu meinem Erstaunen hatte er von unserer Zeitschrift gehört. Das glaubte ich ihm nicht, aber um so besser. Ich kriegte die Fleppen zurück und brauchte noch nicht mal ein Strafmandat zu zahlen, obwohl hier nur Anlieger frei war.

Anschließend fuhr ich zur EMI. Ich ließ mich bei Axel Benewitz melden, den ich seit dem Cliff-Richard-Interview nicht mehr gesehen hatte. Wir hatten danach nur ein paarmal miteinander telefoniert. Wir gingen in der Kantine frühstücken. Ein neues Interview lag nicht an. Er gab mir jede Menge Platten mit. Ich durfte mich auch bei älteren Scheiben bedienen. Manche waren Cut-outs, hatten eine Ecke rausgeschnitten. Heino nahm ich auch mit. Die würde ich unserm Nachbarn zum nächsten Geburtstag schenken. Von Axels Büro aus rief ich Bodo an und sagte, wann ich ungefähr kommen würde. Es wär jemand da, sagte er.

Eine Amerikanerin machte mir auf. Sie sei Bodos friend, sagte sie auf Englisch. Sie war sehr hübsch mit ihren langen schwarzen Haaren und hatte eine ausgezeichnete Figur. Die könnt' ich jetzt gebrauchen, dachte ich. Bodo kam bald und sagte mir, ich würde auf einem Feldbett schlafen. Mir machte das nichts. War ja bequem im Vergleich zu dem Rücksitz vom Kadett. Er hatte was zu tun, mußte für einen Taschenbuch-Verlag den Katalog zusammenkleben. Ich ging mit Jane in die Küche, wo sie einfache Deutschlektionen zu lernen versuchte, aber ihre Aussprache war hundsmiserabel. Innerlich mußte ich lachen. Dabei dachte ich die ganze Zeit, die müßte 'ne Bombe im Bett sein. Scheiße, warum hatte ich nicht so eine. Dieser Bodo paßt doch gar nicht zu ihr, er, dieser Durchschnittstyp.

Als Bodo fertig war, rauchten sie einen Joint, boten ihn auch mir an, aber wie immer bei solchen Gelegenheiten lehnte ich ab und trank eine Flasche vom Fiege-Pils.

Zu meinem Erstaunen hatte ich kein Herzklopfen, als ich das Suhrkamp-Haus betrat. Der Pförtner sagte Müller-Schwefe Bescheid, und der kam mir oben entgegen. Sein Büro war gemütlich klein mit vielen Büchern an einer Wand. Meine Texte hatte er gelesen. Der Stil war locker. Inhaltlich konnte er kaum was beurteilen, weil er keine Ahnung von Musik hatte. Ich erzählte ihm, was ich in den letzten Wochen so gemacht hatte, und er meinte, das sei doch schon ein Roman. Aber erst würde ich meinen Buddy-Holly-Text schreiben, meinte ich, und überhaupt, es sei abzuwarten, ob ich überhaupt so was Langes wie einen Roman auf die Reihe kriegte. Nach 'ner knappen Stunde verabschiedete ich mich. Irgendwie hatte ich das Gefühl, daß er der richtige Mann für mich war, aber ich wußte noch nicht, wann ich die Ruhe haben würde, um meinen Roman zu schreiben.

Ich hatte meinen Wagen beim Spot stehenlassen und wollte per Straßen- und U-Bahn zurückfahren. An einer Haltestelle fragte ich zwei junge Leute, die dasaßen, ob ich von da aus zur Hauptwache hinkäme. Sie waren in meinem Alter. Sie antworteten auf Englisch, daß sie kein Deutsch könnten. Mit meinem Englisch fand ich raus, daß sie auch dahin wollten. Offensichtlich waren sie Amis. In der Bahn lud ich sie ein, einen mit mir zu trinken, obwohl ich nur noch zwanzig Mark in der Tasche hatte. Sie akzeptierten gerne. Wir suchten nicht lange. Wir landeten in einer stinknormalen Frankfurter Kneipe.

Wir stellten uns vor. Sie hießen Roni und Jeff. Ich sagte ihnen, daß ich Journalist sei und »about to write my first novel«, ich käme gerade von einem Verlag. Die beiden stammten aus Boulder, Colorado, und machten eine Tour durch Europa, am Wochenende würden sie in den Schwarzwald fahren, danach weiter nach Frankreich. Sie waren Anwälte. Jeff bearbeitete Versicherungssachen. Sicher sehr lukrativ, meinte ich, denn es war ja bekannt, daß es in

Amerika schon bei einem kleinen Finger um 'ne Million ging. Roni machte Strafverteidigung. Als Jeff zum Klo ging, sagte ich ihr, daß sie mich an Sissy Spacek erinnerte, die ich mal in Brian de Palmas ›Carrie‹ gesehen hatte. »Have you seen Coal Miner's Daughter?« »Not yet.« Sie sagte mir, daß Jeff auch Sissy Spacek mochte. Ich hatte noch nie eine Freundin gehabt, die einer Filmschauspielerin ähnlich sah. Die beiden mußten aufbrechen. Jeff zahlte die Runde, und ich war froh. Ich ließ mir seine Adresse in den Staaten geben. Wir verabredeten, uns Weihnachten eine Karte zu schicken.

Ich hatte noch Zeit bis zu dem Vorgruppe-Auftritt und ging in die Musikanten-Stube neben dem Spot-Büro, eine kleine, aber, wie ich sofort erkannte, harte Pinte. Einer laberte mir was davon ins Ohr, daß er tags zuvor aus Stuttgart gekommen sei, aus'm Knast. Es wurde auch an einem Tisch gezockt. Das Spiel kannte ich nicht. Getanzt wurde auch zu der Musik aus der Box, die gut bestückt war. Ich wählte ›In The Air Tonight‹ und forderte – ich weiß nicht, woher ich den Mut nahm – die Wirtin auf, eine attraktive Vierzigerin. Einer regte sich auf, dem ein Zeigefinger fehlte, als ich mit der Frau scherbelte. »Geh do uff de Zeil.« »Reg dich nich' auf, die Wirtin hat doch nix dagegen.« Es wurde mulmig, ich zahlte und fuhr zur Batschkapp.

Die Vorgruppe und ihr Roadie bauten noch die Anlage auf in der Batschkapp. Ich mußte Moos auftreiben. Der Sprit war mal wieder fast alle, und mit zwanzig Mark würde ich nicht hinkommen. Aber die Musiker sagten, sie hätten auch nichts, nicht mal zehn Mark. In einem Kabäuschen saß hinter zwei Plattenspielern ein Kerl, von dem ich annahm, er sei der Diskjockey. Ich fragte ihn. War er auch. Ich sagte ihm, ich hätte den Kofferraum voll Schallplatten, die ich verscheuern wollte, keine heiße Ware. Ob er mir nicht was abkaufen wollte. Er kam mit. Drei nahm er mir ab und gab mir einen Zwanziger dafür. Wenigstens etwas. Damit könnte ich knapp hinkommen.

Die Batschkapp füllte sich mit Punks. Es waren mehr Leute da, als ich je bei einem Vorgruppe-Konzert im Ruhrgebiet gesehen hatte. Dabei machte die Vorgruppe ja eigentlich keinen Punk, sondern eher Industrie-Rock, industrial rock. Vor dem Konzert saß ich mit der Gruppe in der Garderobe. Einer klopfte, kam rein und fragte nach mir. Das konnte nur Hartmann sein. Er sah mit seiner Lederhose und seinem kantigen Gesicht tatsächlich hart aus.

»Ist Omo wirklich nicht mehr dabei?«

»Nee«, sagte ich, »der hat jetzt 'ne Solo-Single rausgebracht. Ich hab' ganz vergessen, dir eine mitzubringen. Ich schick' dir aber eine zu.«

Er sagte, er könne nicht lange bleiben, weil er kein Auto mehr hätte und mit der Bahn fahren müßte. Ich bot ihm an, ihn nach Hause zu bringen, wenn er mir Spritgeld geben würde. Er war einverstanden.

Den Gig beobachteten wir vom Bühnenrand aus. So 'n Publikum hatte ich noch nich' erlebt. Es reagierte überhaupt nicht. Kein Applaus, kein Buh, nichts zwischen den Nummern. Auch als das Konzert zu Ende war, gab's keine Reaktion. Wir gingen mit der Gruppe in die Garderobe, wo sie sich überlegten, ob sie 'ne Zugabe geben sollten. »Vor den Arschgeigen spiel' ich nich' mehr«, sagte Waldi, der Drummer. Dann gingen sie aber doch noch mal zurück auf die Bühne.

Ich fuhr Hartmann also nach Darmstadt. Ich kannte ja das Haus, diese Bruchbude. Auf einem Parkplatz stand sein abgemeldeter Wagen. Er konnte die Versicherung nicht mehr zahlen.

Ich redete mal wieder wie ein Wasserfall und fand nur wenig über ihn heraus. Er arbeitete auch als Übersetzer und machte Layouts, auch für holländische Pornos. Ich bat ihn um eine Wichsvorlage. »Meine alten kenn' ich schon auswendig.« Er gab mir ein Exemplar von Frivol. Dann zeigte er mir einen Durchsuchungsbefehl, der eingerahmt an der Wand hing. Der Staatsanwalt hatte vergeblich nach harter Pornografie gesucht. Gegen drei wollte ich fahren. Hartmann fragte, ob ich nicht bei ihm schlafen wollte. Doch es trieb mich, ich hatte keine Ruhe.

Es war doof von mir, der Barbara Wolf von der WEA zuzusagen, am Samstag drauf morgens um neun Gary Numan am Düsseldorfer Airport mit einigen andern Presse-Fritzen zu interviewen. Das war doch eine Unzeit. Außerdem fand ich Numan uninteressant. Seine größten Erfolge lagen schon einige Jahre zurück.

Ich rief Zewa Moll an, die mittlerweile einen passablen Artikel über Fehlfarben abgeliefert hatte. Ob sie nicht mitkommen wollte. Auch sie mochte Numan nicht, aber so 'ne Pressekonferenz war mal was Neues für sie. Wir einigten uns darauf, daß ich bei ihr übernachten würde und wir dann morgens von Wuppertal aus nach Düsseldorf führen.

Nachts um drei klingelte ich bei ihr. Ich kam vom Appel. Thomas schlief schon. Sie machte mir eine Luftmatratze fertig, auf der ich pennen konnte. Avancen machte ich Zewa nicht.

Andreas Böttcher hatte ich auch zum Flugplatz hinbestellt. Auf ihn war immer Verlaß, und er war pünktlich. Außer uns waren noch drei Journalisten da, die Barbara mir vorstellte. Einer war Hansi Hoff, dessen Namen ich kannte, weil auch er für Sounds schrieb. Jetzt war er in seiner Funktion als Musikredakteur vom Überblick da.

Numan kam mit dem eigenen Jet angeflogen. Er würde in der Kiste eine weltweite Promotion-Tour machen. Wir wurden in eine Art Konferenzraum geleitet. Der Tisch war gedeckt mit belegten Baguettes und Kaffee. Numan wollte unbedingt einen Hamburger von McDonald's haben. Was für ein Lackaffe, dachte ich. Aber es mußte unbedingt jemand in die Innenstadt fahren und so 'n Brötchen holen. Hansi und ich pißten ihn an wegen seiner manchmal unmenschlich kühlen Musik. Er meinte, wir seien fucking journalists, und ich hielt die Schnauze. Ich hatte keine Lust, mich wieder aufzuregen. Nach 'ner halben Stunde war alles vorbei. Der Hamburger war noch nicht gekommen. Hansi sagte, laß die erst mal raus, und als wir alleine waren, packten wir alles ein, was wir verstecken konnten, besonders Bestecke. Hansi fragte mich, ob ich nicht auch für den Überblick schreiben wollte. Natürlich wollte ich, denn ich konnte ja jede Mark gebrauchen. Ich gab ihm meine Telefonnummer.

Zu Hause legte ich mich erst mal schlafen.

Freitags rief die WEA schon wieder an, die Assistentin von Barbara. Händeringend suchte sie jemand, der Hank Williams jr. interviewen sollte. Sie hatte noch keinen gefunden. Er käm' nach Recklinghausen zur Freddy-Quinn-Show. Ich hatte zwar noch nie bewußt einen Ton von ihm gehört, aber ich wollte schon immer mal einen aus der Country-Szene treffen.

Sonntags rief ich Manfred Vogel von Country Corner an, und der konnte mir einiges erzählen. Erst mal sagte er mir, daß Williams nicht, wie die WEA gesagt hatte, am Mittwoch, sondern am Donnerstag käme. Ich würde das chekken. Dann erzählte er mir einiges von ihm. Williams jr., das wußte ich schon, war der Sohn des legendären Hank Williams, des sogenannten Shakespeares der Country-Musik. Er hatte lange Schwierigkeiten, aus dem Schatten seines Vaters herauszutreten, jetzt war er aber einer der führenden Country-Sänger. Er tendierte mehr als seine Kollegen zum Rock. Er hatte einen schweren Jagdunfall gehabt und mußte sich ungefähr zehnmal operieren lassen. Seine Kopfhaut bestand weitestgehend aus Plastik. Ich bedankte mich bei Manfred. Er hatte mich schlauer gemacht. Am nächsten Morgen entschuldigte sich Barbara bei mir. Tatsächlich würde ich Williams erst am Donnerstag treffen. Ich sagte ihr, sie sollte mir mal seine neue Platte schicken.

»Du kommst doch sowieso heute nach Köln?«

»Wieso das denn?«

»Du hast einen Termin mit Heinz Rudolf Kunze. Ich hab' dich hier eingetragen.«

Ich schwör', ich wußte von nichts.

»Du spinnst wohl. Wer soll das sein?«

Ich kannte den Mann nicht. Das ist ein neuer Liedermacher.

»Na okay«, sagte ich und dachte, daß ich bei der Gelegenheit in Köln mal wieder für hundert Mark Platten abstauben würde. Ich fuhr am frühen Nachmittag los. Vom samstäglichen Gig bei Appel hatte ich noch meinen Kofferraum und meinen Rücksitz voller Platten. Bei der Auffahrt Herbede wechselte ich auf die linke Spur, damit eine hübsche junge Dame in einem alten Mercedes leicht einfädeln konnte. Ich blickte eine ganze Zeit rechts rüber, während wir parallel fuhren. Wir lächelten uns an. Plötzlich hörte ich ein Klack, so als sei ein Stein auf mein Dach gefallen. Ich drehte mich um, die hintere Scheibe war noch drin. Ich konnte mir nicht erklären, was passiert war. Ich sah in den Außenspiegel – die ganze linke Seite war eingedrückt. Ich mußte die Leitplanke mitgenommen haben. Ach du Scheiße, dachte ich und freute mich gleichzeitig, daß ich selbst unbeschadet das Rammen überlebt hatte. Und was ist, wenn das jetzt einer gesehen hat? Ich beschloß, am Rastplatz Remscheid runterzufahren. Mutig parkte ich neben einem Bullenwagen. Vielleicht hatten die schon was von meinem Unfall gehört. Ich ging hin. Der Fahrer blätterte in einem BMW-Katalog. Natürlich konnte ich schlecht fragen, hat mich schon einer angezeigt, der das gesehen hat. Ich wollte von ihnen wissen, wo in Köln die Kamekestraße ist. Wußten sie natürlich nicht. Sie verwiesen mich auf die örtliche Polizei. Ich war froh, die hatten also nix mitgekriegt von meiner Karambolage, und ich machte mich jetzt, ohne Gewissensbisse, der Fahrerflucht schuldig, denn normalerweise hätte ich mich ja stellen müssen. Aber so doof wär wohl keiner, ich auch nicht. Ich entschuldigte mich bei diesem Kunze, der ganz in Weiß gekleidet war, eine Brille trug und ein Schnauzbärtchen, daß ich ein bißchen fertig sei, wegen dem Unfall. Im übrigen würde ich ihn auch nicht kennen.

»Guckst du denn keine Tagesschau? Liest du keinen Stern?«

»Nee, ich hatte Wichtigeres zu tun.«

So bekannt war der also schon. Ich ließ ihn erzählen. Fast stolz teilte er mir mit, daß sein Vater in der SS gewesen sei und bis '55 in Gefangenschaft. Offensichtlich war das erste, was er nach der Entlassung gemacht hatte, diesen Sohn anzusetzen. Er wurde mir unsympathisch. Er war ausgebildeter Germanist und Philosoph. Er wollte über Spinoza promovieren. Hatte ich keine Ahnung von. Ich sagte ihm, daß es doch keinen Zweck hätte, weiterzureden, solange ich nicht seine Platte kannte. Barbara gab mir eine. Ich ließ sie von Kunze signieren, für Zewa Moll, die ich abends anläßlich ihres Geburtstages besuchen würde. Ich sagte ihm, ich kann mich ja noch mal mit dir in Verbindung setzen, wenn ich tatsächlich einen Artikel über dich schreibe. Den Deibel würde ich tun. Keine Promotion für diese Nappsülze. Ich nahm mir noch ein paar LPs mit und fuhr zu Zewa.

Nur gestylte Leute saßen da, in Zewas Alter, also Anfang Zwanzig, die Jungs sahen irgendwie wie D. A. F. aus und der Mussolini, dachte ich. Zewa konnte mit Kunze nichts anfangen, sie freute sich auch nicht, trotz der Widmung. Die werd' ich verscherbeln. Ich gab ihr 'ne Platte von Tom Verlaine. Der war schon eher ihr Fall. Ich blieb nicht lange.

Ich weiß nicht, wieso ich drauf kam, jedenfalls rief ich

Phillip in England an. Ich hatte ihm immer Ansichtskarten geschickt, aus Hamburg, Köln und Frankfurt. »I got your card from Frankfurt. I own a video company there.« Was? Das konnte ich nich' glauben. Wo hatte er das Geld her, aber das fragte ich ihn nicht. Wie sie hieß, wollte ich wissen. VCL. War mir kein Begriff. What does it mean? Nichts. Ich schaltete schnell und fragte ihn, ob er nicht einen Halbtagsjob für mich hätte, dann könnte ich in England meinen Roman schreiben. Da wär was zu machen. Ich hatte aber kein Geld, um nach England zu fahren. Ich würde mich wieder melden. Bye-bye.

In der Woche kriegte ich auch Bescheid vom Gericht. Ich hatte meinen Prozeß verloren. Im stillen hatte ich die ganze Zeit damit gerechnet, doch eventuell zu gewinnen und zweitausend Mark zu kriegen. Das war jetzt aus. Ich heulte.

Ich wußte gar nicht, daß es in Recklinghausen ein Hotel gibt. Und dann noch so 'n Bau. Das ›Barbarossa‹ war wie ein Hilton. Hank war freundlich. Ich bat ihn um eine Zigarette, und er gab mir eine ganze Schachtel, aus der Stange, die ihm gerade seine Betreuerin von der Plattenfirma gekauft hatte. Reyno. Konnte mich nicht dran erinnern, wann ich das letztemal eine Menthol-Zigarette geraucht hatte. Ich sagte ihm, daß ich nicht besonders viel von ihm wüßte, und Williams erzählte von sich aus. Er war seinem Vater nie bewußt begegnet, und mit vier hatte ihn seine Mutter auf die Bühne getrieben, um des Vaters Lieder zu singen.

Dann nahm er seinen Cowboy-Hut ab und zeigte mir seinen lädierten Kopf, tatsächlich alles Plastik. Ein Glasauge hatte er auch. Er mußte zur Probe.

Ich blieb noch ein bißchen sitzen und beobachtete die übrigen Amis, einen kannte ich aus High Chaparral. Ich bat ihn um ein Autogramm, Cameron Mitchell hieß er, ach ja. »Und wer bist du?« fragte ich einen Riesen. »Merle

Kilgore.« Er hatte in ›Nashville‹ mitgespielt. Auch von ihm ließ ich mir ein Autogramm geben, obwohl ich nicht wußte, was ich damit anfangen sollte.

Samstags wieder nach Hamburg. Peter Hammill würde auftreten. Ludger und Frank fuhren mit, in ihrem Auto. Um sieben trafen wir in der Markthalle Barbara Witten von der Phonogram. Ich stellte ihr die Jungs vor. Sie würden das Interview machen.

Ich weiß nicht, wieso er darauf kam, aber Frank wollte nach dem Konzert mein Rimbaud-T-Shirt haben. »Von mir aus, wenn ich deins solange krieg.« Er hatte eins vom Haarhaus Kerbaum Oer-Erkenschwick. Wir tauschten. Ich stand schon eine ganze Zeit in der Marktstube und überlegte mir, ob ich nicht auch, wie die beiden, wieder nach Hause fahren sollte, weil ich kein Quartier hatte, als mich ein Mädchen fragte, ob ich aus Erkenschwick käme. »Wieso?« Wegen dem T-Shirt. »Nein, nein, ich komme aus Bochum, beziehungsweise Witten.« »Wir«, sie zeigte auf eine Bekannte, »kommen nämlich aus Marl-Hüls.« Ich war mein Lebtag noch nicht dagewesen. Mußte wohl in derselben Ecke liegen. Ich fragte sie, was sie in HH machten. Sie studierten. Ich fragte sie, wo sie wohnten. Draußen in Reinbek. Ob sie mich wohl ein, zwei Nächte unterbringen könnten. Das ging. Wir fuhren bald. Wir mußten noch an der Reeperbahn vorbei und in einer Crêperie einen Typen aufgabeln, der auch bei ihnen lebte. Es wurde schon hell, als wir in Reinbek ankamen, in einem ehemaligen Ladenlokal. Die Mädchen waren nicht mein Typ. Ich dachte auch keinen Moment ans Ficken, nur an schlafen. Sie rauchten noch einen Joint durch ein Rohr, auf dem normalerweise Klopapier gewickelt ist. Sie boten ihn mir an, aber wie gesagt. Ich ging lieber schlafen. Zum Frühstück um halb drei trank ich nur Kaffee, wie immer.

Abends guckten wir fern.

Am nächsten Morgen, d. h. mittags, verabschiedete ich

mich von ihnen. Ich versprach ihnen, ein paar Platten zu schicken, was ich natürlich nie machte. Diederichsen war noch nicht im Haus. Im Büro gegenüber saß einer, den ich da noch nie gesehen hatte. »Wer bist du denn?« fragte ich. Es war Bernd Gockel, der Chefredakteur vom Musik Express, der mir durch eine regelmäßige Radio-Sendung im WDR bekannt war. Ich erzählte ihm, was ich so machte, und fragte, ob ich nicht auch was für ihn tun könnte. »Immer dieser Müller-Westernhagen«, sagte ich. »Mach doch mal was über Thommy Bayer. Den hab' ich mal interviewt.« Aber das war im Moment kein Thema. Wenn ich wollte, könnte ich aber Plattenkritiken machen. Glücklich fuhr ich nach Hause, wieder ein Schritt näher zur ersten Bundesliga.

Rolf rief mich an. »Der Lange feiert seinen Geburtstag. Kommst du mit?« »Ja, warum nich? Kann ich noch eine mitbringen?« Ich dachte an Bettina. Er hatte nichts dagegen. Bettina auch nicht. Wir holten sie ab und fuhren in die Hustadt, wo jede Menge Studenten und Uni-Angehörige wohnen.

Der lange Peter lebte in einer Wohngemeinschaft. Mich hätte nie einer in so 'n Ding reingekriegt zum Leben. Der Aufenthaltsraum war dunkel. Ein Dutzend Leute saßen da bei Kerzenlicht. Ich bediente mich erst mal in der Küche. Ich setzte mich neben eine mit langen Haaren und einer höckrigen Nase. Ich fragte sie, was sie studierte. Ich zweifelte nicht, daß sie Studentin war. Germanistik und Philosophie. Ohne Hintergedanken fragte ich sie, ob sie nicht fürs Marabo schreiben wollte. Ich hätte da noch viele unbesprochene Bücher rumliegen. Sie könnte es ja mal versuchen, sagte sie. Ich würde mal vorbeikommen, sagte ich und ging woandershin. Zwischen der Bettina und mir spielte sich nichts mehr ab. Dies war unser letzter Abend zusammen. Eigentlich war ja auch nichts zwischen uns gewesen. Sie fuhr nach Italien.

'ne Woche später fuhr ich wieder in die Hustadt. Ulla, so hieß die langhaarige Studentin, war da. Ich sagte ihr, daß ich wenig Zeit hätte, aber am nächsten Tag würde ich sie abholen und ihr bei mir zu Hause die Bücher zeigen. Ich dachte noch immer nicht daran, mit ihr zu vögeln. Irgendwie kam mir die Kleine zu mickrig vor. Auch gefiel mir ihre Nase nicht.

Am nächsten Abend holte ich sie also ab. Sie war schon siebenundzwanzig. So alt sah sie nich' aus. Ich machte es kurz bei mir. Ich suchte ein halbes Dutzend Neuerscheinungen raus und trug sie in mein Auto. Als sie da neben mir saß, sagte sie: »Ich möchte dich küssen.« Das hatte mir noch nie eine gesagt. Sie rutschte zu mir rüber und drang tief in meinen Mund ein. Ich ließ sie ein paar Minuten machen. Es war mir klar, was sie wollte. Und ich wollte auch. Warum nich'? »Komm, wir gehn wieder rein.« Wir zogen uns aus, wobei sie mich groß ansah. »Ich konnte gestern die ganze Nacht nicht schlafen.« Im Gegensatz zu mir. Für mich war sie jetzt, als sie so nackt dastand, bloß ein Stück Fleisch, in dem ich mich befriedigen würde. Ich steckte Mittel- und Zeigefinger in sie rein, und sie keuchte »tiefer, tiefer«. Ich ging mit dem Schwanz rein. Wir lagen seitlich. Ich machte ihre Ekstase nicht mit. Ich liebte sie nicht. Sie war nur zum Ficken da. Sie war keine neue Ute. Ich hab' nicht auf die Uhr gesehen, aber es dauerte lange, bis ich kam. Anschließend wollte sie nach Hause. Auf der Fahrt sprachen wir fast nichts, und sie sah mich immer wieder an.

Ein paar Tage später fuhr ich wieder zu ihr hin. Ficken wollte ich. Wir gingen nach einem Tee auf ihr Zimmer. Ich hob ihren Pullover hoch. »Mal gucken, ob noch alles da ist.« Ich sagte ihr, sie sollte zuschließen. Sie sagte, das ginge nicht. Ich antwortete, daß ich dann keine Lust hätte, mit ihr zu schlafen. »Bei dem bißchen möchte ich ungestört sein. Ich will nicht, daß jeder hier zugucken kann.«

Sie war sauer. Wir verabredeten uns für samstags. Sie würde mich nach meiner Schicht bei Appel treffen.

Die war nicht viel anders als sonst. Die Hits hatten gewechselt, und ich hatte mich drauf eingestellt. Ulla war pünktlich um vier da. Ich trank unten noch 'n Kaffee, und wir fuhren ab. Langsam zogen wir uns aus. Am liebsten hätte ich jetzt alleine gepennt, groggy, wie ich war. Als wir nebeneinander lagen, sagte ich ihr, daß ich wahrscheinlich bald nach England ziehen würde.

»Was? Ich hab' schon gar keine Lust mehr«, sagte sie.

»Dann hau doch ab!«

Sie sprang auf und zog sich an. »Bring mich nach Hause.«

Ich machte keine Anstalten, sie umzustimmen. Ich raffte mich auf. Ich sagte ihr nur: »Du bist ganz schön doof.« Sie sagte nichts mehr. Vor ihrer Haustür sagte sie: »Warte noch 'n Moment. Ich bring dir die Bücher wieder.« Nach zehn Minuten kam sie runter. »Eins möchte ich behalten, wenn's dir nichts ausmacht. Den Leisegang. Der hat mir gefallen.« »Gut. Dann Tschüß.« Ich fuhr noch mal beim Appel vorbei, aber da war schon Schluß. Zu Hause schlief ich ohne Tabletten sofort ein.

Ich kriegte eine Postkarte vom Arbeitsamt. Ich sollte mich bei einem Herrn Ebert von der Firma Telerent melden. Eigentlich hatte ich noch immer keine Lust auf eine geregelte Arbeit, aber ich war's leid, von der Hand in den Mund zu leben. Außerdem dachte ich mir, ich maloch' da nur drei Monate und fahr dann mit der Kohle rüber nach England.

Als ich anrief, sagte mir Herr Ebert, ich sei der fünfzehnte Bewerber, aber der einzige, der wüßte, worum es bei Telerent ging. Er war jovial am Apparat. Er würde auch bald nach Witten ziehen. Wir machten einen Termin klar.

Es war offensichtlich das Lager, wo ich mich vorstellen mußte, und nicht der Shop in der Innenstadt. Unterwegs aß ich eine Currywurst und bekleckerte mich. Sofort entschuldigte ich mich bei Herrn Ebert, der Mitte Vierzig war, für den Fleck. Der störte ihn nicht. Er fragte mich, was ich bis jetzt gemacht hätte und was ich verdienen wollte. »Ich denke an einsfünf netto.« Er rechnete im Kopf, wieviel es brutto wär und sagte, das ginge. Dann könnte ich fünfhundert Mark im Monat an die Seite tun. Er fragte mich nach meinem letzten Zeugnis. Hatte ich nicht gekriegt nach meiner fristlosen Kündigung. »Haben Sie was dagegen, wenn ich mich bei Ihrem letzten Arbeitgeber erkundige?« Natürlich hatte ich. Ich gab ihm aber trotzdem die Telefonnummer und wußte, daß ich den Job nicht bekommen würde. Ich sollte 'ne Woche später anrufen.

Beim Marabo erzählte mir Christian, daß Telerent genauso 'n Sauverein wie McDonald's sei und keinen Betriebsrat zuließ. »Dann gib du mir wenigstens Asche.« Dreihundert Mark füllte er auf dem Scheck aus.

Redaktionssitzung. Ich war natürlich schlecht drauf. Beim Punkt Literatur kriegten wir uns in die Wolle. Ich wollte einen Artikel anläßlich des 65. Geburtstages von Peter Weiss schreiben. Doch Reinhard Jahn wollte seine Serie über meines Erachtens belanglose und völlig unbekannte Ruhrgebietsschriftsteller nicht unterbrechen. Die Redaktion war auf seiner Seite. Über Peter Weiss würden die bürgerlichen Blätter genug berichten. Denen dürfen wir aber Peter Weiss nicht überlassen. Als ich nicht durchkam, sagte ich, daß sie mich alle mal am Arsch lecken könnten. Ich gab die beiden Redaktionen ab und verpißte mich.

Am nächsten Tag rief Christian bei mir an und fragte mich, ob ich mir die Angelegenheit nicht überlegen wolle. Ich sagte nein. »Ich fahr' mir den Arsch ab für euch, und es kommt noch nich' mal das kleinste Zeichen von Dankbarkeit. Und das Moos. Da muß man jedesmal bei dir auf den Knien rutschen. Ich hab' die Schnauze voll.«

Ich durfte für den Musik Express die neue Kevin Coyne besprechen, für fuffzig Mark. Beim Hansi Hoff rief ich auch an. Ich sollte die neue Ian Dury rezensieren. Ich telefonierte mit den Presseabteilungen der Plattenfirmen und informierte sie, daß ich jetzt als freier Journalist tätig sei. Es gab keine Schwierigkeiten, ich würde weiter meine Scheiben ins Haus kriegen. Meine Zeit bei Appel ging zu Ende, als Ulf aus dem Urlaub zurückkam. Das waren vierhundert Mark weniger im Monat, das war der endgültige Ruin. In dem Moment, als Ulf bei Appel hochkam und sagte, er sei jetzt wieder da, hätte ich ihn erschlagen können. Aber er konnte ja nichts dazu. Und die Vera, mit der ich hätte ficken können, ließ sich auch nicht mehr sehen. Wahrscheinlich weil sie nicht mehr wollte. Ich überlegte mir, ob ich bei der Ulla kleine Brötchen backen sollte, aber irgendwas hielt mich von ihr ab. Ich würde vorläufig wichsen. Irgendeine würde mir schon wieder über den Weg laufen. Aber das war jetzt eine geringe Sorge. Wie sollte ich an Asche kommen?

Eigentlich nur pro forma rief ich bei Telerent an. Ebert war kurz und harsch am Telefon. »So wie Sie aufgetreten sind, können wir Sie nicht gebrauchen.« Wenn er wenigstens ehrlich gewesen wär' und gesagt hätte, daß ihm ELPI von mir das Nötige erzählt hatte. Aber nein.

Den Gedanken, nach England zu ziehen, verwarf ich. Die Halbtagsstelle würde mir kaum was einbringen. Von sechshundert Mark würde ich da nicht leben können. Und der Roman? Merkwürdigerweise hatte ich mich nicht sofort an den Schreibtisch gesetzt. Andere hätten wahrscheinlich bei solch einer Aufforderung von Suhrkamp alles stehen- und liegenlassen. Ich aber dachte mir, das hätte Zeit. Außerdem brauchte ich Ruhe für meinen Roman. Und die hatte ich noch nicht. Ich tat also nichts.

Ich entschloß mich, das Apartment in Witten aufzugeben und wieder zu meinen Eltern zurückzuziehen. Das kam einer Niederlage gleich. Ich hatte es wieder nicht geschafft, auf eigenen Füßen zu stehen. Meine Eltern hatten nichts dagegen, wahrscheinlich waren sie sogar froh, ihren Problemfall wieder zu Hause zu haben.

Ich fuhr nach Witten, um es Sabine zu sagen. Kurz vorm Schichtmeister überquerte ich im zweiten Gang eine Bahnstrecke, ich hatte nicht viel drauf zum Glück, denn im nächsten Moment nahm mir einer die Vorfahrt. Mir blieb nichts übrig, als ihm in die Seite zu fahren, als er da vor mir rausschoß. Es war auch eine Sauecke. Der hatte bestimmt dreißigmal nach rechts und links geguckt und war nicht weggekommen. Dann war endlich rechts frei, und er guckte nicht mehr nach links. Ich prallte, unangeschnallt, gegen die Windschutzscheibe, ohne daß mir was weh tat. Der andere war noch um die Ecke gefahren und stand vor einer Bäckerei. Ich stieg aus, sah rüber, ob's Verletzte gegeben hatte, was nicht der Fall war, und stellte das Warndreieck auf. Wenig später kamen die Bullen. Ich rief meinen Vater an. Der andere war ein alter Opa. Seinen Führerschein hatte er schon beim Adolf gemacht, das Bild darin zeigte ihn in Wehrmachtsuniform. Er gab sofort seine Schuld zu. Der Polizist sprach von einer Anzeige, mit vierzig Mark sei da nichts mehr zu machen. Wir tauschten unsere Adressen aus.

Als mein Vater kam, war schon alles geklärt. Ich hatte Totalschaden, und wir warteten noch auf den Abschleppwagen. Ich würde wieder laufen müssen. Die Zeit der Beweglichkeit war vorbei. Zu Hause, auf der Wohnzimmer-Couch, fing ich an zu heulen, weil der Wagen im Arsch war, weil ich knapp dem Tod entronnen war, weil ich wieder zu Hause sein mußte. Genau wußte ich es nicht.

Der Tick

Ein paar Wochen nachdem ich meinen Wagen zu Schrott gefahren hatte, überlegte ich mir eines Freitags, was ich abends zu Fuß unternehmen könnte. Eigentlich kam als Ziel nur das Rotthaus in Frage, weil ich keinen Bock auf die Innenstadt hatte. Mein Lieblingslokal war in einer Viertelstunde zu erreichen. Dort würde Doris bedienen, auf die ich ein Auge geworfen hatte, mit der es aber zu mehr als einem Flirt über den Tresen noch nicht gekommen war.

Ich wollte erst um zehn Uhr hingehen, wenn die Disco im Gesellschaftszimmer begann und was los war. Bis dahin waren noch zwei Stunden Zeit. Meine Eltern würden Derrick gucken, aber ich konnte Horst Tappert nicht ab, weil er ein Toupet trug. Hätte er mit Glatze die Rolle nicht gekriegt?

Ich beschloß, mir die Orwell-Biografie von Bernard Crick vorzuknöpfen, die mir der Diederichs-Verlag hatte zukommen lassen, weil der Verleger auf Anregung meines neuen Bekannten Wolfgang Körner wollte, daß auch ich ein Buch über den englischen Schriftsteller schrieb; er hatte sogar schon ein Erscheinungsdatum festgelegt, Mai 83, noch bevor 84 die vielen Bücher über das Thema erscheinen würden. Ich hatte nicht die blasseste Ahnung von dem englischen Schriftsteller, wenn man davon absah, daß ich mal Mitte der Siebzigerjahre, zu meiner PH-Zeit, ein Referat über *Down and Out in Paris and London* gehalten hatte. *1984* hatte ich nie gelesen, sollte aber ein Buch über den Autor schreiben. Das war ungefähr so, als würde man ein Werk über Joyce verfassen, ohne den *Ulysses* zu kennen.

Flott, wie ich damals war, hatte ich trotzdem den Auftrag angenommen und auch Crick davon informiert, einen englischen Professor, der zurückschrieb, das gehe nicht, in so kurzer Zeit ein Buch über Orwell zu schreiben. Und da ich ihm angedeutet hatte, daß ich in Kürze nach England käme, meinte er, »by all means, do come and see me«.

Ich schnappte mir das Buch, das ich unten in meinem Zimmer liegen hatte, und ging rauf auf meine Mansarde. Die einsame Glühbirne dort war aber kaputt, und Ersatz war nicht da. Was nun? Ich hätte unten lesen können, aber das machte ich nie, weil es da ungemütlich war, und auf Derrick hatte ich immer noch keine Lust.

Ich dachte mir dann, geh mal rüber zum Dellmann. Das war nebenan das Vereinslokal von unserm SuS Wilhelmshöhe, in dem ich nach Ende meiner Fußballkarriere nur noch passives Mitglied war. Früher hatte ich da Hektoliter Bier im Jahr getrunken. Den neuen Wirt jetzt, einen Stiefsohn von Otto Hasenack, kannte ich nicht gut. Ich nahm an, daß sich das Publikum kaum verändert haben konnte, und tatsächlich, als ich reinkam, saß am Stammtisch eine Knobelrunde um Piff Temma und Udo Szarmach. Die hätten mich beim Schocken sicher mitspielen lassen, aber ich wollte ja nicht lange bleiben. Ich stellte mich an den Tresen zu Willi Menz, der vom Duschen nach dem Mädchentraining, das er leitete, noch nasse Haare hatte. Ich war kein Freund des Frauenfußballs, der mir immer zu unbeholfen erschien, aber Willi, der früher unser Libero war, jetzt Ende Dreißig, schwärmte von seinen Girls. Ich verkniff mir meine Chauvi-Einwände, und wir unterhielten uns über dies und das. Otto Liedtke stand dabei. Irgendwie erwähnte Willi gerade, daß die Russen riesige Energievorkommen hätten, da meldete sich neben uns ein Besoffener: Ihr seid doch Kommunisten. Wir ließen uns nicht stören und diskutierten das Attentat, das tags zuvor ein junger Spund auf das Lütgendortmunder Amtshaus verübt hatte, wobei er selbst umgekommen war. Willi, der auf dem Bau arbeitete, meinte, er selbst hätte da lieber Diesel genommen. Der brennt nicht so leicht. Der Besoffene mischte sich wieder ein. Ihr Terroristen. Wir nahmen ihn natürlich nicht ernst. Ich fand, der Wirt sollte ihn zur Räson rufen. Statt dessen servierte ihm der Dellmann aber die Pommes mit Mayonnaise, die er bestellt hatte. Ich ging pissen. Ich war gerade dran, als hinter mir die Toilettentür aufgerissen wurde und mir der Besoffene von hinten dreimal ins Gesicht schlug und dabei schrie: »Du machst mir Deutschland nicht kaputt!« Ich tickte mit der Stirn gegen die Fliesen. Es dauerte einen Moment, bis ich wußte, was los war. Ich drehte mich um und packte den Schläger um den Hals und wir fielen in die Pißrinne. Ich schrie: Hilfe, Hilfe, aber offensichtlich war ich durch die zwei Türen nicht zu hören. Ich bekam den Kerl in den Griff und schleifte ihn im Schwitzkasten in die Gaststube, wo ich ihn losließ. Ich sagte dem Wirt, er solle die Polizei rufen, aber der Dellmann ließ sich nicht aus der Ruhe bringen. Ich machte ihm klar, daß der mich angegriffen hatte und ich ihn anzeigen wollte. Er versuchte mich zu beruhigen. Den Besoffenen kassierte er ab und schickte ihn nach Hause. Ich besah mir die Male in meinem Gesicht – drei Macken unter dem rechten Auge. Die mußten behandelt werden, und die Krankenkasse würde wissen wollen, wer da schuld war. Also sagte ich dem Wirt noch mal, ruf die Bullen an. Als er das nicht machte, verlangte ich das Telefon und wählte 110. In Zeit von nichts war ein Wagen mit zwei Polizisten da. Ich erklärte den Sachverhalt. Auf einmal kamen noch vier Zivile rein, und ich dachte schon, die sind vom BKA, weil in der Nähe das Attentat stattgefunden hatte und dem Bund jetzt dieses Viertel unterstand. Die schoben dann aber schnell wieder ab, und die Uniformierten wollten wissen, ob ich den Übeltäter kannte. Ich mußte verneinen, und sie fragten in der Kneipe rum. Alles schüttelte den Kopf. Ich nahm aber an, daß wenigstens David Hoffmann den Kerl kannte, denn der wußte über alle Leute auf der Wilhelmshöhe Bescheid. Ich bekräftigte den Beamten gegenüber, daß ich 'ne Anzeige erstatten und im Krankenhaus behandelt werden wollte. Na, dann kommen Sie mal mit nach draußen in den Wagen, und im Rausgehen flüsterte mir Piff Temma noch zu, der wohnt bei Wagner um die Ecke im ersten Eingang, erstes Haus. Ich sagte das draußen den Polizisten, und wir fuhren das Stück die Hauptstraße lang in den Kernberg rein. Im ersten Eingang standen zwei Namen, aber da ich den von dem Kerl nicht kannte und es andererseits schon nach zehn war, wollten die Beamten auf keinen Fall jemanden stören. Sie fuhren zurück zur Kneipe, wo wir draußen auf einen Krankenwagen warteten.

Der brachte mich ohne Musik ins Knappschaftskrankenhaus, wo ich mal mit einem Beinbruch gelegen und ein paar tausend Mark Tagegeld kassiert hatte, die mir aus der Patsche halfen. Auch jetzt war ich natürlich scharf auf Schmerzensgeld, den Kerl würde ich weich machen. Ich hatte nach meinem Verkehrsunfall für 'ne Schädelprellung vierhundert Mark gekriegt. Ähnliches malte ich mir jetzt aus, als ich in der chirurgischen Ambulanz auf meine Behandlung wartete.

Der Arzt war recht unfreundlich, nachdem er das Stichwort Gaststätte gehört hatte. Ich bekam 'ne Tetanusspritze, weil ich mir meinen Arm in der Pißrinne aufgeschlagen hatte. Zu meinem Erstaunen röntgte er mir nicht den Kopf, obwohl ich ihm den Tathergang minuziös geschildert hatte. Statt dessen schmierte er mir ein Gel auf meine Macken im Gesicht. Daß ich auch eine am Haaransatz über der Stirn hatte, störte ihn nicht.

Zurück nahm ich den 78er, der noch zur Wilhelmshöhe fuhr. Ich überlegte am Denkmal einen Moment, auszusteigen und ins Rotthaus zu gehen, ließ es dann aber lieber sein. Zu Haus weckte ich meine Mutter, indem ich ihr sagte, reg dich nicht auf, ich hatte 'ne kleine Schlägerei, aber natürlich war sie sofort hellwach und besah sich meinen Verband. Hoffentlich hast du jetzt genug vom Saufen, und ich antwortete entrüstet, ich hab doch höchstens fünf Pils getrunken.

Am Samstag ruhte ich aus und erzählte in aller Ruhe meinen Eltern, was los gewesen war. Einerseits waren sie froh, daß ich wieder zu Hause wohnte, hatten sich die Zeit aber weniger turbulent vorgestellt. Wenn die mitgekriegt hätten, was ich in Witten erlebt hatte (siehe *Peggy Sue*)!

Sonntags traute ich mich schon wieder rauszugehn, und diesmal schaffte ich es tatsächlich bis ins Rotthaus, wo Werner bediente. Im Sommer, als ich so knapp bei Kasse gewesen war, hatte er mir billig Platten abgeluchst, billig, weil er sagte, die seien aus zweiter Hand, obwohl ich sie noch nie abgespielt hatte. Oder glaubst du, ich würde mir freiwillig 'ne Platte von Billy Joel anhören? Hier im Rotthaus war er korrekt, ich durfte sogar einen Deckel machen, bis ich die magische Grenze von fünfzig Mark erreicht hatte. Aber im Moment war ich flüssig. Meine Eltern hatten mir einen Vorschuß auf die Versicherungssumme für mein kaputtes Auto gegeben. Der Rest würde dazu dienen, mein Konto bei der BfG auszugleichen, die mir seit einigen Wochen im Nacken saß. Was stellte die erst mal an, wenn so ein Baulöwe mit einigen Millionen in die Miesen geraten war?

Ich tat meiner Mutter den Gefallen und wollte an dem Abend keinen Alkohol trinken. Ich bestellte Kaffee und setzte mich an einen Tisch, wo auch Werner kurz Platz nahm, damit ich die Geschichte vom Dellmann erzählen konnte, oder wie Karl-Heinz Sallner ihn nannte, den »Frika-Dellmann«. Im Rotthaus konnte ich mir nicht vorstellen, daß mich da einer krankenhausreif schlug, und schon gar nicht, weil er mich für einen Terroristen hielt. Hier prangten noch Baader und Meinhof über den Toilettentüren.

Ich trank meinen zweiten Kaffee und sah, wie sich am Tresenende zwei Männer in meinem Alter unterhielten. Beide trugen Ringe in den Ohren, und mir schwante, daß die beiden mich beobachteten, wobei sie Befehle über ihren Ohrenschmuck erhielten. Es war das erste Mal, daß ich glaubte, jemand hätte sich auf meine Fährte gesetzt. Ich kam ins Schwitzen und zahlte schnell. Nach dem Rausgehen drehte ich mich immer wieder um, um zu sehen, ob die beiden hinter mir her waren. Oder waren sie von anderen abgelöst worden?

Heulend erreichte ich unsere Wohnung. Du hast wieder gesoffen, sagte meine Mutter, und ich sagte nur, ich kann nicht mehr. Dann leg dich hin. Ich wimmerte, und mein Vater, der auch aufgestanden war, spuckte mir ins Gesicht. Bei der Show, die ich unfreiwillig abzog, nahm ich das noch nicht mal übel. Ich schluckte 'ne ganze Lexotanil und schlief nach einigem Wälzen ein.

Am Montag ging ich zum Hoffknecht, meinem Hausarzt. Auch der wunderte sich, daß sein Kollege im Krankenhaus meinen Kopf nicht hatte röntgen lassen. Er schrieb mir eine Überweisung, und ich ging die Dördelstraße lang zur Dr. Ting hin, der Röntgenologin. Auf dem Weg lag der Polizeiposten, und ich kam auf die Idee, da zu fragen, ob die schon meinen Attentäter dingfest gemacht hatten. Ich mußte mich durchfragen, bis ich herausfand, daß Kalla Borger meinen Fall bearbeitete, der mittlerweile Hauptkommissar war. In den Fünfzigerjahren und wohl auch danach war er mit unserm damaligen Nachbarn Heinz Murski befreundet gewesen.

Jetzt begrüßte er mich mit Handschlag. In all den Jahren waren wir uns hin und wieder beim Fußball begegnet. Zuletzt war er bei Kaltehardt gelandet. Er erkundigte sich nach meiner Familie, und ich wollte wissen, wie's ihm ging. Ich hätte da mal gerüchteweise von einer schweren Erkrankung gehört. Ja, das stimmte. Er hatte mal schlecht gelegen, und kein Arzt wußte, was es war, bis einer rausfand, daß es an dem Zeug lag, mit dem er die Laube in seinem Schrebergarten gespritzt hatte. Dann schilderte ich ihm den Zwischenfall auf der Wilhelmshöhe, und er guckte nach, ob seine Kollegen schon die Identität meines Gegners festgestellt hatten. In den Akten stand noch nichts, und ich nannte ihm noch mal die Zeugen, die natürlich von dem eigentlichen Vorfall nichts mitgekriegt hatten, sondern nur die Vorgeschichte. Nach 'ner Stunde ging ich rüber zur Ting. Sie hatte noch nicht solch einen Betrieb wie heute, wo sie eigene Ärztehäuser baut. Ich erschrak, als ich auf dem großen Tisch lag und ein Ungetüm von Apparat von oben auf mich losfuhr, obwohl ich die Prozedur nach meinem Verkehrsunfall gerade erst mitgemacht hatte. Ich sprang hoch, und die Chinesin, oder was sie war, radebrechte, beruhigen Sie sich doch. Ich verlangte ein Glas Wasser und schluckte die Lexo runter, die ich immer bei mir trug, einen populären Tranquilizer. Da ging es. Den Bericht würde man Hoffknecht zuleiten.

Ich war damals arbeitslos gemeldet, aber nicht ohne Arbeit. (Ich hoffe, dieses Vergehen ist jetzt verjährt.) Ich schrieb. Fürs Marabo und für den Überblick, neuerdings auch für den Musik Express. Im nächsten Heft würde wahrscheinlich meine Kevin-Coyne-Kritik drin sein. Das alles machte ich zwar nicht heimlich, aber wenn das Arbeitsamt das gewußt hätte, zu dem ich ab und zu antanzen mußte, wär der Deubel im Busch gewesen. Außerdem hatte ich für eine Anthologie von Diederichsen dreißig Seiten geschrieben, die immer noch nicht raus waren, die ich aber schon mal in der Zeche im Café vorlesen wollte.

Eine Monika Littau, die einem Kreis Bochumer Literaten angehörte, hatte mich auf Veranlassung von Peter Kremski, dem Filmredakteur vom Marabo, gebeten, mit ihr zusammen eine Lesung zu veranstalten. Ich hatte nichts dagegen, auch wenn es nur hundert Mark Gage gab. Immerhin konnte ich davon eine Woche meinen Zigaretten-konsum bestreiten. Meine Marke war noch Benson & Hedges, die jetzt immer mehr gekauft wurde. Zu dem Zeit-punkt, an dem ich aufhörte, war sie dann in fast jedem Automaten.

Damals mußte ich sie immer in Geschäften kaufen, mei-stens an der Ecke bei Wagner, stangenweise. Ich gab da auch meinen Lottozettel ab und kaufte mir die Zeit und den Spiegel, die Arthur, ein Schulfreund meines Vaters, im-mer für mich zurücklegte und die auch kaum ein anderer kaufte. Ganz früher hatte ich für meinen Vater hier Bü-cher ausgeliehen, Western von Unger und Krimis von Hil-gendorf, die er meist auf dem Klo las. Seitdem verband ich lange Zeit Literatur mit üblem Gestank.

An diesem Nachmittag fuhr ich nach Dortmund, um im Café Chat noir diese Monika Littau zu treffen, die haupt-sächlich an ihrer Doktorarbeit schrieb. Wir wollten uns zusammen ein Motto ausdenken und grob einen Handzet-tel entwerfen, der, wie mir einer der Zechen-Chefs, Bernd Kowalzik, erzählt hatte, an der Uni verteilt werden sollte. Noch war die Zeche nicht eröffnet, und es blieb abzu-warten, wie der Laden anlaufen würde und ob die Leute nicht nur zu Pop-Konzerten, sondern auch zu Dichter-lesungen strömen würden. Ich hatte keine Ahnung, wie be-kannt ich in der Szene war. Mal abgesehen von den Leu-ten, die ich persönlich kannte.

Da die Lesung am 8. Dezember stattfinden sollte, dem ersten Todestag von John Lennon, dachte ich an irgend-einen Beatles-Titel, »We Can Work It Out« oder »A Hard Day's Night«. Monikas Gedichte sollten vom Frieden und der Dritten Welt handeln. Sie hatte mal Urlaub auf Sri Lan-ka gemacht, und ich dachte an unseren SPD-Hauskassie-rer Rupert Weindl, der sich seine zweite Frau von dieser Insel mitgebracht hatte. Wieviel Schirme er für die bezahlt hatte, wußte keiner.

So kam ich dann auf den naheliegenden Slogan »Give Peace a Chance«. Sie war einverstanden. Außerdem hatte sie ein Bild von sich mitgebracht und ein Gedicht, das auf dem Flugblatt erscheinen sollte. Auf der anderen Hälfte käm ich drauf und ein Bild von Schobbi und Erich Schmidt, wie sie anno 63 einen im Sputnik tranken. Pure Nostalgie, und ich fragte mich, ob diese Leute, zu denen auch mein Bruder gehörte, an dem Dienstag in die Zeche kämen. Monika würde mir 25 Mark von der Stadt für Porto geben. Ja, die Stadt war der eigentliche Veranstalter beziehungsweise Sponsor der Veranstaltung, die Stadt, gegen die ich im Sommer noch wegen ihrer Kulturpolitik gewettert hatte. Wir waren uns einig, und ich ging über den Westenhellweg, wo ich im Schaufenster der Buchhandlung Krüger die alte Schauspielerin Ilse Werner sitzen sah. Anscheinend sollte sie Exemplare ihres Buches signieren, das in der FAZ gar nicht mal schlecht weggekommen war. Sie tat mir leid, weil keiner ein Buch kaufte; ich ging rein und schnappte mir eins. Sie freute sich, und ich fragte sie, ob sie den von mir verehrten Willy Hagara kenne. Natürlich. »Der Willy.« Ich ließ sie aber eine Widmung für meine Eltern reinschreiben, die an diesem Tag ihren Hochzeitstag feierten. Ich drückte 34 Mark ab. Meine Mutter freute sich zwar über die Aufmerksamkeit, meinte aber, ich hätte das Geld doch sicher besser anlegen können. Für Zigaretten?

Die Woche drauf sollte die Zeche eröffnet werden. Ich hatte selbstverständlich Freikarten und fuhr mit Rolf hin, der kurz vor seinem ersten Jura-Examen stand. Im Sommer hatte er mir eine größere Summe geliehen, ohne die ich kaum überlebt hätte. Er fragte mich nie, wann er sie zurückbekommen würde. Und komischerweise hatte ich auch nie ein schlechtes Gewissen, wenn wir uns trafen. Diese Mitnahme zur Zeche sollte eine kleine Wiedergutmachung sein. Erst mal fanden wir keinen Parkplatz. Etwa tausend Leute würden erwartet, hatte mir Bernd Kowalzik gesagt. So nach einer halben Stunde fanden wir ein Eck und mußten noch ordentlich laufen, bis wir die ehemalige Schmiede der Zeche Prinz Regent erreicht hatten, die jetzt in ein Veranstaltungszentrum umgebaut worden war und als Vorbild für manch andere Einrichtung dieser Art dienen sollte.

Wir gingen rechts rein in den Kneipenbereich, während in der anderen Hälfte, der Halle, Konzerte abliefen. Es war proppenvoll und gar nicht so einfach, an ein Freibier zu kommen. Ich sah eine Menge Bekannte aus Bochum und von außerhalb. Die stadtbekannten Szene-Leute und Angestellte von Plattenfirmen wie die Barbara Wolf von der WEA, die ich mit meinen Artikeln über Müller-Westernhagen und Helen Schneider geärgert hatte. Jane Smith von der Polydor war auch da, für die ich ein wenig schwärmte, aber nicht ernsthaft, denn wahrscheinlich hatte sie einen festen Macker. Wir prosteten uns quer über den Tresen zu, und plötzlich stand Herbert Grönemeyer neben mir. Er hatte einen älteren, soignierten Herrn bei sich, von dem ich annahm, daß er sein Vater war.

Zuletzt hatten wir uns im ELPI getroffen, wo ich damals arbeitete und ihm ein paar Platten andrehte. Später kam seine Mutter vorbei. Oder wer mit seinen Augen würde gleich zwei Exemplare derselben Scheibe von ihm kaufen? Danach hatte ich ihn im Marabo mit seinen ersten beiden Platten schlecht wegkommen lassen. Er schien das gelesen zu haben, sagte aber in dieser Nacht, daß er mir das nicht krummnehme. Die ersten beiden Platten wären tatsächlich schlecht gewesen und hätten sich außerhalb Bochums auch kaum verkauft. Die erste hatte ich Carmen Talent geschenkt, die ich während der Buchmesse fast besucht hätte. Ich hatte aber im Dunkel das Kaff mit dem Doppelnamen nicht gefunden und war morgens dann in Speyer gelandet. Ich hatte dann noch einige Schwierigkeiten, an

Spritgeld für die Nachhausefahrt zu kommen, aber das ist eine andere Geschichte. Grönemeyer und ich verabredeten nichts, und wir sind an diesem hektischen Abend auch keine dicken Freunde geworden, aber eventuelle Feindseligkeiten waren ausgeräumt. Für mich war er sowieso ein kleines Licht, ob er neuerdings im *Boot* mitspielte oder nicht.

Rolf haute allmählich ab, und ich sagte ihm, daß die Versicherung mir das Taxi zahlen würde. Ich ging rüber in die Halle, die sich gegen zwei einigermaßen geleert hatte. Alexis Korner sollte noch kommen, und ich war schon wieder so blau, daß ich es wagte, auf die Bühne zu klettern und in die Garderobe zu gehen. Da saß der große alte Mann des englischen Blues. Ich gab ihm die Hand und stellte mich als Musik-Journalist vor. Er war herzlich. Setz dich, trink was, und ich griff nach einer Flasche Warsteiner, die ich in ein Glas goß. Er konnte Deutsch, weil er, glaube ich, eine österreichische Mutter hatte. Ich hatte nur eine Frage: Erinnerst du dich an die Stormsville Shakers? Mitte der Sechzigerjahre. Er überlegte einen Moment und sagte dann, oh yeah. In diesem Augenblick blitzte der Langendreerer WAZ-Fotograf Eberhard Franken. Mir fiel vor Schreck mein Pilsglas aus der Hand. Dann ging Korner raus und spielte zum 2000. Mal »Got My Mojo Working«.

Als die Session zu Ende war, ging ich nach draußen, um ein Taxi zu ergattern. Es fuhr auch eins vor, nur wollte das ein anderer Typ auch haben, ein langer, schlaksiger Kerl mit längeren Haaren, die nicht mehr in Mode waren.

»Weißt du denn nicht wer ich bin? Ich bin …« Ich vergaß den Namen sofort. »Ich hab' Lieder geschrieben für Bernhard Brink und Howard Carpendale. Auch für Herbert Grönemeyer, wenn du den kennz.«

»Sicher kenn ich den, nur war ich der erste am Taxi, und wenn du ›Yesterday‹ geschrieben hättest, dieses Taxi nehm ich« – und schubste ihn weg.

In den nächsten Tagen lief das Zeche-Programm auf Hochtouren. Das erste Highlight war Roger Chapman, den ich bei der Rockpalast-Nacht im Hotel Maritim in Gelsenkirchen näher kennengelernt hatte.

Ich fuhr schon am frühen Abend hin, weil ich noch was mit Bernd Kowalzik wegen meiner Lesung zu besprechen hatte. Wie immer in den letzten paar Monaten, wenn ich zu ihm hinwollte, mußte ich eine Weile warten. Dann aber lag auch schon der Packen mit den Flugblättern auf seinem Schreibtisch. Den gab er mir. Er war ein angenehmer Kapitalist, der einen gesunden Geschäftssinn mit einigen Idealen von 68 verband. Die Blätter würde ich an Bekannte verschicken. »Ah, eh ich es vergeß ...« Er ging raus und kam dann mit einem Video-Tape wieder. Es war von meinem Freund Phillip Goodhand-Tait. Ich las den Namen der Firma. VCL. Die gehörte ihm. So jedenfalls hatte ich ihn am Telefon verstanden. Ich konnte mir auch keine andere Company vorstellen, wenn nicht seine eigene, die ein Video von ihm produziert hätte. Leider hatte ich keinen Recorder, auf dem ich das Band abspielen konnte, aber ich würde schon einen Bekannten finden, bei dem ich das Ding ansehen würde.

Ich ging rüber in die Zeche, wo gerade Chapman mit Band eingetroffen war. Ich lief dem Tour-Manager in die Arme, der mich fragte, ob ich damals beim Rockpalast auch meinen Backstage-Paß gekriegt habe. Ja, war in Ordnung gegangen. Ich hing noch ein bißchen rum und unterhielt mich mit dem Saxophonisten, dem ich damals die Lounge-Lizards-LP besorgt hatte.

Als die Band den Soundcheck absolvierte, ging ich rüber in die Kneipe, um ein paar Bier zu trinken. Langsam trudelten die ersten Konzertbesucher ein. Ich traf aber erstaunlicherweise keine Bekannten. Die Wirtschaft füllte sich, und ich ging mit meiner Freikarte rüber in die Halle. Am Eingang standen ein paar Frauen, die von Marlboro ausgeschickt worden waren, die Leute zum Marken-wechsel zu bewegen. Zu diesem Zweck hatten sie sich in Western-Kostüme geworfen und verteilten Zigaretten-schachteln mit drei Glimmstengeln drin, Streichhölzer und Feuerzeuge. Ich ließ mir eins von einer besonders hüb-schen Propagandistin schenken, deren Busen enggeschnürt war wie bei einer Lady von der Shiloh Ranch.

Ich fragte sie, ob sie das hauptberuflich mache, und sie sagte, nee, nur vorübergehend, im März wolle sie in Bo-chum an der Schauspielschule mit ihrem Studium anfan-gen, und in einem Atemzug fragte sie mich, ob ich nicht eine Wohnung für sie wüßte. Nein, ich wußte nichts. Noch wohnte sie in Köln, und ich sagte ihr, daß ich öfter dahin käm, um Plattenfirmen und Konzerte zu besuchen. Schon am Nikolaustag würde ich in die Stollwerck-Fabrik hin-fahren. Die Frau wollte ich mir auf jeden Fall warmhal-ten. Vielleicht könnte ich ja ihr Freund werden, wenn sie hierher zog. Sie gab mir ihre Adresse. Mechthild. Und dann ein Doppelname. War sie schon verheiratet? Sie sah aus wie zweiundzwanzig. Geschieden. Um so besser. Die Leu-te strömten nun kurz vor acht in die Halle, und Mecht-hild wurde ihr Zeugs spielend los. Auch mir gab sie noch ein paar Schachteln. Ich verabschiedete mich. Bis bald.

Chapman spulte dasselbe Programm ab wie zuletzt im Rockpalast. Handgemachte erdige Musik. Alan Bangs ge-fiel seine Stimme nicht, wie auch die von Elvis Costello nicht. Ich mochte sie aber schon seit seiner Family-Zeit. Ich hatte auch den Roman *Groupie* dabei, den eine Jenny Fabian über diese Gruppe geschrieben hatte, mit allen möglichen Ficks. Nach dem Konzert, in der Kneipe, zeigte ich Chapman das Buch, weil ich ein Autogramm von ihm da drin haben wollte, aber er meinte nur, shit. Günther ge-sellte sich zu uns, weil er von Chapman eine Unterschrift für seine Mutter zu Weihnachten haben wollte. Der Sän-ger gab sie ihm bereitwillig. For Mum. Kurt war auch da, mit dem Günther gekommen war. Günther arbeitete immer noch mit Klaus Märkert und dem schönen Ulf als Diskjockey im Appel, wo ich im Sommer gastiert hatte.

Nach ein paar Pils setzten wir uns in seinen alten viertürigen Renault und fuhren Richtung Langendreer erst die Unistraße runter und weiter die Ümminger Straße. Günther wollte nach Hause. Als wir bei Appel vorbeifuhren, trat Kurt sachte in die Bremse, um zu sehen, ob noch Licht brannte. Es schimmerte. Und dann sagte er, in den Rückspiegel blickend, »Bullen«. Auch das noch. Kurt fuhr ruhig die paar hundert Meter bis zum Günther. Die Polizei hielt hinter uns. Die beiden Grünen kamen raus und verlangten unsere Papiere. Sie checkten sie in ihrem Bulli. Dann forderten sie Kurt und Günther auf, den Wagen zu verlassen, und durchsuchten das Handschuhfach. Mich ließen sie in Ruhe. Offensichtlich waren die beiden andern im Computer gespeichert. Ich hatte zum Glück das Briefchen Benzedrin, das ich ungenutzt seit dem Sommer in meiner Levi's bei mir geführt hatte, vor kurzem ins Klo geschüttet. Aber von mir wollten sie ja auch nichts. Ich hatte mir noch nie einen Joint angesteckt. Ich wußte nicht, ob ich da viel verpaßt hatte, aber so 'n Loßrock wie ich war, wär ich wahrscheinlich auf harte Drogen umgestiegen und dann keine dreißig geworden. Meine beiden Mitfahrer mußten ihre Schuhe ausziehen, soviel konnte ich von drinnen sehen, und sich in Socken auf der nassen Straße durchforsten lassen. Anscheinend hatten sie keinen Stoff bei. Jedenfalls konnten wir weiterfahren, aber ohne daß sich die Polizisten für ihr Vorgehen entschuldigt hätten.

Kurt fuhr mich nach Hause, und ich köpfte gegen halb eins die letzte Flasche Bier im Kühlschrank. Am nächsten Morgen rief ich Gockel vom Musik Express an, um mich dafür zu bedanken, daß meine Debütkritik in seinem Blatt erschienen war, und fragte, was ich noch für ihn tun könne. Er nannte mir ein paar Interpreten, und ich nahm die neue Platte von Chaz Jankel. Ein Jahr zuvor, als ich noch als Pressefritze für die CBS im Gespräch war, hatte ich zur Probe eine Promo-Story über ihn übersetzen müssen. Ich wußte also Bescheid und müßte nur noch ein bißchen Senf über die neue Scheibe beitun. Ich bestellte jetzt Platten direkt nach Hause, da ich sagen konnte, daß ich freier Mitarbeiter von Sounds, Musik Express, Überblick und wohl auch weiter beim Marabo war. Nach ein paar Tagen stöhnte der Paketbote. Ich hatte meiner Mutter erst gesagt, sie solle ihm jedes Mal zwei Mark Trinkgeld geben, aber dann rechnete ich aus, daß das im Monat an die fuffzig Mark ausmachte, dabei kriegte ich nur sechshundert Mark Stütze. Wenn ich nicht wieder bei meinen Eltern gewohnt hätte, hätte ich mich aufhängen können. Die Artikel brachten auch ein paar Mark ein, sicher. Aber so ging's nicht weiter. Das Arbeitsamt jedoch konnte mir Ungelerntem nichts bieten, höchstens 'ne Umschulung zum Schreiner, wovor ich aber körperliche Angst hatte. Oder ABM. Autobahnbauen? Das hatten wir doch schon mal. Aber selbst da war nichts frei. So führte ich weiter mein Doppelleben. Meine Eltern wollten, daß ich wieder studierte. Aber was? Und wie sollte ich überleben? Die Stütze fiel dann weg. Mehr als dreihundert Mark würden sie mir nicht geben können. Du schreibst doch noch, meinten sie. Aber wie lange? Wenn den Redakteuren mein Gesicht oder meine Schreibe nicht mehr paßt, bin ich ganz schnell weg vom Fenster.

Ich traf mich mit Karl-Heinz in Rotthaus. Auch heute war Doris nicht da, als ob sie mich absichtlich meiden würde. Der Kübler-Verlag, in dem Diederichsens Anthologie *Staccato* erscheinen sollte, hatte mir die Fahnen meiner Story »Buddy Holly auf der Wilhelmshöhe« geschickt, und ich hatte davon eine Kopie für Müller-Schwefe gemacht, den Suhrkamp-Lektor, der sich für meine Arbeit interessierte.

Die zweite war für meinen Freund Karl-Heinz, der meine Lesung musikalisch bereichern sollte. Er sollte nicht selbst Musik machen, was er zwar elektronisch konnte, vielmehr sollte er als Plattenaufleger dienen. Ich hatte den Text etwa fünfzig Leuten gewidmet, und jeder sollte irgendwie musikalisch vorgestellt werden. Sheila, die auch hier im Rotthaus arbeitete, beispielsweise durch den gleichnamigen Hit von Tommy Roe. Später erzählte sie mir, daß sie den Song gar nicht mochte, weil ihn die Jungs '62 in Kanada immer hinter ihr hergesungen hatten. Usw. Ich hatte alle Platten mitgebracht und spendierte Karl-Heinz ein paar Pils. Einige Sachen wollte er verfremden. Als Einleitung hatte ich ihm eine Aufzeichnung der John-Peel-Show mitgebracht, in der John Peel meinen Namen nennt. Das würde er mit Echo unterlegen. Dann fiel mir etwas ein, was man als Platte rausbringen könnte. Eigentlich hatte ich die Idee schon länger gehabt, aber als Bubi jetzt übers Verfremden dozierte, sagte ich ihm, daß ich bei einem Anruf, den ich nach London hatte tätigen wollen, die verkehrte Vorwahl gedrückt hatte und plötzlich in der Schweiz gelandet war. Und da hörte ich dreisprachig: »Kein Anschluß unter dieser Nummer.« Und nun, meinte ich, könnte man in dreißig oder wieviel Ländern anrufen und diese Ansage aufzeichnen. Gute Idee, sagte Karl-Heinz, und wir wollten das mit einer irren Nummer an der nächsten Telefonzelle ausprobieren, aber von der kam man nicht ins Ausland. Da ließen wir es sein und haben unsere Platte nie gemacht.

Am nächsten Morgen – es war ein Samstag – rief ich Gerd Oberlies an, mit dem ich seit meiner Jugend zusammen Fußball gespielt hatte. Als ich ihm im Sommer erzählt hatte, daß ich in England einen Freund hätte, der eine Video-Firma besitzt, fragte er mich, ob ich ihm nicht billig Bänder besorgen könne. Konnte ich nicht, weil Phillip nur bespielte Musik-Videos vertrieb. So wußte ich aber, daß Gerd einen Recorder hatte, und ich fragte ihn nun, ob ich mal vorbeikommen könne, um mir 'ne halbe Stunde lang ein Band anzugucken. Na klar. Ich ging die Everstalstraße runter und betrat eines dieser schmucken Zechen-Häuser, die die Wilhelmshöher nach ihrem Geschmack innen umgebaut hatten. Seine Frau war am Putzen, und ich sah mir das Tape an. Phillip sang eine Handvoll seiner Lieder, Playback, begleitet von einem Mädchentrio. Nur einen Song kannte ich noch nicht: ›Me and the Junk‹. Auf die Schnelle kriegte ich nicht mit, worum es darin ging. Phillip war ungefähr so konservativ angezogen wie auf seiner LP *Teaching an Old Dog New Tricks*. So erbaut ging ich nach Hause und aß die übliche Erbsensuppe von Muttern, wie immer mit Genuß.

Ich hatte mit Diederichsen klargemacht, daß ich für Sounds einen Artikel übers Penguin Café Orchestra, die am Nikolaustag ihr Deutschlanddebüt in einer von Alfred Biolek moderierten Show in der Kölner Stollwerck-Fabrik gaben, schreiben würde. Ich wollte mit dem Chef der Truppe, Simon Jeffes, ein Interview machen. Die Polydor, die den Abend veranstaltete, hatte Informationen über das gute halbe Dutzend Leute nur dünn gestreut. Und ich kannte nur die neue Langspielplatte. Die erste, die ein paar Jahre früher auf Enos Obscure-Label erschienen war, hatte ich nie gehört. Schon als ich noch als Plattenverkäufer gearbeitet hatte, war sie vergriffen. So blieb, nachdem ich mich überall vergeblich rumgehört hatte, nur Charly vom ALRO als letzte Hoffnung. Ich ging in dem zweistöckigen Geschäft die Treppe runter in Charlys Bude und klagte ihm mein Leid. Er sagte nur, einen Moment, und griff eine schwarze LP aus einem Regal, das er sich mit Antiquitäten angelegt hatte. Das war die erste Scheibe vom Penguin-Orchester. Ich fragte ihn, was er dafür haben wolle, und er sagte, nichts. Auch Christoph Biermann hatte eine Einladung von Jane Smith nach Köln bekommen. Er und Omo holten mich zusammen mit Andreas Böttcher ab, der Fotos fürs Marabo und für Sounds schießen sollte. In seinem Wagen fuhren wir in Richtung Rhein. Hinter Wuppertal sahen wir auf der Gegenfahrbahn einen Wagen in hellen Flammen stehen. Wir waren belustigt. Auf Anhieb fanden wir in Köln die stillgelegte Fabrik. Am Eingang empfing uns Jane Smith, die das Ganze organisiert hatte. Was, so viele seid ihr, sagte sie etwas ärgerlich, ließ uns aber alle rein. Andreas ermahnte sie noch, er solle nur Aufnahmen von dem Geschehen auf der Bühne machen. Im Publikum seien sehr prominente Leute. Na, wer kann das in Köln schon sein? Millowitsch und der Kardinal. Im Hof standen tatsächlich dicke Karossen.

Der eigentliche Saal war proppenvoll. Hier stand Alfred Biolek in der Tür. Vom Band lief Helen Schneider. Ein gutes oder schlechtes Omen. Bio beachtete uns nicht. Er grüßte anscheinend nur die Leute, die er kannte, wobei er manche Männer mit einem Kuß auf die Wange empfing. Er trug hier einen Ring im Ohr, was er im Fernsehen nie tat. Hier ließ er also den Schwulen raus, was mir egal war, solange er mir nicht an meine Eier packte.

Wir kämpften uns durch zur Zapfanlage, wo es Kölsch umsonst gab, dazu Knackwürstchen. Die Leute von Spex, die ich erkannte, Clara Drechsler zum Beispiel, fraßen am gierigsten. Alan Bangs stand etwas erhöht. Wir grüßten uns, sprachen aber an diesem Abend nicht miteinander. Die ganze Kölner Schickeria schien da zu sein. Ich fand diese Leute alle zum Kotzen, obwohl manch eine todschikke Alte dabei war, die ich gern aufs Kreuz gelegt hätte. Aber welche von denen würde schon mich armen Schlukker ranlassen?

Jane hatte mir versprochen, mich dem Tour-Manager vorzustellen, mit dem ich die Details für ein Interview mit Jeffes besprechen sollte. Ich arbeitete mich ganz nach vorn, und da fiel mir fast das Glas aus der Hand. An einem rustikalen Tisch saß Innenminister Baum mit Walter Scheels Familie. Jedenfalls erkannte ich dessen Frau Mildred. Zwischen ihnen war ein etwa sechzehnjähriges Mädchen, von dem ich annahm, daß es Scheels Stieftochter war. Von ihrer Mutter wußten wir alle, wie krebserregend Nikotin war. Ihre Tochter aber drehte sich eine Zigarette nach der anderen und soff dabei literweise Coca-Cola, das ja auch nicht gerade stilles Wasser ist.

Auf einmal sprang einer auf die Bühne und wollte was über die Zukunft der Schokoladenfabrik erzählen, durfte er auch, mich aber interessierte der ganze Sarotti nicht. Endlich kam Jane Smith und führte mich zu Mike, dem Tour-Manager. Wir waren uns schnell einig. Heute hätte ein Interview keinen Zweck mehr. Ich würde am Mittwoch zum Hotel Lasthaus am Ring kommen. Dann trat das Penguin-Orchester auf und spielte herrliche Caféhaus-Musik, aber nicht so wie das Schrammeln aus Wien, sondern mehr orientalisch, unter anderem auch eine schöne Version von »Walk, Don't Run«, die ich in den Sechzigerjahren von den Ventures besessen hatte. Zwischendurch ging ich nach hinten in die provisorischen Garderoben und sah, wie zwei Mann in teuren Anzügen Geldscheine rollten, durch die sie wahrscheinlich Koks in die Nase zogen. Einer sagte mir: This is invisible. Von mir aus. Ich hatte nichts gesehen, ich fand es aber erstaunlich, daß zirka zwanzig Meter vom Polizeiminister entfernt Leute unbehelligt koksen konnten, während bundesweit der bekannte TV-Regisseur Michael Pfleghar von der Polizei wegen ein paar Gramm Kokain gejagt wurde. Ich ging wieder zurück und wollte herausfinden, wer von den Leuten zur Bewachung der Politiker abgestellt war. Auch ich nahm ein Schnüppken, aber was Erlaubtes, Beco-Nase, wie der Name schon sagt, was für die Gurke, ein Spray, und da dieses gefährliche kortisonhaltige Zeug von Glaxo hergestellt wurde, fragte ich Mike, als ich ihn in der Menge wiedertraf, was eigentlich aus der englischen Band Glaxo Babies geworden sei, aber er wußte das auch nicht. Als die Gruppe fertig war, hielten wir uns nicht mehr viel länger auf, da noch Chi Coltrane kommen sollte, die wir alle nicht abkonnten. In Langendreer ließ ich mich am Rotthaus absetzen. Bei Doris trank ich mein fünfzehntes Bier an diesem Abend, und sie kam mir so schön wie selten vor. Der Laden war brechend voll, wie meist um diese Zeit. Der schwule Hennes war wie immer am Sonntag da. Er kam dann immer von einer Sauftour aus der Stadt und erzählte gern, daß er sich mit einigen Pärchen zum Gruppensex in einem Hotel getroffen hatte. Er paßte nicht ins Rotthaus rein, sah aus wie Otto Normalverbraucher mit vierzig, und manchmal fing er an zu singen, aber solange er nicht frauenfeindlich wurde, tolerierten ihn die Leute. Wenn er nichts mehr reinkriegte, ging er und kam erst am nächsten Wochenende wieder. Mich kannte er vom Fußball her, denn er war mal Jugendbetreuer bei unserm Nachbarverein Langendreer 04 gewesen. Ob er da Jungs angepackt hatte, wußte ich nicht genau. Es hatte da Gerüchte gegeben. Jedenfalls war ich immer froh, wenn er wieder raus war.

Ich brachte nicht den Mumm auf, um die Doris rumzuscharwenzeln. Ich dachte, sie wüßte, daß ich sie liebte. Sie sah mit ihrem ungezähmten Haarschopf aus wie eine zehn Jahre ältere Schwester von Kim Wilde. Ich hatte mitgekriegt, daß sie Sowi studiert hatte und jetzt quasi arbeitslos ein paar Tage die Woche im Rotthaus arbeitete, wo ungefähr zehn Leute beschäftigt waren. Hier trafen sich Studenten und Grüne und, wenn Disco war, auch Punks und andere Unorthodoxe, nicht nur ausgesprochen Linke, auch Leute die den Kneipenbetrieb in der Innenstadt satt hatten. Das Mobiliar hatte das Kollektiv, das diese Kneipe betrieb, von den Vorgängern übernommen, ganz normale Tische und Stühle. Auch der Tresen und dahinter der Wandschrank waren normal geblieben, aber natürlich herrschte durch die Leute, die hier nun verkehrten, eine andere Atmosphäre. Auch die Küche war bisweilen exotisch. Ich hab aber nie was aus ihr probiert, weil ich mich zu Hause satt aß und nicht einsah, für Futter hier noch Geld auszugeben, auch wenn die meisten Speisen recht billig waren, das Richtige für Studenten, die das Mensa-Essen nicht vertrugen. Das Rotthaus machte allerdings erst am späten Nachmittag auf.

Es lief auch an jenem Tag nichts zwischen Doris und mir. Ich erzählte ihr, daß ich auf 'ner Party mit Biolek gewesen war, was sie aber nicht besonders beeindruckte. Ich dachte mir, sie hatte wohl allerhand hinter sich, bei ihrem Aussehen, und ich wär der letzte, auf den sie gewartet hatte. Ich wagte es nicht, mich mit ihr zu verabreden, geschweige denn ihr gegenüber meine Zuneigung zuzugeben. Wie machte man schöne Augen? Hab ich nie kapiert. Bei mir lief alles verbal ab, weil ich aussah wie aus dem Arsch geschissen, obwohl es ein wenig ging, nachdem ich im letzten Jahr dreißig Pfund abgenommen hatte. Ich machte mir keine Illusionen, und als ich mir gegen halb eins einen auf meiner Mansarde runterholte, stellte ich mir nicht die Doris vor, sondern die gute alte Ute. Was die jetzt wohl machte? Wurde Zeit, daß ich mich mal wieder bei ihr in Bad Harzburg meldete. Aber sie schrieb mir ja auch nicht mehr. Das letzte, was ich erfahren hatte, war, daß sie wieder zu ihrem alten Freund Bernd zurückgekehrt war, dem Taxifahrer. Nun ja, der wohnte näher an ihrem Studienort Göttingen als ich. Und sie brauchte es mindestens dreimal die Woche, nicht einmal im Monat, wie es bei unserem Fernverkehr die Regel gewesen wär. Aber wenn ich jetzt wenigstens eine Freundin hätte! War blöd von mir, daß ich die Ulla Stall in den Wind gestoßen hatte. Sie sah zwar aus wie ein Schluck Wasser, aber sie fickte so, daß einem die Eier abzufliegen drohten. Sicher, ich hätte mich wieder bei ihr melden können, und sie wär auch sofort wieder gekommen, denn sie war lausig scharf auf mich, aber ich hatte ihr noch nicht mal eine Einladung zu meiner Lesung geschickt, wohl aber der Bettina Blumenberg, die in meinem Alter war und auch schrieb. Auch sie hoffte, bei Suhrkamp unterzukommen, hatte aber Schwierigkeiten mit eben dem Lektor, der meine Sachen gern las, wenn ich auch von ihm noch keine Resonanz auf meine Buddy-Holly-Story gekriegt hatte, die ich am nächsten Dienstag vorzulesen gedachte.

Mit Bettina hätte ich auch gern mal gefickt, aber sie ließ es nur zu, daß ich mal ihren Pullover einen Augenblick hochhob, um ihre Titten zu besehen. Sie waren stramm, aber nicht besonders groß.

Ich ließ Karl-Heinz durch meinen Vater in Harpen abholen, und wir fuhren dann über die NS 7 zur Zeche. Es fing an zu schneien. Irgendwie war es wie bei Buddy Hollys Tod, dem Mike Berry ein Denkmal gesetzt hatte: »Snow was snowing, wind was blowing, when the world said good-bye Buddy.« Es war mir klar, daß bei diesem Wetter nicht viele kommen würden, trotzdem wollte ich im Anschluß an die Lesung 'ne Beatles-Disco in der Zechenhalle machen. Bernd Kowalzik zeigte mir das Rimpo-Lager, und ich suchte mir sämtliche Beatles-LPs raus und ging damit rüber in die Kneipe, wo mich der Chef von Rimpo und Miteigentümer der Zeche, Herbert Ludwig, anpflaumte, ob ich denn einen Lieferschein hätte. Hatte ich natürlich nicht. Hier, willst du die Platten wiederhaben?, fragte ich ihn, aber er ließ mich gewähren. Dietrich, Mädchen für alles, brachte den Schallplattenapparat, den wir auf alle Fälle brauchten. Ich hatte heute freies Trinken. Ich setzte mich an einen Tisch und ging noch mal die Fahnen durch. Müller-Schwefe hatte bedauert, daß er nicht kommen könne.

Die Umgebung wär ihm zu exotisch. Jürgen Lodemann hatte auch eine Grußadresse geschickt. Wir gingen schon mal rauf ins Café, das noch nicht fertig und deshalb auch noch nicht eröffnet war. Der Tresen stand aber schon, und ich dekorierte die Wand dahinter mit einem Buddy-Holly-Spiegel und einem *Staccato*-Plakat, das mir der Verleger auf der Buchmesse geschenkt hatte. Karl-Heinz ordnete die Platten, die er auflegen wollte. Außerdem hatte er einen Kassettenrecorder. Ich trank erst mal Kaffee; der Tag war nicht alt. Es wurde sieben Uhr, und die Kneipe war noch fast leer. Von meiner Mitleserin war noch nichts zu sehn. Ich trank mehr Kaffee und wurde fickriger. Ich wechselte zu Bier. Ich sah nach draußen. Es schneite immer noch, und der Wind fauchte. Ich sah die Veranstaltung ins Wasser oder vielmehr in den Schnee fallen. Dann, kurz vor acht, trudelte Monika Littau ein. Sie stellte mir den Mann an ihrer Seite vor, ihren Gatten, der auch nach nichts aussah. Sie hatte ein paar Leute mitgebracht. Und nun kam auch Petra Schmitz mit einem Bekannten. Im Sommer hatte ich einen Steifen bekommen, als ich mal mit ihr telefonierte, und mir dann einen gekloppt, wobei sie allerdings nicht hilfreich gewesen war. Peter Krauskopf, der Chefredakteur, und Peter Kremski, der Filmredakteur, wünschten mir alles Gute. Und sie meinten, ich sollte mal wieder beim Marabo vorbeigucken. Ich sei ja nicht rausgeschmissen worden, sondern nur kein Redakteur mehr. Das würde ich gern tun, schon wegen der Telefoniererei. Im Oktober hatte ich achthundert Mark verquasselt, als ich noch in Witten wohnte. Aber auch das war jetzt abgebucht worden, und ich war wieder schwer in den Miesen. Ich fragte Dietrich, der zwei Mark Eintritt am Café-Eingang kassieren wollte, was für mich dabei rausspringe, aber er antwortete nur: »Die paar Mäuse decken gerade unsere Unkosten.« Nun, darauf kam's auch nicht mehr an, denn nur noch wenige Gäste kamen. Rolf, der angehende Anwalt, mit unserm gemeinsamen Zahnarzt Wolfgang. Auch Herbert wollte mal gucken, mit Vera. Auch mit ihr hatte ich im Sommer ein paar Mal gevögelt, ohne daß er's gemerkt hatte. Sie hatte ihm jedenfalls nichts erzählt. Am meisten freute ich mich, daß einige Leute von der Wilhelmshöhe den Weg hierher gefunden hatten, an ihrer Spitze Wilfried Glöck, mit dem ich '63 in Holland ein gemeinsames Abenteuer zu bestehen hatte, als wir mit unserer Jugendabteilung in den Ferien waren. In der Nähe von unserem Camp stand ein Kiefernwald, und während Wilfried und ich an einem Baum rumlungerten, warf irgendwer Zapfen runter. Derjenige mußte ein Wespennest getroffen haben, denn mehrere dieser Insekten stachen uns in den Nacken. Wir liefen so schnell wie Armin Hary und sagten unserm Vorsitzenden Erwin Hüllen Bescheid, der uns sofort zu einem Arzt brachte, der uns »Atompillen« gab, wie man damals Antibiotika nannte. Nun, fast zwanzig Jahre später, trug der gelernte Anstreicher, der auch schon mal bei uns tapeziert hatte, einen mächtigen Bart und hatte auch an diesem Abend wie immer einen mächtigen Durst. Ich sagte ihm, trink dir erst mal einen, als Monika anfing von Sri Lanka zu erzählen.

Zwischendurch guckte ich mal nach oben, ob sie schon fertig war. Es zog sich 'ne Stunde hin, und ich ließ die Leute sich erst mal erholen. Dann schleifte ich meine Bekannten mit hoch. Ich nahm hinter dem Tresen Platz. Zwei Leute fotografierten, mein Freund und Kollege Andreas Böttcher und eine nicht mehr ganz junge Frau, die, wie mir jemand zuflüsterte, vom Spiegel sein sollte. Konnte schon sein, denn ein Redakteur des Magazins hatte hier in den letzten Wochen den Kulturaufbruch an der Ruhr zu recherchieren versucht. Ich hatte ihn mal angerufen, aber interviewt hatte er mich erstaunlicherweise nicht. Immerhin hielt ich mich für den wichtigsten jungen Schreiber im Revier. Na, das würde ja eine nette Story geben.

Ich wollte gerade anfangen, als ein junger Mann aus der Bochumer Literatengruppe Bo-Lit zur Theke kam und sagte, ich solle noch ein paar Termine durchs Mikrofon jagen. Der Mann hieß Gerd Heyer. Ich las sie vor. Meines Wissens hörte diese Gruppe kurz drauf auf zu existieren. Ob mein Abend damit zusammenhing, bekam ich nie raus.

Ich fing also an. Zunächst las ich den Terminkalender aus der WAZ vor, in dem alles Mögliche verzeichnet war, nur nicht meine Lesung. Ich zerknüllte sie und warf sie weg. Dann fuhr ich fort mit den Widmungen, und Karl spielte die passenden Songs ein. Nach einer abwechslungsreichen Stunde begann ich mit dem eigentlichen Text und las 'ne halbe Stunde, bis ich keine Lust mehr hatte. Petra war das viel zu lang vorgekommen; es war jetzt elf Uhr. Eine Bekannte von ihr, eine Lehrerin, wollte noch was lesen. Ich hatte ganz vergessen, daß es eine offene Lesung sein sollte. Aber jetzt war sie weg, und Vera beschwerte sich, daß ich in meinem Text ihren Anruf an dem Tag, dessen Verlauf ich beschrieben hatte, nicht erwähnt hatte. Ich gab ihr einen Kuß auf die Wange, den Herbert nicht sehen konnte. Entschuldigung, aber du weißt doch, du hast doch gehört, wie ich damals drauf war.

Hiby brachte Karl-Heinz und mich nach Hause. Im Bett ließ ich den Abend noch mal passieren und war zufrieden mit mir. Schade, daß nur so wenig Leute da gewesen waren. Ich werde Ute ein Band von dem Abend ziehen und nach Nörten-Hardenberg schicken. Vielleicht kann ich sie damit umstimmen oder wenigstens beeindrucken. War für sie vielleicht auch ein nettes Souvenir, das sie ans Ruhrgebiet und vor allem mich erinnern sollte.

Am nächsten Morgen schnappte ich mir den Marabo-eigenen Kassettenrecorder aus grauer Vorzeit und stieg in den Zug nach Köln. Es war noch früh, denn ich sollte Simon Jeffes, den Chef des Penguin Café Orchestra, schon um zehn im Hotel treffen. Ich hatte wohl den Recorder dabei, aber keine Kassette, die ich aber unbedingt brauchte, denn ich wollte für mein erstes Sounds-Interview ja genau zitieren. Erst konnte ich keinen Laden finden, die solche Dinger führten, bis ich ein Geschäft für Autozubehör fand, in dem ich sie recht teuer kriegen konnte. Ich ging von da aus zu dem Hotel am Ring, das »Lasthaus« hieß. Ich mußte eine Treppe hoch zum Empfang. Anscheinend gaben die kein Breakfast, Simon war nämlich, wie mir der Portier sagte, unten in ein Café gegangen. Vielleicht frühstückte er auch grundsätzlich in Cafés, wegen seinem Gruppennamen. Ich fand ihn in dem Lokal sofort. Auch einige seiner Musiker hielten sich dort auf, zum Teil halb zu. Ich zeigte Simon meinen Recorder und fragte ihn, ob er was dagegen habe, wenn ich unser Gespräch aufnehme. Hatte er nicht, und so legte ich los, während er noch aß. Ich war ja damals ziemlich hektisch. Ach, fragte ich nach ein paar Sätzen, wo ist eigentlich Jane Smith? Kennst du die überhaupt, das ist eure Promotion-Frau? Sicher kannte er die. Er wußte sogar, wo sie sich rumtrieb. Sie war natürlich beim Friseur. Also würde ich auch diese Rechnung selber bezahlen, genauso wie die Fahrkarte. Aber das war mir der Einstieg bei Sounds wert. Eigentlich war ich ja schon drin gewesen, mit einer Plattenkritik und einer Buchbesprechung. Aber was war das schon gegen eine handfeste Story, für deren Länge mir Diederichsen kein Limit gesetzt hatte. Mal sehen, dachte ich mir an diesem Morgen, was der Typ zu erzählen hatte. Und es war eine ganze Menge, von seinen Anfängen, als er im Internat ›Apache‹ von den Shadows geübt hatte, bis zu seinen String-Arrangements für ›My Way‹ von Sid Vicious (The Sex Pistols). Dazwischen hatte er ein zurückgezogenes Leben geführt. Er war ein angenehmer Gesprächspartner, dem man nicht die Würmer aus der Nase ziehen mußte. Nachdem wir nach zwei Stunden fertig waren, unterhielt ich mich mit ein paar Mitgliedern des Orchesters, die sich in Köln ganz wohlfühlten. Einen Tag später in Bios Bahnhof gingen sie fast vollständig unter, weil sie am Anfang und am Schluß spielten, als schon der Abspann lief. Und gerade dieses Stück wollte ich noch mal gern live hören. Es war »Walk, Don't Run«, das im Original von den Ventures war, das sie '64 ein zweites Mal aufgenommen hatten. Es war diese Version, die es mir angetan hatte. Ich hatte ihn gefragt, welche der Fassungen er im Ohr habe. Er kannte nur eine, wußte aber nicht welche. Aber nun war ich schon wieder zu Hause und sah fern.

Was würde ich als nächstes erleben? Was Längeres für den Musik Express wär nicht schlecht. Ich wußte allerdings nicht, welches Thema ich Gülden und Gockel, den beiden Redakteuren, anbieten sollte. Ich ging in Karolas kleinen Plattenladen, der jetzt mehr in der Innenstadt, wenn auch nicht ganz zentral, in der Kolpingstraße lag. Gleich daneben war eine Außenstelle des Arbeitsamtes, bei der ich mich hatte arbeitslos melden müssen. Ich sah mir bei Karola die Neuerscheinungen an. Meistens verkaufte sie Punk- und New-Wave-Sachen, die nicht so mein Fall waren. Schließlich stieß ich auf die zweite Solo-LP von Alan Vega. Ich kannte ihn als eine Hälfte des Duos Suicide. Ich hatte im Sommer bei Appel als Diskjockey oft seine Single »Jukebox Babe« gespielt, weil dann die Tanzfläche voll war, obwohl kaum jemand den Sänger kannte. Ich dachte noch an jene Nacht, als ich Karl-Heinz nach Hause fuhr und Alan Bangs zum erstenmal diesen Song spielte und Karl-Heinz meinte: »Das ist Buddy Holly.« Da war was Wahres dran. So ähnlich hätte wahrscheinlich ein Song von Buddy Holly geklungen, wenn er die Achtzigerjahre noch miterlebt hätte. Oder er wär mittlerweile ein zweiter Pat Boone geworden. Jedenfalls hatte er gegen Ende seines Lebens einige seichte Lieder aufgenommen. Aber welcher Rocker hatte nicht auch Schnulzen im Programm, selbst der harte Eddie Cochran oder die Who (»See Me, Feel Me«)? Die Alan-Vega-LP war auf einem französischen Label erschienen, und Karola hatte sie importiert. Kauf ich, sagte ich, nachdem sie mir die ersten Takte vorgespielt hatte. Es war wie »Jukebox Babe« eine Art Psychobilly, wie man es später nannte, Rockabilly, aber abgefahren. Ich hab da noch was für dich, Wolfgang, meinte die hübsche Karola, die in meinem Alter, aber leider auch fest gebunden war. Sie zog eine Kassette unter der Ladentheke hervor. Sie war neu und von Suicide, und es gab diese Songs nur auf Kassette, von der mir bis dahin unbekannten Firma ROIR in New York. Sie hieß *Half Alive* und war auf der einen Seite live und auf der anderen Seite mit Studioaufnahmen bestückt. Pack ein, sagte ich, und fuhr dann zum Marabo. Mal sehen, was es Neues gab und was Peter Krauskopf zu meiner Show in der Zeche zu sagen hatte. Er mußte eine harte Jugend hinter sich gehabt haben, denn sein Gesicht war von den Spuren einer Akne gezeichnet. Wir waren nie Freunde geworden, obwohl wir uns nun schon jahrelang kannten. Er mußte mich tolerieren, weil ich damals gerade die richtige Schreibe drauf hatte und mir für eine gute Geschichte kein Weg zu weit war. »Weißt du, ob der Christoph was über dieses Penguin-Orchester macht?« – »Ich glaub schon.« – »Gut, dann mach ich nur ein paar Plattenkritiken.« – »Das Heft ist aber schon voll. Du weißt doch, wir wollen noch vor Weihnachten rauskommen.« Ach ja, Weihnachten, und ich hatte noch kein Geschenk gekauft. Ich war fast wieder pleite. Ich rief Gockel in Hamburg an und überzeugte ihn davon, daß ich die neue Alan Vega besprechen würde. Er sagte mir, daß die hier in Deutschland bei der Ariola rauskommen würde. Das war gut, dann könnten die mir sicher ein Info schicken, ich wußte von dem Sänger nämlich nur, daß er früher bei Suicide gewesen war, und ob die noch als Duo existierten, wußte ich auch nicht. Ich wählte also das Pressebüro an, in dem ich im Sommer noch gewesen war. Einer von denen war mir besonders entgegengekommen und hatte mir die schönsten Sachen geschickt, *The Complete Buddy Holly*, den ich bis dahin nur auf Kassetten hatte, und die waren nach meinem Unfall zusammen mit meinem Auto verschrottet worden. Nur das Tape mit den Raritäten hatte überlebt. Diesen Mike Bayer hatte ich aber nicht dran, sondern einen Michael Beck, der mich beim Stichwort Vega mit einem Mike Knuth verband. Die hießen bei der Ariola anscheinend alle Mike, aber nein, da war ja noch der Sigi, der aus Gladbeck stammte, als Vertreter angefangen hatte und nun ein hohes Tier war. Ich hatte ihn auch beim Rockpalast in Gelsenkirchen kennengelernt, wo er Black Uhuru betreut hatte.

Mike Knuth sagte, daß er der Label-Manager von Alan Vega sei. Ein Info hatte er noch nicht. Aber wenn ich wollte, könnte ich ihn telefonisch von München aus in New York interviewen. Wie soll ich denn nach München hinkommen, ich hab doch kein Auto? Ich wollte nicht so vermessen sein und mir wieder einen Flug runter spendieren lassen wie damals von der Phonogram. Wie ist es, wenn ich mit dem Zug komme? Egalwie, komm, sagte er. Er sagte nicht, daß die mir die Fahrt und den Aufenthalt bezahlen würden, aber ich fragte auch nicht. Also gut, ich komme. Bis nächste Woche. Ich dachte daran, daß ich wieder 'ne Menge Platten abstauben könnte, egal was für welche, die ich irgendwann, wenn es gar nicht anders ging, verscheuern würde. Ich wußte nur noch nicht, an wen.

Ich fand, ich mußte diese Reise unbedingt machen, um mich als beweglicher Schreiber zu profilieren. Gockel wollte ich die Story nicht andrehen und auch nicht Sounds, die dafür größere Experten hatten, aber der Überblick würde sicher zusagen. Krauskopf guckte blöd, als ich schon wieder ein Ferngespräch führte, noch dazu mit der Konkurrenz vom Überblick, mit dem sich das Marabo um den

Wuppertaler Markt stritt. Sonst kamen die sich eigentlich nicht in die Quere. Ich hatte mir für das Düsseldorfer Blatt das Pseudonym »Der lachende Vagabund« zugelegt. Ich kriegte meinen Freund Hansi Hoff an die Strippe, den ich mal getroffen hatte, als Gary Numan in Lohhausen ein Pressegespräch anberaumt hatte. Da hatte mich Hansi als freien Mitarbeiter geworben. Ich hatte dann ein paar Platten kritisiert, was ihm gefallen hatte. So verdiente ich auch da hundert Mark oder so, und ich hatte auch da Schiß, daß der Stingl mich am Arsch kriegte, weil ich das dem Arbeitsamt nicht meldete und natürlich auch nicht versteuerte. Wie sollte ich die Reise nach München finanzieren? Ich kriegte zwar vom Marabo noch ein paar Mark, aber auch die waren klamm. Ich sagte Hansi, ich fahr auf jeden Fall hin; und er wollte ja eine Vega-Story haben. Ich sollte aber für den Überblick was anderes schreiben als fürs Marabo. Geht klar. Da wären dreihundert Eier drin. Ich rief noch meine Mutter an und sagte ihr, was ich vorhätte. »Hast du schon was für mich für Weihnachten gekauft?« – »Nein.« – »Dann kannst du mir das Geld so geben.« – »An wieviel dachtest du?« – »Hundertfünfzig.« Ist gut, das ist schon fast die Fahrkarte. Ich brauch dann nur die Übernachtungen zu finanzieren. Sie fand die Idee nicht gut, daß ich bei knapper Kasse so weit fuhr. Ich seh mal, sagte ich, ob ich noch was beim Meßmer rausschlagen kann. Und außerdem kann ich dann endlich den Eugen Rapp besuchen. Das überzeugte sie, weil sie wußte, was mir Eugen Rapp bedeutete, der bald siebzigjährige Schriftsteller, mit dem ich mich seit einigen Jahren schrieb und der mir, als ich ihm in Bochum bei einer Lesung begegnet war, in seinen Gedichtband *Wie die Zeit vergeht* eine Widmung eingetragen hatte: »Ich freue mich, Ihnen begegnet zu sein, und hoffe, Sie wiederzusehen.« Ich dachte, das hätte er ernst gemeint – er machte immer einen seriösen Eindruck, auch bei seinen seltenen Fernsehauftritten. Ich hätte ihn vorher anrufen können, aber ich war ja noch nicht weg. Ich schlich zur BfG. Zum Glück war Meßmer da, der eigentlich für Kredite zuständig war. Ich hatte ihn im Plattenladen kennengelernt, aber ich konnte ihm dort nur selten weiterhelfen, da er meist nur französische Chansons suchte, die wir nicht führten. Das ELPI war ein reiner Rock/Pop-Laden. Ich sagte ihm, was ich vorhätte, und natürlich wußte er, daß ich in den Miesen war, schließlich hatte er mir für mein Auto achttausend Mark Kredit bewilligt, von dem jeden Monat zweihundertfünfzig abbezahlt werden mußten. Da blieb nicht viel von meiner Stütze übrig, zumal ich wie ein Schlot rauchte und allein schon dreihundert Mark in die Luft blies. Ich hatte lange keinen Entzug mehr gemacht, wäre auch jetzt nicht drin, wo mein Leben so hektisch war. Das schöne Geld, nicht dran denken. Also gut, sagte er, stellte einen Auszahlungsschein über dreihundert Mark aus und unterschrieb ihn auf der Rückseite, damit der Kassierer Bescheid wußte. Ich war glücklich, das würde reichen. Aber wie lange würde ich in München bleiben? Zwei Tage oder länger? Das würde ich vor Ort entscheiden. Vielleicht konnte ich ja bei einem der Ariola-Leute unterkommen. Ich war zuversichtlich. Wenn ich Eugen Rapp fragen würde? Mal sehen.

Ich ging um die Ecke in meinen Tchibo-Stammladen, wo die Frau am Ausschank wußte, daß ich ohne alles trank. Früher, als ich in der Innenstadt gearbeitet hatte, war ich jeden Tag da, aber nur immer auf eine Tasse. Tchibo verkaufte ja jetzt viel Zeug, das mit Kaffee nichts zu tun hatte, und der Platz zum Stehen wurde immer weniger. Da sah ich diese kleinen Kassettenrecorder, die man jetzt immer öfter sah, die Dinger, deren Kopfhörer sich junge Menschen um den Kopf stülpten. Das wär auch was für mich. Da könnte ich gleich auf der Fahrt nach München die *Half Alive* von Suicide hören und mir vorher noch die *Collision*

Drive von Alan Vega aufnehmen. Ich besaß zig bespielte Kassetten. Auf den meisten war der *Night Flight* von Alan Bangs drauf. Aber die meisten Tapes lagen ungehört rum. Jetzt würde ich sie reaktivieren. So 'n Ding kostete 120 Mark. Das war zu erschwingen. Ich kaufte mir nach dem Kaffeetrinken eins und ließ mir von einem Jungen zeigen, wie meine Kassette da reinpaßte.

Zu Hause erzählte ich meinen Eltern noch mal ausführlich, was ich vorhätte und wie wichtig es sei, diese Jobs anzunehmen, wenn ich in der Branche ganz nach vorn wollte. Da müßte man eben erst investieren. Vielleicht zahlt mir ja die Ariola die Fahrt. Dabei fällt mir ein, ich kenn' doch in München beim List-Verlag 'ne Alte, der ich meine gesammelten Plastiktragetaschen geschenkt hab'. Die ist mir noch was schuldig. Vielleicht kann ich bei der pennen. Ich rief sie sofort an. Sie würde sich gern mit mir treffen, aber vom Übernachten sagte sie nichts. Dann bis nächste Woche.

Das Wochenende verlief normal. Rotthaus, Appel, Zeche. Wobei ich feststellen konnte, daß jetzt, wo die Disco in der Zeche angelaufen war, der Besuch im Appel nachgelassen hatte. Die Chaoten gingen ungestört weiter ins Rotthaus.

Na klar, die normalen Leute waren alle neugierig. Mir gefiel der Diskjockey der Zeche nicht, ein Arschloch, das ich noch aus meiner ELPI-Zeit kannte, der nie was kaufte, sich aber unverblümt immer auf unseren einzigen Hocker gesetzt hatte, bis ich den Laden übernahm. Und daß er jetzt mitten in der Nacht ein Elvis-Medley brachte, hatte er mir wahrscheinlich im Sommer abgeguckt, als keiner wußte, was los war, und nur ich wußte, daß Elvis Todestag hatte. Ich wär gern wieder Deejay geworden, aber keiner ließ mich. Ich hätte auch das Moos durch diese Schwarzarbeit gut gebrauchen können.

Ich beschloß, eine kostengünstige Karte nach München

zu lösen, die von Mittwoch bis Sonntag galt. Wenn ich keine billige Bleibe fand, würde ich früher nach Hause fahren. Im Abteil saßen zunächst drei Leute neben mir, von denen einer älter war als ich. Ich hörte die Tapes über Kopfhörer. Neben den Vega-Sachen hörte ich die Greatest Hits von Buddy Holly. Gerade als er »Words of Love« sang, fragte ich meinen älteren Mitreisenden, ob ihn die Musik stören würde, und er sagte glattweg ja, und ich wollte ihn erst noch fragen, ob er auch was gegen das Atomkraftwerk hätte, das wir gerade passierten. Ich legte den Walkman hin und ging in den Speisewagen. Manchmal kommt man unversehens mit Leuten ins Gespräch, so auch jetzt. Der junge Mann, der mir gegenübersaß, mochte Mitte Zwanzig sein. Er studierte Medizin. Da nannte ich ihm das Mittel, das ich immer einnahm, und irgendwie hörte ich raus, daß er meinte, ich sollte lieber illegale Drogen nehmen, die machten weniger aus als dies Scheißzeug. Nee, kommt nicht in Frage, ich bin suchtanfällig, und nuckelte an meinem Bier. Und ob mir das einer glaubt oder nicht, mir hat bis auf zwei Ausnahmen als Schüler nie jemand Drogen angeboten. So kam ich auch fast nie in Gefahr, sie zu nehmen. Und von mir aus hatte ich sie nie gesucht.

Ich kam am späten Nachmittag in München an, und es lag so hoch Schnee, wie ich ihn im Ruhrgebiet noch nie erlebt hatte, auch nicht so weiß. Ich sah erst mal zu, daß ich aus dem Bahnhof rauskam. An einem Platz ging ich in eine Telefonzelle und wählte Sigi an. Ich hab schon gehört, sagte er, daß du morgen kommst. Er fragte nicht, wo ich wohnen würde. Dann wählte ich die Nummer von Ingeborg Schober, die auch für die Hamburger Musikzeitschriften arbeitete, für die ich schrieb. Sie war aber gerade auf dem Weg in den Ski-Urlaub. Ich rief Eugen Rapp an, aber der war beim Bayerischen Rundfunk. Da blieb mir nichts anderes übrig, als ein Hotel zu suchen. Aber es dürfte nicht zu teuer sein. 80 Mark, dachte ich, so als äußere Grenze. Aber ich hatte auch kein Geld für eine Taxe, die mich in ein billiges Quartier kutschieren konnte. Also lief ich einfach drauflos und fand nach wenigen Minuten eine Absteige für 35 Mark die Nacht. Das Zimmer war für den Preis gar nicht mal schlecht, natürlich ohne Luxus und Minibar, aber sauber. Offenbar schienen hier in erster Linie Gastarbeiter zu wohnen, denn die Anweisungen auf dem Klo waren mehrsprachig. Natürlich gab's für den Preis kein Frühstück. Ich ging noch mal raus, ohne eine Ahnung, wo ich eigentlich genau war. Auf einem Platz war ein Weihnachtsmarkt. Ich ging nicht drauf, weil ich mich nicht verirren wollte, kindisch. Statt dessen besorgte ich mir ein paar Dosen Bier, die ich mir in meinem kargen Zimmer schmecken ließ.

Ich schlief wie ein Murmeltier.

Am nächsten Morgen machte ich mich auf den Weg zur Ariola, die außerhalb residierte. Die beiden Frauen im Pressebüro kannten mich noch vom Sommer. Man stellte mich anderen Leuten vor. Diesem Michael Beck und diesem Mike Knuth. Mike Bayer arbeitete immer nur aushilfsweise, im Moment eben nicht.

Dann kam der Pressechef K. P. Schleinitz rein. Ich war ihm noch kein Begriff, aber er hatte mitbekommen, daß ich neuerdings für Musik Express und Sounds schrieb. Die hatten angeblich eine Story über Vega getürkt. Ich ließ mir sofort Diederichsen in Hamburg geben, der das alles abstritt. Bei der Gelegenheit las er mir gleich seine eigene Kritik der neuen Vega-LP vor. Und, fragte ich zum Schluß, wann kommt *Staccato* raus? Demnächst, sagte er. K. P. fragte mich, ob er seine Hauszeitschrift Change kannte. Hatte ich mal in die Finger gekriegt. Als Redakteur überfliegt man diese Dinge immer, weil man meint, das wären doch alles nur Schmierenstorys. Er zeigte mir ein Heft, in dem immerhin Harald Inhülsen geschrieben hatte. Wenn du willst, sagte der Vierzigjährige, kannst du auch für uns arbeiten. Ich konnte ein Zubrot gebrauchen, fragte aber nicht, was er raustun wollte. Die zahlten bestimmt gut. Was denn? Für Alan Vega heute Abend haben wir schon einen, aber wir machen auch so Städteporträts, und ihr habt doch jetzt die Zeche. Schreib doch was über die Szene in Bochum oder übers Ruhrgebiet. Das fand ich gut. Da bräuchte ich mich nicht korrumpieren zu lassen und irgendein Loblied auf Udo Jürgens zu singen. Es standen da jede Menge Platten in den Regalen, bei denen ich mich bedienen konnte. Ich wählte ungefähr dreißig Scheiben aus, die sie mir dann nach Hause schicken wollten. Dann bräuchte ich die schon mal nicht zu schleppen. Die beiden Frauen sahen gut aus. Aber wahrscheinlich waren sie an irgendwelche Fritzen vergeben. Ich rief lieber die Ulrike Ramsauer im List-Verlag an. Irgendwie mußte ich den Abend totschlagen; das Interview mit Vega von hier würde erst gegen Mitternacht stattfinden. Sie sagte, ich solle abends in den Verlag in der Goethestraße kommen. Es sei dann zwar eine Weihnachtsfeier im Gange, aber sie könne sich wohl ein bißchen freimachen. Ich ging mit Sigi in die Kantine, wo ich erstmals in meinem Leben bayerisches Bier trank, wenn man mal davon absah, daß ich Mitte der Sechzigerjahre mit meinen Eltern in Hausham gewesen war, wo meine Mutter für uns zwei Dunkelbier bestellt hatte, was normalerweise im Ruhrgebiet Malzbier hieß, die Kellnerin brachte uns jedoch Starkbier. Bin ich auch nicht von gestorben.

Sigi fragte mich nach ein paar Leuten in Bochum, die er kannte, Charly vom ALRO, Karola und Bernd Kowalski. Dann gingen wir wieder hoch, und ich unterhielt mich mit Mike Knuth, der erzählte, daß sein Vater Kanadier sei und für Schering arbeite, den Chemiekonzern. Er selbst sei in der Schweiz aufgewachsen. Er gab mir dann noch ein paar Platten, von denen mir besonders die von Joe Ely gefiel, denn es war für besondere Leute eine Bonus-Single dabei, auf der Joe Ely »Not Fade Away« sang. Ely stammte wie Buddy Holly aus Lubbock, Texas. Dieser Song war 1964 der erste Top-Five-Hit für die Rolling Stones gewesen, die ihn als Rückseite von Hollys »Oh Boy« kannten.

Ich verabschiedete mich und ging in der Nähe noch in eine Kneipe, wo ich ein Bier trank und einen Schnaps, weil es so kalt war. Ich legte mich nachmittags aufs Ohr, bis ich eine U-Bahn nahm und tatsächlich den List-Verlag fand. Von der Pforte aus schickte man mich unters Dach, wo Ulrike gerade telefonierte. Sie erkannte mich sofort. In ihrem kleinen Büro lag der Karton, den ich ihr geschickt hatte.

Der kleine Raum war mit den vielen Büchern gemütlich eingerichtet, aber nicht so eng wie der von Müller-Schwefe bei Suhrkamp. Ich fragte, ob ich rauchen dürfe; durfte ich. Sie sagte mir, daß unten immer noch die Weihnachtsfeier im Gange sei. Sie sei brisant, denn zwei Lektoren, denen gekündigt worden sei, machten ein Kabarett. Sie nahm mich kurz runter, blieb dann da, schickte mich aber wieder nach oben. Ich hatte sie gefragt, ob ich mal telefonieren dürfe. Sie hatte nichts dagegen. Ich sprach dann mit meiner Mutter und konnte ihr erklären, daß alles nach Plan verlaufe. Dann fiel mir ein, daß am Samstag der VfL Bochum im Olympiastadion spielen würde. Gib mir mal die Nummer vom Franz Borner, bat ich meine Mutter. Die fand sie nach einiger Zeit in den Ruhr-Nachrichten, bei denen Borner lokaler Sportchef war. Hallo, Franz, sagte ich, als ich ihn an der Strippe hatte. Endlich konnte ich mich als eine Art Sportreporter betätigen. Ich beneidete meinen ehemaligen Klassenkameraden Hans-Günther Klemm, der beim Kicker arbeitete. Borner war wie immer aufgedreht. Früher, als mein Vater noch Vorsitzender war, hat er öfter bei uns angerufen. Franz, sagte ich, ich wollte dir eben mal den Wetterbericht durchgeben. Es liegt hoch Schnee, und wie mir die Einheimischen sagen, wird er auch noch anhalten. Wird das Stadion gesperrt?, wollte er wissen. Weiß ich nicht, sagte ich. Krieg ich vielleicht morgen noch raus.

Ulrike kam wieder und meinte, es sei schon traurig. Sie sah, daß ich auf die Tüten sah, die ich ihr nach der Buchmesse hatte zukommen lassen. Wir machen demnächst eine Plastiktragetaschen-Ausstellung. Da werden dann auch welche von dir zu sehen sein.

Sie war nicht ganz mein Typ, doch wenn sie gewollt hätte, hätte ich nicht Nein gesagt. Aber auf mich konnte die sicher gut verzichten. Kommst du mit in eine Kneipe? Ich will da noch zwei Kollegen von anderen Verlagen treffen. Ja, ich muß nur um kurz vor zwölf bei der Ariola sein. Da in der Nähe ist eine U-Bahn-Haltestelle, meinte sie. In ihrem VW fuhr ich zum ersten Mal in meinem Leben mit Schneeketten. Wir quälten uns durch die abendliche Stadt. Die Kneipe entpuppte sich als einer dieser gewaltsam auf Englisch gemachten Pubs mit Lederhockern und angeblich viktorianischem Ambiente. Ulrike ließ mich dann links liegen. Sie unterhielten sich, soweit ich es mitbekam, nur über ihre Arbeit. Ich trank nicht zu viel, weil ich in der Nacht noch Englisch sprechen mußte. Als sie sich von den Leuten verabschiedet hatte, schien sie mir gegenüber ein schlechtes Gewissen zu haben, sie fragte mich nämlich, ob wir uns noch mal treffen könnten, morgen allerdings nicht, da habe sie was mit ihrer Schwester vor, unter deren Pantoffel sie zu stehen schien. Deshalb konnte ich nicht bei ihr übernachten. Wir verabredeten uns für Samstagabend. Jedenfalls war sie mir lieber als die Pressetanten von den Plattenfirmen, die immer so scheißfreundlich waren. Und es steckte nichts dahinter, obwohl wir hier doch nichts geschäftsmäßig zu tun hatten. Sie gab mir noch nicht mal ein Buch mit. Wär unmöglich gewesen, daß ich bei irgendeiner Plattenfirma ohne LP rausgegangen wäre. Wir waren also privat zugetan.

An der U-Bahn mußte ich ein wenig warten, bis ich es in den Vorort rausschaffte, in dem das Ariolagebäude lag. Der Pförtner war noch wach und ließ mich rein. Michael Beck war oben und sagte, wir hätten noch ein wenig Zeit. Er stellte mir einen Typen von einer Münchner Stadtzeitung vor, der das Interview für Change machen sollte. Ich fragte Beck nicht, ob es nicht einfacher gewesen wär, wenn man mir Vegas New Yorker Telefonnummer gegeben und ich von Bochum aus angerufen hätte. Der andere wurde zuerst drangelassen, nachdem Beck die Verbindung mit den Staaten hergestellt hatte. Nach zehn Minuten kam er aus dem Raum raus und ließ mich dran. Es war eigentlich mein erstes Überseegespräch, wenn man davon absah, daß ich mal mit der Elektra in Nashville telefoniert hatte, um die Nummer von Sonny Curtis von den Crickets rauszukriegen.

Ich stellte Vega einige Fragen zu seiner Platte, auf der er unter anderm eines meiner Lieblingsstücke, »Be Bop A Lula« von Gene Vincent, mit der Baß-Linie von »Peter Gunn« gekreuzt hatte. Dann gab's da ein Stück, das »Viet Vet« hieß, und ich wollte wissen, ob er tatsächlich in Vietnam gedient hatte. Ja, das stimmte. Gab es das von ihm besungene Jukebox Babe wirklich? Ja, aber er wollte keinen Namen rausrücken. So nach 'ner Viertelstunde gab mir Michael Beck ein Zeichen, und ich bedankte mich bei Vega. Maybe we'll meet in the near future. Ja, er hoffe, in der nahen Zukunft eine Tournee durch Deutschland zu machen. Das Ganze hatte ich auf einer Kassette aufgezeichnet, die mir Beck kurz vorher gegeben hatte und auf der Stray Cats draufstand, eine Gruppe die 81 groß rausgekommen war.

Mit dem Taxi brachte mich der Ariola-Mann zu meiner Absteige, und ich schlief lange. Ich hatte mich für nachmittags mit Eugen Rapp bei ihm zu Hause verabredet, oder vielmehr mit seiner Frau. Morgens wollte ich nicht schon wieder zur Ariola, der Fall war erledigt. Ich stülpte den Walkman um und legte die Kassette vom Vorabend auf, aber statt des Gesprächs mit dem Amerikaner war nur ein Rauschen drauf. Scheiße. Aber was soll's. Wär nicht die erste Story, die ich ohne Unterlagen schreiben würde. Ich ging zu der Bäckerei, die man mir empfohlen hatte, zum Frühstück, trank aber nur zwei große Tassen guten Kaffee. Anschließend kam ich, nachdem ich wieder durch den Schnee gestapft war, am Gebäude der Süddeutschen Zeitung vorbei, deren Wochenendausgaben ich mir immer geholt hatte, wegen der Beilage. Daher hatte ich auch Jörg Drews schätzen gelernt, den ich dann auf der letzten Buchmesse am Hanser-Stand sitzen gesehen und angesprochen hatte. Ich war ja damals hart drauf gewesen und hatte ihm verkündet, daß ich die neue Literaturhoffnung in der Bundesrepublik sei und daß wahrscheinlich nächstes Jahr mein erster Roman bei Suhrkamp rauskommen würde, für den ich allerdings auch jetzt, zwei Monate später, noch keine Zeile geschrieben hatte. Aber damals beschwafelte ich Drews, der Jörg Fauser gut fand, so daß er mir sagte, schicken Sie mir doch mal was zu, was ich aber nicht gemacht hatte, weil ich ja nichts außer »Buddy Holly auf der Wilhelmshöhe« hatte. Jedenfalls wollte ich jetzt mal nachfragen, ob Drews in München war. Ich klingelte am Eingang, und eine Frauenstimme meldete sich. Nein, Drews sei nicht da. Wenn ich ihm 'ne Nachricht hinterlassen wolle, könne ich sie abgeben, der hätte sein eigenes Fach. Ach, ich schick ihm dann was von zu Hause. Kann ich wohl mal in die Sportredaktion? Ich wollte nämlich Franz Borner wieder anrufen. Die Frau wies mir den Weg, und ich landete in einem größeren Büro bei einem Herrn Eberle.

Ich war ziemlich aufgeregt und fragte den mir vom Namen her bekannten Sportreporter, ob ich mal mit den Ruhr-Nachrichten in Bochum telefonieren könne. Ich wolle nur den neuesten Wetterbericht durchgeben. »Haben Sie vielleicht die Nummer? Ich hab sie nicht bei.« Er überlegte. »Ich hab die Essener Nummer«, wahrscheinlich meinte er die Dortmunder, dort saß nämlich die Zentralredaktion. Jedenfalls bekam er da die richtige Nummer und verband mich schließlich mit Franz Borner. Der bollerte sofort los, wie es so seine Art war, die ich seit fuffzehn Jahren kannte. Soll ich dir mal vorlesen, was heute von dir drinsteht? Er las, daß ich von München aus einen Schneebericht durchgegeben hatte. Ich erzählte ihm, daß nicht noch mehr Niederschlag runtergekommen sei, und fragte den einheimischen Experten dann, ob noch mehr Schnee zu erwarten sei. Der guckte aus dem Fenster und meinte, wahrscheinlich nicht. Ist denn das Stadiondach irgendwie gesperrt, wollte Borner wissen, und der andere meinte, teilweise. Das wär's, Franz, und er lud mich noch ein, mal wieder bei ihm vorbeizukommen. Zuletzt war ich mit meinem Vater und unserem damaligen Trainer Horst Laschober da gewesen, und wir hatten an jenem Abend in der Redaktion drei Flaschen harte Sachen und einen Kasten Bier leer gemacht. Fragt mich nicht, wie wir nach Hause gekommen sind. Horst war als Trainer schon in Ordnung und spielte auch mit vierzig noch mit, konnte aber unseren Abstieg aus der Bezirksklasse nicht verhindern. Seine Frau war auch okay, eine Studienrätin, die sich nicht zu schade fand, auch schon mal ins Vereinslokal zu kommen und mit den Wilhelmshöhern ein Glas Bier zu trinken.

Ich bedankte mich bei Herrn Eberle und fragte ihn zum Schluß, wie ich am besten zur Mannheimer Straße käme. Dort wohnten die Rapps. Er nannte mir eine U-Bahn-Station. Ich hatte noch massenhaft Zeit und ging erst mal zum Mittagessen ins McDonald's, weil man da immer weiß, was einen erwartet. Dann legte ich mich noch mal aufs Zimmer und checkte später aus. Ich würde doch nicht bis Sonntag bleiben. Ich brachte mein Gepäck zum Bahnhof und deponierte es in einem Schließfach. War auch das erstemal, daß ich so was machte. Und wie ich so durch den Untergrund ging, sah ich einen alten Münchener Volksschauspieler, den Fritz Strassner oder wie er hieß. Schon bei meiner Ankunft war mir auf dem Bahnsteig ein prominenter Darsteller begegnet, ich kam aber auf seinen Namen nicht, bis mir später einfiel, daß es Klaus Wildbolz war. Ich streunte noch durch die Innenstadt, kam auch an ein paar Buchläden vorbei, ging aber nicht rein, weil ich nichts kaufen wollte. Wenn ich mal drin war, haute ich meist Geld auf den Kopf und las die Bücher dann doch nicht, wie die, die ich bei meinem letzten Münchenbesuch antiquarisch von Alfred Paul Schmidt gekauft hatte. Ich nahm mir aber fest vor, demnächst wenigstens *Das Kommen des Johnnie Ray* zu lesen, weil dessen »Yes Tonight Josephine« in den Fünfzigerjahren eines der Lieblingslieder meiner Mutter gewesen war, und irgendwo hatte ich mal eine LP mit seinen größten Hits ergattert, aber meine Mutter war jetzt nicht mehr so begeistert. Und ich meinte auch, daß Alan Vega auf der *Half-Alive*-Kassette »Johnny Ray says« sang. Das mochte ich mir aber auch vielleicht nur eingebildet haben.

In Schwabing kaufte ich ein paar schrömmelige Blumen und schellte bei den Rapps. Sie war an der Tür, und unaufgefordert zog ich meine schneeuntauglichen Schuhe aus. Die Frau führte mich eine Treppe hoch, wo ihr Mann saß. Es war ein kleines Haus, und es hatte eine sehr intime Atmosphäre. Was ich schon mal gut fand, war, daß ich keinen Fernseher sah. In einer Ecke war ein Stoß Zeit gestapelt. Und Frau Rapp meinte, Sie waren ja schon mal hier. Ja, aber nur an der Tür. Ich war 76 mit meinem Freund Uli Hamann, einem großen Arno-Schmidt-Fan, bei der Irmgard Bernrieder gewesen, die in Bayern wohnte, und an einem Samstagnachmittag waren wir nach München reingefahren, hatten sofort die kleine Straße gefunden, aber die Rapps waren nicht da, sondern wahrscheinlich wie meist im September im Bayerischen Wald. Uli, der damals schon nicht mehr mit der Susanne Berger befreundet war, fotografierte mich vor der Haustür neben einer Sonnenblume, und diese Fotografie suchte Frau Rapp jetzt raus. Ja, ich hatte damals noch meinen schönen englischen Chintz-Mantel an, den ich mir in der Oxford Street gekauft hatte. Hinten war ein kleines Loch, das ich unfreiwillig mit einem Stielkamm reingebohrt hatte. Frau Rapp machte Tee, und ich fing an, wie ein Wasserfall zu reden. Ich erzählte Eugen Rapp alles, was ich seit unserer letzten Begegnung, die nun anderthalb Jahre her war, erlebt hatte, und das war ja nicht wenig. In einem mußte ich ihn korrigieren. Er hatte mir geschrieben, daß er sich freute, daß nun der Unseld was für mich tat. Das stimmte ja nicht. Es war ja einfach nur so, daß sich der Lektor für Nachwuchs an meiner Arbeit interessiert zeigte. Wir aßen Kuchen, und die Zeit verging im Flug. Einmal schaltete er das Radio an. Doch, das hatte er, und er ging auf und ab, als die Meldungen vom Ausnahmezustand in Polen durchgegeben wurde. Er sagte aber nichts. Ich fragte ihn, ob er mir die Adresse von Stefan Koval geben könne, den ich ja auch bewundere, und er holte seinen Füllfederhalter und schrieb die Anschrift auf die noch leere Seite mit dem Buchstaben K in mein Adreßbuch. Abends gab's ein Reisgericht, und ich sagte ihm, daß ich nicht mehr allzulange bleiben wolle und auch am nächsten Tag den Termin mit der Frau vom List-Verlag platzen lassen würde, und er fragte mich, ob er sie anrufen solle. Ich sagte, lassen Sie mal, das mach ich morgen von zu Hause. So ziemlich gegen Schluß, als mein Redefluß langsam abgeebbt war, fragte er mich, ob ich schon mal LSD genommen hätte.

Machte ich den Eindruck? Kannte er sich aus? Ich fragte aber nicht, und Sie? Immerhin hatte sein etwas älterer Kollege Ernst Jünger ja auch damit experimentiert. Er meinte dann, von den österreichischen Dichtern hätte der eine oder andere schon was eingeworfen. So? Sollte ich es wirklich mal probieren? Lieber nicht, wie man sah, war ich ohnehin schon ein wenig außer mir. Gegen acht verabschiedete ich mich, um den Zug ins Ruhrgebiet zu erreichen.

In dem Abteil, das ich bestieg, saßen schon zwei Leute in meinem Alter. Nach einer Anwärmphase kamen wir ins Gespräch. Der eine lange Blonde war mit einem Lkw in Rosenheim steckengeblieben und wollte nun zurück nach Herne, während der andere Lebensmittelprüfer aus Ostfriesland war. Ja, der D-Zug würde noch nach Hamburg fahren. Er war ziemlich klapprig, und zwischen den Abteilen schneite es durch. Der Lkw-Fahrer erzählte, daß er in dem Hotel, in dem er zuletzt gewohnt habe, eine Nummer mit einem Zimmermädchen gemacht habe. Und ich schilderte ohne Umschweife meine letzten Sexabenteuer, die ja nun auch schon einige Zeit zurücklagen, und ich erzählte mir dabei einen hoch. Wahrscheinlich bekam der Ostfriese auch 'ne Latte. Jedenfalls schien er mit den Ohren zu schlackern. Wir quälten uns durch die Nacht. Die Heizung funktionierte auch nicht richtig. Irgendwo auf freier Strecke blieben wir mal 'ne halbe Stunde lang stehen. Der Ostfriese schlief ein. Der andere und ich schwiegen uns an, das Pulver war verschossen, es war halb drei nachts. Auch ich versuchte ein bißchen zu nuckeln, aber es gelang mir nicht. Ich setzte den Kopfhörer auf und hörte Buddy Holly. »Well All Right«, eine Nummer, die auch mal die Supergruppe um Eric Clapton, Blind Faith, gespielt hatte, Ende der Sechzigerjahre. Zu fast jedem Buddy-Holly-Song fielen mir solche Fakten ein, diese Nacht dachte ich aber nicht darüber nach. Gegen fünf weckten einige Leute den Schlafwagenbetreuer und ließen sich von ihm einen Instant-Kaffee machen. Auch ich ging hin, und wie immer im Zug schmeckte die Brühe nach nichts. Wenigstens war sie warm.

Der Lkw-Fahrer stieg mit mir gegen acht Uhr in Bochum Hauptbahnhof aus, wo ich mir eine Ruhr-Nachrichten kaufte und nachsah, ob nicht was von mir im Sportteil drinstand. Jawohl – Borner hatte mir einen eigenen Absatz gewidmet. Ich trank mit dem anderen noch ein paar Bier und zum Aufwärmen einen Schnaps, bevor ich mit dem Zug nach Langendreer fuhr. Als ich aus dem alten wilhelminischen Bahnhofsgebäude rauskam, sah ich von der Wilhelmshöhe einen Sattelschlepper mit Tannenbäumen runterkommen, und endlich erlebte ich mal, wie ein Laster in der Unterführung steckenblieb. Öfter hatte ich mal gesehen, wie sich die Lkws peu à peu durchquälten. Aber daß einer richtig festsaß, war neu für mich. Ich hätte gern gewußt, wie der Fahrer aus dieser Bredouille herauskam, aber dann wollte ich doch lieber nach Hause und einen anständigen Tchibo-Kaffee trinken.

Es sprudelte nur so aus mir raus, als mir meine Mutter 'ne Tasse hinstellte. Ich glaub, ich komm noch mal groß raus, dachte ich dabei. Sagte ich es auch? Dann legte ich mich erst mal schlafen.

Nachmittags rief ich die Frau vom List-Verlag an, sagte ihr, daß ich keinen Bock mehr auf München gehabt hätte, was nichts mit ihr zu tun habe, aber es sei mir einfach zu kalt. Das Wichtigste, was ich erreichen wollte, hätte ich ja auch geschafft. Alles Weitere wäre eine Antiklimax gewesen. Sie sah das ein. Ich fragte sie dann mehr aus Jux, ob sie mich nicht an meinem Geburtstag an Silvester besuchen wolle. Nein, dann wär sie zum Ski-Urlaub weg. Also dann, vielleicht auf der nächsten Buchmesse.

Montags erhielt ich einen großen Umschlag per Post. Er war von Körner. Er schrieb mir, daß ich ja wenig Zeit hätte, deshalb hätte er an meiner Stelle ein Interview mit sich selbst geführt und so intelligente Fragen gestellt, wie ich sie gestellt hätte. Ich überflog die 15 Seiten. Es ging ums Ruhrgebiet allgemein, wie Körner es sah, um die SPD und daß diese Ecke ein Irrtum sei, der mit dem Ende der Schwerindustrie aufhören würde. Außerdem enthielt es noch den einen und anderen Seitenhieb, beispielsweise auf den schreibenden Polizisten Degener, der auch Vorsitzender des nordrheinwestfälischen Schriftstellerverbandes war.

Ich fand das Interview toll und druckreif und fuhr sofort damit zum Marabo. Nur Christian war da, das neue Heft war schon raus. Er las das Interview quer und meinte, das könne man bringen. Dann kam Krauskopf, warf einen Blick drauf und war nicht so überzeugt. Beiden hatte ich nicht erzählt, daß ich das Gespräch gar nicht geführt hatte. »Flora Soft nicht da?« Die war jetzt Setzerin, nachdem ich sie vermittelt hatte. Auch sie wollte ich zu meinem Geburtstag einladen. Nicht, daß ich noch scharf auf sie war. Das hatte ich mir von der Backe geputzt. Aber wir waren gute Freunde. Ich rief sie dann an, sie wußte aber noch nicht, ob sie kommen würde. Dann sagte Christian, wir brauchen noch Bilder von Körner, und ich rief ihn in Dortmund an, den Tausendsassa. Kennst du einen Fotografen? Und natürlich kannte er einen. Wir verabredeten uns für den zweiten Weihnachtstag.

Heiligabend verlief nicht so wie sonst. Nicht nur fehlte jetzt schon einige Jahre die Oma. Ich konnte diesmal nichts schenken und mußte deshalb heulen. Alle trösteten mich. Es wird schon werden. Ja, wartet mal, nächstes Jahr komm ich groß raus. Am ersten Weihnachtstag gab es die traditionelle Pute, und am zweiten setzte ich mich in den Zug nach Dortmund, wo ich Max Meier traf, einen Schulkollegen meines Vaters, auch er ein alter Wilhelmshöher und Bruder vom Fritz, der nicht ganz da war, nachdem er sich bei einer Schlagwetterexplosion im Krieg eine Gehirnverletzung zugezogen hatte. Er war so etwas wie der Dorftrottel der Wilhelmshöhe gewesen. Einer hatte mir mal erzählt, wie sie ihn Anfang der Fünfzigerjahre mit in den Puff genommen hatten, da der ja noch keine Frau gehabt hatte, und als er ihm abging – alle sahen zu –, hätten ihm die Augen gerollt wie bei einem Ochsen. Später dann saß er beim Bäcker Mersmöller vor der Tür und tat nichts. Saß nur da und sah sich den Verkehr an. Mancher Busfahrer gab ihm ein Hupzeichen, worüber er sich freute. Jetzt, nachdem seine Mutter gestorben war, mit der er zusammengelebt hatte, wohnte er in einem Heim. Sein Bruder Max wollte nun wie immer am zweiten Weihnachtstag zum Steherrennen in die Westfalenhalle. Vielleicht können wir dich mitnehmen, sagte ich ihm, ein Bekannter holt mich am Bahnhof ab.

Da stand er auch schon mit seinem großen Citroën. Ich fragte ihn, ob wir Max bei der Westfalenhalle abladen könnten, aber Körner meinte, der Umweg sei zu groß. Also fuhr Max mit der Straßenbahn. Der Fotograf Metzendorf saß schon in der Limousine. An einer Ampel stand neben uns ein Volvo, und Körner tat beim Anfahren so, als würde er ein Rennen mit ihm austragen. Bis zur nächsten Ampel war Körner vorn, und irgendwie kam mir hier nach langer Zeit wieder der Gedanke, verfolgt zu werden oder mindestens durch den Volvo-Fahrer überwacht zu werden. Vielleicht überwachte er auch nur Körner. An der Hamburger Straße stiegen wir aus. Oben die Wohnung war geräumig. Womit der nur sein Geld verdiente? Noch im Sommer, als ich ihn noch nicht kannte, hatte ich in Hamburg für zwei Mark antiquarisch seinen Roman *Nowack* erstanden. Er sagte mir jetzt, daß er Drehbücher für die Fernsehserie *Büro Büro* geschrieben hätte. Er würde mir gleich einen Ausschnitt zeigen, vorher sollte ich mir aber noch einen Porno angucken. Der war aber lahm. Ich gab ihm die Phillip-Goodhand-Tait-Kassette, die ich ihm leihen wollte. Als der Porno zu Ende war, legte er ein anderes Band in den Videorecorder. Eine junge Frau sang bei einem Talentwettbewerb »Don't Cry for Me Argentina«. Das sollte komisch sein? Dann stand Iris Berben unter der Dusche, von einem Vorhang verdeckt. Die Szene, sagte Körner, habe er extra eingebaut, damit er bei den Dreharbeiten sehen konnte, wie Iris Berben nackt aussah.

Dann machte Jürgen Metzendorf ein paar Fotos. Er wollte kein Honorar dafür sehen, sondern nur die credits beim Abdruck. Dann war der Nachmittag gelaufen, und Körner brachte mich zum Bahnhof.

Nach Weihnachten setzte ich mich hin und schrieb für den Musik Express die Kritik über die Alan-Vega-Platte. Als ich fertig war, rief ich Gockel an, um zu erfahren, ob ich sonst noch was für ihn tun konnte. »Ja«, sagte er, »du wolltest doch immer mal was über Thommie Bayer machen.« – »Gerne.« – »Wir machen da drei Geschichten über deutsche Sänger.« – »Wer sind die andern beiden?« – »Franz Morak, das ist so 'n singender Burgschauspieler. Und Heinz-Rudolf Kunze.« Kunze, sagte ich, den könnte ich auch übernehmen. Ich hab den mal in Köln getroffen. Ich müßte nur seine Platte haben. Die hatte ich ja mit Widmung der Flora Soft geschenkt, die aber auf dem Flohmarkt nur zwanzig Mark dafür erlösen konnte. »Kein Problem«, sagte Gockel. »Ich will dann nur noch mal versuchen mit ihm zu sprechen, telefonisch. Ich mach das mit dem Kölner Büro klar.«

Ich rief Thommie Bayer an, da ich dessen Privatadresse hatte. Er sagte, er würde im Januar ins Studio gehen und mir dann ein Tonband schicken. Sonst brauchte ich kein Interview mehr mit ihm. Ich hatte schon im Sommer in unserer Küche ein Band mit ihm aufgenommen.

Von Kunze hatte ich keine Kassetten. Ich hatte ihn ja auch nur eher zufällig in den Kölner WEA-Büros getroffen, wo mir dieser verhinderte Studienrat schon nicht so sympathisch vorgekommen war, und als ich jetzt seine Platte erhielt, gefiel er mir erst recht nicht. Zu viele Metaphern, und was mir bei dem Sohn eines SS-Mannes besonders auffiel, Ausdrücke aus dem militärischen Bereich, als ob er damit unbewußt seinem Vater imponieren wollte, der als erstes, als ihn 55 der Adenauer aus Rußland rausgeholt hatte, diesen Balg angesetzt hatte. Mein Vater war auch gegen Kriegsende der Waffen-SS unterstellt gewesen, aber ich habe im Gegensatz zu Kunze nie darunter gelitten. Mein Vater hat auch nie darüber gesprochen. Erst kurz vor seinem Tod, als wir Besuch von einem holländischen Journalisten hatten, sprudelte es aus ihm raus. Beim Mittagessen erzählte er mehr als in vierzig Jahren davor. Ich weiß aber immer noch nicht, ob er irgendwelche Sauereien begangen hat. Jedenfalls saß er nicht zehn Jahre beim Iwan in Gefangenschaft.

Ich machte mir damals nicht die Mühe, außer die Texte zu lesen, mir noch die Platte anzuhören. Das hätte ich am vergangenen Wochenende nachholen können, da liefen im dritten Fernsehprogramm nämlich gleich zwei Konzerte des bebrillten Sängers. (Nichts gegen Brillenträger – mein Lieblingssänger Buddy Holly war der erste Rockstar mit einem Nasenfahrrad.) Ich kam allerdings über zwei, drei Stücke, die unerträglich aufwendig überproduziert waren, nicht hinaus. Wodurch der Kunze aber endgültig bei mir verschissen hatte, war, daß vor nicht allzu langer Zeit sein Dobermann, oder war's 'ne Deutsche Dogge, das Kind eines befreundeten Ehepaares zerfleischt hat. Es ging kein Aufschrei der Empörung durch die Presse. Nur Horst Tomayer hat ihn in Konkret aufgefordert, mal 'ne Zeit die Fresse zu halten. Kunze hat sich nicht daran gehalten, und ich verstehe den Feingeist Roger Willemsen nicht, daß er

Kunze nicht nach dieser Geschichte gefragt hat. Wie das denn so ist, wenn man praktisch ein Kind auf dem Gewissen hat.

Ich schrieb erst mal meine Story, nachdem Kunze es abgelehnt hatte, mich noch mal zu sprechen. Aber das war schon im neuen Jahr. Erst mal feierten wir Geburtstag.

Als erstes kam Marianne Kersten, die in der Buchhandlung Janssen arbeitete, wo ich oft was kaufte. Irgendwie war mir der eigenartige Gedanke gekommen, daß sie die Freundin von jenem Attentäter gewesen war, der sich in Lütgendortmund mit dem Amtshaus in die Luft gejagt hatte. Mir war, als hätte ich in der WAZ ein Foto abgebildet gesehen, auf dem er aussah wie jener Freund von ihr, der mich mal im Schallplattenladen gefragt hatte, ob ich was über Konstantin Wecker schreiben könne. Ich hatte nichts dagegen, doch hatte er nie was abgeliefert. Aber hören die Roten Zellen überhaupt Wecker? Ich hab Marianne nie danach gefragt, ob meine Vermutung richtig war. Ich werd's auch nächste Woche nicht tun, wenn wir nach langer Zeit mal wieder zusammen ins Café gehen.

Dann kam Robert mit seiner Familie – schwangere Frau und ein richtiges Kind. Er kam jedes Jahr, aber wie das so ist, wenn einer heiratet, ist anschließend meist die Freundschaft nicht mehr so dick, weil die Ehe doch Priorität hat. Außerdem war er Assistenzarzt. Gern erzählte er auch an diesem Nachmittag die Geschichte, daß sein allererster Patient bei seinem allerersten Bereitschaftsdienst in der HNO-Abteilung der Uni-Klinik Essen Muhammad Ali gewesen sei, der damals gerade zu einem Schaukampf in Deutschland unterwegs war. Natürlich trommelte Robert den Oberarzt aus dem Bett, und der holte den Chefarzt, der dann die Behandlung von Clays verstopfter Nase übernahm. Heute hängt ein Foto von dem Vorgang im Zimmer des Professors. Robert war jetzt kurz davor, zum Bund eingezogen zu werden, der natürlich immer scharf auf qualifizierte Leute ist.

Mein Bruder hatte die Zeit lange hinter sich. Er kam mit meiner Schwägerin und seinem Sohn Marcus, der schon mit elf einen Ring durchs Ohr trug.

Ich selbst war nie beim Militär gewesen und hatte mich auch nicht zum Ersatzdienst gemeldet. Auch das war eine eigentümliche Geschichte, die mir später zu denken gab:

Zunächst war ich, noch vor dem Abitur, als tauglich gemustert worden, hatte dann aber Beschwerde wegen meiner Nase eingelegt, da ich eine schiefe Nasenscheidewand hatte und schlecht Luft kriegte. Ich wurde zu einem Gutachter ins Bergmannsheil geschickt, der mich, wie ich fand, gründlich untersuchte. Ich wurde zu einer weiteren Musterung ins Kreiswehrersatzamt bestellt, wo mich ein externer Arzt noch mal durchcheckte und mich fragte, ob ich sonst noch irgendwelche Beschwerden hätte. Was heißt Beschwerden. »Im Knie?« Da fielen mir meine Rückenschmerzen ein, die ich schon mal ab und zu nach dem Fußballspielen hatte. Ich war aber deshalb noch nie in Behandlung gewesen. Danach sah sich ein Stabsarzt noch mal meinen Schwanz an. Von der Musterungskommission erhielt ich ein Schreiben, in dem stand, ich solle mich noch mal im Bergmannsheil untersuchen lassen. Diesmal am Rücken. Ich dachte mir nichts dabei, war aber froh, daß ich noch eine, wenn auch dünne, Chance hatte. So bräuchte ich vielleicht nicht zu verweigern. Allerdings würde ich wahrscheinlich ohnehin zur Bundeswehr gehen. Alte Leute versorgen war nicht so mein Ding. Meine Eltern hatten mich bis dahin von allem Unangenehmen ferngehalten. Ich ließ mir also im Krankenhaus einen Termin bei dem Orthopäden geben. Der stellte mich auf den Kopf und ließ mich auch nackt auf Zehenspitzen durch sein Zimmer gehen. Ich versuchte in keiner Weise, ihm was weiszumachen, sondern sagte nur, daß ich ab und zu Rückenschmerzen hätte. Ich sagte nicht, Sturmgepäck kann ich nicht tragen oder so. Ich kriegte Wochen später den Bescheid, daß ich für zwei Jahre untauglich sei. Ich war erst überglücklich, wenn ich auch heute meine, eine anderthalbjährige Entwöhnung von zu Hause hätte mir Muttersohn damals gutgetan. Aber noch hatte ich die Einberufung nicht überstanden. Als die Frist abgelaufen war, mußte ich wieder zu dem Orthopäden, der mich dann für zwei weitere Jahre kaputt schrieb. Als auch die abgelaufen waren – ich war mittlerweile von der Uni zur Pädagogischen Hochschule gewechselt –, wurde ich wieder zu dem Arzt ins Bergmannsheil zitiert. Ich hatte abends zuvor gesoffen und atmete wahrscheinlich eine riesige Fahne aus. Ob es daran lag, daß er mich jetzt tauglich schrieb? Ich dachte nun, die würden mich jeden Tag einziehen, weil ich an der PH noch keine Zwischenprüfung abgelegt hatte. Es dauerte aber dann noch mal zwei Jahre, bis ich überraschend zu einem Eignungstest nach Dortmund kommandiert wurde, in ein Haus neben der »Letzten Instanz«, wo ich früher Bier hingeliefert hatte. Ich hätte mich doof stellen können, aber das hätte mir keiner abgenommen, also strengte ich mich besonders an, auch bei der schwierigen Simulation des Funkens, und es sah so aus, daß ich der einzige war, der am Ende nicht aufgab. Beim Rechnen war ich sowieso der Beste gewesen, hatte der Typ vom Bund gesagt. Danach rechnete ich fest mit meiner Einberufung, vor allem nachdem ich auch an der PH aufgehört und im ELPI angefangen hatte. Im Gegensatz zu Robert sollte es mich aber nicht erwischen, jedenfalls nicht so, wie ich mir das gedacht hatte.

Geburtstagskarten hatte ich auch bekommen, eine von Katja Stephan, die ich beim letzten Rockpalast hinter der Bühne kennengelernt hatte. Sie war da erst siebzehn, sah aus wie das Bravo-Girl des Jahres und schrieb für die Bildzeitung. Ich hatte mich an sie rangemacht und ihr später die OMO-Single geschickt, die kein anderer vom Marabo besprechen wollte. Sie schaffte das tatsächlich, außerdem hatte sie mir zwanzig Zeilen, die sie über die Tubes in Hannover für Bild geschrieben hatte, geschickt. Da wohnte sie auch. Hatte in der Redaktion nicht Wallraff gearbeitet? Irgendwann würde ich die Kleine treffen, aber nicht ficken, dafür war sie zu schade, und ich war ja auch schon neunundzwanzig. Ute hatte mir einen Brief mit Anzüglichkeiten geschickt (»Flachwichser«). Ja, mit der würde ich noch mal ins Bett, ob die nun mit anderen rumvögelte oder nicht. Aids kannte man ja damals noch nicht. Oder sollte ich dem Herbert die Vera mit Haupt und Haaren ausspannen? Ich hab vergessen zu erzählen, daß ich beide Weihnachten abends bei Appel getroffen hatte, wo ich mitten in der Nacht einen Anflug von Zahnschmerzen bekam. Ich wollte aber nicht nach Hause laufen, und für 'n Taxi hatte ich keinen Schotter. Ich ließ also die zehn Bier, die ich getrunken hatte, anschreiben und fragte Herbert, ob ich nicht bei ihm übernachten könne, da um die Ecke, Hohe Eiche. Er gab mir seinen Schlüssel. Ich war noch nie in der Wohnung gewesen. Vera und ich hatten immer bei mir oder im Auto gevögelt. Die Möbel bestanden aus Sperrmüll. Ich fand im Kühlschrank noch eine einsame Flasche Pils, aber dann keinen Öffner. Ich machte sie an der Tür auf und legte mich auf die Couch.

Nach einer Stunde kam Vera. Ich fragte sie, ob Herbert auch bald komme. Wußte sie nicht, der war ja am Saufen. Sie zog sich weitgehend aus und legte sich im Schlafzimmer ins Bett. Ich hinterher. Ohne daß wir sprachen, fingen wir an, Zärtlichkeiten auszutauschen, ich heftiger als sie. Wir zogen uns ganz aus und fingen an zu ficken. Ich verpaßte ihr gerade einen von hinten, als es klingelte. Das war natürlich Herbert, denn ich hatte ja seinen Schlüssel. Vera ließ los und ging zur Tür. Ich blieb zunächst im Bett, aus dem mich dann Herbert aber verscheuchte. Ob er wußte, daß wir gerade gevögelt hatten? Jedenfalls legte ich mich dann wieder auf die Couch und pennte, bis der erste Bus vom Alten Bahnhof fuhr. Die beiden hatte ich nicht zu meinem Geburtstag eingeladen, aber ich wollte mir dieses Ungeheuer im Bett warmhalten.

Susanne kam gegen vier und schenkte mir eine rote Lederkrawatte. Ich wußte nicht, ob sie einen Freund hatte. Ich traf sie ab und zu, aber sie erzählte nie etwas von einem Mann. Der letzte, mit dem ich sie zusammen erlebt hatte, war der Mathematiker Uli Hamann, aber das war auch schon fünf Jahre her. Ich hätte gern was mit ihr gehabt. Ich wußte aber nicht, wie ich mich ihr nähern sollte. Bei den andern, mit denen ich zuletzt gevögelt hatte, war es einfach gewesen und hatte sich quasi von selbst ergeben. Vielleicht kannten wir uns ja zu lange, seit der Sexta nämlich. Und hatte mir nicht eine andere, um die ich lange rumscharwenzelt hatte, Gerda, gesagt, sie könne es nicht mit jemandem machen, den sie zu gut kenne? Aber warum erzählte Susanne nichts von ihrem Freund? Ich konnte mir nicht denken, daß sie bei ihrem filmstarartigen Aussehen allein war. Sie war Lehrerin.

Dann kam noch der Fotograf Andreas, der ein richtiger Frauentyp war, und ich dachte mir, daß es zwischen ihm und Susanne funken könnte. Er schenkte mir ein überdimensionales Foto, das er am Düsseldorfer Flughafen von mir, Flora Soft und Hansi Hoff aufgenommen hatte. Wir sahen darauf alle drei ziemlich kaputt aus, ich besonders, neun Uhr morgens, nach einer Nacht im Appel.

Meine Mutter hatte allerhand Kuchen gebacken, und nach dem *Dinner for One*, das ich schon damals nicht mehr sehen konnte, tischte sie allerhand Salate auf.

Zwei Tage später kriegte ich von der Ulrike aus München ein Päckchen. Sie schickte mir die Gesammelten Werke von Knut Hamsun, die bei List erschienen waren. Ich freute mich sehr darüber, denn von Hamsun wollte ich immer mal was lesen, da meine Mutter ihn im Krieg verschlungen hatte. Ich bin aber bis heute nicht dazu gekommen. (Mittlerweile doch.)

Ich machte jetzt meinerseits ein Paket für Ute in Nörten-Hardenberg fertig. Ich packte meine Lieblingsjeans mit den breiten Beinen ein, die schon zerschlissen waren, ihr aber immer gefallen hatten. Im Bahnhof dann eine große Befreiung. Das rororo-Taschenbuch *Rock Session 6* mit drei Beiträgen von mir war erschienen. Das brächte allerhand Geld. Ich durfte nur nicht auffallen. Sagte die Bank dem Arbeitsamt auch wirklich nicht, daß ich nebenbei was verdiente? Bankgeheimnis. Um Ute zu zeigen, wie genial ich war, schickte ich dem Ralph Otto vom Göttinger Stadtmagazin hiero itzo, das sie abonniert hatte, einen Auszug aus meiner Buddy-Holly-Geschichte, und zwar die Stelle, die in ihrem Kaff spielte und in der es auch hieß, daß Flora Soft mir einen runtergeholt hatte, was zwar gar nicht stimmte, aber es paßte zu ihr und meiner Story. Dann schickte ich ihr ein Telegramm, weil sie kein Telefon hatte. Ich komme zu deinem Geburtstag; das wäre der 20. Januar.

Zwischendurch rief ich die Bettina Blumenberg an. Sie hatte von Herrn Unseld, der ihre neue Geschichte in seinem Schweizer Chalet gelesen hatte, persönlich Bescheid gekriegt, daß das nichts für Suhrkamp sei, während ich Post von seinem Lektor Müller-Schwefe erhielt, der mich zu meiner Story über Buddy Holly auf der Wilhelmshöhe beglückwünschte. Wird der Roman genauso?, wollte er wissen. Was weiß ich. Ich schrieb mir jetzt erst mal die Kunze-Geschichte vom Leib, dann schickte mir Thommie Bayer seine neuen Lieder, und ich schrieb diese Story, bei der ich mich gegen Thomas Rothschild aber leider vergriff. Der eigentliche Hammer war aber der Kunze-Artikel. Der würde reinhaun, sagte Jörg Gülden vom Musik Express am Telefon, und ich schob die Story über das Penguin Café Orchestra nach, die auch nicht so ohne war, in der ich auf Gott und die Welt schimpfte und in erster Linie jene Party schilderte, bei der Biolek die Honneurs gemacht hatte. Einen zweiten Teil würde ich nachliefern.

Olaf Gellisch rief an. Er war ein bißchen jünger als meine Schwester. Er wollte mich interviewen, weil er gehört hatte, daß ich am 3. Februar, Buddy Hollys Todestag, besagte Geschichte noch mal, diesmal im Rotthaus, lesen wollte. Ich hatte das auch schon im Februar-Marabo reinsetzen lassen, in dem Heft, in dem Körners Interview mit sich selbst, leider gekürzt, erscheinen sollte, sogar als Titelgeschichte, das hatte Christian, der Verleger, gegen seinen Chefredakteur durchgesetzt, der sowieso nie gegen die beiden Verleger anstinken konnte. (Ich erzähl hier viel zu schnell.) Ich machte mit Olaf einen Termin klar. Sein Opa war ein alter Nazi gewesen, der mir aber immer 'ne Mark gegeben hatte, wenn ich ihn im Dorf traf, auch als wir schon nicht mehr da unten wohnten.

Im Rotthaus bediente Doris. Wir verstanden uns nach wie vor blendend, wahrscheinlich weil unsere Beziehung nicht tiefer ging. Sie gab mir sogar mein erstes Pils aus. Diesmal war ich aber ausnahmsweise nicht ihretwegen in dem Lokal.

Eines Abends in jenem Januar, als ich nichts mehr weiter vorhatte, landete ich gegen elf im U-Bo, der Kneipe im Schauspielhaus, aber es war nicht mehr viel los. Ich stellte mich neben ein junges Mädchen, das achtzehn, neunzehn sein mochte. Aus Versehen griff sie nach einer geraumen Zeit des Schweigens nach meinem Bier. Ich sagte ihr das, und sie entschuldigte sich. Ob sie es absichtlich machte, um mit mir ins Gespräch zu kommen? Das schloß ich nicht aus. Sie hatte eine eigentümlich geformte Nase, durch die sie etwa so sprach, wie ich. Ich fragte sie, ob sie noch einen Kaffee mit mir trinken wolle. Das fand sie erstaunlich, weil die meisten anderen Männer sie immer nur besoffen machen wollten. Sie sagte, sie verkehre öfter hier, mir war sie aber noch nicht aufgefallen. Vielleicht hätte ich mich dann schon eher an sie rangemacht. Sie gab mir die Visitenkarte ihres Vaters, dessen Namen sie durchgestrichen und dafür ihren darüber geschrieben hatte. Marlies Alt. Immer diese Namen, die etwas bedeuteten, bei den Frauen, die ich kannte: Melitta Pfeffer, Johanna Schenkel und andere, die mir später noch einfallen werden, allen voran Carmen Talent, die im Sommer mit mir mal ausgegangen war, nachdem sie sich von Sigi getrennt hatte. Erst kam sie in meine Wittener Wohnung, und wir fuhren am Freitagabend nach Appel, wo sie feststellte, daß Alex, einer der Mitbesitzer, mit ihr auf der Schule gewesen war. Ja, so klein war die Welt und doch so weit. Im Herbst wollte ich sie, die mittlerweile mit einem Dozenten liiert war, in einem Kaff bei Karlsruhe besuchen. Ich war auf der Buchmesse und hatte vorher schon mit ihr klargemacht, daß ich bei ihr übernachten würde. Ich ließ mir nur noch mal telefonisch von ihr den Weg erklären. Aber irgendwie fand ich nicht hin. Es war ein Ort mit einem Doppelnamen. Ich fuhr lange rum, bis ich eine Stelle fand, an der ich gefahrlos meinen Wagen hinstellen konnte, um auf dem Rücksitz zu pennen. Natürlich hatte ich im Hinterstübchen gedacht, daß ich auch mit Carmen ein bißchen nibbeln könnte. Aber es sollte nicht sein. Viel schlimmer, ich hatte kaum noch Sprit, und mit dem Geld käm ich höchstens bis Frankfurt. What to do?

Erstmal landete ich in Speyer, wo ich in einer Bäckerei, die keinen Tchibo-Ausschank hatte (diese Missionierung fand erst später statt), fragte, wo ich einen Kaffee trinken könne. Man schickte mich in ein Hotel, wo ich tatsächlich auch als Nichtgast was bekam. Jemand las eine Bildzeitung, und ich sah, daß Deutschland im Fußball 7:0 gegen Finnland gewonnen hatte, und zwar in Bochum in dem ersten Länderspiel, das da seit 1926 stattgefunden hatte. Ein paar Tage später beim Dellmann am Tresen erzählte seine Frau, die doofe Ilse, daß sie auch dort gewesen sei, und der Gerd Oberlies sagte, ich weiß. Wieso, hasse mich gesehn? Nee, aber gehört. Da bölkte sie wieder los.

Ich mußte zurück zur Buchmesse und irgend jemanden anpumpen. Akselrad war nicht da, Müller-Schwefe war auch nicht an seinem Stand, also blieb mir als letzte Hoffnung nur der Körner.

Eine Viertelstunde bevor der Laden dichtmachte, sah ich ihn in der Fischerkoje sitzen, wie er Pfeife rauchte. Ich fragte ihn hintenrum, wieviel Sprit man wohl ins Ruhrgebiet brauchte, und er gab mir fuffzig Mark. Nun also konnte ich mich mit dem Abdruck seines genialen Ruhrgebietsinterviews revanchieren.

Noch aber steh ich mit Marlies am Tresen vom U-Bo. Ich erzählte ihr in aller Breite, was ich so mache, um an Geld zu kommen, und sie schien interessiert zu sein. Ruf mich doch mal an. Ich gab ihr einen flüchtigen Kuß und verschwand. Am nächsten Tag rief ich vom Rotthaus aus an. Da würde am Sonntag im Gesellschaftszimmer eine Diskussion über Ruhrgebietsmusik stattfinden. Ich fragte sie, ob sie Lust hätte mitzukommen. Sie hätte wahrscheinlich zu allem Ja gesagt.

Dann traf ich Gellisch, der nebenbei für die Langendreerer WAZ schrieb. Heiko Kuklick, der auch bei meiner Zechenlesung gewesen war, hatte ihm erzählt, wie toll das gewesen sei. Nun wollte er einen Artikel über mich schreiben. Erstmal gab ich ihm einen Abzug von dem Text, und er fragte so dies und das. Ich erkundigte mich nach seinem Onkel Lollo, der ein Freund meines Bruders gewesen war. Ich erinnere mich noch, wie er 64 mit *With The Beatles* ankam. Dem ging's jetzt nicht so gut. Alkohol. Dann zeigte er mir ein Buch, das er aus der Historischen Bibliothek mitgebracht hatte. Es zeigt auf einem Bild auch unser Haus. Allerdings mußte das Foto schon sehr alt sein, denn es war noch ein Zaun davor, von dem jetzt jede Spur fehlte. Er verabschiedete sich und sagte, er werde noch mal vorbeikommen, um mit mir seinen Artikel durchzusprechen. Von mir aus gerne, ist aber nicht nötig.

Das Paket mit der Hose kam zurück. »Ich bin doch nicht so 'n Zwerg wie du. Die Beine sind mir viel zu kurz. Aber ehe ich die Buchse der Polen-Hilfe gebe, schick ich sie lieber dir zurück.« Ich beschloß aber nicht, am 20. zu Hause zu bleiben. Allerdings hatte ich Probleme mit meinem Hals, also ging ich zum Fronhöfer. Die Mandeln müssen raus. Er gab mir ein Rezept, und ich sollte am Montag wiederkommen, dann wollten wir auch einen Hörtest machen, um den ich ihn gebeten hatte, weil ich jetzt immer über Kopfhörer und in Konzerten so laute Musik hörte.

Am Sonntag schlief ich nach einem Solo-Abend im Appel, wo ich vergeblich auf Vera gewartet hatte, bis in die Puppen. Am frühen Nachmittag rief mich Körner an, dem ich noch mal bestätigte, daß sein Interview definitiv die Titelstory sein würde, nur wie das Cover aussehen würde, stehe noch nicht fest. Er wollte aber was anderes. Da gab es beim Fischer-Verlag eine Christa Lang, die eine Anthologie rausgeben wolle, in der Männer über ihren besten Freund und Frauen über ihre beste Freundin schrieben. Ruf mal bei der an – er gab mir die Nummer – und sag, daß ich dich empfohlen hab. Kann ich nicht über meine beste Freundin schreiben? Egal. Ich rief bei der Frau, die eine versoffene Stimme hatte, in Frankfurt an. Sie sagte okay. Sie gab mir sechs Wochen Zeit. Zwei Stunden später war ich fertig. Ich hatte einen Moment überlegt, wer wohl mein bester Freund war. Ich hätte Robert oder Rolf Hiby, den fruchtbaren Juristen, nehmen können, ich entschied mich aber für Omo, den ich noch abends zuvor bei Appel getroffen hatte und mit dem ich mich mal zusammen, als ich noch in Witten wohnte, von einem Play-mate des Monats zur Selbstbefriedigung anregen ließ; er damals ohne Heidi, ich ohne Ute. Ich schickte noch am selben Tag das Manuskript an die Olle. Dann klingelte Marlies. Ich küßte sie knapp und stellte sie meinen Eltern vor, die sie freundlich empfingen. Ich präsentierte meinen Eltern nur Frauen, von denen ich wußte, daß sie meiner Mutter gefielen. Meinem Vater waren sie eigentlich egal. Does it really matter? Ich bin bald dreißig. Ja, solange ich wieder zu Hause wohnte, wollte ich gut mit ihnen klar-kommen. Marlies war ausgebildete MTA und suchte einen neuen Job. Ich hatte natürlich keine Ahnung, wußte noch nicht mal genau, was eine MTA machte. War unsere Tante Ilse nicht eine gewesen? Die hatte ich auch schon lange nicht mehr gesehen. Sie war eine alte Jungfer geworden, weil sie von ihren Eltern aus höchstens einen Arzt, aber keinen Geringeren hätte heiraten dürfen. Jetzt war ihre Mutter, Tante Käthe, schon zehn Jahre tot, und in der Verwandtschaft wurde gemurmelt, sie hätte lesbische An-wandlungen, jedenfalls machte sie immer FKK, die alte Schachtel. Und meine Mutter wollte ihr immer mal un-ter die Weste drücken, daß Tante Käthe Mutters Vater, der jünger war als sie, mal fünf Pfennig unter den Schrank warf, als er seine ältere Schwester, die sich um die Fami-lie kümmern sollte, um Geld für ein Schulheft bat. Lei-der hat sich meine Mutter nie entschließen können, ihrer Cousine Ilse diesen Vorfall zu erzählen. Vor sechs Wochen ist sie in Hannover bei einem Neffen gestorben, der auf seinem Absender gedruckt hatte, daß er Realschulrektor ist.

Wir fuhren also ins Rotthaus zu der Veranstaltung, die von der Marabo-Konkurrenz Guckloch organisiert wor-den war und in der es um die Zukunft der Rockmusik im Ruhrgebiet gehen sollte. Leider bediente nicht Doris. Scha-de, ich hätte sie mit Marlies eifersüchtig machen können.

Aber wahrscheinlich war ich der Blonden sowieso scheißegal. Statt dessen zapfte Claudia, die wie die Hauptdarstellerin aus dem Film *Fünf Flaschen für Angelika* aussah, wenn den einer kennt. Sie war eine der Wortführerinnen bei den Fabrikbesetzungen im vergangenen Sommer gewesen. Wir kamen immer gut klar, wie ich überhaupt sagen muß, daß ich mit allen Leuten vom Rotthaus auskam. Claudia war mit dem Schlagzeuger von Geier Sturzflug liiert, die damals aber nur auf lokaler Ebene beliebt waren.

Die Sitzung sollte im ehemaligen Gesellschaftszimmer stattfinden, wo das Kollektiv nun an den Wochenenden Discos abhielt, Gruppen rockten oder Theater geboten wurde, alles was das alternative Herz begehrte. Nur Latzhosen sah man nicht mehr, die noch Ende der Siebzigerjahre beim Aufkommen der Grünen en vogue gewesen waren. Holger Marjczack oder wie der sich schrieb, der Musikredakteur vom Guckloch, begrüßte mich freundlich. Ein paar Dutzend Leute erschienen, von denen ich einige kannte, Pussy Krull, den Musiker, Peter Wasielewski von den Conditors, der immer noch die von mir geliehene LP von T-Bone Burnett nicht zurückgegeben hatte. Harald Thon tauchte natürlich auch auf. Er war zu dem Zeitpunkt erfolgreich dabei, Ruhrgebietsformationen Konzerte zu besorgen, auf kommerzielle Weise, während es bei der Diskussion einen eher alternativen Flügel gab, der was gegen das Absahnen von Agenten hatte. Ich hingegen schlug mich auf die Seite von Harald Thon, der ein wenig jünger war als ich und der mir mal erzählt hatte, er könne sich daran erinnern, mit mir im Schulchor gewesen zu sein. War ihm auch aufgefallen, daß ich meist falsch gesungen hatte? Die Diskussion brachte die Leute nicht viel weiter. Pussy Krull erzählte noch mal, wie er von sich aus versucht hätte, für die nach ihm benannte Band Konzerte zu bekommen, und dabei vergebens achthundert Mark vertelefoniert hatte. Am Ende meinten Harald Thon und sein Kompagnon Oli Schrumpf, der den Plattenfirmen Tapes von Ruhrgebietsbands anbot, ich hätte gewonnen. Dabei hatte ich gar nicht so viel geredet wie sonst. Ich fragte Marlies, die die ganze Sache wortlos verfolgt hatte, ob sie noch zu mir kommen würde, aber sie hatte keine Lust. Ich drängte auch nicht. Ich wollte ihr und mir Zeit lassen, bis wir ins Bett gingen. Daß das aber demnächst passieren würde, war mir klar. Fragte sich nur, ob auch ihr.

Montags kaufte ich mir wie immer bei Wagner den Spiegel. Diesmal guckte ich nur nach den Leserbriefen. Ich hatte einen nach der Ruhrgebietsstory von Rainer Weber hingeschickt, in dem ich mich beschwerte, daß zwar der doofe Beuys-Schüler Johannes Stüttgen, der mich mal vor Jahren auf dem Weg zur PH mitgenommen hatte, wobei ein Eddie-Cochran-Song lief, reichlich zitiert worden, ich aber nicht als zukunftsweisender Schreiber gewürdigt worden sei. Aber natürlich war mein Schrieb nicht abgedruckt worden. Da las ich auch den Rest des Magazins nicht und warf es auf den großen Haufen, den die vergangenen Jahrgänge auf meiner Mansarde bildeten. Ich fuhr – wie immer, seit ich kein Auto mehr hatte – mit der Bahn in die Stadt und von da aus mit der 8/18 nach Weitmar-Mitte zum Marabo. Mal wieder ein Scheck wär nicht schlecht gewesen. Allerdings war ich kein starker Forderer. Ich kaufte bei Rewe ein Dreierpack Bier und ging über den Hof, der durch einen Schlagbaum für Fahrzeuge gesperrt war, deren Halter keinen Schlüssel hatten. Da es erst zwölf Uhr war, war Christian, der eine Verleger, noch nicht da, während sein Kompagnon Günther Macho fleißig, wenn auch oft vergebens Anzeigen zu akquirieren versuchte. Ich grüßte Flora Soft im Setzraum mit einem Scherz. Ich ging in das Zimmer des Chefredakteurs Peter Krauskopf, dem es stank, daß dieser Raum für sämtliche Redakteure da war und von hier aus und nicht von den beiden anderen

Zimmern aus telefoniert wurde. Ich bot ihm 'ne Dose Bier an, aber er lehnte wenig freundlich ab. Wie weit ist die Körner-Story?, wollte ich wissen. Ist schon gesetzt, aber wir mußten einiges kürzen. War mir schon klar. Ich gab ihm die Fotos, die Metzendorf mir geschickt hatte, die Fotos, die mich mit Körner im Gespräch zeigen sollten. In Wirklichkeit haben wir uns an dem Tag nur Zahlen zugerufen.

Eins, bei dem eine Unschärfe, ausgelöst durch meine rechte Faust, drauf war, fand ich besonders gut. Das sollten wir nehmen, außerdem hatte mir Körner eine Liste mit seinen Veröffentlichungen zukommen lassen. Es waren an die zwanzig Titel. Worüber ich mich wunderte, war nur, daß er seinen Drogen-Reader nicht aufgeführt hatte.

Ich stellte die übrigen beiden Dosen Bier in den Kühlschrank, in dem sonst nur Dosenmilch stand, und fuhr noch mal nach Hause. Ich wollte mich ein bißchen ausruhen. Ja, auch das gab's. Abends fuhr ich wieder hin zum Marabo, weil montags immer Redaktionssitzung war. Da konnte man auch meinen Nachfolger als Musikredakteur, Peter Temminghof, erwischen, der bei irgendeinem Verband in Gelsenkirchen arbeitete, den man aber selten auf der Arbeit erreichen konnte. Es kamen noch ein paar Leute von den verschiedenen Ressorts. Das letzte Heft war abgehakt wie auch die Kritik daran, die immer die erste Sitzung im Monat in Anspruch nahm. Christian erläuterte dann die Titelgeschichte und machte einen Vorschlag fürs Cover. Okay, what else? Die verschiedenen Redakteure trugen ihre Pläne vor. Dann ging's um die future. Ich schlug vor, wir sollten für März 'ne Geschichte über Achim Reichel machen. Der kommt nächste Woche nach Bochum in die Zeche. Den könnte ich versuchen zu interviewen. Ich war seit Rattles-Zeiten, seit '64 also, Fan von ihm. Am selben Tag, meinte Peter Temminghof, spiele die Sally Oldfield in der Kleinen Westfalenhalle. Die Ariola hätte gern, daß wir ein Interview mit der machen. Ich überlegte. Ich könnte die vor dem Konzert sprechen und anschließend Reichel in der Zeche befragen. Wenn du mitmachst, Andreas. Der Fotograf war wie meist auch da und sagte zu, mich mit seinem Wagen zu kutschieren. Selbstverständlich würde er auch Fotos für die Storys machen.

Dann ging's allgemein um neue Platten, wer die bestellte und bekam. Peter Temminghof, dessen Arbeitgeber auch nicht wissen durfte, daß er nebenbei noch einen Job hatte, kam außer montags nur noch mittwochs in die Redaktion, weshalb er seine Aufgaben nur unzureichend erfüllen konnte. Christoph Biermann meinte, ich könne doch meine Platten selber bestellen, jetzt wo ich für Sounds und den Musik Express schreibe. Das machte ich ja ohnehin, kein Problem. Er holte sich seine Scheiben von Alfred Hilsberg und anderen Unabhängigen auch alleine. Blieb noch Rough Trade, die hatten seit kurzem eine Niederlassung in Herne. Da würde sich Christoph bedienen, ich war auch schon mal da gewesen, und die Chefin, Barbara Starostik, hatte, wenn auch wenig enthusiastisch, aber dann doch freigebig Rezensionsexemplare rausgerückt. Ich sollte dann den Kontakt zu Reichels Plattenfirma aufnehmen. Wofür war eigentlich der Musikredakteur da? Der wollte nur absahnen, auch wenn es nur ein paar hundert Mark waren. Nur. Ich hätte die auch gut gebrauchen können. Am nächsten Tag brachte ich eins von den Belegexemplaren von Rock Session, die mir Rowohlt zugeschickt hatte, meinem Bekannten bei der BfG vorbei, wobei ich ihm natürlich sagte, daß ich bald ein paar hundert Mark dafür bekäm. Hatte ich ihm das nicht schon mal erzählt? Jedenfalls gab er mir einen Auszahlungsschein über dreihundert Mark mit an die Kasse, wo Herr Knauf wie immer freundlich war.

Mein Hals wurde immer schlimmer, also ging ich wieder zum Fronhöfer. Die Mandeln müssen raus, sagte er.

Ich kann aber im Moment schlecht planen, da ich beruflich so eingespannt bin. Das können wir auch kurzfristig machen. Nach dem Hörtest sagte er, er hört wie ein Luchs, und ich hatte immer gedacht, das hieß, er *sieht* wie ein Luchs.

Ich rief dann bei Reichels Plattenfirma an, um einen Termin mit ihm klarzumachen, und die Frau am anderen Ende sagte, ich solle den Tour-Manager fragen, der mit nach Bochum komme, beide wohnten sie im Hotel Arcade. Das Hotel war gerade neu eröffnet. Als es noch Baustelle war, hatte mein Vater es mit einem Schäferhund bewacht. Ich ging zum ALRO, in dessen Schaufenster angekündigt war, daß Achim Reichel da eine Autogrammstunde geben würde. Ich fragte Charly, ob er mir nicht die eine oder andere Platte von Reichel leihen könne. Ich kannte von ihm nämlich nur das, was man im Radio hörte. Ich besaß nicht eine Rille von ihm, noch nicht mal aus der seligen Rattles-Zeit. Charly schenkte mir ein paar seiner Platten, die ich mir aber wie bei Kunze dann doch nicht anhörte. Wie Reichel sang, wußte ich ja. Mir kam es auf die Texte an, und die letzten stammten von Wondratschek, Fauser und Rolf-Dieter Brinkmann. War mal was anderes. Ich schickte Ute, obwohl ich noch immer nicht recht flüssig war, ein weiteres Telegramm. Keine Zeit, dringende Geschäfte. Wahrscheinlich war sie froh darüber, daß ich nicht kam, um ihr an die Wäsche zu gehen, und sie statt dessen in Ruhe mit ihrem Taxifahrer bumsen konnte.

Der Tag mit Reichel rückte näher, ich besprach noch einige Platten für den Überblick und die Alan-Vega-Scheibe für Country Corner, die eigentlich eine Country- & Western-Zeitschrift war, die aber auch moderne Rockabilly-Sachen kritisieren ließ. Ich hatte mal lange mit ihrem Herausgeber, Manfred Vogel, gesprochen, der mir einige Tips gab, als ich Hank Williams Jr. interviewen sollte. Seitdem waren wir in Kontakt geblieben, und wenn ich noch der zuständige Redakteur gewesen wär, hätte ich ihn gebeten, jeden Monat eine Country-Kolumne abzuliefern.

Ich hatte mit Andreas verabredet, daß wir schon nachmittags Fotos von Reichel im ALRO machten, ein bißchen Reklame auch für den Laden. Erst aber fuhren wir ins Hotel Arcade, wo ich den Tour-Manager ausfindig machte. Er meinte, wir sollten Reichel abends nach dem Konzert sprechen. Dann sahen wir den Andrang im ALRO, den Andreas auch sofort ablichtete. Ich sagte Reichel schon mal guten Tag und dann tschüs bis heute abend. Marlies wollte auch mit, und ich sagte ihr, sie könne schon nachmittags kommen, dann könnten wir auch zusammen zu Sally Oldfield fahren. Ich wollte der Ariola den Gefallen tun. Ob auch 'ne Story dabei rauskäm? Ich kannte nur ein, zwei Songs von ihr und wußte, daß sie die Schwester von Mike war. Andreas kam vorbei, und wir fuhren dann zusammen in Richtung Westfalenhalle, wo wir den Eingang suchen mußten. Ein älterer Mann wies uns den Weg. Ich glaub, es war Herbert Heinemann, der Chef des Komplexes und spätere Minister von Nordrhein-Westfalen. Zufall? Vergessen schienen die Tage, an denen ich mich verfolgt fühlte. Wir liefen durch die Katakomben und fanden schließlich die Betreuerin von der Plattenfirma, die ich schon bei meinem Treff mit Hazel O'Connor und später in München getroffen hatte. Sie war nicht mehr die Jüngste, und der Lack war bald ab.

Wir wurden in einen kahlen Raum geführt, wo schon ein paar Leute warteten, einer war Hussong von der WAZ. Zu meinem Erstaunen tauchte auch der Körner-Fotograf Metzendorf auf. Für wen knipst du denn hier? Er wich aus. Dann fachsimpelte er mit Andreas. Die Ariola-Frau besorgte ein paar Getränke. Ich nahm ein warmes Pils, Marlies eine Cola. Dann tauchte die zarte Frau auf, die nun auch schon Ende Dreißig war. Sie schien sich in dieser Situation nicht wohlzufühlen. Ich hielt mich dann auch genau wie die anderen, die hier nur den Termin aussitzen wollten, mit Fragen zurück. Es war nun auch Zeit für das Konzert, und wir setzten uns in den einigermaßen gefüllten Raum. Andreas postierte sich vor der Bühne. Auch wenn ich keine Story machen würde – und es sah ganz danach aus –, die Bilder würde er doch gebrauchen können, wenn er sie an die Ariola schickte. Manchmal kauften die Plattenfirmen gut gelungene Fotos für Promotionzwecke an. So hatte beispielsweise der Zweitausendeins-Versand gerade ein Roger-Chapman-Bild von Andreas genommen, das er beim letzten Rockpalast aufgenommen hatte. Wir blieben drei, vier Nummern lang, dann hatte er genug im Kasten, und ich hatte auch genug gesehen. Ab fuhren wir in Richtung Zeche, die sich als ausverkauft herausstellte. Wir kamen trotzdem rein, und Andreas versuchte zu fotografieren, während es mir doch zu voll war, weshalb ich nebenan in der Kneipe wartete, bis das Konzert zu Ende war. Was sollte ich Reichel fragen? Ich glaub, er gab jede Menge Zugaben, denn es war bald elf, als er fertig war. Ich ließ Marlies einen Moment alleine und schlug mich zur Garderobe durch. Reichel wußte Bescheid, sagte aber, daß er ab zwölf Geburtstag habe und reinfeiern wolle. Warum fährst du nicht morgen mit uns im Bus nach Hamburg. Keine schlechte Idee, ich hatte aber keine Mäuse für die Rückfahrt über. Ich sagte ihm, vielleicht käme ich ja ein andermal mit ihm nach Hamburg, und deutete auf Andreas, und der sagte, er hätte in Hamburg Bekannte, bei denen wir übernachten könnten. Ja, sagte Reichel, dann meldet euch doch. Er war rundweg freundlich, freundlicher jedenfalls als Kunze. Das konnte man auch letzten Sonntag im WDR sehen, denn die hatten sinnigerweise zwischen die beiden Kunze-Konzerte das Jubiläumskonzert zu Reichels 50. Geburtstag gesandwicht. Aber das war dreizehn Jahre später. Wir wollten nicht länger stören. Ich sagte Andreas, melde dich, und fuhr dann mit Marlies nach Appel, das damals nicht nur – wie das heute ist – als Zwischenfall am Wochenende aufhatte. Alex war auch da, und als meine Begleiterin auf der Toilette war, sagte der Inhaber, da hast du aber einen flotten Hüpfer an der Hand. Wie die hüpft, werden wir erst noch sehen. Als ich sie fragte, ob sie bei mir übernachten wolle, sagte sie, warum nicht? Ich freute mich natürlich, endlich ein Fick, und sie zog sich auch ohne Zögern aus, behielt dann aber doch Slip und T-Shirt an. Ich hatte zwei Flaschen Bier mit auf meine Mansarde genommen, und wir süppelten die erst mal. Dann fragte ich sie, ob ich ihr was vorlesen solle, sicher ein seltsamer Gedanke, wenn man neben einer jungen Frau liegt, die man bumsen will. Sie schien aber darauf keine schnelle Lust zu haben und sagte, ja, lies was vor. Ich holte Grimms Märchen aus dem Regal und las »Des Teufels rußiger Bruder«, das das Lieblingsmärchen von Eugen Rapp war. Sie hörte aufmerksam zu. Dann machte ich das Licht aus. Das Bier war alle. Ich strich ihr über die handlichen Titten, und sie ließ es über sich ergehen, dann fuhr ich ihr unter den Schlüpfer, aber sie sagte, nicht, ich kann nicht, ich muß immer an meinen Freund in Iserlohn denken. Ich fummelte noch ein bißchen an der Scham rum, bis ich merkte, daß es keinen Zweck hatte, weil sie stur blieb. Da befriedigte ich mich allein. Morgens gingen wir in die Küche, wo meine Eltern schon saßen und sich freundlich zeigten. Die Marlies bringt mich zum Fronhöfer, sagte ich, und nach einem Kaffee fuhr sie mich zum Denkmal, wo seine Praxis lag. Die Wucherungen hatte mir schon Roberts Vater, als ich Kind war, zweimal rausgenommen. Mit den Mandeln hatte ich eigentlich nie Schwierigkeiten gehabt. Aber sie mußten raus, wenn es auch vorläufig nicht ging. Ich ließ mir noch was verschreiben und sagte, ich melde mich, wenn ich Zeit hab. Nachmittags rief Marlies an. Ich ließ sie kaum zu Wort kommen und sagte ihr nur, daß ich

Schluß machen wolle nach der gestrigen Nummer. Sie schien überrascht zu sein, sagte aber weiter nichts und legte auf.

Der Abschied fiel mir deshalb so leicht, weil ich dachte, ich hätte die Bettina Blumenberg noch in petto und eventuell die Ute in Niedersachsen. Ich rief also meine Schriftstellerkollegin an, und sie fand es okay, daß sie mich auf der Wilhelmshöhe besuchen sollte. Sie fand dann auch Sonntag den Weg hoch am Opel-Berg vorbei. Freundlich gab sie meiner Mutter die Hand.

Oben in meiner Mansarde kamen wir uns näher, aber wir fickten nur trocken. Auf einmal klopfte es an der Tür, und der angehende Zeitungsreporter Gellisch war mit seinem Artikel über mich da, den er fairerweise noch mal mit mir durchgehen wollte. Er sei ganz okay, aber ziemlich lang für die WAZ, besonders weil es um Literatur gehe. Auch denen hatte ich unlängst einen Leserbrief hingepfeffert, weil sie so wenig für die Literatur taten. Der Kulturchef Jansen antwortete eigenhändig und sagte, man habe wenig Platz. Auch lehnte er die von mir angebotene Zusammenarbeit ab. Dabei war die WAZ wahrscheinlich die reichste Tageszeitung in der Bundesrepublik, berichtete aber im Vergleich zu den großen überregionalen Blättern doch so wenig über Literatur. Ich litt regelrecht unter diesem Manko. Inzwischen hat sich die Lage etwas gebessert, aber mehr als sechzig Zeilen zweimal die Woche bringen die auch jetzt noch nicht über Bücher. Daher muß ich mir am Wochenende immer noch die Süddeutsche, die FAZ und die Frankfurter Rundschau im Bahnhof kaufen, weil ich auf dem laufenden bleiben will.

Als Gellisch weg war, schlug ich Bettina vor, ins Rotthaus zu gehen. Vielleicht konnte ich ja mit der die Doris heiß machen. Die war aber nicht da. Bettina bestellte sich einen Salat, und da schneite nicht unerwartet der schwule Hennes rein und grölte was. Mich begrüßte er mit Handschlag und soff dann Asbach Cola. Wir ließen uns nicht weiter stören. Auf einmal kam Christa Knopf rein (wieder so 'n Name). Als ich achtzehn war, hätte ich beinahe mit ihr gefickt, aber ich stellte mich kurz nach dem Abitur noch dämlich an und hantierte nur ein bißchen mit den Titten, die sie bereitwillig entblößte. Damals im Oberdorf in ihrem VW wußte ich noch nicht weiter. Theoretisch schon, von Oswalt Kolle, aber wie sollte das in der Nuckelpinne gehen? (Übrigens war gestern bei Willemsen so 'n Sex-Redakteur, der auch meinte, er sei von Kolle aufgeklärt worden, nur das Umsetzen sei schwergefallen.)

Die beiden Frauen unterhielten sich angeregt. Christa war schon ein paar Jahre verheiratet und hatte Kinder. Sie wollte sich jetzt sterilisieren lassen, weil sie die Pille nicht vertrug. Ich sagte, ich geh mir mal 'ne Currywurst am Markt essen. Dieser Fraß hier gefällt mir nicht. Die hatten immer so exotische Sachen. Dann könnt ihr in Ruhe über mich herziehen. Als ich zurückkam, erzählte Christa gerade von ihrer Arbeit in der Taxi-Zentrale, und Sarah erzählte, daß sie Kunstgeschichte und Französisch studiert habe. Ja, studieren. Meine Eltern wollten, daß auch ich wieder zur Uni ging. Das könnte klappen, wenn ich wie jetzt tausend Mark im Monat durchs Schreiben verdiente. Meine Alten konnten mich kaum unterstützen. Aber was sollte ich angehen? An Englisch, Deutsch und Geschichte war ich schon vor Jahren gescheitert. Diese Frage war im Moment aber sowieso nicht aktuell, weil mein Abiturzeugnis nicht aufzufinden war. Es war eine angenehme Unterhaltung zwischen uns Dreien, und mich freute, daß Sarah auch mit »einfachen« Leuten gut konnte. Ich brachte sie nach ein paar Bier zum 45er und gab ihr einen nassen Kuß. Ich lief noch mal ins Rotthaus, um vom Hennes Neues vom Arschficken zu hören.

Am nächsten Tag kam das Marabo raus. Ich fuhr in die Redaktion, wo Tausende Exemplare rumlagen. Die alten wurden immer im Flur gestapelt, bis der Auflagenprüfer kam und man sie dann auf Lkws fortschaffen ließ. Das Cover des neuen Hefts war weinrot. Unten die Silhouette einer Zeche, darüber die Schrift: »Das Ruhrgebiet ist ein Irrtum, der mit dem Ende der Schwerindustrie aufhören wird.« Im Innern dann das Interview und das Bild von Körner und mir. Leider hatte der Redakteur vergessen dazuzuschreiben, von wem das Foto stammte. Außerdem hatte sich der Herausgeber, der sonst selten schrieb, dazu herabgelassen, auch eine halbe Seite über den kulturellen Aufbruch im Revier zu schreiben. Da mußte der Chefredakteur Krauskopf natürlich auch seinen Senf dabeitun. Wie immer lief das Radio in Christians Büro, wo er, auch wenn Besuch kam, selten die Cowboystiefel vom Schreibtisch nahm. Es sei denn, es kam ein Gläubiger von der Druckerei oder sonstwoher. Jetzt ist aber ein Scheck fällig für das Interview, meinte ich, und er klagte wieder einmal über die vielen Außenstände, die sie bei den Anzeigenkunden hätten, zückte dann aber doch einen Scheck und schrieb dreihundert Mark drauf. Ich hatte noch viel mehr zu kriegen, dachte mir aber, ehe ich jetzt Theater mach und der das Ding wieder zerreißt, halt ich lieber die Fresse. Ich rief Körner an und sagte ihm, daß wohl alles in seinem Sinn gelaufen sei. Soll ich dir ein paar Hefte vorbeibringen? Ich schnappte mir einen Stoß und fuhr in Richtung Dortmund, wo ich den alten Zampano, der damals Mitte vierzig war und wie ein Orang-Utan aussah, im Café Knüppel traf. Wie erwartet zog er einen Blauen aus der Platte und zeigte sich von der Aufmachung angetan. Nur daß ihn Christian Hennig in seinem Leitartikel einen Vertreter der »etwas älteren Ruhrgebietsgeneration« genannt hatte, stieß ihm sauer auf, aber er überlebte diese Bemerkung.

Als ich nach Hause kam, lag ein Schreiben der Staatsanwaltschaft auf dem Schuhschrank. Sie teilte mir mit, daß das Verfahren wegen Körperverletzung gegen den einen, der Pyschik hieß, wie ich jetzt erfuhr, eingestellt sei, da nicht zu widerlegen sei, daß ich ihn zuerst an die Eier gepackt hatte (die drückten das etwas fürnehmer aus). Außerdem sei Alkohol im Spiel gewesen. Ich könne aber einen Schiedsmann anrufen. Einen Scheiß werde ich tun, da kommt außer einem Händeschütteln am Ende nichts bei raus. Ich wollte aber Asche und keine Versöhnung. Das war wohl jetzt nicht mehr drin, und ich fand mich damit ab. Ich mußte am nächsten Tag zum Arbeitsamt. Zu meinem Schreck war am selben Morgen in der WAZ der Artikel über mich erschienen, dem man klar entnehmen konnte, daß ich journalistisch tätig war. Wenn der das vom Arbeitsamt jetzt gelesen hat, bin ich reif. Der Kerl in diesem Bau sagte aber nichts dazu, schlug nur eine Umschulung vor, und als ich sagte, daß ich technisch völlig unbegabt sei, was auch stimmte, drohte er wieder mit Arbeitsbeschaffungsmaßnahmen. Ich konnte gehen. Mein Hals wurde nicht besser. Ich sagte beim Werner vom Rotthaus die Lesung ab und gab auch Karl-Heinz Bescheid, der unter dem Namen »Dead on 45« wieder den musikalischen Rahmen hätte gestalten sollen. Einen Tag später kriegte ich mich dann wegen einer Kleinigkeit mit meiner Mutter in die Wolle. Ich haute einfach ab. Der Scheck von Christian war tatsächlich gedeckt gewesen. Ich entschloß mich, noch am selben Tag nach Göttingen zur Ute zu fahren, ohne sie vorher zu benachrichtigen. Wahrscheinlich war ich eher da als das Telegramm. Ich kaufte zum erstenmal seit meinem Rausschmiß beim ELPI in diesem Geschäft eine Langspielplatte. Es war Lou Reeds *The Blue Mask*, von der mir Gockel vorab eine Kassette geschickt hatte, die ich aber jetzt nicht mehr hören konnte, weil ich meinen Walkman meinem Neffen zum Geburtstag geschenkt hatte. Ich würde diese Scheibe der Ute schenken. Ich konnte sie mir ja bei ihr anhören, um sie dann zu besprechen. Es war der 2. Februar 1982, der

100. Geburtstag von James Joyce, und ich hatte Lust auf eine Odyssee. Ich kaufte mir in der Bahnhofsbuchhandlung The Times und die Süddeutsche, weil ich dachte, die würden verstärkt dieses Datum würdigen. In der englischen Zeitung, die ich dann im Zug las, fand ich nichts, und in der SZ stand auch nur ein kurzer Artikel vom Joyce-Fan Drews, dem ich immer noch nichts geschickt hatte. Wahrscheinlich würde von der Gemeinde erst der 100jährige Bloomsday gefeiert werden. Ich legte die Zeitungen oben hin, wo man normalerweise die Koffer verstaut. Ich wollte auch deshalb nach Göttingen, um zu sehen, ob der Ralph Otto, von dem ich keine Ahnung mehr hatte, wie er aussah – ich erinnerte mich nur an das Mädchen von Bild –, meinen Ausschnitt aus meiner Story über Buddy Holly im hiero itzo gebracht hatte. Ich kaufte mir am frühen Abend nach meiner Ankunft ein Heft am Kiosk, fand aber auch nach mehrmaligem Blättern nichts. Ich sah nach, ob noch ein Bummelzug nach Nörten-Hardenberg fuhr. Ich wußte, daß es da einen Bahnhof gab, da ich schon im Vorjahr da abgefahren war, als mein Auto in Reparatur bei meinen Eltern in ihrem Urlaubsort im Harz war. Ich fuhr also mit Lou Reeds Platte hin. Herzklopfen hatte ich. Natürlich wollte ich mit ihr ficken, aber es hätte mir auch schon gereicht, wenn wir nur ein bißchen zärtlich gewesen wären. Was ist, wenn der Taxifahrer da ist? Ich klopfte an ihrer Tür, nachdem ich das ehemalige Kloster betreten hatte. Nichts rührte sich. Ich hämmerte weiter. Nichts war zu hören. Na ja, dachte ich, vielleicht ist sie noch in der Uni. Ich ging raus, die Eingangstür war immer offen, und genehmigte mir gegenüber ein paar Bier. Was ist, wenn sie nicht wiederkommt? Dann bin ich der Gelackmeierte. Oder sie ließ mich nicht rein. Ich fragte die Wirtin, ob es hier im Ort, den ich doch nicht so gut kennen würde, eine Pension oder ein Hotel gab. Sie antwortete, da vorne um die Ecke ist ein Hotel, ich weiß aber nicht, ob die im Win-

ter aufhaben. Danke. Ich ging gegen neun noch mal bei der Ute gucken. Fehlanzeige. Also versuchte ich es im Hotel. Wenn's zu ist, muß ich zurück nach Göttingen. Ich hatte aber Ralph Ottos Adresse nicht. Ob überhaupt jetzt noch ein Zug da hinfuhr? In dem Hotel, das tatsächlich auf war, stand jemand am Tresen und trank ein Bier. Ich fragte die Frau, die zapfte, ob ich ein Zimmer haben könne, und sie sagte, ja, mit Frühstück 28 Mark. Das war super billig. Dafür kriegte man bei uns im Novotel nicht mal ein Mittagessen. Ich schlief, nachdem ich mir noch ein Bier hatte geben lassen, wie ein Murmeltier in jener Nacht, in der vor genau 23 Jahren Buddy Holly mit dem Flugzeug abgestürzt war. In den letzten Jahren hatte ich in dieser Nacht immer sein Gesamtwerk gehört. Das hatte ich aber nicht bei. War vielleicht gut so, sonst hätte ich vielleicht Depressionen bekommen.

Das Frühstück war auch zufriedenstellend, der Kaffee erträglich. Ich ging wieder rüber zu dem Kloster, aber Ute war abwesend. Scheiße, dachte ich, hängte die Platte über die Klinke und verschwand. In Göttingen sah ich auf dem Fahrplan nach, wie weit es bis Hannover war. Ich war auf den goldigen Gedanken gekommen, die Bild-Schönheit zu beglücken. Es dauerte nicht lange, und ein Zug fuhr in die Landeshauptstadt, in der ich zuvor noch nie gewesen war. Der Bahnhof war größer als der von Bochum, wenn auch nicht gerade weltstädtisch. Ich fand in der Halle eine Karte, auf der nicht nur die Straßen, sondern auch die Linien des Nahverkehrs eingezeichnet waren. So wußte ich, wie ich zum Klingenthal hinkommen konnte. Ich fuhr ein paar Stationen weit mit der Straßenbahn, bis ich den riesigen Neubaukomplex sah, der aber auch schon nicht mehr so neu erschien. Ich fand den Wolkenkratzer, in dem Katja wohnte. Es war ziemlich früh. Vielleicht war sie ja noch in der Schule. Sie hatte mir mal geschrieben, daß sie noch einen jüngeren Bruder habe und ihre Eltern geschieden seien. Im vierzehnten Stock machte der Bruder auf. Er war offensichtlich allein zu Hause. Ich sagte ihm, daß ich zu seiner Schwester wolle, aber er vertröstete mich, sie sei noch in der Penne, ob ich nicht später wiederkommen könne. Ich sagte, ja, und ging eine Stunde lang in eine üble und siffige Kneipe, die zu diesen Bauten paßte, die mich an die Atmosphäre von *Clockwork Orange* erinnerten. Warum war ich eigentlich da? Du willst doch wohl keine Siebzehnjährige unglücklich machen?! Die wird von mir altem Bock sowieso nichts wissen wollen. Ich wollte einfach nur einen angenehmen Nachmittag verbringen und andere Tapeten sehen. Das Ruhrgebiet fiel mir auf den Kopf. Als ich wieder in den Wolken war, machte sie auf und schien gar nicht erstaunt zu sein. Wir gingen eine Wendeltreppe rauf in ihr Zimmer. Sie hatte nicht viele Bücher, aber mehr Platten als andere Teenager. Na klar, der Bildzeitung warf die Industrie die Scheiben nach. Sie fragte mich, ob ich in die Stadt mitkommen wolle, sie müsse noch was besorgen. Ich hatte nichts dagegen, und wir bestiegen wieder die Tram. In der Innenstadt fragte ich sie, ob ich ihr ein Essen spendieren dürfe. Natürlich schlug sie, Gott sei Dank, weil es billig war, McDonald's vor, wo wir BigMacs mit Pommes verputzten. Sie war natürlich beeindruckt, daß ich für so viele und bedeutende Zeitschriften schrieb. Auch sie hatte sich bei Sounds beworben und war bei Jörg Gülden im Büro gewesen, der ihr sagte, sie solle zur Probe was über die Stray Cats schreiben. Der Diederichsen, in dessen Raum neben Doris Day auch ein Bravo-Bild von Desirée Nosbusch hing, hätte sie wahrscheinlich sofort genommen.

Sie schien mir sehr reif für ihr Alter zu sein, was vielleicht daran lag, daß sie ohne Vater aufwuchs. Warum war sie zur Bildzeitung gegangen? Sie hätte beim Schädelspalter nicht viel verdient, und da hätte sie einfach mal gefragt, und die hätten sie für so kleine Sachen engagiert. Willst du mit nach Boots, fragte sie mich. Das war eine kleine unabhängige deutsche Plattenfirma in dieser Stadt. Ja, warum nicht. Wir gingen durch ein riesiges Lager, das mich an die Zentrale vom ELPI erinnerte, in der ich mal gewesen war. Sie stellte mich dem Chef vor, einem jungen, alternativ aussehenden Mann, der uns an die Pressetante verwies, auf die auch eine solch kleine Firma nicht verzichten konnte. Sie hieß Barbara und hatte atemberaubende Titten. Solche Frauen stellten die Firmen gern auf solche Posten, um von der Beschissenheit ihrer Produkte abzulenken. Natürlich kannte sie unser Blatt. Daß ich jetzt freischaffend für wichtige Blätter tippte, zog natürlich, und sie deckte mich mit allen möglichen Produkten ein, unter anderem mit einer Platte von Geile Tiere, auf deren Cover zwei fickende Pferde zu sehen waren. Sie gab mir sogar einige Weißpressungen. Die könnten mal Geld einbringen. Gegen sechs sagte die Blondine, sie hätte was vor, entließ uns und schnallte sich Rollschuhe drunter. Ich sagte Katja, eigentlich kannst du mich mal besuchen. Oh, gern, antwortete sie. Ich schick dir ein Ticket. Abends saß ich im Rotthaus mit Doris zusammen. Nach dem fünften Bier sagte sie: »Du willst mich ficken, woll?«

Ehrlich, wie ich immer war, antwortete ich: Was denkst denn du, und strich ihr unter dem Tisch über den Oberschenkel. Sie ließ mich gewähren, dann aber sagte sie, sie stehe jetzt mehr auf Frauen. Da war ich fertig. Mit allem hatte ich gerechnet, daß sie mir zum Beispiel erzählt hätte, daß ich nicht ihr Typ sei, daß ich sie nicht alle auf der Latte hätte, mich an sie ranzumachen. Dann schränkte sie ein: Ich kann *jetzt* nich mit dir ficken. Da kam wieder Hoffnung auf. Ich hatte so lange nicht mehr gevögelt, daß es mir auf 'n Tag nicht ankam. Ich bestellte uns was zu trinken. Sind heute wegen der Lesung Leute hier gewesen? Ein paar hatten sich verlaufen. Hat sich aber keiner aufgeregt, daß ich nicht erschienen bin. Ich ging unter dem Bild von Andreas Baader her auf die Toilette. Werner hatte mir mal erzählt, daß das Rotthaus wie früher Wahllokal werden sollte, und die Wahlkommission stieß sich auch nicht an den Plakaten und angehefteten Flugblättern. Werner vermutete, daß sie den Zuschlag aber nicht kriegen würden, weil diese Leute am Schluß ihre Getränke selbst zahlen mußten, so was sei wohl nicht üblich, die hätten woanders immer frei Saufen gehabt. Ich hatte das Gefühl, daß ich Doris nicht weiter auf den Wecker fallen sollte, und verabschiedete mich mit einem Kuß auf die Wange. Eines Tages werd ich sie ficken, da war ich mir sicher, oder doch nicht. Ich hatte noch nie mit einer Lesbe gefickt. Am nächsten Tag rief Andreas an, daß er jetzt nach Hamburg wolle, ein Quartier für uns zwei habe er schon, bei einem Fotografen. Am nächsten Tag waren wir unterwegs. Wie immer genoß ich das Fahren, wenn ich nicht selbst hinterm Steuer saß. Andreas war ein ruhiger, routinierter Fahrer, und ohne Stau kamen wir in Hamburg an. Unseren Gastgeber fanden wir sofort, aber schärfer war ich auf das Gebäude, in dem Sounds und Musik Express untergebracht waren. Ich wollte mir mal ansehen, ob meine Storys schon gesetzt waren. Ich hatte auch noch die Lou-Reed-Platte eilig besprochen und den Text mitgebracht.

Der Fotograf, bei dem wir landeten, war ein französischer Schwuler, den Andreas mal in Heidelberg getroffen hatte. Er freute sich über unseren Besuch und zeigte uns das Zimmer, in dem wir in der WG nächtigen sollten. Dann fuhren wir an den Steindamm zu dem verrotteten Haus und gingen hoch, vorbei an der Telefonistin, mit der ich öfter schon mal gesprochen hatte. Bernd Gockel, bei dem ich mich telefonisch angemeldet hatte, schien sich echt zu freuen. Neben ihm saß Gülden, und ich stellte mich vor, weil er mich nur vom Telefon her kannte. Das hast du Klasse gemacht mit der Kunze-Geschichte. Er war sowohl Redakteur beim Musik Express als auch bei

Sounds. Mir war die Brisanz der Geschichte nicht so bewußt. Im Bereich des WDR war Kunze kaum bekannt, und hatte ich nicht einfach so geschrieben, wie ich immer schrieb? Du solltest Kid P. kennen lernen. Der schreibe so ähnlich wie ich. Ich hab ihn aber nie getroffen. In Gockels Büro lungerten noch Teddy Hoersch und Gregor König rum, zwei Katholiken aus Köln, die ich wiederholt bei verschiedenen Veranstaltungen getroffen hatte und die ab und zu auch mal 'ne Plattenkritik im ME unterbringen konnten. Andreas war sauer, daß sie bei der Thommie-Bayer-Geschichte nur ein Foto von ihm genommen hatten. Das andere war von Detlef Kinsler. Teddy meinte, nachdem er die gesetzte Geschichte gelesen hatte, die wär lustig. Andreas und ich gingen rüber. Ist unsere Penguin-Geschichte auch schon fertig? Drüben bei der Tina. Das war die Redaktionsassistentin. Zwei Seiten. Aber hier kein Foto von Andreas, sondern nur von dem Kinsler. Das wollten die in der Technik so. Kann ich dann meine Dias wiederhaben, fragte Andreas den Diederichsen, aber der konnte sie natürlich in seinem Zimmer nicht wiederfinden. Andreas war stinksauer. Wieder drüben, fragte ich Gockel, ob er nicht einen Job für mich wüßte. Ich bräuchte einfach mehr Kohle. Er sagte mir, da hätte ihn ein Südwestfunk-Redakteur gefragt, ob er nicht jemanden für seine Musikredaktion wüßte. Ich notierte mir den Namen. Ich spürte förmlich, wie Gregor König die Ohren spitzte.

Wieder nebenan bei Gülden, fragte ich diesen, ob mal ein junges Mädchen aus Hannover sich bei ihm beworben hätte, und er sagte, ja, stell dir mal vor, eine von der Bildzeitung will für uns arbeiten. Ich hab ihr dann gesagt, sie solle was zur Probe abliefern. Ich zählte meine Schröben und beschloß, ihr hundert Mark nach Hannover zu schikken, damit sie sich fürs Wochenende eine Fahrkarte nach Bochum kaufen konnte. Ich ließ mir einen Briefumschlag geben und hoffte dann, die richtige Adresse draufgemacht zu haben. Ich hatte gehört, daß Twen wieder aufgemacht werden sollte. Da solltest du auch hingehen, sagte Gülden, den Musikteil machte M. O. R. Kröher. Den kannte ich auch nicht persönlich, sondern nur auf dem Papier. Die Büros von Twen lagen nicht weit weg, also schlenderten wir da hin. Ich ließ mir oben Kröher zeigen und haute lausig auf die Kacke. Er hatte beim ME schon meine Storys gelesen, er mochte Thommie Bayer nämlich auch. Ich fragte ihn, ob er auch Bernhard Lassahn kenne, der einige Texte für Bayer geschrieben habe. Der habe jetzt ein Buch geschrieben, von dem ich ein Vorabexemplar von Diogenes gekriegt hatte. Wenn du den mal zur Probe besprechen könntest, meinte er, und ich sagte, okay. Hab's dann aber nie gemacht. Ich dachte, ich sollte lieber mal mit meinem Roman anfangen. Erlebt hatte ich ja endlich was. Reichte das? Abends wollte Andreas mit dem Schwulen Fotos angucken, und ich ging in die Marktstube, die nicht weit weg lag und die ich noch von meinen Trips vom Vorjahr her kannte. Gegen halb eins tauchte Diederichsen auf, der sofort umringt war, und ich bekam mit, daß er gerade in New York gewesen war, wo er mit Lou Reed ein Interview geführt hatte, der ihm aber praktisch nur was von seinem Idol Delmore Schwartz erzählt hatte, einem Literaturprofessor, bei dem er in den Sechzigerjahren studiert hatte und der früh gestorben war, dieser »European Son«. Als wir mal einen Moment allein waren, gab ich Diederichsen einen Southern Comfort aus. Das war kein Einscheißen. Immerhin hatte er mir eine lange Story abgenommen, deren zweiten Teil ich noch nachliefern würde. Ich dachte in dem Moment, wir würden Freunde werden, aber schnell war er wieder umlagert, und er schwadronierte weiter, diesmal, glaub ich, über Chic. Ich kannte diese schwarzen Amerikaner alle nicht. Andreas hatte gesagt, ich könne ruhig länger wegbleiben, und die beiden waren auch noch auf, als ich klingelte. Im Schlafsack sagte mir Andreas, daß der andere nicht so 'n besonderer Künstler sei, auch wenn der schon ein paar Fotos für Plattencover geliefert habe. Morgens gingen wir noch mal zum ME, und Gockel, der mir immer sehr sympathisch war, wollte mich auf Tournee mit Motörhead durch England schicken. Er würde noch am selben Tag mit K. P. Schleinitz sprechen, der in Hamburg sei. Ich fiel bald vom Hocker. Das war doch immer, was ich wollte. Als Reporter in England. Ich hatte mich ja sogar, als ich mal im Herbst dachte, ich würde in England eine Halbtagsstelle bei meinem Video-Freund Phillip kriegen, bei der DDR-Zeitschrift Melodie und Rhythmus als London-Experte angeboten, aber nichts mehr von denen gehört. Vielleicht konnte ich ja nun, wenn ich mich bewährte, mit einer ähnlichen Stellung beim ME rechnen. Obwohl ich von Motörhead kaum einen Ton kannte und noch nicht mal wußte, wie die einzelnen Mitglieder des Trios hießen. Ich wußte nur, daß die sehr schnell eine Art Heavy-Metal-Punk spielten. Aber mir kam es ja auch nicht darauf an, was für Motörhead zu tun, sondern für mich. Warten wir mal ab. Gockel fragte mich auch, ob wir abends um zwölf XTC sehen wollten, die gäben einen *secret gig* im Onkel Pö, nur für Eingeweihte. Ich sagte ja, und er ließ uns auf die Gästeliste setzen. Ich überlegte, ob ich Peter Wasielewski von den Conditors anrufen sollte, der XTC-Fan war und deshalb bestimmt noch raufkommen würde, wenn er Zeit hätte. Aber ich ließ es sein. Diederichsen kam rein und sagte, daß er am Samstag in Köln das Spiel vom 1. FC gegen den HSV sehen würde, die WEA hätte ihm eine Tribünenkarte besorgt. Er würde eigentlich wegen Laurie Anderson hinfahren. Da, sagte Andreas, müsse er auch hin, Fotos für die Plattenfirma machen. Ihm hatte man natürlich kein Ticket gegeben. Ich fahr mit, sagte ich, obwohl ich Laurie Anderson nur vom Hörensagen kannte und den Hit, den sie offensichtlich mit »O Superman« hatte, noch nie gehört hatte. Auf dem Weg zur Metronome legte Andreas eine Kassette mit diesem Song ein, und ich war hingerissen. Das war wirklich mal was Neues, vor allem weil es von einer Frau war.

In der öden Nordstadt lagen die Büros der Plattenfirma Metronome. Ich war im Vorjahr schon da gewesen, als ich alles abgegrast hatte. Andreas wollte mal sehen, ob das Plakat von Thommie Bayer schon fertig gedruckt war, für das er ein Foto geliefert hatte, während ich in die Presseabteilung ging. Der Typ da erkannte mich wieder. Sonst machten fast nur Frauen die Pressearbeit. Er würde auch bald aufhören, um zur Morgenpost zu gehen. Er gab mir einen Haufen Platten mit, die zu Hause auf den dicken Haufen kämen, für ganz schlechte Zeiten. War es nicht jetzt schon an der Zeit, alle die überflüssigen Scheiben zu verticken? Aber an wen? Ich sollte Last Chance in Dortmund versuchen. Von der Metronome, wo Andreas schließlich sein Plakat gekriegt hatte, fuhren wir wieder runter, weil ich ja einen Termin mit Achim Reichel hatte. Er kam auch nach fünf Minuten und erkannte mich wieder. Andreas fing an zu knipsen (auch wenn er dieses Wort nicht mag). Ich hatte mein Popalbum mitgebracht, das ich in den Sechzigerjahren angelegt hatte. Mein Vater hatte mir vom Pütt ein dickes Buch geschenkt, in das ich damals Fotos aus der Bravo, okay und hauptsächlich der Musikparade reingeklebt hatte. Auf manchen waren auch die Rattles. Die wollte ich ihm zeigen und wissen, ob er sich noch an die Einzelheiten erinnerte. Vorher sagte er mir aber, der Kinsler, der vorigen Tag bei ihm gewesen sei, habe ihm gesagt, daß ich ein Buddy-Holly-Fan sei, und er sagte, einen Moment, und kam dann mit dem Coverfoto von Hollys erster LP, *The Chirpin' Crickets*, wieder und fragte mich, ob ich ihm die nicht besorgen könne, er habe sie schon überall gesucht. Ich schick dir meine, sagte ich spontan. Ich brauchte sie ja nicht mehr, weil ich dachte, ich hätte mich an Buddy Holly satt, wenn nicht leid gehört. Um so freundlicher beantwortete er meine Fragen. Er konnte sich an alles erinnern. Als wir zu seinen Solo-Arbeiten kamen, mußte ich so tun, als ob ich sie kennen würde. Ich wußte, daß auf der einen Shantys drauf waren, auf der anderen ältere deutsche Dichtung vertont war und er zuletzt Texte von ein paar zeitgenössischen Autoren zu Songs verarbeitet hatte. Ich hatte all diese Platten ja vom Charly im ALRO bekommen, hatte aber keine Zeit gefunden, sie zu hören. Wird ja 'ne schöne Story werden. Ich kann die ja noch zu Hause hören. Als wir zu den neuen Dichtern kamen, meinte ich nicht ganz ernsthaft, solche Texte würde ich im Schlaf schreiben. Das nahm er zur Kenntnis, ohne sauer zu sein. Nach 'ner Stunde gingen wir. Er hatte uns übrigens keinen Kaffee oder sonst was angeboten. Vielleicht lag das daran, weil er, wie zehn Jahre später eine Frau seiner Plattenfirma im Fernseher sagte, kniepig war. Aber ich nahm's ihm nicht übel. Einen Kaffee konnte ich mir noch aus meiner eigenen Tasche leisten.

Abends gingen wir noch zum Griechen, bis wir Gockel in seiner Wohnung abholen sollten, die beim Pö um die Ecke lag. Er meldete sich aber nicht. Also gingen wir ohne ihn rüber. Wir standen tatsächlich auf der Gästeliste. Der Raum füllte sich schnell. Es schienen viele eingeweiht zu sein. An der Bühne sah ich K. P. Schleinitz, den Promo-Chef von der Ariola, und mir fiel ein, daß ich ganz die Story über Bochum und die Zeche verschwitzt hatte. Er zeigte ein paar Leuten Fotos, die er gemacht hatte. Wenn ich ihn richtig verstanden hatte, waren Led Zeppelin in Südafrika drauf. Waren die da tatsächlich aufgetreten? Er erkannte mich wieder, und ich entschuldigte mich wegen der nicht geschriebenen Geschichte, aber ich hätte so viel zu tun gehabt, ich würde sie aber nachholen, wenn es ihm recht wär. Ja sicher, sagte er. Ich hab deine Orchester-Geschichte bei Sounds gelesen, hat mir gut gefallen.

Bei ihm standen auch die beiden Kölner, und Gregor König fragte, aufdringlich wie er war, ob er nicht was über die Rheinterrassen machen könne. Und Schleinitz fand das okay. Er verteilte auch Biermarken. Mir gab er von einer Rolle so zehn Stück. Gockel traf endlich in dem kleinen Saal ein, der Sprungbrett für so manche Karriere gewesen war. XTC fingen an, es war schon halb eins. Und ich war müde. Sie sollten am nächsten Tag in der Markthalle für den Rockpalast auftreten. Sie hatten lange nicht gespielt, also war das hier ein *warm-up gig*. Ich war dann schon nach ein paar Nummern am Rausgehen, als mir Diederichsen in die Arme lief. Ich schenkte ihm meine restlichen Biermarken, über die er sich freute. Ich wollte nur noch »Making Plans for Nigel« hören, das sie gerade spielten, als ich Alan Bangs traf. Aber wir konnten uns kaum unterhalten, weil es so laut war und ich sowieso raus wollte.

Auf der Rückfahrt am nächsten Morgen hörten wir die Kassette von Thommie Bayer, die uns dann doch nicht mehr so gut gefiel. An dem Abend ging ich nicht mehr raus, sondern sah mir irgendwas mit meinen Eltern im Fernsehen an, wahrscheinlich *Dalli Dalli*. Am Freitag ging ich nach Wagner, um Lotto abzuschicken und mir die Zeit zu holen. In der Tür traf ich Otto Schlesies, den ehemaligen Ortsvorsitzenden der SPD. Ich hatte eine Einladung für die nächste Hauptversammlung gekriegt, weil ich ja Mitglied war, seit fast zehn Jahren. Eher im Scherz meinte ich zu Otto, der immer noch sauer war, daß man ihn vor zwei Jahren geschaßt hatte, soll ich nicht als Vorsitzender kandidieren? Er war ein ehemaliger Bergmann und sah mit seinen sechzig Jahren ziemlich zermürbt aus. Das wär ein Dingen, meint er, ich werd dich vorschlagen. Nee, nee, laß mal, Otto. Ich gab meinen Schein ab, und als ich rauskam, lief ich dem ollen Hippenstert in die Arme, dem Willi Rosenkranz. Ich wußte, daß er mal im SPD-Vorstand gewesen war, und fragte, ob er käme. Wußte er nicht. Auch er war wie Otto und mein Vater Frührentner – er hatte allerdings, nachdem ein Pütt nach dem anderen zugemacht hatte, noch im Tiefbau für die Stadt gearbeitet. An der Schüppe soll er schon auf der Zeche gut gewesen sein. Ein paar Tage später lief ich Alfred Dickmann in die Arme, auch er SPD-Mitglied. Er wollte aber auch nicht zur Versammlung kommen. Er sagte, ohne daß ich darum gebeten hätte, ich zeig dir mal meine Waffen. Der ehemalige Steiger bat mich in sein Wohnzimmer und präsentierte mir dort die Knarren, während seine nette Frau, eine Österreicherin, Kaffee machte. Ich fand dieses Martialische gar nicht so toll, höchstens in Western. Ich hab dann Alfred nicht mehr oft gesehen, bald darauf starb er auch. Während er beerdigt wurde, haben Ganoven die Gewehre aus seiner Wohnung geklaut. Die SPD-Versammlung war dann auch nicht weiter aufregend, bis auf die Tatsache, daß ich für ein Jahr in den Vorstand gewählt wurde. Ich ging dann aber nie zu den Sitzungen hin.

Ich telefonierte mit der Kleinen aus Hannover. Sie wollte freitags kommen, und wir verabredeten, daß wir uns am Dortmunder Hauptbahnhof abends treffen würden. Anschließend würden wir einen Zug durch die Gemeinde machen. Ich stellte mir vor, ihr würden die Läden gefallen. Und am nächsten Tag würde ich sie nach Köln zum WDR und zu Laurie Anderson mitnehmen, das würd sie sicher beeindrucken. Ich wagte es noch nicht, wieder Auto zu fahren, und wahrscheinlich hätte mein Vater mich auch gar nicht gelassen. Also engagierte ich Alfred Schmalz mit seinem alten Mercedes als Chauffeur. Er war so Ende vierzig. Nach Jahren bei Opel war er noch auf der Zeche, feierte aber im Moment wegen seinem Hals krank, mit dem er auch schon bei meinem Freund Robert in der Uni-Klinik gewesen war. Er kannte den von dem Automobilwerk her, auf dem Robert in den Semesterferien mal gejobbt hatte. Alfred hatte Angst um seine Stimme. Anfang der Sechzigerjahre hatte er mal eine Gesangsausbildung gemacht, weil er ein glänzender Tenor war. Er hat dann aber den Absprung an eine große Bühne nicht geschafft, zumal er die Ausbildung nicht hatte zu Ende führen können, weil er Geld verdienen mußte. Nun sang er nur noch zum Hobby und hatte doch wohl noch im Hinterstübchen, daß man ihn noch entdecken würde. Am liebsten, hatte er mir erzählt, würde er bei den Bochumer Symphonikern als Orchesterwart anfangen – Noten lesen konnte er ja –, um dann eines Tages zwischen den Proben anzufangen zu singen. Ich ging zu ihm hin, und er spielte mir eine Kassette vor. Ganz primitiv hatte er verschiedene Platten mit klassischen Tenören gespielt, diese mit Mikrofon aufgenommen und gleichzeitig drübergesungen. Er hätte das nun gern in besserer Ausführung, und ich sagte, ich nehm die mal mit zum Karl-Heinz, der kann die überarbeiten. Wo ich schon mal hier bin, kann ich mir ein paar Platten von dir leihen. Bitte. Ich nahm Rudi Schuricke, eine Juxplatte aus den Sechzigerjahren und eine LP mit Caruso. Bis morgen dann.

Erst mal mußte ich die Achim-Reichel-Story fürs Marabo schreiben und für den Überblick ein paar Plattenkritiken raushauen. Außerdem war Kurt Edelhagen gestorben. Da ich ja immer noch, wenn auch im Moment heimlich, der Musikredakteur vom Marabo war, wollte ich einen Nachruf auf den Orchesterchef organisieren. Mir fiel ein, daß mir mal ein Kellner vom Appel, der Michael Teupen, erzählt hatte, daß sein Onkel der bekannteste deutsche Harfenist, Jonny Teupen, sei, der auch mit Edelhagen gearbeitet habe. Ich dachte mir, der könnte was dazu schreiben. Ich rief also bei Michael Teupen an. Es war aber seine Mutter dran. Ich erklärte ihr, was ich wollte, vielleicht könne sie mir ja weiterhelfen. Sie lachte aber nur und meinte, ihr Sohn hätte mich wohl aufgezogen. Dann eben nicht.

Der Arsch. Ich hatte an diesem Freitagmorgen gerade 'ne Seite über Reichel geschrieben, als mir einfiel, daß ich mir noch 'ne Stange Zigaretten fürs Wochenende holen mußte. Ich wollte also wieder nach Wagner, als ich auf der Höhe von dem Dellmann seiner Kneipe jemanden vom Hof rufen hörte. Ich mußte mich erst orientieren, bis ich vor einem Gartenhäuschen den Rolf Neemann sah. Ich ging hin und traf auch Willi Menz wieder. Beide bildeten sie eine routinierte Estrich-Kolonne, im Moment hatten sie aber schlecht Wetter und deshalb ein Partyfaß im Anstich. Rolf zapfte mir sofort eins. Ich brachte keine Energie auf, mich um halb zehn gegen Alkohol zu wehren. Ich erzählte Willi, daß das Verfahren gegen diesen Pyschik eingestellt worden sei, und er berichtete, wie auch er von Kalla Borger vernommen worden sei. »Ich hab mich nicht getraut zu fragen, ob ich rauchen darf.« Und das will bei dem Schlot, der 60 Reval qualmte, was heißen. Scheißegal, Schwamm drüber. Vielleicht verplätte ich dem noch mal einen, von dem er sich nicht wieder erholt. Das dritte Bier ging schon runter wie Öl. Ich beteuerte, daß ich noch was tun mußte, aber gern ließ ich mich dran hindern zu gehen. Rolf war im Gegensatz zu Willi geschieden. Seine Frau war vor ein paar Jahren mit Peter Stolz abgehauen, mit dem ich auf der Uni ein paar Semester auf der Cafeteria verbracht hatte, ohne daß ich gemerkt hätte, daß zwischen den beiden was lief. Peter, den ich aus den Augen verloren hatte, sollte jetzt am Schauspielhaus arbeiten, als Beleuchter oder was. Nach rund zehn Bier, ich war schon ein bißchen blau, konnte ich mich befreien und schrieb dann an der Reichel-Story weiter, bevor ich mich hinlegte, um noch ein bißchen Schlaf zu erwischen, denn die Nacht würde wahrscheinlich lang werden, auch wenn ich die Kleine nicht anpacken würde. Ich hatte auch nicht die Absicht. Um sechs wartete ich im Dortmunder Bahnhof auf sie, bis sie endlich ausstieg. Wir hatten noch Zeit, bis der Zug nach Langendreer fuhr. Zu Hause zeigte ich ihr das Bett meiner Schwester, die bei ihrem öden Freund übernachten würde. Wir aßen Kartoffelsalat mit Würstchen, den meine Mutter gemacht hatte, der man auch anmerkte, daß sie den Teenie mochte. Ich ging dann mit ihr rüber zum Dellmann, um auf Alfred Schmalz zu warten. Die Kneipe war voll, und Willi Menz war auch noch da. Der hatte wahrscheinlich seit morgens durchgesoffen, was man ihm aber nicht so anmerkte. Er trank jetzt Bacardi Fanta, wie immer, wenn er kein Bier mehr reinkriegte. Alfred kam. Ich wußte nicht, was er seiner Frau erzählt hatte, wo er hinging, dieser Schnepfe. Dafür hatte er zwei nette Mädchen, die aber zehn Jahre auseinander lagen. Die Ältere war sechzehn und stand in einer Ausbildung bei der Knappschaft, wo sie einen sicheren Job kriegen würde, wenn man auch nicht wußte, wie es mit den letzten Pütts weitergehen würde. Wahrscheinlich hatte ihr Onkel Helmut, der Vater von Omos angebeteter Heidi, die Stelle besorgt.

Alfred verfluchte den Pütt, weil er ihm das letzte bißchen Stimme versaute. Früher hatte er oft auf Feiern gesungen, auch auf der Hochzeit meines Bruders. Meine Mutter sagt heute noch, was der Pfarrer nicht geschafft hat, das hat der Alfred fertiggebracht, beim Ave Maria mußte ich weinen. Manchmal sang er auch jetzt noch, wenn er einen in den Socken hatte, sonntagabends beim Kommers, wenn er sein Akkordeon holte und Granada oder Osolemio schmetterte. Er wollte noch nicht alt sein, deshalb nahm er jede Gelegenheit wahr, aus seinem Trott rauszukommen. Wir waren schon öfter zusammen im Rotthaus gewesen. Da würden wir auch jetzt gleich hinfahren, nur konnten wir Willi Menz nicht abwimmeln, aber ich dachte auch andererseits, der würde uns freihalten. Im Rotthaus war nicht viel los. Diese Alternative schien Katja auch nicht so zu gefallen. Sie machte einen eher scheuen Eindruck, wahrscheinlich gefiel es ihr bei Appel besser. Ich gab Alfred, der nur Wasser trank, ein Zeichen, während Willi weiter Bacardi kippte. Norbert, der wie meist bei Appel zapfte, kannte ihn von seiner Arbeit als Taxifahrer. Er wußte sogar noch die Adresse, zu der er ihn immer nach Hause fahren mußte. Ich glaub, Willi war den Taxifahrern in Bochum-Langendreer so bekannt wie Harald Juhnke denen in Berlin. Ich trank weiter mein Pils, und wir gingen die Treppe hoch zur Tanzfläche, die Klaus, der offensichtlich nüchtern war, mit Musik versorgte. Hier war es nicht so voll wie früher, als ich noch Diskjockey war. Auch hier blieben wir nicht lange. Wir fuhren dann raus zur Zeche, wo es wieder schwer war, einen Parkplatz zu finden, was Alfred aber nach zehn Minuten schaffte. In der Zeitung hatte gestanden, daß sich die Anwohner schon beschwert hätten und Abschleppkommandos unterwegs seien. Wir gingen zuerst in die Kneipe, die aber voll war. Anschließend drückten wir jeder einen Heiermann für die Disco ab. Natürlich brauchte die Kleine den ganzen Abend nicht zu bezahlen. Die Musik war laut. Es war wieder dieser Arsch von Plattenaufleger am Mischpult. Im Dunkeln erkannte ich Peter Krauskopf, Christoph Biermann und Petra Schmitz. Willi erzählte der Sauerländerin was vom Lecken, was sie aber nicht aus der Fassung brachte.

Wir schluckten noch ein paar in der Kneipe, und ich zeigte Katja oben das Café, in dem ich meine erste Lesung veranstaltet hatte, als der Raum noch gar nicht richtig bezugsfertig war. Ich sah da nun zwei Mann von Kraftwerk gelangweilt in dem Trubel sitzen. Ich hatte die ganze Truppe mal '75 in Croydon gesehen zu ihrer »Autobahn«-Zeit. In ihrem Vorprogramm war Aj Webber aufgetreten, über die jetzt mein Artikel im Außenseiter-Lexikon von Rock Session stand. Sie hatten keine schlechten Erinnerungen an die Tournee. Und so fragte ich einen von beiden, ob sie sich an die Engländerin erinnern konnten. Der wußte erst nicht, was ich meinte, und dann konnte er doch dunkel mit der Einheizerin was anfangen.

Omo – damals waren sie alle in der Zeche – wollte mich ein wenig auf die Schüppe nehmen, weil ich mich den beiden Popstars genähert hatte. Ich hatte vor denen keine Manschetten, ließ sie aber dann auch in Ruhe ihren Cappuccino trinken. So, ich glaub, jetzt haben wir alles gesehen, Katja. Nicht, daß ich was von ihr wollte, aber ich war jetzt doch kaputt, immerhin war ich schon das zweite Mal an diesem Tag besoffen. Wir fahren morgen noch mal hierher, dann sollen die Einstürzenden Neubauten und Andreas Dorau mit den Marinas auftreten. Ich fand Alfred und Willi am Tresen. Alfred war eisern geblieben und hatte keinen Alkohol getrunken, während bei Willi sich doch allmählich Konditionsschwächen bemerkbar machten. Auf dem Weg von der Zeche nach Hause bekam ich doch noch mal Durst, und ich überredete Alfred, noch mal bei Appel zu halten. Die Kleine hatte nichts dagegen, und Willi natürlich auch nicht. Nur Alfred selbst wollte nicht mehr mit reinkommen. Willi soff weiter seinen Bacardi Fanta in dem Laden, der nicht mehr so voll war wie in der Zeit, als ich da Platten aufgelegt hatte. Nicht, daß da ein Zusammenhang bestand, aber es gingen nun immerhin potentiell tausend Leute in die Zeche. War vielleicht auch gut so, so brauchte man nicht so lange in Dreierreihen unten am Tresen anzustehen, und oben auf der Tanzfläche bekam man auch Luft. Außerdem brauchte man nicht auf der Stelle zu treten. Ich fragte Katja, die ja nichts getrunken hatte, ob sie sich einen bestimmten Song wünschte, und sie sagte, was von Grace Jones. Ich ging rüber zu Klaus Märkert, der in dieser Nacht die Platten auflegte, und bestellte ihm den Wunsch. Drei Nummern später kam »Night Clubbing«, aber Katja tanzte nicht. Sie sah nur auf den Diskjockey, ging hin und bedankte sich. Nun wurde ich ein bißchen eifersüchtig. Mich hatte sie den ganzen Abend nicht so angehimmelt. Na klar, der dürre Klaus sah auch besser aus als ich. (Wer nicht?) Wir gingen wieder runter, und ich fragte Willi, der inzwischen auch reif war, ob wir zusammen 'ne Taxe nehmen sollten. Erst rauf zur Wilhelmshöhe und dann zu ihm nach Werne. Natürlich nahm ich an, daß er die Fahrt bezahlen würde. Draußen standen damals noch Wagen, und der Driver kannte wie jeder Willis Adresse. Und freute sich, daß er einen Umweg zu mir nach Hause machen durfte. Es mußte jetzt so vier, fünf Uhr sein, ich trug damals keine Uhr. Vor der Haustür merkte ich, daß ich auch keinen Schlüssel dabei hatte. Ich suchte alles ab. Nichts zu wollen. Ich mußte die Mutter aus dem Bett klingeln, die es natürlich nicht gern sah, daß ich so viel soff. Ich riß mich zusammen und klingelte. Sie freute sich nicht gerade, daß ich sie mitten aus dem Schlaf gerissen hatte, machte aber wohl mit Rücksicht auf Katja kein Theater. Ich brachte sie in das Zimmer meiner Schwester, die ja ausquartiert worden war, und gab ihr einen Kuß auf die Wange. Ich wußte, wie sich ein Gentleman zu benehmen hatte. Ich ging also allein auf meine Mansarde. Wann hatte ich da das letztemal gevögelt? Muß noch mit Ute gewesen sein, sonst nur auswärts. Das mit Bettina zählte nicht.

Wenn ich besoffen bin, schlafe ich schlecht, also war ich im Morgengrauen schon wieder wach, während Katja noch nicht auf war. Ich setzte mich hin und schrieb endlich die Marabo-Titelgeschichte über Achim Reichel, nichts Besonderes das Ganze, aber was kann man verlangen, wenn man noch blau ist. Ich hatte vor, mit Katja nachmittags nach Köln zu fahren, um Laurie Anderson zu sehen. Andreas Böttcher sollte also im Auftrag der Plattenfirma WEA Fotos von der New Yorker Künstlerin machen. Ich war zwar nicht eingeladen, aber wenn ich da war, war ich da, und meine Story über den WEA-Künstler Heinz Rudolf Kunze war ja noch nicht im Musik Express erschienen. Als Katja aufgestanden war und wir gefrühstückt hatten – ich weniger, weil ich noch nichts runterbekam –, gingen wir ein wenig spazieren. Ich wollte ihr die Wilhelmshöhe zeigen, die alten Bergmannshäuser und die weniger ansehnlichen Neubauten aus den Fünfzigerjahren, als die Zeche Bruchstraße, auf der mein Vater und der Vater meiner Mutter gearbeitet hatten, noch in Betrieb war. Anfang der Sechzigerjahre war der Pütt dichtgemacht worden, und an seine Stelle trat Opel, wo etliche der ehemaligen Bergleute nun Radkappen oder so was montierten, auch der Hubert Sperling und Flaumi Streckert, bei denen wir in der Iserlohner Straße vorbeikamen. Ich hatte Nachdurst, aber die vier Wilhelmshöher Kneipen waren noch dicht, da blieb als Ersatz die »Getränke-Zentrale«. Ja, so hieß sie. Sie gehörte dem Erich Abich, auch er ein ehemaliger Bergmann. Früher hatte Rudi Gruttmann dort seine Milch lose verkauft. Hier konnte man auch einzelne Flaschen Bier kaufen und sofort vor Ort verzehren. Der Laden war dunkel, aber einige Söppströtten wie Heinz Pferch waren zu erkennen. Man merkte, daß Katja die Höhle ein wenig unheimlich war. Trotzdem kaufte ich mir eine Flasche Pils. Sie wollte nichts. Ich beeilte mich, und wir gingen um die Ecke in die Somborner Straße, wo wir mal gewohnt hatten, aber nur anderthalb Jahre, bis meine Schwester als Nachkömmling geboren wurde. Jetzt war sie in heiratsfähigem Alter. Dann gab's auch schon bald Mittagessen. Meine Mutter hatte gekocht, was sie am besten konnte: Erbsensuppe – und die schmeckte auch wirklich gut. Ich legte mich anschließend noch ein Stündchen aufs Ohr. Auch Katja war von der vergangenen Nacht noch erschöpft. Andreas war allein, als er uns abholte. Damals nach Hamm in die englische Kaserne hatte er ein junges Fräulein mitgenommen. Sein Vater war Fußballreporter in Frankfurt (Kurt Brumme: Joachim Böttcher, bitte melden, wie steht's bei der Eintracht?) Ich sagte Andreas, kannst du mal beim Marabo vorbeifahren, ich hab die Reichel-Story fertig, dann kann die Flora Soft die schon mal setzen. Es war aber keiner da, also schob ich die paar Seiten unter die Tür. Andreas war schlecht auf die Herren Verleger zu sprechen. Sie schuldeten ihm noch einige tausend Mark. Von der WEA würde er jetzt richtige Kohle kriegen. Es war sonnig, wenn auch kalt. Nach 'ner Stunde waren wir in Köln. An einer Kreuzung sah ich den Mannschaftsbus vom 1. FC.

Vorn rechts saß Rinus Michels, der damals der Trainer war. Sie würden an diesem Nachmittag gegen den HSV spielen, und mir fiel ein, daß mir Diedrich Diederichsen, noch in Hamburg, erzählt hatte, daß er auch zu dem Anderson-Gig käme und daß die WEA ihm ein Ticket für das Fußballspiel auf seine Bitte hin, wenn er schon mal nach Köln fuhr, geschenkt hatte. Aber Andreas sollte nicht Laurie Andersons Konzert im Großen Sendesaal des WDR abends fotografieren, sondern ihren Soundcheck an diesem Nachmittag.

Barbara Wolf von der WEA, mit ihren dicken Titten, freute sich nicht so besonders, als sie mich am Empfang des Funkhauses sah. Dort bekamen wir Hausausweise. Tags zuvor war ja der Dirigent Kurt Edelhagen gestorben, und ich redete mit dem Pförtner über diesen Mann, dem der WDR schöne Stunden zu verdanken hatte. Einmal, in der Obersekunda, hatten wir im Musikunterricht beim Fiedler ein amerikanisches Traditional geübt, das Edelhagen arrangiert hatte. Ich kannte ihn aus zahllosen Fernsehsendungen, aus einer Zeit, als Orchester die Sänger noch live begleiteten und nicht bloß wie Horst Jankowski als Staffage fürs Playback dienten. Der Portier sagte mir, wann und wo der Dirigent beerdigt werden würde, und ich sagte, da geh ich hin, hatte ich ernsthaft vor. Barbara führte uns in die Kantine, wo Laurie Anderson an einem langen Tisch mit jungen Leuten saß, bei denen es sich um Journalisten aus ganz Europa handelte. Wahrscheinlich war dies Lauries erster Auftritt auf unserem Kontinent. Ich stellte mich vor und gab ihr die Hand. Dann besprach Andreas was mit ihr, und als die Mahlzeit zu Ende war, ging sie in den Konzertsaal, in dem etwa tausend Leute Platz hatten. Er war aber schon für abends ausverkauft, sagte die Pressetante von der WEA. Wir würden uns also das eigentliche Konzert nicht mit ansehen können. Sie hatte zwei Maxi-Singles von »O Superman« dabei, eine war für Michael Rüsenberg, den bekannten Platten-Plauderer. Ich hatte Katja als Mitarbeiterin der Bildzeitung vorgestellt, und natürlich bekam sie statt mir die zweite Scheibe.

Miss Anderson ging auf die Bühne und strich mit einem Neon-Bogen über die Saiten ihrer Geige. Ich setzte mich in eine Reihe, wo mir ein älterer Schwarzer mit weißen Haaren auffiel. Als die Musik mal verstummte, fragte ich ihn, was er mit der Künstlerin zu tun habe. Er antwortete auf Englisch, er sei der »Superman«. Wie das? Er sei Tenor, und Laurie habe ihn mal in Berkeley gesehen und gehört, wie er in der Oper *Le Cid* von einem gewissen Jules Massenet sang, den ich Banause natürlich nicht kannte. Der habe, so der Sänger, der sich Charles Holland nannte, einige Goethe-Texte vertont, unter anderm den *Werther*. Und eben die Saga von dem Cid. Und da gab es eben einen Grabgesang, in dem es auf Französisch hieß: »O souverain, o juge, o mère, o père.« Und die Avantgardistin hatte daraus gemacht: O Superman, o judge, o mum, o pop. Got it? Ja, ich hatte verstanden. Das müßte eine Story für Sounds geben. Ich ließ mir die Adresse von dem Schwarzen geben. Er wohnte in Amsterdam. Das war nicht zu weit weg. Dann deutete er auf Katjas Platte. Da stand drauf: Dedicated to Charles Holland. Nach 'ner Stunde war Andreas mit seinen Fotos fertig, und wir fuhren zurück. Es war ein angenehmer Nachmittag gewesen. Von meinem

Kater hatte ich nicht mehr viel gespürt. Auch Katja war beeindruckt. Von mir? Nein, ich würde nicht an sie drangehen. Wir guckten die *Sportschau*. Abends wollten wir ja wieder in die Zeche, Andreas auch. Und Hansi Hoff, mein Kollege aus Düsseldorf, der mich für den dortigen Überblick gewonnen hatte. Er wollte mit seiner Freundin erstmals in den Laden rein, wußte aber als Auswärtiger nicht, wie er da hinkam. Ich sagte ihm, wenn du in Bochum bist, ruf mich von einer Telefonzelle aus an. Ich mußte aber erst mal meinen Vater davon überzeugen, daß er mit mir durch die Gegend fuhr, weil ich ja beschlossen hatte, mich vorläufig nicht hinter ein Steuer zu setzen. Gegen acht rief Hansi an, er war irgendwo in Laer auf der Wittener Straße gelandet, wie sich rausstellte, an der NS 7. Murrend fuhr mein Vater uns hin. Ich schlug vor, wir trinken erst mal einen im Rotthaus. Also zurück nach Langendreer. Da war für einen Samstag noch nicht viel los, und Hansi wollte auch im Gegensatz zu mir die Neubauten in der Zeche sehen. Wir fuhren also hin. Ich kannte mich ja aus und führte ihn hintenrum ins Kassenhäuschen. Er fragte, ob er auf der Gästeliste stehe, war aber nicht der Fall. Ich kannte die Leute, und sie gaben ihm dann 'ne Gratiskarte, auch seiner Freundin, die mit in dem kleinen Fiat 500 angereist war. Auch Katja wollte rein, von mir aus, ich verzichtete. Ich vertrug an dem Abend keinen Krach! Ich ging also in die Kneipe, wo es auch nicht gerade leise war, und trank nur Mineralwasser, na ja, dann doch das eine oder andere Pils. Es war wieder proppenvoll. Der angesagteste Laden im Ruhrgebiet. Schon hatten die ersten Abschleppaktionen stattgefunden. Nach 'ner Stunde kam Katja rüber. Wir gingen hoch, wo Andreas schon saß, und wir beschlossen, den engen Raum zu verlassen und in Richtung Appel zu fahren. Da zapfte wie gewohnt unten mein Freund Norbert, während oben Günther die Platten auflegte, aber nicht solche, die das Publikum wollte, sondern nur welche nach seinem eigenen Geschmack, XTC und so. Er war schon ein prima Kerl. Ich grüßte ihn kurz und deutete auf meine kleine Bekannte. Heute wünschte sie sich nichts, während ich zur Milchbar ging und mir einen Shake kaufte. Wir setzten uns an einen der wenigen Tische. Jemand hatte »Life is what happens to you while you're busy making other plans. John Lennon« reingeritzt. Der Spruch stand schon da, als ich mit Ute da vor einem Jahr gesessen hatte. Mit wem die wohl jetzt rumfickt, gar nicht dran denken. Und hier der Teenie, bloß die Finger von lassen. Bald hatte ich es geschafft. Es war noch nicht spät, als Andreas, der in Gelsenkirchen wohnte, den Umweg zur Wilhelmshöhe machte. Ich hatte meinen Schlüssel diesmal dabei. Diesmal schlief ich oben auch wie ein Murmeltier. Morgens drängte die Hannoveranerin, sie wolle jetzt schnell nach Hause. Wahrscheinlich war die Hetz- und Sufftour doch nichts für einen Teenager gewesen. Ich fuhr mit ihr zum Bahnhof und steckte sie in den Zug nach Norden. Vielleicht kommen wir uns ja mal näher, wenn sie zehn Jahre älter ist. Aber dann bist du auch zehn Jahre älter, an die vierzig und hast vielleicht 'ne Glatze.

Ein paar Tage später rief Bernd Gockel vom Musik Express an. Die WEA, ja die WEA, suche jemanden, der für den ME die Gruppe Blackfoot aus den Staaten bei einem Promo-Gig in London interviewte. Ob ich nicht Lust hätte. Ja, sicher, das war doch, was ich immer gewollt hatte, als Rock 'n' Roll-Schreiber on the road, wenn schon nicht on the air, war ich aber auch schon mal, erzähl ich später. Gockel sagte, dann wird dich eine Frau von der Plattenfirma anrufen, und es dauerte auch nicht lange, bis sich eine Frau Küster aus Hamburg meldete. Ich sollte drei Tage rüber und im Hilton irgendwo in London wohnen. Ich überlegte kurz, ob die mir nicht den Rückflug für später buchen konnten, ich würde gern noch für ein paar Tage bei Bekannten in England wohnen, ging okay. Sie schickte mir auch drei Platten der Schwarzfußindianer. Jedenfalls sahen sie wie amerikanische Ureinwohner aus, sehr langhaarig. Ich hörte mir die Platten zunächst aber nicht an, weil ich noch ein paar andere besprechen mußte. Dann kam endlich der Musik Express mit meinen beiden Geschichten raus, der über Heinz Rudolf Kunze und der über Thommie Bayer. Jörg Gülden rief an, man würde sie dauernd mit Anrufen aus der Branche bombardieren. Die kannten mich da oben im Norddeutschen noch nicht. Auch die WEA, bei der ja auch Kunze unter Vertrag war und in den die Firma große Erwartungen setzte, hatte sich gemeldet, der Termin in London war gestrichen, angeblich war die Band verschollen. Gleichzeitig bekam ich aber von der Elvis-Firma RCA über den Musik Express angeboten, Lou Reed in Amsterdam zu interviewen, nachdem sie meine auch eigentümliche Kritik über seine letzte LP gelesen hatten. Nächsten Freitag sollte es soweit sein. Ich war zwar nicht der große Lou-Reed-Experte, aber ich würde das schon hinkriegen. In Sounds stand eine Diederichsen-Story über ihn drin. Er hatte ihn in New York getroffen. Ich sollte mir, anders als der Sounds-Redakteur, nicht nur was über Reeds Literaturlehrer Delmore Schwartz erzählen lassen.

Ich hatte vor, nach langer Zeit mal wieder Emma Raphael in Dortmund zu besuchen, die jetzt in ihren Achtzigern war, schon dreißig Jahre Witwe. Wie immer machte sie mir einen Kaffee und stellte die Halbliterflasche Asbach daneben, die ich aber nicht leer machte. Ich sah mal in ihrem schmalen Plattenschrank nach, was sie so alles hatte. Vielleicht wär was für Lou Reed dabei. Ich dachte an ihre James-Joyce-Sprechplatte, die bei Neske Pfullingen erschienen war. Sie hatte auch eine LP: Barrault liest Baudelaire. Wenn das nichts für den Andy-Warhol-Bekannten war. Ich schwatzte sie ihr ab.

Dienstags sollte eine neue deutsche Supergruppe in der Zeche vorgestellt werden, Mau Mau, mit ehemaligen Mitgliedern von verschiedenen neueren deutschen Gruppen. Ich war nicht eingeladen.

Nach dem Gig sollte oben im Restaurant der Zeche noch 'ne Fete stattfinden. Ich ging trotzdem hin, mit Alfred und seiner etwa sechzehnjährigen Tochter. Die Musik war Scheiße. Alfred, der ausgebildete Tenor, erkannte sofort, der Rhythmus ist zwar in Ordnung, aber keine Melodie. Ich sah verschiedene Bekannte von nordrheinwestfälischen Blättern, unter anderem Peter Temminghof, der ja auf dem Papier der eigentliche Musikredakteur beim Marabo war. Dann traf ich einen von der veranstaltenden Firma Polydor, den ich noch von meinen Trips in Hamburg her kannte. Dann die alte Oma, Frau Wagner, die sich jahrelang um Freddie Quinn und ähnliche zu kümmern und jetzt The Wirtschaftswunder und eben Mau Mau zu betreuen hatte. Sprach man damals schon von der Neuen Deutschen Welle? Die hier gehörten ja der härteren Fraktion an. Alfred haute dann nach dem Konzert ab, und ich ging hoch zum Fressen, wo ich die Bekannten wieder beim Achillen sah, Teddy Hoersch saß vor Kopf, keine Ahnung, wo der damals war, der pendelte immer zwischen Presse und Promotionsabteilungen, einmal war er bei der EMI. Er freute sich, mich nach dem Kunze-Artikel lebend zu sehen, aber »die Story über Thommie Bayer war auch nicht schlecht«. Jane Smith, die ja für die internationalen Polydor-Künstler zuständig war, fragte mich, was ich trinken und essen wolle, und ich sagte, ich esse nur Bier. Clara Drechsler von Spex saß am anderen Ende und trank Sekt, bis nichts mehr reinging. War nicht Karl-Heinz mit, ja? Ich stellte ihm den bekannten WDR-Diskjockey Karl Lippegaus vor. Wir tranken, und allmählich hauten die Leute ab, die meisten waren aus Köln angereist. Ich war froh, als diese rheinische Mischpoke weg war. Ich trank dann noch einen in Ruhe und überlegte, wie wir nach Hause kämen, die Busse fuhren nicht mehr, und Taxi war zu teuer. Ich fragte den einen Fritzen von der Polydor, wo er übernachtete, und er nannte ein Hotel in der Innenstadt. Ich fragte, ob er uns mitnehmen könne. Klar. Karl-Heinz und ich beschlossen, uns bis zum ersten Bus oder zur ersten Bahn in der City aufzuhalten.

Das Bermuda-Dreieck war noch nicht entstanden, und die einzige Kneipe, die um diese Zeit mitten in der Nacht noch auf hatte, war das Ehrenfelder Stübchen, in das wir dann auch gerieten. Hier war das Pils noch billig, und wer Schmacht hatte, konnte um halb vier früh noch oder schon einen Sauerbraten mit Klößen kriegen, die eine alte Oma kochte, die das Gericht auch in der Gaststube servierte. Und natürlich konnte man einige Gestrandete der Nacht antreffen, denen vielleicht auch der letzte Bus vor der Nase weggefahren war oder die einfach noch nicht die nötige Bettschwere hatten. Karl-Heinz und ich blieben eine Stunde, bis ich die erste Bahn in Richtung Langendreer erwischte. Er mußte auf seinen Bus in Richtung Harpen noch warten. Ich war noch nicht wach, als per Eilpost von der RCA die Fahrkarte erster Klasse nach Amsterdam ankam. Ich sollte mich nach meiner Ankunft ins Hotel Sonesta begeben. Ich warf flüchtig einen Blick auf die Fahrkarte, mit der ich am nächsten Freitag nach Holland aufbrechen wollte. Was mich ein wenig wunderte, war, daß das Ticket schon einen Tag vorher gültig war, ich dachte mir aber nichts dabei und tauschte am frühen Nachmittag hundert Mark, die ich noch zusammenkratzen konnte, gegen Gulden um. Abends trieb es mich zum Dellmann und ins Rotthaus.

Nach meiner Rückkehr aus Holland hatte ich trotz des Gelages in der Bar des Hotels Sonesta noch Durst und ging wieder ins Rotthaus, obwohl ich für Doris nicht eigenhändig ein Schamhaar des Sängers gerupft hatte. Ich hielt mich an dem Wochenende dran, ich mußte vorsichtig sein, daß ich jetzt ohne Auto nicht dauernd trank. Montags rief ich beim ME ängstlich an. Wahrscheinlich würden sie mich nach dem Reinfall in Amsterdam rausschmeißen. Aber ganz im Gegenteil. Ich sollte tatsächlich mit Motörhead eine Woche auf England-Tournee gehen, die Ariola würde zahlen. Ich weiß nicht, wie es in anderen Branchen ist, bei der Popmusik schien es Usus zu sein, daß jeweils die Plattenfirmen der beschriebenen Künstler die Kosten der Reisen übernahmen. War mir eigentlich egal. Ich würde mich dadurch nicht korrumpieren lassen.

Außerdem erzählte mir Gockel, daß immer mehr Leserbriefe zu meiner Kunze-Geschichte ankamen. Das konnte nur gut für mich sein, und wahrscheinlich auch für die Zeitschrift, die zwar nicht gerade ein Sprachrohr der Plattenindustrie war, aber noch nie einen so auseinandergenommen hatte. In der Literaturbranche, die ich ja auch kannte, waren Verrisse ja an der Tagesordnung.

Am nächsten Tag hatte Kunze einen offenen Brief geschickt, den ich auch noch beantwortete.

Freitags rief mich mein Freund Robert an, sein Vetter aus Paris, der auf den französischen Namen Wolfgang hörte, sei da, ob ich dem nicht ein wenig die Stadt zeigen könne. Na klar, ich war ja immer noch arbeitslos, und meine Texte fürs Marabo und den Überblick hatte ich längst im Kasten. Er war zwar Franzose, aber sein aus Deutschland nach Frankreich verzogener, inzwischen verstorbener Vater hatte ihm diesen treudeutschen Namen gegeben, auf den auch ich höre. Seine Schwester hieß Pascale, und als sie mal bei ihren deutschen Verwandten war, hatte ich mich auch in sie verliebt. Das war vor Jahren. Robert brachte ihn vorbei, und ich dachte mir, gehen wir erst mal zum Dellmann, der ja schon morgens aufhatte. Ein paar Invaliden waren am Klammern. Ich versuchte, dem Franzosen das Spiel mit Jasmi und Fuffzig zu erklären. So was

Ähnliches kannte er auch aus Frankreich. Er war etwa zwanzig. Wir nahmen den 78er und vom Bahnhof aus dann den Zug in die Innenstadt. Wir gingen zu Janssen, und ich fragte, ob irgendwas für mich da sei. Ich hatte ja bei denen meine Zeitschriften bestellt. Tatsächlich war der Merkur da, aber ich sagte zum Janssen, wissen Sie was, ich nehm ihn nächste Woche mit. Der Drugstore war noch zu. Früher hieß er die Kulisse oder der Schuppen.

In diesen Läden verkehrte ich nicht. Wir gingen um die Ecke zum ALRO, dem größten Schallplattenladen am Ort. Als ich noch bei der Konkurrenz ELPI arbeitete, mußte ich hier immer die Preise vergleichen. Nach einiger Zeit war es so, daß Charly, der den Laden schmiß, mir meine Liste abgenommen und dann selber ausgefüllt hatte. Er war mir gegenüber auch sonst in Ordnung. Er hatte mir ja auch das Gesamtwerk von Achim Reichel geschenkt, als ich es brauchte, und die erste vergriffene LP des Penguin Café Orchestra, als ich an der Story über sie saß.

Wurde Zeit, daß ich den zweiten Teil für Sounds schrieb, der erste hatte, wie die Kunze-Geschichte auch, Erheiterung in der Zunft ausgelöst. Die Olle an der Kasse, die mit ihren fünfundzwanzig Jahren nicht gerade eine Schönheit war und die mich nun auch einige Zeit kannte, war völlig hingerissen von dem Franzosen. Später sagte sie mir: die Augen. Ich kaufte nix und schäkerte nur ein bißchen mit ihr rum. Wir gingen die Kortumstraße wieder in Richtung Union-Theater und aßen eine Bratwurst bei Dönninghaus. Ich mochte die lieber als die auch zu Recht berühmte Currywurst von denen, weil ich meinte, das Gewürz würde den so schon guten Geschmack der Wurst überlagern. Der Streit hält bis heute an. Dann fuhr Wolfgang wieder zu seinem Vetter. Abends wollten wir dann die große Runde machen. Ich rief Alfred Schmalz an, ob er mal wieder mit seinem Mercedes die Tour (Tortur?)

mitmachen würde. Ging klar, und abends trafen wir uns beim Dellmann, erst mal warmtrinken. Dann fuhren wir ins Rotthaus, wo ich Wolfgang zuflüsterte, die gerade bedienende Doris sei meine Lieblingskellnerin, die mir aber keine Chance lasse. Dann ein Anruf für mich. Für mich. Norbert vom Appel war dran. Ich hab schon bei dir zu Hause angerufen. Der Zonte fällt heute als DJ aus, und die anderen beiden können auch nicht. Kannst du einspringen? Ich sagte ohne Zögern, okay, und ließ den Besuch Besuch sein. Alfred konnte ja was mit ihm unternehmen. Er sollte mich aber erst kurz nach Hause fahren, weil ich einige neue LPs, die ich ja jetzt laufend nach Haus geschickt bekam, mitnehmen wollte, um sie vorzuspielen. Ich schnappte mir in meinem Zimmer einen Stapel und ließ mich nach Appel fahren, wo Norbert die Zeit am Plattenspieler überbrückt hatte. Hallo, ich grüßte die Mannschaft, waren noch alle da, zum Beispiel Mary und Lotte, eine angehende Kunsthistorikerin, die ich damals mal auf mein Apartment in Witten gelockt hatte, die sich aber nicht von mir mitten in der Nacht vögeln ließ. Sie war auch nicht gerade 'ne Schönheit. Da wär die Mary, die auf der Uni als Sekretärin gearbeitet hat, eher mein Fall gewesen. Keine Chance. Ich war zwar auch in letzter Zeit noch öfter als Gast bei Appel gewesen, aber meistens spät, und wußte deshalb nicht, was die Kids vor Mitternacht so hören wollten. Ich hörte, obwohl ich jetzt wohl der führende Musikjournalist im Ruhrgebiet war, keine Hitparaden mehr. Ich legte also erst mal vorsichtig die Favoriten des vergangenen Sommers auf, als ich ja schon mal die Vertretung war, also Fehlfarben, Fischer Z, Ideal, DAF, Kim Wilde, »Bette Davis' Eyes«. Nach ein paar Platten kamen die jungen Leute ran und meldeten Wünsche an. Ich sah nach, was da war, und versuchte mein Bestes. Ich hatte ja im Vorjahr im Gegensatz zu Zonte gelernt, daß der Köder nicht dem Angler, sondern dem Fisch schmecken sollte. Ich kriegte die Sache einigermaßen hin und legte nach ein paar Stunden diese eine Maxi-Single von Carolyne Mas auf, die ich früher schon immer gespielt hatte, wenn ich pissen mußte. Es war dann aber auch nach Mitternacht nicht mehr so viel los wie früher, weil, wie schon vermutet, ein Großteil der Gäste zur Zeche abgewandert war. Dann gab mir Lotte wie damals ein Zeichen, und ich legte »ihre« Platte auf, »On Broadway«, die lange Version von George Benson, und sie tanzte mit sich selbst. Ich machte aber keine Experimente wie im August mit Minas »Heißer Sand«. Irgendwann, es ging dem Ende zu, gegen drei, kam eine Frau an meinen Stand und wollte was altes Italienisches hören. Wahrscheinlich meinte sie Adriano Celentano oder so was, vielleicht auch schon Gianna Nannini. Arschlecken. Ich hatte aber doch eine italienische Platte von zu Hause mitgebracht, hatte sie in dem Stapel einfach so mitgegriffen. Es war eine Caruso-Platte, die ich mal bei Alfred ausgeliehen hatte. Ich legte also die eine Arie auf, und sofort ging das Geschrei los. War das etwa nichts altes Italienisches? Auf einmal flog ein halber Liter samt Glas in meine Richtung. Der Plattenspieler schaltete sich sofort aus. Das war's wohl – es lohnte sich nicht, an dem Apparat für die eine restliche Stunde rumzubasteln. Es war sowieso nur Gesocks in der Disco. Ich erhielt meinen Lohn für die vollen acht Stunden. Taschengeld für England. Ich mußte langsam sehen, wie ich die Mücken zusammenkriegte. Ich würde ja ein paar Tage länger bleiben bei der Mrs. Da mußte ich mich bis aufs Frühstück selber ernähren. Ich dachte, ich müßte für die Woche mit vierhundert Mark auskommen. Montags ging ich zur Bank, aber natürlich war mein Konto noch überzogen. Alle vierzehn Tage kam die Stütze vom Arbeitsamt, und ich durfte nicht dran denken, wenn die erfuhren, daß ich auch von verschiedenen Zeitschriften kassierte. Hansi Hoff erzählte mal, daß sie ihn wegen der Steuern am Arsch gekriegt hätten und daß er jetzt immer einen Teil seiner Einnahmen ans Finanzamt abführen mußte. Ich rauchte ja auch wie ein Schlot, wenn ich wenigstens das drangeben könnte. Ich ging also zur BfG, um wieder kleine Brötchen zu backen. Ich ging sofort an den Tresen von meinem Freund Meßmer, der mir bereitwillig einen Schein über 300 Mark ausstellte. Ich ging, ehe er sich's überlegte, direkt zur Kasse, zu Herrn Knauf, der auf der Rückseite des Auszahlungsscheins auf Meßmers Unterschrift sah und mir dann die 300 Mark freundlich auszahlte. Er kannte mich ja schon seit meiner ELPI-Zeit, als ich bei ihm immer Kleingeld geholt hatte. Ich hatte noch vierzehn Tage bis zu meiner Fahrt. Die Ariola rief an, um alles klarzumachen. Sie hatten auch der Laura Watkins von der englischen Partnerfirma Bronze Records, die Motörhead unter Vertrag hatten, meine Nummer gegeben, und sie rief mich an. Wir kannten uns ja schon von dem Konzert von Sally Oldfield in der Westfalenhalle. Wir freuten uns auf die gemeinsame Arbeit. Es war ja meine erste Tour, und sie schickte mir eine Liste mit den Tournee-Daten und eine Aufstellung der Hotels, in denen ich wohnen sollte, darunter ein Holiday Inn und das Kensington Hilton. Alles erste Läden. Ich schickte meinem Freund Phillip, von dem ich seit der Weihnachtskarte nichts mehr gehört hatte, die Telefonnummern und die Daten der Hotels. Why don't you give me a ring? Ob er's tun würde? Wahrscheinlich hatte er viel zu tun mit seiner Video-Firma. Ich hatte ihn jetzt drei Jahre nicht gesehen. Dann noch ein Anruf von der Ariola. Diesmal war aber Mike Knuth dran. Alan Vega, mit dem ich ja im Dezember von München aus in New York telefoniert hatte, kam zu einem Promotiontermin nach Deutschland, und Mike, der meine Vega-Geschichte im Überblick gelesen hatte, wollte unbedingt, daß ich den avantgardistischen Musiker traf. Er nannte mir das Datum, und ich sagte, dann bin ich doch für euch in England. Ach so, er überlegte. Aber an dem Wochenende ist er in Paris. Vielleicht könntest du ihn ja da besuchen. Finanziert ihr das? Müßte ich mal mit KP besprechen. Das war der Promotionchef.

Da fiel mir eine Lösung ein. Ihr bezahlt mir die Flüge von Düsseldorf nach Paris und von da aus nach London, und ich besorge mir auf meine Kosten ein Quartier bei den Franzosen. Ich dachte an meinen Freund Wolfgang und seine Familie, die ein wenig außerhalb der Hauptstadt wohnte. Ich rief an, und es ging alles klar. Ich durfte da übernachten, und Mike nannte mir den Ort, das Hotel Blanche Fontaine, unweit von der Place Pigalle. Es klappte dann scheinbar auch alles. Ich kriegte die vierhundert Mark zusammen, mit denen ich für eine Woche hinkommen wollte – und mußte. Ich dachte mir, die Bronze-Leute würden nicht nur die Hotels und die Fahrt spendieren, sondern auch noch die eine oder andere Mahlzeit. Ich ging also freitagabends ganz entspannt ins Rotthaus, um mir ein letztes deutsches Bier zu genehmigen. Die Ariola rief aber noch mal an, ob alles klar sei. Mein Flugticket würde am Lufthansa-Schalter in Düsseldorf liegen. Und so war es dann auch am nächsten Morgen. In der Maschine las ich die ausliegende Frankfurter Rundschau, wir hatten ja auch damals ein Goethejahr, ich weiß aber nicht mehr, warum, vielleicht der 250. Geburtstag. Jedenfalls las ich den Artikel in der Wochenendbeilage, und ich erinnerte mich, daß mir der Chef des Penguin-Orchesters in Köln angesichts des Jubiläums als Ergänzung zu Goethes angeblichen letzten Worten ›Mehr Licht‹ gesagt hatte: Listen to the noise of the heart. Ich würde ihn in London anrufen, um ihn für den zweiten Teil meiner Penguin-Story auszufragen, die lange überfällig war. Außerdem las ich in dem Flieger eine Meldung, daß in England über Nacht die Fahrpreise um 100 Prozent erhöht worden waren. Aber zunächst landete ich in Orly, wo der andere Wolfgang mir schon entgegengelaufen kam, um dann mit mir zu seinem schrottreifen VW zu gehen. Es war alles sehr verwirrend. Ich war außer in London noch in keiner Stadt gewesen, in der der Verkehr ein so chaotisches Bild lieferte, in der so viel los zu sein schien. Wir fuhren dann erst mal raus nach Sceaux und gingen in ein Bistro in der Nähe von Wolfgangs ehemaliger Schule. Jetzt hing er so rum, studierte nicht. Später würde er mit seinen schönen Augen einem Versandhaus für dessen Katalog Modell stehen. Damals spielte er noch Basketball, obwohl er nicht allzu groß war. Wir tranken Kaffee, und ich konnte endlich pissen gehen. Die Toilette war nicht gerade einladend, aber so ähnlich waren die wohl alle in Frankreich. Nach Schulschluß kamen einige hübsche Teenager in das Lokal, und mein Freund scherzte mit einigen rum, ohne daß ich ein Wort verstand. Kaum zu glauben, daß ich mal fünf Jahre Französischunterricht gehabt hatte. Alles war weg, vor allem die Vokabeln, nicht unbedingt die Grammatik, und die Aussprache wär vielleicht auch noch verständlich, aber was konnte sie helfen, wenn man keine Wörter kannte? In England wäre das natürlich anders. Wir tranken also einen und fuhren dann zu dem Hexenhäuschen, in dem Wolfgangs Mutter auf uns wartete. Sie hatte ein Fischgericht vorbereitet. Sie zeigte mir, wo ich übernachten würde, einen kleinen Raum, in dem viel deutsche Literatur stand. Auch in Frankreich war ihr Mann ein Anhänger alles Deutschen geblieben und soll sogar für deutsche Zeitungen unter Pseudonym Filmkritiken verfaßt haben. Er soll auch mit Florian Hopf zusammengearbeitet haben, den ich dem Namen nach kannte. Letztens erst sah ich auf dem Schreibtisch von Jürgen Kruse ein Exemplar des Stückes *Der Tod eines Handlungsreisenden*, das Hopf mit Volker Schlöndorff übersetzt hatte. Es stellt sich die Frage, ob ich nicht öfter abschweifen sollte. Zum Beispiel habe ich heute morgen ein Interview mit Herbert Grönemeyer gelesen, wobei mir einfiel, daß ich ihn eigentlich ein paar Seiten vorher schon hätte einbauen müssen. Er hatte nämlich nach der Veröffentlichung meiner Kunze-Geschichte sonntagmorgens bei mir angerufen. Die Story hätte ihm gut gefallen, nur nicht dem Karsten Jahnke, der Kunzes Konzertveranstalter sei. Dann fragte der ehemalige Bochumer, der jetzt schon seit einiger Zeit in Köln wohnte, ob ich nicht was für ihn tun könne. Er hätte gerade eine neue Platte veröffentlicht und so seine Schwierigkeiten, in die Musikpresse reinzukommen. Er sei zwar jetzt nach dem *Boot* als Schauspieler gefragt, aber als Sänger würde man ihn ignorieren. Ob ich ihn nicht in den ME bringen könne. Grönemeyer war mir ja nie unsympathisch gewesen, ich mochte nur seine Songs nicht, und seine Debütplatte hatte ich dann auch der Carmen Talent geschenkt, auf die ich auch noch später zurückkommen werde. Wir verabredeten uns für die Zeche, wo er mir seine dritte oder vierte LP überreichen wollte. Wir trafen uns dann an dem Abend, an dem die Inauguration von Mau Mau gefeiert wurde, unten in der Kneipe, und er hatte seine Freundin Anna Henkel dabei, über deren Tod er jetzt nicht hinwegkommt. Damals sah sie noch ganz gesund aus. Sie hatte mal nackt in dem intellektuellen Porno *Dorotheas Rache* mitgespielt, war aber inzwischen eine anerkannte Theatermimin geworden, weshalb sie nun auch beide in Köln wohnten, wo sie am Schauspielhaus auftrat. Er hatte die Platte dabei, aber kaum hatten wir angefangen, uns vorsichtig zu nähern, störte uns Herbert Ludwig, einer der Betreiber der Zeche, und sagte zu Grönemeyer: Was willst du denn mit dem? Worauf ich wortlos oder sprachlos wegging ins Restaurant zu der Party, die die Polydor schmiß. Grönemeyer war noch bei Intercord unter Vertrag, und keiner der Journalisten, die ihm zwei Jahr später in den Arsch kriechen würden, nahm von ihm Notiz, als er mich offensichtlich in dem Restaurant suchte, aber nicht fand. Ich machte ihn aber auch nicht auf mich aufmerksam. Also ging er mit der Platte, die ich nie hören sollte, wieder raus. Dieser fiese Herbert Ludwig schnitt ein paar Monate später barfuß seinen nassen Rasen mit einem elektrischen Rasenmäher, was er nicht überleben sollte. Ja, das war die Rache.

Wolfgang hatte eine Karte von Paris rausgesucht, wo wir ziemlich schnell die Straße fanden, an der das Hotel lag, in dem ich Alan Vega treffen sollte. Wir fuhren dann auch bald los und ergatterten an der Place Pigalle einen Parkplatz. Wir hatten noch ein wenig Zeit, und ich trank in einem Lokal, das ein wenig runtergekommen zu sein schien, mein erstes französisches Bier. Ja natürlich, an das französische Wort für das Gesöff konnte ich mich noch erinnern. Dann gingen wir rüber zum Blanche Fontaine. Die Portierfrau zeigte uns den Weg zum Zimmer, und als wir anklopften, zog Vega die Tür auf. Er fragte, natürlich auf Englisch: »Wer ist Wolfgang Welt?« Ich antwortete ihm, und er umarmte mich. Das Zimmer war abgedunkelt. Er hatte von mir eine gute Kritik gekriegt und freute sich, jetzt bald in Deutschland solo aufzutreten. Kommst du auch nach Bochum, in die Zeche? Er hatte noch keine Ahnung. Es war noch ein Typ in dem Zimmer, der von seiner französischen Plattenfirma war. Er verließ uns nach ein paar Minuten, als ihm klar zu sein schien, daß wir vernünftige Leute waren. Ich hatte meinen Aktenkoffer dabei, aber keinen Kassettenrecorder. Ich würde schon alles Wichtige behalten, wenn ich auch noch nicht wußte, wo ich die Story loswerden sollte. Für den ME sollte ihn Harald Inhülsen interviewen. Und für Sounds würde sich Diederichsen die Gelegenheit nicht entgehen lassen, Vega selber zu sprechen. Diederichsen hatte wohl schon versucht, ihn zu treffen, als er in New York mit Lou Reed gequasselt hatte. Ich zeigte ihm mein Exemplar von National Screw, das ich schon zu meinem nicht stattgefundenen Rendezvous mit dem Chef von Velvet Underground dabei hatte. Er fand das toll, vor allem die Zeichnungen von Crepax oder wie er hieß. Er sagte, diese Zeitschrift, die ich vor ein paar Jahren am Bochumer Bahnhofskiosk erstanden hatte, gäb's wohl nicht mehr und mein Exemplar sei ein Sammlerstück (*collector's item*). Der andere Wolfgang hatte eine Langspielplatte von den Fleshtones dabei, die Vega, der die Gruppe nach eigenen Angaben entdeckt hatte, noch nicht kannte. Wolfgang bot sie dem Sänger zum Geschenk an, aber der verzichtete, die würde schon der Fritze von der französischen Plattenfirma für ihn besorgen. Dann zog ich die Goldrosen-Biografie über Buddy Holly aus meiner Tasche und zeigte sie ihm. Im New Musical Express (NME) hatte anläßlich der Veröffentlichung seiner Single »Jukebox Babe« gestanden, sie höre sich an, als wäre Buddy Holly vom Himmel herabgestiegen. Er riß mir das Buch aus der Hand. Er kannte es noch nicht. Ich wußte, daß es in den Staaten nur in kleiner Auflage rausgekommen war. Gee, that guy was great. Er hatte mal an einem Nachmittag dreimal hintereinander die *Buddy Holly Story* mit Gary Busey gesehen, einen Film, den ich noch nicht kannte, der in Deutschland auch noch nicht gelaufen war, obwohl der Hauptdarsteller für einen Oscar nominiert worden war. Aber wer kannte in Deutschland schon Gary Busey. Und wie bekannt war überhaupt Buddy Holly? Kannte den noch jemand? Nur ein paar Eingefleischte. Das Musical, ein Wagnis, es zu launchen, würde erst zehn Jahre später in das Hamburger Theater kommen. Damals war ich noch ein einsamer Rufer in der Wüste und konnte mein Buddy-Holly-Faible nur im Marabo ausleben, wo ich in fast jeder zweiten Plattenkritik auf Holly hinwies. Beim ME konnte ich mir das nicht leisten. Er schwatzte mir das Buch ab, und ich gab es ihm gern, weil ich dachte, ich könnte mir in der Woche darauf Ersatz in London bei Foyle's besorgen, wo ich ja mal gearbeitet hatte. Wir unterhielten uns über dies und das, etwa ob es das Duo Suicide noch gebe, von dem er eine Hälfte neben Martin Rev war. Neulich war bei Roir ja die Kassette mit unveröffentlichten Aufnahmen der beiden erschienen. Ich zog dann noch den Musik Express mit den Poll-Ergebnissen raus, bei denen er noch nicht verzeichnet war. Motörhead aber waren Spitze, und ich sagte ihm, daß ich sie wahrscheinlich am folgenden Tag in England treffen würde, und er sagte, bestell Lemmy einen schönen Gruß, er sei mal in ihrem Vorprogramm aufgetreten, in den USA, er wisse nicht mehr, wo, und irgendwie sagte er etwas von junk, aber ich verstand nicht, was er meinte. Dann zeigte ich ihm die Seite, auf der im ME immer acht oder zehn Kritiker zwanzig Neuerscheinungen mit Noten von 1 bis 6 bewerteten. Er war auf die dritte Stelle gekommen. Alan Bangs hatte ihm als einziger die höchste Ziffer gegeben, aber Alan Vega sah nur Gitti Güldens Namen, she looks great. Alan Bangs wurde fast jeden Monat vom Musik Express befragt und abgebildet. Meine Gedanken schweiften für einen Moment ab. Ich hatte Bangs nach meinem Trip nach Amsterdam in einer Roller-Disco in Dortmund getroffen und ihn gefragt, ob er denn keinen Bock gehabt habe, mit Reed zu konferieren. Das hätte ihm niemand angeboten. An dem Abend sollte der Engländer in Dortmund Platten auflegen, aber obwohl er doch durch seine Hörfunksendungen und seine Auftritte als Ansager im Rockpalast berühmt war, war kein Schwein gekommen außer mir und Johanna Schenkel, die ihn wahrscheinlich liebte. Mich mochte sie weniger, weil ich für die Konkurrenz vom Guckloch arbeitete, für das sie schrieb. Ein paar Leute hatten sich noch verirrt, um Rollschuh zu laufen, wären also wahrscheinlich auch ohne Bangs gekommen. Er hatte ein paar Dutzend Platten mit. Auch zu dem Gig von Mink De Ville in der Vorwoche waren an gleicher Stelle nur wenige Leute gekommen. Er sagte, er habe nicht besonders Lust, ob nicht die Diskjockeys, die normalerweise da Platten auflegten, den Job übernehmen wollten. Sie könnten auch seine Gage haben. Die lehnten aber ab, und gegen zwölf fing er dann doch an, Musik zu machen. Nach ein paar Minuten ging Johanna, Tochter eines bekannten Bochumer Anwalts, auf die Strecke und tanzte. Sie konnte die Beine so spreizen, daß ich annahm, sie hatte früher mal Ballettunterricht gehabt. Ich war nicht erst an diesem Abend scharf auf sie. Es war dann aber doch nach 'ner Stunde Feierabend, und der Besitzer der Roller-Disco lud uns ins Jara ein, einen Laden in der Brückstraße, wo ich früher öfter verkehrt hatte, als ich noch mit Susanne aus war. Wir konnten aber immer nur bis eins bleiben, wenn es erst richtig losging, weil wir die letzte Bahn nach Bochum kriegen mußten. Ein hartes Lokal. Wir sahen da aber auch eher zivilisierte Leute auftreten wie Alan Price und Jim Capaldi. Im letzten Jahr hatte ich noch Mickey Jupp vor drei Leuten spielen sehen. Der sollte auch nie den Durchbruch schaffen, aber seinen Song »Switchboard Susan« behielt ich im Ohr, und Jahre später sollte ihn Alan Bangs, ich glaube in der Version der Searchers, spielen, die ich auch mittlerweile habe. Er fragte sich und sein deutsches Publikum, wie man folgende Zeilen übersetzen könnte: »I see you girl / I get an extension / and I don't mean Alexander Graham Bell's Invention.« Ich habe öfter darüber nachgedacht, aber wie soll man den Erfinder unterbringen, den man in Deutschland kaum kannte, und natürlich Extension. Wir tranken noch einen auf Kosten des Hauses, und Alan ging mit der Schwester seiner Freundin raus, die in Dortmund wohnte und bei der er übernachten würde. Mich brachte Johanna zähneknirschend nach Hause, und ich machte mich lustig über den Wagen ihrer Mutter, den sie fuhr, denn es war ein DAF, und ich mochte die Musik der Gruppe DAF nicht so besonders, die, ich verfolge das Tagesgeschehen heute nicht mehr so, auch wiederauferstanden sind.

Nach 'ner guten Stunde in dem abgedunkelten Hotelzimmer hatte der Musiker noch einen Termin, und wir verabschiedeten uns bis demnächst, wenn er in Deutschland erstmals als Solist auftreten würde. Ich würde auf jeden Fall irgendein Konzert mitkriegen. Draußen zeigte mir Wolfgang einen Köttel Haschisch. »Ob ich ihm was hätte anbieten sollen?« Aus solchen Sachen halte ich mich immer raus, sagte ich. Ich war ja eine der seltenen Figuren in der Branche, die nichts Verbotenes konsumierten, schon in meiner Jugend nicht, weil mir nie jemand was anbot, außer damals auf der Klassenfahrt in Berlin, als ich mit dem Blibbo in einer dunklen Discothek was hätte kaufen können, das uns aber zu teuer war. Es war nur so, daß ich die ganzen Siebzigerjahre mit einer jungen Dame ausging, die regelmäßig Marihuana zu sich nahm, daraus auch mir gegenüber kein Hehl machte, mir aber nie was aufzwang, und ich ließ es dann auch sein. Mir reichte jetzt mein Lexotanil, das Valium für arme Leute, aber nur auf Rezept und niedrig dosiert.

Wir landeten an den Champs-Élysées und gingen in einen Burger King. Irgendwie war ich doch überrascht, solch ein »Restaurant« im feinen Paris vorzufinden, aber wir gingen rein, weil wir Hunger hatten. Ich hatte mir bei der BfG ausländische Valuta auszahlen lassen und drückte jetzt das meiste von meinem französischen Moos für das Junkfood ab. Dann fuhren wir weiter durch die Samstagnachmittagshektik, auch an der Place de la Concorde vorbei, die ziemlich unübersichtlich war. Die Franzosen fuhren in diesem Kreisverkehr alle wie die Henker, auch mein Freund. Er wollte sich noch ein T-Shirt kaufen, also kurvten wir weiter durch die Gegend. Zu meinem Erstaunen fanden wir einen Parkplatz in der Nähe des Centre Pompidou, vor dem gerade ein Feuerschlucker seinen großen Auftritt hatte. Ich bekam ein Gefühl der Enge angesichts des riesigen Museums. Wir gingen zu dem Bekleidungsgeschäft, aber es war geschlossen, ja sogar ganz aufgegeben, pleite. Wir fuhren wieder raus in den Vorort, und Wolfgang fragte mich, ob ich mit auf eine Fete käm, die ein ehemaliger Mitschüler von ihm schmiß. Ja, sicher. Ich muß nur morgen früh raus, um den Flieger nach London zu kriegen. Bei ihm zu Hause holte ich mein Ticket raus. Darauf stand, daß ich von dem Flughafen mit dem Kürzel CDG abfliegen sollte, also nicht von Orly, sondern von dem Airport, der nach dem großen General benannt worden war, und ich dachte einen Moment an meine zeitweilige Freundin Christiane, die der Omo wegen ihrer großen Nase im Vorjahr »die de Gaulle« getauft hatte. Als es so lautlos zu Ende gegangen war, wie es zwischen uns beiden angefangen hatte, wollte ich sie noch ein letztes Mal sehen. Wie das so ist. An dem Wochenende im letzten Oktober fand wieder der vom WDR veranstaltete Rockpalast in der Grugahalle in Essen statt. Weil aber der amerikanische Sänger Mitch Ryder mal in dem üblichen Hotel in der Ruhrmetropole die Möbel angespitzt hatte, waren die Künstler nach Gelsenkirchen ins Maritim ausgelagert worden. Da würde dann auch vor dem Konzert eine Pressekonferenz mit Roger Chapman stattfinden. Ich lud mich wieder selbst ein, und es war auch alles okay. Eigentlich fuhr ich aber hin, um Christiane zu sehen, die da die Residenzen verwaltete. Das waren Suiten, in denen die Leute länger wohnten, zum Beispiel Spieler, die gerade erst bei Schalke 04 anfingen und noch kein eigenes Haus hatten. Sicher hatte auch der Manager Rudi Assauer da mal logiert. Vielleicht zählte auch er zu Christianes Kurzliebhabern, die sie sich da (gegen Geld?) angelacht hatte. Jedenfalls hatte sie so was angedeutet und wäre auch fast gefeuert worden, weil sie zweimal mit Gästen im Bett erwischt worden war. Ich fragte mich durch, konnte sie aber nicht finden. Was hätte ich auch sagen sollen. Fick mich wieder?

Frau Heinz würde mich am nächsten Morgen in der U-Bahn zum Airport begleiten. In London kannte ich ja das U-Bahnnetz im Schlaf, aber hier? Wo in aller Welt war ich? Abends fuhren wir erst einen Freund von Wolfgang abholen. Ich sah mit dem Vater eine Viertelstunde französisches Fernsehen und verstand wieder kein Wort. Herr Buchholz, was haben Sie mir in den fünf Jahren Schule nur beigebracht? Dann ging's in dem VW ein paar Blocks weiter. Offensichtlich hatten die Eltern des Freundes das Haus allein gelassen, und der Sohn gab 'ne Party für junge Leute, Leute, die jünger waren als ich. Es wurden die Hits der Stunde gespielt. Wolfgang ließ mich allein, und ich strich durch das Gebäude. Niemand beachtete mich. War ich Ellisons Invisible Man? Ich nahm mir Salat und Baguette. Dann hockte ich mich in eine Ecke und sah den hundert Jugendlichen beim Tanzen zu, was aber auch nicht anders aussah als bei Appel. Nach 'ner Zeit holte mich Wolfgang ab und ging mit mir vors Haus an einen Zaun. Jemand rauchte einen Joint, und Wolfgang deutete darauf. Willst du? Nee, auch heute nicht. Keine Experimente im Ausland. Ich sagte ihm dann, daß ich nun nach einem langen Tag groggy sei, und bat ihn, mich zu sich nach Hause zu fahren. Morgens sei er nicht da, sagte er, weil er zum Basketball müsse. Von einer Hose in die andere. Ich rauchte noch eine im Zimmer und schlief dann wie ein Murmeltier, bis mich Christine weckte. Sie hatte ein Frühstück vorbereitet, und ich fragte mich, wann ich wohl das nächste zu essen kriegte. Ich hatte noch einen langen Tag vor mir, der irgendwo weitab von London in einem englischen Kaff enden sollte. Aber erst mal hinkommen. Wir mußten nur ein paar Stationen von Sceaux aus fahren, bis wir den ziemlich neuen Flughafen erreichten, der mir noch im Bau zu sein schien. Ich verabschiedete mich von Christine mit einem Wangenkuß. Ich werd mein Terminal schon finden. Ich sah auf eine Anzeige und nahm dann einen Bus zum Abfertigungsbau, einem Turm. Es war zwar kein Dutyfreeverkauf da, wohl aber ein Tresen, an dem Kaffee ausgeschenkt wurde. Ich holte mir von meinem letzten französischen Geld eine Tasse und flezte mich hin. Ich suchte in meiner Reisetasche nach einem Reclam-Heftchen. Auf längere Reisen nahm ich immer eins mit. Diesmal hatte ich *Der arme Spielmann* von Franz Grillparzer dabei, den ich freilich schon mal in einem Novellenseminar gelesen hatte, als ich noch an der PH studierte. Weiß heute noch jemand, was eine PH ist? Es war für mich das gültigste Buch über Musik. Und irgendwann würde ich es Johanna Schenkel empfehlen. Ich las also die ersten Seiten, weil noch Zeit war, und blickte nur ab und zu auf, wenn neue Leute erschienen, die nach Heathrow fliegen wollten. Damals kannte ich noch nicht den Van-Morrison-Titel »Heathrow Shuffle«, ein Instrumental, oder hieß er »Heathrow Shuttle«? Ich war nach dem Milchkaffee nun vollkommen wach, da kam auf einmal ein bekanntes Gesicht rein. Ich überlegte einen Augenblick, weil ich so erstaunt war, sie zu sehen. Ja, es war Jane Birkin, zusammen mit einem kleineren Mann. Niemand schien von ihr Notiz zu nehmen. Sie setzten sich auf eine Couch. Sie blätterte in einer Illustrierten. Vielleicht flog sie zu ihrer Familie. Sie war ja Engländerin. Sie hatte sich vor einiger Zeit von ihrem übermächtigen Partner Serge Gainsbourg getrennt. Ich mußte an die vielen Male denken, die ich ihr gemeinsames »Je t'aime« gehört hatte, zuerst damals 69 in Italien, als wir mit unserm Fußballclub Ferien in Südtirol machten und ich mich mit sechzehn das erste Mal unglücklich in ein Mädchen verliebte, das zwei Jahre älter war und in einer Apotheke in Dortmund-Kley arbeitete. Sie hatte mit ihrer Schwester mitfahren dürfen, weil sie Verwandte in unserem Verein hatten. Die Schwestern hatten zwei Brüder als Freunde. Ja, Sylvia, die ich auf Anhieb liebte, war sogar schon verlobt. Ich machte mich also als unerfahrener Spund an sie ran. Leider war nicht nur mein Vater unser Delegationsleiter, nein, auch meine Mutter war mitgefahren, und die hatte mitgekriegt, daß ich scharf auf die Apothekerin war. Sie fand, daß es noch viel zu früh für 'ne Freundin war. Es ist dann auch nichts passiert, obwohl ich meinte, daß Sylvia auch nicht abgeneigt war, mal weg von dem Verlobten. Ich sah sie dann ein letztes Mal, als wir auf der Wilhelmshöhe aus dem Omnibus stiegen. Ein Jahr später arbeitete ich für den Klempner Muus auch mal in Kley in einer Wohnung, die dem Besitzer angeblich als Fickbude dienen sollte. Ich sah auch in einiger Entfernung eine Apotheke. Ich traute mich aber nicht hinzugehen. Kurz drauf sah ich einen Zeitungsausschnitt, den Apetz Koke besorgt hatte, der mit in Italien gewesen war. Er zeigte ein Foto, auf dem die beiden Schwestern mit ihren Männern nach der Doppelhochzeit abgebildet waren. Das war dann doch ein herber Schlag. Aber »Je t'aime« hörte ich auch sonst, vor allem auf Klassenfeten, und einer nach dem andern ging mir dabei flöten, besonders wenn ich mit Susanne im Jugendheim tanzte. (Vielleicht sollte ich sie mal wieder anrufen, obwohl sie seit meiner letzten Lesung sauer zu sein schien, weil ihr wohl erst da aufgegangen war, daß sie mit »Susanne« gemeint war.) In England durfte übrigens das besagte Lied nicht im Radio laufen, und so spielte der BFBS eine entschärfte Fassung, ohne Stöhnen. Ich tat so, als läse ich weiter, sah aber öfter zu ihr hin. Sie war nicht geschminkt und mit ihrem Kostüm zeitlos gekleidet.

Beim Einsteigen wurde das Handgepäck nicht kontrolliert, was mich wunderte. Ich hätte ohne weiteres eine Handgranate reinschmuggeln können. Oder waren unsere Brocken schon durchgecheckt worden, ohne daß wir es gemerkt hatten? Ich setzte mich ziemlich weit nach vorn, und tatsächlich ließen sich die Birkin und ihr mickriger Freund neben mir nieder. Er in der Mitte. Wir waren kaum gestartet, da wurde auch schon ein Mittagessen serviert. Jane lehnte den Rotwein ab und bat um ein Glas Mineralwasser. Ob sie Alkoholikerin war? Dafür sah sie noch zu gut aus mit ihrer Zahnlücke. Das erste Mal hatte ich sie nackt in dem Film *Blow Up* gesehen, und an dem Morgen nach unserem Abitur fuhren wir mit ein paar Mann nach Duisburg, wo in der Mercatorhalle eine Ausstellung moderner Kunst stattfand, und da kaufte ich mir an einem Stand ein Poster mit Jane Birkin drauf, auf dem sie ohne Hüllen zu sehen war, wobei sie eine Titte mit ihrem Arm verbarg. Meine Mutter mochte dann das Plakat nicht, und ich trat es an meinen Bruder ab, der damals in der Bundeswehr diente. Ich sah es nie wieder. Um so lieber war mir natürlich Jane Birkin in natura. Sollte ich sie in ein Gespräch ziehen? Was würde der Begleiter sagen? Ich ließ es bleiben und ging nach dem Essen auf die Toilette, wobei ich die einzigen Worte mit ihr sprach: »Excuse me.« Wir flogen keine Stunde, und dann lief alles auseinander, und ich sah sie nur noch kurz an dem Band bei der Gepäckausgabe. Ich mußte von Heathrow nach King's Cross St Pancras, um von dort den Zug gen Norden zu kriegen.

Ich war früher schon mal in Heathrow gelandet, war aber dann mit einem Bus zu einem Terminal in der Innenstadt gefahren. Einmal war mein Flug umgeleitet worden, genau an meinem Geburtstag an Silvester, den ich mit Susanne und Uschi in London feiern wollte, die schon vorgereist waren, am Anfang unseres Studiums. Ich war erst von Düsseldorf nach Köln verfrachtet worden, wo wir den Dutyfreeladen leer soffen, in dem mitten in der Nacht keine Bedienung war, und wegen Nebel waren wir dann im Norden Englands gelandet. Weil ich schicker war, bekam ich nicht genau mit, wo. Jedenfalls folgte eine lange Busfahrt in die Hauptstadt. Diese Fahrt nun mit der U-Bahn, die schon eine Menge Pfund kostete, kam mir auch lang vor. Mir wurde allmählich die Zeit knapp. Die Ariola

hatte mir die Abfahrtszeit des Zuges nach Chester zugeschickt. Jedenfalls war es schon mal gut, wieder in diesem London zu sein, meiner zweiten Heimat. Ich war jetzt
drei Jahre nicht dagewesen. Ich hetzte also die U-Bahn-
Treppe in King's Cross hoch, hatte noch ein paar Minuten Zeit und mußte noch 'ne Fahrkarte lösen. Ich wollte
auf dem Fahplan gucken, von welchem Gleis der Zug nach
Norden abfuhr. Da war aber keiner nach Chester, wo immer das lag, verzeichnet, anders als auf dem Zettel, den
mir die Münchner Plattenfirma geschickt hatte. Ich ging
zur Auskunft. »Der Zug fährt nicht von hier. Sie müssen
zur Euston Station.« Die war zwar nicht weit weg, aber
ich würde es dahin nicht mehr rechtzeitig schaffen. Ich
schlörte also mein Gepäck rüber. Ja, der Mann hatte recht
gehabt. Mein Zug fuhr von Euston. Ich entnahm einer Ge-
denkplatte, daß Königin Elizabeth den Bahnhof in den
Sechzigerjahren eingeweiht hatte. Auf dem Fahrplan
stand, daß der nächste Zug erst in drei Stunden hochfuhr.
Laura Watkins würde im Bahnhof von Chester aber schon
auf den gerade weggefahrenen Zug warten. Ich hatte ein
wenig englisches Kleingeld und wählte die Nummer des
Hotels, in dem ich die Pressefrau vermutete, aber natürlich
war sie nicht da. Ich hinterließ ihr eine Nachricht, wann
ich kommen würde, und hoffte, sie würde die Botschaft
kriegen. Die Kneipen waren damals nicht nur an Sonntag-
nachmittagen zu. Also würde ich mich in eine Teestube
verziehen. Erst mal kaufte ich mir aber ein Ticket. Die
Frankfurter Rundschau hatte nicht gelogen, die Fahrpreise
waren extrem hoch. Ich wußte zwar nicht, wie weit Chester weg war, aber achtzig Mark für 'ne dreistündige Fahrt
erschien mir doch sehr hoch. Immerhin würde ich das
Geld ja wiederbekommen. Ich kaufte mir ein paar Sonn-
tagszeitungen, die es im Gegensatz zu Deutschland im Ver-
einigten Königreich reichlich gab, und trank einen Tee
nach dem anderen, zwischendurch zur Abwechslung auch

mal einen der öden Kaffees. Ab und zu sah ich von der Zeitung auf und achtete auf die Leute, von denen aber keiner von mir Notiz nahm. Hätte ich doch raus zur Mrs. Jepsen fahren sollen? Nach Thornton Heath hätte ich es aber nicht in drei Stunden geschafft. Ich nahm mein Gepäck und ging noch mal zur Telefonzelle, um sie anzurufen, aber sie war nicht da, vielleicht gegenüber bei der Mrs. Stacey, deren Nummer ich aber nicht kannte.

Ich ging mit meinem Wust an Sonntagsblättern zurück und las weiter. In der Sunday Times stand ein Artikel über Theodor Kotullas Film *Ein deutsches Leben*, den Film über den Auschwitz-Kommandanten Höss, den Götz George spielte. Der Streifen war schon älter, aber wohl erst jetzt in England zu sehen. Der Kritiker lobte ihn in hohen Tönen. Wenn wir doch nur in Deutschland wenigstens ein Sonntagsblatt von dieser Qualität hätten. Die Teestube war etwas versifft. Verlassene Tische wurden nicht sofort vom rumfliegenden Zucker gesäubert. Später würde es natürlich ein Farbiger in zerschlissener Bahnuniform machen. Ich nahm dann noch mal meine sieben Sachen und ging zu einer Telefonzelle, um meine Eltern zu beruhigen, die sicher schon auf ein Lebenszeichen von mir aus England warteten. Ich log, alles sei in Ordnung. Dann endlich fuhr mein Zug in den Sackbahnhof ein. Im Nu war er voll. Wie würde es nur wochentags in den Stoßzeiten sein? Aber vielleicht fuhren jetzt ja nur viele Leute, die ein Wochenende in London verlebt hatten, zurück in die Provinz. Launig begrüßte uns der Zugführer – oder sein Heizer – über den Bordfunk und machte im Lauf der Zeit lustige Bemerkungen, die ich nicht alle verstand. Bei den Engländern kam er jedenfalls an. Draußen wurde es dunkel, und in Crewe hieß es auf einmal, wir sollten nach Chester den Zug wechseln. Mußte wohl so sein. Ich schloß mich den anderen an, kriegte aber keinen Fensterplatz mehr. Den Auftritt von Motörhead im Deeside Leisure Centre, der auf meinem Plan stand, würde ich kaum vollständig mitkriegen. Was wird sein, wenn Laura gleich nicht am Ausgang steht? Ich hatte die Adresse des Ladbroke's Hotels. Aber wie hinkommen, würde eine Taxe dastehen? Wie teuer würde das sein? Aber meine Angst verflog, als ich in Chester Laura mit ihrer langen Nase erspähte. Gott sei Dank. Sie begrüßte mich mit einem Kuß auf die Wange und zeigte auf das Taxi, mit dem wir zum Auftrittsort fahren würden. Erst aber sollten wir zum Hotel, damit ich mich frisch machen und was essen konnte. Ich checkte also ein und ging auf mein nicht allzu großes Zimmer. Ob das Ladbroke's was mit dieser Wettfirma zu tun hatte? Wahrscheinlich. Ich schaltete den Fernseher ein, nur um zu sehen, ob er ging, dann aß ich was von einem Buffet. Ich war wieder fit und richtig gespannt auf Motörhead. Laura hatte wieder ein Taxi bestellt, und wir fuhren zehn Minuten durch die Gegend, bis wir zum Deeside Leisure Centre kamen. Laura drückte mir einen Ausweis aus Plastik zum Anheften in die Hand: Access all areas. Ich durfte also überall hin. Schon in einem Vorraum sah ich den Motörhead-Chef Lemmy, der an einem Killerautomaten sein Unglück versuchte. Laura stellte mich vor. Schönen Gruß von Alan Vega, bestellte ich, und ich fragte mich, ob er sich noch an den erinnern konnte. Es war gerade Pause. Im Vorprogramm hatte eine Band namens Tank gespielt, von der ich zuvor noch keinen Ton gehört hatte. Wahrscheinlich würde ich noch das ein oder andere Konzert von ihnen miterleben. Ich sollte ja eine Woche lang die Tournee begleiten. Ich wandelte allein so 'n bißchen durch die Gegend. Das Kernstück des Freizeitzentrums war wohl auch hier eine Rollschuhbahn. Auf der Bahn und im Innenraum warteten die Motörhead-Fans auf ihre Idole. Der Saal war proppenvoll. Motörhead hatten ja einen guten Ruf. Ich ging zu Laura ans Mischpult, wo sie mir den Mixer vorstellte. Dann ging das Getöse los. Ohrenbetäubend wäre eine verharmlosende Beschreibung des Krachs, den das Trio veranstaltete. Nach einigen harten Nummern fragte Laura, ob ich schon einen ersten Eindruck hätte, ja sicher, hart, aber gnadenlos. Sie deutete in Richtung Ausgang, und wir mußten über die erste Bierleiche steigen. Wir gingen in einen Raum, der anscheinend als Garderobe diente. Dort hielten sich schon die Tank-Leute auf. Bei ihnen saß eine gut aussehende Blondine Mitte zwanzig. Laura stellte sie mir als Promotionfrau von Tank vor, die anscheinend in der Heavy-Metal-Szene vor ihrem Durchbruch standen. Jenny hatte ein Medizinfläschchen in der Hand und verteilte zäpfchengroße Pillen an ihre Schützlinge, danach setzte sie sich zu uns. Die Ruhe war wohltuend. Dann kam ein mächtiger Typ rein. Laura stellte ihn mir als Mick, den Tour-Manager von Motörhead, vor. Er holte ein nicht mal kleines Säckchen aus der Tasche. Dann schaufelte er mit einem Kugelschreiberbügel weißes Zeug raus und gab es Laura zu genießen. Sie reichte auch mir eine Ladung: Hier, Kokain. Ich lehnte natürlich ab, was aber in der Branche irgendwie nicht normal war. Keiner machte mir jedoch Vorwürfe. Danach waren alle aufgeweckter, bis auf einmal Motörhead mit ihrem Gig fertig waren. Sie schienen ziemlich kaputt zu sein, kein Wunder bei dem Tempo, das sie auf der Bühne vorlegten. Eddie, Fast Eddie, begrüßte mich auch freundlich, während der Schlagzeuger Phil überhaupt nicht mitbekam, daß da jetzt ein deutscher Journalist zur Entourage gehörte. Sie gingen duschen. In einem großen Papierkorb lagen zig Dosen Bier auf Eis. Dazu mehrere Flaschen Wodka, den ich dann auch mittrank. Ich sah nicht, daß Motörhead nach dem Auftritt irgendwelche Drogen zu sich nahmen. Ich war aber dann doch erschrocken, als plötzlich zwei Bobbys in der Tür standen. Razzia? Nein, die wollten nur ein Autogramm. Dann hieß es, Motörhead wollten nicht zurück in das Hotel, in dem auch ich logierte. Sie wollten sofort nach dem

Duschen nach Newcastle weiterfahren, wo ihre nächsten drei Konzerte stattfinden sollten. Abgemacht, sagte Jim. Ich überlegte laut, ob ich nicht auch den Trip mitmachen sollte. Der Tour-Manager meinte aber, das würde ich in dem kleinen Van nicht überleben. Wär zwar gut für meine Story gewesen, aber wenn ich zurückdachte, welche Strecken ich in den letzten 36 Stunden zurückgelegt hatte, sah ich ein, daß es mehr Sinn machte, vernünftig zu schlafen. Wir fuhren dann aber noch mit ein paar Leuten, die so rumhingen, in ein altes Schloß, dessen Keller in ein Pub umgebaut worden war, und ich trank noch ein paar Gläser englisches Bier, das mir im Gegensatz zu manchem Mitteleuropäer gut schmeckte, besonders das Bitter. Im Ladbroke's fiel ich sofort in einen tiefen Schlaf.

Am nächsten Morgen kam das große Erwachen. Ich frühstückte und traf dann am Empfang Laura von der Plattenfirma. Du mußt jetzt bezahlen, sagte sie. Ich? Ich kriegte einen Schlag. Mit allem hatte ich gerechnet, nur nicht damit, daß *ich* für die Übernachtungen blechen mußte. Ich sagte erst mal nichts und zahlte die hundertsechzig Mark. Das war's dann aber auch schon. Ich würde nicht noch mal eine Übernachtung zahlen können, schon gar nicht im Holiday Inn. Ich hatte nur noch ein paar Pfund in der Tasche. Laura schien mein Erstaunen zu bemerken. Ariola wird dir alles erstatten. Das half mir jetzt nichts. Hast du denn keine Kreditkarte oder Eurocheques? Alles von der Bank wieder eingezogen. Draußen schien die Sonne, und Laura besorgte sich einen Leihwagen. Ich schmiß einige Münzen in den Fernsprecher und rief meine Eltern an, denen ich das Problem erklärte. Sie waren natürlich sofort fertig mit der Welt, wollten aber bei der Münchner Plattenfirma ihr Bestes für mich tun. Was wird sein, wenn das da nicht klappt? Ich sagte meiner Mutter schon mal, schick auf jeden Fall Geld an die Mrs. Jepsen, das ich mir dann am Freitag in London abhol.

Aber was soll ich mit zehn Pfund bis dahin anfangen? Erst mal mußte das mit den Hotelkosten geklärt werden. Laura steuerte die Limousine über eine Autobahn. Mit dabei war Paul Smith, ein Fotograf, und ich bat ihn, Fotos von der Tour zum ME zu schicken. Bernd Gockel hatte mir gesagt, ich solle einem Fotografen, der da rumknipsen würde, Bescheid sagen. Wir fuhren und fuhren. Ich wußte nicht, wo Newcastle lag. Ich war noch nie gut in Landeskunde gewesen. An dem Fluß Tyne: Fog on the Tyne. Kamen die Animals nicht daher, mit Eric Burdon an der Spitze? Scheißegal. Wie kam ich nur aus der Bredouille raus. Wir aßen etwas an einer Raststätte, was aber zum Glück meine Betreuerin zahlte. Schließlich kamen wir im Holiday Inn an, wo schon einige Leute der Plattenfirma Bronze, unter anderem der Promotionchef, aus London angekommen waren. Ich investierte noch ein paar Pfund und rief die Ariola an. Ja, sie würden sich drum kümmern. Die Leute saßen alle in der Bar, wo kleine Frikadellen gereicht wurden, und ich sah zu, daß ich auch ein Bier abbekam. Dann zog ich mich zurück auf mein geräumiges Zimmer. Ich haute mich hin und schaltete mit der Fernbedienung den Fernseher an. Es lief ein Film mit Barbra Streisand und Alan Alda, der damals in Deutschland noch nicht bekannt war, weil diese Serie, in der er mitspielte und die mir gerade nicht einfällt, noch nicht lief, da es noch kein Kabelfernsehen gab. What to do? Buddy Holly. Ich hatte mir in England noch nie einen runtergeholt, auch nicht, als ich mal sechs Wochen hintereinander bei Mark und Judy gewohnt hatte. Jetzt hatte ich erst recht keine Lust, obwohl das Ambiente danach war. Ich ruhte mich aus und sah zur Decke. Ich komm hier nicht weg. Womit sollte ich die Fahrt von Nordengland nach London zahlen? Ich hatte ja nicht mal mehr genug Geld für ein Taxi zum Bahnhof. Das Holiday Inn lag außerdem weit außerhalb der Stadt.

Ich ging wieder runter, wo ich Laura traf. Es ist alles geklärt, wir übernehmen die Hotelkosten ohne Telefon und Extras. Das hieß, keine Getränke und kein Essen außer vielleicht einem Frühstück. Es fiel mir schon mal ein dikker Stein vom Herzen. Aber wir würden ja drei, vier Tage in Newcastle bleiben. Dann fragte mich Laura, ob ich abends in ein Lokal mitkommen wollte. Ich lehnte ab, weil ich dachte, nachher muß ich mal 'ne Runde zahlen, und dann steh ich da. Ich warf statt dessen 'ne Lexotanil ein und schlief dann wie ein Murmeltier.

Der Frühstücksraum lag unten neben dem Empfang zwei Stufen höher, und an dem Eingang saß eine Frau an einer Kasse. Ich dachte mir, au weia. Das Frühstück muß extra bezahlt werden. Ich wollte es nicht drauf ankommen lassen. Später ließ ich mir in der Lounge für ein Pfund ein Kännchen Kaffee servieren. Die Bar machte wieder auf, ich leistete mir ein Bier und fraß gierig die Erdnüsse, die da in Schälchen umsonst auf dem Tresen standen. Das waren keine »Peanuts« für mich, sondern meine einstweilige Rettung. Ich hoffte, abends würde es vielleicht irgendwie irgendwo, eventuell in der Garderobe, ein kaltes Buffett geben, wie ich es schon auf anderen Tourneen erlebt hatte. Zu sehen gab es in dem Hotel nicht viel. Da war wohl ein Laden mit Schnickschnack, der auch Ansichtskarten verkaufte, und mir fiel die Claudia ein, die ich am Tag vor meiner Abreise im Café Siesta angehauen hatte, nachdem sie mir schon im ALRO aufgefallen war, als sie eine Human-League-LP gekauft hatte. Im Siesta frühstückte sie mittags um zwölf. Sie machte mich neugierig. Ich wunderte mich angesichts der Brötchen, die sie aß, über die späte Tageszeit. Ohne drumherum zu reden, erzählte sie, daß sie in Wattenscheid Bardame sei, was ich interessant fand. Mir war noch nie eine begegnet, ich war ja auch noch nie in einer Bar gewesen. Das heißt, einmal als Klempnergehilfe damals in Dortmund war ich in solch einem Etablissement gewesen, wo ich mit meinem Kolle-

gen ein verstopftes Klo mit einer Kurbel wieder benutz-
bar machen mußte. Kaum zu glauben, was dabei alles zu-
tage kam. Das einzig Gute neben einem Asbach Cola war,
daß wir von unserer Firma 100 Prozent Gestankszulage
kriegten. Auf diese Weise war mein Stundenlohn von drei
auf sechs Mark angestiegen, und ich verdiente in vier Wochen genug Taschengeld für meinen ersten Trip nach London, noch mit der Schule. Hätte mir aber damals nicht
geträumt, daß ich mal in einem First-Class-Hotel logieren
würde, vor allen Dingen nicht ohne Geld. Jedenfalls mußte
noch eine Karte mit Porto für Claudia dranhängen, denn
sie hatte mir am Schluß unserer kurzen Begegnung einen
Gutschein für einen Longdrink in der Madame Bar am
Friedrich-Ebert-Platz geschenkt. Ich überlegte mir sowieso, ob ich sie mir nicht warmhalten sollte. Aber erst mal
jetzt dieses englische Abenteuer überstehen. Abends nahm
mich Laura im Taxi zur Newcastler City Hall mit, wo wir
sofort mit unsern Access-Karten in die Garderobe durch-
marschierten. Wieder stand ein großer Papierkorb mit Hun-
derten von Eiswürfeln und etlichen Dosen Bier in der
Mitte. Auch einige Flaschen Wodka standen wieder rum.
Ich hielt mich schadlos. Tatsächlich hatte auf dem großen Tisch in der Mitte ein Buffet gestanden. Es lagen aber
nur noch vertrocknete Salatblätter an den Rändern der
Platten. Ich griff gierig zu, damit ich überhaupt was außer Bier in den Magen bekam. Gab's so was nicht? Eine
Bierkur? Abnehmen nur durch Saufen des Gerstensafts?

Allerdings war ich damals dünn genug. Heute könnte
ich solch eine Kur eher gebrauchen. Lenk nich ab. Tank
lieferten einen passablen Set. In der Pause ging ich in die
Bar, wo die Kids ihre Getränke bestellten. Einen halben
Liter würde ich mir jeden Abend noch leisten können.
Hinter dem Tresen steckten im Spiegel Bilder mit Autogrammen von Künstlern, die wahrscheinlich alle hier in
dieser Halle gastiert hatten. Buddy Hollys Foto war nicht

dabei, obwohl er in eben diesem Saal aufgetreten war, aber das war schon 1958 gewesen. Wahrscheinlich hatte er sich in derselben heiligen Garderobe aufgehalten wie jetzt das wilde Trio mit den arschlangen Haaren. Für meine Story, die ich für den ME nicht aus dem Blick verlieren durfte, wollte ich ein paar Besucher fragen, was sie an Motörhead so gut fanden. Eben die Härte. Ein junges Mädchen sagte, die Band sei *mad*. Na dann. Ich ging zurück in die Halle, mußte an neuralgischen Punkten meinen Ausweis zükken und sah mir dann das Konzert an. Auf den Schnickschnack, mit einem Korb von der Bühnendecke heruntergelassen zu werden, hatten sie diesmal verzichtet. Dann war das Konzert aus.

Was mir hier während der drei Tage in Nordengland auffiel, war, daß jedesmal, wenn Motörhead nach ihrem Auftritt ihre Garderobe betreten hatten, diese abgeschlossen wurde. Ob jetzt Spritzen gesetzt wurden? Wenn sie wieder aufgemacht wurde, waren sie alle gut drauf, wenn auch nicht zu gut. Schließlich nahm mich Fin Costello (*no relation*) in einem Taxi mit zurück zum Hotel. Ich fragte ihn, ob ich was bei dem Fahrgeld beitun sollte, obwohl ich kaum noch was hatte. Was wäre gewesen, wenn er mir gesagt hätte, gib mal fünf Pfund? Dann hätte ich dagestanden. Ich wollte aber wenigstens einmal den Satz meines Freundes Phillip sagen, den er sprach, als wir in einem Mannheimer Hotelrestaurant saßen und der Mann der Plattenfirma Phonogram zahlen wollte: Do you want me to contribute to this? Genau das sagte ich jetzt, und Fin, dem ich auch gesagt hatte, er solle mal seine Fotos an den Musik Express schicken, sagte, laß mal.

Ich ging wieder kurz an der Bar vorbei, griff noch mal in die Erdnußschale und verpißte mich dann ins Zimmer. Ich schaltete das TV-Gerät ein, und nach einiger Zeit sah ich Jane Birkin wieder, diesmal in großer Robe. Sie wurde nach der Galapremiere einer Agatha-Christie-Verfilmung mit Peter Ustinov von der Queen begrüßt. Deshalb war sie also mit mir nach London geflogen, um da irgendwo am Leicester Square vor der Königin einzuknicken. Ich war noch nie bei einer solchen Galavorführung zugegen gewesen (nicht bis letzten November). Einmal war ich allerdings am ersten Abend von *Frenzy* in dem Uraufführungskino in der Nähe vom Piccadilly Circus gewesen, um Hitchcock vielleicht zu sehen, meinen Lieblingsregisseur, aber er tauchte nicht auf. Wegen seines hohen Alters mußte er früh ins Bett und war deshalb schon zur Nachmittagsvorstellung vor das Publikum getreten. Zum Glück hatte ich genug Antidepressiva dabei und warf abends immer 'ne ganze Lexo ein, um wenigstens im Schlaf sorgenfrei zu sein.

Am nächsten Morgen dasselbe in Grün. Ich traute mich nicht, in den Frühstücksraum zu gehen, weil ich Schiß hatte, die würden mir ein paar Pfund für Schinken mit Ei abknöpfen. In der Lounge genehmigte ich mir dann wieder einen Kaffee. Lange durften wir nicht mehr dableiben. Aber wie sollte ich nach London kommen, ohne Fahrgeld? Ich fragte Laura, die manchmal durch die Gegend lief. Wir fahren schon morgen Nachmittag nach London zurück, können dich aber nicht mitnehmen. Warum, sagte sie nicht. Ich mußte bis zum bitteren Ende aushalten. War sowieso schon 'ne stramme Leistung, drei Motörhead-Konzerte hintereinander durchzustehen. Wie sollte ich also runterfahren? Mit Motörhead ging nicht, die wollten unter sich bleiben, der dazugehörige Bus mit den Technikern und so weiter war auch schon voll. Warte ab bis morgen, sagte sie, wir werden etwas finden.

Nachmittags sah ich Lemmy und »Fast« Eddie in der Bar. Zum Glück lud er mich zu einem Bier ein. An ihrem Tisch saßen zwei junge Mädchen, die so vierzehn, fuffzehn sein mochten. Sie hatten sich auf den langen Weg von der Stadt ins Holiday Inn gemacht. Eddie sagte, daß ich deutscher Journalist sei. Und Motörhead seien die beliebteste Gruppe unter den Lesern des Musik Express. Ich wollte es ihnen beweisen und ging hoch auf mein Zimmer, um ein paar der letzten Hefte zu greifen, in denen das Poll-Ergebnis drinstand. Ich konnte aber die Nummer nicht finden, bis mir einfiel, daß ich sie Alan Vega in Paris überlassen hatte, damit er sich an Gitti Gülden satt oder leid sehen konnte. Ich schenkte den Mädchen dann ein paar andere Nummern, worüber sie sich freuten, die deutschen Dinger konnte man nämlich gut tauschen. Als die beiden Musiker (ohne die Mädchen!) in ihre Suiten gingen, ging ich auf mein Zimmer. Ich hatte im stillen gehofft, Phillip, der jetzt anscheinend als Video-Produzent viel Geld verdiente, würde mich anrufen, und dann könnte ich ihm sagen, schick mal in einer Blitzaktion 100 Pfund. Aber er rief nicht an, und ich traute mich nicht, seine Nummer zu wählen. Ich legte mich also aufs Ohr, und abends lief dieselbe Show. Ich gierte wieder nach den Salatblättern. Es war diesmal sogar noch ein Stück Pastete da. Motörhead wollten jetzt ein kollektives Interview geben, mit ein paar Schreiberlingen, die sich mittlerweile eingefunden hatte, vom englischen Sounds, von International Musician, den es auch auf Deutsch gab, aber nicht lange, und von der Lokalpresse. Außerdem waren die Eltern von Phil, dem Drummer, da. Ich hätte sie gern gefragt, was sie von der Karriere ihres Sohnes hielten, aber ich ließ sie in Ruhe. Dann beantwortete das Trio die Fragen von uns. Nach dem Konzert war die Garderobe zunächst wieder geschlossen. Ich fuhr dann nicht mehr weg, sondern sah zu, daß ich mit Laura zurück zum Hotel kam. Also, am nächsten Tag könne sie nicht auf mich warten. Ich solle mich wegen meines eigenen Transportes am nächsten Tag an Mick, den Tour-Manager, wenden. Ich malte mir im Bett den schlimmsten Fall aus. Ich stünde nach dem Konzert allein auf weiter Flur da und käm nicht weg. Die deutsche Botschaft war in London. Ich hatte immer noch nicht den richtigen Bock, mir einen runterzuholen. Immerhin hatte ich seit Weihnachten nicht mehr gebumst, und jetzt ging es bald ans Ostereiersuchen.

Am nächsten Morgen hatte ich nach der Tasse Kaffee noch knapp ein Pfund und zwei Fünfmarkstücke, die ich für die Fahrt vom Düsseldorfer Flughafen nach Bochum brauchte. Die würde mir sowieso keine Bank umtauschen. Laura sagte zum Abschied, Jenny nimmt dich heute nachmittag mit zur Halle, und dann nimmt dich der Fahrer wahrscheinlich mit, der die Tank-Anlage nach London zurückschafft. Ein Stein fiel mir vom Herzen. Aber noch war ich nicht in der Halle. Ich wußte wirklich nicht, wie ich meinen Hunger überwand. Jenny nahm mich dann am späten Nachmittag zusammen mit dem Fotografen Paul in die Stadt mit, wo sie vor einem kleineren Hotel hielt. Ich sollte in der Halle warten, die zwei kämen bald zurück. Sie ließen sich aber 'ne ganze Zeit nicht sehen, 'ne ganze Stunde, anderthalb, während der ich in meinem Spielmann las, den ich bald wieder durch hatte. Waren die beiden am Ficken, oder was machten die da oben? Drogen? Keine Ahnung. Dann kamen sie endlich runter, aber ich konnte ihnen nichts ansehen. In einem weiteren Taxi fuhren wir zur Halle. Ich suchte den dicken Tour-Manager. Ich fragte ihn, ob das klargehe, das mit dem Fahrer von Tank. Mal sehen. Mal sehen! Er war noch nicht aus London hochgekommen. Dann aber traf er ein. Mick redete mit ihm, und er nickte. Ich war vorläufig wenigstens gerettet. Aber wie würde es weitergehen? Ich hätte in London zwar weiterhin ein Quartier, aber immer noch kein Geld. Meine Eltern hatten sicher einen Blauen zur Mrs. geschickt, aber erst mal da hinkommen!

Er ging auf mich zu und sagte, daß er eben erst aus London gekommen sei, wo er morgens um vier losgefahren sei. Wir sahen uns noch die beiden Auftritte von Tank und Motörhead an, von denen ich wieder die Brosamen fraß. Ich fragte mich, wie die Anlage von Tank sonst transportiert worden war. Warum jetzt eigens ein Lkw aus dem Süden hochfahren mußte? Als der Gig zu Ende war, wurde zügig abgebaut, und ich freute mich wie sonst kaum von irgendwo wegzukommen. Es mochte so zwölf Uhr gewesen sein, als Dave den Motor startete. Wir sollten zu den Maida-Vale-Studios fahren. Von denen hatte ich schon mal gehört. Tank würden da Aufnahmen für die BBC machen. Ich hatte noch ein knappes Pfund Sterling in der Tasche. Wie sollte ich von Maida Vale nach Thornton Heath kommen, wo Asche (hoffentlich) auf mich wartete? Ich mußte aber auch mein Zimmer im Kensington Hilton beziehen. Wie sah das denn aus, wenn ich da gar nicht wohnen würde. Vielleicht würde mich ja jemand da zu erreichen versuchen. Dave war ein guter Erzähler, der als Fahrer schon viel hinter sich hatte und von seiner Abenteuerfahrt ins unglaublich entfernte Afghanistan schwärmte. Ich verstand natürlich nicht alles, weil mein Englisch seit meinem letzten Studium doch nachgelassen hatte. Und meine Eltern wollten, daß ich wieder zur Uni ging. Mit neunundzwanzig? Und was sollte ich studieren, mit welchen Aussichten? Erst mal würde das sowieso nicht klappen, weil wie gesagt mein Abiturzeugnis nicht aufzufinden war. Und wie sollte sich das Studium finanzieren? Meine Eltern besaßen nicht viel Geld. Zwar bezog mein Vater als ehemaliger Püttmann eine relativ hohe Rente, aber es ging davon schon viel für Miete und Auto drauf. Und natürlich würde ich den Anspruch auf Arbeitslosengeld verlieren. Was würde die BfG sagen, der ich jeden Monat an 250 Mark abstottern mußte? Komm erst mal nach London und von da aus nach Hause. It's a long way to Tipperary. Dave fuhr auf der Autobahn links ran. Wir stiegen aus, er reichte mir ein Pulver – Speed. Das brauch ich jetzt. Ich komm ohne durch die Nacht, sagte ich ihm, ich brauchte ja auch nicht zu steuern. Kurz nachdem wir wieder auf der Strecke waren, nickte ich ein. Ich wußte nicht, wie lange wir gefahren waren, als Dave von Star Trucking eine Raststätte anfuhr. Zum Glück spendierte er mir einen Kaffee. Ob ich ihn anpumpen sollte? Ich tat mich damit immer schwer. Ich wollte keine Niederlage eingestehen. Ich würde schon durchkommen. Zu Fuß von Kensington nach Thornton Heath, das noch hinter Streatham lag. Dave erzählte weiter, daß er auch für Queen gefahren sei. Besonders hoch hergegangen sei es im Münchner Hilton, und er immer dabei. Müssen gloriose Zeiten gewesen sein. Gibt's das heute auch noch? Ja, sicher, man ist nur vorsichtiger geworden. Er steckte sich eine Zigarette an und reichte mir eine rüber. Eigentlich hatte ich aus Geldmangel schon im Holiday Inn das Rauchen drangegeben, wurde aber noch mal rückfällig. Gegen acht Uhr schienen wir die Vororte von London erreicht zu haben. Keine Ahnung, wo Maida Vale lag und wie ich von da aus erst mal nach Kensington kam. Hoffentlich waren U-Bahn-Stationen in der Nähe. Ich hatte leider keinen Stadtplan dabei. Wir erreichten die Studios, und nach einiger Zeit wurde die Anlage ausgeladen. Ich fragte den Pförtner, ob in der Nähe die *Tube* fuhr. War nicht weit weg. Und wie weit ist es bis zum Kensington Hilton? Kennen Sie den Laden? Das sind nur ein paar Stationen. Am besten steigst du in Shepherd's Bush aus. Dave konnte mich nicht hinfahren, weil der Laster da stehen bleiben mußte. Ich trank in der Kantine einen Tee. Dave kannte die Leute am Nebentisch. Sie waren von den Specials übriggeblieben. Sie wollten Aufnahmen mit dem Reggae-Posaunisten Rico machen. Ich hing noch weiter rum, weil ich noch keine Lust auf die Vollstreckung meines Todesurteils hatte. Ich sah, wie die Musiker in eines der Studios gingen und loslegten. Ich verabschiedete mich von Dave. Wir hatten abgemacht, daß wir uns am Sonntag wieder treffen würden, ohne Streß.

Abends würde Motörhead nicht spielen, aber dann drei Tage hintereinander im Hammersmith Odeon. Das kannte ich, weil ich da mal ein Buddy-Holly-Gedenkkonzert miterlebt hatte. Ich schlich also zur U-Bahn-Station und legte meine letzten 40 Pence für eine Fahrkarte zum Shepherd's Bush hin. Jetzt konnte ich nicht mal mehr telefonieren, nicht mal zur deutschen Botschaft, geschweige denn nach Hause oder zur Ariola. Ich checkte also in dem großen Kensington Hilton ein. Statt eines Schlüssels bekam ich eine Codekarte. Ich fuhr hoch. Das Zimmer schien okay zu sein; es enthielt auch einen Kaffee- oder Tee-Automaten, den ich aber nicht zu bedienen wußte. Ich konnte natürlich von hier aus doch anrufen.

Aber wer sollte mir helfen? Ich entschloß mich, die zirka dreißig Kilometer nach Croydon zu Fuß zu gehen und mich dabei durchzufragen, dann wär ich in sechs Stunden bei der Mrs. und käme an mein Geld ran, wenn es tatsächlich da gelandet war. Ich ging also in Richtung Süden. Ich war erst ein paar Meter durch Kensington gegangen, als ich in dem Gewusel einen Geldwechselladen sah, und auf einmal erschien mir meine Rettung. Es hieß da über dem Eingang: »Coins Exchanged.« Ich hatte doch noch die zwei Fünfmarkstücke im Portemonnaie. Das müßte als Fahrgeld bis Thornton Heath reichen. Ich ging also freudestrahlend an den Schalter, murmelte etwas und legte die beiden Heiermänner hin. Die Pakistanerin, oder welchem Volksstamm sie angehörte, besah sich die Münzen, als hätte sie solche noch nie gesehen. Ich sagte: German, und sie fing an zu rechnen. Dann legte sie mir ein 50p-Stück hin. Das entsprach umgerechnet zwei Mark fünfzig. Erst wollte ich gegen den Wucher protestieren. Aber was ist, wenn sie sagt, dann behalt doch dein Geld? Ich ging wieder zur U-Bahn und sah auf den Tafeln, daß ich mit der Kohle wenigstens bis Brixton kam. Von da aus brauchte ich nur noch eine Stunde bis Thornton Heath zu laufen. Und dort kannte ich mich dann aus. Schwarzfahren mit dem Bus ging kaum, weil in jedem Fahrzeug ein Schaffner rumlief. Vielleicht tat mir ein bißchen Bewegung ja gut. Als ich in dem vor allem von Schwarzen bewohnten Wohnort aus der Bahn stieg und hoch in die Außenwelt fuhr, schien zumindest hier alles beim alten zu sein. Woolworth hatte noch auf, und daneben war noch das Schuhgeschäft mit den Schuhen, die keiner zu kaufen schien. Jetzt ein Bier. Heute abend! Aber erst das Geld aus Deutschland umtauschen. Das würde nach Geschäftsschluß der Banken allerdings nicht mehr gehen. Ich lief also die Highroad jetzt doch vergnügt runter und sah mir die Läden und Restaurants an, die ich sonst immer nur vom 109er aus gesehen hatte. Durch Streatham und durch Norbury an dem Park vorbei, wo sonntags Fußball von jungen Amateuren gespielt wurde. Da gegenüber stand die Kneipe, in die ich öfter reingegangen war und die mal vom Evening Standard zum »Pub of the Year« erkoren worden war. Ich kam an ein paar Bürogebäuden vorbei. Dann sah ich an der Ekke den Getränkeladen eingangs der Langdale Road. Wie oft war ich sie schon runtergegangen! Aber niemals so erwartungsvoll. Noch eine halbe Meile, dann bin ich an der Nummer 172.

Ich hatte ja Mrs. Jepsen schon von Newcastle aus informiert, daß ich an diesem Tag zu ihr kommen würde und noch ein paar Tage bleiben wollte. Wenn ich schon für lau nach London kam, wollte ich wenigstens was davon haben. Ist sie überhaupt da? Ich klingelte an dem Reihenhaus, und sie sagte, als sie die Tür aufmachte: Hello, Wolf, wie immer. Ohne daß ich was fragen mußte, übergab sie mir einen Briefumschlag, auf den meine Schwester geschrieben hatte: Dear Mrs. Jepsen, this 100 Mark is for Wolfgang. Ich war gerettet. Aber war das genug für weitere fünf Tage London? Komm doch erst mal rein. Zuletzt hatten wir uns vor drei Jahren gesehen. Zunächst war sie mit Mrs. Stacey zu uns rübergekommen, und wir hatten ein paar Touren gemacht, unter anderem nach Köln, wo sie sehr beeindruckt vom Dom gewesen war. Ich hatte mir an dem Tag die Süddeutsche gekauft, weil ein Nachruf auf Arno Schmidt drinstehen würde. Die Frauen hatten eine Tour längs durch die Bundesrepublik gemacht und dabei bei Leuten gewohnt, denen sie bei deren Englandaufenthalten Unterschlupf gewährt hatten. Ich arbeitete da noch im Plattenladen in Dortmund. Als ich meinen ersten Urlaub nahm, fuhr ich wieder rüber und wohnte ausnahmsweise bei Mrs. Stacey, deren Eckhaus noch größer war. Mit ihren fünfundsiebzig hatte sie die Haare wie Mrs. Jepsen gefärbt. Damals hatte ich auch zuletzt meinen Freund Phillip und seine Frau Colette getroffen, in der Waterloo Station under the clock, einem beliebten Treffpunkt. Warum rief ich ihn jetzt nicht an, wo ich das Schlimmste überstanden hatte? Wir könnten uns doch am Montag in der Stadt treffen. Irgendwas hielt mich aber zurück. Mrs. Jepsen machte mir einen Kaffee, und ich erzählte ihr mein britisches Abenteuer. Sie wurde dann etwas ernst und erzählte von Nicola, einer Freundin von Susanne, auf deren Geburtstag ich leichtfertig rumposaunt hatte, ich hätte da eine gute Adresse, wenn man mal billig in London wohnen wollte. Ich hatte ihr die Adresse dann sogar gegeben. Wie sich später rausstellte, war sie die Schwester der de Gaulle, die mir dann auch erzählt hatte, daß ihre beiden Schwestern bei Mrs. Jepsen übernachtet hätten. Da war auch noch alles in Ordnung, sagte die Engländerin, aber später habe sie noch mal einen Anruf von dieser Nicola aus Nordlondon erhalten. Sie habe kein Quartier (sie war in so 'ner kirchlichen Vereinigung), ob sie bei der Mrs. übernachten könne. Außerdem habe sie kein Geld, um von da nach Thornton Heath zu kommen. Ob sie nicht die Kosten für ein Taxi übernehmen würde. Mrs. Jepsen sagte zähneknirschend, in Ordnung, und in der Tat war die Fahrt sehr teuer. Nicola hatte dann versprochen, einen Scheck zu schicken, was ihr nicht schwerfallen sollte, war ihr Vater doch ein hohes Tier bei der WAZ. Die gütige Gastgeberin hat aber nie mehr was von der Giftschlange gehört und gesehen, geschweige denn einen Scheck. Das ärgerte mich sehr, und ich hätte der liebevollen Frau jetzt gern das Moos erstattet, aber ich war ja selber knapp dran. An diesem ersten Abend schlief ich hier. Morgens ging sie immer noch arbeiten, weil die Rente so knapp war. Ihr Mann, ein Däne, war früh gestorben. Der Adoptivsohn, Martyn, studierte in Wales. Bevor ich groggy ins Bett fiel, sahen wir uns noch einen James-Bond-Film an. Ich hatte ihn schon 77 gesehen, genau an dem Tag, als ich meine letzte Schicht als Bierfahrer absolviert hatte. (Wird Zeit, daß ich mehr über diese Zeit schreibe.) Ich glaube, in England gab es damals noch eine Regelung, nach der Kinofilme erst fünf Jahre nach ihrer Herstellung im Fernsehen gezeigt werden durften. Scheißegal. Sie hatte ein Frühstück vorbereitet, und ich ließ es langsam angehen, bis die Banken aufmachten und ich den Hunderter umwechseln konnte. Nach Norbury mußte ich natürlich laufen, weil ich nicht mal 10 p hatte. Nach dem Umtausch kaufte ich mir erst mal Benson & Hedges, sofort zwei Schachteln. Was sollte ich nur mit meinem neuen Glück anfangen? Ich sollte mittags zu Bronze Records kommen, weil ich meinen Ausweis, der zu allem Zutritt gewährte, wieder abliefern mußte. Ich mußte also nach Nordlondon, dorthin, wo das berühmte Roundhouse lag, ein Vorläufer unserer »Zeche«. Erst mal fuhr ich zum Hilton, um zu sehen, ob irgendwelche Nachrichten für mich vorlagen. Jetzt war es zu spät fürs Frühstück. Ob das hier mit im Preis war? Ich trank aber noch ein Kännchen Kaffee und fuhr dann das Stück zu der Plattenfirma. Laura war da und hatte noch keine Zeit für mich, aber ob ich später Lust hätte mit ihr und zwei anderen Leuten in der Nähe essen zu gehen? Ja, wenn sie bezahlen würde, dachte ich. An den Wänden hingen goldene Schallplatten von Künstlern, die bei ihnen unter Vertrag waren, Manfred Mann und Marianne Faithfull, die besonders deutsche Journalisten gern mit nur einem l schreiben. Sie führte mich, bis es soweit war, in einen Raum, in dem ich mir Videos angucken sollte, besonders das neue von Motörhead, das etwas blasphemisch war. Ich zog danach andere Bänder aus dem Regal und erwischte dabei Gene Pitney, der Mitte der Sechzigerjahre einer meiner Lieblingssänger gewesen war. Eine Dekade später nahm er für *Pitney '75* den Song »Oceans Away« auf, den mein Freund Phillip geschrieben und den ich ins Deutsche übersetzt hatte. Diese Version müßte noch immer ungesungen in den Archiven von Ralph Siegel lagern.

Ich hatte schon auf dem Weg von der U-Bahn zur Plattenfirma zwei Pints geschluckt und war jetzt gut drauf. Ach so, der Ausweis. Ich gab ihn ab. Du kriegst einen anderen, wenn du heute abend zum Hammersmith Odeon kommst. In London ist alles anders. Wir gingen dann ein paar Yards weiter in ein nicht allzu großes Restaurant. Ich bestellte dasselbe wie Laura. Wenn ich das selber zahlen muß, bin ich wieder pleite. Das Essen wollte mir nicht recht schmecken, zumal es Pellkartoffeln gab (wie hatte Pellkartoffeln noch mal auf Englisch geheißen?), die mit Schale gegessen wurden. When in Rome, do as the Romans do. Ich hatte ja nun auch nicht mehr allzu viel Geld. Wie erwähnt, waren die Fahrpreise explodiert, die Zigaretten waren bald so teuer wie bei uns Zigarren, und das Bier wurde einem auch nicht gerade nachgeworfen. Zum Glück kramte aber Laura ihr Scheckbuch raus und zahlte alles. Ich fuhr zurück ins Hilton, wo ich mich vor drei Motörhead-Konzerten an drei aufeinanderfolgenden Tagen noch ein wenig ausruhen wollte. Oder steckten mir die ersten drei vorherigen Gigs in den Knochen? Ich überlegte, ob ich, um zu sparen, von Kensington zu Fuß nach Hammersmith sollte, verwarf die Idee aber. Noch war ich flüssig. Ich ruhte bis in den frühen Abend hinein. Sah so mein Traum aus? Hatte ich nicht sogar vorgehabt, als Korrespondent für verschiedene Musikblätter ganz nach London zu ziehen? Ich hatte doch sogar bei der DDR-Zeitung Melodie und Rhythmus angefragt, telefonisch in Ostberlin. Spätestens von da an wurde ich von der Stasi überwacht, aber das ging mir erst Jahre später auf. Jetzt hätte ich mir gern ein Callgirl gerufen, die mir einen blasen sollte. Von diesen Fotzen von den Plattenfirmen war ja nichts zu erwarten. Für die war ich ein kleines Licht. Laura würde wahrscheinlich nur Fast Eddie dranlassen. Ich dachte zurück an Mary. Ich dachte aber nicht im Traum dran, sie anzurufen. Dafür hatte sie mich zu sehr erniedrigt, als ich Weihnachten 76 zu ihr und ihren Eltern nach Sanderstead rüberfuhr und schon ein Freund von ihr da war, den sie im Urlaub kennengelernt hatte. Außerdem sollte sie jetzt in Deutschland wohnen. Judy und Mark hätte ich gerne mal wiedergesehen. Bei ihnen hatte ich 75 die vielleicht schönsten Wochen meines Lebens verbracht. Ich fuhr also zu dem mir bekannten Auftrittsort in Hammersmith. Das Clarendon Hotel lag noch immer um die Ecke, wo ich mir damals Autogramme von den Crickets geholt hatte, aber nicht von Buddy Hollys Witwe, die auch da war, die ich aber nie recht mochte. Es wunderte mich, daß sie noch keine Lizenzgebühr dafür verlangt hat, daß mein erster Roman *Peggy Sue* heißt. Ich aß noch einen Happen im Wimpy, den es also immer noch trotz McDonald's gab, genau wie in Bochum gegenüber vom Hauptbahnhof. Ich sollte mich am Bühneneingang, an der *stage door*, wegen eines neuen Ausweises melden. Ein alter Mann in schwarzer Uniform, als wäre er von der Heilsarmee, hatte eine Liste auf einem Brett vor sich. Ich sagte meinen Namen. In dem Moment kam der Motörhead-Gitarrist Eddie vorbei und sagte: »Give Wolfgang a backstage pass.« Den kriegte ich auch, nur daß ich hier tatsächlich nicht überallhin konnte, zum Beispiel nicht in die Garderobe. Ich ging in die Halle, die sich allmählich füllte. Ich hatte in Time Out – das ich mir auch noch von meinen paar Pieselotten gekauft hatte, aber ohne war man in London nur ein halber Mensch – gelesen, daß alle drei Konzerte ausverkauft waren. Ich dachte daran, daß ich montags zum New Musical Express wollte, für deren Deutschland-Experten Chris Bohn ich einige Platten dabei hatte, unter anderem von dem heute als Komiker bekannten Ruhrgebietsmusiker Piet Klocke, dessen Manager Andreas Hub mir, nachdem er Wind von meinem Trip nach England bekommen hatte, ein halbes Dutzend Exemplare der Debut-LP von The Tanzdiele unaufgefordert ins Haus schickte, damit ich sie an englische Journalisten verteilte, denen ich über den Weg lief. Um nicht zu viel Gepäck zu haben, habe ich die LPs an Bekannte zu Haus abgegeben und eine nach Boulder, Colorado, zu meiner Bekannten Roni Brammeier per Luftpost geschickt. Tatsächlich hat sie mir später geschrieben, daß ein Sender in der Ecke mal was von denen gespielt hätte, nachdem Roni sie empfohlen hatte. Da war dann später doch mein Gewissen beruhigt. Ich bekam also nur einen Aufkleber. Ich erkundete den viktorianischen Bau, oder war's Edward der Achte? Ich fand eine VIP-Bar, in der meine alten Begleiterinnen Laura und Jenny am Tresen standen. Sie freuten sich immer noch oder wieder, mich zu sehen. Ich sah mich genötigt, eine Runde zu spendieren. Wieder ging meine Barschaft rapide gegen null. Wir ließen Tank ohne uns spielen, und nach einer Pause ging ein lauter Roar durchs Gebälk. Motörhead legten los. Das Schauspiel kannte ich ja schon, dieses und die nächsten beiden Konzerte würden mir nichts Neues für meine ME-Story hergeben. Ich beschloß, Motörhead Ade zu sagen, und verließ erleichtert das Gebäude. Draußen lief mir jemand entgegen, der meinen Backstage-Paß sah, und er fragte mich, ob ich noch mal in die Halle zurückwolle. Als ich verneinte, fragte er mich, ob er nicht meinen Ausweis haben könne. Ich schenkte ihn ihm in dem Gefühl, wenigstens eine gute Tat in dieser Woche getan zu haben. Ich fuhr jetzt nicht zurück zur Mrs., sondern zum Hilton, das ja, das hatte ich herausgefunden, für den Rest der Woche bezahlt war. Ich schlief tief, packte morgens meine Sachen zusammen und fuhr erst mal zum Oxford Circus, weil ich das Westend wiedersehen wollte. Zu meinem Erstaunen stand eine kleine Menschenschlange an einem Automaten an der äußeren Wand einer Bank. Ich beobachtete die Leute ein wenig. Offensichtlich konnte man an den Dingern Geld ziehen. So was gab's in Deutschland noch nicht, würde aber sicher auch bald kommen. So was fehlte mir jetzt, so 'ne Cheque-Karte, die leider die BfG stillgelegt hatte. Ich hatte wieder nur noch ein paar Mark, mußte aber von diesem Samstag aus bis Dienstag aushalten, wenn mein Rückflug wieder von Heathrow nach Düsseldorf ging. Und wie sollte ich die Fahrt von Lohausen nach Bochum bezahlen? Meine letzten zehn Mark hatte ich dem Wucherer in den Hals gesteckt. Ich würde erstmals in meinem Leben schwarzfahren und dabei unter Garantie auffallen. Ich wollte auch noch mit Simon Jeffes vom Penguin Café Orchestra sprechen. Ich hatte ja einen zweiten Teil meiner Geschichte über die in Sounds angedroht. Da sollte er mir neue Nachrichten erzählen. Er war immerhin in New York gewesen.

Jetzt aber zurück nach Süden und wenigstens wieder einen Pint im Pub of the Year. Ich trank da wie immer einen Ramrod Special von der Brauerei Young's, halb *special bitter* und die andere Hälfte eine Flasche Starkbier. Ich trank dann doch zwei, ehe ich bei Mrs. Jepsen eintrudelte. Judy war überraschend mit einem Kind da; sie hatte schon drei. Leider war unser Kontakt abgerissen, was auch mit dem Verhalten ihrer Schwester Mary zu tun hatte. Wir tauschten einige Freundlichkeiten und Spitzen aus. Sie konnte sich daran erinnern, daß ich ihr und ihrem Mann damals *The Joy of Sex* geschenkt hatte, als ich bei Foyle's gearbeitet hatte. Sie lud mich aber dann nicht ein.

Ich rief bei Simon Jeffes an, es war aber nur seine Frau dran, die ich schon von früheren Anrufen kannte. Simon war an diesem Wochenende gerade in Köln, um in der Alan-Bangs-Show im BFBS mitzuwirken, am Montag sei er aber wieder zurück. Ich sollte dann noch mal anrufen. Am Sonntag las ich bei der Mrs. *The Gift Horse*, das nichts anderes war als *Der geschenkte Gaul* von Hildegard Knef, ein Buch, das ich ihr mal geschenkt hatte. Man weiß, wenn man abhaut, nie, was man der Frau geben soll. Ich fand, das war ein gutes Geschenk gewesen. Ich fragte sie aber lieber nicht, ob sie es auch gelesen hatte.

Es gab ein opulentes Mittagessen, und dann rief Dave von Star Trucking an, dem ich meine Nummer gegeben hatte, weil er in Crystal Palace wohnte, was nicht weit weg war, und wir uns treffen wollten. Ich war aber schon wieder fast blank und hätte mit dem Rest meinen Durst nicht stillen können, wenn ich einmal dran gewesen wär. Ich suchte irgendeine Ausrede und war froh, daß mal wieder ein Tag ohne größere Ausgaben hinter mir lag.

Ich rief also am späten Vormittag den Simon an, der auch schon wieder da war. Er bestellte mich in sein Studio in der Nähe vom Holland Park in der Nähe vom Kensington Hilton, aber da wohnte ich nicht mehr. Da hätte ich Fahrgeld sparen können. Ich mußte jetzt irgendwie den Tag rumkriegen, ohne einen Penny unnütz auszugeben, denn ich mußte ja am nächsten Tag nach Heathrow rausfahren, und ich wußte, wie teuer das war. Ich hatte meinen Zigarettenkonsum weitgehend eingestellt. Bis mittags war ich von dem Frühstück gesättigt. Ich fuhr also ins *Wild West End*, in der Hoffnung, Chris Bohn in den Büros des NME in der Carnaby Street anzutreffen. Ich klingelte unten an der Tür, sagte, was ich wollte, und wurde darauf per Knopfdruck hochgelassen. Chris empfing mich in seiner teuren Jacke und hatte viel Ähnlichkeit mit Diederichsen. Er sagte dann auch, daß sie sich mal bei einem Malaria-Konzert in Berlin getroffen hätten. Ich gab ihm die Platten, auch die von Boots mit den fickenden Pferden. Dann schenkte ich ihm Rock Session 6, in der meine Story über die Herner Vorgruppe mit meinem Freund Omo war. Die hatte er in seiner wöchentlich erscheinenden Zeitung so gelobt. Jetzt erst fiel mir auf, daß in dem Band auch ein längerer Artikel über den Posaunisten Rico stand, den ich in den Maida-Vale-Studios getroffen hatte und der sich vielleicht sogar über das Buch so gefreut hätte, daß er mir ein Essen spendiert hätte.

Ich erzählte Bohn, daß ich unlängst Mau Mau gesehen hätte, und er wurde neugierig auf deren erste Platte. Ich würde sie ihm von der Polydor zugehen lassen. Willst du auch die neue von The Wirtschaftswunder? Er hatte leider nur wenig Zeit und konnte daher auch nicht mit mir in ein Pub gehen. Aber zu eilig hatte er es nicht, während der Veteran Roy Carr in einer Ecke saß und uns nicht beachtete. Gerade war *Fitzcaraldo* mit Klaus Kinski angelaufen, und er fand Herzog toll. Er sagte dann, wo wir schon mal von Filmen sprachen, daß sein deutscher Lieblingsfilm *Falsche Bewegung* sei. Ich hab den natürlich gesehen, sagte ich ihm, und ich habe auch das zu Grunde gelegte Buch von Peter Handke. Das hätte er immer auf seinen Deutschlandbesuchen gesucht, aber nie gefunden. Das kann ich dir besorgen. Ich zahl's dir auch. Vielleicht kannst du mir was Englisches schicken. So gingen wir auseinander.

Ich weiß beim besten Willen nicht mehr, wie ich die Zeit bis sechs Uhr überbrückte. Wahrscheinlich ging ich in die

National Gallery oder in den Virgin Megastore, nur um zu gucken. Dann endlich fuhr ich raus zum Holland Park. Es würde eng werden mit dem Fahrgeld nach Heathrow. Die Mrs. wollte ich auf keinen Fall anpumpen, ich würde eher Simon bitten.

Er machte mir das Garagentor auf, hinter dem sich sein Studio verbarg. Oben, da war eine Empore mit den ganzen Tonbandgeräten, bot er mir eine Marlboro an, die ich begierig annahm. Sein Tour-Manager von dem Biolek-Auftritt war auch da, und sie spielten mir einige neue Sachen vor, unter anderem Musik für eine Choreographie der berühmten Künstlerin Twyla Tharp, die, glaube ich, auch die Tanzszenen von *Hair* gestaltet hatte, nicht schlecht. Und dann drehte er einen Joint und bot ihn mir an. Aber immer noch sagte ich Nein. Dann lud er mich zu einer Pizza ein, und ich fragte, zahlst du? Und er sagte natürlich Ja. Wir gingen also in eine nahegelegene Pizzeria, und nachdem wir gewählt hatten, ging er zur Musikbox und drückte »Golden Years« von David Bowie. Er schien sich ein bißchen zu schämen, er sagte nämlich, es müßte so sein, daß niemand sieht, wer den Apparat betätigt. Ich schämte mich dann auch ein bißchen, als ich ihn fragte, ob er mir vielleicht fünf Pfund bis zu seinem nächsten Deutschlandauftritt pumpen könnte. Aber ohne zu zögern, zog er den Schein aus dem Portemonnaie.

Als ich am nächsten Morgen aufstand, war die Mrs. schon zur Arbeit, ohne mir ein Frühstück gemacht zu haben. Ich schnitt mir ein paar Scheiben trocken Brot ab und machte mir einen Nescafé. Ich fuhr zum Pub of the Year und genehmigte mir einen letzten Ramrod Special und fuhr dann den langen Weg raus zum Flughafen. Ich hatte noch achtzig Pence und kaufte mir davon im Dutyfree-Shop eine einzelne Zigarre, die ich mit Genuß rauchte. Ohne einen Pfennig Geld, aber auch nicht mehr kontrolliert, kam ich abends gegen zehn zu Hause an.

Die Versuchung war zu groß, vom Bahnhof Langendreer den Weg statt nach Hause erst mal ins Rotthaus einzuschlagen, wo ich ja noch Kredit hatte, wenn auch nicht mehr viel an den magischen fuffzig Mark fehlte. Ich wollte wenigstens Doris sehen und vielleicht von meinem englischen Abenteuer erzählen, aber natürlich hatte sie frei, sie arbeitete ja nur sporadisch, man könnte auch sagen: nur wenn sie Lust hatte. Das deutsche Bier, auch wenn es Schultheiß war (oder war schon auf Vest Pils umgestellt?), schmeckte doch besser als die englische Plörre. Der Raum war voll, und ich ging unter Andreas Baader durch zum Pissen. Keine neuen Sprüche an den Wänden. Den kannte ich doch schon, oder? »Ausländer, laßt uns nicht mit diesen Deutschen alleine.« Ich sagte zur Elke, notier mal, trank mein fünftes Pils und schlich dann den Opel-Berg hoch.

Meine Eltern waren natürlich einerseits erleichtert, daß ich einigermaßen über die Runden gekommen war, waren aber auch sauer, weil sie den Überblick gelesen hatten, in dem ich in meiner Lou-Reed-Story geschrieben hatte, daß Alfred Koke vollgefressen sei (was ja stimmte) und die Doris 'ne lesbische Sau, was auch richtig war. Na ja, über die »Sau« ließ sich streiten. Dann aber kam ihr Triumph. Meine Mutter ging ins Wohnzimmer, kam zurück und wedelte mit einem Zettel. »Dein Abizeugnis.« Ach du Scheiße. Das sollte heißen, ich müßte wieder zurück zur Uni, nach neun Jahren, die Zeit auf der PH in Dortmund nicht mitgerechnet. Wie kam ich da nur raus? Laß uns morgen in Ruhe darüber reden. Ihr versteht, daß ich jetzt groggy bin. Ich fiel tot ins Bett.

Am Morgen lieh ich mir erst mal von meinen Eltern Geld für Zigaretten und warf einen Blick auf den Spiegel, der seit Montag vorlag. Dann rief ich beim ME an und meldete mich einigermaßen heile zurück. Gülden konnte das Lästern nicht sein lassen, hatte wohl einiges verkehrt

mitgekriegt und sagte, 600 Mark an einem Tag auszugeben, sei ja wohl ganz schön. Ich suchte keine Ausflüchte
und fragte nur, wann sie denn diese Scheiß-Motörhead-
Geschichte da haben wollten. Sie gaben mir ein paar Tage
Zeit. Ich würde natürlich nicht wie in der Lou-Reed-Story
schreiben, was tatsächlich mit mir passiert war, sondern
nur einen einigermaßen lustigen Tourbericht vorlegen.

Dann kam die Post und mit ihr eine erneute Aufforderung des Arbeitsamtes, da anzutanzen. Dann kannst du
dich ja gleich abmelden, weil du wieder studierst. Der Stingl
wird sich freuen, wieder einen Lauschepper weniger in
seiner Kartei zu haben. Ja. Ich würde also wieder studieren. Aber es würde knapp sein mit den Finanzen. Ich würde nicht jeden Monat wie im März drei, vier Geschichten in Blättern haben, die auch zahlten, und selbst dafür
gab's nur tausend Mark. Vielleicht, wenn wir noch einen
Job für dich finden? Wo denn? Ich hab doch nichts gelernt, außer schreiben. Mein Hals machte sich bemerkbar, und ich ging zum Fronhöfer, der endgültig entschied,
daß die Mandeln raus müßten. Ich kriegte einen Termin
für in vierzehn Tagen. Am nächsten Tag lief ich beim Arbeitsamt ein. Ich hatte mich erkundigt, wann ich mich an
der Uni immatrikulieren konnte, und ließ mich bis dahin
gespeichert. Der Beamte war froh. Wieder einer weniger.
Ich fuhr dann anschließend zum Marabo, wo Flora Soft
gerade ein paar Artikel setzte. Sie fragte mich, ob ich freitags mitkäm nach Essen, sie hätte sich für ein Interview
mit Rick James gemeldet, der am Samstag in der Rock-
palastnacht mit Van Morrison und den Kinks auftreten
würde. Die hätten mich schon mehr interessiert als der
schwarze Funker. Aber ich sagte, okay. Hol mich ab. Thomas Eicke, mit dem sie zusammenlebte und der schwer
krank war, würde mitkommen. An dem Freitag machte
ich mich morgens recht lustlos an die Motörhead-Sache,
ohne fertig zu werden. Ich schickte schon mal die ersten

paar Seiten nach Hamburg. Am frühen Nachmittag kam dann Flora aus Wuppertal angedüst. Thomas trug eine Schlägermütze, da er durch seine Krebsbehandlung die Haare verloren hatte. Diesmal logierten die Rockpalast-leute wieder in ihrer alten Herberge in Essen, wo ja Mitch Ryder mal Kleinholz aus seinem Zimmer gemacht hatte. Also nicht mehr im Hotel Maritim. So hatte ich keine Chance, Christiane wiederzusehen, die von der Bochumer Szene vollkommen verschwunden zu sein schien. Und hier mit Flora Soft verband mich ja nur noch wie eigentlich immer Freundschaft. In dem vorbestimmten Raum trafen einige Journalisten ein, die ich kannte. Detlef Diederich-sen, der Bruder von Diedrich, Gerald Hündgen von Spex, ein angenehmer Zeitgenosse, und Ulli Güldner mit Stirn-band, der für den ME kam. Er war so 'ne Art Funk-Exper-te. Ich unterhielt mich ein wenig mit Hündgen. Aber im Gegensatz zu den gerade genannten Leuten hatten wir ar-men Schlucker von den kleineren Zeitschriften und vom Lokalteil der WAZ gemeinsam mit Rick James eine Presse-konferenz zu absolvieren, während für die anderen Leute Einzelgespräche anberaumt waren. Dann kam der Star rein, der einige Jahre später in den Knast wandern würde. Mir war er unsympathisch. Überhaupt war ich seit Otis Reddings Tod kein Freund mehr der schwarzen Musik ge-wesen. Die Tante von der Plattenfirma bat uns, Fragen zu stellen. Eine Dolmetscherin war auch anwesend. Trotz-dem radebrechte Flora Soft lieber in ihrem Hauptschul-englisch. Alles uninteressant für mich, aber ich konnte verstehen, daß die Weiber auf ihn flogen. Nach 'ner Vier-telstunde war schon Schluß, und Diederichsen war dran für Sounds. Ich wunderte mich, noch keinen von der Rock-palastmannschaft gesehen zu haben, Rüchel, Wagner oder Alan Bangs. Ich versuchte mein Glück an der Rezeption, wo man mir seine Nummer gab. Gerne hätte ich auch die von Van Morrison gehabt, aber der gab keine Interviews.

Das wär noch der Clou gewesen, wenn ich den vors Mikrofon gekriegt hätte. Aber Alan Bangs kam freiwillig, und wir setzten uns nach draußen, wo nach 'ner Zeit auch 'ne Kellnerin auftauchte, bei der wir Eis bestellten. Kurz drauf kam auch Diederichsen, von dem ich nicht wußte, ob er mich kannte. Vielleicht war ich ihm bei einem meiner Hamburgbesuche aufgefallen. Er jedenfalls mir, und ich stellte ihn vor und nannte auch das Pseudonym, das er benutzte. Ah ja, der. Es folgte der übliche Smalltalk über die Branche, und auf einmal kam das Gespräch auf Ernst Huberty, der gerade vom WDR geschaßt worden war, wobei allerdings die Wahrheit nie so richtig rausgekommen war. Alan Bangs deutete an, er wüßte mehr, dürfte aber nichts sagen. Dann herrschte allgemeine Aufbruchstimmung, und ich bot Diederichsen an, noch mit uns einen Abstecher zu Rough Trade nach Herne zu machen. Wir brächten ihn dann zum Bochumer Hauptbahnhof, von wo aus er nach Hamburg fahren konnte. Er hatte jetzt wohl mitgekriegt, daß ich für den ME arbeitete und auch schon für seinen Bruder geschrieben hatte. Ich fragte den Langen, ob er auch was in der Anthologie *Staccato* drin hätte, in der ja mein »Buddy Holly auf der Wilhelmshöhe« erscheinen sollte. Er wußte auch nicht, wann. Solln ja 'n paar gute Sachen drin sein.

Wir überfielen Barbara Starostik, die in Herne den deutschen Vertrieb von Rough Trade leiten durfte, weil sie, wie mir der englische Eigentümer mal gesagt hatte, »the best self-organized person I know« war. Sie hatte keine Ahnung von Musik und bis vor kurzem auch noch nie 'ne Sounds in der Hand gehalten. Daß Alan Bangs der berühmteste Diskjockey weit und breit war, mußte ich ihr erst erklären. Ich wußte nicht ganz genau, was sie von mir hielt. Ich stellte ihr also Detlef Diederichsen vor, überzeugte sie von seiner Wichtigkeit, und prompt drückte sie ihm einen Schwung Neuerscheinungen in die Hand. Wir andern gingen leer aus. Sie tauschten auch Adressen aus, weil sie in Kürze nach Hamburg wollte. Detlef hatte es jetzt eilig, weil er mit seiner Gruppe Flying Klassenfeind abends noch ins Studio wollte. Sie wollten ihre Version von »Out Demons Out« einspielen, das ich fast mal live von der Edgar Broughton Band gesehen hätte, 1972 im Greyhound in Croydon, wo ich erst im Vorprogramm zwei Stunden Gentle Giant über mich ergehen lassen mußte. Dann kamen aber die Headliner nicht, wegen Motorschadens auf der M1, und Gentle Giant hängten noch einen zweistündigen Set dran. Ich war fürs Leben gezeichnet. Auch Diederichsen hatte schon Pleiten wie ich mit Motörhead erlebt, und ich fand es einigermaßen tröstlich, einen Leidensgenossen gefunden zu haben.

Wir setzten ihn in Bochum in den Zug nach Hamburg und gingen rüber ins Wimpy 'ne Kleinigkeit essen. Das Lokal lief damals noch, bis wenig später McDonald's im ehemaligen Bahnhofscafé 'ne Freßbude aufmachte. Schade, ich mochte den Laden. Als ich noch bei ELPI gearbeitet hatte, kauften wir uns da immer 'ne Currywurst mit Pommes von dem Geld, das wir vom Kartenvorverkauf eingenommen hatten. Pro Karte nur 50 Pfennig Provision haben wir verlangt, um die Leute in den Laden zu kriegen. Heut ist da 'ne richtige Industrie draus geworden, und wenn du zu den Stones willst, mußt du über zehn Mark Vorverkaufsgebühr hinlegen. Außerdem gab's damals noch nicht so viele Konzerte wie heute. Und natürlich dürfen bei ELPI und anderswo die Verkäufer nicht mehr das Geld einsacken.

Ich sah mir die Rocknacht nicht im Fernsehen an. Flora Soft war aber da, obwohl sie keine Pressekarte vorweisen konnte. Sie sagte einfach, sie käm von Sounds, und der Mann am Schalter fragte, für Willi Andresen? Und sie sagte, ja, ja. Ich setzte mich dann hin und schrieb den zweiten Teil meiner Motörhead-Story. Ich wußte nicht, ob sie gut war. War ja mein erster Tourbericht. Ich hatte die Woche über Zeit, mir zu überlegen, was ich studieren sollte. Ich hatte zu nichts die richtige Lust. Ich entschied mich dann erst mal für Philosophie, obwohl ich davon nicht den leisesten Schimmer hatte und in der Schule beim Schweig mit knapper Müh und Not 'ne Vier gekriegt hatte. Ich war in den zwei Jahren, in denen wir das Fach hatten, nur einmal drangekommen, wobei ich die Orthographie von Ethik und Ästhetik durcheinanderbrachte. Ich kaufte mir wohl jeden Monat den Merkur, die Zeitschrift für europäisches Denken. Und darin hatte ich einige geisteswissenschaftliche Aufsätze gelesen und manchmal auch kapiert. Dazu paßte Politologie, nehm ich das halt auch, zumal ich ja in der SPD war. Schließlich dachte ich daran, im Metier zu bleiben und Übersetzer zu werden. Englisch war überlaufen. Wie wär's mit Holländisch? Ja, das nahm ich. Es wird viel zuwenig aus den Niederlanden übertragen. Aber im Grund war das alles piepegal, weil ich doch nicht richtig studieren wollte, sondern vor allem schreiben, nun auch endlich meinen Roman, und obwohl ich noch nicht den richtigen Bock hatte, setzte ich mich an meine Olympia und schrieb die ersten Seiten meiner Autobiographie, denn die wollte ich ja veröffentlichen.

Ich fing an mit der Story, als ich mit vier Jahren von einem Schäferhund gebissen wurde und ich mich im Krankenhaus auch bei den Nachuntersuchungen als Sohn des Hundehalters ausgeben mußte. Ich wußte nicht, warum meine Eltern das Schauspiel mitmachten. Jedenfalls hielt ich das für einen guten Auftakt für jemanden, der immer Probleme mit seiner Identität hatte. Ich schickte die paar Seiten zum Müller-Schwefe, der ja bei Suhrkamp auf einen Roman von mir wartete. Ich rief dann beim ME an, und Gockel war alles andere als begeistert von meiner Motörhead-Geschichte. Sie war ihm zu kurz. Da wird sich die Ariola, ihre Plattenfirma, nicht freuen. Er sagte es nicht laut, aber ich ahnte, daß das vielleicht mein Ende beim Musik Express war, weil sich ja auch schon andere Konzerne (WEA) beschwert hatten. Sehr deprimiert legte ich auf, sagte aber meinen Eltern erst mal nichts. Das wär ein Ausfall von jeden Monat mehreren hundert Mark. Für den Melody Maker reichte es am Bahnhof noch, und ich las die Überschrift, die ein Kollege von mir über die Motörhead-Tournee geschrieben hatte: »Running the gauntlet«, Spießrutenlauf. Ja, das war's auch für mich gewesen. Samstags lief im Fernsehen von Radio Bremen eine Sendung, in der lauter Deutsche Lieder in ihrer Sprache sangen, nicht den üblichen Schlagerschmus, sondern eher Lieder, die von der New Wave stammten. Deshalb nannte man diese neue Bewegung auch Neue Deutsche Welle. Ein paar Sachen gefielen mir, Frl. Menke und Foyer des Arts. »Wissenswertes über Erlangen« von Max Goldt, wie sich später rausstellte. Mit Frl. Menke hätte ich gerne gefickt, obwohl sie altertümlich gekleidet daherkam. Wie lange hatte ich jetzt schon keine Freundin mehr. Obwohl, an diesem Samstagmorgen hatte ich in der Süddeutschen, die ich mir auch bei Geldmangel samstags immer kaufte, 'ne Stellenanzeige für eine MTA gesehen. Das wär vielleicht was für Marlies. Ich riß die Seite raus und fuhr in die Innenstadt, und wie ich vermutet hatte, saß sie schon, ausnahmsweise, weil Flohmarkt war, um halb zwölf im U-Bo. 'ne Woche später lag ich im Krankenhaus mit oder besser da schon ohne meine Mandeln, und sie kam mit Jochen Heinrich. Er war mein Rechtsvertreter von der Gewerkschaft gegen das ELPI gewesen. Irgendwann hatte ich die beiden mal einander vorgestellt, und nun kamen sie also zusammen, obwohl er mir später sagte, es wär nichts zwischen ihnen gelaufen. Ich war mir nicht sicher, ob ich ihm das glauben sollte. Ich überstand die Woche im Hospital ganz gut, kam aber kaum zum Lesen. Ich hatte Jürgen Lodemanns *Solljunge* mit und einen Band Erinnerungen von Herbert Wehner. Was ich sehr wohl las, war eine Frauenzeitschrift, die mir irgend jemand mitgebracht hatte. In der war Jane Birkin abgebildet, mit dem einen Kerl, der neben ihr im Flugzeug gesessen hatte. Von ihm kriegte sie jetzt ein Kind! Deshalb vielleicht kein Alkohol.

Ich blieb einige Tage liegen und erholte mich schnell. Den Samstag drauf kriegte ich zu Hause einen Anruf von einer Frau, an die ich einige Zeit nicht gedacht hatte – Elfi Küster von der Plattenfirma WEA. Sie sei in Bochum bei einem Cousin und wolle mich kennenlernen, um zu sehen, wer das war, der ihr Hätschelkind Heinz Rudolf Kunze so auseinandergenommen hatte. Ich war leicht erstaunt, lud sie aber für den Abend ins Rotthaus ein. Dann rief ich Andreas Böttcher in Gelsenkirchen an, der ja Fotos von Laurie Anderson für diese Firma gemacht hatte. Vielleicht war so ein Treffen hilfreich. Sie hatte in einem Leserbrief an den Musik Express geschrieben, ich sei ein Tintenpisser. Was immer das war. Ich fühlte mich angesprochen. Und sie kam dann tatsächlich mit dem Taxi aus Grumme angefahren und wirkte in der Alternativ-Kneipe mit ihrer Schminke etwas aufgetakelt deplaziert. Sie schien mir nicht mehr böse zu sein und erzählte, daß sie mit Kunze auf einer Tagung in der evangelischen Akademie Loccum gewesen sei, bei der es um Kunst und Medien ging und wo Heinz Rudolf sagte, daß er noch nie Schwierigkeiten mit der Presse gehabt hätte. Da zog M. O. R. Kröher, den ich von Twen kannte, den neuesten ME raus, der noch nicht auf dem Markt war, und hielt ihn Kunze unter die Nase, der daraufhin sehr getobt haben soll. Inzwischen mußte also auch die WEA darüber lachen. Wichtig war mir, daß mir Elfi – wir duzten uns – keine Interviewsperre auferlegte, auch wenn sie mir, was ich nicht verstand, sagte, daß Hank Williams Jr. mir im letzten Jahr angeblich Schläge angeboten hätte, was bestimmt nicht der Fall gewesen war, denn er hatte mir sogar 'ne Schachtel Reyno geschenkt, weil ich Lungenschmacht in Recklinghausen hatte.

Sie erzählte, daß ihr Vetter hier in Bochum an der Uni als Sprachwissenschaftler arbeite. Nach einer Stunde zahlte sie den Deckel und wunderte sich, wie billig es im Rotthaus war. Es sah nach diesem Gespräch so aus, daß ich auch weiterhin mit WEA-Künstlern zu tun haben würde. Worum ich mich aber nicht reißen würde. Jetzt würde erst mal mein Roman vorgehen. Und das Studium? Das absolvierte ich nur auf dem Papier, um versichert zu sein. Meine Eltern hatten mir zweihundert Mark im Monat zugesagt, bitter wenig. Also mußte ich zusehen, wie ich an mehr Geld rankam, die Stütze vom Arbeitsamt fiel ja weg, und auf Bafög hatte ich keinen Anspruch mehr, weil dies nicht mein erstes Studium war. Ich biß mir aber auf die Zähne und beschloß, keinem in den Arsch reinzukriechen, auch nicht dem Musik Express. War die Motörhead-Geschichte tatsächlich so eine Pleite gewesen? Fürs Marabo und für den Überblick würde ich auf jeden Fall weiter schreiben, auch wenn es wenig Kohle gab, aber Kleinvieh machte auch Mist. Die beiden finanzierten mir wenigstens meinen Zigarettenkonsum. Ans Rauchendrangeben dachte ich nicht ernsthaft, auch wenn mich das Paffen ein paar hundert Mark im Monat kostete.

Jetzt schrieb ich für die beiden Stadtmagazine erst mal Storys über Alan Vega, der wirklich in der Zeche auftreten sollte. Vom ME würde ich nichts mehr hören, dachte ich mir, aber reinscheißen tust du dich nicht. Dann ging die Einschreibungsfrist los, und an einem der letzten Tage fuhr ich mit der Bahn zur Uni hoch, die ich ja fast zehn Jahre nicht betreten hatte. Ich ging ins Sekretariat und dachte, ich hätte alle Papiere zusammen. Ich füllte einen Fragebogen aus, aber Niederländisch gehörte anscheinend nicht zu den Fächern, die man studieren konnte. Ich erkundigte mich bei einem der Sekretäre, und der meinte, das Fach falle unter Germanistik, aber Germanistik wollte ich auf keinen Fall studieren, und da tat ich etwas völlig Blödsinniges. Es lag mir auf der Zunge, statt dessen Literaturwissenschaft zu nehmen, weil man da nur lesen muß, ich sagte aber, ich nehm Sprachwissenschaften, obwohl ich auch davon nicht den blassesten Schimmer hatte. Na ja, egal, ich würde sowieso nicht richtig studieren, sondern meinen Roman schreiben. Als ich mich dann endgültig immatrikulieren wollte, hatte ich vergessen, den Sozialbeitrag einzuzahlen. Ich lief rüber ins Uni-Center und zahlte die Asche an der Sparkasse ein. Da war ich erst mal wieder blank.

Dann bekam ich sehr schnell Post von Suhrkamp. Ich hatte ja Müller-Schwefe die Schäferhund-Geschichte geschickt, und nun antwortete er prompt. Um's in meinen Worten auszudrücken: Er fand den Text Scheiße und hatte ihn mir mit etwas freundlicheren Worten zurückgeschickt. Keine Präsenz, der Musiker stimmt sein Instrument. Da dachte ich, 'ne Welt breche zusammen, zumindest meine. Ich hatte so auf die Geschichte gesetzt. So ähnlich sollte mein ganzer Roman aussehen, und er fegte ihn vom Tisch. Es schien dunkel um mich zu werden. Ich kriegte mal wieder diese durch Hyperventilation hervorgerufene Todesangst. Ich schleppte mich zum Hausarzt, bei dem nachmittags immer seine Frau praktizierte. Ich erklärte ihr den Fall, und sie nahm erst an, ich hätte Drogenprobleme, aber dann verschrieb sie mir doch 'ne Ladung Lexotanil, das ich nach meiner England-Tour nicht mehr genommen hatte. Als ich ein paar geschluckt hatte, ging's mir besser, wohler, und ich rief Susanne an. Ich fragte sie, ob sie mal wieder Lust hätte, mit mir auszugehen, vielleicht in die Zeche, in der sie noch nicht gewesen war. Sie würde mit ihrem Käfer kommen, da ich ja nach meinem Unfall noch keinen neuen Wagen angeschafft hatte, wovon auch, und auch noch nicht mit Vaters Fiat zu fahren wagte. Sie holte mich ein paar Tage später ab, und wir zogen zuerst über andere Leute her, die wir zum Teil schon aus unserer gemeinsamen Schulzeit kannten, Jürgen Stahl. Dann erzählte ich ihr, daß ich ja kein Kind von Traurigkeit gewesen sei, aber sie kam nicht mit der Sprache über ihr Intimleben raus. Mir fiel keine Strategie ein, wie ich sie rumkriegen konnte. Vielleicht kannten wir uns ja auch zu gut. Wir saßen also in der Zeche, und Susanne zeigte auf eine Bedienung hinterm Tresen. Die wird sich bestimmt nicht freuen, daß ich sie hier seh'. Die hat mal mit mir Germanistik studiert. Sie selbst hatte es weiter gebracht und war Lehrerin in Dortmund und nebenbei, wie ich fand, immer noch die schönste Bochumer Frau in ihrem Alter. Los, gib dir und ihr einen Schubs. Nichts da. Ich hielt mich weiter zurück. Als wir ins Auto gestiegen waren, schaltete sie das Radio ein. Es lief gerade ein Konzertmitschnitt von Herbert Grönemeyer. Muß nicht sein, ich stimmte ihr zu, und wir fuhren schweigend zur Wilhelmshöhe hoch, wo sie mich allein mit meinem Liebeskummer ließ. Wir verabredeten uns dann für das Alan-Vega-Konzert, in das wir ja umsonst reinkämen.

Dann wurde es Zeit, so zu tun, als würde ich zur Uni gehen. Mein Bruder brachte mich eines Morgens hin, er studierte nämlich auf der benachbarten Fachhochschule. Ich hatte mir ein Vorlesungsverzeichnis besorgt und mir für den Tag eine Veranstaltung ausgesucht, in Politologie, Parlamentarismus in England, was mich ein wenig interessierte. Ich ging ins Gebäude GC, einen von ungefähr 15 zehnstöckigen Riesenquadern aus Beton. Ich mußte in den Keller auf die Ebene 04, aber es war noch niemand da. Ich ging wieder raus und sah am Schwarzen Brett nach, ob der Raum stimmte. Ich ging ein bißchen rum, bis es Viertel nach neun war. Vier Männeken saßen jetzt da, einschließlich des Dozenten, und der fing dann vom letzten

Semester an zu reden. Offensichtlich ging es hier in diesem Seminar nicht um englische Politik, sondern die Integration von türkischen Gastarbeitern. Als ich das merkte, entschuldigte ich mich und verzog mich in die Cafeteria, die in dem Gebäude GB wie überall auf der Ebene 02 lag. Ich trank Kaffee und beobachtete die Studenten. Hatten sie sich äußerlich seit meiner damaligen Zeit verändert? Ja, damals trugen fast alle lange Haare, und in den zwei Jahren anfangs der Siebziger, als ich hier war, war der Minirock nicht modern. Jetzt wagten ihn doch schon wieder einige. Die Latzhose war, wie im Rotthaus, vollkommen out. Auch spielten kaum Leute Karten, wie Franz, Malte und ich es so eifrig getan hatten, und mir fiel wieder der Song von Godley/Creme ein: »We were seen by the coffee-machine.« Ja, wie sollte es weitergehen? Da, zwei Contergan-Kinder. Das konnte sein, die waren jetzt im studierfähigen Alter. Die Katastrophe war zwanzig Jahre her. Konnten die mitschreiben? Ich ging ins Nebengebäude und fuhr hoch zu den Philosophen. Mal sehen, was die zu bieten hatten. Eine Veranstaltung interessierte mich: Wittgenstein, von dem ich allerdings auch noch keine Zeile gelesen hatte. Das Seminar wurde geleitet von einem Heyer. Der Name kam mir bekannt vor. Wittgensteins Sprachspiele. War das vielleicht so etwas wie die Gedichte von Heinz Erhardt? Das war ein Proseminar, dann kreuzte ich mir noch eine Übung an, die mir unerläßlich zu sein schien, Einführung in die Philosophie. Außerdem wollte ich in eine Vorlesung von dem Menne über Wissenschaftstheorien gehen. Vorlesungen waren gut. Damit konnte man sein Gewissen beruhigen. Man war da, tat aber nichts, außer dösen. Ich ging dann in die Einführung in die Mutter der Wissenschaften und kam kaum mit, ich hatte ja noch nie ein philosophisches Werk gelesen. Auf einmal fragte der Übungsleiter: Was ist Wahrheit? Zum Glück wollte er die Antwort nicht von mir haben. Was hätte ich sagen sollen oder können? Daß 'n Pfund Knochen 'ne gute Suppe gibt? Ich war froh, als die anderthalb Stunden rum waren und ich Land gewann. Bei der Wittgenstein-Veranstaltung, die jener Heyer abhielt, der schon bei meiner Lesung in der Zeche gewesen war, ging's mir ähnlich. Ich schlakkerte mit den Ohren und verstand kein Wort, auch nicht von den Wortspielen des Meisters. Ich kaufte mir dann von meinem knappen Geld die, wie heißen sie noch gleich, »Philosophischen Betrachtungen« oder so, wurde aber auch nicht schlauer, als ich sie las. Ich würde aber trotzdem die Übung weiter besuchen, wenn es mir gelang, mich vor Protokollen und Referaten zu drücken. Menne war okay, weil ich den Tip las, der damals auch im Ruhrgebiet lief. Einmal horchte ich auf, weil der Professor etwas sagte, was ich schon lange wußte: Man kann sehr wohl Äpfel mit Birnen vergleichen, zum Beispiel die Form oder das Gewicht und so weiter. In diese Vorlesung würde ich auch weiter gehen. Mit den Sprachwissenschaften hatte ich gar nichts am Hut, auch wenn ich gern diesen Vetter von der WEA-Promo-Tussi kennengelernt hätte. Ich wollte mich aber nicht blamieren.

Fassen wir zusammen: Ich hatte von den drei Fächern, für die ich mich eingeschrieben hatte, keinen Schimmer, und eigentlich würde ich gut daran tun, zu Hause zu bleiben und über meinem Roman zu brüten. Das wollten aber meine Eltern nicht. (Ich war mit fast dreißig noch immer ihr Sorgenkind.) Sie bestanden darauf, daß ich weiter zur Uni ging. Ich nahm sie fast wörtlich, ich ging hin, tat aber die ganze Woche nichts, als zu den zwei philosophischen Veranstaltungen zu gehen. Und den Rest der Woche saß ich auf den verschiedenen Cafeterien ab. Hier könnte der Roman enden. Fade out.

Nach ein paar Tagen Sitzen sah ich eine Blonde mit kurzen struppeligen Haaren. Ich mußte sie auf der Cafeteria zweimal ansehen, denn ich kannte sie nur als Blondine mit langen Haaren. Sie war mir im ELPI beim Plattenkauf aufgefallen, ohne daß ich mit ihr ins Gespräch gekommen war. Das holte ich an dem Tag nach, bevor ich nach England fuhr. Sie schien im ALRO was im Frank-Sinatra-Kasten zu suchen. Ich fragte, ob ich helfen könne, und sie kannte mich wieder. Sie suchte »Strangers in the Night« für ihre Mutter. Ich sagte, daß das '66 auch das Lieblingslied meiner Mutter gewesen sei. War eigentlich erstaunlich, daß der Song auf keiner der zirka zwanzig LPs drauf war, die Charly im Angebot hatte. Ich sagte ihr, das läge wahrscheinlich daran, weil Sinatra den Song haßt, obwohl er sein größter Erfolg gewesen war. Weißt du was, sagte ich, ich flieg morgen nach England. Ich gab ein bißchen an. Da könnte ich die dortigen Plattenläden durchforsten. Ich ließ mir ihre Adresse geben und dachte mir, die werde ich mir warmhalten. Und jetzt sah ich sie also an der Uni. Eigentlich ganz gut. Aber was soll ich ihr sagen, wenn sie mich fragt, wie mein Studium so läuft? Sollte ich ihr sagen, daß ich ein Scheindasein an der Uni führe? Ich ging ihr aus dem Weg, und so sollte es vorläufig bleiben. Ähnlich ging es mir mit Johanna Schenkel, die anscheinend auch noch studierte, obwohl sie nicht mehr die Jüngste war. Vielleicht promovierte sie ja. Ich sah noch ein paar Bekannte aus der Szene. Mir wurde jedes Mal hundeelend, wenn ich da saß und die FAZ, die SZ oder die FR studierte. Auffällig wurde ich aber offensichtlich, wenn ich in der Bildzeitung blätterte, die war damals noch immer verpönt.

Dann rückte das Konzert von Alan Vega ins Blickfeld. Ich sagte Andreas Böttcher, daß ich es gern hätte, wenn er ein paar Fotos machen würde. Als ich im Dezember mit Vega telefoniert hatte, hatte die Ariola ja keine Fotos von ihm aus Amerika vorliegen. Ich rief Susanne an, ob alles klargehe mit unserer Verabredung zu dem Gig. Sie sagte, es tue ihr leid, sie hätte aber an diesem Abend einen Elternabend in der Schule. Ich war so sauer, daß ich fast zehn Jahre nicht mehr bei ihr anrief. Sie rief mich sowieso nie an. Ich traf Andreas am frühen Abend im U-Bo, und er entschuldigte sich, daß die beiden Platten von Vega, die ich ihm mal geliehen hatte, sich total verbogen hatten, weil er sie hinten auf die Ablage in seinem Wagen gelegt hatte, wo die LPs in der Sonne fast geschmolzen waren. Auf jeden Fall konnten wir sie wegwerfen. Aber ich sagte ihm, don't worry, ich krieg Ersatz von der Ariola, und Mike Knuth, Alan Vegas Labelmanager, sagte mir zu, sie mir zu schicken, was er natürlich nie gemacht hat. Ich mußte bis zur Einführung der CD warten, dann kaufte ich sie mir. Susanne war also nicht da. Scheiße. Aber vielleicht hätte Vega sie mir sowieso ausgespannt, auch er ein Frauentyp, ein paar Jahre älter als ich und vietnamerfahren.

Er erkannte mich sofort wieder, als ich die Garderobentür aufmachte. Wieder, wie schon in Paris, umarmte er mich und stellte mich dann seiner Begleitgruppe vor, die alle auch auf *Collision Drive* mitgewirkt hatten. Im Publikum, das nur ein-, zweihundert Leute umfaßte, sah ich noch einige Leute, die ich vom Appel her kannte, zum Beispiel Mary, die schöne Kellnerin. Sie sagte mir später, daß sie das Konzert Scheiße fand. Johanna Schenkel war auch da, mit Karola Radau, und ihnen gefiel es sichtlich. Anschließend durfte ich mit den Vega-Leuten im Zechenrestaurant was essen, beschränkte mich aber auf Bier. Wir verquasselten uns, und ich war dann zu spät in der Stadt, um den letzten Zug nach Langendreer um 0 Uhr 40 zu kriegen. What to do?, hatte schon Buddy Holly gesungen. Sollte ich bis zum ersten Zug die Zeit wieder im Ehrenfelder Stübchen totschlagen? Für das Geld, das ich da noch versoffen hätte, konnte ich mir auch ein Taxi zur Wilhelmshöhe leisten.

Ich beschloß, den zweistündigen Weg zu Fuß nach Hause zu gehen. Ich war nicht zu besoffen dafür, und es fiel mir auch nicht schwer, höchstens in Laer, nämlich die Frage zu entscheiden, gehst du rechts durch Langendreer oder links durch Werne rauf zur Höhe. Ich entschied mich an der Stelle, wo sich jetzt Hardeck ausgebreitet hat, der Möbelhändler. Jedenfalls ging ich durch Werne und sank dann einigermaßen glücklich in den Schlaf. Anderntags rief nach der Uni Flora Soft vom Marabo aus an. Sie wollten eine Story über Ruhrgebietsgruppen machen. Praktisch als Befehl hieß es: Und du machst die Conditors. Die halbe Truppe ist hier im Büro. Ich raffte mich auf und fuhr mit Nahverkehrsmitteln nach Weitmar, wo Peter Wasielewski mit dem Manager der Gruppe, Oliver Schrumpf, saß. Ich wußte gar nicht, was ich da sollte. Ich kannte doch die Conditors durch und durch. Die Story hätte ich auch so zusammengekriegt. Ich fragte also nichts Gescheites. Wie sah es mit einem Plattenvertrag aus? Diese Verhandlungen hatte Oliver für die Gruppe übernommen, ein gelernter Jurist, dem ich schon als Kind bei seinem Opa begegnet war, der in der Westheide wohnte. Es sah damals so aus, als nähme die Plattenindustrie jeden unter Vertrag, der Deutsch konnte, also kriegten auch die Conditors einen Kontrakt, obwohl sie mir besser gefielen, wenn sie Klassiker wie »Knock on Wood« oder »Little Troublemaker« auf Englisch sangen. Aber so war nun mal der Sog der Zeit. Die Vorgruppe hatte ja auch schon einen beachtlichen Erfolg auf einem unabhängigen Label gehabt, aber jetzt, wo alle Deutsch sangen, fragte nach ihrem zweiten Album keiner mehr nach ihnen. Die Conditors kämen wahrscheinlich bei der Teldec unter. Oliver war mit einem Tape hausieren gegangen, bis die Leute in Hamburg schließlich zusagten. Aber diese ganze Bewegung würde nicht lange gutgehen, dachte ich mir, weil die Leute dann irgendwann die Schnauze von dem ganzen deutschen Kram voll hätten. Ich schlug vor, noch ins Mandragora zu gehen, oder hieß es noch Treffpunkt? Das war praktisch die Geburtsstätte des Bermuda-Dreiecks, die Keimzelle, aus der immer mehr

Lokale erwuchsen, bis sie kaum noch einer zählen konnte. Irgendwann machte an der Ferdinandstraße gegenüber der Post Grannys Rock Café auf, das auch sehr schnell Gäste fand und später in Café Ferdinand unbenannt wurde. Neulich hat es der schon damalige Besitzer in den Kopf bekommen und als Bürgermeister kandidiert. Peter Wasielewski, der vielleicht beste linkshändige deutsche Bassist, schlug mir vor, nach Köln zu fahren, wo Kid Creole und die Coconuts auftreten sollten. Die waren nicht gerade mein Fall, aber es war eine Gratismöglichkeit, nach Köln zu kommen. Wenn ich mich recht entsinne, war es eine Rockpalastaufzeichnung, und ich bekam auf Bestellung Eintrittskarten von Peter Rüchel.

Aber bis dahin waren noch einige Wochen Zeit, und ich saß derweil mein Studium aus. Nur als meine Eltern in Urlaub fuhren, blieb ich zu Hause und schlief lange. Ich dachte, ich sollte endlich den zweiten Teil meiner Penguin-Geschichte für Sounds schreiben, die schon Monate überfällig war. Ich hörte mir die Kassetten noch mal an und quälte mir dann einen an der Schreibmaschine ab. Ich war damals voll depressiv, und nur wenn ich 'ne Lexo einnahm, gings einigermaßen. Ich schickte die sechs Seiten Diedrich Diederichsen, ohne eine Antwort zu kriegen. Dann bekam ich auf einmal Post von einem Erwin Grosche. Der hatte meine Auseinandersetzung mit Kunze im Musik Express verfolgt und schickte mir jetzt seine eigene Platte. Ich hörte sie mir nicht an. Er war wohl mehr Kabarettist, bekam später eine Reihe von Preisen und trat öfter im Fernsehen auf. Nachdem sich die Urbesetzung der Münchner Lach- und Schießgesellschaft vor einigen Jahren aufgelöst hatte, interessierte mich (bis heute!) das Brettl nicht mehr.

Dann kriegte ich doch einen Anruf aus Hamburg. Aber es war nicht Diederichsen dran, sondern Gockel, und er sagte auch nichts von der Penguin-Sache, sondern fragte mich, ob ich die Neue Deutsche Welle verfolgt hätte. Einigermaßen. Ich hatte auch nach langer Zeit Hecks ZDF-Hitparade gesehen, wo die Zentralfiguren aufgetreten waren. Wir wollen, sagte Gockel, eine Story über die vier Herzbuben machen. Wer is dat denn? Hubert Kah, Markus, Andreas Dorau und Falco. Erst wollten wir die Ingeborg Schober die Geschichte schreiben lassen, aber dann dachten wir, ein Mann würde das besser machen, nämlich du. Mein Herz sprang. Das war also mein Comeback, bundesweit. Nach einigem Zieren sagte ich zu. Ich sollte aber die Leute nur telefonisch abhören. Um so besser. Brauchte ich nicht wieder diese Reisestrapazen auf mich zu nehmen. Du hörst von uns. Am nächsten Tag die nächste freudige Nachricht. Oder vielleicht doch nicht. In der Post lag ein Brief von Achim Reichel, der sich herzlich dafür bedankte, daß ich ihm die *Chirpin' Crickets*, das Auftaktalbum von Buddy Holly, geschickt und geschenkt hatte. Er fragte dann, wie ich das damals in meinem Interview mit ihm in Hamburg gemeint hätte, so wie seine Texter könne ich im Schlaf schreiben. Ob ich ihm das nicht beweisen wolle. Na, war das nicht Klasse? Einer der besten und populärsten deutschen Sänger wollte Songs von mir geschrieben haben. Ich rief zurück, mach ich glatt, aber statt mich hinzusetzen – kam's auf 'n Tag drauf an? – nahm ich einen Job an. Mein Bruder arbeitete für eine Essener Wach- und Schließgesellschaft als Pförtner in der Ruhrlandhalle, und die suchten jetzt noch jemanden. Was sollte ich anderes tun, als zuzusagen. Dann leidet allerdings mein Studium, baute ich bei meinen Eltern schon mal vor. Ach, das kriegst du schon hin. Du sollst ja nicht jeden Tag arbeiten. Ich fuhr mit meinem Bruder in das Essener Hauptquartier, und sie stellten mir da einige belanglose Fragen, und schon hatte ich den Job. In diese Zeit fiel auch die Fußball-WM in Spanien. Ich sah unter anderem das legendäre Spiel Deutschland-Österreich. Dasselbe tat zehn

Meter von der Ruhrlandhalle entfernt der Zeit-Kritiker Benjamin Henrichs.

In der Zeit etwa hat mich mein Bruder eingeführt. Der Rundgang war nicht schwer, nur innen drin, und dauerte etwa eine Viertelstunde. Zu der Tour gehörte auch die durch eine Glastür verbundene Rundsporthalle. An mehreren Stellen mußte ich die Uhr stechen. Dann hatte ich es intus. Zwischendurch fuhr ich auch noch mit Peter Wasielewski zu dem Kid-Creole-Konzert nach Köln, wo der begeisterte Fotograf keine Aufnahmen machen konnte, weil er seinen Apparat abliefern mußte.

Aber da war noch was, was ich vergessen habe. Im April oder so sollten Karat in die Zeche kommen, die bekannteste DDR-Band (»Über sieben Brücken mußt du gehen«), und die Teldec fragte mich, ob ich nicht wenigstens fürs Marabo ein Interview mit denen machen könnte, im Haus Oekey, einem kleinen Hotel an der Uni-Straße. Ich sagte damals okay, um im Gespräch zu bleiben. Mein zwölfjähriger Neffe Marcus bekam das mit. Er fing gerade an, sich allmählich für Popmusik zu interessieren, ungefähr in dem Alter, als ich das auch getan hatte. Ich nahm ihn dann an dem Sonntag mit zu dem Hotel, aber wer nicht auftauchte, war die Band. Obwohl ich jemanden an der Rezeption sah, der von der Gruppe stammen konnte, aber sein Blick schien mir zu sagen, sprich mich bloß nicht an. Da ließ ich es sein. Es war auch noch jemand von der Westfälischen Rundschau da, der aber wenig Zeit hatte, weil er angeblich noch ein Telefoninterview mit Nicole in Dublin machen wollte, die am Vorabend den Grand Prix de la Chanson gewonnen hatte. Ich hatte die Sendung gesehen, und mir waren bald die Tränen gekommen, als sie das Siegerlied am Ende in mehreren Sprachen sang. Das war aber definitiv keine Neue Deutsche Welle.

Es sah so aus, daß ich mit Andreas Dorau und Falco in Hamburg telefonieren durfte, während die anderen beiden doch darauf bestanden, daß ich persönlich erscheine. Ich würde das in einem Abwasch machen. Samstags Markus in Frankfurt, sonntags Hubert Kah in Reutlingen, wobei ich nicht ganz genau wußte, wo das lag, irgendwo hinter Stuttgart, wo ich auch umsteigen mußte, denn ich fuhr ja noch immer nicht mit dem Wagen.

Ich stellte Falco einige doofe Fragen, und als ich wissen wollte, ob er sich von seinen Tantiemen für »Der Kommissar« schon einen Porsche zugelegt hatte, sagte er nur, das wär 'ne Frage von Bravo. Ich hatte nichts gegen diese Zeitschrift, leider hat man mich nie aufgefordert, für sie zu schreiben. Andreas Dorau war in Ordnung. Er stammte ja auch aus dem unabhängigen Bereich, gehörte keinem großen Label an. Trotzdem hatte er mit »Fred vom Jupiter« einen Hit landen können, den auch mein Freund Chris Bohn vom New Musical Express gut fand. Ich hatte ihm ja einige Handke-Bücher geschickt, und er hatte sich mit einigen *books* revanchiert, unter anderem der Buddy-Holly-Biografie, die mir Alan Vega in Paris abgeluchst hatte, für die ich in London kein Geld mehr hatte, und mir fällt jetzt wieder Barbara Luther ein, für die ich ja in England nach »Strangers in the Night« sehen wollte. In einem Laden am Leicester Square entdeckte ich die Single in einem Oldies-Fach, aber ich hatte verdammt noch mal nicht das Pfund Sterling, sie ihr zu kaufen. Vielleicht wär ja was aus uns geworden. Aber sie wird noch auftauchen, spätestens wenn ich schreiben werde, wie sie gut zehn Jahre später als Reporterin von Sat 1 in einen gebackenen Penis biß.

Freitags also die erste (halbe) Schicht. Sie ging nur von vier Uhr nachmittags bis zehn Uhr abends. Die zweite Hälfte würde mein Bruder übernehmen, weil ich ja am nächsten Morgen nach Frankfurt fuhr.

Ich war wieder knapp bei Kasse, hatte nur hundert Mark im Portemonnaie. Wenn ich hier jetzt diese Nacht im Hotel Jaguar blechen muß, hab ich kein Geld mehr, um nach Reutlingen zu fahren. Aber zum Glück sagte der Portier, die Rechnung bezahlt die Deutsche Grammophon, das war die Firma von Hubert Kah. Das Hotel war nicht gerade luxuriös ausgestattet. Kein Fernsehen auf dem Zimmer, nur in dem Gemeinschaftsraum, und sonntags gab's kein Frühstück. Ich nahm nach einigen Erkundungen die Bahn zur Kiesstraße. Allerdings hatte ich mir die Hausnummer nicht richtig gemerkt, die auf Markus' LP-Cover gestanden hatte. Ich klabasterte die ganze Straße ab, bis ich endlich da war. In dem Büro wurde ich von einer leichtgeschürzten jungen Dame begrüßt. Markus und sein Manager kämen gleich. Sie legte irgend 'ne Platte auf, und dann kamen sie rein. Sie waren nicht unfreundlich. Ich sagte, daß ich eine Schwäche für den deutschen Schlager der Fünfziger- und Sechzigerjahre hätte, bis zu dem Zeitpunkt, als Dieter Thomas Heck im Fernsehen auftauchte. Da kamen dann so Leute wie Bata Illic und Costa Cordalis aufs Trapez. Der Manager fand Heck ganz in Ordnung, auch wenn er manche Leute von der deutschen Welle nur mit geballter Faust in der Tasche ansagte. Sie hätten vor der Wahl gestanden, entweder exklusiv bei Biolek, der schon ein Bühnenbild fertig hatte, oder bei Heck aufzutreten. Sie haben sich für die »ZDF-Hitparade« entschieden, weil die mehr verkaufte Platten bringt. Helen Schneider. Hatte die nicht nach ihrem Bio-Auftritt großen Erfolg? Ja, das war die einzige. Und ich erzählte noch mal gerne die Story vom letzten Jahr, als ich bei ihr aus der Pressekonferenz rausgeflogen war. Sie zeigten mir dann noch 'ne Landkarte an der Wand, auf der durch Nadeln markiert war, wo ihre Platte »Ich will Spaß« besonders gut lief. Eigentlich bundesweit, nur nicht in den Zonenrandgebieten. Aber gab's da überhaupt Schallplattengeschäfte? Nach 'ner Stunde gingen wir auseinander, und der Manager sagte mir, ich sei angenehmer gewesen, als er sich das gedacht hatte. Zurück im Hotel, sah ich ein paar Minuten WM, das Spiel um den 3. Platz. Ich ging danach ein bißchen die Gegend erkunden und blieb in einer runtergekommenen Kneipe hängen, wo ich ein paar Bier trank. Zurück im Hotel, wollte ich mir in meinem Zimmer einen runterholen, es gelang mir aber nicht, wahrscheinlich weil es zu heiß war. Am nächsten Morgen fuhr ich zeitig zum Bahnhof und löste eine Karte nach Reutlingen. Es war der Tag des Endspiels Deutschland gegen Italien.

In den Zug nach Stuttgart setzte sich eine Stewardeß der Lufthansa, die ich aber auf der ganzen Fahrt nicht wagte anzusprechen. Ich hatte es auch nicht gern, wenn jemand Fremdes mit mir ins Gespräch kommen wollte. Vor allem mied ich so was auf meiner täglichen Bahnfahrt. Ich stellte es mir grauenhaft vor, mich jeden Morgen mit derselben Person über Sachen zu unterhalten, die mich nicht interessierten. Ich hatte schnell Anschluß. In der Bimmelbahn ging's durchs Schwabenland, wo alle Orte auf -lingen zu enden schienen, ich hab sie aber alle wieder vergessen. Nun war ich in Reutlingen, der, wie mir schien, tiefsten Provinz, angekommen. Ich war mit Hubert Kah, der eigentlich Hubert Kemmler hieß, um zwölf Uhr verabredet. Ich stellte mich an den Eingang des Bahnhofs. Ich würde ihn erkennen. Er kam aber vorläufig nicht. Ich trank an einem sonst verlassenen Stand ein Bier und rief um halb eins die Nummer an, die man mir gegeben hatte. Offensichtlich war seine Mutter dran. Er sei unterwegs. Und da kam er auch schon mit seinem Sportwagen. Er war nicht erst durch seinen Hit wohlhabend geworden. Ich hatte gehört, daß sein Vater ein Fabrikant sei. Und er machte dann auch einen verwöhnten Eindruck. War mißtrauisch. Bei diesen Gesprächen wußte ich nicht, ob die Leute meine Kunze-Geschichten kannten. Er fuhr uns in ein Café in der an einem Sonntagmittag sonst trostlosen Innenstadt. Zwei seiner Bandmitglieder waren auch dabei. Der vierte fehlte. Entweder er war ausgestiegen, oder sie hatten ihn rausgeschmissen. Wir laberten so 'n bißchen rum. Ich hatte einen antiken Kassettenrecorder mit, der nichts aufnahm, wie ich zu Hause feststellen sollte. So weiß ich auch nicht mehr genau, worum es in dem Gespräch ging, auf jeden Fall um die Neue Deutsche Welle allgemein. Dann verstieg sich das Jüngelchen zu der Aussage, daß das Schaugeschäft in den dreißiger Jahren noch in Ordnung war. Ich sagte, und was sonst noch damals: Diktatur und KZs, Krieg. Das wollte er nicht hören. Das Bier, das ich bestellte, war pißwarm. Ich versuchte es in dem Café, das ganz auf Fünfzigerjahre gemacht war oder sich vielleicht von daher rübergerettet hatte, mit Kaffee, der aber nicht schmeckte. Tchibo, Jacobs oder Eduscho hatten die nicht im Ausschank, vielleicht eine Billigmarke, wie es sie später im Krankenhaus gab. Ich sagte, nachmittags käm das Endspiel und daß ich es während meiner Bahnfahrt verpassen würde. Ich dachte, vielleicht bietet mir jemand von den Jungs an, bei ihm die Übertragung zu sehen. Nur der Drummer wollte sich das Spiel angucken. Aber ich würde ihm nicht in den Arsch reinkriechen. So gingen wir nach kurzem auseinander, und ich fuhr zurück, zunächst nach Stuttgart, und ich dachte daran, daß hier der Schriftsteller Eugen Rapp, den ich vor Weihnachten in München besucht hatte, die ersten gut sechzig Jahre seines Lebens verbracht hatte. Ich ging in ein altes Gebäude, in dem McDonald's sich eingerichtet hatte. Ich fraß mich satt. Diesmal hatte ich ja noch ein paar Mark über. Wenn das doch in England auch so gewesen wäre. Ich wäre jeden Abend mit Motörhead losgezogen und hätte auf eigene Rechnung mit ihnen gesoffen. So ohne Geld hatte ich ja nicht mit ihnen saufen können. Ich hatte dann aber doch wenigstens einen positiven Leserbrief zu meiner Story über sie abgedruckt gekriegt. Na ja, mal sehen, was aus dieser Herzbuben-Geschichte wird. Ich fuhr dann nach Hause, und an jeder Station, an der wir hielten, wurde der Spielstand des WM-Endspiels durchgesagt. Aber im Grund erregte mich das nicht mehr. Überhaupt war mir Fußball, seitdem ich im Vorjahr aufgehört hatte, selber zu spielen, schnuppe geworden. Ich sah auch kaum noch die *Sportschau*. Im Grund interessierte mich nur noch mein Verein, der SuS Wilhelmshöhe, wo mein Bruder aber als Trainer aufgehört hatte. Er ging zum ESV Langendreer, studierte und arbeitete mit mir als Nachtwächter. Jetzt waren Semesterferien, und ich konnte öfter arbeiten. Wochentags fing die Schicht nachmittags um vier an, es sei denn, es war eine Veranstaltung im Gang. Wir fingen dann nach ihrem Ende an. Die Halle hatte drei Verwaltungsleute und etwa zehn Arbeiter unter ihrem Dach. Ich wartete, bis alle raus waren, und wer länger blieb, den mußte ich ins Wachbuch eintragen, das ich zu führen hatte. Wenn alle mutmaßlich raus waren, machte ich meinen ersten Rundgang. Zunächst ging's in den Heizungskeller, dann wieder rauf, den hinteren Gang lang, vorbei an den Hintereingängen, die ich prüfte. Einen, der durch einen Holzklotz gesichert war, zeigte Harald Schmidt in *Verstehen Sie Spaß?* als Zeichen für die hochgradige Sicherheit in der Halle. Ich ging dann in den Lagerkeller, wo Hunderte von Rollen Toilettenpapier lagen. Zwei Flügel warteten auf Iwan Rebroff. Sie waren ordentlich verpackt. Ich drehte den Schlüssel in der Uhr, die ich um die Schulter hängen hatte. Dann ging's wieder hoch, an der Bar entlang, wo bei Feierlichkeiten immer bis zum frühen Morgen getanzt wurde, besonders beim Presseball. Ich kam zum Haupteingang und prüfte die fünf Türen. Ich war jetzt fast durch die Halle, mußte aber noch rüber in die Rundsporthalle, wo aber meist bis zehn Uhr Betrieb war und ich erst danach stechen mußte. Meist war der dicke Dieter als Pförtner da, dessen Heimverein, glaube ich, Vorwärts Kornharpen war, die wir mal in der Bezirksklasse geputzt hatten. Herbert erinnert mich heute noch daran, daß mein

Gegenspieler nach einem besonders rüden Foul von mir zu unserm Trainer gelaufen war und geschrien hat: Nimm das Tier runter!

Die erste Zeit war es nachts schwierig mit dem Wachbleiben. Es kam ganz darauf an, wie ich tagsüber geschlafen hatte. Das war das A und O. Jetzt in den Ferien ging's ja, aber was war, wenn ich weiter zur Uni ging? Ich würde einen Tag freinehmen und sonst an den Wochenenden arbeiten. Irgendwann in the middle of the night, aber jedes Mal zu einer anderen Zeit, kam der Kontrolleur und nahm den Streifen aus der Uhr, auf dem man erkennen konnte, wann wir jeweils gestochen hatten. Es war ein älterer Mann, um die sechzig, und er war mit einer Pistole bewaffnet. Wir hatten nichts zur Abwehr, falls wir mal einen Einbrecher erwischten. Es spielte sich dann so ein, daß ich mich, weil der Kontrolleur nur einmal pro Nacht kam, ein bißchen aufs Ohr haute, wenn er weg war. Um halb sechs kam dann die erste Putzfrau, und ich konnte einen Blick auf die Bildzeitung werfen, die sie für die Leute mitbrachte.

Meine Geschichte über die Protagonisten der Neuen Deutschen Welle schien in Ordnung zu sein, denn Bernd Gockel bot mir an, für den September in den MÜV einzutreten. Ich weiß nicht, ob der damals schon so hieß, Musikalischer Überwachungsverein. Zehn Kritiker bewerteten nach Punkten pro Monat zwanzig Neuerscheinungen auf dem LP-Markt. Da wollte ich immer schon mitmachen. Ein prominenter Nichtkritiker war immer dabei. Also kriegte ich in den folgenden Tagen die zwanzig Platten aus allen Richtungen zugeschickt, manches gab es auch vorab auf Kassette, wenn die Scheibe noch nicht gepreßt war. Die nahm ich mit auf die Arbeit, wo ich ja leider keinen Plattenspieler stehen hatte. Manchmal ergab es sich, daß ich samstags auch tagsüber Wache schieben mußte. Es war bei so einer Schicht, daß im Sommer einer der seltenen Anrufe kam, die ich da kriegte, nur meine Eltern kannten die Telefonnummer. Ute war dran! Ich hatte ihr, ohne mit einer Reaktion zu rechnen, weil ich lange nichts mehr von ihr gehört hatte, eine Platte, die vom Markus handsigniert war, nach Göttingen geschickt, wo sie jetzt wohnte. Sie fand »Ich will Spaß« »ätzend«, was damals ein moderner Ausdruck war. Aber deshalb rief sie mich nicht an. Sie wollte sich nur mal wieder melden. Ich dachte wieder an den Song »Switchboard Susan« von Mickey Jupp, in dem die Rede von der »extension« war, die er kriegte, wenn er sie hörte. Wo war sie? Sie rief von ihrer Schwester aus an, die noch immer in Witten wohnte. Da können wir uns ja morgen treffen, sagte ich ihr, aber sie wollte nicht. Warum? Hatte sie Angst, rückfällig zu werden? War das Eis so dünn, auf dem sie jetzt wandelte? Wir brauchten ja nicht unbedingt zu ficken. Unbedingt doch! Mir kam's bald aus den Ohren raus. Aber sie sagte kategorisch Nein, bitte nicht. Warum hatte sie denn dann überhaupt mit mir sprechen wollen, wenn sie mich noch nicht mal *sehen* wollte. Ich war ein wenig sauer, und dann erzählte sie von ihrem Studium, daß sie für Geschichte einen Französisch-Schein machen mußte, ich erzählte ihr vage, daß ich nicht so recht glücklich mit meinem Studium sei, ließ es aber bei Andeutungen. Wir beendeten danach das Gespräch, ohne uns weiter zu verabreden. Wann würden wir uns wiedersehen? Mir fiel ein Song der Everly Brothers ein, den mein Freund Phillip sang: »I've been cheated, been mistreated, when will I be loved?«

Vielleicht brachte mir Flora Soft die Rettung. Wenn sie mich schon selber nicht dranließ, vielleicht täte es ihre Bekannte, die sie zur H'art-Disco in der Zeche mitbringen wollte. H'art war der Vertrieb, den Karola Radau mit Schallplatten betrieb, und aus ihrem Repertoire sollten jetzt jeden Mittwoch Songs in der Zeche gespielt werden, die ja im übrigen ganz gut lief.

Auf meiner Schicht malte ich sie mir nachts zuvor schon mal aus. Hauptsache, sie läßt sich vögeln. Dann kamen sie also an dem Abend zu mir nach Hause, um mich abzuholen. Natürlich sah Katrin ganz anders aus, als ich sie mir vorgestellt hatte. Sie war blond, hatte das Haar auf einer Seite kurz und auf der anderen Seite länger. Zuerst unterhielt ich mich mit Flora über die neuesten Entwicklungen beim Marabo, daß auch die jetzt auf Computersatz umstellten und sie einen Kurs mitmachte. Katrin arbeitete neben ihrem Studium als Taxifahrerin, da hatten wir ja verwandte Jobs, weil auch sie mitunter nachts arbeitete. Das machte sie mir sympathisch. Die Disco stellte sich als Pleite raus; die Leute waren wohl doch nicht so scharf auf *independent music*. Außerdem goß es in Strömen, und das Wasser floß von einer Schräge runter in die Halle. Mir war klar, daß Flora uns verkuppeln wollte. Ich hatte nichts dagegen, aber heute abend würde sich nichts mehr abspielen. Ich ging zum Angriff über und fragte sie, ob sie nächste Woche wieder käm. Flora sagte wohlweislich, da hätte sie keine Zeit. Aber Katrin käme. Sie würde nur nicht unser Haus wiederfinden. Ich sagte ihr, fahr die Ausfahrt Bochum runter. Sie kam ja auch aus Wuppertal. Ich steh dann da mit meinem Wagen.

Ich hatte es schon öfter bei anderen gedacht, aber ich war mir sicher, die würde ich ficken. Zunächst galt es aber, ein paar Schichten in der Halle abzureißen. Ich hatte mich ja wieder hinters Steuer getraut und fuhr jetzt meist mit Vaters Fiat zur Arbeit. Wenn er – auch als Wachmann – selber den Wagen brauchte, fuhr ich mit der Bahn. Als Jugendlicher hatte ich hier in der Halle einige schöne Veranstaltungen erlebt. Ich sah die Bee Gees zusammen mit Wolfgang Rohmann, den ich neulich noch in der Psychiatrie getroffen habe, er allerdings auf der anderen Seite. Dann gab's ein Beatfestival mit lokalen Gruppen und als Spitze Manfred Mann bei einem seiner letzten Auftritte in der Besetzung mit Mike d'Abo und Klaus Voormann, der anschließend bei John Lennons Plastic Ono Band den Baß zupfte. Dann war aber Sendepause. Außer Chris Barber's Jazz Band war kaum wer Nennenswertes aufgetreten. Vielleicht gab es da zwei oder drei Rockkonzerte im Jahr und die ZDF-Starparade oder wie die Sendung mit Rainer Holbe hieß. Kurz bevor ich kam, waren aber wohl noch die Human League dort aufgetreten. Jedenfalls meine ich, einen Konzertbericht von Clara Drechsler gelesen zu haben.

Ich dachte eigentlich, dieser Job wär das Richtige, um ausführlich zu lesen und zu schreiben, aber ich quälte mich weiter mit Lodemanns *Solljungen*, den ich unbedingt durchlesen wollte, weil ich informiert sein wollte über alles, was Ruhrgebietsliteratur war, aber gerade der Slang ging mir auf die Nerven, den ich zwar gern hörte und mitunter selber sprach, den ich aber nicht lesen mochte. Und mein eigenes Buch? Ich rührte diesen ungeschriebenen Roman nicht an. Ich fühlte mich nicht wohl genug, ihn anzugehen, obwohl ich kurze Zeit gut drauf war, als dann doch endlich die von Diedrich Diederichsen rausgegebene Anthologie *Staccato* rauskam. Und mein Beitrag war tatsächlich drin. Ich zeigte ihn aber nicht meinen Eltern, weil ich darin einige Leute, zum Beispiel Flora Soft, durch den Kakao gezogen hatte. Ich ließ mir also mit Rabatt noch zehn Exemplare zum Marabo hinschicken, damit meine Eltern nicht mitbekamen, daß das Buch da war. Müller-Schwefe schickte ich auch keins, sonst würde er sehen, daß andere Leute wie Kid P. nicht schlechter als ich schrieben. Ich rief dann beim Musik Express an und wollte die LP von Frl. Menke besprechen. Ging klar. Ich war bei denen also wieder gut im Geschäft. Die Platte nahm ich allerdings auseinander. Sie schien mir zu wenig emanzipiert zu sein. Für die Sängerin schien es das höchste der Gefühle zu sein, ganz in Weiß mit ihrem Traumboy an den

Traualtar zu treten. Die Platte verlieh ich später an den Alpinisten Claus Bredenbrock wegen »Hohe Berge« und kriegte sie nie wieder. Ich hab sie mir aber dann doch vor kurzem als CD gekauft, und mein Verdacht bestätigte sich. Jetzt nach fünfzehn Jahren gefiel sie mir auf einmal doch. Ich schickte nun eine Entschuldigung an ihre Plattenfirma, um Franziska Menke, wie sie zwischendurch mal hieß, um Pardon zu bitten. Ich schickte ihr auch mein erstes Buch. Aber vielleicht saß der Stachel zu tief, daß sie antwortete. Außerdem ist sie auch weg vom Schlagerfenster und tritt allenfalls in Oldie-Sendungen und dann nur mit ihrem einzigen Hit auf.

Dann bekam ich von der Wachzentrale einen Anruf, ich solle bei einem Stadtteilfest in Gerthe mitarbeiten. Ich stieg in den Fiat und fuhr in diesen Teil Bochums, den ich kaum kannte. An einem Zelt blieb ich stehen und meldete mich bei einem anderen Wachmann, der mir dann einen Hut verpaßte. Das war eigentlich gar nicht so schlimm gewesen – ich verkroch mich an einen Notausgang –, nur spielten in dem Bierzelt damals Geier Sturzflug, und wahrscheinlich würden ein Haufen Bekannter auftauchen. Wahrscheinlich würde man mich auslachen. Ich versteckte dann die Kappe und tat so, als würde ich mir die Gruppe ansehen, weil ich, was ja ungefähr richtig war, der führende Rockjournalist des Ruhrgebiets war. Sie hatten tatsächlich, noch vor ihrem nationalen Durchbruch mit »Bruttosozialprodukt«, regen Zulauf in ihrer Heimatstadt.

Weil ein weiteres Treffen mit Katrin nichts brachte, da sie auch die leiseste Zärtlichkeit ablehnte und mich wahrscheinlich hinhalten wollte, bis ich was über ihre Gruppe Collage schrieb, machte ich mich mit den Conditors auf nach Hamburg, wo sie wie schon im Vorjahr zwei Tage im Onkel Pö spielen sollten. Ich fuhr mit Oliver und Peter. Wir steuerten zuerst das Hotel garni an, wo ich für 39 Mark die Nacht eincheckte. Dann fuhren Peter und ich zum Musik Express. Er wollte aber nicht, daß ich sagte, daß er von den Conditors war. Angeblich sollten sie ja in der Doppelredaktion mit einer Torte auftauchen, was sie aber schlußendlich nicht taten.

Gockel begrüßte mich freundlich. Der Bassist griff nach dem neuesten Heft vom Musik Express, das da zuhauf rumlag. Ich zeigte ihm die Bücherkritiken. Eine war von M. O. R. Kröher über *Staccato*. Besonders hatte er es auf den Herausgeber abgesehen, dem er mangelhaftes Lektorat vorwarf, vor allem, weil ich mich vertan und geschrieben hatte, der Hit der Teddybears hätte »To Know *You* Is to Love *You*« geheißen. In Wirklichkeit hieß es aber: »to know *him*«. Wahrscheinlich war's mir beim Schreiben so ergangen, daß ich an die etwas jüngere Version von Peter & Gordon dachte, die tatsächlich »to know *you*« sangen. In der deutschen Fassung von Melitta Berg auch: »Nur *dududu* allein.« An so was zog sich der Kröher hoch, wahrscheinlich weil er sich ärgerte, daß er nichts zu dem Buch beisteuern durfte. Zu meinem Erstaunen holte Gockel das Scheckbuch raus und füllte einen aus. 250 Mark für mich, noch mal für die gelungene NDW-Geschichte. Du hattest ja Auslagen. Mann, wie konnte ich das Geld gebrauchen! Als Wachmann verdiente ich ja kaum was. Vielleicht 400 Mark hatte ich in den ersten Wochen verdient. Und nach wie vor, noch für ein paar Jahre, gingen über 200 Mark an die BfG für meinen Autokredit. Nachmittags war Soundcheck. Es kamen abends aber kaum Leute. War wohl doch nicht so ein großer Zulauf bei all den deutschen Gruppen. Astrid, die ich aus der Promo-Abteilung der Teldec kannte, verteilte, wie damals schon der Typ von der Ariola, an derselben Stelle Biermarken. Mit zehn Pötten kam ich hin. Nach dem Auftritt fuhren wir noch in die Marktstube, aber von Diederichsen, von beiden, war nichts zu sehen. Nachher war ich so blau, daß ich die Toilette auf dem Flur des Hotels nicht finden konnte und in meinem Zimmer dann in den Spülstein pißte.

Den nächsten Tag schlugen wir größtenteils damit tot, daß Peter und ich in Fotogeschäfte gingen. Er war ja leidenschaftlicher und auch begabter Fotograf. Nachmittags sahen wir noch mal beim ME vorbei, und ich staubte die LP der Bochumer Dschungelband ab, die auch endlich einen Vertrag gekriegt hatten. Ich besprach diese Platte dann im Musik Express und schrieb, ich faßte mein Zeilenhonorar als Schmerzensgeld auf. Als ich die behaarten Musiker später mal im Appel traf und ihnen anbot, meine Gage für diese Plattenkritik mit ihnen zu versaufen, lehnte Guntmar Feuerstein brüsk ab. Ich bin noch nicht soweit, sagte er.

Am zweiten Abend derselbe Set vor wieder nur ein paar Leuten. Nur war diesmal Bernd Gockel da, der vorher im Interconti Peter Gabriel getroffen hatte. Der ging natürlich vor, er konnte ihn aber nicht für den MÜV gewinnen, weil er sich mehr Zeit als möglich zum Abhören ausbedungen hatte.

Die Nächte in der Ruhrlandhalle verliefen ruhig. Manchmal gab's 'ne Tagung oder einen Seniorennachmittag. Ich mußte jedenfalls nicht viel leisten. Das hatte ich für das Geld auch nicht vor. Die Angestellten der Halle, Herr Ortwein und Frau Langendorf, waren in Ordnung. Der Chef, Herr Perner, kam auch manchmal mit seinem Porsche vorgefahren, der das Kennzeichen BO-Y 1 trug, das er bestimmt nur auf Grund von Beziehungen gekriegt hatte. Ich hatte kaum Probleme, höchstens mit dem Wachbleiben, und es spielte sich ein, daß ich nur noch rumdöste, nachdem der Kontrolleur reingeschaut hatte.

Es war die Zeit der großen Friedensdemonstrationen. Eine sollte im Ruhrstadion gleich neben der Halle stattfinden. Die Halle, besonders die Turnhalle, wurde für die

Proben mit eingeteilt, es sollte nämlich nicht nur demon-
striert, sondern auch Musik gemacht werden. Ich fing
am Abend vor der Veranstaltung an, und mein Bruder,
den ich ablöste, erzählte mir, daß Josef Beuys und André
Heller bei ihm durchgegangen seien. Es war ein stetes
Hin und Her. Niemand trug einen Ausweis oder so was.
Als es nachts ruhiger wurde, ging ich mal rüber in die
Rundsporthalle, um zu sehen, was da los war. Es probte
da Udo Lindenberg mit, wenn ich mich auf die Entfernung
nicht täuschte, Achim Reichel.

Ich hob den Arm, und er winkte zurück. Ob er mich
erkannt hatte? Ich hatte noch keinen Text für ihn geschrieben. Ich hatte einfach nicht den Bock dafür gehabt. Ich
hatte ja auch noch nie ein Gedicht geschrieben, und wenn
ich mich recht entsinne, auch noch kaum eins freiwillig
gelesen. Und bei Songs achtete ich meist nur auf die Musik. Ich ließ ihn dann auch in Ruhe und sah ihn nicht
mehr, auch wenn ich am anderen Mittag immer noch dastand. Zwischendurch schien ich am Novotel Heinz Rudolf Kunze zu sehen. Ich rief seinen Namen, und er drehte
sich um, ich rief meinen Namen, und er winkte ab. Das
Gelände an der Castroper Straße war umlagert. Sogar das
feine Novotel hatte eine Gulaschkanone aufgestellt, aber
keiner wollte von denen was essen.

Wer von den Veranstaltern nicht eingeladen worden war,
war überraschenderweise Wolf Biermann. Daran mußte
ich denken, als Christian Hennig, einer der Herausgeber
vom Marabo, vorschlug, eine Titelgeschichte über den
zornigen Barden zu machen. Wahrscheinlich wollte er seinen Vater beeindrucken, der ein Fan von jenem war. Es
gelang mir dann sehr schnell, einen Termin mit ihm zu ver-
einbaren. Ich fuhr mit Ludger hoch, mit dem ich damals
öfter unterwegs war, und ich darf nicht vergessen, daß
ich in jenen Tagen im Kölner Büro von Jane Smith war,
die uns eifrig mit Platten versorgte, und an dem Nachmit-

tag war auch zufällig Hansi in ihr Office reingeschneit. Er schlug mir vor, nachdem er meine Männer-Geschichte gelesen hatte, auch was Ähnliches über Frauen zu schreiben, für den Überblick. Über Ina Deter? Bitte nicht. Ich schlug ihm vor, was über das Fräuleinwunder im deutschen Schlager der Sechzigerjahre zu machen, wobei ja Skandinavierinnen wie Lil Babs und Siw Malmquist eine große Rolle spielten, ganz so wie Gitte, die jetzt wieder eine Art Comeback als starke Frau erlebte. Jane Smith war mir immer noch die liebste Frau in der Branche. So stellte ich mir meine Freundin vor, wenn sie auch im Bett 'ne Granate war, was ich natürlich nicht wußte, ich hatte auch noch nichts dergleichen gehört.

Wir fuhren nach Hamburg. Erst sahen wir wieder beim Musik Express vorbei. Ludger war stolz, daß ich ihn als versierten Musikkenner vorstellte, der ja schon als Siebzehnjähriger einen Außenseiterartikel über Peter Hammill in Rock Session 5 dringehabt hatte. Und ich muß dazu einfach schreiben, daß ich gestern morgen einen holländischen Lkw mit der Aufschrift »Transportgroep Van der Graaf« gesehen habe. Für Leute, die nicht ganz so bewandert sind, »Van der Graaf Generator« hieß mal die Gruppe von Peter Hammill. Wenn ich noch so drauf wär wie vor sechs Wochen, hätte ich wieder wer weiß was dabei gedacht. Bernd Gockel gab ihm 'ne Platte zum Besprechen, und mich fragte er, ob ich mir nicht Hot Chocolate in Düsseldorf angucken wollte. Ludger wollte nicht mit, und ich wußte im ersten Moment nicht, wie ich an den Rhein kommen sollte, aber mir fiel dann noch mal diese Katrin ein. Vielleicht konnte ich sie damit bestechen. Erst aber suchten wir Biermann in seinem Backsteinhaus heim. Eine Frau machte auf und führte uns in sein Arbeitszimmer, das er auch bald betrat. Er war freundlich und gelassen. Wir einigten uns auf ein Du, weil die Bonzen in der DDR sich scheinheilig siezten. Ich hatte mal sein neues Buch durchgeblättert und in seine neue Platte reingehört. Er war jetzt bei der EMI, zu der ihn der umtriebige Musikmanager Dieter Dehm gebracht hatte, wie schon vorher die Bettina Wegner. Er war Feuer und Flamme für ihn, nachdem er sich von der CBS schlecht behandelt gefühlt hatte. Aber wahrscheinlich hatte ihn jener Freund an die Stasi verraten. Heute ist er im Vorstand der PDS. Wir quatschten dann weiter, bis auch noch Christian mit seiner Freundin kam, die mit ihrer kleinen Kamera ein paar Fotos schoß. Er erzählte, daß er in seiner Berliner Studienzeit bei Wolfgang Harich verkehrt hatte. Auch 'ne windige Figur. Biermann aß Rippchen mit Sauerkraut, während er uns nichts anbot, auch nichts zu trinken, keinen Schluck Wasser. So dürstend, fuhren wir anschließend mit Christian eine Kneipe an, in der er uns dann freihielt. Die Arbeit würde ich machen, die immer sehr schwierige wortwörtliche Transkription von Interviews. Das handsignierte Plakat sackte allerdings Christian ein, wahrscheinlich für seinen Vater.

Weil gleichzeitig Redaktionsschluß war, mußte ich mich anstrengen, rechtzeitig mit den Storys für den Überblick und das Marabo fertig zu werden. Dann kriegte ich von Jane Smith eine Einladung in die Zeche, wo eine australische Band mit einem religiösen Namen aufspielen sollte, The Bible oder The Church. Wir trafen uns mit mehreren Leuten. Das Konzert war durchwachsen. Ich würde nichts drüber schreiben. Weil aber Jane so tofte war, hatte ich für sie ein Exemplar von *Staccato* mitgebracht.

Wir fuhren nach dem Gig ins Novotel, wo die Gruppe logierte, und ich zeigte ihr in der Bar meine Geschichte in dem Buch. Sie sah die Widmungen. Wer ist Colette Goodhand-Tait? Ich erklärte ihr, daß sie die Frau meines Lieblingssängers Phillip sei. Den kenn' ich, sagte sie zu meiner Verwunderung. Ich hab ihn mal in Hamburg im Vorprogramm zu 10cc. gesehen, und ein anderer, der aus der Polydor-Zentrale angereist war, sagte, den hab ich damals rumgefahren. Und Jane sagte, daß sie auch die Platte *Oceans Away* zu Hause habe, worauf ich bescheiden anmerkte, daß ich den Song ins Deutsche übersetzt hätte, und zwar im September 1975 beim Komponisten im Wohnzimmer. Welch eine Koinzidenz aber auch. Ich hätte nicht gedacht, daß ihn noch einer in der Branche kannte. Christian Wagner von Rockpalast schaltete sich ein, blätterte das Buch durch und fragte mich, was o. R. a. V. zu bedeuten hatte. Was, das wußte er nicht? Das war die Abkürzung für ohne Rücksicht auf Verluste.

Ich wußte nicht genau, welche Leute dahintersteckten, wahrscheinlich welche aus Düsseldorf. Und genau da mußte ich ein paar Tage später hin. Otto Heuer, den ich noch aus seiner Bochumer Studienzeit kannte und mit dem ich auch einen Film gedreht hatte, irgendeine Shakespearesache, fragte mich, ob ich am nächsten Morgen in der Landeshauptstadt Randy Newman interviewen könnte, für den Überblick, er hätte keine Zeit. Wo genau? Interconti. Ich ließ meine Eltern im Glauben, ich würde zur Uni fahren, und fuhr mit der S-Bahn, die damals schon zwischen Bochum und Düsseldorf verkehrte. Ich war nicht so der große Newman-Experte und besaß auch nur zwei seiner LPs, die ich an diesem späten Abend raussuchte und mir anhörte. *Born Again* und *Little Criminals*. Dann erinnerte ich mich an einen Artikel in Rock Session von Franz Schöler. Ob der auch käm? Ich wollte ihn immer mal kennenlernen. Er hatte ja auch angeregt, daß ich für einen kleinen Verlag ein Buch über Buddy Holly schrieb, das ich aber wie so vieles nicht auf die Reihe gekriegt hatte. Ich fuhr im Taxi zu dem Hotel, in dem schon Barbara Wolf von der WEA im Foyer wartete. Sie war nicht gerade erfreut, mich zu sehen, sie gab aber ihrem Mißfallen keinen Ausdruck. Karl Lippegaus saß auch da und ein Typ vom Deutschlandfunk. Die beiden bekamen zusammen eine halbe Stunde Zeit, während mir 'ne glatte Stunde eingeräumt wurde. Wir redeten dann eine ganze Zeit über Gott und die Welt, und am Schluß bat ich Newman, mir eine Widmung auf *Little Criminals* zu schreiben, für Ute. Er sah das Cover und sagte: Dasselbe Hemd, das ich heute trage. Ich konnte mir kaum einen anderen Sänger vorstellen, der so lange – fünf Jahre – ein Hemd trug.

Ich kam dann noch mal nach Düsseldorf zurück, weil ich mir ja mit Katrin die Hot Chocolate in der Philipshalle ansehen wollte. Wir machten aus, daß ich mit dem Zug nach Wuppertal käm. Mein Vater würde mich noch nicht so weit fahren lassen. Ich mußte an dem Abend in Hagen umsteigen, und die Fahrt dahin kam mir so vor, als führe ich durch die Alpen oder wenigstens durchs Sauerland. In Barmen oder Elberfeld mußte ich dann noch 'ne Zeit warten, bis sie mit ihrem Peugeot ankam. Wir fuhren sofort weiter nach Düsseldorf, wo der farbige Sänger in seine rechte Hosentasche griff und beim Singen mit seinen Eiern spielte. Tina Hohl nannte das damals in Sounds »Taschenbillard«. Die zahlreichen Frauen von englischen Soldaten im Publikum waren aus dem Häuschen und sprangen auf. Beim Rausgehen faßte ich Katrin zum ersten Mal um die Hüfte und gab ihr einen Kuß auf die Wange. Es schien ihr nicht unangenehm zu sein, sie erwiderte die Zärtlichkeiten aber nicht.

Auf der Autobahn steckte sie sich einen Joint an und wollte mich ziehen lassen, ich lehnte aber ab, auch wenn ich andernfalls gute Karten bei ihr gehabt hätte. Ob sie auch beim Taxifahren kiffte? Ich würde bei ihr übernachten. Sie hatte ein Zimmer in einer Wohngemeinschaft, die das Versiffteste war, was ich je an Bleibe gesehen hab. Es spottete jeder Beschreibung. Allein die zwanzig ungespülten Kaffeebecher in der Küche stanken zum Himmel. Auf der Toilette, deren Topf kaputt war, mußte man nach dem Scheißen einen Eimer Wasser hinterherkippen. Sie ging in ihr Zimmer, das auch nicht gerade picobello war, und zeigte mir einen Igel, den sie sich hielt. Auf dem Schreibtisch lag ein dickes Buch von Joyce Carol Oates, und ein Aufsatz von Grillparzer war aufgeschlagen. Ich fragte sie, ob sie wüßte, daß der Vater von den Diederichsen-Brüdern ein großer Grillparzer-Experte sei und mir Diedrich junior mal erzählt hatte, daß sein gleichnamiger Alter alle vierzehn Tage auf 'ner Grillparzer-Tagung wär. Ich hatte mal in einem Literaturlexikon Aufsätze von ihm über Tragödie und Komödie gelesen.

Ich dachte natürlich, oder hoffte es wenigstens, daß sie mich in ihr Bett einlud. Pustekuchen. Sie führte mich in ein verwahrlostes Zimmer, in dessen Bett jemand 'ne Schubkarre Sand gekippt haben mußte. Ich erhob keinen Widerspruch und setzte mich die ganze Nacht auf einen Stuhl oder lief auf und ab. Ich wunderte mich nicht, das Handbuch der RAF da rumfliegen zu sehen. Nein, Katrin, so ging es nicht weiter. Übernächtigt ließ ich mich zum Bahnhof fahren, diesmal gab's keinen Kuß. Ob ich sie noch mal sehen würde?

Weihnachten mußte ich arbeiten, und mein Geburtstag an Silvester war so ähnlich wie immer, nur daß Susanne nicht da war und Robert mit zwei Kindern kam. Dann fuhr ich im neuen Jahr noch mal nach Köln, weil mich ein Typ von der CBS kennenlernen wollte, mit dem ich bislang noch nichts zu tun gehabt hatte, der aber neugierig geworden war, weil ich für so viele Blätter schrieb. Nur waren Sounds und Musik Express jetzt zusammengelegt worden, und ich wußte noch nicht, wie meine Stellung bei dem neuen Superblatt aussah, dessen Redaktionssitz nach München verlegt worden war. Da kam man nicht so schnell hin wie nach Hamburg.

Wir hatten uns fürs Le oder La Lavailliers in der Nähe vom Dom verabredet, und in der Ecke fragte ich zwei Streifenpolizisten, ob sie wüßten, wo das Lokal sei. Wußten sie auch nicht, riefen aber die Zentrale an, und die wies mir dann den Weg. Aber wer nicht kam, war der Typ von der CBS. Ich wartete 'ne Stunde und ging dann rüber zu Gerig, wo schon jemand auf mich wartete. Einer vom Marabo hatte gefragt, ob er Wolf Maahn fürs Heft interviewen könne.

Jetzt fällt mir ein, daß ich ja mittlerweile wieder durch einen Putsch zum Marabo-Redakteur geworden war und auch schon mit Siouxsie and the Banshees im Bänksken diniert hatte, was Jane Smith bezahlt hatte. Jedenfalls schien es wieder aufwärts zu gehen. Ich hatte aber was dagegen, daß dieser freie Mitarbeiter vom Marabo, ein Exdealer, ohne es mit mir abzusprechen, irgendwelche Termine klarmachte. Dieser Typ vom Gerig-Verlag sagte, er sei ein Freund von Pete Townshend von The Who und würde auch mit ihm korrespondieren. Er zeigte mir Fotos, die er backstage bei dem Rockpalast-Auftritt der Gruppe gemacht hatte. Dann zeigte er mir ein Buch mit einer Diskografie. Es waren auch die Einzelbemühungen verzeichnet, und ich sah, daß Phillips »Oceans Away« in der Version des Who-Sängers Roger Daltrey nicht nur auf der LP *Ride a Rock Horse* gepreßt, sondern auch als Single rausgekommen war.

Er war Magister und wollte eventuell über Peter Handke promovieren. War der nicht indessen »überlaufen«? Wir gingen in ein modernes Lokal, wo ich allerdings, noch immer knapp bei Kasse, den Kaffee zahlen mußte, weil er kein Geld dabei hatte. Von da war's nicht weit zum Ring zu Jane. Die Siouxsie-Geschichte hatte ihr gefallen. Da war dann noch einer von der Metronome. Den wollte sie nach Düsseldorf fahren, und sie fragte mich, ob ich dahin mitkommen wolle. Auf der Fahrt erzählte sie mir dann, daß sie die Phillip-Goodhand-Tait-Kassette von *Songfall*, die ich ihr gezogen hatte, auf dem Rückweg von Sylt mit ihrem Freund gehört hatte, zweimal sogar. Sie erzählte, daß ihr Macker Zucker hatte. Bei ihr hätte ich also auch keine Chancen. Dann sagte sie mir, daß sie über Weihnachten bei ihrer Schwester in England dreißig *Dallas*-Folgen gesehen hatte, die in Deutschland noch nicht gelaufen waren, und sie sagte, wenn sie Lehrerin wäre, würde sie ihre Kinder auffordern, die letzte Folge für diese Serie zu schreiben, die damals noch viel gesehen wurde, auch von mir.

In Düsseldorf führte sie uns in ein Altstadtlokal, und wir aßen fleißig auf Kosten der Polydor. Es war ja ein Arbeitsessen. Immerhin war ich jetzt definitiv der wichtigste Rockjournalist im Revier.

Auf der Fahrt nach Hause bekam ich Durst und kehrte noch mal ins Rotthaus ein. Doris und ich verkehrten jetzt nur noch geschäftsmäßig miteinander, nachdem sie die »lesbische Sau« im Überblick mitgekriegt hatte. Freudig begrüßte mich Claus, der ein Jahr England bei seiner Freundin hinter sich gebracht hatte, ohne daß er sich auf der Insel beruflich hätte etablieren können. Er wollte hier wieder einen Job als Lehrer antreten. Ich fragte ihn, ob er nicht wieder fürs Marabo arbeiten wolle, was er ja schon kurz vor seinem Englandtrip gemacht hatte. Komm doch mal Samstag vorbei, und wir quatschen bei mir zu Hause.

Am nächsten Tag rief Katrin mich an, und obwohl ich nicht mehr an ein gemeinsames Glück mit ihr glaubte, sagte ich ihr, komm doch Samstagabend vorbei. Aber es würde sowieso nichts bei rauskommen, da wir am folgenden Sonntagmorgen arbeiten mußten. Dann rief eine Ingrid Klein von Konkret an, die ich nicht kannte. Sie betreute da die Sonderhefte über Sexualität und Literatur. Sie hatte meine Buddy-Holly-Geschichte in *Staccato* gelesen und wollte nun, daß ich was Ähnliches für das Sex-Magazin machte, eine Story, in der es eben um Sex ging und Fußball, Arbeit und Musik. Ich sagte zu. Ich mußte auch Freitagnacht arbeiten und war noch gerädert, als Samstagnachmittag erst Claus Bredenbrock erschien, der nicht so von den Storys erbaut war, die ich ihm zeigte, meinem Output vom vergangenen Jahr. Dann kam noch Peter Wasielewski. Die Conditors waren mit ihrer LP nirgendwo gelandet. Er brachte mir ein hochformatiges Buch mit, das er auf einem Flohmarkt erstanden hatte, *The Rolling Stone Illustrated History of Rock*. Ein Artikel über Buddy Holly war drin. Den würde ich mir am nächsten Tag in der Ruhrlandhalle zu Gemüte führen.

Dann gingen beide, und gegen acht tauchte die Frau aus Wuppertal auf. Ich wollte sie ein bißchen mit der Wilhelmshöhe bekannt machen und ging mit ihr zum Dellmann, wo ein paar Altherrenspieler am Tresen ihr Pils tranken. Wir zogen schnell weiter ins Rotthaus, wo auch Jürgen Bruhn rumhing. Er hatte mal mit mir im ELPI gearbeitet und war in einer Gruppe, die sich Ohrwärts nannte. Ich hatte sie mal in einer Schulaula gesehen, gar nicht schlecht. Ich erzählte ihm, daß Katrin auch in einer Band sang, Collage, und sie fügte hinzu, daß sie wahrscheinlich von dem bekannten Producer Horst Liedtke produziert würden. Ich brach am Arsch ab, und morgens müßte ich schon wieder um acht in der Ruhrlandhalle antreten und sie Taxi fahren. Wir fuhren noch in Grannys Rock Café, aber auch da blieben wir schlecht drauf. Ich sagte ihr, laß uns vertagen. Sie stimmte zu und brachte mich, ohne einen Joint zu rauchen, hoch zur Wilhelmshöhe. Am nächsten Morgen wollte ich in der Halle meine Geschichte für Konkret schreiben: »Kalter Bauer in Bochum«, aber ich schrieb mich verrückt.

In memoriam Wolfram Altenhövel

Der Tunnel am Ende des Lichts

This is the worst trip I've ever been on
»Sloop John B«, The Beach Boys

Wie es weitergehen sollte, wußte ich nicht, jetzt, da Sounds und Musik Express zusammengelegt und nach München verlegt worden waren. Da konnte ich nicht mal eben vorbeigucken. Wahrscheinlich würde sich die neue Zeitschrift mehr zum Mainstream hin entwickeln, und für solche Paradiesvögel wie mich blieb kein Platz. Ich hatte noch den Überblick und natürlich das Marabo, die mir aber nicht genug einbrachten. Ich war jetzt doch froh, den Wachjob zu haben, als finanzielle Grundlage. Es wäre aber nicht schlecht, wenn ich ein paar hundert Mark mehr beim Marabo verdienen würde, wenn man mich wieder als Redakteur einstellte. Da müßte man den Peter Temminghoff rausschmeißen, mit dem allerdings auch keiner zufrieden war, weil er nie da war und man ihn nicht auf seiner Behörde bei der Arbeit stören durfte.

Ich ging also zum Marabo, wo sowieso wieder eine Redaktionssitzung anstand, und beschwerte mich beim Werbechef Günter Macho, daß wir einen neuen Musikredakteur bräuchten. Die Musikredaktion sei unzufrieden. Günter, der wußte, wie wichtig das Ressort fürs Blatt war, das Herzstück, besprach sich kurz mit Christian und dem Chefredakteur Krauskopf.

»Wir haben entschieden, daß du das machen sollst!«

Und schon kamen die nächsten Schreiber, und ihnen wurde mitgeteilt, daß ab sofort ich die Redaktion Musik leiten sollte. Nur Temminghoff war noch nicht da. Wer sollte ihm mitteilen, daß er abgesetzt war?

»Also ich sag es ihm nicht«, wehrte der Chefredakteur ab. Da kam er auch schon rein. Er hatte kaum jemanden begrüßt, da platzte es aus Arthur, einem der Drogensüchtigen, die sich leider breitgemacht hatten, raus:

»Hey, Pedder, du bis' kein Redakteur mehr.«

Wie? Damit hatte Temminghoff nicht gerechnet, obwohl auch ihm klargewesen sein mußte, daß es so nicht weiterging, daß er nur einen Nachmittag in der Woche kam und dafür DM 400 plus Zeilengeld einstrich.

Von mir waren die Leute ein anderes Engagement gewöhnt, obwohl ich nicht wußte, wie meine Arbeit aussehen würde, jetzt, da ich den Job in der Ruhrlandhalle hatte und noch zur Uni ging. Werd' ich auch schon hinkriegen, sagte ich mir, und Peter war natürlich sauer.

»Aber ich krieg noch ein paar tausend Mark von euch«, sagte er in Richtung Verleger. »Kriegst du schon noch, und außerdem schmeißen wir dich nicht raus, sondern setzen dich nur als Redakteur ab.«

Sauer zog er Leine.

Den ersten Termin als Redakteur hatte ich schon am nächsten Tag. Siouxsie and the Banshees sollten in der Zeche auftreten. Da sie bei Polydor unter Vertrag waren, bot sich die Gelegenheit, Jane Smith zu treffen, die ja für die immer noch die Pressearbeit machte. Die ganze Redaktion käme hin, auch ein Diskjockey vom BFBS, der Siouxsie für uns interviewen sollte. Den hatte Kurt rangeschleppt, ein anderer von diesen Drogensüchtigen. Er hatte sogar ein paar Jahre wegen Dealens gesessen. Jetzt machte er eigenmächtig Termine. Das würde ich ihm austreiben, auch wenn diese Leute hartgesotten waren.

Vor dem Konzert hatte Jane wenig Zeit, und sie vertröstete mich aufs Nachher, wenn sie mit der Gruppe essen gehen würde. Da sollte ich mitkommen. Der Gig, den ich mir reinzog, war ungefähr so wie der im Sommer im Rockpalast, zu dem ich Flora Soft mitgenommen hatte. Die lief jetzt auch irgendwo rum, nachdem Konec das Vorprogramm absolviert hatten, eine Ruhrgebietsband, die auch bei Oliver Schrumpf unter Vertrag war.

Ich hatte kein Auto dabei, und Jane mußte mich mitnehmen. Siouxsie hatte sich nicht abgeschminkt und lief mit uns wie eine Darstellerin aus Cats im Bänksken ein, das hauptsächlich von Künstlern des nahen Schauspielhauses besucht wurde. Jane hatte noch einen Typ dabei von der Spex, der sich hauptsächlich mit der Sängerin unterhielt. Ich hatte eigentlich nur Augen und Ohren für Jane. Sie kamen aufs Thema Kunst zu sprechen, von dem ich keine Ahnung hatte. Ich würde das Kunstforum erst Jahre später abonnieren. Immerhin kannte ich die Witwe des Kunstwissenschaftlers Max Raphael. Den würde Siouxsie nicht kennen, aber da ich auch was sagen wollte, warf ich den Namen Herbert Read ein, der Raphael gefördert hatte und wahrscheinlich der bekannteste Kunsthistoriker des 20. Jahrhunderts war, aber den kannte sie auch nicht. Da hielt ich mich raus und setzte mich an den Nebentisch zu Jane und den Banshees, die alle kräftig gestylt waren. Bei der Speisenwahl fiel Siouxsies Wahl auf Krabbensalat, weil sie dachte, es sei crab salad, Krebssalat. Sie ließ ihn natürlich sofort zurückgehen, während ich 'ne Pizza aß und auf Kosten der Deutschen Grammophon, zu der das Polydor-Label gehörte, Sekt trank. Hoffentlich bekam ich rechtzeitig den letzten Zug nach Langendreer. Aber da bot sich Jane an, mich rauszufahren an die Grenze zu Dortmund. Sie nahm Marcus Linde mit, sollte dann aber länger nichts von ihm hören, wie sie mir später sagte. Wenn der nicht dabeigewesen wäre, hätte ich sie hochgebeten auf meine Mansarde. Ich sagte, als wir auf der Hauptstraße standen: »Warte mal!« Ich wollte ihr die Kassette von Phillip Goodhand-Taits LP »Songfall« geben, die ich extra für sie gezogen hatte, nachdem sie sich als Fan entpuppt hatte.

In den nächsten Tagen schusterten wir ein neues Marabo-Heft zusammen, mit einer mehrteiligen Siouxsie-Story, allerdings ohne Beitrag von mir.

Weihnachten war wie die Jahre davor. Große Geschenke konnte ich von meinem schmalen Geld nicht machen.

Ich bekam wie üblich Hemden und Pullover und war auch zufrieden. Eingebürgert hatte sich, seitdem wir da wohnten, daß morgens am ersten Feiertag immer unsere Nachbarn, die Hüllens, runterkamen und uns irgendwas schenkten, was originell sein sollte. Und meine Mutter mußte immer in den sauren Apfel beißen, auch irgendeinen Scheiß für die Nachbarn zu kaufen. Das war aber nicht so schlimm wie die Tatsache, daß sie sich immer festsaßen, während meine Mutter gerne mit der Pute weitergemacht hätte, die in der Küche brutzelte. Die Hüllens hatten ein gestörtes Verhältnis zu ihrer einzigen Tochter, mit der sie mal sprachen und mal nicht. Meine Eltern hielten sich da raus. Dann erzählten sie von Schalke. Herr Hüllen, der ehemalige Polizist, war zwar jahrelang Vorsitzender unseres Sportvereins SuS Wilhelmshöhe gewesen, im Grunde aber immer, seit seiner Jugend, ein Schalke-Fan geblieben und fuhr auch zu jedem Heimspiel und zu manchem Auswärtsspiel. Aber damit nicht genug, sonntags morgens verfolgten sie die B-Jugend der Knappen. Uns war klar, auch wenn er keine Summen nannte, der Erwin steckte jede Menge Moos in die Schalker Jugend statt in unsere. Einmal, auch zu Weihnachten, strickte Otti, die Frau, Puppen für die Profis. Der Rüssmann soll sich ja so gefreut haben. Als der Erwin ein paar Jahre später elendig starb, war aber keiner aus Gelsenkirchen an seinem Grab, aber dafür jede Menge Wilhelmshöher. Er fehlte mir dann einmal im Jahr, wenn er nicht mehr nach der Verleihung des Nobelpreises für Literatur fragte, ob ich ihm Bücher des Preisträgers besorgen könnte. Aus meiner eigenen Sammlung konnte ich ihm mit »Masse und Macht« und »Die Blendung« von Elias Canetti dienen. Sonst waren das immer so obskure Leute, die kein Mensch im Bücherschrank stehen hatte. Bei William Goldings »Herr der Fliegen« hätte ich ihm wieder helfen können, aber da war er schon tot.

Am zweiten Feiertag gab es ein Freundschaftsspiel gegen den benachbarten Verbandsligisten Langendreer 04. Ich selbst spielte zwar nicht mehr, war aber nach wie vor am Spielgeschehen interessiert, genau wie mein Vater, der ja auch kein Vorsitzender mehr war. Aber ein Leben ohne Fußball konnte er sich nicht vorstellen, während meine Mutter diesen Sport haßte. Wir fuhren also hin, auch wenn mein Bruder nicht mehr der Trainer, sondern Übungsleiter beim ESV war. Zu meiner Freude traf ich am Hessenteich Hörstken Lange, meinen ältesten Freund, mit dem ich zusammen im Sandkasten gespielt und die Kirchschule im Dorf besucht hatte, er hatte ein, zwei Jahre bei uns gespielt, aber sein Herz hing an 04, und er ging bald wieder zurück. Horst war zwar ein talentierter Linksaußen gewesen, hatte aber nie den Sprung in die Verbandsligamannschaft geschafft. Wäre er mal zu uns gekommen. Nun hatten wir uns schon lange Jahre nicht mehr gesehen, und es hatte ihn in eine bayrische Brauerei verschlagen. Ich fragte ihn, wie lang er noch blieb, und er sagte, bis Neujahr. Da sagte ich, komm doch Silvester vorbei, wie früher an meinem Geburtstag. Und er kam dann auch mit einer Flasche Metaxa. Und es war ein herrlicher Nachmittag, auch wenn Harald Thon uneingeladen kam. Er wollte Flora Soft endlich kennenlernen, von der er vermutete, daß sie nachmittags käme. Er drückte mir den neuesten Zeitungsausschnitt über die Conditors in die Hand, die es nie schaffen würden, auch wenn sie mir sympathisch waren, besonders Peter Wasielewski, der linkshändige Bassist. Wer nicht kam, war Flora Soft, und ich servierte Harald Thon ein Stück Kuchen zum Kaffee, auch wenn er kein Geschenk hatte. Beim Rausgehen fragte er mich, was ich abends tun würde. Um meine Mutter zu entlasten, würde ich im Rotthaus feiern, wahrscheinlich alleine, weil die meisten Leute an diesem Abend immer zu irgendwelchen Parties eingeladen waren. Bis dann . . .

Es sollte ein paar Jahre dauern, bis ich wieder Kontakt

zu Horst kriegen würde. Seinen Bruder Gerdi, der heimatverbundener ist, treffe ich öfters in der Fußballszene. Ich hatte den Metaxa zu gelassen und wollte mit dem Trinken im Rotthaus anfangen. Das nächste Geld von der Wachfirma kam erst am 10., während ich beim Marabo noch nicht so kurz nach meiner Ernennung zum Redakteur gleich mit der Tür ins Haus fallen wollte.

Doris bediente nicht, dafür stand Elke hinterm Tresen. Programm war nicht vorgesehen, nur Disco mit Herbie. Ich bestellte mir also ein Pils, und als ich gerade wieder kleine Brötchen backen wollte wegen eines Deckels, sagte mir Elke, daß eben der Harald Thon, den sie wie anscheinend alle Frauen des Ruhrgebiets liebte, weil er angeblich so toll aussah, dagewesen sei und fünfzig Mark für mich hinterlegt hatte, die ich versaufen konnte. Ich ließ mir sofort einen Asbach einkippen. Es waren mehr oder weniger bekannte Leute da, halt solche, die man aus dem Rotthaus kannte. Zu meiner Überraschung kam auch Heidi mit ihrem Freund, von dem ich nicht wußte, wie er hieß, und ihre Schwester Dagmar mit ihrem Mann, der vergeblich versuchte, in unsere erste Mannschaft zu kommen. Irgendwie waren seine Beine verkehrt eingehängt, so ungelenk war er.

Ich gab einen aus, zog mich aber wieder zurück, weil ich nicht stören wollte, und ließ die Runde am Stehtisch stehen. Sie gaben mir einen zurück. Gegen zehn tauchte auch einmal Harald Thon auf. Ich bedankte mich bei ihm für seine noble Geste. Jetzt suchte er Leute, die mitkämen zu einer Party in Witten bei seinem Kompagnon Oliver Schrumpf. Ich zögerte, aber im Rotthaus war nicht der Bär los. Die Leute von Konec wären auch da. Er sah in Richtung Heidi, und sie sah zurück. Frag die doch mal. Ich ging also rüber, weil ich dachte, bei der Heidi könnte ich was ausrichten. Auf ihre Schwester stand ich zwar auch, aber die war tabu, weil sie verheiratet war, noch dazu mit einem Kumpel. Ich fragte also Heidi mit dem Hinweis auf Harald, ob sie nicht mit in die Ruhrstadt kommen wollte. Und sie war Feuer und Flamme. Sie überredete ihren Freund, daß er sie ließ, und der Schnösel war einverstanden. Wir fuhren also weit raus zu einer Villa, die Olis Eltern gehörte – oder schon ihm selber? Konec erkannte ich sofort. Ich hatte ihr Debüt wohlwollend im ME besprochen. Es ging langsam in die Gänge, bis Harald Heidi aufforderte zum Tanz. Da knisterte es, und ich wußte, daß Heidi für mich verloren war. Nele, die Freundin von Oli, saß neben mir auf der Couch und sagte, als wäre sie eifersüchtig: »Siehst du, da, was der mit deiner Bekannten macht?« »Laß sie doch.« Ich mußte meinen Frust runterschlucken.

»Sie kann machen, was sie will. Sie ist nicht meine Freundin.«

Im Grunde war ich froh, daß sie ihrem öden Macker untreu wurde. Zäh zog sich die Nacht dahin. Bis Harald zum Aufbruch blies. Er brachte mich zurück zum Rotthaus, das noch auf war. Ich hatte ein paar Mark offen und kippte noch rein, was runterging. Ich erzählte Elke nicht, daß Harald Thon mit dieser jungen Dame höchstwahrscheinlich weitergefahren sei zum Ficken. Elke hätte es nicht überlebt. Ich hätte Elke zur Not genommen, denn ich hatte ein Jahr nicht mehr mit einer Frau im Bett gelegen. Von den Verflossenen hörte ich nichts mehr, auch nicht von Ute, nicht eine Zeile. Und von den anderen auch nicht. Letzte Möglichkeit blieb Katrin Ann aus Wuppertal, die ich noch nicht ganz abgeschrieben hatte. Ich hätte aber vorsichtig sein sollen, weil sie mit Nachnamen Kunze hieß wie mein Erzfeind. Vielleicht war sie tatsächlich mit ihm verwandt und auf mich angesetzt, um mich total zu frustrieren. Jetzt schrieb er einen Artikel gegen Peter Maffay im Tip, und ich fragte den betreffenden Redakteur, ob ich auf ihn antworten sollte. Ich ließ es dann aber sein, da mir Peter Maffay nicht der richtige Sänger war, auf dessen Seite ich mich schlagen sollte. So machte ich einen Termin klar mit Katrin, die ich nicht nur ficken wollte, sondern mit der man sich auch gut unterhalten konnte über Musik und Literatur. Vorher würde ich aber noch nach Köln fahren. Ich machte einen Termin aus mit einem Typen von CBS, der mich noch nicht kannte. Ich kannte die ganzen Fritzen vom Label noch nicht, und als er hörte, für wenn ich schon alles gearbeitet hatte, war er beeindruckt. Wir sollten uns in einem französischen Lokal in der Nähe des Kölner Doms treffen, Le oder La Lavalliers. Wir hatten ausgemacht, daß ich 'ne Bildzeitung lesen würde. In Köln konnte ich auch in Domnähe den Laden nicht finden. Ich fragte zwei Polizisten, die da rumstanden, die das Lokal auch nicht kannten. Sie fragten dann in der Zentrale, und die beschrieb mir den einfachen Weg. Ich hatte 'ne Bildzeitung bei, aber wer nicht kam, war der von CBS. Es saß auch keiner in dem Lokal, der sich umsah. Nach einer halben Stunde Wartezeit hatte ich die Schnauze voll und ging rüber zu Gerig, einem renommierten Musikverlag. Da hatte jemand Kontakt aufgenommen, der mich sprechen und sehen wollte. Ich ging also in sein großes Büro, und er nannte einige der Künstler, die der Verlag vertrat. Unter anderem Wolf Maahn. Mit dem wollte angeblich der ehemalige Dealer Klaus vom Marabo ein Interview machen. Den kannte man ja nicht außerhalb von Köln, diesen Springsteen für arme Leute, den ich genauso mochte wie BAP oder Zeltinger. Diese ganzen Kölner Arschgeigen konntest du vergessen. Dann fing Peter an, von seiner Leidenschaft für The Who zu sprechen. Angeblich wechselte er Briefe mit deren Chef Pete Townshend. Er zeigte mir Privatfotos, die er Backstage beim Rockpalast von The Who gemacht hatte. Dann zeigte er mir ein Buch, das Standardwerk über das Quartett. Ich sah, daß »Oceans Away« auch als Single von Roger Daltrey solo auf den Markt gekommen war. Ich ließ fallen, daß ich den von meinem Freund Phillip Goodhand-Tait geschriebenen Song ins Deutsche übertragen hatte. Da war er beeindruckt.

Dann kam die Tea-Lady rein mit einem Wagen und verkaufte Tee und Gebäck. Peter sagte, die dürfe jede Sitzung, auch der Chefs, stören. Ich rief Jane Smith an, ob sie in ihrem Büro sei, und wollte rübergehen zum Ring. Erst ging ich aber mit Peter, der seine Doktorarbeit über Stefan Koval schreiben wollte, in ein modernes Lokal, wo ich die Zeche bezahlen mußte, da mein Gegenüber sein Portemonnaie nicht bei hatte. Ich lief dann rüber zur Polydor und setzte mich in das gemütliche Büro von Jane Smith. Sie gab mir ein, zwei Platten. Zwischen den Jahren erschien ja meist nichts. Dann rief Karl Lippegaus an. Ich sagte, er solle mal in seiner Radioshow die neue von T-Bone Burnett spielen. Die muß ich erst mal haben. Ich sagte Jane Smith, die ganzen schönen Platten helfen mir nicht, solang ich nicht The Complete Buddy Holly wiederkriege, die aus dem Katalog gestrichen sei, nicht bei ihr, sondern bei Ariola. Ich hatte sie auf Kassetten gehabt, in der originalen Form, aber als mein Wagen verschrottet worden sei, habe man bis auf eine alle mit zerstört. Ich hatte dann noch mal die Scheiben gehabt, aber meinem Bruder, der ja auch Buddy-Holly-Fan war, geschenkt. Nebenan war das Büro von Metronome, und der Macker erzählte mir, was die so alles zu bieten hatten, nicht viel, eben diesen Wolf Maahn, der nie, Gott sei Dank, den richtigen Durchbruch schaffen sollte. Zusammen fuhren wir nach Düsseldorf, wo der Mann wohnte, zu einem »Arbeitsessen«. Im Geiste war auch Hansi Hoff dabei. Jane erzählte, wie gut ihr die »Songfall« von meinem Freund Phillip gefallen hatte. Sie hätte sie zweimal mit ihrem Freund auf der Rückfahrt von Sylt gehört. Also hatte sie doch einen Freund, aber jetzt erzählte sie erstmals von ihm. Ich war ein wenig sauer, weil ich mir im stillen Hoffnung gemacht hatte. Was bildest du dir eigentlich ein? Auf der Fahrt erzählte Jane noch, als sie neulich in England bei ihrer Schwester gewesen sei, habe sie bei der alle Dallas-Folgen geguckt, die in Deutschland noch nicht gelaufen waren und die ihre Schwester für sie aufgezeichnet hatte, und Jane meinte, wenn sie Lehrerin wäre, würde sie ihre Schüler auffordern, die letzte Folge der Seifenoper zu schreiben, und ich fand das eine gute Idee. Dallas war ja immer noch ein Renner, auch wenn nicht viele zugaben, daß sie es jeden Dienstag sahen. Wir aßen reichlich, und ich fuhr mit dem Zug vom Hauptbahnhof, zu dem mich Jane gebracht hatte. Wir würden uns die Woche drauf wiedersehen, wenn die Gruppe Motor Boys Motor in der Zeche spielte. Freitags mußte ich noch arbeiten, die lange Schicht von vier Uhr nachmittags bis andern Morgen um acht. Die nächste Schicht fing dann für mich am Sonntagmorgen an. Dazwischen wollte ich Katrin Ann treffen, wenn es ging, ausgeschlafen, aber schon am frühen Nachmittag klingelte mich Claus Bredenbrock aus dem Bett. Ich hatte ihn im Rotthaus getroffen, nachdem er ein Jahr in England gewesen war ohne richtigen Job, und wollte mit ihm fürs Marabo zusammenarbeiten, während er seinen alten Beruf als Teilzeit-Lehrer wieder ausüben wollte. Ich kippte mir erst mal 'ne Kanne Tchibo runter und zeigte ihm einige Highlights von mir, die im vergangenen Jahr erschienen waren. Sie gefielen ihm nicht so gut. Ich fragte ihn, ob er mitarbeiten wolle, und sagte ihm sofort, daß er dabei nicht viel verdienen konnte, aber jede Menge Platten und Konzertkarten umsonst kriegte. Er fand das okay, und wir würden schon montags nachmittags ins Hotel Arcade fahren, um Jane Smith und die Bluesgruppe aus England zu treffen.

Kaum war er weg, kam Peter Wasielewski reingeschneit. Wir hatten ungefähr denselben Musikgeschmack. Im Moment hieß unser gemeinsamer Favorit Marshall Crenshaw. Ich hatte im Herbst versucht, ihn in London zu interviewen, und hatte auch Kontakt zu seinem Manager Richard S. Sarbin aufgenommen, aber niemand wollte mir den Trip nach England finanzieren, nicht mal den Flug. Bei der Mrs. hätte ich umsonst gewohnt. Aber die WEA tat nichts raus, weil das kein Thema für den Musik Express war, und nur wegen dem Marabo oder Überblick bezahlten die kein Ticket. Und ich war damals noch so klamm, daß ich mir keinen Flug nach London leisten konnte. Peter hatte ein großformatiges Buch mitgebracht, um es mir zu zeigen. Es handelte sich um die *Illustrated Rolling Stone History of Rock 'n' Roll*. Er hatte sie auf einem Flohmarkt ergattert und wollte sie mir nicht vorenthalten. Aber mußte es unbedingt an diesem Nachmittag sein, wo ich mit dem Schlaf kämpfte und noch soviel mit Katrin Ann vorhatte? Gemeinsam sahen wir noch im dritten Programm die Michael-Braun-Talkshow, die wir aber beide nicht mochten, weil wir den Typen nicht abkonnten, der uns noch begegnen wird.

Abends würde »Wetten, daß?« kommen, aber darauf, wie überhaupt aufs Fernsehen, konnte ich gern verzichten. Katrin trug einen grünen Trenchcoat, als sie in der Tür stand. Sie sagte gleich, daß sie nicht lang bleiben könnte, weil sie morgen abends arbeiten müßte, noch immer als Taxi Driver. Da auch ich schon um acht Uhr antreten mußte, stand uns ja sicher ein leidenschaftlicher Abend bevor. Ich stellte sie meinen Eltern vor. Ich dachte mir, wir sollten erst zum Dellmann rübergehen, damit sie ein bißchen Wilhelmshöher Lokal-Kolorit erleben konnte. Der Ute hatte es damals gefallen, als ich bei einer unserer letzten Begegnungen mit ihr sonntagnachmittags hier gewesen war und der Fußballclub einen Sieg feierte. Jetzt am Samstagabend war die Kneipe im Besitz der Alten Herren, die ich natürlich alle kannte. Mit den meisten hatte ich in der ersten Mannschaft gespielt: Herbert Bergmann, Rainer Martin und Rainer Kaufmann, Friedhelm Plewka und Jürgen Waßmann, aber auch solche Leute, die den Sprung von der Jugend in die Erste nie geschafft hatten, wie Mackes Vieting, Alfred Christofzik, Rainer Schoob und Günther Kruska. Ich war überrascht, daß sie keine Winterpause machten ... Wir sind eben härter. Ich fragte mich, wann ich soweit sei, altersmäßig für die Alten Herren zu spielen, und Alfred Schmalz, der ja als Torwart agierte, sagte mir, in dem Jahr, in dem du 32 wirst, darfst du bei uns spielen. Welch Ehre, da hatte ich genau noch ein Jahr Zeit. Ich stellte Katrin einigen Leuten vor, ohne daß sie beeindruckt war. Ich wollte auch, daß diese Leute sahen, was für 'ne tolle Olle ich hatte. Na ja, so besonders war sie auch nicht. Wir fuhren ein Häuschen weiter, den OPEL-Berg runter zum Rotthaus. Das mußte eigentlich mehr ihr Geschmack sein, und ich dachte mit Grausen zurück an ihre WG. Ein Vergleich mit dem Rotthaus war zwar statthaft, aber hier war doch die Bude blitzsauber. Baader und Meinhof hingen über den Toiletten, und mir fiel nun doch noch das Handbuch der RAF ein, das ich bei ihr nachts gefunden hatte. Wir setzten uns an einen Tisch in der Ecke. Claudia bediente. Schade, daß ich Doris nicht eifersüchtig machen konnte. Die wär wahrscheinlich froh gewesen, daß ich endlich eine andere Olle hatte und sie nicht mehr belästigte. Es waren die üblichen Samstagabend-Leute da, es kamen aber immer wieder neue hinzu, manche von weither, aus Recklinghausen oder dem Sauerland, weil die Kneipe in gewisser Weise einzigartig war in ihrer Mischung aus Schmuddeligkeit, guter Musik und richtiger politischer Einstellung der Betreiber. Jürgen Bruhn war auch da und kam an unseren Tisch. Er war mal Aushilfe bei ELPI gewesen, auch in meinem Laden, und hatte gut gearbeitet. Außerdem stand er einer Band vor, die sich »Ohrwärts« nannte. Ich hatte sie mal im Schulzentrum Gerthe gesehen und gehört. Sie war für Bochumer Verhältnisse gar nicht schlecht. Ich sagte zur Katrin, du spielst doch auch in einer Gruppe, und sie erzählte ein bißchen, daß sie noch keinen Namen hatten, aber wahrscheinlich von Horst Liedtke produziert würden, der schon Fehlfarben (aber sonst noch keinen) zum Erfolg geführt hatte.

Jürgen zog ab, und ich überlegte einen Moment, ob wir bei Appel vorbeigucken sollten, aber wir machten beide schon einen müden Eindruck, und mir wurde klar, daß es mit dem Ficken wieder nichts würde. So unausgeschlafen und mit der Aussicht, wieder um halb sieben rauszumüssen, hätte ich auch keinen hochgekriegt. Ich machte ihr den Vorschlag, in diesen neuen Laden reinzugehen, Grannys Rock Café. Vielleicht kämen wir da zu einem würdigen Abschluß. Unterwegs steckte sie sich einen Joint an. Wir gingen gegenüber der Hauptpost in die ehemalige Wirtschaft und betraten rechts die Café-Sektion, während links der Kneipenbereich war. Man konnte aber durchaus im Café Bier kriegen und umgekehrt Cappuccino. Ich trank eine heiße Schokolade, während sie einen Espresso bestellte. »Kannst du denn danach noch schlafen?« Machte ihr nichts aus. Und ich fragte sie, ob wir uns weiter treffen sollten. »Keine Ahnung«, meinte sie. Ich war ihr also völlig egal. Aber warum war sie dann an diesem zweiten Januarwochenende in ihrem Peugeot aus Wuppertal hierhergetigert? Ich wußte es, sie wollte, daß ich in meiner Eigenschaft als Marabo-Redakteur was für ihre Band tat. Und sie würde mich erst ranlassen, wenn ich das gemacht hatte. »Komm, bring mich nach Hause.« Ich gab ihr vor unserem Haus einen vagen Kuß, und vielleicht war ich mir in diesem Moment schon sicher, daß ich sie nie wiedersehen sollte.

Zwanzig Jahre später las ich ein Porträt in der Süddeutschen, Katrin Ann ist ein Zwitter und hat mich deshalb wohl nicht rangelassen.

Ich hatte also 'ne Zwölfstundenschicht vor der Brust. Wie

immer stand meine Mutter auf und machte mir Schnitten. Eine Kanne Kaffee kochte ich mir selber. Aus einer Stange Marlboro, die ich jetzt rauchte, nahm ich drei Schachteln. Damit müßte ich hinkommen. Zur Not standen noch zwei Zigarettenautomaten in der Ruhrlandhalle, eigentlich eine ruhige Stelle, weil so wenig Veranstaltungen abgehalten wurden. Ich packte noch Peter Wasielewskis illustrierte Rock 'n' Roll-Geschichte ein, und plötzlich hatte ich den Text und die Noten des Songs »American Pie« in den Fingern. Ich wußte noch nicht, was ich mit ihm anfangen sollte. Ich hatte mich noch nie ernsthaft mit ihm beschäftigt, obwohl er sich ja um Buddy Hollys Todestag dreht, »the day the music died«. In der Halle am Stadionring machte ich das Radio an – WDR 2, später würde ich zum BFBS umschwenken. Ich kippte mir also erst mal eine Tchibo ein, und ich konnte nicht verstehen, daß man andern Kaffee trank, der war doch optimal, aber im Grunde hatte ich außer in Lokalen oder bei Verwandten nie eine andere Marke getrunken. Jacobs, gut. Aber wer trank Idee oder Onko? Bei diesem Gebräu mußte ich an unseren ehemaligen Trainer Berni Gunnemann denken, der Vertreter für diese Marke war und immer in solch einem Bully mit der Kaffeeaufschrift durch die Gegend fuhr. Er war bei uns als Trainer sehr erfolgreich, vor meiner Zeit. Er stieg zweimal hintereinander auf, von der zweiten Kreisklasse bis in die Bezirksliga. Mit anderen Clubs danach hatte er nicht mehr das Glück, aber als Onko-Fahrer hat er es zu einigem Vermögen gebracht und sich in einer feinen Wohngegend ein schmuckes Haus gebaut.

Ich aß zwei Schnitten mit Schinken und drehte 'ne Runde. Durch diese Touren wurde es nicht ganz so langweilig, und man konnte sich etwas die Beine vertreten. Dann zog ich den »American Pie« aus der Tasche, und ich weiß nicht wie, auf einmal schien mir der geheimnisvolle Text klar zu sein. »Drove my Chevy to the levee but the levee was dry«. Ich weiß nicht mehr, was ich dabei für eine Idee hatte, auch nicht bei den Verschlüsselungen. Auf jeden Fall dachte ich zehn Jahre zurück, als wir mit einer Jugendgruppe drei Wochen in Österreich waren. Ich war schon so alt, daß ich einer der Betreuer war. Mit dabei waren Alfred Koke und Willy Schmalz mit Frauen. Wir waren kaum da, da hatten schon die ersten eine Bank in eine Schlucht runtergeworfen. Die kleineren Kinder bereiteten uns kaum Sorgen, aber die Sechzehnjährigen wie der Pamp, die eigentlich gar nicht zu unserem Verein gehörten und nur mitgenommen worden waren, um eine große Anzahl an Jugendlichen mitzunehmen, wodurch der Preis niedriger wurde, ließen uns keine Ruhe. Dann zerschnitten sie eine Wachstuchtischdecke, oder einer stellte eine Flasche Strohrum kalt, so daß das Waschbecken überfloß und untendrunter das Zimmer auf unsere Kosten tapeziert werden mußte. Da war der Heimleiter knallhart. Alfred und ich tranken mittags schon mal einen Obstler, wobei uns der Wirt erzählte, daß sein ältester Sohn in Deutschland McDonald's mit aufbaute. Ich gab dem damals keine große Zukunft und war mir überhaupt nicht im klaren, was für Ausmaße das annehmen würde. Als wir nach drei Wochen endlich das Ende der Freizeit feiern wollten, spielte ich auch die LP »American Pie«, die ich – ich wußte nicht warum – mitgenommen hatte. Sie wurde mir dann in dem Kuddelmuddel geklaut, und fünfzehn Jahre später traf ich bei Appel einen der Sechzehnjährigen von damals, der mir sagte, du hattest mich in Verdacht, aber ich sagte nein, hat dich das gequält? Ich hatte immer den Sohn des Hauses in Verdacht. Daran mußte ich jetzt denken, als ich den Text las und erstmals verstand. Leider hat ihn Madonna zwanzig Jahre später arg verkürzt. Aber es war ein guter Versuch und die erste Madonna-CD, die ich mir gekauft habe. So gestärkt, dachte ich, sei ich endlich frei genug, meinen Roman zu schreiben. Seit dem ersten Schrieb mit dem Schäferhund hatte ich ja von Suhrkamp nichts mehr gehört, und ich hatte auch nichts mehr hingeschickt, weil ich zu depressiv war zum Schreiben, jedenfalls eines Romans. Jetzt aber, wo mir ein Licht aufgegangen war, würde ich es schaffen. Ich warf noch einen Blick in die *Illustrated History*, genaugenommen auf die Buddy-Holly-Story darin, und legte mit einem Brief an den Lektor los. Ich schrieb ihm, daß ich die Doktorarbeit seines Junior-Chefs gelesen hatte, in der es um Franz Kafkas Verhältnis zu seinen Verlegern ging, das nicht das beste war. Ich schrieb ihm nun, daß ich vom Verlag keinen Vorschuß wollte, sondern mir zehntausend Mark von meinem Freund Wolfgang Körner leihen würde, um damit zur Mrs. Jepsen zu ziehen, wo ich meinen Roman schreiben würde. Ich hatte Körner zwar ein Jahr nicht gesehen, ich war mir aber sicher, daß er mir die Summe pumpen würde, die er spielend mit der neuen Fernsehserie »Büro, Büro« verdienen würde. Ich fing an zu erzählen, und es entstand ein Briefroman oder ein Romanbrief. Ich hatte in der Buddy-Holly-Story von Jonathan Kott, der auch Stockhausen interviewt hatte, gelesen, daß der Texaner bei »Not Fade Away« eine Art Chinesisch sang, und ich fing an in Sprachen zu schreiben, die es nicht gab, was sich noch verstärkte, als ich aus meinem Spind meinen kleinen Fernseher holte und den Internationalen Frühschoppen mit sechs Journalisten aus fünf Ländern anmachte, in dem es um Maggie Thatchers Reise zu den Falklands, ein Jahr nach dem Krieg, ging.

Ich schrieb Fetzen von anderen Sprachen, aber immer noch so, daß eine Bedeutung rauskam, ähnlich wie bei »Finnegans Wake«. Ja, ich sah oder hörte mich schon in einem Atemzug mit James Joyce genannt. Ich rief meine Mutter an. »Stell dir vor, ich habe gerade meinen Roman angefangen. Endlich ist es soweit.« Ja, das war kein Brief mehr, sondern the real thing. Dann streute ich Spanisches und Italienisches ein, als Richard Astberry im BFBS »Pop Around Europe« Hits aus allen möglichen europäischen Ländern vorstellte.

Ich schrieb zwanzig Seiten. Mit der Frage »à ma hagony« beendete ich die Arbeit. Ich wollte diesen für mich historischen Augenblick im Bild festhalten. Ich rief deshalb meinen alten Marabo-Kollegen Andreas Böttcher an, der aber keinen Bock auf die Fahrt aus Gelsenkirchen hatte. Konnte ich verstehen. Blieb Peter Wasielewski, der ja nicht nur ein ausgezeichneter Bassist war, sondern auch ein guter Fotograf, der schon einige Fotos für Plattencover geliefert hatte. Er wohnte ja in der Nähe und kam auch sofort. Er brachte Harald Thon mit. Ich fragte ihn nicht, wie der Fuck mit Heidi gewesen war. Er sah sich neugierig um. Auf dem Tisch im Eingangsbereich lag der Text, und ich ließ ihn liegen, als ich mit Peter zu Aufnahmen in den Heizungskeller ging. Später dachte ich, ich hätte auch nicht den kurzen Moment Harald mit meinem Text alleine lassen sollen. Ich gab dann Peter das Rolling-Stone-Buch zurück und fuhr befriedigt nach Hause. Vielleicht war Schreiben doch schöner als Ficken. Jedenfalls kam es mir an jenem Tag so vor.

Für den nächsten Tag war ich verabredet mit Claus Bredenbrock. Wir wollten im Hotel Arcade Jane Smith treffen, damit er sah, wie es im Showbusiness zuging. Wir fuhren mit zwei Wagen, weil er eher als ich wieder zurück wollte. Es ging um Motor Boys Motor, die Jörg Gülden kurz zuvor im ME gehypt hatte. Die waren jetzt auf Kurztournee. Ich dachte, ich sollte mal beim Gockel in München anrufen, der ja jetzt das neue Blatt Musikexpress-Sounds leitete. Wir hatten uns eigentlich immer gut verstanden, aber vielleicht stand ich auch auf einer schwarzen Liste des neuen Verlegers. Aber ich dachte, ich würde mit Körners Geld nach England ziehen und auch dort Pop-Be-

richte schreiben können. Erst mal mußte ich Körner erreichen, dann mußte er das Geld raustun. Bis jetzt hatte
er mir ja immer »nur« einen Hunderter bei unseren Treffen geschenkt, aber wenn es wirklich drauf ankam, und
er kannte ja die Nöte eines aufstrebenden Autors, würde
er mir das Geld geben. Aber ich wollte nichts überstürzen.
Ich hatte ja gerade erst meinen Job als Marabo-Redakteur
angetreten. Den sollte ich mit Arbeit erfüllen. Aber Motor Boys Motor, was ich gehört hatte, waren nicht mein
Ding. In erster Linie fuhr ich wegen Jane hin, um sie zu
sehen und zu sprechen und um sie mit Claus bekannt zu
machen. Wir waren eher als sie im Hotel am Hinteraus-
gang des Hauptbahnhofs. Wir tranken in der Bar schon
mal ein Bierchen, in der Hoffnung, Jane würde es zahlen,
was sie später auch tat. Erst mußte sie sich um Holger
Majrczak kümmern (ich hoffe, ich hab ihn haargenau geschrieben), der für unser Konkurrenzblatt Guckloch die
Engländer interviewen wollte. Claus fand Jane hibbelig,
dabei war sie ganz natürlich. Ich fragte sie, ob sie noch
'ne Karte für meine Schwester hätte, die auch zum Konzert
wollte. Ja, hatte sie. Claus und ich fuhren raus nach Weitmar zum Marabo, und ich machte ihn mit den Leuten bekannt und sagte, daß ich ihn als freien Mitarbeiter engagiert hatte. Dunkel war den Verlegern im Hirn, daß er
schon mal was für das Ruhrgebietsmagazin geschrieben
hatte, und zwar über eine Krise beim Time Out, das ja
eigentlich Vorbild für alle Stadtmagazine war. Ich zeigte
ihm ein paar Platten, die übers Wochenende gekommen
waren, und er suchte sich zwei aus, die er besprechen wollte. Er würde sich abends den Gig der Neo-Blues-Gruppe
nicht ansehen. Wir würden telefonieren. Ich fuhr dann langsam in die Zeche, wo auch meine Schwester, zum Glück
ohne ihren ständigen Begleiter, eintrudelte. Sie hatte was
für Jane Smith mitgebracht, selbstklebende Adressenetiket-
ten mit ihrer Privatanschrift drauf. Jane freute sich echt

und fragte, was kann ich sonst für dich tun? Ein Ticket hatte sie ja schon. Jane holte die Platte der Band aus dem Kofferraum, die ein schreckliches Cover hatte, auf dem einem Eingeborenen Würmer rauskrochen. Disgusting. So ähnlich war wahrscheinlich auch die Musik. Geschenkt. Ich sah mir den Auftritt nicht an, sondern setzte mich in der Zeche oben ins Restaurant. Jane kam auch nach den ersten Takten, und ich erzählte ihr, daß ich in ein paar Tagen nach Hamburg fahren würde, mit Oliver Schrumpf, der da seine Produkte losschlagen wollte. Jane nannte mir den Namen eines Labelmanagers von der Polydor. Bei dem sollte ich mal vorbeigucken. Mal sehn, wenn wir da hinkommen. Ich wußte nicht genau, was Oli vorhatte. Dann erzählte ich ihr von meinem Roman, daß es endlich soweit sei. Ich hatte mir dann doch überlegt, nicht den Körner anzuhauen. Ich würde es schaffen, nachts auf der Arbeit das Ding in der Ruhrlandhalle zu tippen. Ich hatte ja am Sonntag zwanzig Seiten rausgehauen. Also brauchte ich, wenn ich in dieser Form wäre, vielleicht nur vierzehn Tage für den Roman. Ich würde Jane nicht ganz raushalten können. Sie hatte nichts dagegen. Intimitäten über sie, über uns beide konnte ich ja keine ausplaudern, aber all die andern Frauengeschichten, bis hin zu Katrin Ann, vor allem Ute. Würde sie mir verzeihen, wenn ich alles schamhaarklein erzählen würde? Damit muß man halt rechnen, wenn man sich mit einem Schriftsteller einläßt. Ich würde mich selbst auch nicht schonen. Den Brief an Müller-Schwefe hatte ich noch nicht abgeschickt. Der ahnte noch nichts von seinem Glück. Ich wußte noch nicht, daß er damals ungefähr zu der Zeit das Manuskript von »Irre« by Rainald Goetz kriegen würde. Aber war ich nicht konkurrenzlos?

Jane und ich warteten auf das Ende des Konzerts, um mit dem Trupp außerhalb essen zu gehen. Das Restaurant in der Zeche hatte nicht den besten Ruf. Wir fuhren ge-

trennt, weil ich ja den Fiat meines Vaters mithatte. Die
Gruppe fuhr in einem kleinen Tourbus. Ich fuhr vor, wieder wie mit Siouxsie zum Bänksken. Ich stieg aus, es sah
so zu aus, und im Fenster hing auch ein Schild, daß montags geschlossen sei. Was sollten wir tun. Wir fuhren in
das Viertel, das heute als Bermuda-Dreieck bezeichnet
wird. Der einzige Laden, der sich auf Anhieb anbot, war
das Barrio, das heutige Café Konkret. Jane ging rein, aber
jetzt um elf hatten die die Küche dicht. Meine Blicke wan-
derten zu dem Stand von Dönninghaus am Union-Theater. Vielleicht sollten wir den Jungs eines von den guten
Bratwürstchen spendieren. Jahre später würde mein eng-
lischer Freund Phillip nicht genug kriegen können von
den Dingern. Aber davon würden die Musiker nach ge-
taner Arbeit nicht satt. Dann sahen wir ganz in der Nähe
das Steakhaus. Vielleicht hatte das noch auf. Immerhin
gab's Geld für rund zehn Menüs zu verdienen. Und tatsächlich hatten die noch auf. Sie schienen als Argentinier
nichts dagegen zu haben, daß sie nach dem Falkland-Fias-
ko Engländer bedienen mußten. Aber wahrscheinlich waren die Kellner und Köche alle Jugoslawen. Jane bestellte.
Alles große Steaks mit Pommes und Salat, dazu halbe Liter, nur ich trank Sprudelwasser, weil ich mit dem Wagen
da war und ihn nicht stehenlassen wollte, da mein Vater
ihn am nächsten Tag brauchte. Die Steaks waren okay,
und als der Trupp alles runtergeschlungen hatte, ließen
sie literweise Tequila kommen, den sie gemischt mit Tonic Water auf den Tisch knallten und runterkippten. Das
nannten sie Slammer. Ich ließ mir die letzte Flasche von
den Jungs handsignieren und nahm sie als Andenken mit.
Jane bat mich noch zu ihrem Hotel, aber nicht, weil sie vorhatte, was ich im stillen erhoffte, sie wollte mir was schenken. Auf dem Parkplatz vorm Arcade zog sie eine Plastiktüte aus dem Kofferraum. Schenk ich dir. Ich guckte rein
und dachte, na ja, Schallplatten. Davon hatte sie ja ge-

nug auf der Arbeit. Ich verabschiedete mich trotzdem mit einem Kuß auf die Wange. Ich komm' nächste Woche mal nach Köln. Soll ich bei dir vorbeikommen? Ja sicher. Ich wollte mich den Plattenfirmen wieder als neuer Redakteur präsentieren. Ich ging mit der Tüte rüber ins Grannys, wo ich gucken wollte, was sie mir an schönen Sachen eingepackt hatte. Es war aber nur, was sage ich nur, eine Box mit fünf LPs The Complete Buddy Holly, die ich zu Schrott gefahren hatte. Wo hatte sie die bloß her? War ja nicht ihre Firma, sondern Ariola. Ich wär jetzt gerne auf ihr Hotelzimmer gegangen und hätte mich bedankt, aber ich dachte, nichts überstürzen. Am nächsten Tag traf ich an der Uni wieder die hübsche Blondine Barbara Luther. Ich hatte keinen Bock auf irgendwelche Veranstaltungen und setzte mich auf die Heizung vor der Cafeteria in GB. Von weitem grüßte ich Bertram Job, der ein tofter Kerl war, auch wenn er fürs Guckloch schrieb. Jedenfalls hatte er Ahnung. Barbara sagte, daß sie bald nach Hause wollte. Sie müßte abends noch in die Zeche, wo sie kellnerte. Ich fragte sie, ob sie mitkäme zum Marabo. Natürlich erzählte ich auch ihr, daß es jetzt mit meinem Romanprojekt weiterging. Sie kam mit rein, weil ich dachte, die Setzerin Annette wäre da, aber Flora Soft saß am Computer. Günter Macho kannte sie. In seinem Büro hing ein Plakat von dem Film »Peeping Tom«. Ich fragte Barbara, ob sie den schon gesehen hätte, mit Karl-Heinz Böhm, und ich sagte ihr, daß das mein aktueller Lieblingsfilm sei, und Günter meinte, das könnte er sich gut vorstellen. Ich nahm ein paar Platten mit und sagte, daß ich am nächsten Tag nach Hamburg fahren würde. Barbara nahm mich mit zu sich nach Hause, ohne daß sie mir einen Fick anbot. Es war auch ungemütlich in dem besetzten Haus an der Kohlenstraße. Ich haute dann auch bald mit der Straßenbahn ab. Ich würde am nächsten Tag in der Hansestadt auch bei Konkret vorbeisehen, für die ich ja eine Story liefern sollte. Nachts wollte ich die Geschichte tippen, aber es kamen nur einige schwerverständliche Sätze raus. War also doch nicht so einfach, einen Roman zu schreiben. Ich war geknickt.

Oli holte mich früh in seinem Golf ab, und wir fuhren dieselbe Strecke, die ich solo runtergestocht war. Er hatte wie in der Vergangenheit vor, Songs an Plattenfirmen zu verkaufen mit den dazugehörigen Künstlern. Wir waren kaum raus aus Bochum, spielte er mir schon ein Band vor mit einer Mädchenstimme, wenn ich mich nicht irrte, gehörte sie der Sängerin von Tollwut. Das Lied hieß »Gummitwist«. War das etwa der letzte Schrei unter den Kids? In den sechziger Jahren vielleicht. Der Song gefiel mir auch so nicht, bis auf das Saxophon. Wie wir alle wissen, ist die Nummer nie in die Charts gekommen, ja sie ist noch nicht mal auf Schallplatte erschienen. Oli versuchte sie zuerst bei Polydor loszuschlagen, während ich zu dem Labelmanager ging, von dem mir Jane erzählt hatte. Er war ganz freundlich und hatte schon von unseren Eskapaden mit Siouxsie und Motor Boys Motor gehört. Wir unterhielten uns so allgemein übers Musikgeschäft, und ich erzählte ihm, daß ich auch mal drei Beiträge in Sounds hatte, was ihn schwer beeindruckte, und er fragte mich, ob ich einen Peter Cadera kannte, der damals dieses Label betreut hatte, das bei Sounds rauskam. Der arbeitet jetzt für uns, und er legte mir eine hausinterne Leitung. Na, du Fotzenlecker, sagte er. Ich hatte ihm einen Credit bei Buddy Holly auf der Wilhelmshöhe gegeben. Daher kannte er mein Sexualleben. Was machst du jetzt, wollte er wissen. Ich sagte, daß ich wieder als Redakteur beim Marabo war und sonst als Nachtwächter mein Geld verdiente. Ich hab heute Geburtstag, sagte er. Glückwunsch. Komm doch heute abend ins Vienna, wir feiern da. Diederichsen kommt auch. Auch wenn es reizvoll gewesen wäre, da hinzugehen, es ging nicht, weil Oliver abends wieder zu Hause sein wollte, und ich wollte mir das ohne Quartier auch nicht zumuten.

Schade, Peter, es geht nicht, vielleicht kommst du ja mal in die Zeche, dann ruf mich vorher an. Ich war aber sonst wieder gut drauf und erzählte diesem Thomas jetzt, daß ich einen riesigen Roman schreiben würde, in dem es auch um meine Erfahrungen im Showbusiness gehen würde, aber nicht nur. Außerdem wäre die Form für Deutschland neu. Aber wie hatte Arno Schmidt geschrieben? Ich mußte mir sein neues Buch kaufen, das aus seinem Nachlaß genau an seinem 69. Geburtstag in die Läden kommen sollte. Ich hatte mir schon mal ein paar Bücher von Schmidt zugelegt, aber nur den Leviathan gelesen, weil ich dachte, der würde mich zu sehr beeinflussen. Von Stefan Koval hab ich fast alle Bücher gelesen. Hat der mich beeinflußt? Oder Eugen Rapp? Das war alles langsam dahinfließende Prosa, während ich ja Kraut und Rüben getippt hatte. Ich mußte endlich Müller-Schwefe den unendlich langen Brief schicken. Vielleicht tat der Unseld doch einen Vorschuß raus. Ich glaub, sein Trauma war, daß er Ende der fünfziger Jahre »Die Blechtrommel« nicht verlegt hatte. Und so was Ähnliches, von der Bedeutung, würde mein Roman sei, für den ich auch noch keinen Titel hatte.

Oli erzählte nicht, ob er bei der Firma von Hubert Kah auch erfolgreich gewesen war. Meistens sagten die Manager, lassen Sie mal liegen, das müssen wir in größerem Kreis besprechen, und wir fuhren rüber zur Phonogram, die ein eigenes Parkhaus hatten, na ja, kein eigenes, aber man konnte da frei parken, wenn man nachweisen konnte, daß man bei der Firma was zu tun hatte. Das hatte ich jedenfalls damals gemacht. Wir fuhren hoch aufs Dach.

Ich sagte zu Oli, ich geh mal in die Presseabteilung zu Barbara Witten. Als ich noch in Witten gewohnt hatte, hab ich ihr einen Stadtplan geschickt, weil sie ja so hieß, und nun hing er an der Wand. Da war noch so 'ne Pressetante, und beide freuten sich, daß irgendeine Truppe auf Platz 47 in den TOP 100 gelandet war. Ich verfolgte keine

Hitparaden mehr, außer der englischen. Ich kam ja jetzt wieder umsonst an den New Musical Express ran, den das Marabo abonniert hatte. Leider hatte ich von Chris Bohn, dem Deutschlandexperten des wöchentlich erscheinenden Blattes, nichts mehr gehört, nachdem er mir die Bücher geschickt hatte. Ich wußte nicht mehr, ob ich mich dafür bedankt hatte. Ich glaub' schon.

Auf dem Weg zur Toilette sah ich einen vergreisten Mann mit langen weißen, schlotterigen Haaren. Beim zweiten Blick kam ich drauf, wer's war – der legendäre Klaus Voormann, ein enger Freund der Beatles, schon in ihrer Hamburger Zeit, der das Cover von »Revolver« gestaltet hatte. Da spielte er schon Baß bei Manfred Mann, nachdem er vorher mit der Band Paddy, Klaus und Gibson kein Glück gehabt hatte. Später war er bei John Lennons Plastic Ono Band gelandet und hatte danach mal hier und mal da mitgespielt. Das letzte, was ich neulich gehört hatte, war, daß er der Entdecker und Produzent von Trio war (Dadada). Da hatte er mal ein gutes Werk getan, denn die drei mochte ich auch, hatte sie aber in der Zeche verpaßt. Er machte einen Eindruck, als wollte er nicht angesprochen werden, und ich ließ ihn auch in Ruhe, obwohl ein Interview mit ihm sicher ein gute Story gegeben hätte. Ich strich wieder bei Barbara ein knappes Dutzend Platten ein und steckte sie in meine Aktentasche, die groß genug für den Transport von LPs war. Ich redete auch hier wie ein Wasserfall, und ich glaub', die Mädchen waren froh, als ich wieder raus war. Oli sagte wieder nichts, zwischendurch hatte ich mal gehört, wie der »Gummitwist« laut gespielt wurde. Auf dann zur RCA, wo auch das Personal gewechselt hatte. Mittlerweile war eine Monika für die Presse zuständig. Sie kannte mich noch von früher, als sie noch Assistentin gewesen und mit mir und Lisa Salzer essen gegangen war. Obwohl mir die Schwedin sympathisch war und die deutsche Version von Buddy Hollys »It's so easy« sang, hab ich keine Story über die geschrieben, und sie ist dann auch in der Versenkung verschwunden. Immerhin hatte sie damals als Anwaltsgehilfin einen anständigen Beruf und brauchte nicht zu darben, weil sie keine Hits mehr hatte, ja noch nie welche gehabt hatte. Die deutsche Fassung des Holly-Songs konnte sie mir nicht mehr beschaffen, weil die bei WEA erschienen war. Zu der wollte Oli nicht hin. Auch bei der RCA kam Oli offensichtlich nicht weiter, und wir gingen über die Straße, wo nicht nur die TELDEC residierte, sondern auch Konkret seine Büros hatte. Ich wollte zur Ingrid Klein, mit der ich einen ungefähren Termin hatte. Oli kam mit hoch. Als ich Ingrid sah, die ein bißchen älter schien, konnte ich nichts sagen. Mir verschlug's die Sprache. Hatte ich mich bei den andern verausgabt? Bei Konkret hatte es tags zuvor eine Hausdurchsuchung gegeben, was ich abends noch in der Tagesschau mitgekriegt hatte. Vielleicht war Ingrid deshalb nervös. Ich zeigte ihr ein paar Sätze, die ich nachts geschrieben hatte. Ingrid besah sie sich. Das ist doch keine Geschichte. Gremliza kam rein, Vollversammlung! Ich konnte nichts sprechen. Oli ging zur TELDEC. Trotz meines harten Zustands gelang's mir, mich ein wenig in Ingrid zu verlieben, und ich gehorchte, als sie sagte, ich müsse was essen, auf der andern Seite war 'ne Pizzeria. War nicht um die Ecke ein McDonald's, wo ich früher schon mal gespeist hatte? Artig ging ich runter und bestellte mir aber nur einen Salat, weil ich dachte, mehr krieg' ich nicht runter. Aber als ich ihn dann auf hatte, bekam ich doch mehr Appetit und schlang 'ne Pizza Salami runter. Zurück bei ihr im Büro hatte ich meine Sprache wiedergefunden, und sie wiederholte, was sie mir schon vor ein paar Wochen am Telefon gesagt hatte, 'ne Story mit Arbeit, Sex, Fußball und Musik. Ich werd' mich bemühen. Ich packte den Text wieder ein und ging mit meiner Tasche rüber zur TELDEC, wo Astrid in der Promotion nett zu mir war und auch ein paar Platten raustat. Den Temminghoff hatten die alle ja nicht gekannt. Der hatte sich nicht mal die Mühe gemacht, einen Tag Urlaub zu opfern, um die diversen Plattenfirmen zu besuchen und zu überzeugen, wie wichtig das Marabo fürs Ruhrgebiet war. Darüber hätte sich Günter Macho gefreut, weil das vielleicht auch im Werbeverhalten der Firmen seinen Niederschlag gefunden hätte.

Oli hatte auch bald seine Geschäfte erledigt. Wie erfolgreich, sagte er nicht. Blieb uns noch die Metronome in der Nordstadt. Markus Hupe, oder wie der hieß, war nicht mehr da. Jetzt machte die Arbeit ein junges Mädchen, und ich gab an, daß ich der wichtigste Rockjournalist des Ruhrgebiets sei, und in diesem Moment fing sie auch mit Wolf Maahn an. Ich konnte es nicht mehr hören. Der würde es nie schaffen, dachte ich mir und sagte es nicht. Er sollte dann ja auch im darauffolgenden Jahrtausend bei der deutschen Vorausscheidung des Grand Prix de la Chanson landen, weil er keinen Ausweg sah. Aber damals prahmten sie einem die Ohren voll, wie toll er war. Aber wir hatten schon einen Müller-Westernhagen und einen Peter Maffay. Ich dachte auch an Achim Reichel, der Songtexte von mir wollte, und in dem Moment sagte ich, kann ich mal die Schreibmaschine haben, klar, und ich tippte vier Strophen in Zeit von nichts, die sogar gereimt waren, etwas holprig. Na gut. Ich fragte Eva, ob sie mir mal die Nummer von Reichel raussuchen konnte. Konnte sie, und ich rief da an in dem Büro. Ich hatte einen Assistenten an der Strippe, der tatsächlich von meiner Existenz wußte und sagte, sie hätten ja vergeblich auf Texte von mir gewartet. Ich war nicht gut drauf gewesen, aber jetzt war ich fit. Heute hätte ich gesagt, ich fax euch das Ding eben, aber das ging damals noch nicht, und Oliver hatte auch keine Lust, an Reichels Büro vorbeizufahren, so nahm ich das Blatt mit nach Hause und schickte es per Post ab, ohne mir einen Durchschlag zu machen.

Am nächsten Tag durchsuchte ich alle meine Papiere, na ja, einen Teil, ich konnte aber den langen Brief an Müller-Schwefe nicht finden, auch nicht beim Marabo, wo ich nach dem rechten sah und viel in dem Büro des Chefredakteurs Krauskopf mit Gott und der Welt telefonierte. Das wollte ich mir leisten, wenn schon kaum Geld über den Tisch kam. Ich ging dann auch wieder zur Uni in meinem Ledermantel und landete wieder bei Menne, einem konservativen Philosophen aus dem Sauerland. Auf einmal konnte ich ihm, anders als im Semester davor, folgen. Mein Kopf war nicht mehr zu, und ich dachte, ich kriege mein Studium doch noch auf die Reihe. Und als er was von Roulette erzählte, sprang ich auf und sagte, daß, anders als er dachte, nicht die Technik der Schwachpunkt für Betrügereien sei, sondern der Croupier, der ja nur von den Trinkgeldern lebe. 'ne Woche später unterbrach ich wieder seine Vorlesung, indem ich meinte, wenn er sage, damit kann man nichts beweisen – das sei doch gut, wenn man nichts beweisen könne. Ein erneutes Raunen ging durch den Hörsaal, und Menne sagte, das können wir jetzt hier nicht bereden, kommen Sie in meine Sprechstunde, lassen Sie sich einen Termin geben, und ich haute sofort ab und ging in sein Büro, wo seine ältliche Sekretärin den Montag für mich als Termin festlegte.

Dennoch, trotz meines augenblicklichen Hochs kümmerte ich mich noch nicht um die anderen Fächer. Ich überflog zu Hause die paar philosophischen Bücher, die ich hatte. Ich bildete mir ein, alles zu kapieren, als Charly Illburger anrief, der mit der Herstellung des Marabo zu tun hatte, mit dem Layout und so, und in Düsseldorf ein eigenes Blatt betrieb, die Pin-Wand. Der wollte immer schon, daß ich für ihn schrieb, aber ich wollte nicht, solange ich für den Düsseldorfer Überblick arbeitete, aber Hansi Hoff hatte mir gesagt, daß er nicht mehr hauptamtlicher Redakteur da sei, und ich sah mich nicht mehr gebunden, auch wenn das neue Blatt zum Kotzen war. Also sagte ich, na gut, zwei Kritiken, Dionne Warwick, und den Marshall Crenshaw wollte ich noch mal ausgraben, ich hatte ja schon Kontakt mit seinem Manager Richard S. Sarbin aufgenommen, und der hatte mir auch Photos geschickt, von denen ich eins Charly zur Verfügung gestellte hatte, und als er jetzt plötzlich sagte, ein Manager aus Amerika sei beim Marabo, der mich sprechen wollte, dachte ich erst an Richard S. Sarbin. Charly wußte den Namen nicht, er wollte sich mit mir im Mandragora treffen. Hocherfreut fuhr ich mit der Bahn in die Stadt, aber der Mann entpuppte sich als Vertreter eines kleinen Schweizer Jazz-Labels, der im Ruhrgebiet Auftrittsmöglichkeiten für seine Künstler suchte. Ich war enttäuscht, aber nicht unhöflich. Ich sagte, geh mal zum Rotthaus und vielleicht zur Zeche. Und wir gingen rüber zu Bernd Kowalzik, der nach der Pleite von Rimpo und nach dem Rasenmäher-Tod des Besitzers sich anders orientiert hatte und einen Laden mit Karola Radau aufgemacht hatte, einen Import für Schallplatten. Und Bernd zeigte mir die zweite Vorgruppen-LP, die er an Walter Hartmann in Darmstadt schicken sollte, dessen Adresse ich ihm gegeben hatte, weil er sich ja als Herausgeber von Rock Session um die Vorgruppe verdient gemacht hatte, aber die Platte kam zurück. Ich vermutete, daß ich die Postfachnummer mit der Nummer des Postscheckkontos verwechselt hatte. So würde ich die LP zu meiner Freundin Roni nach Boulder, Colorado, schicken, die mir geschrieben hatte, daß William S. Burroughs da immer noch Seminare abhielt. Bei der Gelegenheit lud ich sie wieder nach Deutschland ein. Es war ja damals ein netter Nachmittag in Frankfurt gewesen, an dem auch ihr Freund Jeff teilgenommen hatte, von dem sie aber nichts mehr schrieb. Roni, I love you. Wish you were here. Dasselbe galt natürlich auch für ein paar andere. Ich vermißte aber, wo ich gut drauf war, kaum den

Sex, ich holte mir auch keinen mehr auf meiner Mansarde runter. Von Bettina Blumenberg, da wir schon mal beim Thema sind, hatte ich gehört, daß sie eine Geschichte bei Hanser in der neuen Reihe »Akzente« rausbringen würde, in der ich vorkam als »Universaldilettant«. Nachdem sie mir das gesagt hatte, rief ich sie nicht mehr an. Ich weiß nicht warum, wir hatten uns gut verstanden. Das Buch würde ich mir über Reinhard Jahn besorgen, den rührigen Literatur-Redakteur beim Marabo, mit dem ich mich immer besser verstand, obwohl er damals mit dafür gesorgt hatte, daß ich aus dem Ressort ausscheiden mußte. Ich hätte jetzt auch nicht mehr die Zeit und die Ruhe gehabt, Bücher zu lesen. Auch schon wieder nicht für Philosophie. Und ich ging zu dem Termin mit Menne hin. Sein Assistent war ja der Heyer von meiner Lesung, und dem hatte ich das *Staccato* mit meiner Buddy-Holly-Geschichte mitgebracht, die er ja kannte. Aber er war nicht da, und so mußte ich es mit Menne alleine aufnehmen. Er fragte mich, was ich sonst noch studierte, und ich sagte ihm, Politik und Sprachwissenschaft, ich hätte aber noch nicht so richtig damit angefangen. Ich sagte ihm, daß ich musikjournalistisch tätig war. Da sagte er, statt der Soziologie, die keinen guten Ruf hätte – nur der Papalekas hätte Niveau, auch wenn er einst von linken Studenten bekämpft worden wäre, er habe aber nicht der griechischen Junta gedient –, sollte ich lieber Musikwissenschaften studieren. Ich konnte aber keine Noten lesen. Das lernen Sie schnell, und er besah sich das *Staccato*. Werden Sie keinen von denen kennen, höchstens dem Namen nach den Diedrich Diederichsen, weil sein Vater ja auch Professor war. Kid P. Hatte er tatsächlich noch nichts von gehört. Apropos Musik, ich fragte, ob er sich mit Adorno beschäftigt hätte. Am Rande. Und ich schrieb den ADORNO auf einen Zettel. Ich wette, Sie finden den frühen und den späten Adorno gut. Hier sehen Sie: Am Anfang seines Namens steht A für Alpha und am Ende O für Omega. Und wenn ich diese beiden Buchstaben jetzt wegstreich', dann bleibt Ihnen nur ein DORN im Auge. Er lachte, ungefähr stimmte das. Dann war er froh, daß er mich wieder los war.

Anderntags beim Marabo. Ich konnte ja auch nichts dafür, daß ich kein eigenes Büro hatte und immer von Krauskopfs Office aus telefonieren mußte, zum Beispiel mit einem Typen aus Wuppertal, der unbedingt was über Kowalzik machen wollte, eine neue Ruhrgebietsband mit dem notorischen Uwe Fellensiek an der Spitze. Ich hatte deren Debütplatte gehört. War so'n Aufwasch von Einstürzende Neubauten. Nichts Originelles. Die würden Samstag in der Zeche spielen, ohne Eintritt zu verlangen. Sonst käm auch keiner. Ich dann hin, und Fellensiek hantierte tatsächlich mit einer Schleifscheibe zu einem Gitarrengewitter. Ich beschloß, nichts für die zu tun. Allein die Tatsache, daß sie aus unserer Gegend stammten, berechtigte noch nicht zu einer längeren Story im Marabo. Konzertkritik okay, mehr nicht. Fellensiek hatte zwanzig Jahre später einigermaßen Erfolg als Krimi-Darsteller in RTL. Zwischendurch hatte er sich vergeblich als Kneipier versucht. Ich ließ dann die Story nicht zu.

Ich holte mir jeden Monat bei Janssen den Merkur und einmal im Quartal die Manuskripte und die Akzente. In der österreichischen Zeitschrift war der Vorabdruck des Romans eines Mörders, der in Krems einsaß. Ich hatte die Geschichte nur überflogen, so wie ich damals alles nur überflog, auch die tägliche WAZ und den Spiegel. Die Leser wurden aufgefordert, Kontakt mit dem schreibenden Mörder aufzunehmen. In einer langweiligen Nacht in der Ruhrlandhalle hatte ich das getan, und er hatte geantwortet. Als er dann mitkriegte, daß ich auch für den Düsseldorfer Überblick arbeitete, schickte er mir das Foto einer Blondine, die ihn um rund zehntausend Mark betrogen hatte. Und die wohnte in der Landeshauptstadt. Er fragte, ob ich sie nicht mit Hilfe des Bildes ausfindig machen könnte. Ich ließ es sein, aber wir kommunizierten weiter miteinander, was ich auch deshalb tat, weil dieser Jack Unterweger so ähnlich aussah wie ich.

Dann war ich mal allein auf weiter Flur beim Marabo, wo nur die junge Freundin von Charly Illburger rumlief. Ich machte ihr Avancen bis hin zum Berühren, aber sie wollte das nicht und lief sofort zu ihrem Freund, und der kam nach 'ner Zeit rüber und drohte mir. Ich dachte an seinen Klappspaten, den er mir mal in seinem Porsche gezeigt hatte, und versprach Reue.

Später, als Christian, Günter und Peter Krauskopf dawaren, nutzte ich mal wieder das Telefon aus und unterhielt mich bundesweit mit Bekannten, nicht nur unbedingt aus der Branche. Irgendwie mußte sich der Job ja lohnen. Ich hielt mich eine halbe Stunde zugange, und merkte, wie das Peter stank. Er lief rüber zu dem älteren Herausgeber Christian mit schütterem Haar. Wahrscheinlich wollte er sich über mein Gebaren beschweren. Nach zehn Minuten lief er dann nach draußen und schrie: »Dann mach doch Wolfgang Welt zum Chefredakteur.« Ich hatte das mitgekriegt und ging in Christians Büro. Er fragte mich, ob ich das mitgekriegt hätte, und ich sagte, ja, ich hätte aber keinen Bock, Chefredakteur zu werden. Sollst du auch nicht. Aber kannst du heute mal die Gespräche entgegennehmen, die für Peter landen? Ich werde mit ihm zu Hause sprechen.

Ich rief endlich bei Müller-Schwefe an, nachdem ich nochmals auch beim Marabo meinen Brief an ihn gesucht hatte, der zusammen mit American Pie verschwunden war. Ich sprach das erste Mal telefonisch mit ihm und sagte ihm, daß ich endlich soweit wäre, meinen lange angekündigten, von ihm ja angeforderten Roman zu schreiben. Ich würde drauflos tippen und alles schreiben, was mir auffiel. Hatte nicht Stefan Koval gesagt, daß für einen

Schriftsteller wichtiger sei, was ihm auffiel, als was ihm einfiel? Wir werden sehen. Ich würde ihm am Wochenende eine Kostprobe liefern. Ich ging am nächsten Tag zur Politischen Buchhandlung, die ihren Sitz zur Unistraße in der Stadtmitte gegenüber vom Hotel Arcade verlegt hatte. Ich fragte Wolfgang mit dem Wuschelkopf, was denn das meistverkaufte Buch bei ihnen sei, und er zeigte mir das Buch, das ein prominenter italienischer Marxist in der Haft verfaßt hatte. Gekauft. An der Uni traf ich Barbara Luther wieder, deren Arsch bei genauem Hinsehen gar nicht so dick war, wie ich mir eingebildet hatte. Ich näherte mich langsam meinem Begehren und mußte dreimal schlucken, ehe ich fragte, ob sie sich nicht samstags mit mir im Café Treibsand treffen könnte. Zu meiner Überraschung sagte sie sofort ja. Hatte ich eine Chance bei ihr, oder wollte sie nur die Zeit totschlagen? Ans Ficken dachte ich natürlich auch. War es denn unnatürlich, wenn man so ein hübsches Mädchen ins Bett kriegen will? Ich rief nachmittags endlich auch wieder Körner an und lud auch ihn ins Treibsand ein. Ich erklärte ihm den Weg. Auch er würde eine Frau mitbringen, damit wir Männer uns in Ruhe unterhalten konnten. Und bring das Video von meinem Freund Phillip mit. Ich hab's erst einmal gesehen. Ging klar.

Wieder bei Marabo. Am nächsten Morgen saß Krauskopf wieder in seinem Büro. Christian rief uns zu einem Briefing. Peter weigerte sich weiter, mit mir zusammenzuarbeiten. Da zog ich die Konsequenz und kündigte. Schade, es war eine schöne Zeit gewesen. Ich hörte, wie alle aufatmeten. Ich fuhr dann am nächsten Tag mit Claus Bredenbrock nach Köln, weil er als nächster Redakteur in Frage kam. Wir fuhren also zur WEA, wo noch immer Barbara Wolf war, die mal mit einem Wanne-Eickeler verheiratet gewesen war und auch die Freundin vom Charly kannte, der ich mich unschicklich genähert hatte. Sie war erstaunt, wie gut sich Claus beim WEA-Künstler Randy Newman auskannte, der gerade die Platte »Trouble in Paradise« rausgebracht hatte. Sie gab uns je ein Exemplar, obwohl sie sie schon dreimal an die Redaktion geschickt hatte. Wir ließen uns noch weitere Neuheiten geben. Claus kannte die Straße, in der das Büro der Plattenfirma lag. Er hatte in dieser Kamekestraße eine Freundin gehabt. Mit vollem Programm? Mit vollem Programm. Wir fuhren dann rüber zu Jane Smith. Sie würde mitkommen zu Alan Bangs, mit dem ich mich im Café Fleur verabredet hatte. Esther Wiesenthal käm' auch, die beim BFBS als Sekretärin arbeitete. In diesem Café hatte ich auch mal mit Karl-Heinz und dem Can-Musiker Holger Czukay gesessen, und nachdem er gegangen war, kam er aus seiner nahe gelegenen Wohnung zurück und schenkte mir zwanzig Mark. Inzwischen konnte ich meinen Kaffee alleine bezahlen. Alan war pünktlich, und ich sprudelte sofort raus, daß ich meine Doktorarbeit über den Song »American Pie« schreiben wollte. Da bist du nicht der einzige, meinte er und unterhielt sich angeregt mit Claus, der ja noch mit einem Bein in England war. Esther erzählte auch von ihrer Arbeit, und ich fragte sie, ob der Nankers, ein bekannter Diskjockey beim Soldaten-Sender, noch immer Anhänger unseres VfL Bochum sei. Er kultivierte regelrecht seine Zuneigung zu dem ewigen Abstiegskandidaten, der es aber bislang immer geschafft hatte, drin zu bleiben. Ich sagte ihr, daß ich ihm eine neue Platte schicken würde vom Fan-Club des VfL, die ich beim ALRO gesehen hatte. Ich sagte Alan, die neue T-Bone Burnett sei gut, und Karl Lippegaus hätte sie tatsächlich auf meine Bitte hin im WDR gespielt. Das erste Stück auf der A-Seite. Ja, das mache er auch immer, wenn er die Platte noch nicht kenne. Meistens seien die Eingangssongs mit die besten. Nach 'ner Stunde hatten wir uns ausgequatscht, und Jane lud uns noch zu sich in die Zülpicher Straße ein. Nur Alan hatte keine Zeit.

Sie hatte eine geräumige Wohnung, klar, bei dem Gehalt. Jemand hatte mir mal erzählt, diese Promotionleute würden extra hoch bezahlt, damit sie ein schlechtes Gewissen kriegten. Jane legte »Oceans Away« von Phillip Goodhand-Tait auf. Es war das erste Mal, daß ich sie außerhalb meiner vier Wände hörte. Trotzdem hatte ich mir Jane abgeschminkt, weil sie einen Macker hatte. Ich würde es Samstag bei Barbara versuchen. Ich glaubte, ich hätte gute Aussichten. Aber erst fuhren wir Esther noch in die Südstadt, in der sie wohnte, und tranken noch einen, mit dem wir Janes köstliche Nudeln runterspülten.

Wie es nun mal so kommt, bekam ich am nächsten Tag von Phillip eine Kassette mit seiner Version von Buddy Hollys »Heartbeat«. Ein Brief war dabei, in dem er mich fragte, ob ich eine deutsche Plattenfirma wüßte, die dieses Lied rausbringen würde. Ich dachte sofort, nachdem ich das Tape angehört hatte, das könnte ein Hit werden, aber ich glaubte nicht, daß die großen Firmen das machen würden. Die bekommen ihre englischen Sachen aus dem Mutterland diktiert, aber vielleicht hätte Achim Reichel Interesse, der ja sein eigenes Label hatte, bei dem unter anderem Piet Klocke mit seiner Tanzdiele unter Vertrag war. Wie wär's mit Line Records? Deren Boß Uwe Tessnow nahm ja sehr viele obskure Künstler aus dem englischsprachigen Ausland unter Vertrag. Ich schrieb Phillip beide Adressen auf. Mal sehen, was draus wird. Abends in der Zeche zeigte ich Barbara den Brief und sagte ihr, lies ihn dir in Ruhe durch, dann ließ ich sie in Ruhe, weil die Zeche proppenvoll war. Wir würden uns ja am nächsten Nachmittag im Treibsand treffen. Ich fuhr noch auf ein Bier nach Appel, in das jetzt trotz der Zeche wieder mehr Leute kamen. Ich grüßte Zonte an seinem Pult. Gute Mucke. Am nächsten Tag brach ich also zu meinem Rendezvous mit der angebeteten Barbara auf. Es spielte keine Rolle, aber war sie katholisch? Luther? Der war ja auch erst katholisch. Aus irgendwelchen Gründen nahm ich Papier und Bleistift mit, wenn sie nicht käme, würde ich an meinem Buch arbeiten. Ich nahm auch die handsignierte Tequila-Flasche mit, mit der ich mich verteidigen wollte, falls mich jemand angriff. Aber wer sollte das tun? Ich fuhr also zeitig zu dem Café und fragte Peter, den Inhaber, ob ich den ausliegenden Spiegel jener Woche haben könnte. Ich hatte vergessen, ihn bei Wagner zu kaufen. Jetzt noch nicht, komm mal nächste Woche vorbei. Okay, ich schenk dir auch 'ne Kassette mit Treibsand drauf. Was? Er verstand mich nicht. Ich schrieb also schnell wie das Licht, und im Nu hatte ich ein paar Seiten voll in dem Stil des verlorengegangenen Briefs an Müller-Schwefe. Wieder war er voll von Anspielungen und Kalauern. Ich hatte nichts gegen Kalauer und ähnliche Wortspiele. Da lief Barbara ein. Ich traute mich nicht, ihr einen Kuß wenigstens auf die Backe zu geben. Sie setzte sich und bestellte einen Milchkaffee, während sie sich über die Tequila-Flasche wunderte. Hast du die heute schon leer gemacht? Ach was, Taekwondo, Selbstverteidigung. Hast du denn Feinde? Wer weiß das schon? Du, ich muß dir was gestehen, beichtete sie kleinlaut. Ich hab den Brief verloren, den du mir gestern abend gegeben hast. Ich war sofort außer mir. Ich schrie sie an, du altes Aas. Es war vollkommener Irrsinn, wegen solch einer Lappalie geriet ich außer mir, bei der Frau, die ich liebte. Ich nahm die Flasche und drohte ihr. Verpiß dich, geh stinken. Sie ging auch sofort weiter in den hinteren Raum, während ich aufgebracht an meinem Text bosselte, und ließ sich ein Stück Kuchen servieren. Endlich kam Körner mit seiner dünnen Tussie. Tja, aus dem Frauengespräch wird nichts. Aber hier ist mein neuer Anschlag auf die deutsche Literatur. Er rauchte hastig, während er meine Seiten las. Du schreibst und bist gleichzeitig mit deinen Gedanken schon weiter. Dann sagte er, mach weiter so, dann werden dir alle Frauen der

Welt gehören. Er hatte mir Phillips Video wieder mitgebracht, und ich wußte schon, was ich damit machen würde. Dann erzählte er von einer Folge »Büro, Büro«, die er gerade geschrieben hatte, in dem im Lager die Sprinkleranlage durch Zigarettenqualm losgegangen ist und der Hauptdarsteller sagt statt »dies ist ein Rohrbruch« »dies ist ein Rohrbach«. Das war die Serie, die von der Bavaria produziert wurde, deren Chef Günter Rohrbach war, oder war er damals noch Fernsehspielchef beim WDR? Ich fragte ihn nach dem Ende von Dallas. Er würde J. R. und einen Doppelgänger den Kölner Fernsehturm hochschicken, und die beiden machten ein Duell. Das Ende? Das Double überlebt. Körner brachte mich nach Hause, und ich war immer noch sauer auf Barbara, oder auf mich.

Am nächsten Morgen war die Hauptversammlung unseres Vereins, und ich würde hingehen. Vorher aber, noch beim Kaffee, schrieb ich weiter. Ich wollte noch am Sonntag Müller-Schwefe dieses Ding schicken, auf daß ich berühmt würde. Anschließend zum Dellmann ins Gesellschaftszimmer. Ich hatte was schwanen gehört, daß Heinz Schmalz als erster Vorsitzender zurücktreten werde. Und so war's dann auch, nachdem wie immer Adolf Waßmann als Versammlungsleiter die Veranstaltung eröffnet hatte. Betretenes Schweigen zunächst, als Heinrich ohne Begrüßung zurückgetreten war. Wer kam als Nachfolger in Frage? Rainer Martin und mein Vater, der im übrigen nicht da war, waren's schon mal gewesen und würden es nicht noch mal machen. Es gab ein Hin und Her. Bald wurde jeder vorgeschlagen, aber alle lehnten ab. Günther Kruska schlug mich vor. Und einen Augenblick dachte ich ernsthaft drüber nach. Ich dachte, ich mach's, wenn ich bald ein Star werde, wie Elton John in Watford. Ich sagte, in drei Monaten, dann wär mein Buch raus, als rush-release. Man vertagte sich, und ich saß noch mit einigen Leuten zusammen, unter anderem Stefan Dittfeld, der als einziger Student bei uns in der ersten Mannschaft spielte. Uns beide hatte das Schauspiel amüsiert. Besser als Peymann. Ich berichtete meinen Eltern beim Mittagessen von dem Ereignis, und Vater sagte, mit dem Verein geht's bergab, wie wollen die noch mal in die Bezirksklasse kommen? Es würde noch fünfzehn Jahre dauern. Dann sah ich noch einmal den Text durch, ohne ihn zu korrigieren, fuhr in die Stadt und gab ihn per Eilpost nach Frankfurt auf. Am nächsten Tag holte ich mir Arno Schmidts nachgelassenes Werk *Julia oder die Gemälde*. Ich blätterte drin rum und dachte, auch das ist Pop. Ich meinte, das wär ein Thema für den Musikexpress-Sounds, bei dem jetzt Teddy Hoersch Redakteur neben Gockel war. Und ich fragte ihn, ob ich das Buch besprechen könnte. Wenn der Diederichsen noch da gewesen wär, hätte er ja gesagt. Und immerhin hatte ja Hoersch seine Magisterarbeit über Gottfried Benn geschrieben. Aber für das neue Blatt kam der Bargfelder nicht in Frage. Schade. Aber es wäre auch wahrscheinlich nichts Gescheites bei rausgekommen, bei meinem Review. Ich kriegte Post von Achim Reichel, der Text, den ich ihm grade geschickt hatte, den ich bei der Metronome geschrieben hatte, sei zu ich-bezogen, mit ich meinte er mich. Aber er sagte, laß uns uns doch treffen, wenn der Klocke in der Zeche spielt; okay, das war nicht mehr lange.

Am nächsten Morgen – ich schlief noch – kam um sieben Uhr Eilpost von Müller-Schwefe. Handgeschrieben stand da, daß er meinen Schreibtrieb bewundere, was er produziere und transportiere, aber immer mehr würde ihm klar, daß er nicht der richtige Lektor für mich sei (und Suhrkamp nicht der richtige Verlag). Meine erste Reaktion war Stolz, aber dann mußte ich doch weinen. Alles hatte ich darangesetzt, den Vertrag zu kriegen. Jetzt war er dahin. In jenem Augenblick kam kein anderer Verlag für mich in Frage als der Verlag Stefan Kovals und Eugen

Rapps. Aber dann dachte ich mir, wenn ich mich zusammenriß und normal schrieb, hätte ich vielleicht Chancen. Ich nahm den Brief mit zur Uni, wollte Professor Grosse beeindrucken, der auch Vorsitzender der Literarischen Gesellschaft und einiger Gremien war. Ich kam unangemeldet, aber er war da. Die Tür war offen, und Mary, die bei Appel bediente, lief über den Flur, was machst du denn hier? Das wußte ich selber nicht. Ich dachte, ich könnte vielleicht so was werden wie ein poet in residence, wie Rolf Dieter Brinkmann einst in Austin, Texas, so wie das überhaupt üblich war an ausländischen Hochschulen. Grosse meinte, ich sollte erst mal zu Ende studieren. Dazu hatte ich jetzt aber keine Lust mehr. Ich ging rüber zu dem Büro von Küster, dem Cousin der WEA-Frau. Er sagte, o weh, als ich sagte, woher er mich wahrscheinlich kennen würde, aber seine Cousine hätte ihm mal eine Platte von Heinz-Rudolf geschenkt, und die hätte ihm auch nicht gefallen. Ich zeigte auch ihm den Brief aus Frankfurt und fragte ihn, kann man das mit der Klammer so interpretieren, daß der Lektor sich bei Suhrkamp eingeschnürt fühlt. Mag sein. Aber wir können uns ja mal treffen. Ich sagte okay. Aber es würde noch dauern.

Am nächsten Tag ging ich zu meinem Hausarzt und sagte ihm, daß ich den Tranquilizer Lexotanil nicht mehr brauchte, weil ich mich gut fühlte. Das gab's nur selten, sagte er, daß jemand freiwillig mit dem Zeug aufhörte. Ich sagte ihm aber, daß ich vielleicht noch ein Mittel brauchte, mit dem ich nach der Nachtschicht besser schlief. Er füllte ein Rezept aus, auf dem ich Karma entzifferte, o Klasse, dachte ich, Karma. Ich ging ja nie zu dem Apotheker, dessen Frau und Schwägerin ich nacheinander oder gleichzeitig geliebt hatte, sondern fuhr in die Stadt, in der mir eine hübsche Apothekerin aufgefallen war, in einer Apotheke, die nur eine Nische war und wo die Medikamente in der ersten Etage lagerten, von wo sie immer auf einer Rutsche runterkamen, nachdem das Rezept hoch-kopiert worden war. Ich gab also der betreffenden Dame mein Rezept, aber die Pillen waren nicht vorrätig, man würde sie beim Großhändler bestellen, der in ein paar Stunden liefern würde. Heute schaff ich's nicht mehr, sagte ich. Dann kommen Sie morgen. Anschließend ging ich zur Arbeit und döste vor mich hin. Fast hätte ich's geschafft, dachte ich, und nicht mehr diese elenden schlechtbezahlten Nachtschichten absolvieren müssen. Nachmittags dann am nächsten Tag war ich wieder in der Apotheke bei der schönen Verkäuferin, aber das Mittel war immer noch nicht da. Sie mußten es bei dem Hersteller in Karlsruhe besorgen. Das Medikament sei neu auf dem Markt. Und zwei Tage später kriegte ich es, es hieß allerdings nicht Karma, sondern Kalma. Die Ruhige. Naja, Hauptsache sie wirkte. Vielleicht bewirkte sie mit, was folgte. Später wurde sie aus dem Verkehr gezogen. War ich da schuld? Ich fuhr noch an jenem Nachmittag an die Uni und ging in die Bibliothek. Ich ging zur Auskunft und wollte wissen, wie man Untersuchungen über neue Medikamente findet. Der Mann hinter dem Tresen war tatsächlich zuständig für medizinische Literatur. Er nannte die Rote Liste. Die kannte ich auch, ich sagte aber, die Pillen seien neu auf dem Markt, und er nannte mir einige Zeitschriften, auch englischsprachige. Aber ich war dann doch zu faul zum Suchen. Lassen wir Kalma wirken. Immer noch an der Auskunft, hörte ich, wie sich ein paar Studenten berieten. Einer suchte Material über Max Frisch. Suhrkamp. Mir fiel ein, daß ich meiner damaligen Wirtin Susanne geholfen hatte, als sie in Betracht zog, mit ihren Schülern Jochen Schimmangs Debüt-Roman »Schöner Vogel Phönix« durchzunehmen. Auch sie brauchte Material, und ich sagte ihr, ich schreib mal an Suhrkamp, und tatsächlich schickte mir das Pressearchiv an die zwanzig Rezensionen, die über das Werk erschienen waren. Dann ließ einer fallen, daß er jemanden kenne, der über Arno Schmidt promoviert habe, ich wurde hellhörig und ließ mir den Namen geben. Reinhard Finke wohnte in Bochum. Dann werde ich ihn finden. Und beim Stichwort »Doktorarbeit« fiel mir ein, daß Müller-Schwefe auch promoviert war, und ich suchte mir die Doktorarbeit raus und lieh sie mir. »Schreib' alles« hieß sie und analysierte Jürgen Beckers Prosa. Schreib alles, das war ja auch, was ich vorhatte. Ich fuhr zurück in die Stadt und ging rein nach Janssen, der besten Buchhandlung weit und breit, in die andern, Schaten und Brockmeyer, ging ich gar nicht erst rein. Keiner quatschte einen an, wenn man nicht wollte, um so hilfsbereiter war man, wenn man tatsächlich Hilfe brauchte. Sie besorgten einem auch Bücher aus dem Ausland. Nur »A Confederacy Of Dunces« kriegte ich nie, obwohl sie es in den Staaten bestellt hatten. Später kaufte ich mir die deutsche Fassung, die Jahre nach John Kennedy Tooles Tod erschien. Obwohl sie nur begrenzt Platz hatten, hielten sie *Staccato* vorrätig, und einmal sah ich sogar, wie es jemand kaufte, ohne daß ich sagte, daß auch ein Beitrag von mir drin war. Leider hatte ich kaum Geld, um mir was zu kaufen, sie waren aber auch nicht sauer, wenn ich mal rausging, ohne was zu kaufen. Auch heute noch vergeht kaum einer meiner freien Tage, an dem ich nicht bei Janssen reinschau, nur daß ich mir heute mehr leisten kann. Ich sprach mit dem Besitzer. Suhrkamp würde im Frühjahr ein Weißes Programm rausbringen mit alten Schätzchen, weil sie nichts Neues zu bieten hatten. Ich erzählte Janssen, daß ich mit meinem Roman vorankäme, für den ich aber noch keinen Titel hätte, wie wär's mit »Buchhandlung Janssen«? Ja, das wär was, sagte er. Zur Belohnung schenken Sie mir dieses dicke Ding. Es war der erste Spiegel-Jahrgang. Wir machen das so, schlug ich ihm vor, ich nehm' das Buch mit auf Rechnung, und wenn mein Buch unter diesem Titel erscheint, zerreißen Sie die Rechnung.

Schon Arno Schmidt hatte ich auf Rechnung gekauft. Ja, ich hatte einen großen Kredit. Hoffentlich konnte ich es auch zurückzahlen. Abends hatte ich frei und probierte Kalma aus. Es folgte ein sanftes Schlafen. Im Night Flight, den ich in meinem Bett am Wochenende drauf hörte, erzählte Alan Bangs, daß ihm mal Marianne Faithfull ein Buch empfohlen hatte, daß er sich besorgen sollte. Es handelte sich um Arthur Machens »Hill Of Dreams«. Und bei seinem nächsten Besuch in der Heimat ging er in eine Londoner Buchhandlung, die das Buch aber nicht vorrätig hatte. Der Angestellte wollte es zum nächsten Tag besorgen, aber Bangs schaffte es nicht mehr, hinzugehen. Als er das nächste Mal in England war, wollte er es sich dann kaufen, aber die Buchhandlung war inzwischen dichtgemacht worden. Ich ging montags in die Uni-Bibliothek und fand das Buch als Teil von Machens Gesammelten Werken. Ich lieh es aus. Dann fuhr ich zur Politischen Buchhandlung, dem heutigen UBU, wo ich auch gerne reinging, und fragte, ob sie den Titel vielleicht auf Deutsch in ihrem Katalog hätten, war nicht der Fall. Ich ging also auch gerne zu den Langhaarigen, und manchmal bekam ich auch einen Kaffee, zwar hatten sie jede Menge marxistisches Zeug im Angebot, aber leider nicht die Sachen vorrätig, die ich brauchte. Ich bestellte dann bei denen später Sachen, die auch der Janssen nicht am Lager hatte. Support your local talent. Abends in der Ruhrlandhalle war alles beim alten. Ich suchte im Telefonbuch nach einem Dr. Reinhard Finke und fand ihn. Ich rief ihn an, und er war etwas erstaunt. Ich sagte ihm, daß es im Ruhrgebiet ja nicht allzu viele Arno-Schmidt-Experten gab und daß auch ich schrieb. Vielleicht könnten wir uns treffen, und ich schlug das kleine Café Siesta vor. Am selben Abend sah ich Herbert Wehner in der Tagesschau, die ich, wenn es ging, immer guckte, um politisch wenigstens halbwegs auf dem laufenden zu sein. Die SPD veranstaltete eine Art Parteitag vor den nächsten Wahlen mit Jochen Vogel an der Spitze. Wehner saß da und sagte nichts, den ganzen Abend nicht, er sollte sich dann auch aus der Politik zurückziehen, und ich dachte, dieses Schweigen war genial, denn er hätte wahrscheinlich die letzten SPD-Wähler verschreckt. Vielleicht hätte er ausbrechen sollen und alles kurz und klein reden. Jedenfalls schrieb ich auch ihm einen ellenlangen Brief. Immerhin war ich ja noch Parteimitglied und durfte das. Seine Stieftochter und spätere Frau saß auch im Publikum, und ich machte auch ihr Komplimente. Ich war sicher, er würde den Brief lesen. Im Vorjahr hatte ich ja vor, ihn zu interviewen, und hatte den Ernst-Otto Stüber kontaktiert, unseren späteren Oberbürgermeister, der ja auch von der Wilhelmshöhe stammte. Er empfahl mich an Karl Liedtke weiter, auch ein Bochumer und die rechte Hand von Wehner. Es kam aber nicht zu dem Interview, und ich weiß nicht, woran es lag. Nach der Kalma schlief ich wieder prima und gab nachmittags das Buch für Bangs auf, das ich in die Hülle von The Complete Buddy Holly steckte, aber nicht in die von Jane Smith, sondern die alte, die ich noch hatte und die bei meinem Verkehrsunfall nicht draufgegangen war. Anschließend ging ich in die Stadt. Gegenüber vom Hauptbahnhof war damals das Musikhaus Kühl, und da mir Menne die Musikwissenschaften als Studienfach empfohlen hatte, wollte ich mal sehen, was die so alles hatten, hauptsächlich Klaviere, aber auch sonst alle möglichen Instrumente. Auch Musikbücher und vor allem Noten. Bei meinem nächsten Besuch erkannte mich ein Verkäufer, der sich Fuchs nannte, wieder, und ich reichte ihm *Staccato*, konnten die vielleicht auch verkaufen. Ich fragte Fuchs, was mit der Klavierfirma Blüthner aus der DDR sei. Ich hatte eine Tante und deren Sohn, die angeblich Ansprüche auf diese Fabrik anmelden wollten, weil sie zum Teil dem verstorbenen Onkel gehört hatte. Sie kriegten aber kein Jota davon, auch nicht, als die Mauer gefallen war. Na ja, die Qualität sei nicht mehr so. Die Beatles hatten ja noch auf einem gespielt. Wahrscheinlich lag es an dem Holz. Ich klimperte rum.

Am nächsten Tag sah ich an der Uni Plakate für eine Vorlesung eines schwedischen UNO-Delegierten, der über Zuwanderung reden würde, was schon damals ein Problem war. Ich wollte zu diesem Vortrag hingehen, ging aber noch auf die Cafeteria, wo ich einen älteren Herren sitzen sah. Irgendwas sagte mir, daß das der Schwede war, und tatsächlich, ich ging an seinen Tisch, und er war's. Ich sagte ihm, daß ich gespannt sei, wenn ich mich auch noch nicht eingehend mit der Problematik beschäftigt hätte. Ich fuhr noch mal nach Hause zum Essen, weil ich den Mensafraß nicht runterkriegte. Der Schwede hielt dann den Vortrag im HZO, in das sich dreißig Leute verliefen, ein Bochumer Professor machte die Honneurs, und der UNO-Mann sprach dann frei und auf Deutsch. Ich drehte mich mal um und sah oben Jürgen Link, von dem ich dachte, er müßte inzwischen Professor sein. War er nicht Hölderlin-Experte und deshalb meinetwegen da? Der Schwede hielt seinen Vortrag weitgehend frei auf Deutsch. Als er fertig war, durften Fragen gestellt werden, und ich fing sofort an mit meinen amerikanischen GIs. Das sei heute kein Problem mehr. Dann sah ich, wie ein kleines Kind, etwa drei, vier Jahre alt, sich von seiner Mutter löste, während der UNO-Beamte Fragen beantwortete. Es waren auch Ausländer im Auditorium. Das Kind fing an, an einer Steckdose zu spielen. Die Mutter kümmerte sich anscheinend nicht drum. Ich kriegte das kalte Grausen, war das nicht gefährlich? Ich unterbrach die Fragerei und rief in den Saal, holt die Kleine da weg. Die Mutter rührte sich nicht, ich schrie noch mal. Korte mischte sich ein, der die Vortragsreihe leitete, und sagte, Sie wissen wohl nicht, was heute an den Unis so Usus ist. Ich hielt's nicht mehr aus und verschwand lauthals.

Claus blieb sitzen, während ich rüberging zu den Anglisten, hoch in die Bibliothek, wo ein nicht ganz alter Mann die Aufsicht hatte. Ich sagte ihm daß ich als Wachmann ja einen ähnlichen Job hätte wie er. Und er fragte, wo ich herkäme, ich sagte aus Bochum, aus Langendreer, von der Wilhelmshöhe, er kam aus Werne, wo auch meine Mutter geboren war, und er fragte mich, ob ich den Heinz Schmalz kenne. Wie meine Westentasche. Der sei bei ihm in der Klasse gewesen. Ich sagte, dann müßte er auch meine Tante Edith kennen, die auch in dem Alter war, und ich nannte ihm ihren Mädchennamen, und seine Augen fingen an zu glänzen. Wir quasselten noch ein bißchen, und ich ging wieder zum HZO, um Claus zu treffen, aber Claus war nicht da. Ich hörte, wie Professor Korte zum Schluß kam und zu dreiunddreißig, »eine Zeit, an die wir uns nicht gerne erinnern«, und ich rief, wir müssen uns viel lieber an diese Zeit erinnern, womit ich meinte, wir sollten Nazideutschland nicht verdrängen.

Finke. Ich saß also im Siesta und erkannte den Mittdreißiger sofort, als er reinkam in seiner Lederjacke. Wir tasteten uns ab. Er war Lehrer und hatte in Bochum studiert. Dann habe er sich auf Schmidt spezialisiert, wodurch Jörg Drews auf ihn aufmerksam geworden war und ihn an die Uni Bielefeld geholt hatte. Da hätte er aber Schwierigkeiten mit seinem Forschungsgegenstand gehabt, und sie seien nach Bargfeld gefahren, um von dem Genius loci zu profitieren, und tatsächlich hätte man den Einsiedler in einem Bach watend getroffen. Der wußte schon, daß Finke über ihn arbeitete. Im übrigen würde das Ergebnis seiner Arbeit als Bargfelder Bote erscheinen. Ich fragte ihn – wir duzten uns sofort –, ob er schon den neuen Schmidt hätte. War nicht der Fall, also überredete ich ihn, mit nach Janssen zu gehen, wo sie ihn für ich glaube 140 Mark vorrätig hatten. Als wir das großformatige Buch kauften, regte sich der Buchhändler Dolf Quast auf, der das Ding überreichte, daß die Branche mal wieder sauer auf den Versand 2001 sei, weil die dasselbe Buch zum selben Preis mit einem kostenlosen unveröffentlichten Foto Arno Schmidts verschickten.

Am nächsten Tag würde ich an der Bahn Irmi Bernrieder treffen, die für die Rheinische Post arbeitete, und ihr sagen, daß das doch ein Thema fürs Feuilleton sei. Dabei fiel mir ein, daß ich einmal bei ihr in Laer übernachtet hatte, als wir im U-Bo vergeblich auf Reinhard Oselies warteten, nachdem der eine junge Frau nach Hause gebracht hatte und wir 'ne Taxe nehmen mußten. Wir schliefen im selben Bett. But nothing ever happened. Reinhard war im übrigen auch Arno-Schmidt-Fanatiker. Ich ging mit Finke zu seinem Auto, um das Buch zu verstauen. Dann gingen wir nach einer Bratwurst bei Dönninghaus weiter ins neueröffnete Sachs, das Alex von Appel mit betrieb. So langsam nahm das Bermuda-Dreieck Form an. Ich zeigte Finke die Zeilen, die ich für Konkret geschrieben hatte. Sie waren ja auch nicht so ganz entfernt von Schmidt und Joyce. Ich würde mich aber in den nächsten Tagen hinsetzen und eine handfeste Story für Ingrid Klein schreiben. Finke hatte in seiner Jugend für die Kinks geschwärmt, war aber kein großer Musikexperte. Einen Großteil seines Studiums hatte er in Langendreer im Oberdorf in der Gaststätte Heeman beim Skatspielen mit alten Invaliden verbracht. Trotzdem hat er sein Examen auf die Reihe gekriegt. Er trank mehr Pils, als für einen Autofahrer erlaubt war. Wir gingen auseinander, indem wir unsere Adressen austauschten. Ich war sicher, einen Freund fürs Leben gefunden zu haben. Freitags, die Schicht war okay. Ich las was, und um 5 Uhr ging ich rüber in die Rundsporthalle, wo schon die Reinigungskräfte saßen. Ich dachte mir, ich müßte Gedichte für sie schreiben, und bat die vier Damen um ihre Namen. Auf jeden machte ich einen Vierzeiler, und die Damen sahen mich gar nicht komisch an – als meinten sie, das müßte so sein. Ich ging noch mal rum und hörte aus dem Massageraum lautes Schnarchen. Ich drückte die Klinke runter, aber die Tür ging nicht auf. Von drinnen rief jemand: Heinz, bist du es? Die Stimme gehörte Lothar, dem Hausmeister der Halle. Wahrscheinlich hatte er sich mit besoffenem Kopf hingelegt, zum Ausschlafen, weil er sich nicht nach Hause traute oder es einfach nicht mehr schaffte. Ich ließ ihn in Ruhe und sagte nur den Frauen Bescheid. Ich wollte schon immer ein Frühstück im Novotel einnehmen. Ich ging also rüber und fragte, ob ich eines haben könnte. Die Frau an der Rezeption wies mich zu einem Bereich, wo noch keiner saß, aber das Büffet war schon aufgebaut. Ich bediente mich bei all den tollen Sachen, die es zu Hause zumindest morgens nicht gab. Ich schlang rein, soviel wie ging. Und trank Kaffee. Die zu Hause würden sich sicher schon Sorgen machen, zumal ich mit Papas Pkw unterwegs war. Als ich rausging, hielt mich die Frau an der Kasse auf. »Sie müssen noch zahlen.« Ach ja, hatte ich ganz vergessen. Ich drückte die elf Mark ab und ging nach Haus, wo ich erzählte, daß der Willi Nagel sich verspätet hatte.

Abends würden die beiden Schauspielschülerinnen, die ich kennengelernt hatte, Premiere mit »Baal« haben. Auf Theater hatte ich nicht so'n Bock, da ich in der Zeit nicht lange ruhig sitzen bleiben konnte und man außerdem nur in der Pause rauchen durfte, und ich war bei drei Schachteln angelangt, aber zu der Premierenfeier wollte ich hin. Ich war noch bei keiner dabeigewesen und war gespannt. Nachdem ich ausgeschlafen hatte, lieh ich mir also den Fiat und fuhr in die Stadt, wo ich zuerst im Grannys landete. Am Tresen lungerte Pussy Krull rum, ein bekannter Bochumer Musiker. Und watt machst du? fragte ich ihn, und er erzählte mir, daß er in der nächsten Woche in Leverkusen eine neue Platte aufnehmen wollte. Bis dahin hatte er nur Mißerfolge eingespielt und nur lokal ein paar Dutzend LPs verkauft. Ich wünschte ihm viel Glück und ging ins Sachs, das im Moment der angesagteste Laden war. Ich sah aber keinen Bekannten, nur die üblichen Szeneleute. Das Stück schien aus zu sein, als ich den Pförtner fragte, wo die Feier stattfinden sollte. Da sah ich draußen am Taxistand den Zeit-Kritiker Benjamin Henrichs in einen Wagen einsteigen. Den wollte ich immer mal kennenlernen und ihn von meiner Genialität überzeugen. Jetzt kam an der Pforte Rainer Wanzelius, der lokale Kulturchef, raus. Ich sagte ihm, ohne daß ich wußte, ob er's begriff, er sollte den beiden Mädchen Bescheid sagen, ich käme später. Ich ging um die Ecke und stieg in meinen Wagen. Ich war mir fast sicher, wo Henrichs logierte. Er hatte im Sommer in seiner Zeitung beschrieben, wie er das Fußballspiel Deutschland gegen Österreich in Spanien in seinem Zimmer im Novotel erlebt hatte. Und wahrscheinlich wohnte er da jetzt auch. Ich fuhr also durch die Stadt, ich hätte auch die B 1 benutzen können. Ich kannte mich ja schon ein bißchen im Novotel aus. An der Rezeption fragte ich, ob Herr Henrichs gerade reingekommen sei. Was wollte ich eigentlich von ihm? Ich hatte doch nur ein paar Artikel geschrieben. Wollte ich bei der Zeit anheuern? Dann fiel's mir ein. Ich ließ mich mit seinem Zimmer verbinden. Er schien ganz freundlich zu sein. Ich erklärte, wer ich sei und daß ich extra für ihn in der kommenden Nacht eine Kroll-Oper für Stalin-Orgeln schreiben würde. Sie brauchen nichts für mich zu schreiben. Aber ich war ganz aus dem Häuschen. Ich hinterlege sie hier morgen früh. Ich hatte natürlich von Opern keine Ahnung, noch nie eine gesehen, aber gehört, und natürlich war klar, daß ich nichts dergleichen schreiben würde. Ich verabschiedete mich und hatte keine Lust mehr auf die Premierenfeier und fuhr statt dessen zum Rotthaus, wo man immer Leute traf, die man kannte. Heute war's Nele, die Freundin von Oliver Schrumpf. Sie war nicht ganz mein Typ, hatte ein paar harte Züge. Deshalb ließ ich es an diesem Abend sein, sie anzumachen, zumal Oli ein guter Kumpel war. Sie saß alleine an einem Tisch, und ich sagte, warum sitzt du nicht bei Harald Thon, der zwei Tische weiter saß. Ach der, dem gehören doch alle Frauen. Neidisch mußte ich zugeben, daß da was Wahres dran war. Aber weißt du was? Ich komm' nächste Woche in die Zeit. Da war ich mir sicher, auch wenn ich in der kommenden Nacht nicht die Kroll-Oper schreiben würde.

Ich ging bald nach Hause, weil ich morgens um acht schon wieder in die Ruhrlandhalle mußte. Ziemlich gerädert, auch wenn kein Alkohol im Spiel gewesen war, kroch ich aus dem Bett und fuhr hin. Ich dachte, ich würde die eine oder andere Mütze Schlaf auf der Arbeit mitkriegen können, aber schon um neun rief eine Frau an, die ihren Brillant-Ohrring bei der Karnevalsveranstaltung am Vorabend verloren hatte. Sie können haben, was Sie wollen, wenn wir ihn wiederfinden, versprach sie. Sie war die Frau eines Professors. Wollen Sie vielleicht Zigaretten? Und welche Marke? Um nicht mit den komplizierten Benson & Hedges zu kommen, sagte ich Marlboro. Dann rief ich meine Mutter an und fragte sie, wie teuer wohl so'n Brillantring sei, und sie sagte, das könne man nicht schätzen. 'ne viertel Stunde später kam die nicht mehr ganz junge Frau an, die mir erzählte, daß sie auch mal vor ein paar Jahren Karnevalsprinzessin gewesen war. Natürlich war Fastnacht hier im Vergleich zu den rheinischen Metropolen eher mickrig, aber die Ruhrlandhalle hatte der KKV, eine mittelständische katholische Vereinigung, vollgekriegt. Die Frau, die mit ihrem Sohn gekommen war, suchte gezielt auf der Tanzfläche. Sie hatte, um sich nicht schmutzig zu machen, eine Tischdecke ausgebreitet, auf der sie herumkroch. Ich dachte mir, wenn sie den Klunker findet, wünsche ich mir von ihr eine Reise nach London. »Was wollen Sie haben?« hatte sie gesagt. Dann kam noch einer von den Katholiken, der was verloren hatte, einen Siegelring. Auch er suchte. Ich mußte mit ihm sogar in den Keller gehen, weil er dachte, er wär vielleicht durch einen Ritz an der Bühne geflogen. Als ich hochkam, hatte die Frau Professor ihren Ohrring gefunden. Sie sagte aber nichts von einer Belohnung, und ich hielt die Schnauze. Mußten die beiden Schachteln Marlboro, die sie mitgebracht hatte, genügen. Ich ärgerte mich doch. Wenigstens einen Blauen hätte sie springen lassen können. Dann kam einer aus dem Vorstand des KKV und unterhielt sich mit dem Ringsucher. Herr Müller war freundlich zu mir und schenkte mir einen Sechserpack Schlösser Alt, den er aus dem Kofferraum holte. Zu dem einen sagte er, die Veranstaltung sei wohl nicht so gut wie sonst gewesen. Er führte das auf die angeblich schlechte Band zurück. Der eine fand seinen Ring nicht, und ich vertröstete ihn auf den nächsten Tag und die Putzfrauen. Zwischendurch war ich noch mal rüber zum Novotel gegangen, und Benjamin Henrichs war auch noch auf seinem Zimmer. Ich wollte ihn nicht wecken, sondern hinterließ ihm nur meine, wie ich fand, geniale Story »Buddy Holly auf der Wilhelmshöhe«. Ich ließ also das Buch *Staccato* da und war mir sicher, der Kritiker würde in der nächsten Zeit was drüber bringen.

Am frühen Nachmittag rief ich Mecky an und wollte wissen, wie die Premiere gelaufen sei. Gut. Ob sie heute abend Zeit hätte. Ja klar. Ich sagte ihr, ich hole euch dann nach der Arbeit ab. Ich sagte auch zu Hause Bescheid, nach zwölf langen Stunden würde ich mir bei Dönninghaus eines der berühmten Bratwürstchen gönnen. Erst holte ich die Mädchen ab, und da ich die erste Vorstellung verpaßt hatte, sollten sie mir eine Extra-Performance von »Baal« spielen. Ich fuhr also noch mal mit ihnen in die Ruhrlandhalle, die ja viel größer war als das Theater. Heinz ließ uns rein. Die Instrumente der Band vom Vorabend standen auf der Bühne, unter anderem ein Bösendorfer-Flügel. Wir also alle in den Saal, Heinz auch. Und ich sagte den beiden Mädchen, nun macht mir mal den »Baal«. Mecky fing an, die Handlung zu erzählen. Die andere ergänzte sie, während ich in die Tasten haute und dachte, ich sei der Erfinder der atonalen Musik. Kurt Weill. Das war natürlich Quatsch. Heinz setzte sich neben mich und hörte gebannt zu. Jetzt fickt er sie. Er hatte den »Baal« also verstanden. Als die Mädchen fertig waren, verabschiedeten wir uns und waren uns einig, in die Kokille zu fahren. Im hinteren Raum entdeckte ich Doris, die mit dem Rücken zu mir saß. Ich hielt ihr mit meinen Händen die Augen zu. Sie erriet mich nicht.

Und ich zeigte ihr die beiden Weiber, die ich ausführte. Ob sie eifersüchtig war? Wahrscheinlich, weil ich tollere Frauen bei hatte als sie. Sie hatte mir ja noch nicht ein Zeichen gegeben, ob sie wieder auf Männer stand und eventuell mit mir ficken wollte. Da rief Mecky auch »Baal, komm«, und ich ging mit ihnen die Treppe hoch. Viel passierte nicht mehr, und wir verabredeten uns für Rosenmontag. Ich aß dann doch erst zu Hause, was vom sonntäglichen Mittagstisch übergelassen war. Eine frische Suppe und Sauerbraten mit Knödeln, die auch aufgewärmt wie immer Klasse schmeckten.

Am nächsten Tag schlief ich lange aus und fuhr auch nicht zur Uni, wo nur Jux-Veranstaltungen stattfinden würden. Ich erzählte meinen Eltern, daß ich mich mit dem Zeit-Kritiker in Verbindung gesetzt hatte und gespannt sei, was dabei rauskommen würde.

Abends würden die Conditors in Dorstfeld im Kuckuck spielen. Da wollte ich hin. Aber zuerst wollte ich noch ein bißchen Geld verdienen. Ich fuhr also raus nach Weitmar in die Zeche. Ich hatte Olgo am Wochenende mal kurz gefragt, ob ich in der Kneipe Klavier spielen könnte, ohne es zu können, und er hatte leichtfertigerweise zugesagt, obwohl er nichts von meinen Qualitäten wußte. Ich ging also jetzt ins Büro und sagte Olgo, der ja einer der Betreiber der Zeche war, wie isses, für fünfzig Mark. Etwas widerwillig rückte er mit der Kohle raus. Und ich holte den Spiegel und das neue Arno-Schmidt-Buch aus dem Kofferraum. 'ne Viertelstunde ließen sich das die Leute gefallen, wie ich rumklimperte, dann sagte Olgo, ist gut. Die fünfzig Mark konnte ich behalten.

Mit den Conditors hatte ich auch was vor. Sie sollten der Backbone einer Ruhrgebiets-All-Star-Band sein, die ich gerne am 6. März, dem Wahltag, in der Kneipe der Zeche auftreten lassen würde, während John Cale im Saal spielte. So wollte ich den Wahlsieg der SPD feiern. Herbert Wehner hatte ich schon von meiner Wichtigkeit überzeugt, dachte ich. Und ich sollte der Sänger sein und Buddy-Holly-Songs singen. An diesem Rosenmontag hatte ich schon vor, mit den Conditors »Peggy Sue« auf Deutsch zu singen. Noch in der Zeche fiel mir ein deutscher Text ein. »Flora Soft kommt sehr oft«. Aber dann in Dorstfeld kam das doch nicht in Frage. Ich sah mir trotzdem das Set an und fuhr Richtung Rotthaus. Ich sah neben dem Eingang das neue Klavier, das die vom Café Piano gekauft hatten, und fragte Werner, der nach langer Zeit mal wieder bediente, ob ich bei ihm für fuffzig Mark spielen dürfte. Auf keinen Fall, wir haben heute Disco. Ich stellte mich brummig an den Tresen neben eine junge Frau, die nach nichts aussah. Und, auch keinen Bock hier? Fragte ich sie. Nicht so direkt. Dann laß uns abhauen. Wohin, in die Stadt? Ja. Okay, wir landeten im Sachs, wo auch nicht so der Bär los war. Sie studierte Mathematik. Das ist ja nicht weit entfernt von der Philosophie, sagte ich zu ihr und lud sie ein zur Vorlesung von dem Menne am Aschermittwoch. Ja, vielleicht komm ich. Dann wollten wir noch mal in die Zeche gucken. An der Kreuzung am Schauspielhaus hielt ein junges Mädchen den Daumen raus. Ich hielt an. Sie wollte nach Stiepel. Das lag zwar ein bißchen abseits, aber ich fuhr sie hin. Sie hieß Agnès und war Aupairmädchen. Sie war sehr hübsch und kam aus Frankreich. Ich setzte sie ab und merkte mir das Haus, in dem sie wohnte. Die andere und ich fuhren dann doch nicht mehr in die Zeche, und ich brachte sie ins Malerviertel, wo sie wohnte. Ich wußte gar nicht, daß es so eins in Bochum gab, nur in Köln, dachte ich, und meine Gedanken gingen einen Moment lang zurück zu Bettina Blumenberg, die ich mal im Kölner Malerviertel getroffen hatte, als sie dort jemandem Nachhilfeunterricht gab. Ob ihr Buch schon raus war? Ich würde am nächsten Tag bei Janssen fragen. Am nächsten Tag wußte ich genau, wo ich hinwollte – zu der Französin. Ich nahm die beiden Bände Rock Session mit, die ich Agnès schenken wollte. Aber ich wollte eigentlich nichts Böses von ihr, wollte sie auch nicht unbedingt ficken, aber ihr näherkommen. Und sie sollte meinem Neffen Marcus in ihrem Heimatland eine Brieffreundin besorgen, da er jetzt anfing, Französisch zu lernen, und ich mich noch genau erinnerte, wie mir Sue in England mit ihren Briefen geholfen hatte, noch besser in Englisch zu sein, als ich ohnehin schon war. Ich konnte den Fiat nicht haben und setzte mich in die Bahn. Am Busbahnhof suchte ich mir einen Bus nach Stiepel aus. Er fuhr durch zahlreiche Kurven. Diese Ecke kannte ich noch nicht. Da, wo ich dachte, was vom Vorabend wiederzuerkennen, stieg ich aus. An einer Trinkhalle kaufte ich mir eine Dose Fanta und trank sie umgehend leer. Dann stromerte ich ein bißchen rum, bis ich das Haus fand, an dem ich Agnès abgesetzt hatte. Eine vielleicht fünfunddreißigjährige Frau machte auf. Auf einem Schrank sah ich die Süddeutsche liegen, o, dachte ich, progressive Leute. Die werden das Aupair nicht ausbeuten. Ich sagte, zu wem ich wollte, und sie ließ mich rein. Agnès guckte erstaunt. Ich erklärte ihr, was ich wollte, und sie sagte, in Ordnung. Jetzt hätte ich eigentlich gehen können, aber die beiden Kinder, die da rumliefen, wollten, daß ich Mensch ärgere dich nicht mit ihnen spiele. Ich sagte ja. Die beiden Frauen verschwanden. Es war gespenstisch, die ließen mich da einfach sitzen. So ging ich dann auch, als das Spiel zu Ende war, ohne ein au revoir. Was sollte ich mit diesem angefangenen Dienstag anfangen. Ich überlegte eine Weile, dachte an die hundertfünfzig Mark, die ich im Portemonnaie hatte, und dachte mir als Ziel erneut das Novotel aus. Ich würde zu Fuß hingehen, eine Art Leidensweg. Ich kannte die Strecke von der Königsallee an, in die ich jetzt einbog. Ich lief auf dem rechten Fahrstreifen, der gerade neu gemacht wurde und für Autos gesperrt war. Von weitem sah ich, wie mir ein Wagen entgegenkam. Ich ließ ihn auf mich zukommen, ein grüner Mercedes. Der Fahrer hielt voll drauf. Ich überlegte mir einen Moment, ob ich mich anfahren lassen sollte, sprang aber im letzten Moment an die Seite. Der Fahrer hielt an. Ich sah an der Windschutzscheibe, daß er wohl der Stadtförster war. Sind Sie denn bekloppt, meinte er. *Sie* sind es. Hier ist das Fahren verboten. Ich darf überall fahren. Als ich auf seiner Rückbank die Knarre liegen sah, verpißte ich mich und ging weiter die Königsallee runter, auch an dem Viertel vorbei, wo ich mal ein paar Wochen gewohnt hatte, unterm Dach, dann aber zur ELPI-Filiale nach Dortmund versetzt worden war und der Weg zu weit geworden wäre. Ich könnte jetzt Charlotte besuchen, aber die hatte sich schon eine ganze Zeit nicht um mich gekümmert. Natürlich hätte ich auch mit dem Bus fahren können, aber mir machte das Gehen mehr Spaß. Unten am Schauspielhaus mußte ich mich entscheiden, ob ich die Oskar-Hoffmann-Straße ging oder ob ich lieber die Viktoriastraße zum Zentrum einschlug.

Ich wußte auch, was ich im Novotel machen würde. Ich würde ein Telex an die Zeit loslassen. Ich hatte gesehen, daß die einen Fernschreiber an der Rezeption hatten. Fax kannte man damals noch nicht. Ich würde einen Roman in dem Hotel auf solch einem Ding tippen. Ich mochte ja

Hotel-Romane wie den von Arhur Hailey, den ich vor langer Zeit gelesen hatte. Wie sollte ich die Nummer der Zeit rauskriegen? Bei Janssen. Ich ging also noch mal bei Dönninghaus vorbei, um mich für die schweren kommenden Stunden zu stärken, und aß eine Bratwurst. Schon war ich bei dem rührigen Buchhändler. Ich fragte ihn, ob er vielleicht die Telexnummer von denen da in Hamburg hätte. Nein, Pech. Da sah ich auf einem Tisch einen Karton, in dem ein Buch und eine Kassette enthalten waren: John Cage vertont Finnegans Wake. Wobei mir jetzt einfällt, daß mir meine Mutter neulich ein paar Hemden gekauft hat, die von der Firma »Finnegan« stammten. Wenn ich ein Hotelzimmer beziehen wollte, könnte ich vorher nicht dieses John-Cage-Werk kaufen. Ich versuchte mal wieder, ob ich auch dieses Sechzig-Mark-Ding auf Rechnung kriegte. Janssen war einverstanden. Ja. Danke, und dieses Buch von Bettina Blumenberg? War noch nicht raus. Ich war gespannt, denn sie hatte mir mal am Telefon erzählt, daß ich drin vorkam und sogar den Titel »Vor Spiegeln« unbeabsichtigt angeregt hatte. Wie das? Sie sagte, sie hätte mich ja mal in Witten besucht, als ich bei der Sabine wohnte, und während die beiden Frauen auf der Terrasse sich über Max Imdahl unterhielten, sah ich mich in dem breiten Fenster und fand mich toll. So hatte sie es gesehen. Ich verließ Janssen und bog rechts in den Südring ein, Richtung Bahnhof, in den ich aber nicht hineinging, sondern über die Straße, an der Ecke Huestraße wieder beim Musikhaus Kühl rein. Ich klimperte wieder auf dem Klavier, und sie ließen mich. Auf einmal rief jemand guten Tag, Herr Fuchs, und es gab da ein Kabuff ähnlich einem Fotofix im Bahnhof. Und Herr Fuchs zog von innen den Vorhang zurück. Es war aber nicht der Herr Fuchs, den ich aus dem Geschäft kannte, sondern, ehrlich, der Mainzer Oberbürgermeister Jockel Fuchs, den ich vom Fernsehen her kannte, vor allem von den Sendungen »Mainz bleibt Mainz, wie es singt und lacht«. Da hatte er meist eine Narrenkappe auf. Diesmal nicht. Ich versuchte nicht, ihn anzusprechen, so platt war ich. Statt dessen suchte ich das Weite. Ich ging die Castroper Straße hoch, und auf einmal kam mir die Erleuchtung, daß dies die letzte Folge von Dallas sei und ich J. R. In den letzten Folgen ging es um J. R.s Identität. Wer sein Vater sei, jetzt, da Jock verschollen war. In Wirklichkeit war der Schauspieler Jim Davis gestorben. Wie konnte ich nun beweisen, daß ich der wahre J. R. war? Das ging nur, wenn ich wüßte, wer mein Vater war. Das wußten nur Miss Ellie genau und ich selber. Dazu mußte ich aber erst mal beweisen, daß ich meine Geburt bewußt miterlebt hatte, nein, nicht die Geburt, sondern die Zeugung. Hatte es so was schon mal gegeben, daß jemand seine eigene Zeugung erzählt? Wir werden sehen. Ich bog am Kirmesplatz links rein Richtung Novotel. Ich ließ meine Ruhrlandhalle rechts liegen und ging ins Novotel, das ich ja schon von meinem letzten Besuch am Wochenende von innen kannte. Ich ging zur Rezeption und buchte ein Zimmer. Ich wollte ein bestimmtes, das, in dem Benjamin Henrichs Samstag geschlafen hatte. Was hatte ich jetzt vor? Ich wollte einen Hotelroman schreiben. Auf dem Telex, und wo würde ich ihn hinschicken? An die Zeit. Die hatte diesen Dienstag Redaktionsschluß. Gut, das mach ich. Ich ging in meinen Raum und döste etwas vor mich hin. Dann kam mir die Idee, den BFBS einzuschalten. Dessen Zuhörer waren ja wahrscheinlich auch ganz verrückt nach Dallas, wie würden die reagieren, wenn die wüßten, daß der wahre J. R. in Bochum residierte? Ich rief Alan Bangs in Köln an. Ich erklärte ihm den Fall und meinte, du mußt mir sagen, warum ich J. R. bin. Ist gut, sagte er, ich denke darüber nach. Ich gab ihm Bedenkzeit bis zum Ende der Dallas-Folge am Abend. Anschließend rief ich die BFBS-Sekretärin Esther Wiesenthal an. Sie würde sich mit Jane Smith beraten. Ich wollte ja dieses Live-Telex an die Zeit schicken, hatte aber deren Nummer nicht. Die Zeit wurde hier nicht verkauft, wohl die Welt. Mir kam eine Idee. Küster hatte die Zeit abonniert. Ich rief ihn an, und er sagte, zwar etwas verwundert, daß er die Nummer raussuchen würde. Es dauerte einen Moment, dann hatte ich sie. An der Rezeption fragte ich, ob ich mal fernschreiben dürfte, und sie ließen mich an den Apparat. Die Nummer funktionierte, aber die Zeit antwortete nicht, noch nicht.

Ich schrieb also, ich sei J. R. und würde ihnen jetzt die letzte Folge schicken. Ich schrieb wie schon in der Vergangenheit mal wieder automatisch. Doch oder daher gab es nur einen Sinn für mich. Die Zeit funkte nicht dazwischen, aber ich hatte das Gefühl, daß in dem Raum hinter mir über mich wahrscheinlich mit der Zeit gesprochen wurde. Ich war mir sicher, mein Sermon kam in die nächste Ausgabe. Gleichzeitig dachte ich, daß Esther Wiesenthal eine Meldung im BFBS lanciert hatte, der die Engländer in Deutschland animierte, zum Novotel hinzufahren und J. R. zu sehen, in der letzten Folge. Die Leute vom Hotel guckten etwas verwundert. Sie konnten offensichtlich im Hinterzimmer den Text mitlesen. Sie störten mich aber nicht. Ich machte eine Pause und zog meine blauen Wildlederschuhe aus. Ich ging mit den Schuhen in der rechten Hand mit meinen müden Füßen in die Bar. Da saß Ottokar Wüst, der Erste Vorsitzende des VfL Bochum, mit zwei Leuten, von denen ich einen kannte, Schweinsberg. Der war auch im Vorstand und besaß die größte Bäckereikette in der Stadt, trotzdem hielt ich ihn in diesem Moment für einen Metzger, weil er so fleischlich hieß. Ich sagte, setzen Sie 'ne halbe Sau, daß ich J. R. bin? Was soll der Quatsch, und erstmals mischte sich jemand vom Hotel in meine Angelegenheiten ein. Sie können hier nicht so mit Ihren Schuhen rumlaufen und die Gäste stören. Ich sagte okay und setzte mich wieder an den Telex, den ich weiter benutzen durfte. Die Verschlüsselung wurde immer verworrener. Aber die Zeit meldete sich nicht zurück. Ich konnte von meinem Apparat lediglich ablesen, daß sie den Text empfingen. An zu Hause dachte ich kaum, wollte auch nicht mit ihnen telefonieren. Wahrscheinlich war unser Haus auf der Wilhelmshöhe umlagert, genau wie jetzt das Novotel. Ich telexte, ich will keine Belästigungen. Die Leute, die mich heimsuchten, sollten gehindert werden. Ich beschloß meinen Roman irgendwie und fragte, was das Teil kostete, und ich mußte zwanzig Mark hinlegen für den Spaß. Dann rief ich Eberhard Franken an, der mich an diesem historischen Tag fotografieren sollte. Er hatte mich zuletzt in der Zeche mit Alexis Korner geknipst. Hauptsächlich arbeitete er für die Langendreerer WAZ, auch textmäßig. Er kam tatsächlich, und ich erklärte ihm ungefähr, worum es ging. Wir die Bar rauf, und er erkannte die VfL-Leute. Nachdem er die Aufnahme gemacht hatte, zog er mit seiner Freundin ab. Ich hielt das für ziemlich unprofessionell, mit einer Alten zur Arbeit zu fahren. Allerdings hatte ich das auch mal gemacht, und mir fiel die Frau ein, aber nicht ihr Name. Dann würde »Dallas« kommen, die ARD-Version. Aber es gab nichts Neues, Jock war immer noch verschwunden, und Larry Hagman kam nicht dahinter, wer sein Vater war. Er wußte auch nicht hundertprozentig, ob John Ross wirklich sein Sohn war. Als die Sendung zu Ende war, rief Alan Bangs an. Er sei nicht dahintergekommen, warum ich J.R. sei. Dann rief Esther an. Sie hatte sich mit Jane Smith beraten. Du nimmst dir eine Sue Ellen und setzt den Stetson Hat auf. Verkehrt. Ich krieg jetzt fünfzig Mark von dir. Dann verließ ich das Hotel. Niemand zu sehen, der mir auflauerte, aber ich war mir sicher, daß ich von Kameras überwacht würde. Weil ich ein Risiko darstellte. Ich ging also zurück, aber nicht nach Hause, schließlich hatte ich das Hotelzimmer bezahlt. Ich schlich ein wenig durch die Innenstadt und ging dann durch den Tunnel zur Hermannshöhe, wo ich in den Laden der Freikirche geriet. Ich trank den angebotenen Tee. Dann schnappte ich mir die WAZ und knüllte sie zu einer Keule und hielt sie unter Wasser und legte sie ins Eisfach des Kühlschranks. Ich wollte sie schnellgefrieren, um sie als Waffe zu gebrauchen, aber es ging nicht schnell genug. Ich wollte ins Grannys, auch wenn meine Socken qualmten. Der Laden war recht voll, aber ich ergatterte noch einen Platz im Café-Bereich. Am Kneipentresen saß Thom Pokatzky, der angebliche Inhaber, im Grunde ein Strohmann. Er organisierte auch den Flohmarkt, und in dem Café hingen die Plakate dafür, die er jeden Monat, wie er meinte, originell gestaltete. Ich trank Kakao mit Sahne. Dann trieb es mich weiter, aber ich wollte 'ne Quittung haben, erst bestellte ich ein Taxi. Dann ging die Kellnerin zu Pokatzky und fragte ihn etwas. Er schüttelte mit dem Kopf. Ich kriegte keine Quittung. Samstags vorher hatte Reinhard Jahn, der auch schrieb, einen Beleg bekommen. In mir stieg nun die Wut hoch. Ich stand auf, schnappte mir einen Stuhl und schlug damit mehrmals auf den Boden. Er ging nicht kaputt. Alle schauten mir entgeistert zu. Keiner, auch der Wirt nicht, warf mich raus. Da kam der Taxifahrer rein. Ich folgte ihm nach draußen und war in Rage. Ich wollte zur Polizei und Pokatzky anzeigen, weil er mir die Quittung verweigert hatte. Der Driver sagte okay und brachte mich zur Polizei, die irgendwo am Stadtpark lag. Ich wurde reingelassen. Und sagte, ich bin J. R. Ich wurde belächelt, bis ich sagte, nehmt ihr Arschgeigen nun meine Anzeige auf? Da holte der Polizist hinter dem Tresen aus und versuchte mich zu schlagen. Es war so bizarr, ich sah zu, daß ich Land gewann. Ich lief durch den Stadtpark und fühlte mich verfolgt, weil ein paar Pkws hinter mir hergefahren waren. Am Museum an der Ampel stieg ich einfach zu jemandem in den Lkw und erklärte ihm meinen Fall. Konnte er mich vielleicht zum Novotel bringen, eine Art exterritoriale Zone. Das ließ er sich nicht nehmen. Ich schrieb seinen Namen auf in meinen roten Brigitte-Kalender, den ich immer bei mir führte. Ich würde auf ihn zurückkommen, wenn dies alles erst vorbei war. Ich erzählte an der Rezeption, was los war, und ließ mich mit Ingrid Klein von Konkret in Hamburg verbinden. Sie sagte nur, ich sollte mich beruhigen. Ich dachte, ich sei also auf dem richtigen Weg. Ich wollte am nächsten Tag zum BFBS, mir bei Esther die 50 Mark von der Wette abholen. Außerdem fiel mir ein, daß im letzten WWF-Club Jane Smiths Vater im Publikum gesessen hatte, ein soignierter älterer Herr. Sie hatte mal so was angedeutet, und für die letzte WWF-Folge wollte auch Anja, daß ich sie da reinbugsierte, genau wie Barbara, die Gianna Nannini sehen wollte. Sie und Barbara Luther studierten ja Italienisch. Aber ich konnte nichts machen, weil ich keinen Bock hatte. Ich trank aus der Minibar ein Bier und legte mich in das Bett, in dem sich Benjamin Henrichs immer einen runterholte, wenn er Bernhard Minetti im Schauspielhaus erlebt hatte. Ich war gespannt, was er zu meinem Text sagen würde. Donnerstag erschien die nächste Zeit. Jetzt schlief ich erst mal wie ein Murmeltier. Zeitig stand ich auf, ich wollte zur Vorlesung von Menne. Es ging mir ein Licht auf, was Sokrates gemeint hatte, als er sagte, ich weiß, daß ich nichts weiß. Da die Zeit sich noch nicht zu mir geäußert hatte, war ich sauer. Ich wollte die Bildzeitung anhauen, die gab's im Hotel aber nicht, und ich wollte auch ihr was telexen. Ich sah die Welt, die am Tresen lag. Ich kaufte sie mir und suchte die Telexnummer von Springer raus. Ich tippte sie ein und erzählte, daß ich J. R. sei und im Novotel Bochum wohnte. Ich erwartete einen Reporter von ihnen, dann schrieb ich wieder im alten Trott, den keiner verstand. Dann antworteten sie tatsächlich. Wo soll die Story erscheinen? Und ich schrieb zurück, ich will auf den Titel von Bild. Dann wartete ich 'ne Stunde auf den Bild-Mann. Er kam aber nicht, während ich unbedingt in die Philosophie-Veranstaltung wollte. Einen Durchschlag der nun schon gesammelten Fernschreiben ließ ich in den Hotel-Safe einschließen. Das Original nahm ich mit, mal sehen, was ich damit machen würde. Ich bestellte ein Taxi, das auch sofort kam. Auf dem Parkplatz, etwas entfernt, stand ein Polizei-Wagen, der hinter uns herfuhr. Ich sagte zu dem Fahrer, können Sie den nicht abhängen, geht schlecht. Ich dirigierte ihn zur Unistraße, weil ich zu den beiden Schauspielschülerinnen hin wollte, um ihnen zu zeigen, was wahres Theater ist. Ich gab dem Fahrer schon mal einen Zehner, und er ließ mich raus. Die Girls waren aber nicht zu Hause. Wahrscheinlich probten sie gerade etwas Langweiliges mit Peymann, wo das richtige Leben doch in mir pulsierte. Ich fuhr dann mit dem Taxi weiter zur Uni hoch, wo der gelbe Wagen wie ein Fremdkörper war. Ich dachte, die Bildzeitung sei jetzt hinter mir her, aber gleichzeitig hätte der Rektor, der ja Hausrecht hatte, ihnen den Zugang zu den Unigebäuden verwehrt. In GA schien alles normal zu sein. Es gehörte zu den Studenten, cool zu sein und zu tun, als wenn nichts wäre. Ich trank eine Flasche Sekt. Ich hatte die Minibar geplündert, einschließlich Glas. Ich traf Thomas Bethge. Ich brauchte ihm nichts zu erklären. Wir gingen runter in den Hörsaal, wo weniger Leute als sonst saßen, wahrscheinlich weil Aschermittwoch war. Menne spulte seine übliche freie Rede ab, und am andern Ende meiner Reihe saß jemand, den ich für einen Mann von der Springerpresse hielt. Ach, doch nicht, das kann nicht sein, daß die Bildzeitung in Philosophie-Veranstaltungen rein durfte. Ich unterbrach Menne und versuchte ihn mit meinen neuesten Sokrates-Forschungen zu beeindrucken, wobei ich Sophokles statt Sokrates sagte. Er war wenig beeindruckt und verbot mir erneut das Rauchen. Da haute ich ab und ging wieder auf die Cafeteria. Ich traf jemanden aus dem Bekanntenkreis vom Omo aus Wanne-Eickel. Ich hatte die John-Cage-Kassette bei, und er fragte mich, ob er die vielleicht mal haben könnte. Auch er wußte, daß ich J. R. war. Ich erzählte ihm, daß ich zum BFBS wollte. Willst du in eine Show? Ja, die Idee war gut, in welche? Ich suchte mir die Andy-Kershaw-Show aus. Da will ich auftreten. Du weißt ja, wer ich bin. Ja sicher. Dann wurde es langsam Nachmittag, und ich traf die beiden Barbaras. Sie wollten in ein Seminar über Trivialliteratur, ich entschied mitzugehen. Es saßen etwa 30 Leute da. Einer hielt ein Referat über Groschenhefte. Und er kam auf die Farbe Gelb zu sprechen als Ausdruck von Neid. Und natürlich konnte ich mich nicht zurückhalten. Gelb war doch auch der Judenstern, sagte ich, wahrscheinlich weil die Nazis neidisch auf die Juden waren. Dann wurde mir auch schon wieder langweilig, und ich verließ den Raum. Irgendwann müßte ich los nach Köln zum britischen Soldaten-Sender. Erst mal ging ich runter zu den Musikwissenschaften, weil mir Menne ja mal empfohlen hatte, statt Politik Musik zu studieren, und ich wollte mich jetzt beraten lassen, aber ich kam nicht weiter, weil die Musikologen eine Vollversammlung hatten. Zum Glück war das Plattenstudio auf, und ich wollte Le Cid von Jules Massenet hören, zumindest die eine Arie »O souverain, o juge, o père«. Jemand half mir die Scheiben zu finden, und ich hörte sie mir an, und dachte an Laurie Anderson zurück, die ja daraus den Song »O Superman« gemacht hatte.

Inzwischen war die Vollversammlung zu Ende, und ich ging wieder hoch. Auf dem Flur traf ich Klaus Krone, einen Bekannten der Blumenberg. Ich sagte ihm, weißt du, was ich entwickelt habe? Eine Synthese aus dialektischem Materialismus und Psychoanalyse. Das glaubst du doch selbst nicht. Komm mal in zwanzig Jahren wieder. Ich fuhr hoch zu den Anglisten und ging in die Bibliothek. Ich suchte das dickste und größte Buch raus, Funk & Wignalls Dictionary. Willi Neumann war nicht da, sondern eine Aushilfe. Ohne weiteres konnte ich das Buch ausleihen. Normalerweise ging das nicht. Aber ich brauchte nur meinen Studentenausweis abzugeben, und schon konnte ich das Wörterbuch mitnehmen. Ich ging wieder runter zur Cafeteria im Gebäude GB. Ich mußte raus, unentdeckt von der Bildzeitung, aber wie? Ich erzählte dem einen aus Wanne-Eickel mein Problem. Versuch's doch in einem Klavier. Ja, das wär's. Ich ging also wieder runter nach GA zu den Musikwissenschaften, das dicke Buch hatte ich bei meinem Bekannten gelassen. Ich fragte eine von der Bibliothek, ob ich mal in das Klavierzimmer könnte. Sie verlangte meinen Personalausweis. Ich griff nach einer Zeitschrift, auf der Goethe abgebildet war, und nahm sie mit. In dem Zimmer klimperten mehrere Studenten, und ich klimperte wie immer chaotisch mit. Keiner regte sich auf. Ich hörte auf und sah nach den Pianomarken. Ich wollte in einem Blüthner verschwinden, aber der war nicht da. Auf einmal war ich alleine. Sollte ich mich in irgendein Klavier legen, um mich zum BFBS transportieren zu lassen? Ich verließ den Raum, ohne den Schlüssel des Zimmers wieder abzugeben. Irgendeiner würde mir doch helfen müssen. Ich landete weiter unten bei den Psychologen. Langsam war Feierabend. Ich stieß jemanden an, ob er mir vielleicht helfen könnte. Konnte er nicht oder wollte er nicht. Ich mußte also sehen, wie ich alleine aus der Bredouille kam. An den Ausgängen lauerten die Bild-Schergen. Ich sah ein Graffito, »Doris hilft«, an der Wand. Ich irrte weiter, bis ich, noch immer bei den Psychologen, an eine offene Tür kam. Dahinter saß ein jüngerer Mann, wahrscheinlich ein Assistent. Er war mir sofort sympathisch, denn am Türschild stand sein Name, Wagner, der für Musikverstand sorgte. Dem könnte ich alles erzählen. Ich erzählte ihm also, was ich die letzten 24 Stunden gemacht hatte, daß ich J. R. sei und in einem Grand Piano der Firma Blüthner zum BFBS nach Köln wollte. Aber der Hauptsitz, antwortete er, ist in London. Ich überlegte einen Moment, dann sagte ich, dann muß ich eben nach London, aber von Köln aus, weil ich von der Esther noch fünfzig Mark kriege. Dann kam jemand rein in das offene Büro, das auf seine Bitte hin nicht geschlossen worden war, den ich aus der Zeitung kannte, genaugenommen aus der Langendreerer Beilage. Es war Wolfgang Heinemann, der für die SPD in der Bezirksvertretung aktiv war. Ich duzte ihn sofort und gab zu erkennen, daß ich auch Genosse sei, wenn auch nicht aktiv. Ich deutete ihm an, was los war, und er ging wieder raus. Ich sagte, ich müßte unbedingt in einem Klavier nach Köln zum BFBS und von da aus nach London, und mir fiel jetzt Jules Vernes Roman »In achtzig Tagen um die Welt« ein. Ich deutete auf meinen Hotelschlüssel, den ich mitgenommen hatte. Ob ich ihn dalassen sollte? Behalt die Sachen, sagte Heinemann. Dann standen nach einer halben Stunde zwei Mann in weißem Anzug in der Tür. Aha, ich kam also ins Krankenhaus. Ich fühlte mich ja nicht krank. Ach so, dachte ich mir, den einzigen Blüthner von Bochum gibt es in einem Krankenhaus, und von da aus werde ich nach Köln gebracht. Ich zog meine blauen Wildlederschuhe aus und nahm sie wieder in die Hand. Wahrscheinlich würde ich unten fotografiert. Oder gefilmt. Ich stieg in den Krankenwagen, dessen Fenster hinten, wo ich saß, eingetrübt war, aber es blieb ein schmaler Spalt, durch den ich sehen konnte. Nicht viel Verkehr auf der Uni-Straße. Vielleicht saßen die alle zu Hause und sahen mich im Fernsehen. Wir bogen auf die NS 7. Ob das was mit den Nazis zu tun hatte? Wir bogen auf die Castroper Straße und fuhren zum Josefshospital, wohl zum Hintereingang. Wir kamen in einen Vorraum, der mich an die chirurgische Ambulanz vom Knappschaftskrankenhaus erinnerte. Der eine Pfleger nahm meine Per-

sonalien auf. Mein Ausweis lag ja bei den Musikwissenschaftlern, weil ich deren Musikzimmer-Schlüssel hatte.
Hier also sollte ich in das Piano verfrachtet werden. Oder,
so schwante mir, wollen die mich doch hier festhalten?
Nach 'ner Zeit (ich trug schon seit Jahren keine Uhr)
kam ein Arzt. Wie oft soll ich noch sagen, herrschte er
den Fahrer an, daß mittwochs nachmittags die Aufnahme
in der Inneren erfolgt. Dann drehte er sich zu mir. Und
was für Beschwerden haben Sie? fragte er mich. Ich überlegte kurz, dann sagte ich mit bestem Gewissen: Nichts.
Dann können Sie gehen. Ich fragte nun nicht mehr nach
dem Piano, da der Arzt offensichtlich nicht Bescheid
wußte. Ich ging also und lief ein bißchen in der Gegend
rum, in der ich einige Fahrstunden bei Thomas absolviert
hatte. Wie sollte ich nach Köln kommen? Für die Andy-
Kershaw-Show war es ohnehin zu spät. Nach Hause, klein
beigeben? Auf keinen Fall. Ich hatte eine Mission zu erfüllen. Ich, der J. R. der letzten Dallas-Folge, die weltweit
gleichzeitig ausgestrahlt wurde. Ich kam an einer Fiege-
Kneipe vorbei und ging rein. Sie war ziemlich dunkel.
Am Tresen standen drei Leute, niemand saß. Ich hätte
schon damals was über den Niedergang der Vorstadtknei-
pen schreiben können. Eine ältere Frau erzählte, daß sie
Sekretärin bei den Sportwissenschaftlern an der Uni sei,
und ich fragte sie, ob sie meinen ehemaligen Klassenlehrer Weißpfennig kannte, den Fidschi, wie wir ihn nannten. Natürlich kannte sie ihn. Dann bestellen Sie ihm mal
einen schönen Gruß. Von wem denn? Ich überlegte. Ich
wollte nicht mit der Sprache raus. Und wenn die hier war,
konnte die am Fernseher noch nicht mitgekriegt haben,
wer ich bin. Ich sagte, sein bester Schüler vom Abi-Jahr-
gang '71. Dann spendierte ich eine Lokalrunde. So langsam wurde mein Geld alle. Für 'ne Fahrkarte nach Köln
reichte es nicht mehr. Ich haute ab. Dann muß ich eben
nach Köln laufen, hundert Kilometer entspricht zwanzig

Stunden Marsch. Richtung Südwest. Ging das ohne Karte? Würd' schon gehen. Ich schlenderte nun in die Innenstadt, wo schon alle Leute schnell fuhren, um zu Hause die letzte Dallas-Folge mitzukriegen, die also zwanzig Stunden dauern sollte. Ich kam ans Schauspielhaus. Das schon hell erleuchtet war. Hier würde eine Sonderveranstaltung stattfinden. Ich sah von der Königsallee hinter einem Busch herüber. Ich dachte, ich müßte immer den Straßenbahnschienen nachgehen. Ich müßte also in die U-Bahn. Doch ich versteckte mich da nur. Niemand sollte mich live sehen, nur auf dem Bildschirm. Ich ging wieder hoch, die Hattinger Straße hoch und runter. Gelaufen war ich sie noch nie, wohl öfter gefahren, weil ja an ihr die Redaktion vom Marabo lag. Als ich in Weitmar ankam, konnte ich mich nicht entscheiden, da vorbeizugucken. Die sollten doof sterben, und ich würde keine Reklame für die im Fernsehen machen. Ich spazierte weiter die Straßenbahnschienen lang. Auf einmal ging mir ein neues Licht auf, warum die letzte Dallas-Folge lief. Während alle Welt guckte, wollten Reagan und Andropow in Ruhe über Abrüstung beraten. Ja, ich war mir sicher, sie würden sich über eine totale Abrüstung aller Atomwaffen einig werden. Und um abzulenken, wurde Dallas ausgestrahlt, aber warum mit mir in der Hauptrolle? Weil ich wußte, wer mein Vater war. Da ich mich an meine Zeugung erinnern konnte. Ich würde ein Buch draus machen, ein Buch zur Sendung. Bei Suhrkamp? Müller-Schwefe wollte den roten Faden. Den hatte ich doch: mich. Ich kam an eine S-Bahn-Station. Ich sah auf den Fahrplan: sie fuhr nach Essen. Dann eben so, dachte ich. Meine müden Knochen. Ich werde über Essen nach Köln fahren. Ich hatte immer noch die Goethe-Broschüre bei und stellte sie auf einen Aschenbecher in den Waggon. Weiter vorne saß ein Mann, den ich für jemanden vom Geheimdienst hielt, der auf mich aufpassen sollte. Ich zwinkerte ihm zu und fragte ihn, ob er was dagegen hätte, wenn ich eine rauchen würde. Ich drehte mir eine der letzten mit dem Tabak von Javaanse Jongens, und zwar die dunkle Fassung. Natürlich würde ich um diese Uhrzeit nicht mehr kontrolliert, schon im Dunklen. Nach ein paar Minuten kamen wir in Essen Hbf. an. Alle Naselang fuhr ein Zug nach Köln. Aber konnte ich es wagen, ohne Geld in die Domstadt zu fahren? Die Beamten würden mich schon in Ruhe lassen. Stand so im Drehbuch. War ich mir sicher. Ich stieg also in ein leeres Abteil und zog den Vorhang zu, und ich erinnerte mich an einen Konzeptkünstler, der von Moskau aus mit der sibirischen Eisenbahn bis nach Wladiwostok mit zugezogenen Vorhängen gefahren war. Es kam denn auch keiner zu mir. Was würde ich in Köln tun? Ich würde zum BFBS fahren. Aber wo war der? Ich dachte angestrengt nach. Dann fiel es mir ein. Esther hatte was von Monopoly gesagt. Die teuerste? Nein, die zweitteuerste Straße. Das war die Parkstraße. Als ich ankam am Kölner Bahnsteig, stand nur ein Mensch da, den ich vom Internationalen Frühschoppen mit Werner Höfer kannte, ein Journalist von der Financial Times. Jetzt dachte ich, der Bahnhof, ja Köln sei unter Kontrolle der britischen Besatzungsmacht, und als ich in der Halle ankam, schienen auch alle Leute Englisch zu sprechen und mich deutlich nicht zu beachten. Draußen sah ich sofort den Taxistand. Ich hatte fast kein Geld mehr. Die Fahrt würden schon die vom BFBS übernehmen. Ich ging also die Treppe hoch, und sagte zu einem Fahrer, BFBS bitte, Parkstraße. Er lachte sich fast kaputt, da fahr ich nicht hin. Dann stand wohl was anderes im Drehbuch. Ich müßte so zum BFBS finden. Ich müßte zu Jane Smith. Natürlich ohne Stadtplan. Den hätte ich auch höchstens klauen können. Wer leitet mich eigentlich, dachte ich, das muß sich doch einer ausdenken. Mir fielen vier Leute ein, die in einer Art »Panel« saßen. Flora Soft, Claudia, Omo und Jörg Drews. Die leiteten mich, machten mir Angebote, die ich annehmen konnte oder nicht. Ich wollte gucken, ob Jane Smith noch in ihrem Büro am Hohenzollernring saß. Ich ging durch den Eigelstein, wo ich im Vorjahr mit Meßmer ein paar Pornoläden nach Superachtfilmen durchgekämmt hatte, weil seine Thai-Frau nicht mehr ficken konnte. Wir waren auch, wie ich jetzt, bei dem Plattenladen Saturn gelandet. Daneben waren die Büros der Deutschen Grammophon (Polydor). Ich schellte, aber vergebens. Wohin nun, zum Café Fleur. Ich dachte, vielleicht treffe ich da Alan Bangs. Ich dachte mir aber nun, ich könnte nicht einfach in die Lindenstraße, die ich wahrscheinlich finden würde, sondern der Panel würde mich leiten, und ich dachte, ich müßte immer dahin gehen, wo ich das meiste Licht sah. Licht war ja bei Filmen besonders wichtig. Ich würde schließlich in einem Club in London landen, wie Phileas Fogg in der Savile Row, und zur Begrüßung würde mein Freund Phillip Goodhand-Tait Buddy Hollys »Everyday« auf dem Klavier spielen. Aber erst mal mußte ich zum BFBS, und anschließend würden die mich mit einen Düsenjäger zu einem Militärflughafen nach England fliegen. Aber erst mal mußte ich in die Parkstraße. Ich lief also immer bei Rot über die Ampel und sah mich dann um, wo das meiste Licht war. Das organisierte der Christian Wagner vom Rockpalast. Der hatte die meiste Ahnung von Licht, als erfahrener Regisseur. In der Ferne an einem Platz (Rudolphplatz) schienen die britischen Soldaten den Verkehr umzuleiten. War vielleicht doch zu gefährlich, aber es schien mir auch so, daß die Autofahrer, die an die Ampel kamen, auch bei Grün so langsam fuhren, daß ich gefahrlos die Straße überqueren konnte. Ich lief jetzt kreuz und quer. Ich mußte zum Fleur. Vielleicht hatten die ein Klavier. Ich geriet jetzt in kleinere Seitenstraßen, wo das mit dem Licht anders galt. Die Läden, die noch Licht in den Auslagen hatten, hatten Werbung für die letzte Dallas-Folge geschaltet, die ohne Licht nicht. Ich lief also nicht ziellos durch die Gegend, aber der Weg war ungewiß, war er nicht das Ziel?

Auf einmal ging mein Blick hoch. Ich sah in einiger Entfernung den Kölner Fernsehturm. Saß Körner mit im Panel? Hatte er nicht gesagt, die letzte Folge von Dallas sollte im Kölner Fernsehturm enden? Ja, da mußte ich hin. Da würde das Finale stattfinden. Reagan und Andropow waren mit den Verhandlungen fast am Ende. Ich achtete jetzt nicht mehr auf das Licht, sondern ging auf dem, wie ich dachte, kürzesten Weg zu dem Tower. Ich war voller Erwartung. Aber was, wenn tatsächlich ein Doppelgänger auftauchte? Was hatte Körner noch gesagt, was passieren würde? Hatte ich wieder vergessen. Wir werden sehen. Ich war jetzt sicher, daß mich die besten Regisseure auf meinem letzten Weg filmten. Wenders (?), Antonioni, George Lucas. Ich hatte ja meinen Ledermantel offen und hielt die Hände in den Taschen. Ich dachte, ich sei James Dean. Eine Frau fragte mich plötzlich, ob ich wüßte, wo das Morocco sei. Ich schüttelte nur den Kopf. Nur jetzt nichts Verkehrtes sagen. Weiter mit James Dean. Ich ging in der Mitte der Straße, der Turm schon riesengroß vor mir. Lebte Nick Ray noch? Für ihn hätte ich Rot tragen müssen. Dann kam ich endlich an und wollte mit dem Fahrstuhl hochfahren, aber unten am Turm war nur eine gewölbte verschlossene Eisentür. O Scheiß, auch keine Klingel. Ich wußte einen Moment nicht weiter, was schlug der Panel vor? Ich mußte zum WDR, denn die hatten die Studios. Ich ging hinter einen Busch und pinkelte, das erste Mal seit dem Nachmittag in Bochum. Ich ging also die breite Straße zurück. Irgendwann landete ich im belgischen Viertel und sah das Hammerstein, einen neuen Laden, in dem ich neulich mit Claus Bredenbrock gesessen hatte, der den Besitzer aus Gelsenkirchen kannte. Das Lokal war total verkachelt, wie eine Metzgerei. Ich hatte kein Geld. Das würde schwierig, aber ich brauchte einen Kaffee. Ich bestellte einen bei dem geschniegelten Barmann. Ich trank ihn mit Lust und wartete, bis der Kellner für einen Moment verschwand. Da nutzte ich die Chance und verschwand. Weiter ging ich durchs Viertel. Wie spät mußte es sein? Aschermittwoch. Hatte Alan Bangs nicht mal gesagt, Aschermittwoch in Köln sei apokalyptisch, und er war an einem solchen zum ersten Mal in Köln angekommen, das mochte sieben, acht Jahre her sein. Ich beschloß, ihn aufzusuchen. Er würde mich zum BFBS bringen. Ich war aber noch nie bei ihm zu Hause gewesen. Bis ich plötzlich in der Aachener Straße landete, wo er wohnte. Ich wußte nicht mehr genau die Nummer, 8 oder 9. Ich sah auf die Klingeln. Sein Name stand nicht drauf. Vielleicht weil er nicht gestört werden wollte. Es mußte jetzt Mitternacht sein, der Aschermittwoch war vorbei. Ich kam an den Rudolphplatz und konnte nicht mehr weiter. Ich mußte unbedingt ins Café Fleur, ehe es zumachte. Die hatten ja wahrscheinlich ein Klavier, wie es sich, wie mein Freund Phillip gesagt hatte, für ein richtiges Café gehört. Ich gab einem Taxi quer über dem Platz ein Zeichen, und es kam tatsächlich. Ich sagte, wohin ich wollte, es war ganz in der Nähe. Ich sagte dem Fahrer, warten Sie einen Moment. Ich stieg aus und sah, daß ich vergebens kam. Ich konnte natürlich nicht zahlen. Der letzte Ausweg war Jane. Ließ der Panel mich hängen? Hatte ich als Hauptdarsteller J. R. versagt? Ich nannte dem Fahrer Janes Adresse. Er fuhr mich hin, und ich stieg aus. Sie hatte unten Sprechfunk. Ich schellte, und sie meldete sich tatsächlich. Ich dachte, das sei die Rettung. Ich sagte ihr, daß ich unbedingt zum BFBS müßte. Ihr Vater war doch Major in der Army. Sie wäre quasi auch ein Teil davon. Laß mich raufkommen, Jane, ich kann das Taxi nicht bezahlen. Sie äußerte sich eine Zeitlang nicht und schien sich oben mit jemandem zu beraten. Sie sagte, nein, das geht nicht. Dann hängte sie ein. Ich muß so oder so zum BFBS. Ich sagte zum Fahrer, wo ich hinwollte. Er sagte nichts und fuhr durch die Stadt, bis wir zu einem großen Gebäude kamen. Das hier ist unser BFBS, und er ließ mich ohne zu zahlen raus. Das hatte ich mir so gedacht. Aber der Bau beherbergte nicht den Soldatensender, sondern war eine Polizeibehörde oder so etwas ähnliches. Jedenfalls liefen lauter Leute in Uniform rum. An der Pforte schlief ein alter Mann, den ich vom Millowitschtheater zu kennen glaubte. Ich mußte mich weitgehend ausziehen, jedenfalls den Mantel. Sie schienen ihn nach Drogen abzusuchen, auch die Reste von meinem Tabak nahmen sie sich vor. Ich blieb da 'ne Zeit sitzen, ohne daß sich jemand um mich kümmerte. Dann fragte mich einer, wer ich sei, und ich sagte ohne zu zögern, J. R., und er fragte mich, wo willst du hin, zum BFBS. Ich hatte meine qualmenden Schuhe ausgezogen. Der BFBS ist links um die Ecke. Gott sei dank, ich schien am Ziel. Ich zog die Schuhe nicht wieder an und ging unbehelligt aus dem Trakt und schlug die Richtung nach links ein. Aber was nicht da war, war der BFBS. Ich lief und lief, nirgendwo der Sender. Ich zog meine Schuhe wieder an und kam an eine Telefonzelle. Zum Glück hatte ich noch zwanzig Pfennig, soll ich vielleicht zu Hause anrufen? Ich sah in meines rotes Büchlein. Genau an diesem Datum stand eine Telefonnummer, die mir Körner gegeben hatte, von einem Adorno-Schüler namens Wilhelm Flues. Den sollte ich eigentlich anrufen, wenn ich ein Filmprojekt im WDR verwirklichen wollte. War das nicht jetzt der Fall? War ich noch in dem Dallas-Film? Ja. Aber ich würde auferstehen wie Phönix. Ich mußte hier nur aus der Klemme. Ich mußte zum BFBS. Ich wählte Flues' Nummer und ließ es eine Zeitlang klingeln. Anrufbeantworter waren noch nicht in Mode. Ich hängte ein. Sauer, ohne Ahnung, wohin, trudelte ich durch Köln, bis die ersten Bahnen und Busse fuhren. Ich wollte mich irgendwie setzen und stieg irgendwo ein, natürlich ohne zu zahlen. Nach einer Zeit fragte ich den Busfahrer, ob er mir sagen könnte, wie ich zur Parkstraße käme. Es gab zwei, eine in Wahnheide und eine in Marienburg. Ich fragte ihn, ob er wüßte, wo da der BFBS sei, und er nannte mir die Buslinien und Bahnen, die ich benutzen mußte. Ich schleppte mich von Bus zu Bahn und wieder zu Bus, bis ich tatsächlich an die Parkstraße kam. Da war ein Kiosk, und der Besitzer packte gerade die Zeitungen aus. Ich fragte ihn, ob ich mal in die Zeit reingucken durfte, denn ich war ja sicher, oder doch nicht mehr, daß was über mich drinstand. Ich schlug das Feuilleton auf. Benjamin Henrichs hatte tatsächlich links eine Glosse geschrieben, in der er überraschenderweise nicht auf mich direkt einging, sondern auf Heinar Kipphardt und dessen neues Stück, das bei einem Kölner (!) Verlag rauskam, und ich beschloß, daß ich mich mit meinem Projekt an diesen Verlag wenden sollte.

Jetzt aber endlich rein in den BFBS. Zu meiner Verwunderung wurde die Villa nicht von Soldaten bewacht, so lief ich rein, und sofort sprach mich jemand an. Was wollen Sie hier? Ich sagte, ich müßte zum BFBS nach London. Offensichtlich wußte er nicht Bescheid, denn er sagte, Sie können nicht hier bleiben. Was war schiefgelaufen? Immerhin hatte ich es bis dahin geschafft. Die Atmosphäre erinnerte an die alten Folgen von »Mit Schirm, Charme und Melone«. Ich warte auf Esther Wiesenthal. Die kommt erst nach acht. Sie können hier nicht bleiben, dann brachte er mich in ein Nebenzimmer, wo schon ein Engländer saß. Vor ihm ein Telefon. Er bot mir Tee an, und ich akzeptierte ihn. Hunger hatte ich immer noch nicht. Dann klingelte das Telefon, und der Mann schien mich herausfordern zu wollen, denn er rief in den Hörer »Schießen!« Ich rührte mich nicht. Dann kam der andere wieder und sagte, Sie müssen jetzt gehen. Wo konnte ich noch hin. Für nach Hause hatte ich kein Geld, aber ich könnte mir was von Peter Rüchel leihen, weil ich die genaue Adresse von Esther Wiesenthal nicht kannte. Ich wollte zum Rockpalast-Chef fahren und ihn um Fahrgeld bitten. Was war schiefgelaufen? Wer war ich? Noch immer J. R., warum hatte man mich dann nicht in den Fernsehturm hochgelassen? Warum wies mich hier der BFBS ab? Ich sagte zu dem Engländer, na gut, ich nehm 'ne Taxe, können Sie mir eine bestellen? Bezahlen konnte ich selbstverständlich nicht, das müßte der Rüchel übernehmen. Was, wenn er nicht da war? Lassen wir drauf ankommen. Der Fahrer war einverstanden, und er fuhr mich die lange Strecke zum Appellhofplatz, wo das sogenannte Vierscheibenhaus des WDR stand. Ich stieg aus und sagte dem Fahrer, bleiben Sie im Wagen. Er aber kam mit rein zum Empfang, wo zwei Pförtner saßen. Ich sagte guten Morgen, ich bin quasi ein Kollege von Ihnen und möchte den Peter Rüchel sprechen, aber das war wohl gegen acht nicht der richtige Zeitpunkt. Der ist noch nicht da, sagte der Mann an der Rezeption. Der Fahrer wurde ungemütlich. Allmählich kamen die Beschäftigten und holten an der Pforte ihre Schlüssel ab. Eine Frau kannte ich, die Pakistanerin Roshan Dhunjiboy, die ab und zu bei Werner Höfers Frühschoppen gastierte. Der Pförtner sagte aber »Guten Morgen, Frau Regenbogen« zu ihr. Ich wußte nicht, ob all die im WDR wußten, daß ich die ganze Nacht unterwegs war und wahrscheinlich im Fernsehen übertragen wurde, aber vielleicht nur in einem der Kabelnetze, die ja jetzt überall ausprobiert wurden. Ich durfte pissen gehen, wobei mich der Fahrer nicht aus den Augen verlor. Er wurde immer ungemütlicher, dann ging er raus. Ich schien einzunicken. Das nächste, was ich weiß, war, daß mich zwei Polizisten packten, während an einem Tisch am anderen Ende jemand telefonierte, mit einem Herrn Spranger. War das nicht ein Staatssekretär im Innenministerium? Die Bullen schoben mich nach draußen. Am Wagen fühlten sie mich ab, während ich mich umsah, wie die WDR-Leute sich die Nasen an ihren vier Scheiben plattdrückten. Ich bekam Handschellen angelegt. Nun griff mir einer der beiden in die Haare und knallte meinen Kopf aufs Autodach. Dann zwängten sie mich in den Wagen. Ohne Tatütata fuhren sie durch die Innenstadt. Der Fahrer sah sich nach allen Seiten um, so als müßte er einen Verfolger abschütteln. Wir kamen zu einem großen Gebäude. Es mußte das Polizeipräsidium sein, oder doch wieder der Verfassungsschutz. Wir kamen in einen Gang, und ich hörte Plätschern, und ich dachte, das ist der Swimmingpool von J. R.s Southfork Ranch. Ich wollte loslaufen, aber ein paar Polizisten warfen sich auf mich und schienen mich zu erdrücken. Da rief ich in höchster Not »Wolfgang, hilf«, und meinte den Körner. Da ließen sie mich los und führten mich in eine Einzelzelle, kahl bis auf ein Bett. Oben eine Lampe, die Wände beschmiert. Ich mußte mich bis auf die Unterhose ausziehen. So schlimm gefühlt hatte ich mich noch nie. Dann ging die Tür nach kurzer Zeit wieder auf, und der eine Polizist, der mich aufs Autodach geklatscht hatte, fragte, wo ist die Acht? Ich nahm an, er meinte die Handschellen, und er sah mir in die Unterhosen. Vollkommener Blödsinn, was soll das? Als ich allein war, dachte ich mir, daß jetzt das Morgenmagazin im Radio lief. Frühstücksfernsehen gab's ja noch nicht. Ich dachte mir, ich würde jetzt direkt im WDR 2 übertragen, wer weiß, wie das zusammenhing, und schien es nicht mehr auszuhalten, mir schien der Kopf zu platzen. Ich dachte plötzlich an meine Geburt, und ich dachte an meine Zeugung. Auf einmal kam mir die Idee, daß Jane Smiths Vater als Versuchskaninchen meine Mutter in der Besatzungszeit geschwängert hatte. Hatte sie nicht immer gesagt, daß es ihr in Iserlohn klargeworden sei, daß sie mit mir schwanger war? Somit war Jane meine Schwester, und wir durften deshalb kein Liebespaar sein. Deshalb hatte sie mich in der Nacht auch nicht reingelassen. Aber da war noch was, ich hatte einen Zwillingsbruder, dachte ich, den Mörder Jack Unterweger, der in einer anderen Familie großgeworden war. Die Gedanken pochten immer mehr, und ich dachte, daß das Morgenmagazin auf eine Direktübertragung wartete. Ich brach hier aus und fing an, über den Intendanten von Sell herzufallen, daß der ein Ausbeuter war, wie es der gesamte Adel gewesen war, und wir hatten auch in unserer Familie einen Sproß gehabt, der von einem Gutsherrn mit meiner Uroma gezeugt worden war. Ich kam nun von Hölzken auf Stöcksken, was ich heute nicht mehr eins zu eins hinkrieg. Jedenfalls redete ich in einer Tour, und als ich fertig war, war ich erleichtert, wie eine Frau nach einer erfolgreichen Geburt. Ja, ich hatte meine Zeugung noch einmal durchgemacht. Was wurde aber aus meinem Zwillingsbruder? Der mußte dafür herhalten, daß Erziehung entscheidend ist.

Die Tür ging auf, und ich bekam meine Klamotten zurück, außer dem Mantel. Ich sah auf die Kritzeleien an den Wänden, oder bin ich in dem Gefängnis Köln-Ossendorf? Ich hatte vollkommen das Zeitgefühl verloren. Die Zelle hatte auch keine Fenster. Ich wurde rausgeholt und ein paar Meter weiter in eine andere dunkle Zelle gebracht. Hier war ein Bett mit Decke, und ich sah das als Zeichen an, daß ich mich schlafen legen sollte. Und ich dachte jetzt an Ute, wie wir zusammen gevögelt hatten. Jetzt stieg's wieder in mir hoch. Sie war eine russische Spionin gewesen. Die Sowjets hatten ungefähr mitgekriegt, was mit mir los war. Sie sollte mich aushorchen, hatte sich aber wider Erwarten verliebt. Sie hatte dann aber die Seiten gewechselt, und wenn wir hier rauskämen, würden wir vier Wochen nach England fahren. Ich konnte zunächst nicht schlafen, und ich sah auf die gegenüberliegende dunkle Wand. Da schien auf einmal ein Film zu laufen, behelmte Polizisten im Urwald. Ich dachte, das hätte der

Kunstprofessor Imdahl konzipiert. Wieso? Ich pennte und wußte nicht, wie lange, auch diese Zelle hatte keine Fenster. Dann wurde ich rausgeholt. Auf dem Gang stand ein Tisch mit einem Topf drauf und ein Becher mit Wasser, dazu Brot. In dem Pott war Linsensuppe. Ich nahm mir welche. Das gab mir einer, der dabeistand, genau wie eine Frau, die mir was ins Ohr sagte, als ich den Teller kriegte. Ihr Freund sagt, Sie kommen morgen mittag raus. Welcher Freund? Wahrscheinlich Körner. Hatte er sich das nicht alles ausgedacht? Sofort hatte ich wegen zwölf Uhr mittags »High Noon« auf den Lippen. Nach dem Essen wurde ich in einen Raum geführt, der so groß war wie eine halbe Turnhalle. Dann kam ein älterer Mann rein, in gepflegten Lumpen, würde ich sagen, zurechtgemacht, mit einem Käppi. Er sagte, er wär schon zum vierten Mal drin, und ich überlegte sofort, 1953, 17. Juni. 1956 Ungarn. 68 Tschechei. Jetzt schien wieder so ein eidetisches Datum zu sein. Vielleicht würde Deutschland wiedervereinigt.

Dann holten sie mich in ein Büro, wo mehrere Beamte in Zivil saßen. Ich mußte mich an einen Schreibtisch setzen. Der Mann gegenüber fragte mich, wie ich hieß. Ich hatte meinen Personalausweis an der Uni gelassen. Ich fragte, wissen Sie das denn nicht genauer als ich? Und ich sah ein Telefonbuch von Zürich da liegen. Sofort fiel mir Literaturfreund James Joyce ein. Ich verkörperte jetzt sozusagen Finnegans Wake, was auch keiner verstand. Ich gab dann doch meinen Geburtsnamen an und wurde von einem anderen Mann in Empfang genommen. Wir nehmen jetzt Ihre Fingerabdrücke. Ich dachte okay, aber er sagte, wenn Sie sich sträuben, müssen wir Elektroschocks anwenden, und ich kam mir einen Moment wie Andreas Baader vor. Oder hatten sich dieses ganze Spiel die Terroristen in Stammheim für mich ausgedacht? Christian Klar war aber gerade festgenommen worden und lebte noch. Ich ließ die Prozedur über mich ergehen und wunderte mich, wie leicht die Schmiere wieder abging. Dann sagte ich, ich habe Durst. Er zeigte auf einen Spülstein, aber darauf stand ein Reinigungsmittel, und ich dachte, lieber nicht. Ich wurde weitergeführt zum Fotografieren. Ich ließ auch das über mich ergehen, ohne daß ich Grimassen schnitt. Ich wurde nicht verhört. Dafür kam ich wieder in die halbe Turnhalle, wo ich mich wieder mit dem Käppi-Mann unterhielt. Ich ließ mir seinen Tabak geben, Javaanse Jongens, aber hell, macht nichts. Er sagte, er käme nicht mehr raus. Ich sagte, ich komm' morgen mittag nach draußen, und pfiff »High Noon«. Mir fiel sogar teilweise der Text ein. »Do not forsake me, Oh my darling, on this, our weddin' day.« Vielleicht würde ich ja morgen Ute heiraten, wer weiß. Auf jeden Fall komm' ich dann raus. Dann legte ich mich auf eine der Bänke an den Wänden, und plötzlich ging die Tür auf, und Harald Thon kam reingestürmt mit Pussy Krull am Schlafittchen. Im nächsten Moment waren sie wieder raus. War das eine optische Täuschung, wie schon bei OB Fuchs? Aber das war kein Fake gewesen. Ich mußte zurück in meine Schlafzelle. Ich wußte, länger als 24 Stunden dürfen die mich ohne Richter nicht festhalten. Ich schlief ein. Als ich wach war, dachte ich, es sei ein neuer Tag, und tatsächlich, dieser Gemeinschaftsraum war hell, denn er hatte geriffelte Fenster. Durch eine Lücke konnte ich die Antennen auf dem WDR-Gebäude erkennen. Die würden also weiter alles aufnehmen. Dann kamen ein paar Besoffene oder Übernächtigte rein, wahrscheinlich englische Soldaten. Plötzlich kamen noch ein paar Normale rein, alle ein bißchen auf Proll gemacht. Irgendeiner sagte, der Richter. Also müßte einer von denen der Richter sein. Ich mußte erst noch meine Show abziehen. Ich sang »Ein Loch ist im Eimer«, einen vom Medium-Terzett eingedeutschten Song von Harry Belafonte. Ich meinte mit diesem Loch im Eimer den WDR-Chefredakteur, von dem sich herausgestellt hatte, daß er ein

Nazi gewesen war, und oh Henry war Henry Nannen vom Stern. Auf einer der anderen Bänke saß einer mit der Tätowierung »CHE« auf dem Arm. Irgendwie, dachte ich, verkörperte er Augstein, der mein ganzes Ding verschlafen hatte. Dann sah ich mir das halbe Dutzend Leute an. Wer konnte der Richter sein, vielleicht der mit dem Parka und den sauberen Turnschuhen? Alle hatten sie Tabak und Blättchen neben sich liegen, einer sogar den schwarzen Javaanse Jongens, meine Lieblingsmarke. Ich sagte, ich will hier raus, und sang noch mal das Lied aus dem Western mit Gary Cooper, nicht zu vergessen Lloyd Bridges, der ja auch mal in einer Serie als Tiefseetaucher erfolgreich war. Da sagte auf einmal einer, der nächste Bundeskanzler. Sollte ich das werden? Das würde doch Jochen Vogel. Aber wenn er es nicht würde, würde ich der nächste Kanzler nach Kohl. Und ich dachte an meinen Freund Robert, der als Halsnasenohren-Arzt an einer Bundeswehrklinik arbeitete. Der hatte jetzt die medizinische Leitung. Dies war der große Checkup. Wahrscheinlich müßte sich jeder Kandidat einer solchen Prozedur unterziehen. Ich war nicht J. R., ich war der künftige Kanzler. Ich will raus, es ist Mittag, sagte ich nochmal. Einer (der Richter) sagte, du mußt klingeln. Das tat ich, und einen Moment später öffnete tatsächlich jemand in Uniform die dicke Tür, und ich konnte raus. An einem Stehpult hielt man mir ein Schriftstück hin. Ich sollte es unterschreiben. Über der dafür vorgesehenen Zeile stand: »DIE MUTTER HAT ALLE ANGABEN BESTÄTIGT«. Dann stimmte also alles, was ich ausgesprochen hatte. Ich dachte, ich käm jetzt noch ins Bundeswehrkrankenhaus nach Koblenz. Mein Bruder und meine Schwester warteten draußen auf mich. Sie küßten mich und gaben mir eine Schachtel Benson & Hedges, die ich gierig aufmachte. Zu meiner Überraschung fuhren wir nicht Richtung Koblenz, sondern zurück nach Hause.

Sie fuhren aus Köln raus auf die Autobahn, und jetzt

kam mir eine Erleuchtung. Alle Wagen, die blinkten oder
Bremsleuchten an hatten, waren da, um mich zu beschützen oder zu bewachen. Mein Bruder sagte, wir fahren
dich jetzt zu Dr. Hummel, den hatte Dr. Hoffknecht empfohlen, unser Hausarzt. Das ist ein Psychiater. Aha, dachte
ich, das muß wohl so sein, war klar. Wenn wir überholt
wurden, blinkten jeweils eine Menge Autos. Wir fuhren
an der Raststätte Solingen runter, um einen Kaffee zu trinken, den ich gut gebrauchen konnte. An einem Stehtisch
stand der Fußballreporter Karl-Heinz Vest. Der war also
vom WDR abgestellt worden, um über meine, wie ich
dachte, triumphale Heimkehr zu berichten. Es war ja auch
ein sportives Ereignis. Wir fuhren von der Autobahn runter und bogen schließlich in die Hattinger Straße ein, die
ich ja gut kannte, weil hier auch die Büros des Marabo
lagen. Aber hier dieses Ärztehaus war mir noch nicht aufgefallen. Wir fuhren drei Stockwerke hoch zur Praxis.
Mein Bruder ging an den Tresen, während ich mich in den
Vorraum setzte und die naive Malerei besah. Dann bat
man uns ins Wartezimmer, das ziemlich voll war. In der
Ecke saß ein steinalter Mann. Ich dachte, es sei Gadamer.
Ja, die wurden jetzt alle eingeschaltet. Die Tür war aus ge-
riffeltem Glas. Ich dachte, das war so, damit sich die Patienten nicht eingeschlossen fühlten. Nach 'ner Zeit kamen wir dran. Der Arzt holte ein Bild hervor, das er uns
zeigte. Das ist Professor Sauerbruch mit meinem Vater,
der damals sein Assistent war. Und mir fiel der Film mit
Ewald Balser ein, der die Titelrolle in der Verfilmung der
Sauerbruch-Story spielte. Und seine Hilfe war Hans Quest.
Jetzt kam die Schocktherapie. »Sie sind verrückt. Aber das
ist noch nichts Schlimmes. Der Begriff stammt aus dem
Mittelalter.« Ich wurde stutzig. Bin ich doch nicht der
nächste Bundeskanzler, sondern schlicht wahnsinnig? An
den Gedanken mußte ich mich erst mal gewöhnen. Dr.
Hummel gab mir eine Spritze in den Hintern. Deshalb

heißt er auch so, weil er so gerne wie eine Hummel sticht. Er verschrieb mir ein Röhrchen Tabletten. Dann verabredeten wir einen Termin für die nächste Woche, und ich fuhr mit meinem Bruder und meiner Schwester durch die Innenstadt heim. Nichts schien auf meine Rückkehr hinzudeuten. Die Wagen setzten ihre Lichter, aber machten sie das nicht sowieso, auch wenn ich nicht da wäre? Ich umarmte meine Mutter und meinen Vater. Jetzt haben wir alles überstanden. Ja, setz dich erst mal, ich mach' Kaffee. Bei Bürder – das war die Wachfirma – haben wir dich erst mal abgemeldet, ohne Krankenschein. Die brauchen ja nichts zu wissen. Ja, was sollten sie denn nicht wissen? Ich war ja als Student versichert. Ich brauchte Zigaretten, hatte aber kein Geld mehr. Meine Mutter gab mir zehn Mark, und ich ging rauf zu Wagner an die Ecke. Der wüßte auch Bescheid, die ganze Wilhelmshöhe wüßte Bescheid. Hier war das Nest. Ich fragte Arthur, wo warst du eigentlich im Krieg, und er sagte, in Norwegen, da hatte er wohl seine zwei Finger verloren, ohne die er im Laden aber ganz gut klarkam. Ich kaufte zwei Schachteln Benson und aß Sauerkraut. Meine Eltern sagten sonst nicht viel. War wohl auch ein bißchen viel gewesen, denn ich hatte ja angenommen, sie seien von allen möglichen Medien behelligt worden. Ach nein, dachte ich, das hatte ich ja alles nur fantasiert. Die Tabletten begannen zu wirken. Dann legte ich mich endlich hin. Endlich bequem liegen, abends sahen wir »Der Alte«, und ich legte mich hin und schlief sofort ein.

Am nächsten Tag nahm ich mir vor, noch mal nach Köln zu fahren, weil ich von Esther noch fünfzig Mark für die J. R.-Wette kriegte. Ich hatte mittlerweile ihre Adresse auf einem Umschlag gefunden, in dem sie mir Sixth Sense geschickt hatte, weil mein Freund Körner gerne das Fernsehprogramm vom BFBS haben wollte, das er empfangen konnte.

Erst mal ging ich in die Stadt, zum Flohmarkt. Thom Pokatzky sah ich nicht. An einem Stand sah ich alte Bücher, Schulfibeln für Mathematik. Wie teuer? Zehn Stück zehn Mark. Gekauft. Dann kam ich an einem Stand vorbei, wo ungefähr dreißig MAD-Hefte angeboten wurden. MAD = Militärischer Abschirmdienst. Ich war also doch nicht erlöst. Ich mußte noch mal nach Köln. Erst kam ich am Husemannplatz vorbei, wo der Wehner-Vertraute Karl Liedtke Wahlkampf machte. Er schien mir zuzunikken, er kannte mich also. Ich fragte ihn, wie sind die Aussichten, nicht schlecht, antwortete er. Auch ohne Wehner? Der hatte auf seine Wiederwahl verzichtet. Es muß auch ohne ihn gehen. Dann ließ ich mir 'ne Autogrammkarte mit Unterschrift geben. Dann ging ich ins Wimpy und aß einen Hamburger mit Pommes frites. Ein schöner Laden, schade, daß er von McDonald's kaputtgemacht wurde. Ich ging über den Südring in den Hauptbahnhof und sah nach, wann ein Zug nach Köln fuhr. Meine Mutter hatte mir 50 Mark Taschengeld gegeben. Am Wochenende kam ich ja an mein Geld nicht ran, und Geldautomaten gab es noch nicht. Der Zug fuhr bald, und ich löste eine Fahrkarte. Ich kaufte mir wie auch sonst samstags die Süddeutsche, die FAZ und die Frankfurter Rundschau. Wenn ich wollte, konnte ich alles auf mich beziehen in den Artikeln. Die Spritze hatte nachgelassen. Am Kölner Hauptbahnhof stellte ich fest, daß ich die Zeitungen im Abteil liegengelassen hatte. Ich ging zur Aufsicht und meldete den Verlust. Draußen ging ich an den Taxistand. Diesmal wollte mich einer mitnehmen, die wußten also Bescheid. Ich sagte die Adresse von Esther, und er fuhr mich hin. Als wir ankamen, sah ich die Blumen auf seinem Rücksitz. Ich fragte, kann ich Ihnen die abkaufen, und er sagte ja. Reichen zwanzig Mark, und er sagte, in Ordnung. Die waren ja für mich hinterlegt worden. Allerdings hatte ich jetzt kein Geld für die Rückfahrt. Aber ich würde ja Geld von Esther kriegen. Ich schellte, und sie machte tatsächlich auf. Ich ging durchs Treppenhaus und sah an einer Tür einen Notenschlüssel und daneben den Namen Peter Thomas. Das war bestimmt der berühmte Musiker, der die Soundtracks für Raumschiff Orion und etliche Edgar-Wallace-Filme komponiert hatte. War bestimmt kein Zufall, daß der hier wohnte, aber was war damals schon Zufall? Esther war nicht erfreut, mich zu sehen, ließ mich aber rein. Sie stellte mir eine Frau als ihre Schwester vor. In dem engen Wohnzimmer saß Jane Smith. Auch sie fiel mir nicht gerade um dem Hals, sondern sah fern. Was willst du hier? Ich bekomme noch Geld von dir, sagte ich Esther. Ich habe nichts über. Dann eben nicht. Ich haute wieder ab und ging in ein nahes Café, wo ich einen Espresso trank. Ich peilte die Lage, und in einem günstigen Moment suchte ich ohne zu bezahlen das Weite. Ich kam an eine Straßenbahnhaltestelle und stieg ein, ohne zu wissen, wohin die Fahrt mich führte. In dem Waggon saßen lauter junge Leute. Ich bekam mit, daß sie zum WDR wollten. Da wollte ich auch hin, am Aschermittwoch hatten die mich ja nicht reingelassen. Als sie die Bahn verließen, ging ich hinter ihnen her. Sie wollten zu der live gesendeten Michael-Braun-Talkshow. Ja, da gehörte ich hin, aber ohne Einladung, ohne Eintrittskarte? Wir gingen zu dem Gebäude, in dem ich mal Hazel O'Connor stundenlang interviewt hatte. Und wenn ich jetzt von meinem Schreibtisch aus zur Seite blicke, sehe ich das Titelfoto von ihr auf dem Marabo von Mai 1981. Die Blagen stellten sich am Eingang in eine Reihe vor dem Pförtner auf und zückten ihre Tickets. Wie kam ich nur rein. Ich fragte einfach, ob ich mal zur Toilette dürfte. Er hatte nichts dagegen. Jetzt hatte ich einen Fuß in der Tür, ging tatsächlich und irrte ein wenig durch den Keller. Bis ich an eine Küche kam, in der ich Michael Braun Sekt trinken sah. Ich grüßte ihn. Da haben wir schon den ersten Gast, und ich dachte, auf seinem Sofa. Er bot mir einen Drink an, und ich sagte, ich guck' mich schon mal um. Ich erreichte das hell erleuchtete Studio, in dem die Jugendlichen schon Platz genommen hatten. Ich dachte ja tatsächlich, daß Braun mich interviewen würde, und setzte mich auf die Couch. Ich fühlte mich wohl, aber kurz darauf kam einer von den Security-Leuten und holte mich da runter. Er bugsierte mich raus. Ich war also noch nicht bereit, oder der WDR konnte mich noch nicht senden. Ich ging die paar Meter am Dom vorbei zum Bahnhof, ohne Geld für die Heimfahrt. Ich stieg trotzdem in den Zug, oder sollte ich wieder einen nächtlichen Rundgang machen? Was war, wenn ich kontrolliert würde? Ich hatte auch keine Lust, wieder eingebuchtet zu werden. Ich hatte die Idee, mich in den Speisewagen zu setzen. Ich dachte, da würde man nicht nach dem Fahrschein gefragt werden. So war's denn auch. Ich trank einen Kaffee, den ich auch nicht bezahlen könnte, und ein Bier. Ich verließ das Restaurant in Bochum, und niemand verfolgte mich. Es war alles bezahlt, ein Satz, der mir schon in Haft immer im Kopf rumging. Ich holte die zehn Mathematik-Bücher, die ich in einem Schließfach verschlossen hatte, und nahm ein Taxi, das ich natürlich nicht bezahlen konnte. Vor dem Haus sagte ich dem Fahrer, einen Moment, und holte das Geld aus dem Küchenschrank. Meine Mutter sagte, Junge, was ist bloß mit dir los? Die Jane Smith hat vorhin angerufen. Weißt du es denn nicht? Ich sagte ihr nicht, ich bin der King, sondern sagte, ich geh' nächste Woche zu Dr. Hummel.

Am nächsten Tag ging ich mit meinem Vater zum Sportplatz. Die Art, wie die Leute mich ansahen, zeigte mir, daß sie alles mitgekriegt und mit vorbereitet hatten. Jedenfalls war ich der Boß von der Wilhelmshöhe, und alle, die mich kannten, nickten mir zu. Alfred Schmalz war auch da, und er fragte mich, ob ich am Mittwoch mit in die Ruhrlandhalle käme. Helmut Schmidt würde auftreten. Natürlich. Eins meiner Idole, der wird den ganzen Zirkus um mich organisiert haben, so wie damals die Hamburger Flutkatastrophe. Wolfgang Spennemann, der auch SPD-Mitglied war, würde mitkommen. Aber vorher erlebte ich noch eine grausige Nacht zu Hause. Abends schienen meine Gelenke aus den Fugen zu geraten. Sie waren total locker, ich konnte nicht gehen, nicht sitzen und auch nicht stehen, alles war total locker. Wenn Sie wissen, was ich meine. Meine Mutter rief den Notarzt, einen jungen Spund, der keine Ahnung zu haben schien. Meine Mutter zeigte ihm das Medikament, das ich einnahm. Ich sagte dann was von Speed, weil ich Geschwindigkeit meinte. Ich sei zu schnell. Da gab er mir eine Beruhigungsspritze. Ich fuhr dann zum Hummel, es war besser gegangen, und Hummel sagte, der junge Arzt hätte ihn schon angerufen. Der sei noch unerfahren gewesen. Ich hätte Akinese gehabt, das rührte von den Beruhigungsmitteln. Er verschrieb mir Akineton, und die Anfälle kamen nicht wieder.

Also los mit Alfred nachmittags in die Ruhrlandhalle, die ich seit meinen Kölner Trips nicht mehr betreten hatte. Wir mit Alfreds Mercedes auf den Parkplatz hinter dem Novotel, der normalerweise für Fußballanhänger gedacht war, denn nebenan war ja das Stadion. Mir lief unser Bundestagskandidat über den Weg, und ich begrüßte Lohmann per Handschlag. Der Laden war voll. Bochum war ja eine SPD-Hochburg und Helmut Schmidt immer noch hoch geachtet, hier zumindest. Fernsehkameras waren aufgestellt. Der Raum von Aloys Leiß, in dem ich mich nachts während der Schicht aufhielt, war von Polizei besetzt, aber keiner hinderte mich, meine Nachtwächteruhr zu nehmen und mit ihr rumzugehen. Was war los? Ich dachte, ich würde jetzt von der SPD-Basis geprüft. Ich sollte Helmut Schmidt beschützen, und das, obwohl mich keiner expressis verbis dazu aufgefordert hatte. Das lief alles über die Augen. Jemand von seinem Schutzpersonal sah mich intensiv an, und ich gehörte dazu. Ich drehte eine Runde. An einem Stand traf ich die Freundin von dem Marabo-Chefredakteur Peter Krauskopf. Sie warb für eine DKP-nahe Organisation. Ich sagte, das gehört hier nicht hin, sie ließ sich aber nicht erschüttern. Günter Macho, einer der beiden Herausgeber von Marabo, hatte gesagt, bei ihr hätten die Geschlechtsumwandler von Casablanca versagt. Ja, sie war ein »Pferd«. Im bevölkerten Foyer sah ich Helmut Schmidt und seine Frau etwas erhöht auf einer roten Couch sitzen. Offensichtlich wurden sie von jemandem interviewt. Es war aber nicht Dieter Thoma. Ich ging links rum in Richtung Rundsporthalle, immer noch mit der Uhr um die Schulter. Lothar war nüchtern, und ging hier rum. Ich machte dann eine Tür auf, hinter die ich nachts noch nie geguckt hatte. Da saß noch eine Hundertschaft Bullen. Ich entschuldigte mich und ging wieder raus. Niemand stellte mir Fragen. Ich ging zurück zur Ruhrlandhalle, wo sich Helmut Schmidt zum Saal hin bewegte. Dreißig Mann liefen hinter ihm her. Ich reihte mich ein, dann kam er aufs Podium. Ich setzte mich unten auf den freien Platz neben Loki, die mich freundlich begrüßte. Ich ging dann aber doch wieder, als Schmidt seine Rede hielt. Danach trank er Cola und nahm ein Schnüppken. Ich ging zu meinem Spind und nahm ein dikkes Buch heraus, daß ich mir für nachts deponiert hatte. Brecht sein Leben. Ich hatte mal einer bekannten Studentin im Grannys fünf Mark geliehen, daher durfte ich mir ein paar Tage später an der Uni was von dem aussuchen, was sie an einem Stand loswerden wollte. Ich nahm die Beatles-Doppel-LP 67-70 (das blaue Album) und eben dieses Brecht-Buch, das ziemlich schwer war. Ich stand jetzt am Ausgang mit dem Buch und überlegte einen Augenblick, ob ich es Schmidt über den Kopf hauen sollte. Aber warum? Er hatte mir nichts getan, außer mich vielleicht in den letzten Tagen durch die Gegend gescheucht. Er ging raus und sah mich einen Moment lang an. Da wußte ich, ich durfte es nicht tun. Was stände am nächsten Tag in der Bildzeitung? Juso versucht Altkanzler zu erschlagen. Ich traf Alfred und Wolfgang wieder, und ich ließ mich am Sputnik absetzen. Ich war schon lange nicht mehr in dieser Ritter-Kneipe gewesen. Ich traf dort Otto und Christel Reichert, die schon ziemlich angeschickert waren, Otto war unser Nachbar, er war Steiger auf der Zeche Bruchstraße gewesen. Außerdem war er im Krieg auf einer Eliteschule beim Adolf gewesen. Erich Abich war auch da, der die Trinkhalle an der Hauptstraße gehabt hatte. Der hatte eine gutaussehende Tochter Sonja, hinter der die halbe männliche Wilhelmshöhe hergewesen war. Auch ich. Leider ließ sie mir keine Chance, und sie hatte immer schon jemanden dabei, wenn man sie in der Innenstadt, bei Appel oder im Rotthaus traf. Sie erzählten mal wieder vom Pütt, der sie ihr Lebtag nicht in Ruhe ließ, obwohl sie schon länger Frührentner waren. Erich sagte, ich kam ja nach dem Krieg aus dem Osten, und da hieß es, wenn du auf der Zeche anfangen willst, mußt du doof und stark sein. Das war ich. Dann fragte ich Otto, du hast doch als Steiger gutes Geld verdient. Warum hast du nich in der Sonnigen Höhe gebaut. Weil der Springorum nicht wollte, daß wir Angestellten mit den Arbeitern zusammenwohnten. Außerdem hätte ich viel mehr Chancen gehabt, wenn ich in der richtigen Partei gewesen wär. Springorum war ja CDU-Mann. Als die Bruchstraße zu war, ging er in den Bundestag.

Ich mochte ja diese alten Geschichten von früher vom Pütt. Über den Krieg erzählte keiner was, auch nicht mein Vater.

Am nächsten Tag fuhr ich mit der Bahn zur Uni. Meine Schwester war ja schon bei den Musikwissenschaftlern gewesen und hatte den Schlüssel abgegeben und dafür meinen Personalausweis erhalten. Ich war, ohne es zu erwähnen, bei den Anglisten gewesen und hatte meinen Studentenausweis zurückbekommen, obwohl ich an jenem Aschermittwoch das dicke Wörterbuch auf der Cafeteria hatte liegenlassen, weil ich dachte, einer wird's schon hochbringen. Ich kam mir so ähnlich vor wie Hans im Glück. Jetzt mußte ich noch ein paar Bände zur UB bringen. Ich ging auch bei den Psychologen vorbei. Ich hatte ja damals da ein Graffito gelesen: Doris hilft. Ich hatte nicht darauf reagiert. Wer weiß, was anders gelaufen wäre. Das war jetzt übermalt, aber der i-Punkt von Doris stand noch da. Es war also keine Halluzination gewesen. Heinemann stand in der Tür und fragte, wie es geht. Gut, sagte ich, und es stimmte. Und dann zeigte er mir zwei Zeitungsüberschriften, die an seiner Tür hingen. Ich krieg' aber nicht mehr zusammen, was er mir damit sagen wollte. Ich ging zur Straßenbahnhaltestelle, nachdem ich die Bücher in der Bibliothek abgegeben hatte. Am Unicenter warteten eine paar Leute, nicht so viele natürlich wie wenn das Semester lief. Ich wartete und wartete. Lang lang. Ich zog einen mit Mütze ins Gespräch. Es stellte sich heraus, daß er Dozent bei den Anglisten war, und ich fragte, was er als nächstes durchnehmen würde, und er sagte »Paradise Lost«. War mir ein Begriff, auch wenn ich nicht wußte, worum es da ging. Ich sagte ihm, daß auch ich schreibe, in der James-Joyce-Art, aber bei mir ginge es nicht um den Stream of Consciousness, sondern um den Steam of Unconsciousness. Ich fragte mich, ob er kapierte, was ich meinte. Wußte ich es selber? Ja, ich hatte eine Ahnung. Es ging um ES. Das sollte ich schreiben. Ich schrieb aber jetzt nichts, denn inzwischen stand wieder eine Rockpalastwoche in der Zeche vor der Tür.

Schon länger hatte ich bei Peter Rüchel Karten bestellt, und der hatte mir welche geschickt. Sicher hatte man ihm gesagt, daß ich da im Funkhaus auf ihn gewartet hatte, und er hatte ein schlechtes Gewissen. Aber war's nicht zuviel von ihm verlangt, ihn schon um acht Uhr morgens im Büro zu erwarten? Unter anderem sollte Nena auftreten, und ich rief Hansi Hoff an, ob er nicht kommen wollte, ich hätte eine Karte über, und er kam und holte mich mit seiner Nuckelpinne, einem Fiat 500, ab. Eigentlich hatte ich keine Lust auf Nena, und als ich dann Alan Bangs in der Zechenkneipe sah, nahm ich mir lieber vor, mit ihm zu plaudern. Draußen haute mich ein junger Bursche an, ob ich nicht 'ne Karte für ihn hätte. Ich verlangte nur fünf Mark, und er gab sie mir. Bei Alan Bangs stand ein dunkler Typ. Es war der bekannte Musikjournalist Harald Inhülsen, und eine junge Frau stand dabei, die ich noch nicht kannte. Wir werden sie noch treffen. Inhülsen kannte mich auch, spätestens seit dem Kunze-Verriß war ich zumindest in der Branche ein Begriff. Ich erzählte jetzt nichts von Köln, irgendwie hatte ich es aus meinem Hirn gestrichen. Es blieb aber noch im Hinterstübchen. Dann war das Konzert zu Ende, und Hans fuhr heim, während ich noch ein paar trank. Ich würd ja Bangs die nächsten Tage sehen. Dann kam der Wahlsonntag, ich wartete die Hochrechnungen ab, Kohl gewann. Darauf fuhr ich erneut in die Zeche. John Cale trat auf. Das mit der Allstarband als Konkurrenz hatte ich natürlich nicht auf die Reihe gekriegt. Aber das Cale-Konzert war okay, obwohl ich seine Stimme nicht so mochte. Bangs und ich verabredeten uns für den nächsten Tag im Hotel. Ich hatte ihm Barbara Starostik vorgestellt, von der neuen Plattenfirma Rough Trade Deutschland, und sie hatte ihn eingeladen. Ich sollte den Guide nach Herne spielen. Ich war ja schon öfters da gewesen. Auf dem Weg zum Bahnhof Langendreer hielt ein Mercedes neben mir. Der Fahrer kurbelte die Scheibe runter und fragte nach dem Iltisweg. Kannte ich nicht. Er hatte eine Karte bei, und auf der war er bezeichnet. Großzügig wie ich damals war, sagte ich, ich fahre mit.

Der Iltisweg war aber zu kurz und hatte nicht die gesuchte Nummer. Ich sagte, wissen Sie die Adresse genau, und er sah noch mal nach. Ilexweg. Auf dem Weg dahin erzählte er mir, daß seine Tochter in St.Petersburg, Florida, lebe. Da fiel mir ein, daß ich noch einem amerikanischen Journalisten schreiben wollte, der in Guitar Player über Buddy Holly geschrieben hatte. Er wohnte in St.Petersburg. Ich fuhr durch das Langendreerer Holz. Wir fanden das Haus. Der Gastgeber würde mich auch zum Bahnhof bringen, und wir unterhielten uns über den Mord am Ilexweg, der zehn Jahre zurücklag. Der Angeklagte war auf Grund von zwei Fingerabdrücken entdeckt worden.

Wir trafen uns dann im Arcade. Christian Wagner, der Regisseur, frühstückte gerade, auch er kannte mich, und ich fragte ihn, ob ich auch ihm ein paar Platten mitbringen sollte. Wir drei gingen rüber in die Politische Buchhandlung, die heute noch als Antiquariat UBU von dem allwissenden Wolfgang Joest betrieben wird. Alan kaufte irgendein englisches Buch, und ich bestellte »Als das Wünschen noch geholfen hat« von Peter Handke, weil ich mein eigenes Exemplar Bangs gegeben hatte. Wir gingen diesmal durch den Tunnel auf der Hermannshöhe, unheilsam verschreckt. Wir landeten bei Janssen, kauften aber nichts. Im ALRO bediente uns der rührige Charly, und Bangs tat ihm den Gefallen und kaufte für einen Heiermann die Hits von Jacques Dutronc, von dem er später auch einige spielen sollte. Und dann fuhren wir in Alans Auto los und fanden die Firma tatsächlich wieder. Barbara erzählte, worum es der Firma ging. Der Chef von Rough Trade England, der ihr die Lizenz zum Vertrieb gegeben hatte, hatte mir gesagt, sie sei die »best self-organized person I know«. Das war im Rotthaus gewesen. Sie ließ uns einige Platten auswählen. Sie mußten aber notiert werden, wegen der Steuer. Wir fuhren zurück ins Arcade. Ich würde um vier arbeiten müssen. Ihr müßt mir noch einen Gefallen tun.

Diese schrohe Frau vom Vorabend läg' noch bei ihm im Bett. Wir sollten versuchen, sie da rauszulocken. Wir fuhren hoch, tatsächlich lag sie im Bett des engen Zimmers. Nackt. Komm raus, sagte Alan. Wir packten schon mal ihre Tasche. Wir gehen schon mal runter. Sie war total verrückt nach Bangs, was ich irgendwie verstehen konnte, er sah ja gut aus, war nett und vor allem berühmt. Sie sollte runterkommen, und wir nahmen ihre Tasche mit. Nach 'ner viertel Stunde kam sie tatsächlich runter, angezogen. Bangs, dem die ganze Sache peinlich war, sagte, du mußt nach Hause fahren. Leichtfertigerweise hatte er ihr ja abends vorher den Zimmerschlüssel gegeben, während er im Sitzen bei Karola Radau genächtigt hatte. Nach einigem Hin und Her sagte sie okay. Und ich schlug ihr vor, mich auf ihrem Weg nach Aachen zu Hause abzusetzen. Sie erzählte mir dann im VW, daß sie total verknallt in Bangs sei. Sie könnte nichts dagegen tun. Sie hätte es schon öfters versucht. Aber ich meinte, der hätte schon eine Freundin. Ach die. Er hat auch ein paarmal mit ihr geschlafen, das glaubte ich nicht, wenn, dann aus Mitleid. Wir fuhren die Hauptstraße hoch, am Rotthaus vor, das leider nachmittags noch nicht aufhatte. Ich lud sie nach Hause ein, auf einen Kaffee. Sie hätte mir schon gepaßt. Jede hätte mir zu dem Zeitpunkt gefallen. Nein, sie mußte so sein wie Ute. Die Spionin. Nach dem Kaffee fuhr sie auf die B 1, setzte mich an der Ruhrlandhalle ab, wo keine Veranstaltung war, so hatte ich eine 14-Stunden-Schicht vor mir. Manchmal, wenn irgendwas los war, mußten wir auch später anfangen. Ich fragte mich, ob ich den Job noch weiter machen sollte. Ich machte den Fernseher an, als alle raus waren, und drehte meine Runde. Es war alles normal, ich schien geheilt.

Am nächsten Tag rief Philipp Imdahl an, Schlagzeuger der Conditors und Sohn des berühmten Kunsthistorikers Max Imdahl. Er fragte mich, ob er ihm Karten für das

Rockpalastkonzert von Gang of Four besorgen könnte, es sei ausverkauft. Er war ein netter Mensch und ein verdammt guter Drummer. Ich sagte ihm, du kannst meine Tickets haben, und wir trafen uns in der wie immer in diesen Tagen gut gefüllten Zechen-Kneipe. Er fragte mich, was ich dafür haben wollte, und ich sagte, ein Bier reicht. Er freute sich. Und ich fragte Bangs, ob er noch was von dieser Brigitte aus Aachen gehört hätte. Nein. Und ich besah mir Inhülsens schwarze Lederhandschuhe, die er den ganzen Tag trug. So welche wollte ich auch haben. Am nächsten Abend fuhr ich etwas eher hin. Wir fuhren mit Alfred und seiner Teenager-Tochter, die ins Leben eingeführt werden sollte. Die Tanzdiele würde spielen, Piet Klockes Band, der heute ein gefragter Komiker ist. Ich würde Achim Reichel treffen, denn der hatte die Gruppe unter Vertrag. Er hatte ja ein Plattenlabel, auf dem er nicht nur seine eigenen Sachen rausbrachte. Ich kam zum Soundcheck, und wir umarmten uns. Wir wollten uns nach dem Gig treffen, und obwohl Alfreds Tochter Nena lieber gewesen wäre, schien sie den Auftritt doch zu genießen. Nach dem Konzert wollten Reichel und ich uns in dem Zeche-Restaurant, die Treppe hoch, treffen. Aber der Security-Mann ließ mich nicht rein. Selbst nicht, als Reichel und ein Fuzzy von der RCA intervenierten. Mir verschlug es die Sprache, ich ging wieder runter, und ich hörte, wie eine Pressetante von der EMI erzählte, daß sie am nächsten Tag mit dem Musik-Express-Chef Bernd Gockel nach London zum Bowie-Interview fliegen wollte. Oh, kann ich mit? Du brauchst nur morgen bei mir anzurufen, und du brauchst auch nichts zu zahlen.

Sie lehnte ab, dann kriegte ich wieder das arme Dier. Alfreds Wagen war eingeklemmt, und ohne daß er mich darum bat, rief ich die Polizei an. Dann wollte ich Körner informieren, aber er sagte am Telefon, er sei in einer Besprechung, vögeln wird er gerade. Alfred kam frei, während ich sagte, ich gehe alleine. Ich dachte, ich müßte wieder ins Novotel, da wäre noch einiges zu klären. Ich würde Suhrkamp was telexen. Erst mal ging ich in die Fiege-Kneipe unweit der Zeche, bestellte ein Pils und warf fünf Mark in den Geldautomaten. Ich würde die große Serie holen, wie der »Monarch«, über den ich neulich einen Bericht im dritten Programm gesehen hatte, wie der so quasi wissenschaftlich vorging und laufend Serien holte, bis es den Wirten zu bunt wurde, aber nur bei dem Apparat, der »Monarch« hieß. Die Zahlen kamen zwar nicht, aber ich dachte mir insgeheim, die Serie wäre gekommen und der Betrag würde auf mein Konto gutgeschrieben. Ich lief also denselben Weg wie Faschingsdienstag, wich aber vom Weg ab und kam ins Gerberviertel, wo es anscheinend eine Kneipeneröffnung zu feiern gab. Ich rein. Den Wirt kannte ich, dem hatte das U-Bo gehört, das er jetzt wohl aufgegeben hatte, denn das Holz, aus dem der Tresen und die Sitzgelegenheiten gezimmert waren, stammte aus jener Kneipe im Keller des Schauspielhauses. Es war proppenvoll, Puvogel hieß die Wirtschaft und nicht mehr Jobsiade. Damals war ich mit Eugen Rapp hier vorbeigegangen, und er fragte mich, ob man die Kneipe nach dem Werk von Kortum benannt hatte, und ich sagte, ja sicher. Es schien, die Neueröffnung wurde gefeiert, denn die Leute waren alle ausgelassen. Eine irische Kapelle spielte. In Dreierreihen standen die Leute vorm Tresen. Ich kämpfte mich durch und bestellte beim Wirt, der mich wiedererkannte, einen Kaffee. Es gab ihn umsonst. Da ließ ich mir noch einen machen. Auch er war für lau. Unter diesen Umständen hätte ich noch dableiben sollen, aber ich wollte wieder ins Novotel. Ich wußte nicht, welches Pferd mich diesmal ritt. Ich verließ also den Puvogel. (Jahre später sollte hier meine Schwester bedienen und ihren jetzigen Mann kennenlernen.) Ich ging um die Ecke unter der Brücke durch auf die Castroper Straße, die leicht anstieg.

Was trieb mich zum Novotel? Ich wollte wieder telexen. Diesmal nach Suhrkamp. Ich werde direkt einen Roman hinschreiben. Und die konnten direkt dabei zugucken. Ich hatte vergeblich bei Janssen nach der Anschlußnummer gefragt, aber die hatten sie nicht. Dafür war jetzt ein Schaufenster voll mit dem Weißen Programm, zwanzig ältere Bücher, die der Verlag neu rausbrachte, weil sie keine aktuellen Bücher in petto hatten. Ich hatte Dolf Quast gefragt, wieviel Rabatt er mir geben würde, wenn ich das ganze Programm kaufte. 2% bei Barkauf, so viel konnte ich nicht auftreiben. Ich wollte die Bücher meiner Mutter zum sechzigsten Geburtstag schenken. Vielleicht kriegte ich sie von Suhrkamp gratis, wenn ich meinen Roman per Telex abgeliefert hatte. Ich bog in den Stadionring ein. Willi würde Dienst haben, ich würde ihn aber in Ruhe lassen. Ich hätte mir bei ihm Geld leihen sollen, denn ich hatte kaum noch was. Das wenige, was ich bei Bürder verdiente, schluckte die BfG, bei der ich noch ein paar tausend Mark Schulden hatte. Ich ging also rein ins Novotel, würde was essen und nicht bezahlen. Ein Zimmer hätte ich sofort bezahlen müssen. Am Empfang bat ich den Mann, er möge die Telex-Nummer von Suhrkamp rauskriegen, dann ging ich ins Restaurant. Ich bestellte mir ein Menü und eine Flasche Wein. Die Rechnung für die Minibar, die ich geplündert hatte, hatte ich beglichen. Warum sollte ich nicht auch auf Rechnung hier speisen? Das Essen kam und auch der Rezeptionist. Er sagte, leider haben die keine Nummer. Ich ließ mir trotzdem das Essen schmecken. Aber wie kam ich da jetzt wieder raus? Als ich fertig war, kam der Kellner, offensichtlich ein Holländer, und wollte kassieren. Ich druckste rum. Dann sagte ich, daß ich nicht zahlen könnte, er solle mir eine Rechnung nach Hause schicken. Das geht nicht. Waren eben nicht alle so entgegenkommend wie Janssen, bei denen ich mittlerweile auch in der Kreide stand. Bald kämen auch die Rechnungen für

Akzente, Manuskripte und Merkur dazu. Jetzt aber war dieser Holländer sauer. Kommen Sie mit, wir gingen zum Empfang. Er ließ die Polizei kommen. In der Nähe war ein Versammlungsraum. Der Saal war besetzt, die Tür offen, ich konnte nicht verstehen, was gesprochen wurde. Der Holländer beschimpfte mich. Ich sagte, haben Sie sich nicht so. Wer war ich denn jetzt? Ich schien für einen Moment auf den Boden der Tatsachen zurückgefallen zu sein. Ein Mann kam aus dem Saal, ging wohl zur Toilette. Er hatte einen Pumuckelskopp. Aha, dachte ich mir, Joachim Kaiser. Die Gruppe 47 tagt also mit ihrem Rest hier. Wie paßte da aber jetzt der Mann dazu, der daherkam und aussah wie der SPD-Abgeordnete Freimut Duve, der mir aufmunternd zunickte? Ach ja, der war mal bei Rowohlt gewesen. Vielleicht hatten die verbliebenen Gruppenmitglieder neue Leute eingeladen. Und die wollten jetzt alle sehen, wie ich einen Roman auf Telex schreibe, dabei hatte Suhrkamp anscheinend gar keinen Anschluß. Und nun hörte ich lautes Lachen. Zwei Polizisten kamen rein. Der Kellner erklärte den Fall. Ich gab kleinlaut zu, daß ich klamm war. Ich würde das Geld am nächsten Tag bezahlen. Dann wies ich die Beamten darauf hin, daß da laufend Ausländer durchs Foyer liefen, die Teppiche reinschleppten und irgendwohin brachten. Im Rausgehen beschimpfte mich der Holländer als deutsches Schwein. Ich ließ mich aber nicht hinreißen. Die Polizisten waren korrekt gewesen und hatten mich nicht mitgenommen. Ich war jetzt wieder ganz ich. Wer aber war ich? Der Student und Wachmann, der gerne Schriftsteller sein wollte? Ich wollte jetzt stracks nach Hause. Was die Eltern wohl sagen würden, wenn demnächst wieder 'ne Rechnung vom Hotel kam? Ich würde sie nicht bezahlen können, und meine Eltern hatten es nicht so dicke, obwohl mein Vater eine dicke Knappschaftsrente kriegte, aber fast tausend Mark gingen schon für Miete drauf. Außerdem aßen wir gut. Daran sollte nicht gespart werden, wenn meine Eltern einmal die Woche zu Divi, dem heutigen Real, fuhren. Ich nahm die Bahn am Stadion, sie fuhr in den Tunnel, den ich am Hauptbahnhof verließ. An meinem ersten Novotel-Abend, bevor ich im Grannys mit dem Stuhl um mich geschlagen hatte, war ich in den Raum der Freikirchler reingegangen, hatte auch eine Tasse Tee erbeten, hier auf der Hermannshöhe, und dann eine Zeitung zusammengerollt, sie anschließend naß gemacht, in einen Kühlschrank ins Eisfach gelegt, damit sie zu einer Eiskeule wurde, mit der ich mich selber verteidigen wollte. Es fror mir aber nicht schnell genug, und ich verschwand. Jetzt war ich am Hauptbahnhof, wo mir aufgefallen war, daß zwar nicht jetzt, aber doch tagsüber auf der Zwischenebene Zeugen Jehovas mit ihrem Wachturm stumm dastanden, jahrelang, auch heute, und nie sah ich jemand anders da, der was Ähnliches tun durfte, nur immer die Zeugen Jehovas, die sich freuten, daß sie im Freien stehen mußten und sich einen nassen Arsch holten.

Ich hatte noch Durst. Ich würde wieder in den Sputnik gehen. Da hätte ich einen Deckel machen können, wollte ich aber nicht, da kam mir Adolf Waßmann gerade recht, der mit seiner Frau im Lokal war. Ich fragte ihn, ob er mir mal einen Heiermann leihen konnte. Natürlich. Die Reicherts waren nicht da. Ich trank also meine drei Ritter-Pils und ging auf die andere Seite der Somborner Straße, wo Christel und Otto wohnten, der Sohn war wohl schon länger ausgezogen. Ich hätte jetzt bei ihnen schellen können, aber so einfach wollte ich es mir nicht machen. Ich wollte hintenherum über den Balkon klettern. Als ich versuchte die Brüstung hochzuklettern, machte Christel die Balkontür auf und schien überhaupt nicht erstaunt, mich da in der Nacht zu sehen. Sie ließ mich rein, vorne rum. Otto saß im Wohnzimmer und sah Bio's Bahnhof. Ich hatte mich immer gefragt, ob Biolek den Artikel von mir in Sounds gelesen hatte, in dem ich ihn als schwulen Hund oder so bezeichnet hatte. Jetzt unterhielt er sich wieder mit einem dieser Nachwuchskünstler, die er groß rausbringen wollte. Das Zimmer war vergrößert worden. Otto hatte die Wand rausgenommen, zum ehemaligen Herrenzimmer hin. Ich fragte ihn, ob die Veba das wußte. Ach was, sagte Otto, die Arschgeigen. Ja, was wollte ich eigentlich hier? Otto war zwar pensioniert, aber ich wollte, daß er mit seinen nach wie vor bestehenden Verbindungen dafür sorgte, daß ich mal 'ne Grubenfahrt auf einer Schachtanlage unternehmen könnte. Er sagte, na klar. Ich dachte mir, daß das auch für Alan Bangs interessant war, und ich rief in Köln an. Er war zwar nicht gerade begeistert, und sagte, laß uns noch mal drüber sprechen. Dann ging ich nach Hause. Nach unruhigem Schlaf auf meiner Mansarde ging ich runter, wo meine Eltern schon beim Kaffee saßen. Das Novotel schien sich noch nicht gemeldet zu haben. Die Mutter klagte, daß es ihr gar nicht gutginge und daß sie der Friseuse, die immer ins Haus kam, absagen müsse. Stell dich nicht so an, sagte mein Vater, und in diesem harschen Ton war er Herbert Wehner für mich. Meine Mutter stöhnte weiter, und sie war Marilyn Monroe, in ihrer größten Rolle. Das Alter kam ungefähr hin. Sie hatte 1962 gar keinen Selbstmord begangen, sondern war aus dem Verkehr gezogen worden, um in der größten und besten Seifenoper der Welt zu spielen. Sie war natürlich äußerlich verändert worden und hatte zwanzig Jahre lang Deutsch gelernt, bis sie es akzentfrei sprach. Von meinem Vater zu Herbert Wehner war es nicht weit. Und wer war ich? Ich sah meine Kamelhaar-Schlägermütze, und ich dachte, ich sei Brecht. Ich setzte sie auf und sagte, ich gehe nach Wagner, Lotto abschicken. Ich ging aber zur Volksbank. Hatte Brecht nicht gesagt, daß ein Bankraub halb so wild war, verglichen mit der Gründung einer Bank? Soll ich jetzt die Bank überfallen? Ich war ja jetzt immer noch bei der BfG in der

Innenstadt, wo ja auch der große Kredit anhängig war. Aber ich wollte mal versuchen, ob ich nicht auch hier an Geld rankäm. Den Filialleiter kannte ich. Der spielte bei uns in der zweiten Mannschaft Fußball, weil er dachte, er könne so vielleicht ein paar Kunden locken, ähnlich wie Reinhard Siepmann, der sich damals bei Kaltehardt ab- und bei uns angemeldet hatte, als die Zweigstelle aufgemacht wurde. Ich wollte tausend Dollar haben, die natürlich nicht vorrätig waren. Erst aber mußte ich eine Karte beantragen. Wir gingen zu diesem Zweck in einen Raum. Gerd bot mir Kaffee an. Ich verzichtete dankend. Dann ging alles sehr schnell. Ich wußte es nicht genau. War Brecht in Hollywood knapp bei Kasse? Er hatte ja für die Amis nur ein Drehbuch geschrieben. Hangmen also die. Ich wollte jetzt auf jeden Fall tausend Dollar bestellen, weil mir Körner gesagt hatte, mit tausend Dollar kommst du über jede Grenze. Gerd zog eine Chipkarte durch den Schlitz und sagte, geht klar. Nächste Woche kannst du das amerikanische Geld haben. Na siehste. Ich ging die Hauptstraße zurück, bei Rot über die Fußgängerampel, rein zu Arthur, der so alt war wie mein Vater. Ich sagte, dann wollen wir mal die sechs Richtigen ankreuzen. Ich dachte für einen Augenblick wirklich dran und war draußen schon wieder Helmut Schmidt, der Bürgermeister der Wilhelmshöhe. Trumans Welt. Zu Hause hatte ich nichts gesagt von dem neuen Konto. Ich sah in meinen roten Kalender. Für diesen Freitag hatte ich einen Eintrag: Werner Nekes »Uli-isses« Premiere, Duisburg, zwölf Uhr. Da wollte ich jetzt hin. Ich sagte meinen Eltern, daß ich zu Alfred Schmalz gehen wollte, der gerade von seiner Kur zurückgekommen war. Ihr braucht mit dem Essen nicht zu warten. Ich fahr' anschließend noch nach Janssen. Mal gucken, ob das Buch von Bettina Blumenberg schon raus ist. Am Bahnhof Langendreer tummelte sich in einer wilhelminischen Halle eine Schulklasse. Die Kinder waren ungefähr zehn, elf. Ich hörte raus, daß sie nach Dortmund fuhren, ins Museum für Menschenkunde. Ich dachte, die wären meinetwegen da. Sie wollten mich begutachten. Ich fragte die Schüler, wer der Klassensprecher war. Es war ein Mädchen. Ich glaube, es war Rainer Klingelbergs Tochter. Ich schenkte ihr eine Mark für die Klassenkasse. Ich ließ meine Duisburger Kino-Premiere sausen und wollte den Kindern auf ihrer Fahrt nach Dortmund was bieten. Ich zog mir ein Ticket, das aber nicht bis Dortmund galt. Und ich war kein guter Schwarzfahrer. Oben auf dem Bahnsteig wartete ich auf den Eilzug. Jetzt geht's also ums Ganze, ich sollte Dortmund erobern. Da gab es die alte Rivalität. Ich sah den Lehrer, und ich nickte ihm zu. Er nickte zurück. Er wußte also Bescheid. Ich stieg ein, als der Zug eingefahren war, und setzte mich irgendwo hin. Aha, der hier mir gegenüber ist also vom Geheimdienst, weil er durch mich durchsah. Ich ging weiter und fand ein leeres Abteil, für den Rest der Fahrt war ich Stefan Koval. Aber das Wort »Beschaulichkeit«, das mir jetzt in den Kopf stieg, gefiel mir nicht. Im Dortmunder Hauptbahnhof stieg ich nicht am Bahnsteig aus, sondern auf der anderen Seite und lief über die Schienen. Im Norden war das Vergnügungsviertel oder wenigstens der Puff, und der Volksmund fragte, was ist der Unterschied zwischen Nordausgang und Südausgang? Im Süden puffen die Loks. Aber da wollte ich wirklich nicht hin. Statt dessen geriet ich in einen riesigen Tunnel, wahrscheinlich U-Bahn-Bau. Hier hatte ich also schon so eine Art Grubenfahrt. Dann verscheuchte man mich. Auch der Rest des Bahnhofs schien umgebaut, wenn nicht abgerissen zu werden, und ich dachte einen Moment an Kowalski und die Einstürzenden Neubauten, die ich beide nicht mochte. Ich hatte mal wieder kein Geld mehr. Ich hätte zu Emma Raphael gehen können, die eine schöne Rente kriegte, sie hatte bei der Knappschaft gearbeitet. Außerdem wurde ihre Zeit im KZ angerechnet. Aber zum Glück kam ich erst gar nicht auf den Gedanken, sie heimzusuchen in der Löwenstraße. Statt dessen mußte mir Körner helfen. Er sollte mir wenigstens das Fahrgeld retour geben. Aber der Weg zu ihm schien mir zu weit zu sein. Also bestieg ich ein Taxi und fragte den Fahrer, ob das klarging, wenn der Kollege von mir zahlte. Sie müssen dann mit hochkommen. Es dauerte wenige Minuten mit Auto, bis wir an der Hamburger Straße ankamen. Hoffentlich ist er da, sonst steh' ich doof da. Was würden meine Eltern sagen, wenn ich in einem Taxi aus Dortmund kam? Ich wollte ja nur drei Mark für die Rückfahrt. Ich stieg aus und klingelt oben bei ihm. Haben Sie auch die Uhr abgestellt? Jaja. Nach einer Zeit meldete sich eine weibliche Stimme und drückte auf. Ich ging mit dem Driver hoch. Aber die Tür war zu. Dafür hing über der Tür eine Video-Kamera. Als auch beim Klopfen nicht aufgemacht wurde, dachte ich an Action. Bruce Lee war ich einen kurzen Moment. Ich nahm ein paar Schritte Anlauf und sprang mit dem rechten Fuß die Tür auf. Das würde mir einen Vertrag in Hollywood einbringen. Ich ging rein, Körner oder die Frau waren nicht zu sehen. Kurz entschlossen entstöpselte ich den Videorecorder und bot ihn dem Fahrer an. Der wollte ihn nicht haben. Natürlich war er noch ganz fertig mit den Nerven. Wir gingen runter, auf einmal ging eine Wohnungstür auf, und eine Frau fragte, was ist hier denn. Ich nahm meine Schlägermütze ab und warf sie durch die offene Tür. Damit war das Kapitel Brecht erst mal beendet, aber noch nicht dieser Morgen. Vielleicht filmt Werner Nekes gerade live als »Uli-isses«. Unten angekommen sah ich, daß der Taxameter noch lief, und ich sagte Arschlecken und nahm die Beine in die Hand. Der Fahrer blieb verdutzt zurück. Ich stratzte Richtung Innenstadt. Am anderen Ende der Hamburger Straße hatte Blöme ein Getränkecenter. Jahrelang in den Semesterferien hatte ich hierhin Bier geliefert, und ich fragte mich jetzt, ob ich nicht ein Spin-off über meine Jahre als Bierfahrer schreiben soll, noch nicht. Blömes Tochter kannte mich aber nicht. Ich fragte sie, ob sie ihren Gerstensaft immer noch von der Bergmann-Westfalia bezogen, die zur Ritter-Brauerei gehörte. Ich wollte irgendwas kaufen, hatte aber noch nicht mal Moos für ein Fläschchen Underberg oder Jägermeister. Ich bat sie um eine Schachtel Streichhölzer. Sie gab mir eine Schachtel Welt-Hölzer, ein Restbestand, weil vor kurzem das schwedische Zündholzmonopol abgelaufen war und die Welt-Hölzer mit den beiden roten Punkten verschwanden. Das war am 15. 1. 83 gewesen. Vielleicht war damit auch meine Zeit zu Ende. Ich ging weiter und wollte ins Café Knüppel, in dem ich mich immer mit Körner traf. Vielleicht war er ja da, wenn er schon nicht zu Hause war. Aber wieso hatte die Frau mich hochgeholt und war verschwunden? Ich kam nicht dahinter. Ich ging, natürlich noch immer ohne Geld, in das Café, das wohltuend altmodisch aussah. Ich bestellte ein Kännchen. Davor, das hab ich vergessen, ging ich noch in die Buchhandlung Schwalvenberg rein, weil ich mir ins Café was zu lesen mitnehmen wollte. Ich suchte eine Literaturgeschichte der DDR. Ich konnte nicht mehr Brecht sein, denn den interessierte die nicht. Es gelang mir, sie gegen Rechnung zu kriegen, nachdem ich meinen Personalausweis gezückt hatte.

Ich saß dann also bei Knüppel, Körner war natürlich nicht da. Ich schüttete mir vorsichtig eine Tasse aus dem Kännchen. Ich blätterte ein wenig in dem dicken Buch, das sechzig Mark kosten sollte. Ich behielt die Kellnerin im Auge, damit ich unerwischt abhauen konnte, und es klappte, als die eine neue Bestellung aufgenommen hatte und nach hinten ging. Ich ging mit dem Buch in der Hand links um die Ecke. Mal sehen, was wir da Schönes haben. Ich kam ans Rundschau-Haus. Hier, wußte ich, arbeitete Thomas Borowski, ein alter Kämpe vom Marabo, mit dem ich mal eines Nachts, als ich noch in Witten wohnte, in die Playboy-Bar am Bahnhof Langendreer geraten war. Ich wollte mal hören, wie es ihm ging. Ich ging zum Pförtner und sagte, was ich wollte. Ging klar. Ich ließ das DDR-Buch am Schalter. Ich ging ein Stockwerk höher, in der Hoffnung, Thomas zu treffen, der mir vielleicht mit ein paar Mark aus der Patsche helfen konnte. Ich kam in den Flur, und die Zimmer der Westfälischen Rundschau waren alle offen, aber niemand saß drin. Ich ging geradeaus, das schien der Raum des Chefredakteurs zu sein. Aber auch er war nicht da. Die saßen jetzt alle vorm Fernseher irgendwo und warteten darauf, was ich anstellen würde. Zuerst nahm ich die beiden Van-Gogh-Drucke ab, oder waren die echt? Schon möglich. Ich ging zurück in ein Zimmer, in dem fünf, sechs Telexe standen, und zog die Stecker alle raus. Dann packte ich die Kilometer Fernschreiben und ging runter. Der Pförtner guckte zwar dämlich, sagte aber nichts. Ich ließ ihm das Buch. Es war wieder wie Hans im Glück. Jetzt hatte ich also meinen Roman. Die Telexe, die ich ja so mochte, würden einen »day in the life« bilden. Wie aber sollte ich ihn nach Hause bringen? Ob Sie's glauben oder nicht, draußen stand ein Bierwagen von der Bergmann-Westfalia. Immer noch kein Spin-off. Helmut Schrader und Kurt Jubt luden ab. Kurt lachte sich über meinen Anblick kaputt. Ich sagte, Helmut, nimm den Salat mit zur Brauerei und komm anschließend bei mir vorbei. Aber ich wohn' doch nicht mehr in Witten, antwortete Helmut. Ich hab doch in Bergkamen gebaut. Die beiden Bilder kannst du mir geben. Gerne, sagte ich und gab sie ihm. Ich nahm den Festmeter Papier und ging durch den Hintereingang von Karstadt. Bei all dem hatte ich weiterhin das Gefühl, von einem Kabelversuchssender aufgenommen und ausgestrahlt zu werden. Deshalb sah ich auch kaum Leute auf den Straßen, die alle vor ihren Apparaten hingen. Es war das Sporthaus von Karstadt.

Die paar Kunden sahen mich groß an, bis ich in die Camping-Abteilung kam. Dort sah ich aufgestellte Zelte, mit allem, was dazugehörte. Auch Schlafsäcke sah ich, und mir fiel jetzt Eugen Rapp ein. Ein Buch hieß »Der Wanderer«, und ich dachte, er würde dabei auch schon mal in Schlafsäcken übernachtet haben. Ich wandte mich, das Papier immer noch schleppend, an den Mann, der offensichtlich der Abteilungsleiter war. Ich fragte ihn, ob ich die Telexstreifen bis zum Montag in dem Sack deponieren könnte? Dann würde ich ihn abholen und kaufen. Er hatte kein Argument dagegen. So war das also geklärt. Der Roman war fertig. Was sollte ich mit dem Rest des Tages anfangen? Ich brauchte ein neues Ding, als Hans im Glück. Beim Rausgehen aus dem Warenhaus kam ich an einem Stand mit Sportbüchern vorbei. Ich schnappte mir eins. Es war eines der seltenen Male, daß ich was geklaut habe. Schon als Kind traute ich mich nicht, mich an Nachbars Äpfeln zu vergreifen. Sofort wußte ich, wie es weitergehen sollte. Das Ziel hieß Tchibo.

Inzwischen war die Innenstadt wieder bevölkert. Vielleicht hatte es auch einen Alarm gegeben. Jedenfalls war er jetzt vorbei. Ich ging also, vom Ostenhellweg kommend, an der Reinoldi-Kirche vorbei und betrat Tchibo, mit einem jetzt festen Plan. Als PH-Student hatte ich hier so manches Pfund getrunken. Jetzt war ich aber da im Auftrag des neugegründeten Verleger-Fernsehens. Vor dem Ausschank bildete sich eine Schlange. Fest umklammerte ich das Buch. Als ich dran war, sagte ich, einmal ohne alles, und mit einer Armbewegung fegte ich die hundert Tassen, die da standen, vom Tisch. Mann, wie das schepperte. Dann warf ich das Sportbuch auf den Tresen und rief, Sie verkaufen doch so gerne Bücher. Ich wollte abhauen, aber mir wurde der Ausgang versperrt. Da kam eine von den braungeschürzten Tchibo-Frauen und wies mich in den Keller und schloß hinter mir ab. Es dauerte nicht lange, bis ich zur Besinnung kam und sah, daß ein Fenster zu öffnen war. In Zeit von nichts war ich draußen auf dem Alten Markt. Ich traute mich sogar wieder von vorne an dem Laden vorbei, wo schon wieder »business as usual« lief. Der Morgen war noch nicht zu Ende, und ich hatte immer noch kein Fahrgeld für nach Hause. Ich dachte, ich guck mal bei C&A vorbei, vielleicht haben die so Lederhandschuhe für mich, wie der Harald Inhülsen sie trug. Ich ging eins höher in die Lederwarenabteilung. Da war auch ein Stand mit Damenhandschuhen. Ich probierte ein paar aus, und eine Naht riß. Kein Wunder bei meinen Wurstfingern. Zum Glück hatte es kein Mensch gesehen. Ich fuhr eins höher in die Pelzabteilung. Sie hatten schöne Sachen da, und ich dachte, ich sollte einen Mantel für meine Mutter kaufen, die sich immer einen Nerz gewünscht hatte. Ich besah mir die Dinger. Vor einem Wiesel-Mantel blieb ich stehen. Ich wußte nicht, was das sollte, als ich das Ding anprobieren wollte. Was ich nicht wußte, war, daß diese Teile durch einen Stöpsel gesichert waren. Prompt machte ich eine falsche Bewegung, und der Alarm ging im ganzen Haus los. Ich rannte los, den Mantel immer noch an. Ich lief zur nächsten Rolltreppe. Einige Leute waren hinter mir her. Die Treppe fuhr hoch, ich aber stürzte runter. Jetzt bin ich Charlie Chaplin in einem seiner Stunts. Da war ich ideal fürs Fernsehen, das ja immer noch mitlief. Ich hastete weiter runter, bis ich kurz vor dem Ausgang von vier jungen Männern in ihren C&A-Anzügen überwältigt wurde. So, jetzt haben wir dich. Ich war eigentlich gar nicht sauer, denn ich dachte ja, das gehöre zum Film. Aber was würden meine Eltern sagen? Ich wurde in ein Büro gelassen, von dem man auf den Brüderweg gucken konnte. Ich wurde nicht gerade scharf bewacht, aber ich wollte es auf einen weiteren Ausbruchversuch nicht ankommen lassen. Dann brachte man mir einen achtsprachigen Schrieb, den ich durchlesen und unterschreiben sollte. Darin hieß es, daß ich Hausverbot hätte, von mir aus. Ich unterzeichnete aber nicht neben der deutschen Version, sondern machte Hieroglyphen neben der arabischen. Dann kam ein Polizist rein, mit einem Brilli im Ohr. Auch das verwunderte mich nicht. Er fragte mich, ob ich der Bruder des Fußballspielers Jürgen Welt sei. Der spielt aber schon lange nicht mehr. Wir nehmen Sie jetzt mit. Und ich dachte, setzen Sie mich aber nicht vor der Haustür ab. Ohne Handschellen anzulegen, nahmen sie mich mit. Die beiden Polizisten fuhren aus der Innenstadt raus, aber nicht auf die B 1 Richtung Bochum, sondern hielten am Polizeipräsidium an. Sie brachten mich in ein Büro, in dem mehrere Männer saßen. Sie sprachen nicht mit mir. Sie machten nur Gesten. Fingerabdrücke, Photo, Alkoholkontrolle, aber nicht wie neulich die Bullen mit einem Pusteröhrchen, sondern mit einem Digital-Teil, das anzeigt, wieviel ich intus hatte. Aber an diesem Morgen war ich nüchtern geblieben. Dann wurde ich in eine lichtdurchflutete Zelle gebracht, kein Vergleich zu der Kölner. Ich ging ein paar Schritte auf und ab. Es mußte bald zwölf sein. Mir fiel jetzt wieder ein, daß um diese Uhrzeit Werner Nekes' Film »Uli-isses« Premiere hatte. Ich nahm an, daß als Höhepunkt des Films live übertragen wurde, wie ich in der Zelle saß. Ich hatte den Joyce-Roman »Ulysses« nicht gelesen. Auch die ursprüngliche Sage kannte ich nicht genau. Ich schmetterte also wieder das Lied aus »High Noon«. »Do not forsake me, Oh my darling, on this, our weddin' day.« Jahre später würde bei Bear Family eine CD erscheinen, auf der 28 Versionen dieses Songs versammelt waren. Natürlich habe ich sie mir gekauft. Ich wurde rausgeholt und in einem anderen Büro deponiert, in dem ein Mann saß, der aber nicht mit mir sprach. Er schrieb auf einer Maschine, während ich die Dortmunder Skyline besah. Was würden die mit mir machen, nach einem so geringen Vergehen? Schließlich holte mich ein Beamter raus und brachte mich runter ins Foyer. Da wartete Claus Bredenbrock auf mich. Wie kommst du denn hierher? Ich war gerade bei deinen Eltern, als der Anruf kam. Ich bin dann mit deinem Vater los. Und wo ist der jetzt? Der kommt gleich. Da ging schon eine Tür auf, und er wurde von der Polizei verabschiedet. Als er sich mir näherte, hatte ich den Eindruck, die Bullen hätten ihm einen Weinbrand eingeschenkt, damit er verkraftet, daß ich der King bin und er mein Vater. What now, my love? Wir bringen dich jetzt in das Marienhospital. Also war ich jetzt, natürlich nicht offiziell, der Kanzler, und das Marienhospital war ein Stützpunkt der DDR. Mit denen sollte ich über die Wiedervereinigung reden. Ich kannte die Strecke, wir fuhren nach Kirchhörde raus. Eine meiner Bierfahrten, und ich erkannte in der Nähe von dem Krankenhaus den Laden von Ober wieder, eine Mischung aus Trinkhalle und Tante-Emma-Laden. Wir haben immer viel Bier hingeliefert, ohne daß mir damals in den Siebzigern bewußt war, daß er von dem Hospital lebte. Wir hielten aber erst im Notweg an. Wir gingen rein. An der Rezeption saß eine nicht ganz taufrische Nonne. Das war die Tarnung. Wir wurden weiterverwiesen. Endlich kam eine Ärztin in die Aufnahme. Wir gingen alle drei rein. Ich steckte mir eine an. Das geht hier nicht, sagte die Frau. Dann geh ich raus. Die beiden blieben drin, während ich genüßlich weiterqualmte. Ich ging neugierig rum, bis ich zu einer älteren Frau kam, die ich für eine Enkelin von Sigmund Freud hielt, denn wir waren hier offensichtlich in der Psychiatrie. Dann ging ich zurück. So, die Aufnahme war dann auch beendet. Ich würde hierbleiben müssen. Macht nichts, sagte ich, ich hab' keine Angst davor. In der Station vier erhielt ich ein Bett im Wachzimmer mit Rollo, das direkt an die Zentrale anschloß. Zwischen beiden war ein Fenster. Man hatte mir nicht gesagt, daß ich auf dem Zimmer, ja im Haus bleiben sollte. Erst mal wurde ich von einem Arzt vernommen. Ich schilderte ihm die Dinge, so wie ich sie für richtig hielt, nur die Tatsachen. Verheimlichen ließ sich nicht, daß ich in Köln rumgelaufen war, am Aschermittwoch im Novotel einen Deckel gemacht hatte. Und zuletzt eben der Pelzklau, die anderen Stationen der morgendlichen Raserei ließ ich im dunkeln. Nach der Vernehmung konnte ich gehen. Ich legte mich aufs Zimmer und sah, wie auf der anderen Seite eine hübsche junge Dame mit der Schwester sprach. Ich kriegte einen Steifen. Aber schließlich kam nur eine Luftnummer dabei raus. Ich ging runter zum Empfang. Die hatten da Ansichtskarten. Ich kaufte zwei, inzwischen hatte ich ja wieder Geld von meinem Vater gekriegt, wenn auch nur zehn Mark. Ich kaufte sofort Briefmarken. Und wo ist die nächste Post? Nicht weit, da würde ich sie abschicken. Ich schrieb aber nur eine Karte an den Sputnik. Es war herrliches Wetter, und als ich so rumlief durch Kirchhörde, hatte ich den Eindruck, ich wär' in Hollywood. Ich sah bei Ober rein. Ja, da war er mit seiner potthäßlichen Frau, die ihm jedes Jahr ein Kind gebar. Ich kaufte mir 'ne Schachtel Gauloises. Ich würde gerne wissen, ob ihn meine alte Firma immer noch beliefert. Nicht weit weg davon war die Lottoannahmestelle mit Tabakwarenverkauf, so ähnlich wie auf der Wilhelmshöhe der Arthur Wagner. Hier kaufte ich eine Schachtel der Kanzler-Zigarette Reyno. Ein Reklame-Ding, erleuchtet, stand auf dem Tresen. Philip Morris. So'n ähnliches Teil hatte ich schon in der Bochumer Innenstadt gesehen, und der Inhaber wollte es mir gegen eine Buddy-Holly-Kassette tauschen, aber es war nicht dazu gekommen, das heißt, bei meinem Aschermittwochsirrlauf hatte ich ihm Holly Rarities durchs Gitter geschoben, weil er seinen Laden schon zuhatte. Jetzt hier war das Ding genauso schön, schön erleuchtet mit einem Sternfall. Ich durfte das Ding mitnehmen und stellte es in den Raum, der wohl für Versammlungen gedacht war. In meinem Zimmer lag jetzt auch ein älterer Mann, dem der rechte Zeigefinger fehlte. Breschnjew? Er stammelte immer nur und war nicht zu verstehen. Die meisten Patienten der Station saßen offensichtlich in einer Nische, wo Kaffee getrunken wurde. Ich fragte die Frau an der Kanne, die so dünn war, daß ihre Haut durchsichtig schien, ob ich auch 'ne Tasse haben könnte. Kostet dreißig Pfennig. Wir machen 'ne Liste, und ab und zu mußte zahlen, spätestens, bevor du entlassen wirst. Der Kaffee schmeckte nicht schlecht. Vor der Station lag eine Art Foyer, wo sich wohl die Besucher mit ihren Angehörigen trafen. Mich besuchte am ersten Tag noch keiner. Ich rief meine Mutter an, und ich sagte ihr, es wird alles wieder gut. Aber war ich denn der Drahtzieher? Abends gab's die üblichen Schnittchen mit Pfefferminztee. Dann gab es Tabletten, ich wußte aber nicht, was. Am Wochenende kamen meine Eltern und gaben mir 50 Mark, für eine Woche Zigaretten. Laßt uns ein wenig rausgehen, sagte ich. Hier in der Nähe soll ein nettes kleines Café sein. Wir fanden es und setzten uns rein. Was machst du nur für Sachen? sagte meine Mutter. Ich kann nicht darüber sprechen, sagte ich ihr. Aber du willst doch wieder hier raus? Ja, sicher. Wir wollen zusehen, daß du wenigstens an meinem Geburtstag frei hast. Dem Bürder haben wir nicht gesagt, daß du krank bist, sondern daß du einen Studienaufenthalt in England machst. Abends saß ich mit Jochen im Foyer. Er war etwas älter als ich und von Beruf Mühlenbauer. Er hatte Geld wie Dreck und gab es auch aus, deshalb war er hier. Er zog einen Packen Scheine aus der Jacke und wedelte damit rum. Dann lief da noch ein ehemaliger Söldner im Drillich und in Springerstiefeln rum. Er machte gar nicht so'n harten Eindruck, er erzählte von Zimbabwe, und er nannte einige Namen afrikanischer Politiker. Die wollten sich auch hier einmischen. Ich würde ihm ab und zu die Frankfurter Allgemeine von Ober mitbringen. Montags stellte sich Frau Dr. Ullrich bei mir vor. Sie würde mich ab jetzt behandeln. Wir versuchen, Sie in einigen Wochen wieder hinzukriegen. Was heißt wieder hinkriegen? Wohin? In den nächsten Tagen kamen einige Freunde und Bekannte. Vom Marabo kam die ganze Zeit nur Christoph Biermann, während Ludger Frank mir eine Kassette von Peter Hammills neuester Scheibe »Patience« schickte. Ich hatte keinen Recorder, aber auch ohne sie zu hören, mußte ich an Vera denken, der ich die Fotze geleckt hatte, als wir bei mir in Witten eine seiner älteren Platten, »Sitting Targets«, gehört hatten. Später war sie auf einem seiner Konzerte gewesen und hatte sich auf dem Kragen ihres Overalls ein Autogramm mit einem Filzstift geben lassen. Norbert kam mit Moritz, und mit allen Leuten ging ich in das Café. Was macht Appel? Hat immer noch unter Zeche zu leiden. Ich bekam kaum mit, daß eine Therapie an mir vollzogen wurde. Ich bekam meine Medikamente, und es gab Gruppensitzungen, in denen ich nicht viel von mir verriet. Aber allmählich nahm der Drang, mich für jemand andern zu halten, ab. Die Ärztin gab mir ab einer gewissen Zeit Lithium. Kurt Cobain würde später einen Song drüber schreiben. Aber es gab keine Beschäftigungstherapie. Dafür mußten wir alle vorm Frühstück Sport mitmachen. Ich war ja noch fit wie ein Turnschuh und machte alle Übungen mit. Am 8. April, später Kurt Cobains Todestag, durfte ich mit meinen Eltern zum Hermannsdenkmal fahren. In der Ecke aßen wir auch was. Ich glaube, ich machte einen ganz normalen Eindruck. Ich fühlte auch nichts Besonderes, als ich oben auf dem Denkmal stand. Phillip schrieb mir, daß Line Records sein »Heartbeat« rausbrachte und er in »Bananas« auftreten würde. Ob ich ihn nicht in Köln treffen wollte? Die Ärztin lehnte das ab. Dann wollte ich mir »Das Kapital« von Marx kaufen, für mein Studium. Meine Eltern konnten mir nur Geld für Zigaretten geben. So lieh ich mir von Jochen 100 Mark.

Ich kaufte mir also den Doppelband und klaute in der DKP-Buchhandlung im Vorübergehen einige Bücher aus der Grabbelkiste. Abends sprach mich Jochen an. Er wollte die hundert Mark sofort wiederhaben. Die habe ich nicht mehr ganz, dann gib mir die Bücher, ist gut, sagte ich, wenn's der Therapie dient. Ich hatte mir ein Vorlesungsverzeichnis der Ruhr-Uni besorgt und die Ärztin gefragt, ob ich nicht wenigstens an einem Seminar teilnehmen durfte. Ja, ich durfte hin, und so fuhr ich den weiten Weg, ohne daß ich dann der Veranstaltung folgen konnte, zumal ich kein Geld gehabt hätte, mir das Buch zu kaufen. Aber ich sah so wenigstens andere Tapeten. Die Hitler-Tagebücher machten auch keinen Eindruck auf mich. Nur daß ich jetzt sang »Auch du bist im Eimer, o Henry«. Nach zwei Monaten näherte ich mich meiner Entlassung. Mittlerweile hatte ich einen anderen Zimmernachbarn bekommen. Er schien auch eigentlich ganz normal zu sein. Er hatte zwei Töchter, denen schenkte ich für die Kellerbar das Reklameteil der Zigarettenfirma. Dann gab's ein Abschlußgespräch. Und die Ärztin sagte nichts von geheilt. Statt dessen würde ich mein Lebtag Lithium schlukken müssen. Zum Schluß sagte sie mir, schreiben Sie doch die Geschichte Ihrer Manie auf. Zu Hause schrieb ich an Müller-Schwefe von Suhrkamp, ob ich diese Geschichte schreiben soll. Er lehnte ab, sie hätten schon für den Herbst einen hervorragenden Psychiatrie-Roman von einem Arzt, der in München als Dr. Punk gehandelt wird. Dagegen hatte ich natürlich keine Chance, und es sollte dann noch mal zwanzig Jahre dauern, ehe ich die Story schrieb. »It was twenty years ago today/Sergeant Pepper taught the band to play«.

»HAT er Höhe?« »Bis zum Bauer.« »MEINER gildet! Ich hab' ihn bis zur Dame!« Willi zeigt seinen Terz: zehn, Bube und eben jene Dame in Trumpf. Das ist beim ›Klammern‹ schon die halbe Miete. Sein ihm gegenübersitzender Partner David spielt an.

Ich kenne das Schauspiel: Er knallt den dritthöchsten Trumpf, das As, auf den Tisch. Gerd, einer der beiden Gegner von Willi und David, muß drübergehen (mit der neun, sprich: mit der ›Scheiß-Mie‹), dann kassiert der Bauer beide, und der vierte Mann, Gerds Mitspieler Franz, muß Trumpf bedienen, hat aber keinen und wirft eine Lusche ab, in diesem Fall die blanke Kreuzsieben. Ich liebe dieses Zuschauen beim ›Klammern‹ noch mehr als das bewundernde Zugucken beim Skat. Alles ist im Grunde möglich. Man hat viel in der Hand, und selbst wenn der Spielausgang, das heißt die Gewinnerpartei, von vornherein feststeht aufgrund der Übermacht einer Trumpf-Flöte, so ist es doch interessant zu verfolgen, wie die offensichtlich Unterlegenen um wenigstens einen der acht Stiche kämpfen, denn Kleinvieh macht auch Mist, und erst bei 761 Miesen wird die Runde bestellt.

»Trinkze einen mit, Wolfgang?«

»Nee, laß ma, Franz, ich wollt' noch in die Kanülen-Bar!«

Ich meine damit das ›Rotthaus‹. Da soll meine übliche Freitagsabend-Tour beginnen, wie jedes Wochenende seit geraumer Zeit.

»Außerdem hab' ich schon drei Pils weg! Und du weißt' ja, unser Oller stellt sich so an wegen der Karre!«

»Kommze nachher noch mitte Taxe runter? Wenne hier genug verlorn hass'?«

»Nee, der Gerd und ich müssen morgen früh raus. Wir

ham 'ne Schwarzarbeit in Pusemuckel. 300 Pfeifen für jeden!«

»Na gut. Dann gibze morgen einen aus. Du spielz doch nachmittags inne Alte Herren, oder?«

»Ma gucken. Wenn we bis dahin mit'm Tapezieren fertig sind!«

»Also, ich hau' dann ab. Soll ich einen bei der Heidi für dich mit reinschieben?«

»Klar! Und für den Wilhelm auch!« Willi ist schon leicht schicker.

»Lohnt nich'!« Ich kneif' Franz ein Auge zu.

»Bei dem kommt doch nur noch blaues Wasser raus!« David kommt vom Pott zurück mit'm Rolf. Ich steh' auf und bezahle beim ›Frika‹ Dellmann meinen Deckel. Als er mir das Wechselgeld hinlegt, kloppt einer auf meine Schulter. Herbert isses. Ich bin platt.

»Ich dachte, du wärs noch inne Kur?«

»Nee nee. Ich wollte keine Verlängerung haben. Kost' ja heute zehn Mark pro Tag. Wollze gehn?«

»Ja, ja. Die übliche Tour. Ersma ins Rotthaus. Willze nich' mit, oder krisse sonz Theater mit deine Olle?«

»Och, da war ich schon dran vorhin. Die mußte ja endlich ma wieder watt vor die Buchse ham, nach vier Wochen!«

»Und?« frag' ich. »Wie war et dahinten? Hasse watt kennengelernt?«

»Nee«, meint Herbert, »war sowieso nix los. Iss ja Winter. Und du glaubz ja gar nich', wie leer datt überall da iss! Wenn wir da nich' gewesen wärn in Bad Soden, wir vonne Knappschaft ...«

»Komm, dann laß uns abhaun, bevor die doowe Ilse gleich runterkommt, oder wollze noch einen hier trinken?«

Herbert: »Ich trink' doch nich' mehr!«

Ich: »Um so besser! Dann stell' ich die Karre von unserm Alten inne Garage und ab durch die Mitte ...«

Gegen zehn Uhr Freitag abends fängt im ›Rotthaus‹ immer die Disco an. Samstags sind da in der Regel Auftritte von Rock-Bands, dienstags Beratung für Kriegsdienstverweigerer, dann und wann Kino. Am letzten Montag im Monat ist ›Frauenabend‹. Dann kommen Männer nich' rein, nich' mal als Bedienung. Ich möchte mal gerne wissen, watt die Scheiß-Emanzen sagen würden, wenn die vom ›Rotthaus‹ mal 'n ›Männer-Abend‹ einführ'n würden. Aber ins ›Rotthaus‹ geh' ich freitags sowieso nur deshalb rein, weil das Bier billig iss, im Vergleich zu andern Discos. Ich sauf' mir da erst ma einen an und hau dann so gegen zwölf ab, in die ›Zeche‹ (die jetzt übrigens zusammen mit ›Samson‹ wirbt), nich' weil ich unbedingt sehen und gesehen werden will. Nee, ich bin eigentlich viel zu berüchtigt in dieser Szene, nich' nur als Schreib-Chaot und als eine Art Pop-Dutschke von der Uni. Der Scheiß iss vielmehr, datt ich 'n paar Jahre Musikredakteur bei dem Ruhrgebiets-Magazin ›Marabo‹ gewesen bin, anschließend noch freier Mitarbeiter u. a. bei ›Sounds‹, ›Musik Express‹ und mit der ›Marabo‹-Konkurrenz ›guckloch‹ mal'n Leserbrief-Krieg geführt habe. Was sagen will: Bekannt genug bin ich, fast schon zu bekannt, aber wenn ich watt zu ficken suche, bietet sich einfach die ›Zeche‹ an.

Voll gepackt bis unters Dach mit hübschen Mädchen, die alle lochtig sind, die alle gefickt werden wollen!

Nur wegen der Musik kommt da bestimmt keine hin. Und tanzen tun auch immer die zehn selben in der Disco, während die andern 495 zugucken: schön aussehen und sich einen ausgucken, oder sich ausgucken lassen.

Also, ich setz' mich in Herbert seinen billigen Renault rein.

»Oder soll'n wa ers im ›Appel‹ gucken gehn? Ich glaub', der Norbert zapft heute. Da kriegen wir einen für lau. Außerdem iss in der ›Zeche‹ noch zu voll. Da krisse keinen

Parkplatz. Obwohl – gezz um elf laufen noch jede Menge Jungfrauen da rum!«

»Datt meinze doch wohl nich' im Ernst!«

»Nee! War nur'n Scherz! Obwohl, ich glaub', heute geht's nich' mehr so drunter und drüber wie noch vor zehn Jahren. Da standen die ja schon mit 16 unter Streß. Wer da noch die Unschuld hatte, galt doch schon als alte Jungfer. Übrigens hab' ich dir mal von der Karin erzählt, der aus Bad Lippspringe?«

»Nee«, Herbert setzte seine Karre vorm ›Appel‹ ab. »Laß uns erst ma reingehn.«

Die Kneipe unten im ›Appel‹ war voll. Katja spielt Billard mit ihrem behaarten (ein Mediziner würde sagen: atavistischen) Freund, der bei der ›Dschungelband‹ trommelt. Wie die sich über den Tisch reckt.

»Der könnt ich so einen verpassen. Von hinten ins Nasenloch«, flüstert Herbert laut.

Ich versuch' ihn zu beruhigen: »Heute nich'! Warte ab, bis dem Kerl seine Scheiß-Kapelle auf Tour iss, dann iss watt bei der zu machen!«

»Hallo, Bramma!«

Ich hab' mich mittlerweile zur zweiten Reihe am Tresen vorgekämpft.

»Macht der Zonte heute oben wieder Musik?«

»Klar? Hörße nich'! ›This Is Pop‹!«

»Isser wieder dick und spielt den ganzen Abend XTC?«

»Hasse den schon ma als Diskjockey nüchtern gesehn? Außerdem kommt der nich' darüber hinweg, datt Sounds' gezz dicht iß!«

Ich dreh' mich in Richtung Zapfhahn: »Hallo, Norbert, machse mir ma'n Guten? ... Und, Herbert, du'n Bier? – Toll, die Scheibe, die da gerade von Gil Scott-Heron läuft, woll? Kannze mir die ma leihen?«

Dieses Stück ›B-Movie‹, eine aktuelle Bestandsaufnahme Amerikas, ist wirklich das Beste an Politsong, das ich kenne, vom Text her wie von James Joyce, mit feinster Disco-Musik unterlegt. »Since John Wayne was no longer available / We saddled for . . . Ronald Reagan«. Echt Spitze.

»Komm Herbert, wir gehn ma hoch. Vielleicht treffen wir ja deine Tochter. Wie alt iss die gezz eigentlich? Schon 16?«

»Die wird nächste Woche 17.«

»Also an der hätt ich ja auch Spaß. Aber die ist mir echt zu schade! Hat die schon ma . . .«

»Die erzählt mir alles. Die hat auch'n Freund, der mehr will, aber sie will noch nich'.«

»Wennse vernünftig iss«, stimme ich ihm, das heißt eigentlich ihr zu.

»Tja, aber du weiß ja, wie datt iss. Ich hab's ihr auch gesagt: ewig wird datt der Macker nich' mitmachen, wenn der sonn Ende inner Levi's hat.«

»Besser als die Karin, von der ich dir erzählen wollte. Die hat mir geflüstert, datt die von dem damaligen Freund ihrer Schwester beim Nachhilfeunterricht datt erstema genagelt wurde. Da war die vierzehn . . . Soll se ruhig. Aber als wir dann später zugange warn, hat se mir – da war die schon 24! – erzählt, datt se sich noch nie selbst befriedigt hat . . . und dann hab' ich ihr erklärt, datt datt ganz schöne Scheiße für die iss, ewig auf Kerls angewiesen zu sein.«

Ich begrüße eben noch die Lotte, die die Woche über Sekretärin von somm Proff anner Uni iss und freitags hier kellnert. Ich würde auch gerne an die ma drangehen, aber die meint, ich müßte ers ma 'n Star werden. Ich mein', ich hab' schon Lou Reed und Mick Jagger interviewt (echt wahr!), und Alan Bangs ist mein Freund. Muß ich denn erst den Papst beim Wichsen in der Peepshow erwischen?

»Komm, Alfred! Hier läuft ja doch nur noch Gesocks rum! Ich sag' eben noch dem Zonte ›Tüss‹ und dann fahr'n wir nach Bochum!« Zonte ist scheißendick und hat bis

vier Uhr noch zweieinhalb Stunden vor sich. Als ich raus-
geh, hör' ich die ersten Takte von Wire's ›I am the fly in
the ointment‹, was wörtlich übersetzt heißt: ›Ich bin die
Fliege in der Salbe‹, zu deutsch: ›Ich bin das Haar in der
Suppe!‹

»Ach, weiße watt«, sag' ich dem Alfred, als wir an der
Uni vorbei in Richtung Stadtmitte fahr'n. »Laß uns eben
noch in dem neuen Dingen gucken. ›Sachs‹ heißt datt. Da
wo früher dieser Schwulenklub drin war. Die hatten übrigens fuffzehn Jahre keinen einzigen Anschiß vom Ord-
nungsamt gekriegt.«

Das ›Sachs‹ ist bauhausmäßig eingerichtet. Der Inhaber,
Alex, ist auch da.

»Watt iß, du Wirt? Gibse einen? Ich bau dann deinen
Laden auch in meine nächste Story ein. Schleichwerbung.
So wie die Mercedesse in ›Dallas‹.«

»Gut. Einen doppelten Scotch für'n Wolfgang. Watt will
der Herbert?«

»'n Wasser und 'ne Olle. Aber hör ma, Alex, wieso heißt
dat Dingen hier eigentlich ›Sachs‹?«

»Weil ich'n halbes Jahr geborn wurde, bevor meine Eltern geheiratet haben. Und die Zeit hatte ich eben den
Namen meiner Mutter, ›Sachs‹.«

»Scheiße, Herbert. Gezz iß schon fast zwei Uhr, und
ich hab' immer noch nix zu ficken!«

»Du willz doch wohl nich' auf'n Eierberg?«

»Bistu bescheuert?« mein' ich. »Dann lieber in die hohle
Hand. Oder warte ma: die gezz reinkommt mit dem Zin-
ken und den dicken Peppen ... ach lieber nich'. Der Olle
kann mich nich' leiden. Der iss'n höheres Tier bei der
›WAZ‹. Als ich den ma zufällig zu Hause an der Strippe
hatte und ihm ›Guten Tag, Herr Kollege‹ sagte, hat der
sich fürchterlich bei seiner Deene beschwert. Ich sollte
doch erst ma'n Staatsexamen machen oder wenigstens
ein dreijähriges Volontariat, womöglich bei seiner Scheiß-

zeitung. Nee, ein langjähriger Mitarbeiter bei sonner Stadtzeitung ist für den kein Kollege.« In der Tür fang' ich plötzlich an, Gerry Rafferty's Schnulze ›Her Father Didn't Like
Me Anyway‹ zu summen. Als wir zur ›Zeche‹ einbiegen,
spielt Alan Bangs in seiner Sendung ›Night Flight‹ gerade
›Switchboard Susan‹.

Vor der Disco seh' ich eine Bekannte von mir aus Köln,
Johanna Schmitz, reingehen, mit ihrem Macker. Wir bleiben in der Parkplatzauffahrt stecken.

»Guck dir diese Scheiß-Tommies an.« Herbert macht
die Lichthupe an. Ein paar englische Soldaten, höchstens
zehn oder zwölf, alle besoffen bis dort hinaus, kloppen
sich mit der Besatzung von mehreren Peterwagen.

»Komm, Herbert, hier iss ja doch nix los. Und die Schlange vor der Disco iss sowieso erst inner Stunde weg.«

»Willze denn nich' noch zu deiner Freundin. Wie heißt
die denn noch?«

»Welche meinze denn? Die Blonde, die so aussieht wie
'ne Kreuzung aus Trude Herr und Kim Wilde?«

»Ja. Die.«

»Die hat doch ausgerechnet heute nacht Dienst in dem
Dingen hier. Und wenn die um sechs mit'm Fahrrad nach
Hause fährt, kann die ...«

»Wie heißt die noch ma?«

»Marlies. Marlies Pfeffer.«

»Jedenfalls, die hat dann morgens auch keine Lust mehr
zum Ficken.«

»Und watt gezz?«

»Komm, laß uns nach Dortmund-Körne zu dem ver-
kommenen Wolfgang Nowack fahr'n. Von dem läuft doch
gezz seine neue Fernsehserie mit Iris Berben an. Bei dem
gucken wir uns 'n paar Pornos an und lassen uns anschließend von dem in diesem teuren Edel-Puff in Berghofen
freihalten.«

»Ach nee. Laß man. Ich mach' lieber meine Olle wach.«

»Und watt soll ich machen?«

Herbert rammt den Rückwärtsgang rein. »Dann klopp-ze dir eben einen ...«

Einmal Tchibo und zurück

Ich war gestern nachmittag gerade auf dem Weg von meinem Psychiater zu Bochums schönster Apothekerin, um mir von ihr meine Monatsration Lithium abzuholen, als ich an einer Baustelle in der Innenstadt Andreas traf, mit dem ich vor Jahren für einige Monate in einem Schallplattenladen gegenüber vom Hauptbahnhof gearbeitet hatte und dessen Mutter 1959 meine erste Lehrerin gewesen war.

»Was macht denn dein Roman? Soll ja der nächste Hammer sein.«

»Wer hat das gesagt?« wollte ich wissen.

»Einer, der viel Bücher liest – Bertram. Und noch einer, so'n Kleiner. Ich weiß nicht, wie der heißt.«

»Diederichsen?«

»Nee. Den kenn' ich.«

»Also, wenn du's genau wissen willst, Andreas: Am 4. September ist das Dingen fertig.«

Er war schon wieder am Gehen, rief mir ein »Dann bin ich ja gespannt« nach und verschwand im Getümmel. Der Roman. Ich habe erst einen Satz, einen Titel und einen Lektor. Den Satz könnt ihr schon mal haben: »Ich würde sie ficken.« Ein gutes Intro, find' ich. Mehr will ich aber im Moment noch nicht verraten und geh nach Tchibo.

Die Frau hinter der Bar kannte mich und stellte mir ohne Aufforderung einen Kaffee ohne alles hin. Ich steckte mir meine 43. Benson an. Bob Dylan raucht dieselbe Marke, stand neulich im ›Rolling Stone‹. Meine Schwester tauchte auf. Sie holte sich das gleiche Gesöff wie ich. Unsere gesamte Familie ist süchtig nach Tchibo ohne alles. Gabi hatte ›Auf einen Blick‹ und ›Die Aktuelle‹ bei. Auch ich bin höchst interessiert an den Vorgängen im Jet-Set.

Stephanie von Monaco will sich jetzt unbedingt ein Kind von dem jungen Belmondo machen lassen.

Vor zwanzig Jahren wollte ich unbedingt der Gemahl von Prinzessin Anne werden, doch plötzlich erkaltete meine Liebe zu ihr, als ich in der ›Musik Parade‹ 1966 ein Bild von Nancy Sinatra sah. Sie hatte gerade ihren ersten Hit mit ›These Boots Are Made For Walking‹ gelandet. Den Song fand ich auch toll, vor allem wegen Duane Eddys Baßlinie, doch nun, als ich sie so in ihren hohen Stiefeln, ihrem kurzen, vielversprechenden Rock, dem nichtsverheimlichenden engen Pulli und den langen, blonden Haaren betrachtete, wie sie auf einer Gangway posierte, war ich, dreizehnjährig, erstmals richtig hin. Aber wie das so ist. Ich hatte sie nicht unter Kontrolle.

Im darauffolgenden Jahr machte sie mich furchtbar eifersüchtig, als sie mit ihrem Daddy das inzestuöse ›Somethin' Stupid‹ im Duett sang. Ich wette, daß Ol' Blue Eyes tatsächlich damals an der dran war. Sie ist auch wahrscheinlich gar nicht seine Tochter. Und war's nicht Frankieboy, der den Satz geprägt hat »In Amerika gehört man zur Aristokratie, wenn man den Stammbaum bis zum leiblichen Vater zurückverfolgen kann«?

Ich mußte mir eine andere ausgucken – auf dem Schulhof: Susanne, die in die Parallelklasse ging. Ich wollte ihretwegen damals katholisch werden, denn es gab noch keine Koedukation, und die einzige Möglichkeit, mit Mädchen eine Schulstunde zu verbringen, war der katholische Religionsunterricht. Doch die Konfirmation stand vor der Tür, und ich dachte an die Verwandtschaft, die sich nicht lumpen lassen würde. Ich entschied mich für den Erwerb von ›Revolver‹ und ›Pet Sounds‹ und ›If Music Be The Food Of Love‹. Ich habe Susanne nie was von ihrem Glück erzählt, obwohl sie wahrscheinlich von ihm wußte. Wir sind dann später gelegentlich mit ihrem Freund ausgegangen, einem Arno-Schmidt-Fan, der mir immer ganz stolz seine komplette Bargfelder Flöte zeigte. Als die beiden auseinander waren, verkehrte ich mehr mit ihm, einem gelernten Mathematiker, als mit ihr. Susanne und ich besuchten nur noch ein paar Konzerte zusammen.

Ich erinnere mich an Lou Reed in Münster und J. J. Cale in Düsseldorf. Vor gut zwei Jahren war dann endgültig Schluß.

Heute ist Susanne nicht mehr in der Kirche, arbeitet als Lehrerin in Castrop und verdreht irgendwelchen Vierzehnjährigen wieder den Kopf. Im Grunde hatte ich sie und ihren Schmidtschen Freund auseinanderdividiert.

Diese Story fing 1975 an. Ich wollte hier weg und heuerte bei ›Foyle's‹ in London an, dem angeblich größten Buchladen der Welt. Man steckte mich in die medizinische Abteilung, obwohl ich von Tuten und Blasen keine Ahnung hatte. Ich stand hinterm Tresen unten im Kellergeschoß, und dauernd kamen irgendwelche Gelehrte aus aller Herren Länder an, um nach ganz speziellen Büchern über irgendeinen bestimmten Knochen zu fragen oder um das Standardwerk über Vestibularisbefunde bei der plötzlichen einseitigen Innenohrhörstörung zu erwerben, während ich nur den Standort des Bestsellers der Abteilung kannte. ›The Joy Of Sex‹. Ich wohnte damals zur Untermiete bei Mark und Judy in Thornton Heath, kurz vor Croydon. Ich gab ihnen jede Woche neun Pfund für volle Kost, Logis und Familienanschluß. In diesem typischen Suburban-Bau war das Klo sozusagen Teil der Küche, und ich brachte es nie fertig, kacken zu gehen, wenn nebenan, nur durch eine offene Tür getrennt, Judy einen Yorkshire-Pudding im Herd hatte. Abends war ich meist in Soho unterwegs, im ›Marquee‹, aber auch des öfteren im Theater. Ich sah Claire Bloom als Blanche in ›A Streetcar Named Desire‹, ich bewunderte Henry Fonda in dem Einmannstück ›Clarence Darrow‹, das hier später von Curd Jürgens geboten wurde. Am meisten beeindruckt war ich aber von Ralph Richardson und John Gielgud in Pinters ›No Man's Land‹. Vielleicht hat sich aber dieser Theaterabend auch nur so eingeprägt, weil ich in der Pause ein schwedisches Au-Pair-Girl kennenlernte. Wir verabredeten uns für den nächsten Abend in einer Folkkneipe am Charing Cross. Aber leider war nach einer Bombendrohung der IRA das halbe West End abgesperrt worden, und ich hab' dieses Kind aus Bullerbü nie mehr gesehen.

Ich besuchte damals gelegentlich den ollen Erich Fried in seiner Budicke. Seine Gedichte hatten mich nie besonders interessiert, wohl aber seine Sylvia-Plath-Übertragungen (›Ariel‹). Er erzählte mir von deren ehemaligem Mann, dem Lyriker Ted Hughes, daß der nur noch als ›lady killer‹ in der Branche gehandelt wurde, nachdem auch seine zweite Frau sich aufgeknüpft hatte. Sonst aber wurde ich mit Erich nicht recht warm. Er war damals auch überlaufen, eine Art Madame Tussaud für alle möglichen Leute, die sich für links hielten, eine touristische Attraktion in London.

In jenem Spätsommer wollte ich unbedingt Dramatiker werden. Ich hatte auch schon Titel und Plot für ein Stück: ›Offside‹ (englische Titel waren in jener Zeit der Wolfgang-Bauer-Magic-Afternoon-Schule im deutschsprachigen Theaterraum sehr beliebt). Es ging darin um einen Fußball-Profi aus armen Verhältnissen, der kurz vor dem Sprung in die Nationalmannschaft ein Bein nach einem groben Foul von Berti Vogts verloren hatte. Eigentlich hatte ich aber von vornherein ein Musical geplant, nachdem Joachim Preen vom Bochumer Schauspielhaus, der Regisseur des ›Ekel Alfred‹ und, wichtiger noch, von ›John, Paul, George, Ringo … and Bert‹ featuring Herbert Grönemeyer, unverbindlich Interesse an meiner Posse mit Gesang gezeigt hatte.

Da traf es sich, daß es mir gelungen war, mich nach New Ash Green, Kent, zu meinem Lieblingssinger/songwriter

Phillip Goodhand-Tait einzuladen. Ich erläuterte ihm meinen Plan und daß ich Musik dafür brauchte, wenigstens ein Titelstück, am besten von ihm. Bei einem ›Bénédictine‹ versprach er es mir. Am selben Nachmittag bat er mich, einen Song zu übersetzen, den er gerade für Roger Daltrey und Gene Pitney (und sich selbst) geschrieben hatte, ›Oceans Away‹. Meine Nachdichtung hatte ich in einer knappen Stunde fertig. Phillip setzte sich an sein Harmonium und sang gebrochen meinen Text: ›Weck mich nicht auf, wenn ich von dir träume.‹ Danach holte er, der auch sein eigener Verleger war, ein Vertragsformular aus dem Schreibtisch, und ich unterschrieb meinen ersten Vertrag als Autor. Phil schickte den ganzen Rotz anschließend zu seinem deutschen Vertreter Ralph Siegel jr.

Ich rechnete schon hoch, was ich an einer Goldenen Schallplatte verdienen würde bei vereinbarten 5% pro verkaufter Single. Natürlich hat nie einer meine Version aufgenommen. Aber wir haben ja auch keine Sänger wie Roger Daltrey, Gene Pitney oder meinen Freund Phillip Goodhand-Tait. Jedenfalls fühlte ich mich von jenem verregneten Nachmittag an als Künstler.

Judy hatte eine siebzehnjährige Schwester, Mary, die mich bei einem Besuch in ihrem Elternhaus bat, ihr beim Deutschlernen zu helfen. Wir lasen ›Das Brandopfer‹ von Albrecht Goes, das ich mal in einer Fernsehfassung mit Hilde Krahl und Benno Sterzenbach gesehen hatte. Ansonsten verliebte ich mich in sie. Leider ging mein Schickermoos alle, und ich mußte nach sechs Wochen London, nach der schönsten Zeit meines Lebens, nach Hause.

Ein paar Tage nach meiner Rückkehr kam mit der Post eine Kassette von Phillip mit dem versprochenen Titelstück für mein dramatisches Debüt. Wie er schrieb, hatte es ihn drei Tage und drei Nächte gekostet. Es war genau so, wie ich es erhofft hatte. Jemand schießt das entscheidende Tor, das wegen ›Abseits‹ nicht gegeben wird. Phillip benutzte diese Situation auch als Metapher für eine unerfüllte Liebe. Ich kriegte trotzdem mein Musical nie auf die Reihe und verlor auch Joachim Preen aus den Augen, bis ich im vergangenen Frühjahr in einer kleinen Notiz der FAZ las, daß er sich, noch keine fünfzig, am Bodensee das Leben genommen hatte. Einer, der uns am Fernsehen und hier in Bochum auf dem Theater so viel Spaß bereitet hatte, wurde mit keinem Nachruf gewürdigt.

Ein Jahr nach meinem England-Aufenthalt, den ich an der Victoria Station mit dem Kauf des Buches ›Mary‹ von Vladimir Nabokov (deutscher Titel: ›Maschenka‹) abgeschlossen hatte, kam Mary mit ihrem Rucksack und einer Freundin hier an. Mary und ich intensivierten unsere Beziehung, während Susannes Freund sich an die andere ranmachte. Und wie ich höre, sind die beiden angeblich heute immer noch zusammen, während Mary und ich nicht mal mehr on speaking terms sind. Meine Schwester nahm sich eine Benson von mir und ging wegen ihrer Scheidung zum Anwalt, einem Freund von mir, dessen erste Kundin sie nach knapp einjähriger Ehe geworden war.

Ich blieb noch ein bißchen bei Tchibo, und es fiel mir auf, daß die ›Ihr Pfund ist wieder da‹-Kampagne wohl beendet war, und ich dachte an einen im Moment noch sehr toten Dichter, der aber nächstes Jahr zu seinem 100. Geburtstag unter Garantie ein mit allen Schikanen gemanagtes Revival erleben wird. Ich seh's schon auf den Plakatwänden prangen: IHR EZRA POUND IST WIEDER DA. SUHRKAMP. Drei Tassen später kam ich an einem Wohnwagen zwischen ›Kortum‹ und C & A vorbei. Ein Engländer aus Bochums Partnerstadt bot allerlei Gimmicks von dem Klub Sheffield Wednesday an, von der Vereinsnadel übers Bierglas bis zum Lederball mit Autogrammen. Ich wollte erst mit ihm ins Gespräch kommen, aber ich wollte auch an nichts mehr denken, schon gar nicht an meine Brieffreundin Sue in Sheffield, deren Mutter Peggy hieß,

und daß ich es für keinen Zufall hielt, daß mein Lieblingslied schon seit 1963 Buddy Hollys ›Peggy Sue‹ ist. Ich ging
weiter und kam an einem Café/Bistro/Restaurant vorbei,
das auf einer Tafel u. a. Bunte Bohnensuppe anbot. Die
Schrift in Kreide kam mir bekannt vor. Ich ging kurz rein
und sagte nur: »Tach, Christiane. Ich wollte nur mal gukken, wer sich hinter der Klaue versteckt.« Auf dem Weg
zur schönsten Bochumer Apothekerin summte ich Gerry
Raffertys ›Her Father Didn't Like Me Anyway‹. Sie gab
mir ein paar Minze zu meinem Lithium, die ich in der
S-Bahn schluckte. Zu Hause fragte mich meine Mutter,
wie's beim Psychiater gewesen war, und ich sagte: »Wie
immer!«

Ich mußte zum Zoll. Da führte kein Weg dran vorbei. Der Wisch hatte in meinem Briefkasten gelegen. Sofort beschlich mich ein ungutes Gefühl, obwohl ich mit der Behörde noch nichts zu tun gehabt hatte, oder vielleicht deshalb. Bei meinen zahlreichen Reisen nach England, hauptsächlich in den siebziger Jahren, war ich nie gefilzt worden, obwohl ich wie ein Drogenabhängiger aussah. Aber hatten wir nicht damals alle diesen Look? Was also kam da auf mich zu? Ich nahm an, daß mir einer Platten geschickt hatte, ohne daß er diesen grünen Zettel aufgeklebt hatte, auf dem draufstand, was drin war. Ich war zwar weitgehend aus diesem Musikgeschäft ausgestiegen, doch von zwei Firmen im Ausland kriegte ich noch immer Tonträger zugestellt, zum einen von ROIR, einem Label in New York, das nur Kassetten veröffentlichte, zum anderen von Bronze Records, um die ich mich mit einer Story über eine Motörhead-Tournee, die ich mit den schrecklichen Drei in England absolviert hatte, verdient gemacht hatte. Ich fuhr mit der S-Bahn in die Stadt und ging zu Fuß zum Bahnhof Nord, in dessen Nähe das Zollamt liegen sollte. Ich dachte mir, wenn die zuviel Asche haben wollen, können die das Zeug, was immer es ist, behalten.

In dem Bau, der etwas abseits lag, ging es lebhaft zu. Ich kam aber sofort dran. Der Zollbeamte ging an ein Regal und zog was raus, das aussah wie ein Plattenpaket. Er zeigte es mir. Wissen Sie, was da drin ist? wollte er wissen. Schallplatten, nehme ich an. Es war noch die Vinyl-Zeit. Na gut, sagte er, dann wollen wir mal nachsehen. Er riß das Ding auf und zog die Sachen raus. Es waren mehrere Scheiben, eine in Lederhülle, dazu eine shaped disc und eine Single und wie immer die Pressemitteilungen von Bronze. Bevor er weiterreden konnte, sagte ich, daß ich

Musikjournalist sei und die Dinger besprechen müßte. Hoffentlich, dachte ich, fragt er nicht beim Finanzamt nach, ob ich richtig Steuern abführe. Auch Muster müssen verzollt werden. Dann kannst du sie behalten, hätte ich fast gesagt, aber er gab mir die Platten wortlos, und ich zischte ab.

In der Lederhülle steckten sogar zwei LPs drin mit Motörheads größten Hits, obwohl sie nur eine Handvoll gehabt hatten. Ich wußte schon, wem ich die schenken würde. Besprechen würde ich sie nicht, weil ich eigentlich die Schnauze voll von dem Trio hatte, außerdem nahm mir keiner mehr meine Kritiken ab. Ich war heilfroh, daß der Musik Express wenigstens meinen etwas voreiligen Abgesang auf den Rap unter dem Titel ›Hip Hop Flop‹ abgedruckt hatte. Die Maxi-Single in Form einer V-Gitarre kriegt mein Neffe, damit der endlich von seinen BAP und Queen loskommt. (Es hat geholfen, bis vor kurzem hat er einer sehr harten Hardcore-Gruppe angehört.) Die Ledertasche kriegt die Susanne, die auf Leder stand. Wieso hätte sie mir sonst eine Lederkrawatte zum Geburtstag geschenkt? Ich hatte sowieso vor, mal wieder mit ihr auszugehen, und so hatte ich einen Grund.

Sie war meine große unerfüllte Liebe. Ich verehrte sie schon auf der Mittelstufe in der Schule, und ich habe ein paarmal mit ihr auf Klassenfeten getanzt. Aber näher waren wir uns nie gekommen, weil ich ihr gegenüber, der schönsten Frau vom Lessing-Gymnasium, zu schüchtern war. Später studierten wir zusammen Englisch, ich aber hörte dann auf und verlor sie aus den Augen. Mitte der siebziger Jahre traf ich sie mit ihrem damaligen Freund, mit dem ich mich auf Anhieb gut verstand. Auch als die beiden sich getrennt hatten, blieb ich mit ihm befreundet, und wir besuchten und fickten zwei Teenager in England. Susanne blieb ich auch verbunden. Sie erzählte mir aber nie mehr was von ihrem jeweiligen Macker, denn daß sie, die mittlerweile die schönste Frau von Bochum geworden war, immer einen hatte, war mir klar. Wir trafen uns unregelmäßig. Nur einmal war ich in ihrer Wohnung gewesen, die sie, wie ich annahm, von ihren Eltern zum bestandenen Examen gekriegt hatte. Öfter war sie bei mir auf der Mansarde, aber es kam nie zum Äußersten, nie kam ein Kuß über ihre Lippen. Ich wußte nicht, ob ich sie ausgerechnet mit Hilfe von Motörhead rumkriegen würde. Im Grunde hatte ich die Hoffnung auf einen Fick mit ihr aufgegeben.

Ich rief sie an und fragte sie, ob sie mit mir nicht ins ›Basement‹ wollte. Das war eine neue Discothek in der Innenstadt. Ja. Da wollte sie schon immer mal rein. Okay, sie würde mich abholen, weil ich kein Auto mehr fuhr. Am folgenden Mittwoch schellte sie an, und ich gab ihr auf der Mansarde die Leder-Doppel-LP. Reingesteckt hatte ich ihr meine ME-Story über jene Tournee, ›Kein Schlaf bis Hammersmith‹. Sie warf sich mir nicht gerade an den Hals. Wir hatten noch etwas Zeit, bis in der Keller-Disco was los sein würde, und ich schlug ihr in ihrem Golf vor, in den ›Puvogel‹ zu fahren, ein Lokal, das sie nicht kannte.

Meine Schwester, die nach vier Monaten Ehe in Scheidung lebte, kellnerte da. Eigentlich kannte Susanne doch Teile von dem Pub, denn der Besitzer hatte die Tische und Bänke aus dem ›U-Bo‹ übernommen, wo ich ein paar Jahre vorher immer mit ihr verkehrt hatte. Sie bestellte sich einen herben Weißwein und ich ein Guinness vom Faß. Ich fragte meine Schwester, was ihre Scheidung machte. Sie ging voran. Gegen zehn gingen wir zu Fuß das Stück zur City-Passage. Ohne weiteres kamen wir rein, was nicht jeder von sich behaupten konnte. (Joan Baez hätte wahrscheinlich – wegen ihres Alters – keine Chance gehabt.)

Der Keller war gerammelt voll. Es lief Independent Music. Diskjockey war der blaue Odermann, der tagsüber mit meinem Freund Omo in Dortmund bei Phonac arbeitete. Ich kämpfte mich zum Tresen vor und bestellte ein Pils und für sie ein Mineralwasser. Wir gehörten mit unseren dreißig Jahren zu den älteren Leuten und setzten uns in eine Ecke. Der dee-jay spielte ein paar alte Scheiben, u. a. ›Rock & Roll‹ von Gary Glitter. Ich deutete auf meine blauen Wildlederschuhe, als er von blue suede shoes sang. Nach diesem Lied legte der Diskjockey ›Surfin' Bird‹ von den Cramps auf. Ein Remake. Als ich noch bei ELPI gearbeitet hatte, habe ich diese Nummer immer Samstag nachmittags rotieren lassen, damit die letzten Kunden verjagt wurden. Jetzt wollte ich mal sehen, wie die jungen Leute heutzutage danach tanzten.

Ich entschuldigte mich bei Susanne und ging zur Tanzfläche. Psychobilly hieß diese Musikrichtung wohl, und neben mir stand auf einmal der notorische Nichtkönner als Schauspieler, Regisseur und Autor Willy Thomczyk, eine Lokalgröße. Ich wußte nicht, ob er mich kannte. Ich hatte mal in einem Marabo-Artikel geschrieben, daß er ein glückloser Künstler sei. Wir beide sahen, wie sich ein paar Jungs gegenseitig hin und her schubsten. Sie trugen zerschnittene Unterhemden und mit Domestos teilweise gebleichte Jeans. Irgendwie fand ich das erschreckend. Aber ich kam nicht ins Grübeln, denn unverhofft trampelte mir einer von den Burschen auf meinen Schuh, ich stolperte nach hinten. Da sah ich rot und trat dem Übeltäter kräftig in den Arsch. Er flog quer über die Tanzfläche. Im Nu hatte ich die anderen Psychos im wahrsten Sinne am Hals. Sie drohten mich zu erwürgen.

Thomczyk hatte sich natürlich verpißt. Ich sah mein letztes Stündchen schlagen, bis mir der rettende Gedanke kam. Ich riß meinen Pullover hoch und schrie, ich bin doch einer von euch. Sie sahen auf mein T-Shirt und ließen ab. Sie sahen den Kopf und Namen von Eddie Cochran, darunter seine Lebensdaten: 3. 10. 38 - 17. 4. 60. Sie um-

armten mich, weil sie natürlich auch diesen Sänger vom
›Summertime Blues‹ toll fanden. Nicht auszudenken, was
gewesen wäre, wenn ich mein Phil-Collins-Hemd ange-
habt hätte. Diese Geschichte müßte jemand anders erzählen. Schulterklopfend entließen sie mich. Ich sah zu,
daß ich mit Susanne Land gewann. Wir haben uns danach
'ne ganze Zeit nicht gesehen. Erst als letztes Jahr ihre Mutter starb, schrieb ich ihr, und sie antwortete ein paar Wochen später beim Tod meines Vaters. Ob es mit uns noch
zu geriatrischem Sex kommen wird, weiß ich nicht. Jedenfalls wird sie für mich immer die schönste Frau der Welt
bleiben.

Herbert Grönemeyer lebt hier nicht mehr

Das Ruhrgebiet ist auch nicht mehr, was es einmal war. Ein Blues in zwölf Takten.

Günther Rostek pfeift auf dem letzten Loch, aber die Karten kann er beim Skat noch genial nachhalten. Er verliert nur eine Anstandsrunde. Dieter Breitscheid, der gegen ihn gespielt hat, zeigt dem Wirt, daß der Deckel voll ist. 38 Mark muß er blechen. Gegen den ollen Günther kommt er noch immer nicht an, obwohl er auch kein junger Spund mehr ist. Ich bin nach langer Zeit mal wieder im ›Haus Schulte‹, hundert Meter von meiner Wohnung auf der Wilhelmshöhe entfernt, einer ehemaligen Bergmannssiedlung an Bochums Grenze zu Dortmund. Früher war hier der Bär los, so vor zwanzig Jahren, als ich in der ersten Mannschaft Fußball spielte, beim SuS Wilhelmshöhe, und dies war das Vereinslokal. Meinen Vater, der damals erster Vorsitzender war, habe ich öfter hier als zu Hause angetroffen. Mittlerweile haben sich die Kriegsteilnehmer weitgehend von der Öffentlichkeit verabschiedet. Ein paar Frührentner stehen am Tresen und schocken. Das haben wir früher auch gemacht und geflippert. Doch da, wo der blinkende und ratternde Apparat stand, ragt jetzt ein Darts-Automat in die Höhe. Ein paar Meter davor ein Strich. Der Wirt hat dafür einen Tisch geopfert. Zum Glück wirft gerade keiner seine Pfeile, und ich kann erhobenen Hauptes zur Musikbox gehen. Da ist nur Schrott drin. Das war schon immer so. Ewig hinkt sie zwei Monate hinter der Hitparade her. Pedro, der Inhaber der Pinte, ist kein Mexikaner, sondern Grieche. Aus irgendwelchen Gründen, die keiner kennt, hat er bei der letzten Jahreshauptversammlung nicht mehr als Vereinswirt kandidiert. Es bleiben ihm noch die Kleintierzüchter und der ›Luftbote‹, der Taubenverein. Neben mir trinkt Eberhard

Klette sein sechstes Vest-Pils. Auch er züchtet die intelligenten Vögel. Ich frage ihn, wieviel Schläge noch auf der Wilhelmshöhe sind. Neun. Aber die Taubenväter sind alle über fünfzig, und Nachwuchs kommt nicht nach. Das ist auch das Problem des Gesangvereins ›Eintracht‹. Neulich wurde dessen Ehrenvorsitzender Alex Brasse beerdigt. (Am 1. 9. 89 hatte ich ihn im Fernsehen gesehen, weil er den Polenfeldzug von Anfang an mitgemacht hatte.) Seine Sangesbrüder können alleine schon lange nicht mehr auftreten, und wahrscheinlich haben sie sich an Alex' Grab mit einem anderen Chor zusammentun müssen, um ihrem ehemaligen Präsidenten ein Abschiedsständchen zu bringen. »Beim Rudi Gießler«, sagt Eberhard, »haben wir am Grab Tauben mit schwarzen Schleifchen hochgehen lassen.« Bevor ich weitergehe, überlege ich, ob ich mir nebenan eine Currywurst mit Pommes leisten soll. War das ein Auflauf, als vor dreißig Jahren der ›Spikes‹ Rotermund in dieser Bude, die zur Kneipe gehört, die ersten Pommes mit Schlamm verkauft hat! So etwas kannten bis dahin ja nur die paar Holland-Fahrer (und wer war schon 1963 motorisiert?). Das Geschäft ging auch jahrelang gut. Der Gerd Neemann (im nachhinein mit Abstand mein Lieblingswirt) hat seine Frau hierhin abgeschoben, weil er sie nicht in der Gaststube haben wollte. Heute verkauft Pedros Frau vielleicht fünf Currywürstchen am Abend – und ein paar Portionen Gyros. Die anderen rufen eine Pizzeria oder Mac Mao an. Ich will noch die übrigen drei Kneipen abklabastern, in denen die 5000 Wilhelmshöher ihren Durst nach Feierabend löschen könnten. Aber nur wenige tun das. Ich gehe die vielbefahrene Hauptstraße entlang, den Zubringer für Opel vor meiner Haustür. Die Selterbude ist schon monatelang zu. Irgendwie läuft auf der Wilhelmshöhe das Geschäft mit der Trinkhalle nicht mehr. Früher hielten die LKW-Fahrer jeden Tag wegen einer Schachtel Streichhölzer, nur um beim Kauf einen

Blick auf den dicken Busen von Hermine Abich werfen zu können. Als die weg war, folgten nur noch Pleiten. Teilweise die Funktion der Selterbude übernommen hat Bernd Wagner. Jedenfalls nimmt er auf Lottoscheinen nicht nur die Illusionen der Wilhelmshöher entgegen, sondern verkauft neben Schreibwaren, Zigaretten und Zeitschriften auch Getränke und für die Kinder etwas zum Schnuckern. Faber (der ohne Wenn und Aber) hat ihm noch nicht viele Kunden abspenstig gemacht. »Laß den erst einmal den ersten Musterprozeß verlieren.« Die taz führt er nicht, weil kaum jemand danach verlangt, dafür wird er täglich hundertzwanzig Bild-Zeitungen los. Die Neugier auf Focus hat stark nachgelassen. Das Blatt steht unverkäuflich im Regal. Drei Frisiersalons halten sich auf der Wilhelmshöhe. Ich gehe immer zur Dietlinde, mit der ich konfirmiert worden bin. Wie hier oben zwei Blumengeschäfte leben können, ist mir schleierhaft. Eine Goldgrube hingegen ist der Fußpflegesalon von Therese, weil es hier so viele alte Frauen mit Hühneraugen gibt. Der Bäcker Franz Mersmöller kann sich eben über Wasser halten. Seitdem der Plus in der Somborner Straße zu ist, hat er sein Angebot ums Nötigste erweitert und betreibt jetzt eine Art Tante-Emma-Laden. Nebenan die Volksbank wurde schon vor ein paar Jahren wie die Post neulich dichtgemacht, angeblich wegen der ungünstigen (eigentlich günstigen) Verkehrslage in B1-Nähe, die einige Ganoven verleitet haben soll. Wahrscheinlich aber haben die Wilhelmshöher zu wenig Gewinn gebracht. Hier gibt es keine Großanleger. Danach hat es in dem Ladenlokal ein Arzt mit einem Sonnenstudio versucht und sich eine Blase gelaufen. Jetzt ist nach dessen Pleite schon der zweite Video-Verleiher drin. Ich glaube nicht, daß der sich eine goldene Nase verdient, denn die Wilhelmshöhe ist fast voll verkabelt. Am Tresen von ›Goldberg‹ sitzen ein paar Männeken. Es sieht nicht mehr wie einst aus, wie ein Wartesaal. Gerade werden die

Sparkästen geleert. Ich verkneife die Frage an die Vertrau-
ensleute, ob noch eifrig gespart wird. Sonst läuft hier wenig ab, außer einem bißchen Politisieren über Krause und
Herbert Wehner. Beim Bruno (›Haus König‹) steht auch
eine Jukebox. Sie ist aber ausgestellt, und es tönt etwas
aus dem CD-Player hinter dem Tresen. Jetzt ist Bruno,
ein gemütlich wirkender Dicker, der neue Vereinswirt
des SuS. Nach dem Training haben sich drei Spieler eingefunden und diskutieren mit Karl-Heinz Sallner, auch
ein Taubenvater, ob der VfL Bochum tatsächlich ›unab-
steigbar‹ ist, wie es in einem Lied heißt. Unser Club steht
mit an der Spitze in der Kreisliga A. Allerdings ist er auf
Neuzugänge aus anderen Vereinen angewiesen. Mangels
Masse mußte die Jugendabteilung abgemeldet werden.
Die Wilhelmshöhe ist überaltert, und die jüngeren Eltern
schicken ihre paar Kinder lieber zum Tennis. Im ›Sputnik‹
(eigentlich ›Bürgerkrug‹) bin ich neben ›Curd Jürgens‹ der
einzige Gast. (Fragt mich nicht, wie der wirklich heißt!)
Er schimpft auf die Asylanten. Tatsächlich wohnen etliche
in einem alten Bullenkloster von Opel. Das gab anfangs
Theater, als die einzogen, vornehmlich mit den Besitzern
von Eigenheimen in der Nachbarschaft. Da konnte auch
der Bundespräsident nicht helfen, der hier, tatsächlich hier
auf der Wilhelmshöhe, nach den Vorfällen von Hoyers-
werda leibhaftig erschienen ist, um Schönwetter zu machen. Inzwischen scheint sich die Lage beruhigt zu haben.
Ich drücke ›Jive Buddy Jive‹, während ›Curd Jürgens‹, der,
bevor RTL über den Sender ging, immer ein paar Porno-
hefte in der Aktentasche bei sich führte, etwas wehmütig
einen Bericht der Bild-Zeitung zitierte, wonach in Buda-
pest Zwölfjährige für zwanzig Mark die Stunde zu haben
sind. Auch im ›Sputnik‹ ist der Flipper durch ein Darts-
Board ersetzt worden. Wenn ich noch Bock hätte, könnte
ich meinen Freund Alfred Schmalz anrufen, und wir würden in die Stadt fahren, so wie wir's vor zehn Jahren öfter

gemacht haben. Aber ich weiß nicht, was seine neue, wesentlich jüngere Lebensgefährtin dazu sagen wird. Ab und zu singt er noch, der Pavarotti von der Wilhelmshöhe, für hundert Mark pro Lied, bei Hochzeiten und anderen Festlichkeiten. Meine Mutter erzählt heute noch gerne, daß es Alfred war und nicht der Pastor, der sie mit seinem ›Ave Maria‹ zum Weinen gebracht hat, als 1969 mein Bruder geheiratet hat. Im ›Bermuda-Dreieck‹, der Bochumer Suffmeile, ist sicher wieder die Hölle los, weil die Bauernknüppel aus dem nördlichen Bergischen und südlichen Münsterland eingefallen sind. Einheimische gehen hier nicht vor zwei Uhr in die Kneipe. Ich streiche den Abstecher in die City und gehe lieber die zehn Minuten zu Fuß in den ›Bahnhof Langendreer‹. Die Leute, die das Ding leiten, stöhnen wie die meisten freien Kulturveranstalter über die Sparwut der SPD-Bürokratie. Trotzdem läuft hier ein ansehnliches Programm ab, von Richard Rogler und drei Tage Helge Schneider bis F. M. Einheit und Jack Bruce. Das angeschlossene Kino wird jedes Jahr wegen seiner Verdienste vom Bundesinnenminister ausgezeichnet. Nur das kurzlebige ›Dschungelkino‹ im legendären ›Rub-Pub‹ an der Uni hatte Ende der siebziger Jahre ein ähnlich anspruchvolles Programm. Hier im Bahnhof ist überhaupt kein automatisches Spielgerät vorhanden. Ich genehmige mir zwei Bier zu einem zivilen Preis und nehme eine S-Bahn zum ›Zwischenfall‹, wo für zwölf Mark Eintritt eine Hardcore-Band aus der Nirvana-Stadt Seattle zu sehen ist. Vielleicht treffe ich meinen 23jährigen Neffen Marcus, der selber mal in einer harten Combo Schlagzeug gespielt hat. Jetzt zieht er solo sein Techno-Ding durch. Er ist aber nicht da und wird wohl im ›Planet‹ stecken, der von den Spex-Lesern bei einer Umfrage zur besten Disko im Westen gewählt worden ist und wo auch schon mal Konzerte mit avantgardistischen Bands, ähnlich wie im ›Macao‹ oder im ›Cave‹, ablaufen. Wahrscheinlich bin ich für derlei Krach zu alt. Aber für junge Leute ist hier in Bochum genug los, weitaus mehr als in meiner Jugend. Ich werde lieber wieder öfter in den Kneipen der Wilhelmshöhe auftauchen und samstags bei den alten Herren spielen. Und wenn dann Alfred Schmalz unter der Dusche auf italienisch ›O sole mio‹ schmettert, weiß ich, wo ich hingehöre.

Abschied von der Trümmerfrau

Jeden Morgen, wenn ich von der Nachtschicht nach Hause komme, sitzt meine Mutter im Bademantel in der Küche und studiert die Todesanzeigen oder löst das Kreuzworträtsel in der WAZ. Die anderen Seiten der Zeitung überfliegt sie nur. Manchmal, nach dem Ableben eines Prominenten, bring' ich ihr eine Bild mit. In die taz, die ich abonniert habe, hat sie erst zweimal reingeguckt – als Stories von mir drinstanden. Sie hat mir zwei Joghurts, mein Frühstück, auf den Tisch gestellt. Tausendmal hab' ich ihr gesagt, daß sie deswegen nicht aufzustehen brauche. Aber sie läßt sich das nicht nehmen, weil ich nach einer halben Stunde zum Schlafen auf meine Mansarde gehe und sie wenigstens ein bißchen von mir haben will. Dann erledigt sie die Hausarbeit, von der ich vollkommen befreit bin, oder sie geht einkaufen. Manchmal häkelt sie. Ihre Gardinen sind bei der Verwandtschaft begehrt. Für meine Schwester und deren Mann kocht sie mit. Nach einem Mittagsschläfchen geht sie mit einer etwas älteren Nachbarin zum Friedhof, um das Grab meines Vaters zu pflegen. Fast jeden Tag ist sie da. Wenn es regnet, bleibt sie zu Hause. Sie sieht selten fern. Hans Meiser mag sie als Mann, aber nicht seine Sendungen, von Ilona Christen ganz zu schweigen, da ist ihr Fliege lieber, weil der am sachlichsten ist. Meistens liest sie nachmittags jedoch die Klatschzeitungen, die ihr eine etwas jüngere Nachbarin überlassen hat. Sie hat den nötigen Abstand zu diesen Blättern. Ihre Lektüre ist eine genauso dumme Angewohnheit wie das tägliche ›Glücksrad‹-Gucken. Damit sie mal auf andere Gedanken kommt, hab' ich ihr neulich einen Roman von Ulla Berkéwicz in die Hand gedrückt. Sie hat ihn auch gelesen und sich gewundert, wieso die Autorin so gut übers Dritte Reich Bescheid weiß: »Die ist doch höchstens so alt wie du.« Ich antwortete: »Das weiß die alles von ihrem Mann. Der ist mindestens so alt wie du.« Auch meine Mutter hat ihre Jugend während der Hitler-Zeit durchlebt. Schlimmer noch sei die Zeit vorher gewesen, als der Vater arbeitslos war und die Familie hungern mußte. Im BdM durfte sie nur hinterherlaufen, weil ihr Vater, ein in sich gekehrter kommunistischer Bergmann, keine Uniform für sie kaufen wollte. Ihr Pflichtjahr leistete sie bei Verwandten in einer Bahnhofsgaststätte ab, wo sie nach Strich und Faden ausgebeutet wurde. Danach, schon im Krieg, absolvierte sie ihre Lehre im Kaufhaus Kortum, das fünfzig Jahre später als Kulisse für ›Bellheim‹ dienen sollte. Hier, sagt sie, habe sie viel fürs Leben gelernt, und man merkt ihr an, wie gerne sie von der Zeit erzählt. Zweimal in der Woche ging sie damals ins Kino. Die alten Darsteller kennt sie alle noch, wenn sie heute in alten Streifen im Fernsehen auftauchen. Ihre Lieblinge waren nicht die gängigen Stars Hans Albers und Heinz Rühmann, sondern eher subtilere Charaktere wie Heinrich George, Ernst von Klipstein und Carl Raddatz. 1944 wurde sie dienstverpflichtet in einen kriegswichtigen Betrieb, wo sie für die russischen Zwangsarbeiter kochen mußte. Den Krieg beendete sie als Funkerin in Schleswig-Holstein. Als der Führer starb, mußte sie heulen. Zu Fuß lief sie nach Bochum zurück. Sie fing auf der Zeche Bruchstraße in der Küche an. Ihre Gefühle waren wohl etwas verwirrt. Kein Wunder in jener Zeit. Jedenfalls verlobte sie sich erst mit jemand anderem, bevor sie meinen Vater heiratete. Bald darauf wurde mein Bruder geboren. Von da an ging sie nicht mehr zurück ins Berufsleben.

Ich kam als zweiter Sohn auf die Welt und sollte eigentlich ein Mädchen werden (eine Annegret). Doch ich hatte nie das Gefühl, unerwünscht zu sein. Ganz im Gegenteil, meine Mutter schickte mich nicht in den Kindergarten, weil sie mich immer um sich haben wollte. Auch dann noch, als meine Schwester als Nachkömmling kam. Meine Mutter litt darunter, daß ihr Mann auch mit dem Sportverein verheiratet war. Zwar war er kriegsversehrt und konnte nicht mehr aktiv Fußball spielen, machte sich aber im Vorstand unersetzlich und verbrachte viel Zeit bei Sitzungen. Aufm Pütt, wo mein Vater als Lohnbuchhalter arbeitete, wurde immer gesoffen, vom Betriebsführer abwärts bis zum letzten Schlepper. Meine Mutter haßte den Fußball. Sie weiß bis heute nicht, obwohl auch ihre beiden Söhne Fußballer wurden, was ›abseits‹ ist. Trotzig meint sie: »Das wußte die Frau Herberger auch nicht.« Richtig glücklich wurde die Ehe meiner Eltern erst, als mein Vater pensioniert wurde und nur noch als einfacher Zuschauer zum Sportplatz ging. Das waren noch schöne fünfzehn Jahre. Ich hatte mich leider nicht so entwickelt, wie sie sich das gewünscht hatten. Meine Schulzeit verlief problemlos, und meine Mutter ging nie zum Elternsprechtag. Ich machte ihr da wenig Sorgen. Sie brauchte mich nur schief anzusehen, und schon kuschte ich. Über Sex sprachen wir damals nie, und ich klärte mich durch Oswald Kolle auf, den jede Woche der Lesezirkel ins Haus lieferte. Ich fing spät an zu ficken. Natürlich erzählte ich nichts zu Hause davon. Und meine Mutter fragte mich auch nicht danach, ob ich mit der und der ins Bett ging. Aber ich hatte nicht so viele Frauengeschichten, vielmehr trank ich als eifriger Fußballer eine Menge mit den Kameraden. Nicht nur deshalb ging mein Studium in die Binsen. Ich glaub', das Studium, das für mich geeignet ist, gibt es nicht, wie spätere Fehlversuche zeigten. Statt dessen träumte ich davon, Schriftsteller zu werden, nachdem ich Hesse und Handke gelesen hatte, ich wußte aber nicht, worüber ich schreiben sollte. Natürlich traf mein Abrücken vom normalen Weg meine Mutter wie ein Schlag. Sie hat mir aber nur kurz Vorwürfe gemacht und auch schweigend ertragen, daß ich erst mal Schallplattenverkäufer wurde. In diese Zeit fielen meine ersten Veröffentlichungen in dem damals noch kleinen Ruhrgebietsmagazin Marabo. Ich freute mich natürlich riesig, und sie war wohl auch etwas stolz.

Nach zweieinhalb Jahren im Laden bekam ich einen Koller und provozierte meine Kündigung. Auch das erduldete meine Mutter mit Gleichmut. Obwohl ich knapp bei Kasse war, nahm ich mir bei einer Bekannten ein Zimmer. Es war das erstemal, daß ich richtig von zu Hause fortzog. – Ich war nun schon 28. Trotzdem heulte meine Mutter ein Stückchen. Mittlerweile war ich Musik- und Literaturredakteur beim Marabo geworden und dauernd unterwegs. Ich schrieb jetzt auch für überregionale Blätter wie Sounds und Musik Express. Nebenbei arbeitete ich schwarz als Diskjockey. Ich war total hektisch und fickte viel rum. Ich nahm kräftig ab, obwohl ich keinen Fußball mehr spielte. Illegale Drogen hab' ich nie genommen, sonst wär ich schon mit zwanzig unterm Torf gewesen.

Es hat nicht lange gedauert, und ich war so pleite, daß ich zurück zu meinen Eltern ziehen mußte. Meine Mutter war's zufrieden. Selbstverständlich übernahm sie meine Schulden bei der kleinlichen BfG. Ein Jahr später stand ich auf und dachte, aus meinen Eltern seien Herbert Wehner und Marilyn Monroe geworden. Auf einmal war ich verrückt geworden und mußte nach einigen Slapsticks in die Psychiatrie. Meine Mutter war natürlich fertig, aber sie ließ es mich in der Klinik nicht fühlen. Ich kann mir vorstellen, daß sie abends im Bett geweint hat. Andererseits machte ich ihr auch keine Vorwürfe. Man ist ja leicht bei der Hand, psychische Schädigungen der Mutter in die Schuhe zu schieben. Aber ich weiß nicht, wo sie an mir versagt hätte, auch nicht später, als ich einen schweren Rückfall erlitt. Vielleicht war sie zu lieb zu mir. Ich hätte mich bei ihr für diese Zuneigung gern mit einem Hit bedankt, aber mein Roman *Peggy Sue* verkaufte sich nur 800mal. Immerhin kam das Fernsehen angerückt, und Mutti durfte öffentlich sagen, daß sie es lieber gesehen hätte, wenn ich Lehrer geworden wäre. Ich hab' aber keine Schuldgefühle deshalb, höchstens daß ich mit meinem Opus magnum noch nicht fertig bin, das ich ihr gerne präsentieren möchte, bevor sie mich für immer verläßt. Damit sie sieht, daß ich doch auf dem rechten Weg bin. Irgendwann einmal hat meine Mutter gesagt, sie würde gerne hinter mein Geheimnis kommen, solange sie noch lebt. Ich weiß nicht, was das sein soll. Vielleicht schreibe ich darüber in meinem nächsten Buch. Heute, nach dem Tod meines Vaters, bin ich der Herr im Haus, auch wenn ich als Nachtwächter tagsüber meistens schlafe. Gekocht wird, was ich gerne mag. Manchmal gehe ich mit zum Friedhof. Ein besonderes Fest ist für uns beide, wenn ich mal freihabe und wir in den Ruhrpark einkaufen fahren. Da spendiere ich Espresso und Cappuccino bei Tchibo. Darüber hinaus drükke ich eine eher symbolische Summe als Kostgeld ab. Die größte Freude bereite ich ihr, wenn wir zusammen irgendwo essen gehen. Daß ich, solange sie lebt, noch mal wegziehe, kommt nicht in Frage, zumal ich keine Freundin habe, die mich drängt. Gegen neun Uhr abends geh' ich zur Arbeit. Sie guckt irgendwas im Fernsehen. Nur keine Gewalt oder Sex. Sie will sich nur berieseln lassen. Bald geht sie ins Bett, aber nie, ohne mir vorher zu sagen: »Kämm dich!« Ich bin 42!

In meiner Schreibe

Ich las mit zwanzig Hermann Hesses *Steppenwolf* und wollte auch Schriftsteller werden. Ich schmiß mein Studium an der Ruhr-Uni, schrieb aber keine Zeile. Jahrelang. Auch nicht für die Schublade. Erst als das Szenemagazin Marabo ins Leben gerufen wurde, traute ich mich an meine Olympia und an die Öffentlichkeit. 1981 bekam ich eher zufällig, weil ich die Adresse von Bettina Blumenberg wissen wollte, einen Suhrkamp-Lektor ans Telefon. Am Ende unsres nicht mal langen Gesprächs fragte er mich, ob ich nicht auch für Suhrkamp schreiben wollte. Eine Woche später saß ich bei ihm in Frankfurt im Büro. Wir einigten uns drauf, daß ich einen Roman für ein suhrkamp taschenbuch liefern sollte. Kurz darauf schrieb ich an einem einzigen Tag die dreißigseitige Geschichte »Buddy Holly auf der Wilhelmshöhe« für Diedrich Diederichsens Anthologie *Staccato*. Ich weiß nicht warum, aber ich schickte meine Story erst Monate danach an den Lektor. Wird der Roman genauso? fragte er begeistert. Erst arbeitete ich aber noch für die überregionale Musikpresse, die mich entdeckt hatte. Als ich dann anfing, den erbetenen Roman in die Realität umzusetzen, steckte ich nach einem wiederaufgenommenen Studium in einer tiefen Depression.

Es dauerte einige Jahre, bis ich einen druckreifen Text vorlegen konnte. Aber der Lektor konnte *Peggy Sue* in seinem Haus nicht durchsetzen. Daraufhin schickte ich das Manuskript rum und erhielt ein Dutzend Absagen. Auf Vermittlung der rührigen Ingrid Klein landete ich beim Konkret Literatur Verlag, der mein Debüt herausbrachte, obwohl es nicht explizit links war. Es wurde ein paar hundert Mal verkauft und endete vorläufig bei Zweitausendeins. Dann war es jahrelang vergriffen, und so manches Mal mußte ich es fotokopieren für Leute, die es unbedingt lesen wollten. Das ging fast zehn Jahre so, bis mein Freund Ludger Frank 1997 die Edition XPlora gründete. Einen Zweimannverlag. Ich ergriff die Gelegenheit beim Schopf und sagte ihm im Café Ferdinand: »Laß uns *Peggy Sue* wieder lieferbar machen.« Gesagt, getan. Durch ein überraschend großes Presseecho zur Wiederveröffentlichung, u. a. im Spiegel, verkauften wir spielend tausend Stück. Durch Willi Winklers Artikel in der Süddeutschen wurde eine Lektorin des Heyne Verlags auf den Roman aufmerksam und kaufte die Taschenbuchrechte. Da das Paperback einigermaßen lief, übernahm man auch die Fortsetzung *Der Tick*. Er lief schlecht, und Heyne warf mich raus. Kurz darauf waren meine Bücher wieder vergriffen. Ich schickte meinen dritten Versuch, *Der Tunnel am Ende des Lichts*, an Peter Handke, der sich dafür einsetzte, daß meine Sachen wieder bei Suhrkamp ins Gespräch kamen. Schließlich habe ich es jenem Lektor zu danken, dem ich in all den Jahren verbunden blieb, daß nun meine gesammelten Werke im Verlag Hermann Hesses erscheinen können.

Der Autor dankt der Hermann-Lenz-Stiftung für ihre großzügige Unterstützung.

Was ich noch sagen wollte

Mein Dank gilt allen Damen und Herren, die mir Modell für meine Figuren gestanden haben.

Ein besonderes Dankeschön geht an jene Leute, die im Laufe der Jahre für die Veröffentlichung meiner Texte gesorgt haben.

Ladies first: Dorothee Gremliza, Heidi Grot, Jutta Stössinger, Vera Unger, Livia Theuer, Annette Garbrecht, Elke Schmitter und vor allem Ingrid Klein.

Außerdem: Bernd Gockel, Jörg Gülden, Diedrich Diederichsen, Theda Krohm-Linke, Hansi Hoff, Wolfram Altenhövel, Wolfgang Braunschädel, Walter Hartmann, Manfred Vogel, Alfred Kolleritsch, Peter Engstler, Klaus Antes, Peter J. Bock, Willi Winkler, WE Baumann, Klaus Wegener und last not least Wolfgang Körner, Peter Handke, Hans-Ulrich Müller-Schwefe, Ludger Frank, Frank Schäfer.

Nachweise

Peggy Sue, Konkret Literatur Verlag 1986; Edition Xplora 1997;
Wilhelm Heyne Verlag 1999
Der Tick, Wilhelm Heyne Verlag 2001
Der Tunnel am Ende des Lichts, Erstveröffentlichung
Buddy Holly auf der Wilhelmshöhe, vollständig in: *Staccato*, hg.
von Diedrich Diederichsen, Kübler Verlag M. Akselrad 1982
Kalter Bauer in Bochum, in: *Konkret Sexualität* 1983
Einmal Tchibo und zurück, in: *Konkret Literatur* 1984
Tribute to Eddie Cochran, in: *Der Sanitäter* 5/93
Herbert Grönemeyer lebt hier nicht mehr, in: *taz* 2. 4. 1993
Abschied von der Trümmerfrau, in: *Mütter und Söhne – Die
längste Liebe der Welt*, hg. von Annette Garbrecht, Klein Verlag
1995

Inhalt

Suhrkamp Verlag GmbH
Torstraße 44, 10119 Berlin
info@suhrkamp.de
www.suhrkamp.de